國家社科基金
GUOJIA SHEKE JIJIN HOUQI ZIZHU XIANGMU
後期資助項目

楊維楨全集校箋 （八）

Notes and Commentary on the Complete Works of
Yang Weizhen

【明】楊維楨 著

孫小力 校箋

上海古籍出版社

卷九十三　楊鐵崖先生文集全録卷一

卷九十三　楊鐵崖先生文集全錄卷一

夢草軒記^{①〔一〕}

　　自夢華胥後〔二〕,歷千三百年而有夢傅巖者〔三〕,又五百年而有夢周公者〔四〕。華胥、傅巖,寤寐於治者也;周公,寤寐於道者也。又六百年而有夢鈞天〔五〕、夢陽臺〔六〕,則其夢也淫矣。夢淫而後,治與道俱廢。又千餘年而後,夢入詩人,謝永嘉之夢此^②春草是也〔七〕。永嘉之夢,僅資於詩者也,其去周公遠矣,去傅巖、去華胥益遠矣,然比於鈞天、陽臺之淫,孰愈西堂之適於清也。是以古今詩人奇其句,而并奇其夢。或曰:"西堂之夢,豈真夢? 長髯^③公欲神其句〔八〕,託之云耳。"

　　淞上謝尚賢,以髯祖爲江左之宗,名其讀書軒曰夢草。吾不知尚賢搜句之頃,其真夢是夢耶? 抑託之也? 尚賢起,謝曰:"思順學詩,竊有慕於髯祖之句,池草之生,已入自家意矣。"予曰:"尚賢詩意至此,凡一絛一緜之生生,蓋與太極游矣。生生之妙,何拘於草? 不拘於草,又何拘於夢不夢耶?"是爲記。

　　至正己亥冬十月十日東維子記。東維子,泰定丁卯榜進士,今奉訓大夫、江西等處儒學提舉楊維禎^④。

【校】

① 楊鐵崖先生文集全錄四卷,卷首目錄前又題作"周伯器藏本楊鐵崖文集",佚名鈔錄。現存北京國家圖書館。今以此清抄本爲底本,校以清人常熟張金吾愛日精廬抄鐵崖漫稿五卷本。夢草軒記:原本卷首目錄作夢中軒,據正文著錄。

② 此:鐵崖漫稿本作"生"。

③ 髯:似當作"鬚"。參見注釋。

④ "至正己亥冬十月十日東維子記。東維子,泰定丁卯榜進士,今奉訓大夫、江西等處儒學提舉楊維禎"凡三十九字,原本無,據鐵崖漫稿本增補。

【箋注】

〔一〕本文撰於元至正十九年己亥(一三五九)十月十日,此時鐵崖攜妻兒自杭州歸老松江,僅僅數日。夢草軒主人謝思順,字尚賢,松江人。鐵崖晚年弟子,東維子文集卷三十一載其稱頌鐵崖之長詩。

〔二〕夢華胥:參見鐵崖文集卷一觀夢軒志注。

〔三〕夢傅巖:指商王武丁夢傅説而得賢相。參見鐵崖文集卷五雲巖説注。

〔四〕夢周公:孔子故事。參見麗則遺音卷四狩麟注。

〔五〕夢鈞天:參見鐵崖先生古樂府卷二内人吹篴圖注。

〔六〕夢陽臺:參見鐵崖先生古樂府卷九陽臺曲注。

〔七〕謝永嘉:指謝靈運。謝靈運曾任永嘉太守,故名。按:謝靈運襲封康樂公,故又稱謝康樂。參見鐵崖先生詩集己集題唐本初春還軒注。

〔八〕長髯公:指謝靈運。太平廣記卷四百五謝靈運髯:"晉謝靈運髯美,臨刑,施於南海祇洹寺,爲維摩詰髯。寺人寶惜,初不虧損。"

華亭縣重修學宮記①〔一〕

華亭縣學在府治東南二百步〔二〕,案前志,緣宋端平縣令楊公瑾②之所開拓〔三〕,堂殿齋舍廊廡庖廥始具焉。

至國朝,陞縣③松江府〔四〕,學亦陞府學,土田儒藉皆隸之。縣復立頖宮於府庠北,舊燕居閣之所也。至大初〔五〕,劉公④來典邑〔六〕,始構大成殿并儀門兩廡。延祐己未〔七〕,邑令⑤張國英復構講堂〔八〕,及設祭器。至正癸未〔九〕,邑令楚恭增建⑥靈星門〔十〕,繚以崇墉,而學之規稍完。歷年未久而棟宇有弗支者,且其址尚湫隘,周旋升降有弗堪者。

至正九年春,縣長養安海涯〔十一〕、縣令張德昭釋菜之際⑦〔十二〕,惕然相謂曰:"學校,教之出;守令,教之行。學校廢,何以資守令之理乎?"俾教諭王綸⑧謀更作之〔十三〕,而費未知所出。綸知二侯之理民者且期月,教行而民可使矣,廼告丞簿帖木兒不花〔十四〕、兀都馬沙〔十五〕,俾諭邑士⑨,願新學校者聽。於是澱山謝庭蘭與其任晉并力從事〔十六〕。經始於是年二月,閲三月而告成。大成殿增闢⑩後室,殿之側新創師官廨所⑪,又前後築石塘,捍水之齧蝕者若干丈⑫。凡柱石之欹傾者正之,橡楹之朽蠹者易之,丹青之漫漶者飾^⑬之。下及庚庫庖湢什伯之具,無不完整。既竣事,綸^⑭伐石,以二侯命,遣佐教者啜罶來徵記於予^{⑮〔十七〕}。

予嘗悼井牧閭師之廢,而先王之教廢^⑯,後之爲治者難矣。貧富相縣,雖使皋陶持刑^{〔十八〕},不能禁强不侮弱;倫理弗明,雖使姬旦制禮^{〔十九〕},不能革賤不僭貴。此非教何賴哉! 故朝廷以六事命守令^{〔二十〕},而教爲之首。然而不知治本者,視學校如逆旅^⑰傳舍,其教民者,無實政已。職教者又素非冠帶之望,其佐令者,無實教已。士之在上者既無躬行實履,在下者又可責其有實學乎^⑱! 令無實政,師無實教,士無實學,而望風俗之美、人才之興,不亦難乎!

華亭古號文物之邦,而其地卑下沮^⑲洳,民性輕戾而媮靡,易叛於教。今侯以興學校爲先務,師儒以作成士類爲急功,邑之人士又能不負循令長、賢師儒之教養爲實學。吾見華亭復舊時文物之^⑳盛,而無其輕戾媮靡之風,且使他邑於是乎觀禮。令之得治名者,不在是乎,不在是乎! 遂以復二侯,俾刻爲記。是年夏五月既望,賜進士出身、承事郎、前台州路台縣尹兼勸農事會稽楊維禎撰^{㉑〔二十一〕}。

【校】

① 正德松江府志卷十三學校下、崇禎松江府志卷二十四學政二皆載此文,據以校勘。崇禎松江府志題爲至正九年重修學記。

② 瑾:原本作"僅",據正德松江府志改。

③ 陞縣:正德松江府志作"縣陞"。

④ 公:正德松江府志作"某"。

⑤ 邑令:正德松江府志無"邑"字。

⑥ 邑:正德松江府志作"縣"。楚恭:原本作"楚公",據鐵崖漫稿本、正德松江府志改。增建:正德松江府志作"修"。

⑦ 張德昭釋菜之際:原本作"張得照謁奠之餘",據正德松江府志改。

⑧ 俾:正德松江府志作"命"。綸:正德松江府志作"倫"。

⑨ 迺告丞簿帖木兒不花、兀都馬沙,俾諭邑士:原本作"迺告邑士",據正德松江府志增補。

⑩ 闢:原本當作"闕",據正德松江府志改。

⑪ 殿之側新創師官廨所:正德松江府志作"殿之側創學官廨"。

⑫ 捍水之齧蝕者若干丈：正德松江府志作"以捍水蝕齧"。

⑬ 飾：原本作"飭"，據正德松江府志改。

⑭ 繪：正德松江府志作"乃"。

⑮ 以二侯命遣佐教者啜靄來徵記於予：正德松江府志本"以二侯之命徵記於余"。

⑯ 先王之教廢：原本無，據正德松江府志增補。

⑰ 逆旅：正德松江府志作"眠"。

⑱ 士之在上者既無躬行實履，在下者又可責其有實學乎：原本作"士之在下者既無躬行實履，又何責其有實學乎"，據正德松江府志改補。

⑲ 沮：原本作"游"，據正德松江府志改。

⑳ 文物之：原本作"之文物"，據鐵崖漫稿本、正德松江府志改。

㉑ "是年夏五月既望，賜進士出身、承事郎、前台州路台縣尹兼勸農事會稽楊維禎撰"凡三十二字，正德松江府志作"是年五月楊維禎記。杜本書篆，教諭姜德昭立石"十九字。

【箋注】

〔一〕文記述元至正九年（一三四九）整修華亭縣學一事，撰於此年五月既望日，其時鐵崖受聘於松江吕良佐，到松江僅兩月，在璜溪書院授學。

〔二〕華亭縣學：正德松江府志卷十三學校下："華亭縣學在府西南徐家橋之東，本縣人徐進義塾也。學始建於宋元祐中，在今府學後，玉帶河之陽尊賢坊內，即今射圃、魁星樓地。端平間，遷於河南，以其地爲閱武亭。及學陞府學，復建縣學於舊址。元至大初，劉尹慶建夫子廟。延祐間，張尹國英搆講堂。至正中，楚尹恭、張尹德昭繼爲繕理，而學乃粗備。丙申，毀於兵，以其地爲府學射圃。"

〔三〕楊瑾：生平不詳。本文稱之爲"端平縣令"，則當於南宋端平年間（一二三四年至一二三六年）任華亭縣令。又按崇禎松江府志卷二十六守令題名，自南宋淳熙五年（一一七八）至淳祐八年（一二四八）七十年間，著録有華亭縣令共計三十八人，其中倒數第九人爲"楊瑾"。

〔四〕陞縣松江府：意爲華亭由縣升級爲府。元史地理志："松江府，唐爲蘇州屬邑，宋爲秀州屬邑。元至元十四年升爲華亭府，十五年改松江府，仍置華亭縣以隸之。"

〔五〕至大：元武宗年號，公元一三〇八年至一三一一年。

〔六〕劉公：其名慶。按崇禎松江府志卷二十六守令題名，至大初，"劉慶"來任華亭縣尹。

〔七〕延祐己未：即延祐六年（一三一九）。

〔八〕張國英：正德松江府志卷二十三宦迹上："張國英，字世傑，延祐間尹華亭，有威名而敏於政。時郡將恃世守陵轢有司，欺細民。其蒼頭廬兒日游街曲，謔浪譏訶，民婦弗敢避，國英一以法制之，之咸頗痀嚄嚅，民籍以安。"按：據崇禎松江府志卷二十六守令題名，張國英原爲常州路推官，延祐七年出任華亭縣尹。然與本文所謂"延祐己未，邑令張國英復構講堂"不合。疑崇禎松江府志有誤，張國英任華亭縣尹，當不遲於至正六年己未。

〔九〕至正癸未：即至正三年（一三四三）。

〔十〕楚恭：字伯讓。崇禎松江府志卷二十六守令題名著録有楚恭，然無具體任職時間。據本文，楚恭任華亭縣尹當在至正三年癸未前後。

〔十一〕養安海涯：漢名唐世英，哈迷里氏。國子釋褐出身。前荆湖宣慰使司經歷，授儒林郎。於至正八年十月任華亭縣達魯花赤。參見崇禎松江府志卷二十六守令題名。

〔十二〕張德昭：字彥明。於至正七年出任華亭縣尹。與鐵崖交好。參見楊鐵崖先生文集全録卷二華亭縣尹張侯遺愛頌碑、崇禎松江府志卷二十六守令題名。

〔十三〕王綸：或作王倫。至正九年前後任華亭縣學教諭。參見本文校勘記。

〔十四〕帖木兒不花：字仲文，甘木魯氏。前史部譯史，授從仕郎。至正八年始任華亭縣丞。參見正德松江府志卷二十二守令題名。

〔十五〕兀都馬沙：字公達，回回氏。曾任太和縣主簿，授登仕佐郎。至正八年始任華亭縣主簿。參見正德松江府志卷二十二守令題名。

〔十六〕謝庭蘭：當爲澱山（今屬上海青浦）大户。按：元季松江有謝廷蘭，曾任松江陶宅務巡司，疑即本文所謂"澱山謝庭蘭"。明鍾薇陶溪舊址記略："陶溪在府治東南百里許，去大海十餘里，溪水與春申浦上下。勝國時，陶宣車面流而居，故其溪曰陶溪，宅曰陶宅，地以人重也。洪武初載，專設陶宅巡司於鎮之東。袁海叟先生集有'陶宅務大使謝廷蘭'，即其巡司也。"（載嘉慶松江府志卷二疆域志陶宅鎮。）按：袁凱有陶宅務大使謝廷蘭高州大族也暮年客中得子索詩故賦此詩，起首兩句曰："南來萬里不勝勞，此日添丁氣自豪。"（載海叟集卷三。）高州，隸屬於遼陽行省大寧路，故稱"南來萬里"。謝晉：謝庭蘭姪。元末在世，生平不詳。

〔十七〕啜嚢：據本文，<u>至正九年</u>前後於<u>華亭縣</u>學"佐教"。按：<u>至正二十五年</u>，任<u>甫里書院</u>山長者爲<u>啜嚢山實</u>，或即此<u>啜嚢</u>。參見<u>戴良</u>撰<u>重修甫里書院記</u>（載<u>九靈山房集</u>卷十一）。

〔十八〕<u>皋陶</u>：或作<u>咎繇</u>。相傳爲<u>堯</u>、<u>舜</u>時人，執法大臣，後世賢臣楷模。

〔十九〕<u>姬旦</u>：即<u>周公旦</u>，作<u>周禮</u>。

〔二十〕六事：蓋指考核官員政績之六項標準，即田野闢、户口增、賦役平、盜賊息、軍民和、詞訟簡。參見<u>歷代通鑑輯覽</u>卷九十八元。

〔二十一〕<u>台縣</u>：<u>天台縣</u>之略稱。

松江府重建譙樓記[一]

　　<u>松江府</u>，古<u>華亭縣</u>也。縣本<u>嘉興</u>地，<u>宋</u>屬<u>嘉興</u>，爲壯①縣。入國朝，以五萬户之上者爲州，<u>華亭</u>户登十七餘萬②，<u>至元十四年</u>[二]，遂陞<u>華亭</u>爲會府，明年改曰<u>松江府</u>。二十九年，又割<u>華亭縣</u>東北地爲<u>上海</u>，屬邑凡二焉。縣是闢府廨，崇建譙門，與名藩巨鎮同一雄大③。<u>至正六年</u>十一月④[三]，市廛⑤灾，複屋相屬，延及譙樓⑥。明年，知府<u>王公至和</u>謀新作之[四]，而夏雨⑦、秋大水，民力疲弊，事有未遑⑧。又明年，秋大熟，達魯花赤<u>答禮麻公</u>來[五]。冬十月，同知拜住<u>閭公</u>來[六]，洎府判<u>剌馬丹</u>[七]、推官<u>曹思義</u>[八]，皆一時新聚，僉謀相同。謂譙以栖鼓角肅令民事，譙樓廢不治，非所以司天時、謹人事也，盍各捐俸金，與本府子本營運之贏，以亟成之。經始於九年四月九日，閲三月而竣事⑨。工以日備，材以時直而僦，梓鏝爭趨，商賈交售⑩惟恐後，若庶民營其私室然。樓凡若干楹⑪，其高七十尺，亦視舊有加。其下壘甃⑫固密，廣道軒豁，重檐上飛，聳立⑬雲表，風雨旋薄，安焉若<u>泰山</u>之崇。鐃鼓譁震，如雷出天上。落成之日，守臣監軍賓佐吏士咸集⑭，登府，榜⑮其顔，民父老舉欣欣然有喜色而相告曰："皇帝仁聖，民守貳循良，政化更新，譙且與政俱新也⑯。吾儕小人，猶及戴白扶藜，以仰瞻壯麗，一何幸歟！"既而府史<u>沈欽</u>以守長之命來謁記⑰。

　　予⑱謂重門擊柝，以待暴客[九]，此古者防民之道，未聞鼓角之令民也。後世晨暮傳相警呼，至<u>唐</u><u>馬周</u>⑲始制鼓以代[十]，參以挈壺氏⑳之

職[十一]，使民出入作息有恒度，姦民不敢肆游徼㉑，良民得安厥居而不驚。守貳之政之教，不肅而成，不嚴而治㉒。然則齊民之道，其亦有在於茲乎！吾觀今之營官舍者，往往挾公名，肆誅取，一瓦一甓之細，何足記哉！今守貳同政，以節用愛人爲本㉓。其建㉔斯樓也，既不給貲於官，又一豪不以取諸民。百工期會，不俟鞭朴而集，則守貳之善化於民者可知㉕矣。昔之觀守㉖政者，或以更鼓分明得之[十二]。譙樓所在㉗，固有係於政治者如此，是宜書以勸來者，不但志歲月而已也。

相其成㉘者，知事劉澤、提控案牘王賢、張中㉙。程工敦役者，義士姚實夫、府史張天澤㉚也。

賜進士出身、承事郎、前台州路 天台縣尹兼勸農事會稽 楊維禎撰，翰林待制、奉議大夫、同知制誥兼國史院編修官京兆 杜本書并篆額[十三]，松江府僚吏立石㉛。

【校】

① 正德松江府志卷十一、崇禎松江府志卷二十一亦載此文，據以校勘。壯：原本作“北”，據正德松江府志改。

② 十七餘萬：原本作“十七萬”，崇禎松江府志作“七十餘萬”，據正德松江府志改。

③ “至元十四年，遂陞華亭爲會府，明年改曰松江府。二十九年，又割華亭縣東北地爲上海，屬邑凡二焉。繇是闢府廨，崇建譙門，與名藩巨鎮同一雄大”凡五十七字：原本作“由是陞爲會府。析支邑爲華亭，上海屬焉。闢府廨，崇侈麗，譙之門與名藩巨鎮同一雄大”，據正德松江府志改補。

④ 至正六年十一月：正德松江府志、崇禎松江府志作“至正六年冬”。

⑤ 廛：正德松江府志、崇禎松江府志作“廬”。

⑥ “複屋相屬”二句：正德松江府志、崇禎松江府志作“延譙樓”。

⑦ “明年”二句：正德松江府志、崇禎松江府志作“明年夏淫雨”。按：王公至和：原本作“王公和”，據下文補正。

⑧ “民力”二句：正德松江府志、崇禎松江府志作“未遑營造”。

⑨ “又明年”以下至“閱三月而竣事”：正德松江府志、崇禎松江府志作“又明年秋，達魯花赤答理麻公來，年大有。與知府王公至和、同知拜住閭，洎府判刺馬丹、推官曹思義，僉謂譙樓鼓角以令民，廢而不治，非所以司天時、謹民事也，盍亟成之。遂各捐俸金，鳩工聚材，以九年四月九日經始，閱四月而竣

事”。剌馬丹,原本作“郊馬舟”,據正德松江府志、崇禎松江府志改。

⑩ 交售：正德松江府志、崇禎松江府志作“售鬻”。

⑪ 若干楹：正德松江府志、崇禎松江府志作“四楹”。

⑫ 甃：正德松江府志、崇禎松江府志作“甓”。

⑬ 立：正德松江府志、崇禎松江府志作“出”。

⑭ 守臣監軍賓佐吏士咸集：原本無,據正德松江府志、崇禎松江府志增補。

⑮ 榜：原本作“榜甸”,據正德松江府志、崇禎松江府志删。

⑯ “皇帝仁聖”四句：正德松江府志作“麗譙之災,非天警也。歷七十餘年而棟宇且不及,遭逢賢守貳政化更新”。

⑰ “既而”句：崇禎松江府志無。

⑱ 予：崇禎松江府志作“夫”。

⑲ 至唐馬周：原本無,據正德松江府志、崇禎松江府志增補。

⑳ 挈壺氏：原本作“挈囊”,據正德松江府志、崇禎松江府志改。

㉑ “使民”二句：崇禎松江府志作“出入作息皆有恒度,奸民歛手以避游徼”。

㉒ “守貳”三句：正德松江府志、崇禎松江府志作“所謂不肅而成,不嚴而治矣”。

㉓ “吾觀今之營官舍者,肆誅取,一瓦一甓之細,何足記哉！今守貳同政,以節用愛人爲本”七句：正德松江府志無。

㉔ 其建：正德松江府志作“剙”。

㉕ 善化於民者可知：正德松江府志作“善政施於民者可推”。

㉖ 守：正德松江府志、崇禎松江府志作“善”。

㉗ 譙樓所在：正德松江府志、崇禎松江府志作“譙樓之建”。

㉘ 相其成：正德松江府志作“其相事”。

㉙ 王賢、張中：正德松江府志作“王仲賢、張允中”。

㉚ “程工敦役者”三句：正德松江府志作“程工給役者,府吏張天澤、鄉士姚實夫”。

㉛ “賜進士出身”以下至篇末凡五十九字,原本無,據正德松江府志補。

【箋注】

〔一〕文撰於元至正九年(一三四九)八月,其時鐵崖攜妻兒寓居松江,於璜溪書院授學。

〔二〕至元十四年：公元一二七七年。

〔三〕至正六年：公元一三四六年。

〔四〕王至和：字號不詳。正德松江府志卷二十三宦迹上："王至和,山東樂安人。至正間知府。興學校,重農事。考訂釋奠禮,製執事者冠服,刻栽桑圖以教民,境内風動。嘗歲飢,議發常平粟,同僚或以爲疑。歎曰:'人一日不食則飢,數日則死矣,忍坐視不救乎? 有罪,吾自當之,不以累諸君也。'遂盡發所積,并勸分於富室,得粟數萬石,鈔數千定,用以續食,而朝廷賑粟亦至,比麥熟乃已,凡活飢民八萬二千户有奇。禮部尚書于文傳有記。今從祀先賢祠。"又據崇禎松江府志卷二十六守令題名,王至和爲濟南厭次縣人,曾任隆祥規運提點,授亞中大夫,至正五年十月始任松江府知府。

〔五〕答禮麻：畏兀氏。曾任京畿漕運司副使,授朝散大夫。於至正八年七月出任松江府達魯花赤。參見崇禎松江府志卷二十六守令題名。

〔六〕拜住閭：那顔吉歹氏。曾任御帶庫副使,授奉訓大夫。至正八年十一月始任松江府同知。參見崇禎松江府志卷二十六守令題名。按:本文謂拜住閭於至正八年十月來任松江同知,與崇禎松江府志著録稍有不同。

〔七〕刺馬丹：阿魯温氏。曾任平江財賦副提舉,授忠顯校尉。至正八年始任松江府判官。參見崇禎松江府志卷二十六守令題名。

〔八〕曹思義：晉陵隰州軍(今山西臨汾、運城一帶)人。曾任襄陽經歷,授承務郎。至正八年十一月始任松江府推官。參見崇禎松江府志卷二十六守令題名。

〔九〕"重門擊柝"二句：周易繫辭下："重門擊柝,以待暴客,蓋取諸豫。"

〔十〕唐馬周始制鼓：宋宋敏求春明退朝録卷上："唐馬周始建議置棨戟鼓,惟兩京有之。後北都亦有棨戟鼓,是則京都之制也"。馬周,兩唐書皆有傳。

〔十一〕挈壺氏：毛詩正義卷五東方未明："人君置挈壺氏之官,使主掌漏刻,以昏明告君。"

〔十二〕"昔之觀守政者"二句：東軒筆録卷十："有范延貴者爲殿直,押兵過金陵,張忠定公詠爲守,因問曰:'天使沿路來,還曾見好官員否?'延貴曰:'昨過袁州萍鄉縣,邑宰張希顔著作者,雖不識之,知其好官員也。'忠定曰:'何以言之?'延貴曰:'自入萍鄉縣境,驛傳橋道皆完葺,田萊墾闢,野無墮農,及至邑則廛肆無賭博,市易不敢誼争,夜宿邸中,聞更鼓分明,以是知其必善政也。'"

〔十三〕杜本：參見東維子文集卷十四生春堂記注。

嘉定州重修文廟記^{①〔一〕}

嘉定州學吏張天德^{〔二〕}，介其校之訓導袁利用謁^②余錢唐官次^{〔三〕}，言其州太守郭侯之善治也，先務以教化爲治本。至正壬辰夏^{〔四〕}，侯繇中臺監察御史，歷工部員外郎^③，遂膺守令之選於是州。州并海島，其俗以飾裸爲嬉，椎結左言^{〔五〕}，不有文墨事^④。先是爲州者，咸急權力、迂教化，聖人俎豆之區^⑤，往往狗簡狼藉。自元貞初縣陞州後^{〔六〕}，廟制不加舊，棟宇乍修乍圮，不能支十年二十年之久^⑥，州人士以爲病。侯既不鄙夷其民，推其治本於學校^⑦。明年秋且大有，民和而寇退^⑧，又適當聖天子詔下^{〔七〕}，申飭臣工，勿以寇攘害文教，遂與同知高昌和侯^{〔八〕}、州判何君^{〔九〕}，暨校官朱孔昭氏^{⑨〔十〕}，計議學事。簿書^⑩之計，得羨貲若干緡。旁率好義之士林仁、王文麟、黄澤^⑪，助資各有差。

首治大成殿，增創挾殿若干楹，撤舊兩廡，重築崇址，建屋若干楹^⑫。前後側廊及儀門周垣廢，各以次舉。從祀諸像^⑬，易繪以塑，衣冠采^⑭章，悉合古制。爵尊簠簋之物，各極齊潔。廟有雅樂，廢已久，遇祀日，旋^⑮集市井伎夫，玩爲故常。侯從博雅者復理古樂，隸^⑯樂胥凡三十有六人，音律諧暢，儀容古茂^⑰，視昔之規制庳下、禮度綿蕝者不侔已。海鄉之氓，扶負而至，仰見吾聖人王者^⑱之宮、南面之位，而又俯聽吾侯文告之^⑲誠、雅樂之聲，無不忻忻然有喜色，顧出椎結左言之習^⑳，思見太平，以還弦歌之化，殆不勞以威力驅已。侯之爲州，其得治本如是。既迺躬率執事弟子員行釋奠禮於庭，竣事，州人士相與立石廡間，謁余志侯績^㉑。

余曩以公事抵吳下，聞侯主辨^㉒大府科需，皆截截有法。少閒即究心學事。人始難之曰：“自朱鬓氏據^㉓禍江南^{〔十一〕}，守城社者不啻逆旅人之居，譚書詩者救死弗贍，顧欲務不急於此乎？”侯以爲民可一日無食，不可一日無名教，無名教，其隔朱鬓氏奚幾哉！

嘻，馬上過魯者，急祠^㉔孔子^{〔十二〕}；軍興於譙者，亟令修學^{〔十三〕}。而侯於供億繁擾之秋，完葺黌廟，罔敢一日後，豈端昧本^㉕之急者乎？嘻^㉖，侯之學於聖人者，在是而不在彼也諗^㉗矣。

侯名良弼^{〔十四〕}，字仲賢^㉘，大名人。和侯名和尚，字仲謙；何君名

演,字伯大,與㉙侯同心而合德。校官字用晦㉚,是能職教以贊侯之爲㉛
治者也。銘曰:

　　皇皇神聖,立經陳紀。我昏以覺,我亂以理。海東之荒㉜,大邑是
疆。聲教所曁,新廟是將㉝。旅楹既闢,陟降有奕。靴磬筦笙㉞,神聖
奏㉟假。神聖奏假,我侯燕喜。允矣郭侯,治有本始。隣寇震迫,不懘
不驚。迨寇既平,弦誦鏘鳴。入禮堂皇,出教堂下。實維民師,豈維
民父。允矣郭侯,教民信之。我銘在庭,四方其訓之㊱。

【校】

① 明人錢穀編吳都文粹續集(臺灣圖書館藏清鈔本、文淵閣四庫全書本)卷六
　　錄有本文,據以校勘。吳都文粹續集題作重修宣聖廟記。按:嘉定碑刻集第
　　三編文化教育編錄有此文,注曰:"此碑已佚。嘉定博物館存零星殘碑拓片,
　　額題嘉定州修宣聖廟記。"

② 嘉定州學吏張天德,介其校之訓導袁利用謁:吳都文粹續集作"嘉定州儒學
　　以書抵"。

③ 員外郎:原本作"員外",據吳都文粹續集補。

④ "州并海島"四句:吳都文粹續集無此四句。

⑤ 區:鐵崖漫稿本無,空闕一字。

⑥ 十年二十年之久:原本作"二十年",據吳都文粹續集增補。

⑦ "州人"三句:吳都文粹續集作"侯以爲病"。

⑧ 退:吳都文粹續集作"平"。

⑨ 遂與同知高昌和侯、州判何君暨校官朱孔昭氏:原本作"遂與僚友高昌和尚
　　侯、校官朱孔照民",據吳都文粹續集改。

⑩ 簿書:原本作"簿學",據吳都文粹續集改。

⑪ 旁:原本作"鍊策";王文麟、黃澤:原本作"等",據吳都文粹續集改補。

⑫ "重築崇址"二句:吳都文粹續集作"重築崇挾屋凡若干楹"。

⑬ 像:原本作"象",據吳都文粹續集改。

⑭ 衣冠采:鐵崖漫稿本、吳都文粹續集作"冠衣身"。

⑮ 旋:原本作"旅",據吳都文粹續集改。

⑯ 隸:原本作"肆",據吳都文粹續集改。

⑰ "音律諧暢"二句:吳都文粹續集作"儀容古茂,音律諧暢"。

⑱ 者:吳都文粹續集無,空闕一格。

⑲ 之:原本無,據吳都文粹續集補。

⑳ “願出椎結”句：吳都文粹續集無。“願出”之“出”，疑爲“去”之訛寫。

㉑ “州人士”二句：吳都文粹續集作“州人士相與立石志侯績，幸吾子有以書之”。

㉒ 辨：蓋爲“辦”之誤寫。

㉓ 據：吳都文粹續集作“挺”，疑當作“挺”。

㉔ 祠：吳都文粹續集作“祀”。

㉕ 本：吳都文粹續集作“務”。按：似當作“豈昧端本”。

㉖ 嘻：吳都文粹續集作“噫”。

㉗ 諗：吳都文粹續集作“審”。

㉘ “侯名良弼”二句：原本作“侯名某，字某”，鐵崖漫稿本作“侯名□，字□□”，據吳都文粹續集改。

㉙ “和侯名和尚，字仲謙；何君名演，字伯大，與”凡十六字：原本作“和尚字某”，鐵崖漫稿本作“和尚字□□”，文淵閣四庫全書本吳都文粹續集作“和侯名知尚，字仲瑄；何君名演，字伯夫，與”，據清鈔吳都文粹續集改補。

㉚ 用晦：原本作“某”，鐵崖漫稿本空闕兩字，據吳都文粹續集改補。

㉛ 是：吳都文粹續集作“實”。爲：原本無，據吳都文粹續集補。

㉜ 荒：原本作“亂”，據吳都文粹續集改。

㉝ 新廟是將：吳都文粹續集作“孔廟將將”。

㉞ 筦笙：吳都文粹續集作“管笛”。

㉟ 奏：吳都文粹續集作“來”。

㊱ 清鈔吳都文粹續集本於此後又有“奉訓大夫、江西等處儒學□□司提舉會稽楊維禎”一句，文淵閣四庫全書本吳都文粹續集則作“奉訓大夫、江西等處儒學提舉會稽楊維禎撰”。按：嘉定州文廟重修於至正十三年，且本文起首曰張天德、袁利用等“謁余錢唐官次”，可見爲鐵崖在杭州任稅務官期間，其時距離授職奉訓大夫、江西儒學提舉尚有五年。此句蓋後人妄爲增補。

【箋注】

〔一〕文撰於至正十四年（一三五四），即嘉定州文廟重修落成之際，其時鐵崖在杭州任稅務官。繫年依據：郭良弼於至正十二年夏出任嘉定知州，次年重修嘉定州文廟，“閱明年”完工。詳見鐵崖撰嘉定州重建學宮記（載佚文編）。按康熙嘉定縣志卷九學校，記此重修工程曰：“至正十二年，知州郭良弼易繪像以塑，別建燕居殿，奉先師繪像。列樹東西二坊，左曰賓興，右曰儒林。（有楊維禎重修宣聖廟記。）”

〔二〕張天德：元至正十三年前後任嘉定州學吏員。

〔三〕袁利用：元至正十三年前後任嘉定州學訓導。參見嘉慶直隸太倉州志卷六職官志。

〔四〕至正壬辰：即至正十二年（一三五二）。

〔五〕椎結左言：意爲裝束語言皆同於夷人。語出西晉左思之魏都賦：“或魋髻而左言。”按：“魋髻”又作“椎結”。

〔六〕元貞初縣陞州：按元史地理志：“嘉定州，本崑山縣地。宋置縣，元元貞元年升州。”按：元貞乃元成宗年號，元貞元年爲公元一二九五年。

〔七〕“明年秋且大有”三句：指至正十二年騷亂平息之後，朝廷有詔減免稅收，次年秋季又獲豐收。按：以徐壽輝爲首之紅巾軍，於至正十二年正月至十月，連破漢陽、武昌、江州、袁州、湖州、江陰等地，然旋得旋失。至正十二年九月，右丞相脫脫率軍攻克徐州。十二月，朝廷以杭州、常州、湖州、信州、廣德諸路皆得收復，詔蠲夏稅秋糧。

〔八〕和侯：即下文所謂和尚，字仲謙，高昌（位於今新疆吐魯番地區）人。元至正十三年前後任嘉定州同知。按：萬曆嘉定縣志卷八官師年表著錄有元代順帝年間嘉定州同知和尚，然無其籍貫、履歷、具體任職時間等記載。

〔九〕何君：即下文所謂何演，字伯大，一作伯夫。元至正十三年前後任嘉定州判官。按：萬曆嘉定縣志卷八官師年表於元代判官一欄内著錄有何演，然謂其始任於至正十六年，誤。

〔十〕朱孔昭：字用晦，章貢（今江西贛州）人。至正十一年十二月廿七日始任嘉定州學教授，十四年十二月離任。參見嘉定碑刻集第三編教授題名記、萬曆嘉定縣志卷八官師年表。

〔十一〕朱氂氏據禍江南：當指至正十一年劉福通、徐壽輝等起事之後，紅巾軍蔓延至江南。尤其徐壽輝軍，於至正十二年曾連破湖州、江陰等城池。

〔十二〕“馬上過魯者”二句：指漢高祖十二年十一月，劉邦過魯，以太牢祠孔子。詳見漢書高帝本紀。

〔十三〕“軍興於譙者”二句：指曹操。三國志魏書武帝紀：“（建安）七年春正月，公軍譙，令曰：‘……其舉義兵已來，將士絕無後者，求其親戚以後之，授土田，官給耕牛，置學師以教之。’”

〔十四〕良弼：字仲賢，大名（今屬河北）人。歷任中臺監察御史、工部員外郎，元至正十二年夏出任嘉定知州，爲奉議大夫。參見萬曆嘉定縣志卷八官師年表。按：萬曆嘉定縣志官師年表謂郭良弼於至正十年出任嘉定知州，誤。又，郭良弼本爲元臣，然張士誠入吳後，爲張氏所用，且曾向張士誠推薦其師江浙行省左右司員外郎楊乘。據元史忠義傳二楊乘傳,兵亂後,"(楊乘)寓居松江。張士誠入平江,其徒郭良弼、董綬言乘于士誠。士誠遣張經招乘,乘曰:'良弼、綬皆名臣,今已失節,顧欲引我以濟其惡邪?'"又,上引文中所謂游説者張經,乃鐵崖友人,約於至正十九年至二十二年間任嘉定州同知,蓋即本文所述"高昌和侯"之後任。張經與郭良弼亦當有交往。

借月軒記[一]

雲間朱芾氏,顔其所居之軒曰借月,取其①先裔清都語也[二]。郎蓋神仙中人,得天地一杰之清而明者,故於月有合焉。蘇子以江上清風、山間明月,爲天地之無盡藏也[三],世俗之人,烏能主是藏而有之耶? 清都郎獨能借而有之,爲洛陽醉花之具,不在主其藏也。

借之爲言,非人不能得而我私得之也,天地之公有,人皆可借,而有不能借者,其靈虛清明之府,不足以受之,則郎爲能②獨借而人所不能借,故曰"借"也。然借不知其所限,而亦不知其所償,非造化寄藏之無盡,而仙家取物之無主名者乎? 取之無主名,則借而託之云耳。子之借,其真乎? 託乎? 吾不知也。吾將叩子之借券何書? 子本何稱? 地主何名? 則亦託之云耳。

今子於三五之夕,賓月於"雙金"之東[四],如白菡萏湧珠貝闕,容光滿室,倒影在地,顧瞻左右,婆娑老群③,金光玉臼,霓裳羽衣之隊,無不畢具,恍焉身在結鱗宮中[五]。爲吾之借,亦不訾矣。

然吾有慮者:"天或發怪,百煉火龍珠遁入蛤蚌胎[六],則造物之無藏者,亦有時而損也,子亦能爲我借之乎?"芾不答,起而舉杯壽余曰:"勸先生且吸杯中月,毋④論借不借。"

吾使侍兒爲之歌,曰:"月可借兮,在始青之先。月不借兮,在天之顛。舉杯吸月,月不滿咽。俯視倒影,千江萬川⑤。吾又烏知月之借不借,在人兮在天。"

【校】

① 其:原本無,據鐵崖漫稿本補。

② 能：鐵崖漫稿本無。

③ 老群：鐵崖漫稿本作“光□”。

④ 毋：鐵崖漫稿本作“無”。

⑤ 川：原本作“州”，據鐵崖漫稿本改。

【箋注】

〔一〕借月軒：主人朱芾，鐵崖門人。參見東維子文集卷九送朱生芾蒲溪授
徒序注。

〔二〕清都：指朱敦儒。二老堂詩話朱希真出處：“朱敦儒字希真，洛陽人……
希真舊嘗有鷓鴣天云：‘本是清都山水郎，天教懶慢帶疎狂。曾批給露支
風勅，累奏留雲借月章。詩萬首，醉千場，幾曾著眼看侯王？玉樓金闕慵
歸去，且插梅花住洛陽。’”

〔三〕“蘇子”二句：蘇軾前赤壁賦：“且夫天地之間，物各有主。苟非吾之所有，
雖一毫而莫取。惟江上之清風，與山間之明月，耳得之而爲聲，目遇之而
成色，取之無禁，用之不竭，是造物者之無盡藏也。”

〔四〕雙金：指大金山、小金山。當時大、小金山位於松江近海之中。

〔五〕結鱗：太平御覽卷三引七聖記：“鬱華赤文，與日同居；結鱗黄文，與月同
居。鬱華，日精；結鱗，月精也。”

〔六〕“天或發怪”二句：盧仝月蝕：“此時怪事發，有物吞食來。輪如壯士斧斫
壞，桂似雪山風拉摧。百鍊鏡，照見膽，平地埋寒灰。火龍珠，飛出腦，却
入蚌蛤胎。”

無憂之樂記

“無憂之樂”，本於後魏苻承祖癡姨楊①之語〔一〕。始承祖貴顯，遺
癡姨衣，不受。承祖以連車迎之，大哭曰：“爾欲殺我耶！”苻家因以
“癡姨”棄之。常謂其姊曰：“姊②有一時之榮，未若妹無憂之樂。”予
嘗以其爲有道之語，不可以婦人易之也。

人豈不願樂也？以憂間之耳。吾無憂以間之，則其爲樂也，豈不
至耶？承祖敗，姊與禍而姨獨免。君子讀史至此，不惟取其言，而又
取其智也。癡姨，癡姨，其果癡也乎？某③人名其燕處之室爲無憂之

樂,而求予爲之記,因叙其事而書之室爲記。係之詩曰:

君有身外憂,烏有胸中樂? 我憂隔亭障,其樂在囊橐。取之不能窮,用之不能斁④。蹠、蹻莫我攘〔二〕,王侯莫我角。乃知楊氏婦,婦言賢北郭〔三〕。君能樂吾樂,啟期相唯諾〔四〕。

【校】

① 苻:原本作"符";楊:原本作"揚",據魏書卷九十二姚氏婦楊氏傳改。下同。
② 姊:原本作"姨",據魏書卷九十二姚氏婦楊氏傳改。
③ 某:鐵崖漫稿本無,空闕一字。
④ 斁:鐵崖漫稿本無,空闕一字。

【箋注】

〔一〕癡姨:魏書列女傳:"姚氏婦楊氏者,閹人苻承祖姨也。家貧無產業。及承祖爲文明太后所寵貴,親姻皆求利潤,唯楊獨不欲。常謂其姊曰:'姊雖有一時之榮,不若妹有無憂之樂。'姊每遺其衣服,多不受……承祖乃遣人乘車往迎之,則攘志不起。遣人彊昇於車上,則大哭,言:'爾欲殺我也?'由是苻家内外皆號爲'癡姨'。及承祖敗,有司執其二姨至殿庭,一姨致法,以姚氏婦衣裳敝陋,特免其罪。"

〔二〕蹠、蹻:指盗蹠、莊蹻。蹠,或作跖,秦之大盗。莊蹻,楚之大盗。參見漢書賈誼傳注。

〔三〕北郭:指北郭先生。參見陳善學序刊楊鐵崖先生文集卷五無憂之樂注。

〔四〕啟期相唯諾:意爲能與榮啟期同樂。榮啟期,或作榮聲期,春秋時隱士。參見鐵崖先生古樂府卷四七哀詩注。

春暉堂記〔一〕

上虞顧亮〔二〕,自①澉川來拜予草玄閣次〔三〕,請曰:"澉川有隱君子姚穆字敬叔者,性至孝。母病不瘳,穆焚香泣血,夜告天曰:'吾母病日革,即不測,吾將疇依? 天累降大禍,穆請以身代。否,必割父母遺體,穆不顧已。'言出而病愈,由是鄉里以孝子稱。後母父俱逝,去之十餘年,哀痛之心不一日已。遂取孟郊詩〔四〕,扁其所居之奥曰春暉堂,示不忘親也。先生修鐵史,凡世忠義孝友有關風教者皆筆之。太史公曰:‘欲砥礪立名者,非附青雲之士,惡能施於後世哉〔五〕!’春暉孝子之行,卓有可稱,敢請先生書之。”

予嘗論:人孰無親?親孰無養?以養②親爲孝者,人子之常耳。其於患難危亡之極,藥餌不能入,至號泣籲天,誓以身代其禍,亦可爲孝矣!吾家老佛子露禱於天,刲股入藥,以起垂死之母,母得遐齡,天又報施孝子,俾異人移頞瘻於背,壽至九十九終〔六〕。天之報施孝子,高高之監亦明矣。春暉孝子泣血代母事,與吾祖頗類,其感天動地之報,當有在也。吾書之鐵史,納諸匭内,又何過焉!

曩姚氏有字信之者,貌端恪,攝古衣冠,將從子舜年拜予乍③江客所〔七〕,知其爲人。詢之,即孝子與兄子也。夫澉地瀕海斥鹵,狡商黠賈攘敚之地,一反目間,有不認其親者。廼今有賢如春暉之孝子,豈非名教中一激勸之助乎?異日吾東歸,登孝子堂,揖孝子兄弟族屬於堂下,名其鄉曰孝義,又當爲孝子賦春暉未晚也。亮歸,以是復之。

亮曰:“唯。”

【校】

① 自:鐵崖漫稿本作“字”。
② 養:鐵崖漫稿本作“善”。
③ 乍:鐵崖漫稿本無,空闕一字。

【箋注】

〔一〕本文當撰於明初洪武元年、二年之間,其時鐵崖寓居松江。繫年依據:請文者上虞顧亮於洪武初年專程至松江造訪鐵崖,鐵崖曾爲賦詩,本文蓋一時之作。參見陳善學序刊楊鐵崖先生文集卷六虞丘孝子詞注。春暉堂主人姚穆,生平見本文。

〔二〕上虞:今屬浙江。顧亮:其名又作諒。鐵崖晚年弟子。參見陳善學序刊楊鐵崖先生文集卷六虞丘孝子詞注。

〔三〕澉川:又稱澉浦。位於今浙江海鹽。

〔四〕孟郊詩:指游子吟。詩中有“誰言寸草心,報得三春暉”二句。

〔五〕“欲砥礪立名者”三句:參見鐵崖先生集卷四山中餓夫傳注。

〔六〕“吾家老佛子”七句:概述鐵崖曾祖父楊佛子故事。參見鐵崖文集卷三楊佛子傳。

〔七〕乍江：又稱乍浦。位於今浙江平湖。

春暉堂記〔一〕

常熟南去五十里〔二〕，有雙鳳洲之勝〔三〕，爲衣冠世胄虞公芝庭之家〔四〕。芝庭生丈夫子四，曰伯源〔五〕、伯承等〔六〕，早失所怙〔七〕，教養胥母氏出。中堂以春暉自命者，孝子愛日之誠也。今伯仲皆有成材，出從儒紳輩游，冠珮整肅，像容侃侃，稱韻人雅士，不肯一日離母側從時主辟命，鄉黨宗族又稱純孝。

今年春，余赴伯源之招，過鳳洲，登堂持酒，爲母夫人①壽。源等拜且請曰："春暉非先生一言，吾母教育恩泯泯無聞，而源輩何以白寸草之心哉！"

今②惟春者，一元之氣之始，萬物由以生。漢詩人歌之曰："陽春布德澤，萬物生光輝〔八〕。"唐詩人又有徼於人子者曰："難將寸草心，報答三春暉〔九〕。"此虞孝子堂之所由名也。雖然，事親之日有限，報親之日無窮。源輩之年且强，學日進，行日修，可以出而仕矣。榮其身以顯其親，往者推封恩，在者享禄養，此③孝子報春暉之大者，源輩尚以余言勉之。洪武己酉四月八日記。

【校】

① 夫人：鐵崖漫稿本無。

② 今：似當作"余"。

③ 此：原本無，據鐵崖漫稿本增補。

【箋注】

〔一〕文撰於明洪武二年己酉（一三六九）四月八日，其時鐵崖應邀自松江至常熟虞伯源家小住。參見鐵崖文集卷三殷氏譜引。

〔二〕常熟：今屬江蘇蘇州市。

〔三〕雙鳳洲：即雙鳳鎮，位於常熟南，明代弘治年間劃歸太倉州。弘治太倉州志卷一市鎮:"雙鳳鎮在州北二十四里,又曰雙林。居民稠密,市物旁午。人多好讀書,故科第代出,甲於諸市。晉成帝咸和六年,天竺沙門支遁因之直塘訪瞿硎先生,見東南有五色氣,卓錫記之。黎明,令耕者劚之,其土皆五色,中有石函二龜,化爲雙鳳而去。故鄉以雙鳳名,市亦因之。"

〔四〕虞公芝庭:即虞德章。參見楊鐵崖先生文集全録卷二芝庭處士虞君墓銘。

〔五〕伯源:即虞宗海。德章長子。參見楊鐵崖先生文集全録卷二芝庭處士虞君墓銘、鐵崖文集卷三殷氏譜引。

〔六〕伯承:即虞宗祐,德章次子。參見楊鐵崖先生文集全録卷二芝庭處士虞君墓銘。

〔七〕早失所怙:伯源之父卒於元至正十五年,其時伯源二十多歲。參見楊鐵崖先生文集全録卷二芝庭處士虞君墓銘。

〔八〕"陽春布德澤"二句:出自漢樂府長歌行。

〔九〕"難將寸草心"二句:出自唐孟郊游子吟,然與今日通行本稍有差異。

永思堂記　三月十二日〔一〕

金陵林泰,字伯亨。自幼齡事親以孝聞。年弱冠,不幸二親俱逝。今幸遭逢聖人龍飛濠上〔二〕,開國於金陵,亨以青年至行,與一時英俊争翔競奮於青雲之上。仕未三年,而佐①賓部幙。雖自賀其有禄位,而悼其禄養不逮其親,風木之悲〔三〕,何時可已! 遂自顏其先廬曰永思之堂。

出使松江,謁予草玄閣次,介汴省郎中李師孟公書〔四〕,求一言爲孝思之發。經曰:思其親居處,思其親笑語,思親所樂所嗜。思則著則存,著存之至②,若將見之〔五〕。此君子無時之見其親者,見於思也。詩人詠之曰:"永言孝思,孝思維則〔六〕。"此非事親有至性者,不能盡永思之則。亨事親,蓋得於至性者。傳稱:"五十而慕,舜之孝也〔七〕。"亨之行,幾於孝已乎! 求忠臣者,必於孝子之門〔八〕,未有厚其親而違其君者也。以孝於親者,移忠於其君,正在今日。昔君家孝子攢③,以至孝承貞元之詔④表其閭,號"闕下林家"〔九〕。永思之堂,其得無㫋乎? 吾指日俟尺一之詔,特表其閭,如貞元故事,堂之在闕下者,其不朽矣!

【校】

① 佐：鐵崖漫稿本作"位"。

② "著則存著存之至"凡七字,鐵崖漫稿本無。

③ 攢：原本無,空闕一格,鐵崖漫稿本作"揩",據新唐書孝友傳改。

④ 詔：鐵崖漫稿本作"語"。

【箋注】

〔一〕文當撰於明初洪武元年或二年之三月十二日,其時鐵崖寓居松江。繫年依據：其一,文中稱李師孟爲"汴省郎中",當在洪武元年春李氏自松江召還京師之後。參見東維子文集卷二送淞江同知李侯朝京序。其二,據題下小字注,此文撰於三月十二日;又據文中所述,當時鐵崖居草玄閣,故必在洪武元年、二年之間,因爲洪武三年三月,鐵崖在京師。永思堂主人林泰,生平僅見本文。

〔二〕聖人龍飛濠上：指朱元璋發迹於濠州。濠上,指濠州,又稱臨濠（今安徽鳳陽）,乃朱元璋故鄉。

〔三〕風木之悲：指孝子見風吹樹木而思親。參見鐵崖先生古樂府卷二萱壽堂詞注。

〔四〕李師孟：名浩。參見東維子文集卷二送淞江同知李侯朝京序。

〔五〕"思其親居處"六句：禮記祭義："致齊於内,散齊於外。齊之日,思其居處,思其笑語,思其志意,思其所樂,思其所嗜。……是故先王之孝也,色不忘乎目,聲不絶乎耳,心志嗜欲不忘乎心。致愛則存,致愨則著。著、存不忘乎心,夫安得不敬乎?"

〔六〕"永言孝思"二句：出自詩大雅下武。

〔七〕"五十而慕"二句：參見東維子文集卷十四愛日軒記注。

〔八〕"求忠臣者"二句：後漢書韋彪傳："孔子曰：'事親孝故忠可移於君,是以求忠臣必於孝子之門。'"注："孝經緯之文也。"

〔九〕"昔君家孝子攢"三句：概述唐代孝子林攢之榮耀。貞元：唐德宗年號,公元七八五至八〇五年。林攢,泉州莆田人。其事迹詳見新唐書孝友傳。

南坡讀書記〔一〕

上海祝大夫挺,來謂予曰："挺宗出歙之太傅穆〔二〕,其派三：一建陽〔三〕,一信〔四〕,吾派在番〔五〕。挺遡穆祖,爲七葉孫。先廬在番陽之<u>青山</u>,山之南坡築精舍,爲挺讀書所。從碩師治<u>春秋</u>經傳及<u>十七氏史學</u>〔六〕。學未竟,筮仕民牧,慄慄①有懼,因圖其讀書所行卷中,日夜奉父師遺訓,罔敢隊②。幸吾子有言以白之。”

余爲喟然曰:“季世而降,國是於<u>申</u>、<u>商</u>〔七〕,聖籍之熄(句),火不翅,以故綱淪法斁,夷亂華,獸食人,恬弗怪。大夫乃獨取群咻衆躪之物爲理,蓋以古之人自視,以古之治治③今也。古之讀書必理心,心不仁不萌;必理政,政不義不蹈。仁行義施而天下治矣。不然者,孔言而跖履〔八〕,狼殘豺屬以牛羊吾萌,萌離而去,曰'非牧者罪'。甚至敗大物〔九〕,爲禹、光〔十〕,爲歕、臺、涉、蔚〔十一〕。嘻,書何厄④於此哉!<u>南坡</u>之書,閱歷兵燹而太傅⑤藏室無恙,而又賢子孫如大夫者,承而讀之,讀而行之,謂太傅藏室之餘澤非歟!吾猶爲大夫憾者,不使都館閣,而下理葦泯⑥巖邑中。丁未之變,邑幾治⑦矣,大夫談笑而定之,脱鼎鑊於衽席者以萬數。其蔽遮海洋,重若一郡,賞秩未加而簿書之責及焉。吾聞大夫在轂下,時人嗜斷,莫敢啟喙。大夫奮不顧死,昌言之。天理易於還也,明主易於言也,言白而理還,大夫當位大卿朝著(句⑧)。不然,掉舌⑨諫坡〔十二〕,秉<u>狐</u>筆史林〔十三〕,太傅書澤施於用大矣,蓋日夜望之。”

<u>太初生</u>跋云〔十四〕:“<u>獨孤及</u>爲文,褒⑩賢遏不肖,務立憲以警世〔十五〕,故<u>韓愈</u>師其爲文。吾於<u>鐵史先生</u>此文亦云。”

【校】

① 慄慄:<u>鐵崖漫稿</u>本作“慓慓”。

② 隊:<u>鐵崖漫稿</u>本作“墜”。

③ 治治:原本作“治”,據<u>鐵崖漫稿</u>本補。

④ 厄:<u>鐵崖漫稿</u>本誤作“兀”。

⑤ 太傅:原本作“太博”,據<u>鐵崖漫稿</u>本改。下同。

⑥ 泯:疑當作“氓”。

⑦ 治:當作“殆”。

⑧ 小字注“句”,<u>鐵崖漫稿</u>本無,空闕一字。

⑨ 舌:<u>鐵崖漫稿</u>本誤作“言”。

⑩ 褒:原本作“哀”,據<u>鐵崖漫稿</u>本改。

【箋注】

〔一〕本文當撰於明初洪武二年（一三六九），其時鐵崖寓居松江。繫年依據：
其一，文中稱錢鶴皋事件爲“丁未之變”，知當時已是吳元年丁未（一三六
七）以後。其二，本文撰於南坡精舍主人祝挺任職松江期間，文中言及“賞
秩未加而簿書之責及焉”、“明主易於言也，言白而理還”等等，知其時祝
挺沉冤得雪，即將調離松江，故必在洪武二年。祝挺生平及本文涉及有關
史實，參見東維子文集卷一送祝正夫赴召如京序、鐵崖文集卷二上海知縣
祝大夫碑。

〔二〕歙：唐代歙州，宋改徽州，元代爲徽州路。今屬安徽。參見元史地理志。
太傅穆：指南宋祝穆。祝穆字和甫，其先世爲新安人，其父始居崇安。祝
穆兄弟皆從朱熹學。穆後薦爲迪功郎。撰有古今事文類聚、方輿勝覽等。
其家世淵源、生平履歷詳見清李清馥閩中理學淵源考卷二十迪功郎祝和
甫先生穆。

〔三〕建陽：位於今福建北部。

〔四〕信：信州。今屬江西上饒。

〔五〕番：今江西鄱陽。

〔六〕十七氏史：即十七史，宋人呂祖謙編撰有十七史詳節二百七十三卷。

〔七〕申、商：指申不害和商鞅。宋家鉉翁春秋集傳詳説卷十二：“竊謂齊桓優
游不迫，猶有周家盛時氣象。至晉文則淺狹迫急，漸有戰國、秦、漢之風，
蓋申、商之萌蘗也。”

〔八〕孔：孔子。跖：盜跖。

〔九〕大物：喻指國家、政權。

〔十〕禹、光：指西漢丞相張禹、孔光，漢書皆有傳。明王褘大事記續編卷八：
“西漢輔相如禹、光輩，多庸繆懷姦。”

〔十一〕歆、羣、涉、蔚：分別指劉歆、陳羣、楊涉、張文蔚。劉歆爲西漢末年人，劉
向之子，一度爲王莽寵臣。生平詳見漢書王莽傳。陳羣乃三國時人，原
爲劉備屬官，後轉投曹操，爲曹氏重臣。傳載宋蕭常撰續後漢書卷三十
九。楊涉爲五代時人，唐末哀帝即位，楊涉拜中書侍郎同中書門下平章
事，唐亡，事梁爲門下侍郎同中書門下平章事。新五代史有傳。張文蔚
亦爲五代時人，唐昭宗遷洛，文蔚拜中書侍郎同中書門下平章事，梁太
祖立，仍以文蔚爲相。新五代史有傳。

〔十二〕諫坡：諫議官之別稱。參見宋程大昌雍録卷八諫坡。

〔十三〕狐筆：董狐之筆。董狐爲春秋晉國太史，以秉筆直書著稱。

〔十四〕太初生：鐵崖弟子，至正初年跟從鐵崖學詩。曾評鐵崖拗律詩，曰“健有排山力，工無剪水痕”。鐵崖“擊几賞之”，“以爲知言”。按：太初生或爲僧人。參見東維子文集卷七附釋安撰鐵雅先生拗律序。

〔十五〕“獨孤及爲文”三句：唐崔祐甫撰獨孤公神道銘：“公之文章，大抵以立憲誡世、褒賢過惡爲用，故論議最長。”（載毘陵集附録。）按：獨孤及，新唐書有傳。唐大曆、貞元年間，獨孤及、梁肅學問最稱淵奥，韓愈曾師從其徒。

壺月軒記〔一〕

雲間①李生恒，字守道，先廬毀於兵，辟地上海之漁莊②，世以耕釣③爲業。業暇輒讀書考典故④，故工長短句⑤，習法書名畫。家雖貧⑥，不肯苟仕進爲乾没計⑦。新築草堂數楹，堂之偏別構一軒⑧，顏曰壺月。余放舟黃龍浦〔二〕，達□海⑨，必道過其門，過必觴余於軒，繙校典籍，辨⑩書畫，已則乞題其顏，而并以記請。

昔延平先生以經術德行師表天下⑪，後⑫退而屏居閩山，簞瓢屢空，晏如也，時稱其人品爲冰壺秋月，以其所學與所履，瑩徹而無瑕也〔三〕。吾聞生之先裔，由閩而台〔四〕，由台而淞也，而不敢上焉⑬以祖延平，獨取其“冰壺秋月”，以對越諸⑭軒。壺清而以冰益瑩，月明而以秋愈皎⑮。生景行先哲，清於中，無愧於壺；明於外⑯，無愧於月。伺祖何人⑰，希之則是。生青年而好學不倦⑱，尊師取友，不遠千里。異日見生之學日進，德日明，行日粹以⑲清，其有以仰承源關洛而委新安之派⑳〔五〕，則吾將㉑與生修世譜，題曰李氏㉒冰壺譜也。四方士爲軒㉓賦壺月詩，繫於譜，生之軒其不朽矣乎！

龍集己酉春二月花朝庚辰〔六〕，會稽抱遺叟楊禎廉夫甫在雲間之拄頰樓試老陸畫沙錐書也〔七〕。就此致意孟京〔八〕，近日妙書過文東遠甚〔九〕，可副墨一本張其軒㉔。

【校】

① 壺月軒記有墨迹本，爲日本山本悌二郎收藏，澄懷堂書畫目録卷二著録，題

作楊維禎書壺月軒記册。楚默撰楊維楨（中國書法家全集之一，河北教育出版社二〇〇六年版）附録有墨迹照片，據以校勘。雲間：墨迹作“江陰”。然文中曰“吾聞生之先裔，由閩而台，由台而淞也”，則與江陰無關。

② 先廬毀於兵，辟地上海之漁莊：原本作“先廬在上海之漁莊”，據墨迹改。

③ 世：墨迹無。釣：原本作“牧”，據墨迹改。

④ 業暇輒讀書考典故：原本作“至生意讀書考典”，據墨迹改。

⑤ 故工長短句：墨迹無。

⑥ 貧：墨迹作“寠”。

⑦ 乾没計：原本作“乾没”，墨迹作“乾後計”，據墨迹補“計”字。

⑧ “新築草堂”二句：原本作“願於先廬之偏屏處一軒”，據墨迹改。

⑨ 達□海：原本無，據墨迹增補。

⑩ 辨：原本作“鑒一辨”，據墨迹删“鑒一”二字。

⑪ 天下：墨迹作“百代”。

⑫ 後：墨迹無。

⑬ 而不敢上焉：墨迹作“不敢多上”。

⑭ 諸：墨迹作“於”。

⑮ 明：墨迹作“朗”。愈皎：墨迹作“益皦”。

⑯ 外：原本作“内”，據墨迹改。

⑰ 侗祖何人：原本作“侗何人哉”，據墨迹改。

⑱ 青年而好學不倦：墨迹作“既青年而好學”。

⑲ 粹以：原本無，據墨迹增補。

⑳ “其有”句：原本作“有以仰承源關洛而委新安者”，據墨迹改。

㉑ 將：墨迹作“又當”。

㉒ 李氏：原本無，據墨迹增補。

㉓ 軒：墨迹作“生”。

㉔ “龍集己酉春二月花朝庚辰”以下至篇末凡五十九字：原本作“是爲記”，據墨迹改補。

【箋注】

〔一〕本文撰且書於明初洪武二年己酉（一三六九）二月十五日，其時鐵崖寓居松江。壺月軒主人李恒，字守道，松江人。或謂江陰人（參見校勘記）。生平見本文。

〔二〕黃龍浦：即黃浦江。位於今上海市。

〔三〕"昔延平先生"七句：延平先生即指李侗，李侗故里劍浦曾名延平，故有此稱。宋史道學二李侗傳。"李侗字愿中，南劍州劍浦人。年二十四，聞郡人羅從彦得河、洛之學，遂以書謁之……從彦亟稱許焉。既而退居山田，謝絕世故餘四十年。食飲或不充，而怡然自適……。是時吏部員外郎朱松與侗爲同門友，雅重侗，遣子熹從學，熹卒得其傳。沙縣鄧迪嘗謂松曰：'愿中如冰壺秋月，瑩徹無瑕，非吾曹所及。'松以謂知言。"

〔四〕由閩而台：指由福建遷徙至台州（今屬浙江）。

〔五〕承源關洛而委新安之派：意爲上承關中張載、洛陽二程之理學，延續新安朱熹一派。元胡一桂周易本義啟蒙翼傳中篇："伊川授之龜山先生楊時中立，龜山授之豫章先生羅仲素，豫章授之延平先生李侗愿中，延平授之晦庵先生朱子。"

〔六〕龍集己酉：指明洪武二年。

〔七〕老陸：指筆工陸穎貴。參見鐵崖撰畫沙錐贈陸穎貴筆師序（載佚文編）。

〔八〕孟京：指俞鎬。俞鎬字孟京，松江人。鐵崖弟子，有大雅集。參見嘉慶松江府志卷七十二藝文志、元詩選癸集。

〔九〕文東：指陳壁。正德松江府志卷三十人物六文學："陳壁，字文東，華亭人。少穎悟，以文學知名。尤善書，篆隸真草，流暢快捷，富於繩墨。洪武中，以秀才任解州判官。調湖廣郴州，卒。郡人學書者皆宗之。"按：或謂陳壁自號谷陽生，爲鐵崖門人。參見大觀録卷九楊廉夫草書選評詩卷、鐵網珊瑚卷三宋思陵宸翰及元人諸帖。

卷九十四　楊鐵崖先生文集全録卷二

五湖賓友志[一]

　　五湖賓友者,錢唐道士趙氏野鶴也。趙以狀肖野鶴,故名。時時翔乎五湖之間,故人又推爲五湖賓友云。其先出故宋福王後[二]。宋亡弗仕,遂游上清[三],師事薛外史[四],學老子法。工文辭,尤善隸古書,一辭一筆,出必絶例,人顧未知天上玄卿、少霞之所業者何如耳[五]。

　　嘗絶江逾淮,歷嵩高[六],上恒嶽[七],而訪北海[八],又亟反乎五湖之上,與鐵篴道人者會。道人扣之曰:"五湖,大澤也。其神配河嶽,非至道者弗能居,今居者爲誰? 至道者居,非又①行夫道之相敵者,不足爲賓友,野鶴將賓友於五湖,識得五湖之主賓友者②乎? 鴟夷子皮去後[九],繼之者復幾何人?"野鶴憂③然曰:"吾且逝矣,烏知許事?"

　　予聞鶴,金火相生,養千年骨換[十]。乘風雲以歷乎廣莫,出入乎太虛,以俯觀碧落。匪浮丘之徒招之[十一],不能下,則五湖者又孰得而終友之哉! 且以野鶴出王門孫,而又出世爲道士,方當作賓王家,與至人者默贊聖天子無爲之化,則四海主人固有在已,慎勿言"天子不得賓、諸侯不得友"也。野鶴往哉!

　　鐵篴道人者,爲會稽楊維禎也。至正四年春三月書於錢唐湖之福真[十二]。

【校】

① 非又:似當作"又非"。

② 者:原本無,據鐵崖漫稿本補。

③ 憂:鐵崖漫稿本作"戛"。

【箋注】

〔一〕文撰於至正四年(一三四四)三月,其時鐵崖攜家寓居杭州,試圖補官未果,授學爲生。五湖賓友:趙野鶴。野鶴當爲別號,其名字不詳。生平見本文。

〔二〕福王:指趙汝愚。汝愚字子直。南宋理宗朝追封福王。宋史有傳。

〔三〕上清:道教宮名。在江西龍虎山。

〔四〕薛外史:指龍虎山道士薛玄曦(一二八九——一三四五)。元詩選二集上清外史薛玄曦:"玄曦字玄卿,河東人,徙居信州之貴溪。年十二,辭家入道龍虎山,師事張留孫、吳全節。延祐間,用薦者召見侍祠,制授大都崇真萬壽宮提舉,陞提點上都崇真萬壽宮。泰定元年,奉詔徵嗣天師,既至,住鎮江之乾元宮,未行,扈從灤陽,還至龍虎臺,……即日辭歸……築瓊林臺於龍虎山之西,日與學仙者相羊其間……至正三年,制授弘文裕德崇仁真人、佑聖觀住持,兼領杭州諸宮觀。玄曦不得辭,乃拜命而遣弟子攝其事。五年卒,年五十七。自號上清外史。所著有上清集、樵者問,會粹群賢詩文爲瓊林集。玄卿負才氣,倜儻不羈,善爲文,而尤長於詩。"按:或稱薛玄曦爲瓊林真人,參見石渠宝笈續編乾清宮藏六張雨自書詩帖。

〔五〕玄卿:山玄卿。少霞:蔡少霞。相傳玄卿、少霞爲仙人,善書。參見鐵崖先生古樂府卷十小游仙之九注。

〔六〕嵩高:即嵩山,又稱中嶽。位於今河南登封。

〔七〕恒嶽:即恒山,又稱北嶽。位於今山西大同。

〔八〕北海:蓋指郡名。西漢設置北海郡,位於今山東青州、萊州一帶。

〔九〕鴟夷子皮:春秋時人范蠡化名。參見鐵崖先生古樂府卷二昭君曲之二注。

〔十〕"予聞鶴"三句:述鶴之變化,即所謂"金九火七而變生"。參見鐵崖文集卷三夢鶴道人傳。

〔十一〕浮丘:即浮丘公。參見鐵崖先生古樂府卷二周郎玉笙謠注。

〔十二〕錢唐湖:指杭州西湖。福真:道觀名。福真觀位於杭州西湖。按元鄧文原巴西集卷上,有請張伯雨提點住杭州福真觀疏。鐵崖於至正初年寓居福真觀,或與張雨有關。

樵溪風叟志〔一〕 有歌

風,天樂也。神至靈,功至捷①。古者聖人以八音通八風〔二〕,從律而不奸,則生育之恩萬物者至矣。故虞舜氏作五弦之琴,歌南風,而南風若下聖人〔三〕。爲周成、康之豳風〔四〕,爲循吏昆之反風〔五〕,蓋必有以動之者矣。

　　會稽人有號<u>樵溪風叟</u>者，爲<u>唐止齋</u>氏。年未六十而休官，與鄉之倦仕者時駕扁舟，往來<u>樵溪</u>上〔六〕，鶡冠卉服，若<u>漢</u><u>雲門山</u>中叟也〔七〕。於是人以<u>樵溪風叟</u>目之，叟亦因以自號。以余爲<u>會稽</u>人，求風叟志於<u>五湖</u>之上。

　　夫<u>樵溪</u>之風，爲<u>鄭弘</u>氏，旦而南，暮而北。亦隱者之行，有以動於物非歟？不然，神如<u>列禦寇</u>，隨風而東西〔八〕，不過風役耳，孰有如<u>弘</u>之役風歟！第未知繼<u>弘</u>樵於<u>若邪</u>者誰歟？風之旦南暮北者尚然歟？予亦倦仕者，他日歸<u>若邪</u>，將從子之樵舟，乘靈風以往還，不減<u>弘</u>之所快，叟亦許之乎？

　　叟謂余曰：“<u>若耶</u>人至今呼‘<u>鄭公風</u>’者，名存而風改久矣。吾之所以名者：<u>張季鷹</u>之見秋風以謝羈宦者耳〔九〕，烏問風之北南哉！聞②子吹笛<u>五湖</u>上，小則清籟動林莽，大則祥飈發天地，若瑤池琯之與巽二協也〔十〕，子盍歸乎哉！子盍歸乎哉！吾將與鄉之童冠六七人，俟子<u>雲門</u>外，歌樵風以和子之<u>五湖引</u>也。<u>鄭弘</u>之③風，當屬我邪？屬之子邪④？”

　　叟⑤之歌曰：“習習其風兮，朝而南。送我樵舟兮，山之陰。習習其風兮，北其涼。送我乎樵舟兮，山之陽。”予亦賡歌曰：“玄玉之琯兮，其音不□。物出而蠢兮，物斂而摯，烏知風之暮而朝。玄玉之琯兮，其律不僭。東而震振兮，西而兌吟，烏知風之北而南。”

【校】

① 捷：<u>鐵崖漫稿</u>本作“健”。

② 聞：原本作“問”，據<u>鐵崖漫稿</u>本改。

③ <u>鄭弘</u>：<u>鐵崖漫稿</u>本作“<u>鄭公</u>”。之：原本空闕，據<u>鐵崖漫稿</u>本補。

④ 子邪：<u>鐵崖漫稿</u>本無。

⑤ 叟：<u>鐵崖漫稿</u>本作“屬”。

【箋注】

〔一〕文撰於<u>元</u><u>至正</u>五、六年間，其時<u>鐵崖</u>授學於<u>東湖書院</u>，寓居<u>湖州</u><u>長興</u>。繫
　　　年依據：文中謂<u>樵溪風叟</u>請文於“<u>五湖</u>之上”，又謂“聞子吹笛<u>五湖</u>上”、

“和子之五湖引”等等,知其時鐵崖居太湖之濱,爲時不短,且其吟詠太湖之詩已引人注目。當爲至正初年授徒湖州期間。樵溪風叟:唐止齋,生平見本文。

〔二〕“古者聖人”句:宋陳暘樂書卷九禮記訓義樂記:“聲寓於器,則金石以動之,絲竹以行之,匏以宣之,瓦以贊之,革木以節之。此八音以遂八風者也。”

〔三〕“故虞舜氏”三句:參見鐵崖賦稿卷下舜琴賦注。

〔四〕周成、康:指西周成王、康王。成王爲武王子,康王爲成王子。按:成王、康王執政時期,國泰民安,史稱成、康之治,故此稱之爲“豳風”。

〔五〕昆:指東漢循吏劉昆。後漢書劉昆傳:“光武聞之,即除爲江陵令,時縣連年火災,昆輒向火叩頭,多能降雨止風。徵拜議郎,稍遷侍中、弘農太守。先是崤、黽驛道多虎災,行旅不通。昆爲政三年,仁化大行,虎皆負子渡河。帝聞而異之。(建武)二十二年,徵代杜林爲光禄勛。詔問昆曰:‘前在江陵,反風滅火;後守弘農,虎北渡河,行何德政而致是事?’”

〔六〕樵溪:即若耶溪。參見鐵崖先生古樂府卷十吳下竹枝詞注。

〔七〕漢雲門山中叟:指東漢鄭弘,字巨君,山陰人。雲門山:又稱東山,位於今浙江紹興。後漢書鄭弘傳注引孔靈符會稽記曰:“射的山南有白鶴山,此鶴爲仙人取箭。漢太尉鄭弘嘗采薪,得一遺箭。頃有人覓,弘還之。問何所欲,弘識其神人也,曰:‘常患若邪溪載薪爲難,願旦南風,暮北風。’後果然。故若邪溪風至今猶然,呼爲‘鄭公風’也。”

〔八〕“神如列禦寇”二句:參見鐵崖先生詩集庚集題列子御風圖注。

〔九〕張季鷹:名翰,字季鷹。見秋風歸事,參見鐵崖先生詩集甲集和吕希顔來詩二首注。

〔十〕巽二:風神名。

芸業生志[一]

芸業生者,倪氏抵,淞之胥浦里人。有漢世譜,爲御史大夫寬四十九葉孫[二]。生時即失母,期歲,人有言母氏者,即涕泣呱呱。及能言,問其母於父①。唅曰:“客未歸。”久之不歸,復問,彷徨不勝其悲,輒哀痛不飲食。五六歲,念母不已,遂不食母生肖千②神某獸肉[三]。(周逍應事。)八歲,善屬文,日記書萬餘言。十五而辭親,曰:“邦大夫無賢者可事,鄉之齒倍吾者已足師,願不遠千里求吾師。"遂負笈從三山林先^③游〔四〕,治尚書經學。鄉老以其所藝貢有司,凡兩黜,不以咎有司。又舍所學從^④會稽抱遺老人。老^⑤人奇其人,授以五經鈐^⑥鍵、十七史鉞、十三子折聖〔五〕。輒自命其書舍曰芸業,且誓曰:"吾得田於聖人,得種於師,吾其可以一日舍芸哉!"

抱遺老人曰:昔兒生^⑦寠而耆學,至帶經^⑧而鋤〔六〕,其志亦良苦。能^⑨遠迹羊豕閒,用經學見上,官至御史大夫,志亦酬已。今生志過昔兒生,其所修業,於昔兒生益用有光。昔兒生固嘗爲弟子褚大,大徵御史大夫,已而生爲之^⑩,大自以爲不及〔七〕。今生不遠數百舍^⑪求賢師,師豈必賢於生哉!然昔兒生以儒雅稱,儒效未聞也。議封禪爲不經,而又勸上采儒以文焉,去遺書貢佞者不大遠。御史大夫以稱意任職,而久無所匡諫,君子陋之〔八〕。今兒生自嬰而有内行,長從師,知所自擇。鄙邦大夫不仁,不肯齷齪作^⑫婦人俯仰狀,且或陳風其事,挺然以奇節著稱。使生達而在位,必嚴^⑬焉有風采,豈爲昔兒生之爲,以取陋君子哉!

【校】

① 父:鐵崖漫稿本誤作"母"。

② 千:鐵崖漫稿本作"干"。疑皆誤,似當作"之"。

③ 疑"先"字下脱一"生"字。

④ 從:原本作"於",據鐵崖漫稿本改。

⑤ 老:原本承上而脱,據鐵崖漫稿本補。

⑥ 鈐:原本作"衿",據宋濂楊鐵崖墓志銘所録鐵崖書名改。

⑦ 兒生之"兒":原本及鐵崖漫稿本皆誤作"而",徑改。參見漢書兒寬傳。

⑧ 經:鐵崖漫稿本誤作"銍經"。參見漢書兒寬傳。

⑨ 原本"能"字上衍一"記"字,據鐵崖漫稿本删。

⑩ 大徵御史大夫,已而生爲之:鐵崖漫稿本作"夫徵御史大夫而生爲之"。

⑪ 舍:鐵崖漫稿本作"里"。

⑫ 原本"婦"字上衍一"女"字,據鐵崖漫稿本删。

⑬ 嚴:鐵崖漫稿本無,空闕一字。

【箋注】

〔一〕文撰於元至正二十年至二十六年之間。繫年依據:其一,鐵崖所授芸業

生爲松江人,且自稱抱遺老人,故必在至正十九年歲末退隱松江之後。其
二,據文中所述,其時芸業生以及鐵崖,尚存讀書中舉以求宦達之心,故應
在至正二十七年松江歸附朱元璋政權以前。芸業生,倪抵,生平見本文。

〔二〕御史大夫寬:西漢人,其姓作"兒",詳見漢書兒寬傳。

〔三〕按:此指芸業生重孝道,效仿周逍應,不食其母生肖之肉。然周逍應事迹
無考。

〔四〕三山:蓋指今福建福州。因城内有三山鼎峙,故名。

〔五〕五經鈐鍵、十七史鉞、十三子折聖:蓋皆鐵崖編撰。五經鈐鍵,宋濂撰鐵崖
墓志著録。又,陳第世善堂藏書目録卷上著録有"五經鈐鍵十卷,楊維
楨",蓋明萬曆年間此書尚存。十七史鉞,鐵崖自稱撰有歷代史鉞二百卷,
當即此書。參見鐵崖文集卷三鐵笛道人自傳。十三子折聖,不詳。

〔六〕"昔兒生"二句:參見東維子文集卷十七耕聞堂記注。

〔七〕"昔兒生固嘗爲"四句:漢書兒寬傳:"初,梁相褚大通五經,爲博士,時寬爲
弟子。及御史大夫缺,徵褚大,大自以爲御史大夫。至洛陽,聞兒寬爲之,褚
大笑。及至,與寬議封禪於上前,大不能及,退而服曰:'上誠知人。'"

〔八〕"然昔兒生"八句:概述兒寬之弱點。漢書兒寬傳:"及議欲放古巡狩封禪
之事,諸儒對者五十餘人,未能有所定。先是,司馬相如病死,有遺書,頌
功德,言符瑞,足以封泰山。上奇其書,以問寬,寬對曰:'……唯天子建中
和之極,兼總條貫,金聲而玉振之,以順成天慶,垂萬世之基。'上然之,乃
自制儀,采儒術以文焉……寬爲御史大夫,以稱意任職,故久無有所匡諫
於上,官屬易之。"

有寶志〔一〕 有歌

　　有寶者,會稽楊子之自寶也。楊子爲人落魄而寡欲,家之生産屋
廬,推與弟兄,至無家以居;爵禄推與同寮①,而身任其過。客有投千
金購其文爲己,又卻金而文亦委與之。妻子隨其旅寓,安其道而忘其
窶也。又自名爲"有寶",人皆惑之。

　　楊子曰:吾亡寶之寶,有子罕氏之寶耳〔二〕。宋人献玉子罕,子罕
辭曰:"子以寶爲寶,我以不貪爲寶。子若予②我,是皆喪寶,不如人有
其寶。"夫寶宋人之寶者,人之衆也;寶子罕之寶者,人之獨也。人之

衆者,人之巧能取之,豪能奪之。人之獨者,巧不能取,豪不能奪,守之於身,而又授之子孫。推而上之,小不寶國,爲子臧〔三〕、季札③〔四〕;大而④天下,爲務光、許由〔五〕。故曰:至珍不寶以爲餘,無足利焉耳矣。然則聞吾有寶之風者,金匱⑤□韜可以廢也。

雖然,楊子有寶,非徒有也。推其有以惠人,則可使飢者飽之,如飽秋田,而秋田未始減也;渴者飲之,如飲河水,而河水未始竭也。客有是楊子言者,爲之歌曰:

衆人有寶,寶有亡兮。楊子有寶,寶有常兮。寶以貴身,身之臧兮。寶以富人,人之昌兮。吾從楊子游兮,孰知争契券之狂攘兮。

【校】

① 寮:鐵崖漫稿本作"僚"。

② 予:鐵崖漫稿本作"與"。

③ 季札:原本作"季礼",據鐵崖漫稿本改。又,鐵崖漫稿本於"季札"下衍一"奪"字。

④ 而:原本無,據鐵崖漫稿本補。

⑤ 金匱:原本無,據鐵崖漫稿本補。

【箋注】

〔一〕文撰於元至正初年,其時鐵崖浪迹錢塘、湖州等地,授學爲生。繫年依據:作者自稱家産"推與弟兄",爵禄讓與同僚"而身任其過","妻子隨其旅寓"等等,知其時鐵崖并無官職,且居無定所,故必在至正元年服喪期滿、補官不果之後。

〔二〕子罕:春秋時宋國賢臣。左傳襄公十五年:"宋人或得玉,獻諸子罕,子罕弗受。獻玉者曰:'以示玉人,玉人以爲寶也,故敢獻之。'子罕曰:'我以不貪爲寶,爾以玉爲寶。若以與我,皆喪寶也,不若人有其寶。'"

〔三〕子臧:春秋時曹宣公庶子公子欣。左傳成公十五年:"春,會于戚,討曹成公也。執而歸諸京師……諸侯將見子臧於王而立之。子臧辭曰:'前志有之曰:"聖達節,次守節,下失節。"爲君,非吾節也,雖不能聖,敢失守乎?'遂逃奔宋。"

〔四〕季札:春秋時吳王壽夢第四子。季札讓國,參見東維子文集卷八送强彦栗游京師序注。

〔五〕務光、許由：上古隱士。莊子外物：“堯與許由天下，許由逃之；湯與務光，
　　務光怒之。”

自便叟志〔一〕

叟名鐵敵木貞，古魯人也〔二〕。平生亡二言，亡僞情俋行。年未六
十，即棄仕。命其燕處室爲自便，且以自號〔三〕。文法士志①其室，不肯
輒自便，叟亦告曰：“自便，自便！”

叟以縱食，酒必斗論，法酌一滴不下咽。醉欲眠，則效陶困明遣
客〔四〕。時時弄耦弦②琴〔五〕，皋比坐。客至不迎，則曰：“吾方有天際
意。”好事者多載旨③酒樂，且來與連驩。連④驩劇，則撤琴，出鐵龍笛，
吹所自度清江引調，命小娃踮躧倚之，倚闋輒止。客欲再聞，則曰：
“吾已自便矣。”

客有劾自便者曰：“便在人可，便在自不可。在人爲利物，在自爲
恕己。史氏以‘便宜’、‘便利’、‘便安’、‘便益’爲美談，皆主人言。
主於己，則趙充國之‘病人自營’也〔六〕。”叟拂然曰：“吾便便性，非便
文。吾性，吾天耳。古人固有與我同然者，不曰唐衛玄氏乎？‘樂弛
置自便’者，玄也〔七〕。”客又劾曰：“玄，經術士，從方外臞人游，未聞道
者。君舉於時，有禄位職業，丁國瘁民窮，出長便利，利人宜也，豈宜
效玄樂自便哉？玄佐容帥於治矣，歷三時而夷人稱便，其便在人不在
己如此。然訖舍容走海南萬里外，求奇藥，燒黃金，冀餌不死〔八〕。則
以自便者易自勞，貽識者笑不薄也。吾敢以玄之人稱便者，爲叟勉；
以自便而卒易自勞，爲叟戒！”

叟嚘吟而笑，舉觥浮客曰：“毋多談，君亦未知我便者。勉者不欲
爲，戒者不足爲也。吾自便便，人莫吾能爲也！”

【校】

① 志：疑當作“至”。

② 耦弦：鐵崖漫稿本誤作“耦弦集”。

③ 旨：鐵崖漫稿本無。

④ 連：鐵崖漫稿本無。

【箋注】

〔一〕文撰於元至正十年(一三五〇)，或稍前，其時鐵崖攜妻兒寓居松江，授學爲生。繫年理由：文中鐵崖自稱“叟”，曰“年未六十即棄仕”，知其時鐵崖五十餘歲，且無官職。元至正十年，鐵崖五十五歲，授學於松江瑱溪，而此年歲末即赴杭州任職，本文蓋撰於赴杭任官前不久。自便叟：鐵崖自號。

〔二〕古魯人：蓋鐵崖自比“魯叟”，故自稱“古魯人”。鐵崖當時取別號爲古魯叟。參見鐵崖文集卷五汙抔子志。

〔三〕“命其”二句：至正十年前後，直至赴錢塘任杭州四務提舉以後數年，鐵崖曾取齋名爲自便軒。參見鐵崖文集卷五汙抔子志。

〔四〕陶因明：即陶淵明。宋書陶潛傳：“貴賤造之者，有酒輒設，潛若先醉，便語客：‘我醉欲眠，卿可去。’其真率如此。”

〔五〕耦弦琴：鐵崖又稱之爲“斛律珠”，實即今之二胡。參見鐵崖文集卷三斛律珠傳。按：所謂“時時弄耦弦琴”，意爲效仿陶淵明。陶淵明不解音律，而蓄無弦琴一張，酒酣，輒撫弄以寄意。參見宋書陶潛傳。

〔六〕趙充國：字翁孫。西漢人。以老成持重著稱。病人自營：語出趙充國。漢書趙充國傳。“靡忘來自歸，充國賜飲食，遣還諭種人。護軍以下皆爭之，曰：‘此反虜，不可擅遣。’充國曰：‘諸君但欲便文自營，非爲公家忠計也。’語未卒，璽書報，令靡忘以贖論。後罕竟不煩兵而下。”

〔七〕衛玄：指唐人衛之玄。韓愈唐故監察御史衛府君墓志銘：“君諱之玄，字造微……家世習儒，學詞章，昆弟三人俱傳父祖業，從進士舉，君獨不與俗爲事，樂弛置自便。”

〔八〕“玄佐容帥於治矣”七句：詳見韓愈唐故監察御史衛府君墓志銘。容帥，指容管經略使房啓。

雅好齋志〔一〕

雲間彭光遠氏，博雅人也。其氣剛而清，識粹而遠，混世而不滓，翛然與造物者游，故雅好不諧於俗。取以娛其心者，經史子集數百帙，與夫圖志、律曆、古書畫、琴瑟器物，咸相位置左右。客來，設湯

茗,已而治酒具,出所好者相弄玩,遂以雅好名齋。予友陸德陽談其
人不置[二],且爲求文以志齋。

　　余聞嗜好於世三矣:累家致萬①金,蓄珠玉、文犀、玳②瑁,錦綺、
婦女、狗馬諸物,浩乎其無厭滿。繇是徼利達,據禄位,既而事聲氣權
力,以相頡頑,貿貿焉惟日不足,至於人忌鬼瞰而禍敗隨之者皆是也。
陸氏兄弟履非其據[三],身死家滅,華亭唳鶴,可復聞乎[四]? 張氏翰因
秋風起,即命駕託鱸魚以歸[五],似識機者,然猶未愈於江湖散人之忘
其進退者也。

　　今光遠氏忘意於仕止③,故亦泯迹於跋疐[六]。遄而求其所志,以
適所好者而後已,良計之所矣,物何以尚哉! 聽君子取諸物有矣,直
以寄耳目焉。雅以寄意,則非知道者不能也。它④日吾將循海而游,
或至雲間訪有道之士,得與君譚道,雅志上下古今、是非成敗之績,以
從吾之所好,則君之雅耆⑤,宜有同余心者不乎? 尚斯文之有徵也。
至正四年三月朔,會稽楊維禎志。

【校】

① 致萬:原本無,據鐵崖漫稿本補。
② 玳:原本作“代”,據鐵崖漫稿本改。
③ 止:鐵崖漫稿本無。
④ 它:鐵崖漫稿本作“他”。
⑤ 耆:鐵崖漫稿本作“者”。

【箋注】

〔一〕文撰於元至正四年(一三四四)三月一日,其時鐵崖攜妻兒寓居杭州,試圖
　　補官未果,授學爲生。雅好齋:主人爲彭光遠。其名不詳。
〔二〕陸德陽:檇李詩繫卷四陸學士景龍:“景龍字德陽,號湖峰。(郡志作景
　　能,誤。)嘉興人。至順己巳舉賢書。或曰貢士。官明州學正。有湖峰稿,
　　不傳。詩見元音、元詩體要及敦交集。詞極弘麗,時稱其工於詠物。”
〔三〕陸氏兄弟:指陸機、陸雲。
〔四〕“華亭唳鶴”二句:參見鐵崖先生詩集丙集贈陸術士子輝注。
〔五〕“張氏翰因秋風起”二句:參見鐵崖先生詩集甲集和吕希顏來詩二首注。
〔六〕跋疐:意爲進退兩難。詩豳風狼跋:“狼跋其胡,載疐其尾。”注:“跋,躐;

疐,跲也。老狼有胡,進則躐其胡,退則跲其尾,進退有難。"

卧雪窩志^[一]

雪,一也,見於人之所遇則異:建大功者,植峻節者,堅忍貧操者。大功爲元直^[二],峻節爲子卿^[三],貧操爲袁①邵公^[四]。若資之爲茗飲^[五],爲棹游^[六],爲鶴氅行^[七],兔園授簡^[八],灞橋搜句^[九],佞臣賀三月瑞^[十],君子無以議爲也。

余友丁孝廉氏,以相門奕葉,中更喪亂,能固守苦節,以卧雪額其儌舍。其介潔不俯仰人者,蓋將尚友乎邵公。吾聞邵公以理才守楚郡,任一己罪,出民枉獄四百家。位至三公,與九卿言事,上不聽,諸卿引止,獨正色不移,期必言行而後已^[十一]。其人仁厚鯁正類此。訖爲漢社稷臣,國家倚賴焉。嘻,以一卧雪夫而事業至此,洛陽令爲孝廉舉主,亦識人已哉!

今孝廉隱海隅,聲聞繡史,不俟洛令過門,而不次昇躋鼎位,在平步間耳。吾又將爲今日倚賴者賀,孝廉勉之,使人知余言之不妄。孝廉事親孝,母死,負土成墳。字弟友,執信義,於交際若金石。知其推於政也,克光邵公無疑云。是爲志。

【校】

① 袁:原本及鐵崖漫稿本皆誤作"表",徑改。參見注釋。

【箋注】

〔一〕卧雪窩:主人丁孝廉,生平僅見本文。
〔二〕元直:唐代大將李愬字。建大功:指李愬借夜雪攻破懸瓠城。詳見新唐書李愬傳。
〔三〕子卿:蘇武字。植峻節:指西漢蘇武牧羊漠北,誓死不屈。
〔四〕袁邵公:東漢袁安,邵公爲袁安字。堅忍貧操:指袁安忍飢受凍而堅持操守。後漢書袁安傳注引汝南先賢傳曰:"時大雪積地丈餘,洛陽令身出案行,見人家皆除雪出,有乞食者。至袁安門,無有行路。謂安已死,令人除雪入户,見安僵卧。問何以不出,安曰:'大雪,人皆餓,不宜干人。'令以爲賢,舉爲孝廉也。"

〔五〕資之爲茗飲: 指北宋陶穀事。宋陳元靚歲時廣記卷四飲羔酒: "陶穀學士買得党太尉家故妓,遇雪,陶取雪水烹團茶。謂妓曰:'党家應不識此。'妓曰:'彼麄人,安有此景? 但能於銷金帳下淺斟低唱,飲羊羔兒酒耳。'陶默然愧其言。"

〔六〕棹游: 指王徽之雪夜訪戴。參見明鈔楊維禎詩集卷中聽雪注。

〔七〕鶴氅行: 指東晉王恭。晉書王恭傳: "王恭字孝伯……嘗被鶴氅裘,涉雪而行。孟昶窺見之,歎曰:'此真神仙中人也!'"

〔八〕兔園授簡: 指西漢梁王請司馬相如撰文。文選卷十三謝惠連雪賦: "歲將暮,時既昏……梁王不悦,游于兔園。迺置旨酒,命賓友。召鄒生,延枚叟。相如末至,居客之右。俄而微霰零,密雪下。王迺歌北風于衛詩,詠南山于周雅。授簡於司馬大夫,曰:'抽子秘思,騁子妍辭,侔色揣稱,爲寡人賦之。'"參見東維子文集卷二十二竹西亭志。

〔九〕灞橋搜句: 指唐代詩人孟浩然苦吟。又,宋張鎡撰仕學規範卷三十八作詩: "鄭綮相國善詩。或曰:'相國近爲詩否?'對曰:'詩思在灞橋風雪中驢子上,此處何以得之?'蓋言平生苦心。"灞橋,位於長安萬年縣東。參見元和郡縣志卷一。

〔十〕佞臣賀三月瑞: 指唐代侍郎蘇味道等。參見陳善學序刊楊鐵崖先生文集卷五雨雪曲注。

〔十一〕"吾聞邵公"九句: 概述東漢袁安事迹。後漢書袁安傳: "永平十三年,楚王英謀爲逆,事下郡覆考。明年,三府舉安能理劇,拜楚郡太守。是時英辭所連及繫者數千人……死者甚衆。安到郡,不入府,先往案獄,理其無明驗者,條上出之……帝感悟,即報許,得出者四百餘家……章和元年,代桓虞爲司徒。和帝即位,竇太后臨朝,后兄車騎將軍憲北擊匈奴,安與太尉宋由、司空任隗及九卿詣朝堂上書諫……書連上輒寢。宋由懼,遂不敢復署議,而諸卿稍自引止。唯安獨與任隗守正不移,至免冠朝堂固爭者十上。太后不聽,衆皆爲之危懼,安正色自若。"

學稼子志〔一〕 有歌

雲間之八曲村中,有隱者陳敬氏,字德輿。自幼有遠志,爲人高鯁質直,從儒先生强問學①。學成,值紅鬟②寇起,遂歸田八曲瀼中,自命曰學稼子。余遨游九山，必宿其田舍。謂余曰：“某進不能武捍邊、文澤民社，退不能立言補世教。性又戇，不能諧市井交。七尺軀誓着一丘中，躬闢田卌爲養親③。先生幸爲我一言，白其稼學乎！”

　　余爲之喟然曰：“樊遲請學稼於孔子，孔子拒之〔二〕。今陳子從儒先生游，而訖稼是學，亦時使然耶！余有叩於陳子者：今之稼人，非古稼人，畝丈赤履而珉無卓錐之私。趙過輩方規教屯種〔三〕，化兵化農矣，子能受其教乎？”曰：“不能。”“若是則吾將耦子來，從鹿門子去也〔四〕，子能從之否？”陳子唯唯，取琴而歌曰：“□鳳不至兮河不圖，世溷溷兮下淪胥。歸歟歸歟曲田之上④兮，耦乎溺與沮〔五〕。”并録爲志。

【校】

① 問學：鐵崖漫稿本作“學問”。
② 鬢：鐵崖漫稿本作“髮”。
③ 卌：似當作“珊”。鐵崖漫稿本於“親”下多一“年”字。
④ 田之上：原本作“上之田”，據鐵崖漫稿本改。

【箋注】

〔一〕文撰於鐵崖晚年退隱松江之後，松江納入朱元璋版圖以前，即元至正二十年至二十六年之間。繫年依據：其一，文中曰“紅鬢寇起”，又曰“余遨游九山”，可見在元末鐵崖歸隱松江之後。其二，文中所謂“趙過輩方規教屯種，化兵化農”，當指其時張士誠屬官推行寓兵於農政策。參見東維子文集卷三送團結官劉理問序。學稼子：陳敬，字德興，自號學稼子，松江人。鐵崖弟子。鐵崖晚年歸隱松江之後，與之來往頗多，曾爲賦詩題畫。參見鐵崖先生詩集丙集稼父圖。

〔二〕“樊遲請學稼”二句：論語子路：“樊遲請學稼。子曰：‘吾不如老農。’請學爲圃。曰：‘吾不如老圃。’樊遲出。子曰：‘小人哉，樊須也！上好禮，則民莫敢不敬。上好義，則民莫敢不服。上好信，則民莫敢不用情。夫如是，則四方之民襁負其子而至矣。焉用稼！’”

〔三〕趙過：西漢武帝時爲搜粟都尉。漢書食貨志：“武帝末年，悔征伐之事，乃封丞相爲富民侯。下詔曰：‘方今之務，在於力農。’以趙過爲搜粟都尉。過能爲代田，一畮三甽……是後邊城、河東、弘農、三輔、太常民皆便代田，用力少而得穀多。”

〔四〕鹿門子：指漢末隱居鹿門山之龐德公。參見鐵崖先生古樂府卷八覽古之
　　十八注。

〔五〕溺與沮：指桀溺與長沮，參見鐵崖先生詩集卷四雪溪耕隱志注。

緑雲洞志[一] 有琴操①

　　淞東北去九十里，支邑爲上海。邑之陰，古伽藍曰静安，建自孫
吳赤烏年[二]。古迹有七，曰：吳碑、陳檜、滬瀆、湧泉、蝦禪②、土臺、蘆
花村。今主僧寧[三]，治丈室，兩旁雜植檜竹桐柏，積十年而所植林立，
交青③錯翠，如蔚藍天，又自號曰緑雲洞，取④以續古，爲八詠[四]。詠
成，持以見東維叟，乞一言以志緑雲⑤。

　　吾聞漢殿有三雲[五]，唐詩人有梨花雲[六]，類皆託名於雲者。師之
丈室，亦託於雲者耶？是雲也，非浮烟幻影，突立人境，而脱去劫灰寇
斧，如在弱水三萬外，非師之福德雲耶[七]？（福德雲，出隋⑥書。）彼引領
噓唏於嵩山之南[八]，卒不獲返⑦；占焉⑧於蹲狗走鹿，而迄不保其⑨
身[九]。師之“緑雲”，謂福德非耶！吁，如彼慈雲，蔭浮⑩世界，此佛氏
心也。師能爲我叩蝦癡衲[十]，海萌生亡聊，不翅涸池鰷，苟食者梗咽
而吐，亦可再甦，以還我⑪負版否[十一]？更爲我釃酒海濤，吊辛⑫將
軍[十二]，哀⑬海者二十年蕩覆我邊堠，水仙而去；五百人果無再聚洲島，
如田客者否[十三]？

　　師曰：“吾静者也，烏知許事？”廼取洞雲⑭琴，歌洞雲操，曰：“火味
煽⑮兮折荆枝，塵漲天兮簞⑯不可支，雲⑰我洞兮緑下垂，縬我緑綺兮操
青霞以爲辭[十四]。華山兮希夷[十五]，吾與汝兮來歸。”并録爲志⑱。至
正甲辰夏五月廿日書。叟者，李忠愍公榜第二甲賜進士出身會乩楊
維禎也⑲。

【校】

① 元刊静安八詠詩集、明刊静安八詠詩集卷首皆載此文，據以校勘。原本題下
　小字注“有琴操”三字，元刊静安八詠詩集無。

② 蝦禪：鐵崖漫稿作“蝦禪經”，誤。

③ 青：元刊靜安八詠詩集、鐵崖漫稿本作"菁"。

④ 取：元刊靜安八詠詩集空闕一字,明刊靜安八詠詩集作"洞"。

⑤ 志緑雲：元刊靜安八詠詩集、鐵崖漫稿本作"序其首"。

⑥ 隋：原本作"循",據元刊靜安八詠詩集、明刊靜安八詠詩集改。

⑦ 返：明刊靜安八詠詩集作"逭"。

⑧ 炁：元刊靜安八詠詩集、明刊靜安八詠詩集作"氣"。

⑨ 不保其：元刊靜安八詠詩集、明刊靜安八詠詩集作"保"。

⑩ 浮：原本作"注",元刊靜安八詠詩集漫漶,據明刊靜安八詠詩集改。

⑪ 我：元刊靜安八詠詩集無。

⑫ 辛：元刊靜安八詠詩集漫漶,明刊靜安八詠詩集作"虞"。

⑬ 哀：元刊靜安八詠詩集作"衷"。

⑭ 洞雲：鐵崖漫稿本作"洞雲集"。

⑮ 眜煽：元刊靜安八詠詩集漫漶,明刊靜安八詠詩集作"流空"。

⑯ 箄：明刊靜安八詠詩集作"筵"。

⑰ 雲：明刊靜安八詠詩集作"依"。

⑱ 志：原本作"序",據元刊靜安八詠詩集、明刊靜安八詠詩集改。

⑲ "至正甲辰夏五月廿日書。叟者,李忠愍公榜第二甲賜進士出身會乩楊維禎也"凡三十一字,原本作"夏五月之廿日",據元刊靜安八詠詩集、明刊靜安八詠詩集改補。

【箋注】

〔一〕文撰且書於元至正二十四年甲辰（一三六四）五月二十日,其時鐵崖寓居松江,於松江府學主持教席。緑雲洞：元末松江府上海縣之靜安寺住持釋壽寧丈室。

〔二〕靜安：崇禎松江府志卷五十二寺院三上海："靜安教寺在蘆浦,初在滬瀆。吴赤烏中建,號重玄寺。唐更永泰禪院。宋祥符初改今額,嘉定遷此。"

〔三〕僧寧：釋壽寧字無爲,號一庵,上海人。據本文"治丈室,兩旁雜植檜竹桐柏,積十年而所植林立"等語,壽寧始任靜安寺住持,似不遲於元至正十四年。參見本書佚文編靜安八詠集序。

〔四〕"取以續古"二句：意爲以緑雲洞與上述古迹吴碑、陳檜、滬壘、湧泉、蝦禪、土臺、蘆花村并稱,分別賦詩并集成靜安八詠。按：吴碑、陳檜、滬壘、蝦禪、土臺、蘆花村,分別又稱赤烏碑、陳朝檜、滬瀆壘、鰕子潭、講經臺、蘆子渡。參見本書佚文編靜安八詠集序。

〔五〕<u>漢殿</u>有三雲：指<u>漢成帝</u>設雲帳、雲幄、雲幕於<u>甘泉</u>紫殿，人稱“三雲殿”。
　　參見<u>西京雜記</u>卷一。

〔六〕<u>唐</u>詩人有梨花雲：參見<u>陳善學</u>序刊<u>楊鐵崖先生文集</u>卷五<u>素雲引</u>爲<u>玄霜公
　　子賦</u>注。

〔七〕福德雲：出自<u>隋書元諧傳</u>。參見後注。

〔八〕“彼引領噓唏”句：指<u>元樹</u>。<u>野客叢書</u>卷二十一<u>望雲懷鄉</u>：“<u>狄仁傑</u>登<u>太行
　　山</u>，見白雲孤飛，謂左右曰：‘吾親舍其下。’瞻悵久之。此正與<u>北史元樹</u>之
　　意同。<u>元樹</u>奔<u>南</u>，每見<u>嵩山</u>雲，未嘗不引領歔欷。”按：<u>元樹</u>爲“魏之近
　　屬”，其傳記載<u>梁書</u>。

〔九〕“占氛”二句：<u>隋書元諧傳</u>：“諧嘗與（元）滂同謁上，諧私謂滂曰：‘我是主
　　人，殿上者賊也。’因令滂望氣，滂曰：‘彼雲似蹲狗走鹿，不如我輩有福德
　　雲。’上大怒，諧、滂、（田）鸞、（祁）緒并伏誅，籍没其家。”

〔十〕蝦癩衲：指僧人<u>智儼</u>。<u>正德松江府志</u>卷三十一<u>人物</u>十二<u>仙釋</u>：“鰕子和尚
　　名<u>智儼</u>，居<u>靜安寺</u>。七月十五日，村郭設會，寺僧赴請殆盡，惟<u>儼</u>在寺。有
　　<u>胥村</u>人來寺齋，僧因請同去。船行，見捕鰕者，<u>儼</u>從買一斗，索水噉之無
　　遺。謂漁者曰：‘齋回，還汝錢。’……齋還，見漁者曰：‘今日無齋錢也。’
　　漁者曰：‘無錢，但還我鰕。’<u>儼</u>徐云：‘還汝。’復索水飲，隨吐出活鰕盈斗
　　還之。”

〔十一〕負版：即“負蝂”。參見<u>東維子文集</u>卷二十一<u>書負蝂傳</u>後。

〔十二〕<u>辛將軍</u>：不詳。或作<u>虞將軍</u>。參見校勘記。

〔十三〕“五百人”二句：指<u>田橫</u>五百門客曾隨<u>田橫</u>逃亡在海中。詳見<u>漢書田儋
　　傳</u>。按：<u>松江</u>海濱有古迹<u>田橫冢</u>，相傳<u>田橫</u>義客於此狥死。參見<u>鐵崖
　　先生集</u>卷四<u>琅玕所志</u>。

〔十四〕綠綺：<u>司馬相如</u>琴名。

〔十五〕<u>華山</u>兮希夷：指<u>北宋陳摶</u>隱居<u>華山</u>。希夷：指<u>陳摶</u>，<u>宋太宗</u>賜其號爲<u>希
　　夷</u>先生。

石雲志〔一〕

　　<u>超果寺</u>有高德僧<u>瑛</u>尊者，以<u>石雲</u>顔草堂，人因呼其人“石①”，有介
吾徒<u>郊居生</u>求志〔二〕。

　　石，土之核，雲之根。土氣之聚而堅者爲石，散而潤者爲雲。雲

也,石也,二而一者也。雲非石觸②不生,石非土不鍾。一拳之石③,其盛也,山岳成;一噓之微,其盛也,雷雨解。石也,雲也,天地之用也大矣。自石之核於土,噓而能實也,有形者似焉;雲之根於石,生而尋滅也,無形者似焉。尊者之教,得其虛而實、生而滅者,則其上象於石雲也亦宜。唐贊皇氏之於愚未學,以平泉之石付子孫,且戒其勿轉貤於人〔三〕。石閱人堅,而人未有以堅閱之者。贊皇氏認閱人之物爲己物,懼己失之,又慮子孫者失之,何愚甚耶!宋萬松師也,以萬松之雲分半栖於室,又疾雲之出山以雨天下,而以不出山者自驕於雲〔四〕。是豈知雲之生滅聚散爲一氣之良能? 又愚於④未學者也。

　　瑛於二物,迹其迹以爲玩者若漠然,而象其象以爲教者恒充然,此尊者學於道而有得也,書諸室爲志。

【校】

① 疑"石"下脱一"雲"字。

② 觸:原本無,據鐵崖漫稿本補。

③ 石:原本作"公",據鐵崖漫稿本改。

④ 於:鐵崖漫稿本無。

【箋注】

〔一〕文或撰於元至正二十四年(一三六四)前後,其時鐵崖寓居松江。繫年依據:至正二十四年,松江超果寺重修落成之際,鐵崖撰記,言及寺中"耆宿僧"釋瑛。釋瑛即石雲草堂主人,本文稱之爲"高德僧"。故疑二文撰寫,相距時間不遠。超果寺及瑛尊者生平,參見重興超果講寺記(載本書佚文編)。

〔二〕郊居生:姓名生平不詳,當爲松江人,元末從學於鐵崖。參見本書佚文編跋郊居生金銅仙人辭漢歌。

〔三〕"唐贊皇氏之於愚未學"三句:耻笑李德裕欲世代保有園林之妄想。贊皇氏,指唐人李德裕。李德裕封贊皇伯,故有此稱。參見鐵崖先生詩集丙集漁莊詩爲玉山人賦注。

〔四〕"宋萬松師也"四句:萬松師,指釋顯萬,蓋因其詩首句曰"萬松嶺上一間屋",故有此稱。參見東維子文集卷十八怡雲山房記注。

廛隱志〔一〕 有辭

廛者,民居區域之稱,亦市井邸舍之稱也。古者一夫田百畝,別受都邑五畝地居之,故曰"五畝之宅"〔二〕。然則宅者非田野之廬,殆廛市之居也。

姑①之月市中,廛居者有李賢氏。門接交衢,户外轍蹄相絡繹,黄塵高十丈。而賢一室如斗,日閉户讀書。人質劑於外而不得至其室,儼然一壺在弱水外也。番陽左丞周公爲大書"廛隱"颜其室〔三〕,又介其友聶鏞求"廛隱"言於東維先生〔四〕。

先生曰:"名之所争者,朝也;利之所争者,廛也。名争而禍必至,利争而害必生。居朝與廛者,能以不争處之,則雖一日九遷,禍無得而至;一貨百倍,害無得而生也。況又脱去其所争者耶!若是者,非古德君子居之不能也。吾求其人於今之廛隱,無有也,方切嘆焉。賢隱於廛,追襲古德人之行,辟名利如刀矢,習静修如處女,謂之廛隱,孰曰不然?"既書爲志,而又爲之辭曰:

大隱在市,小隱在山〔五〕。勿謂爾覷,用列我斑。名不我仇,利不我賊。一廛以休,是爲古得。

【校】

① 疑"姑"之下脱一"蘇"字。

【箋注】

〔一〕文當撰於元至正二十年(一三六〇)至二十四年之間,其時鐵崖寓居松江。繫年依據:其一,文中鐵崖自稱"東維先生",且爲姑蘇李賢撰文,故必爲晚年退隱松江之後。其二,文中稱周公爲"番陽左丞"。周左丞即周伯琦,據宋濂撰周伯琦墓志銘,至正十九年七月,江浙丞相承制授周氏爲"行省左丞",至正二十四年九月,改授江南諸道行御史臺侍御史。故本文當撰於至正二十四年以前,周伯琦任江浙行省左丞期間。廛隱主人李賢,生平見本文。

〔二〕"別受"二句:孟子梁惠王上:"五畝之宅,樹之以桑,五十者可以衣帛矣。"

〔三〕番陽左丞周公:指周伯琦,参見東維子文集卷三送團結官劉理問序。

〔四〕聶鏞:元詩選癸集太拙生聶鏞:"鏞字茂宣(一作"先"),蒙古氏。幼警悟,從南州儒先生問學,通經術。善歌詩,尤工小樂章,其音節慕薩天錫。自號太拙生。"又據乾隆江南通志卷一百九十五雜類志,元季張經赴任嘉定州同知時,"諸文士分賦吳中舊迹送之",除聶鏞外,又有成廷珪、張端、張憲、王逢、周砥、張體、高啟、鄭元祐等二十四人。故疑聶鏞當時於張士誠政權任職。

〔五〕"大隱"二句:參見鐵崖先生古樂府卷六金處士歌注。

在春窩志〔一〕 有詩

吾老友朱瀛洲氏〔二〕,有孫聽,字孟聞。自幼喜讀書,長嗜古學。崇其讀書之窩曰在春,取前聞人光庭傳程子語也〔三〕,不遠百里謁余春雲閣,求一言志其窩。

余謂夫子之春,稍見於雲淡①風輕之際,若點之詠歸者是也〔四〕。光庭得之,非得於一時聲音笑貌間。春蓋有盡矣,非玩心化原,弄丸於三十六宮〔五〕,而登臺於熙然②者〔六〕,不知是春也。代有堯、桀③、周、秦、戰國、兩漢、操、莽、五胡、南北、唐、五季、宋、遼、金,上下數千百年,離合成敗之不同,而是春未嘗一日而絕且滅也。其或不得於天下,而僅得於一室;不得於終身,而暫得於一日一月之頃者,亦顧其受於春之淺深者何如爾。

吾喜生疏財決義,有林回擲璧之量〔七〕。其出語成章,未嘗有毫毛無漻不平之鳴,故於治亂消長、用舍得失之際,未嘗不與春而熙然也。吾知其得春之在不誣矣。遺之以詩曰:

祥風其游,甘雨其潤。符斗于東,玩易於囊。城郭有移,河山有改。三十六宮,我春長在。

【校】

① 雲淡:鐵崖漫稿本作"淡雲"。
② 熙然:鐵崖漫稿本作"熙熙"。
③ 代:原本作"伐",據鐵崖漫稿本改。桀:原本作"傑",鐵崖漫稿本作"磔",皆誤,徑改。

【箋注】

〔一〕文當撰於鐵崖晚年退隱松江以後，松江納入朱元璋版圖之前，即元至正二十年（一三六〇）至二十六年之間。繫年依據及在春窩主人朱聽生平參見鐵崖文集卷二尚夷齋銘。

〔二〕朱瀛洲：朱聽祖父，瀛洲蓋其別號或齋名，名字生平不詳。松江鶴砂（今上海浦東新區下沙鎮）人。鐵崖稱之爲“吾老友”，蓋二人年紀相仿，或於至正初年即有交往。

〔三〕“崇其”二句：朱光庭（一〇三七——一〇九四），字公掞，偃師（今屬河南）人。從二程先生學。宋元祐中，召拜侍御史，爲右諫議大夫。全宋文卷二〇一〇有其小傳。朱熹編二程外書卷十二傳聞雜記：“朱公掞來見明道於汝，歸謂人曰：‘光庭在春風中坐了一箇月。’”按：明道爲程顥別號。

〔四〕“余謂夫子”三句：參見明鈔楊維禎詩集卷中混堂注。

〔五〕“非玩心”二句：朱子語類卷一百邵子之書：“問：‘康節云“天根月窟閑來往，三十六宮都是春”，蓋云天理流行，而己常周旋乎其間。天根月窟是箇總會處，如“大明終始，時乘六龍”之意否？’曰：‘是。’”

〔六〕登臺於熙：老子句。參見東維子文集卷十六春遠軒記注。

〔七〕林回擲璧：莊子山木：“林回棄千金之璧，負赤子而趨。或曰：‘爲其布與？赤子之布寡矣；爲其累與？赤子之累多矣。棄千金之璧，負赤子而趨，何也？’林回曰：‘彼以利合，此以天屬也。’”

元故徐佛子墓志銘〔一〕

歲之三日，斬焉①絰者首鼠吾閽，閽豎震②駭，叱之，泣血啼，豎用告。晉再拜，袖出自爲狀一通。又再拜，曰：“振〔二〕，海濱徐佛子之孫也。振生一百日而父喪，抱於大父。大父、吾父二天，父令大裘四而考終，不識兵疫難，歸全先廬北紫岡③之原〔三〕。先生録其人而賜之銘，振報二天，大幸。”即振狀要刪〔四〕（二字出諸侯表④）：

佛子諱椿，字君茂，自號隱閑。性樸厚純信，自律用敬，而待物甚恕，平生未嘗以叱咤加諸人。仁罩其族，急里之艱厄若己切，以故人呼“佛子”者，季世以等善⑤人之號云爾。年十四喪父，事其母衛以孝聞,至老立侍食案。母八十三終,其齒已六十,哀慟逾百日不已,食菜果終祥。同母弟夭,友其從弟浩,不減同氣,尺帛寸肴必同服食。歲四時,於族昆弟子姪必合食於堂,叙昭穆,別禮儀,仍勵以賢聖之學。而憲史者晉公聞其人,辟⑥起之不可,則書"佛子"字及"留耕"以顏其室,鈞瀨揚公 舜爲之記。

佛子生至元戊子〔五〕,歿至正辛丑。先死一日,呼振曰:"汝生不識父,母棄姑去,吾與汝大母尹,保抱⑦百日孤,幸成立,吾祚賴不斷,復何憾? 吾生無仕功業⑧,死不足志。汝年鼎盛,當時平,第勉學行,用顯祖稱氏,使東海之徐與三岡不朽〔六〕,汝不負⑨我九泉望也。"言畢,翌旦逝。葬紫岡⑩者五,三女岡之一也。銘曰:

爲善報,尊佛號。徐佛名,實允蹈,豈曰異端崇彼教。吳直地,吳女岡。佛子隱行,義在其中(叶⑪)。我來海濱識佛孫,弗愧墓辭,旌佛子墳。

【校】

① 爲:鐵崖漫稿本無。

② 震:鐵崖漫稿本作"驚震"。

③ 紫岡:鐵崖漫稿本作"紫剛岡"。

④ 要删之"删",原本作"剙",據鐵崖漫稿本改。諸侯表:原本誤作"諸葛表",徑爲改正。參見注釋。

⑤ 原本於"善"字下有"未嘗"二字,據鐵崖漫稿本删。

⑥ 辟:原本誤作"群",徑爲改正。按:此本與鐵崖漫稿本"辟""群"兩字混淆,不止一處,參見楊鐵崖先生文集全録卷三雲林散人傳。

⑦ 保抱:鐵崖漫稿本作"抱保"。

⑧ "業"之下底本、校本皆有小字注:"業,一作狀。"

⑨ 負:鐵崖漫稿本作"責"。

⑩ 紫岡:鐵崖漫稿本作"此京岡"。

⑪ 小字注"叶",鐵崖漫稿本無。

【箋注】

〔一〕文當撰於元至正二十一年辛丑(一三六一),或稍後,其時鐵崖歸隱松江一年有餘。繫年依據:據文中所述,墓主徐佛子孫徐振衷衰請銘,可見其時徐佛子去世未久。

〔二〕振：同治上海縣志卷十八人物一：“徐振，字克振，紫岡人。少孤，賴大父母誨育成立。没後，廬墓六載。王逢有詩紀之。”

〔三〕紫岡：一作紫岡塘。“浦水入口，在竹岡西北”。參見同治上海縣志卷三水道上。

〔四〕要删：出自司馬遷史記十二諸侯年表末尾太史公語。

〔五〕至元戊子：即元世祖至元二十五年，公元一二八八年。

〔六〕三岡：即三女岡。崇禎松江府志卷四十八冢墓：“三女岡，在華亭縣東南八十里。”注：“舊圖經云：吳王葬三女于此。”

元故承事郎循州長樂縣尹朱君墓志銘[一]

君諱淵，字仲清，姓朱氏。其先汴人，有從宋高宗南渡[二]，居錢塘之霍山。墓在湧泉，世數不可考。南渡後，有雪庵居士者，有元平宋，遂隱迹不仕，朝廷累辟弗起，是爲君考也。

君貌清古，才凥奇拔。天曆初[三]，君年三十，松守汪從善才其人[四]，用孝廉辛南垣檄援①庸田[五]，司豪寨。時海堰崩，君督築防有功，遷慶元帥府奏差[六]，繼福建奏差。以貢柑入京，陳閩②風土利便事於相某公，公引見上於柳林[七]。上賜金帛，特除閩録司判官。無幾何，轉廣州行用庫使，升本府職官令史。至正壬辰兵變[八]，奉閩垣檄，抵循、梅等處[九]，招諭徐寇歸款。明年癸巳，以功升循州長樂縣令[十]。居官九月，寇復叛，君率義兵若干人招討之。時賊勢熾甚，竢援弗至，餒且竭，因陷陣。賊劫君，讓曰：“爾奉朝旨招諭我，暨已降，又復討我，非朝廷食信，乃若誘以貳③。”君大罵曰：“我招賊爲良，今不良，我致討。”賊怒，殺之。長樂縣氓懷其沐④化，祠以祀之。

君贅之范氏，媵二：沈氏、何氏。何生男二：長曰梓，娶某氏；次曰桐，娶某氏。沈生女二：曰元明，曰元貞。元明歸彭氏，蚤逝。元貞歸淞李晉，晉生子擴[十一]。擴以母訓，追念外祖之勤勞王家，以身殉國，肝腦屠草野，擴董用衣冠禮，喪⑤雲間之佘山[十二]。持君平生行狀，拜余草玄閣，曰：“先外祖不幸死，无兵職，史者未必書，請先生鉅筆發

其潛,擴之幸,朱氏子孫幸也。"遂爲叙其事。曰:

　　於乎! 余嘗悼國亡,臣子死忠義,而史氏失其姓名,弗得録其竹帛者,代何無有? 朱氏忠節,去今爲不遠。朱氏嗣弗振,而擴能追遠於外祖,其孝情非根於義者,能之乎! 昔晉 陶潛慕外祖氏,爲之録外事;宋蘇軾慕陶故事,紀程[十三]。擴⑥於外祖氏,非直紀録而已,又以百年丘隴爲心,其又可書也哉!

　　君生於某年某月某日二[十四],卒于至正癸巳秋八月某日[十五]。銘曰:

　　淵忠烈節節⑦。擴孝情,陶、蘇誠。我書其忠,孝以類從。

【校】

① 㮇:疑當作"㮇"。

② 閩,鐵崖漫稿本誤作"闉"。

③ 貳:鐵崖漫稿本誤作"式"。

④ 沐:鐵崖漫稿本作"德"。

⑤ 喪:似當作"葬"。

⑥ 擴:鐵崖漫稿本作"擴氏"。

⑦ 淵:鐵崖漫稿本作"繼"。疑"淵忠烈節節"五字有闕文,或當爲三字兩句。

【箋注】

〔一〕文撰於元 至正二十年(一三六〇)至二十六年之間,其時鐵崖寓居松江。繫年依據:其一,墓主朱淵卒於至正十三年,然此墓志撰寫於多年之後,文中曰李擴拜草玄閣請銘,知其時鐵崖已退隱松江,且自署齋名草玄閣,當爲至正二十年之後。其二,李擴曰:"先外祖不幸死,无兵職,史者未必書。"此所謂"史者",指元代史官,故知此文撰於元亡以前。

〔二〕宋高宗:趙構。生平見宋史 高宗本紀。

〔三〕天曆:元文宗年號,公元一三二八至一三三〇年。

〔四〕汪從善:嘉慶松江府志卷四十名宦傳:"汪從善,字國良,婺源人。父斌,徽國公。從善以典瑞監丞陞宣德知府。丁徽國憂。服闋,除知松江府兼勸農事,仍提調普慶寺錢糧……秩滿,徽國夫人不樂他徙,卜居城南,以承親意。泰定元年,丞相奏知南康府。母薨,還居松江,以著書自晦。有通鑑地理志二十卷、考略六卷、生意齋筆録三十五卷、書記十卷、中朝紀聞若干卷、博愛堂家藏方論若干卷。”

〔五〕辛南垣：不詳。按：文中謂“用孝廉辛南垣檄”，蓋辛氏早年以孝廉薦舉。

〔六〕慶元：元代隸屬於江浙行省，爲浙東道宣慰司都元帥府所在地。位於今浙
　　　江寧波。

〔七〕柳林：位於今北京通州區南。元代歷朝帝王多設行宮於柳林，以便田獵。

〔八〕至正壬辰兵變：指至正十二年壬辰，郭子興、方國珍、徐壽輝等紛紛起事，
　　　戰火蔓延大江南北。

〔九〕循：唐代州名，宋代曾改稱博羅郡，元代仍稱循州。位於今廣東惠州一
　　　帶。梅：亦爲州名，今亦屬廣東。

〔十〕循州長樂縣：循州下轄三縣，長樂爲其中之一。

〔十一〕李擴：松江李晉子。元末明初追隨鐵崖，學書甚勤。參見王逢詩贈李
　　　擴（載耕學齋詩集卷六）。按：明洪武二年正月十二日，鐵崖攜弟子於
　　　三昧軒觀賞書畫，題跋述及弟子數人姓名，稱之爲“隴西李擴”，蓋李擴
　　　郡望隴西。參見珊瑚網卷三十一李薊丘秋清野思。

〔十二〕佘山：位於今上海松江區。

〔十三〕“昔晉陶潛慕外祖氏”四句：謂蘇軾效仿陶淵明，記錄外祖事迹。蘇軾
　　　文集卷六十六書外曾祖程公逸事：“紹聖二年三月九日，軾在惠州，讀陶
　　　潛所作外祖孟嘉傳，云：‘凱風寒泉之思，實鍾厥心。’意悽然悲之。乃記
　　　公之逸事以遺程氏，庶幾淵明之心也。”

〔十四〕生於某年：按文中“天曆初，君年三十”等語，朱淵生年當在公元一三〇
　　　〇年前後。

〔十五〕至正癸巳：至正十三年（一三五三）。

元故學渠先生張公墓志銘〔一〕

　　公諱思忠，字進德，學渠其自號也。其先占籍齊安之麻城〔二〕，後
徙武昌之鳳凰臺。宋志有官總戎者。又有賢姆曰李安人，通書史，善
理家，以鳳凰之原利宅兆，遺言張氏。宋并依昭穆爲塋次，累葉衣冠
世胄，至爲齊安之望，世嘑“鳳凰”。張總戎於公爲曾大父①也，筦榷史
某於公爲考。

　　公生而機警，有風操。幼時常過黃陂〔三〕，訪思卧堂，想二程夫子

之迹〔四〕,則奮然有求志。既長,讀經,鄙代之訓詁儒不得聖奥,從鄉先生麟洲龍公於孔子山〔五〕,習五經傳學,最明春秋。鄉大夫以經行舉賦有司,公笑却曰:"吾學非所習於一夫之目者。"晚年益窮探經史百家之書,以著述爲樂。

　　生男六②,欽、錞、銓、鋭③皆有奇氣。女四,一一清慧,適名士。娶王夫人,同里司丞女,佐公善教子。尝築書堂,名六桂。教之經訓,餘及天官地理、兵刑書數,務通於用。皇明啟運,長子欽以文武才依乘風雲,由宿衞功出調淞郡幕,時公逝已二十年。欽持先譜一通,來拜余城東草堂,乞銘公墓石。

　　余嘗重齊安江山人物之勝,不在孫、劉餘烈〔六〕,韓、蘇、王、杜之流風〔七〕,而在二程。二程後,今得學渠氏④,蓋學道君子所樂道者,銘何辭! 公生元大德辛丑十二月十九日〔八〕,殁於至正戊子四月二十六日〔九〕。是年權葬黃岡縣鳳陂汊〔十〕,世亂,未及會葬鳳凰臺。銘曰:

　　萬金朱,不滿隅。一韋而布,泰山崒如。我見者,横渠之氏〔十一〕,孔山之傳。鳳岡左趺⑤,有其墓區。

【校】

① 父:原本作"失",鐵崖漫稿本作"夫",徑改。

② 鐵崖漫稿本於"六"字下衍一"卿"字。

③ 銓、鋭:鐵崖漫稿本作"鋭、銓"。

④ 鐵崖漫稿本於"學渠氏"下多"蓋氏"兩字。

⑤ 趺:鐵崖漫稿本誤作"趺"。

【箋注】

〔一〕文撰於明洪武元年(一三六八)前後,其時鐵崖寓居松江。繫年依據:墓主長子張欽爲明初淞郡幕官,其請鐵崖撰寫墓志之時,墓主謝世"已二十年"。

〔二〕齊安:"唐初爲黃州,後改齊安郡,又仍爲黃州",元稱黃州路(今湖北黃岡市),隸屬河南江北等處行中書省。麻城:隸屬於黃州路。參見元史地理志。

〔三〕黃陂:縣名。元代隸屬於黃州路。

〔四〕二程夫子:指程頤、程顥。二程皆生於黃州。詳見朱熹撰黃州州學二程先生祠記(載晦庵集卷八十)。

〔五〕麟洲龍公：指龍仁夫。参見東維子文集卷十九來德堂記。孔子山：在黄
　　州。大明一統志卷六十一黄州府："孔子山在府城東一百里。相傳孔子自
　　衛適楚，嘗登此山，有坐石，草木不侵。有石硯，雨下墨水浸出。東有顏子
　　港，北有回車坡。元時龍仁夫嘗築書屋於其麓。"

〔六〕孫、劉：指孫權、劉備。按：蘇東坡認爲赤壁之戰發生於黄州，其念奴嬌赤
　　壁懷古影響巨大，後人深信不疑，故此鐵崖有"孫、劉餘烈在齊安"之説。

〔七〕韓、蘇、王、杜：分別指北宋韓琦，蘇軾、蘇轍兄弟，王禹偁，以及唐代詩人杜
　　牧。黄州有古迹讀書堂、覽春亭、春草亭，皆韓琦所建。蘇軾曾貶爲黄州
　　團練副使，在黄州近五年。當地南坡、雪堂、遺愛亭、東坡井等古迹，皆與
　　東坡有關。蘇轍黄州快哉亭記，則膾炙人口。王禹偁亦曾被貶爲黄州知
　　州，當地睡足堂、如畫亭、會遠亭等諸多古迹，與王禹偁有關。杜牧曾被外
　　放爲黄州刺史，留下有關黄州詩歌不少。

〔八〕大德辛丑十二月十九日：即大德五年十二月甲申日。換算爲公元紀年，乃
　　一三〇二年一月十八日。

〔九〕至正戊子：至正八年(一三四八)。

〔十〕黄岡縣：與黄陂縣、麻城縣一同隸屬於黄州路。

〔十一〕橫渠：即北宋理學家張載。張載居橫渠，人稱橫渠先生。而張思忠自號
　　　學渠，寓有效仿張載之意。

芝庭處士虞君墓銘①〔一〕

　　君諱德章，字子文，芝庭，其燕居自命也。世家常熟之芝川。生
元大德辛丑三月十日〔二〕，殁至正乙未十一月二十日〔三〕，明年葬虞山
西麓小澗之原〔四〕。去之十有四年，而孤子宗海思其親者胸弗置〔五〕，自
謂："先子生不服官政，姓名不得挂國史，死又不得名文筆銘，不孝孤
罪曷貸？今幸季父從吾子游〔六〕，已得文表曾大父、大父阡，并敢邀餘
惠於先子，贖不孝孤罪。"辭弗獲。

　　披錢沐所述狀〔七〕，君裔出虞仲氏〔八〕，戰國時爲趙上卿(句)卿〔九〕，
漢爲都亭侯放〔十〕，唐文懿公世南始爲雍人〔十一〕。後若干世，從僖宗入
蜀〔十二〕，又爲蜀人。八傳爲宋大師雍國公允文〔十三〕。雍國七葉集〔十四〕，

仕元奎章閣學士。奎閣南歸,至吳訪虞山譜,而君在叔姪行。

　　君曾大父世脩,宋將仕郎。生震龍,震龍生安邦,安邦生君,俱隱德不仕。君性樸厚,有古長者德,孝友出天性,鄉黨稱"无瑕寶"云。人有一善,取之若己;有不善者,掩之;惡而能悔者,必拔而收之。故其里者,若老稚女婦无不嚮化。困厄②亡歸,弗計貴賤親疏,生爲之養、死葬焉,喪者施檟,疾病姙娩者,給藥餌饘粟,汲汲如不及。與人交,久而敬。告急於門者,未嘗以在亡爲解。享年五十又五而歿,人無不呼天曰:"善人逝矣,而不使遐年,吾儕曷恃!"葬之日,送車數百輛。

　　幼嘗從吳門克齋齊③先生學。工五字詩,及能長短句。有芝庭小藁,藏於家。君娶陸氏,子男四人:長宗海,娶同郡殷將仕孫女;次宗祐[十五],娶寶慶路總管楊公孫女;次宗道,聘湖州路推官逯公女;次宗益,尚幼。女二:長宗順,適陸天麟;次宗善,適陸鑄。孫男二:克讓、鎮。孫女二:素柔、素璠,皆在幼。銘曰:

　　繄周王讓虞有昆,執云投荆嗣亡聞。太師雍公派西分,奎閣訪譜東芝村。處士古質質而文,年若弗永永者存。四葉宗子子復孫,一芝秀庭百世芬。我過虞山訪耳雲,題爾處士虞君墳。

【校】

① 本文或題作虞芝庭處士墓碣銘。參見注一。
② 厄:鐵崖漫稿本作"危"。
③ 齊:鐵崖漫稿本無。

【箋注】

〔一〕本文撰於明洪武二年(一三六九)四月,其時鐵崖應墓主之子虞宗海邀請,到常熟小住。繫年依據:墓主謝世於元至正十五年乙未(一三五五),而此文撰於十四年之後。參見鐵崖文集卷三殷氏譜引、楊鐵崖先生文集全録卷一春暉堂記。按:本文曾有墨迹本傳世,平生壯觀卷四虞芝庭處士墓碣銘:"有元進士奉議大夫、翰林院直學士致仕會稽楊維楨撰并書篆蓋,正書如錢,牙色紙。前'鐵史藏室',後'李黼榜第二甲進士'、又'楊廉夫'、又'抱遺老人'四圖書。字幾六百,直烏絲。處士,常熟人。"過雲樓書畫記書類卷三楊鐵崖芝庭處士虞君墓碣銘册:"元末常熟富民,有福山曹氏、半州徐氏,芝溪虞氏,世所稱'虞宗蠻'是也。今芝塘東南有地名賀舍、花橋、鹿皮弄,相傳皆虞氏故迹。見柳南隨筆。此小玲瓏山館藏廉夫爲虞德章銘,首云'家常熟之芝川',末叙平生好義事……猶見當時資財雄鄉里情形。文存鐵崖漫稿。考漫稿又有虞垕墓志,亦云葬虞山西麓小澗。未知真迹尚在人間否。"虞德章生平見本文,道光琴川三志補記卷六氏族載虞德章傳,實源自本文。

〔二〕大德辛丑:大德五年(一三○一)。

〔三〕至正乙未:至正十五年(一三五五)。

〔四〕虞山:位於今江蘇常熟市。

〔五〕虞宗海:字伯源。德章長子。參見楊鐵崖先生文集全録卷一春暉堂記。

〔六〕季父:指虞宗海叔父,虞德章之幼弟。其名不詳,疑即金石翁虞子賢。參見楊鐵崖先生文集全録卷三雲外説。

〔七〕錢沐:常熟虞子賢之塾師。參見東維子文集卷二十一海峰亭記。

〔八〕虞仲:春秋吳泰伯之弟,其事迹詳見史記吳太伯世家。

〔九〕趙上卿卿:即虞卿。戰國時人。早年爲説客,後任趙國上卿。生平詳見戰國策趙策。

〔十〕都亭侯放:即虞放,東漢楊震門徒。漢桓帝朝爲司空,封都亭侯。參見後漢書楊震傳、黨錮列傳。

〔十一〕文懿公世南:即虞世南,兩唐書皆有傳。雍:位於今陝西鳳翔一帶。

〔十二〕僖宗入蜀:黃巢義軍攻佔東都洛陽後,唐僖宗於廣明二年(八八一)避往西蜀。參見舊唐書僖宗本紀。僖宗,公元八七四至八八八年在位。

〔十三〕雍國公允文:即虞允文。南宋抗金名將,封雍國公。宋史有傳。

〔十四〕雍國七葉集:指虞允文七世孫虞集。元史有傳。

〔十五〕虞宗祐:字伯承。德章次子。參見楊鐵崖先生文集全録卷一春暉堂記。

張氏通波阡表[一]

張氏出青陽[二],歷漢、魏、晉、唐,爲顯官甲族者,代不乏絶①。入宋,爲三葉衣冠者曰士遜[三],稱橫浦居士者曰九成[四],無盡居士曰商英[五]。商英拜相,後子孫渡江②,遂居杭之菜市③。有八世祖某游淞,愛干將山之櫻桃塢④爲隱地[六],因結廬居之。六世祖某號八七居士者⑤,又自櫻塢遷鳳凰⑥山陽之祥澤滙[七],與其子通⑦號千一居士者,開丘鑿井,以養其親。居士自奉至儉,事繼母孝謹,不一日衰。遇冬雪,掃隙地撒粟,以食凍禽,翔集者以千數。居士往來,慈烏或有翼而隨者。嘗爲里豪鄒氏者拓土田若干頃,後嗣貪侈無度,倍益田,入佃者不能庚,號泣其門相什伯。公捐己有代庚,絕鄒氏交。嗣蕩業後來謁公,公撫之如子,不令失其歸。年九十有三終。

娶華亭陸氏,生男顯⑧,築草堂號隱庵,博涉史⑨籍,尤精梵典,攻⑩星曆、陰陽、風水之術。攻苦茹淡如父風。與儒釋唱和,有詩偈若干首傳於鄉。壽八十有四⑪終。

娶夏氏,生男曰英,字卿⑫。其爲人廣顙大耳,美髭髯,其聲如鐘。自幼機警,通史傳學,尤長於律書⑬。中慈而外剛,見善若嗜欲,惡則視如讎。然鄉間以其咈諾爲曲直,人負不平,不之邑而之公,鄉稱"張片言"。倉丁有給米,曰"養廉",吏緣⑭爲奸(句),格(句)。公率衆走愬⑮南垣,復給如初。衆率口錢羅拜公⑯,公力却勿受,衆委錢而去,公弗侵毫髮,以之⑰週貧餓。餘力創鄉之義井義舟⑱,建大石⑲梁者三。壽七十有一⑳終。娶同里孫氏,生三子:長義;次德,出贅陸氏;次瑞。瑞之子曰麒㉑。麒㉒嘗從余游〔八〕,每恨先裔成㉓譜未修,三祖之石未立,大懼喪亂㉔之餘,彌遠彌失,招致予過其家,上其祖冢曰㉕通波之原,拜而有請爲三祖阡表㉖。余以其積善之慶,流及五世,至麒而其㉗業益修,門益大,張氏子孫食其報者未艾也。於是屬比其事,書之於石,而又繫之以辭曰:

張氏得姓,出自青陽。勳之顯者,曰韓之良〔九〕。柱下相君,彌壽有蒼〔十〕。八世貴盛,莫過于湯〔十一〕。茂先仕晉〔十二〕,博洽是長㉘。商英子姓,扈駕在杭㉙。寔爲鼻祖,由杭徙淞(叶)。五世載㉚德,地滙其祥。仁孝授受,祇固源㉛長。五世既昌,八世莫京(叶)。刻辭表阡,用昭後慶(叶)。

至正乙巳春,李黼榜第二甲進士、奉訓大夫、前江西等處儒學提舉會乩楊維禎譔并書㉜。

【校】

① 正德松江府志卷十七冢墓録有此文,題作通波阡表;上海書畫出版社二〇〇二年影印鐵崖手書墨迹(原本今藏日本東京國立博物館),題作楊維禎書張

氏通波阡表,皆用作校本。按:上海書畫出版社影印鐵崖真迹(以下簡稱
"墨迹本")曾經拼接,其實并非完本,其中段,在"嘗爲里豪鄒氏者拓土田若
干頃後"至"以其咈諾爲曲直"之間,闕失共計有一百六十餘字。絶:正德松
江府志作"人"。

② 商英拜相後子孫渡江:原本作"商英渡江拜相子孫",據正德松江府志改。
　　按:張商英於宣和三年謝世,當時宋君臣尚未南渡。原本及墨迹本皆誤。

③ 菜市:原本及鐵崖漫稿本作"菜氏",據墨迹本、正德松江府志改。

④ 櫻桃塢:正德松江府志本作"櫻珠灣"。

⑤ 號八七居士者:原本無,據正德松江府志增補。

⑥ 櫻塢:原本作"樓塢",正德松江府志作"櫻灣",據墨迹本改。鳳凰:原本無,
　　據正德松江府志增補。

⑦ 其:原本無,據墨迹本、正德松江府志增補。通:原本無,據正德松江府志
　　增補。

⑧ 顯:原本作"某",據正德松江府志改。

⑨ 史:正德松江府志作"書"。

⑩ 攻:正德松江府志作"及"。

⑪ 八十有四:原本作"八十有五",據王逢張氏通波阡表辭(載梧溪集卷五)、正
　　德松江府志改。

⑫ 生男曰英字卿:正德松江府志作"生男俊,字晉卿"。王逢張氏通波阡表辭
　　亦曰其名俊。

⑬ 律書:正德松江府志作"法律"。

⑭ 緣:原本作"掾",據墨迹本改。

⑮ 走愬:原本作"訴",據墨迹本改。

⑯ 公:原本無,據墨迹本增補。

⑰ 毫髮:墨迹本作"豪毛",鐵崖漫稿本作"毫毛"。之:原本無,據墨迹本增補。

⑱ "倉丁有給米"至"餘力創鄉之義井義舟"凡十二句:正德松江府志作"性好
　　施,賑貧周急。鑿義井,創義舟"四句。

⑲ 石:原本無,據墨迹本、正德松江府志增補。

⑳ 七十有一:正德松江府志、王逢撰張氏通波阡表辭皆作"七十"。

㉑ 麒:原本作"麟",據墨迹本改。"長義;次德,出贅陸氏;次瑞。瑞之子曰麒"
　　凡十五字,正德松江府志作:"長愷,次悌,次珤。愷之子曰龍,曰鳳。悌之子
　　曰興,曰旺。珤之子曰麒;女曰妙齡,適盧祥。龍之子曰宗仁、宗禮,女曰淑
　　清。鳳之子曰宗義,女曰淑寧。興之子曰英,麒之子曰彬、曰桓。"

㉒ 麒：原本作"麟"，據墨迹本、正德松江府志改。

㉓ 成：原本無，據墨迹本、正德松江府志增補。

㉔ 大：原本無，據正德松江府志增補。喪亂：原本作"乘亂世"，據墨迹本、正德松江府志改。

㉕ 祖：原本無，據墨迹本、正德松江府志增補。曰：原本作"過"，據墨迹本、正德松江府志改。

㉖ 拜：原本無；阡表：原本作"表阡"，據墨迹本、正德松江府志補改。

㉗ 麒：原本作"麟"，據墨迹本、正德松江府志改。其：墨迹本、正德松江府志無。

㉘ 長：原本作"能"，據墨迹本、正德松江府志改。

㉙ 商英子姓，扈駕在杭：原本及墨迹本皆作"商英扈駕，子姓在杭"，據正德松江府志改正。

㉚ 載：原本作"戴"，據墨迹本、正德松江府志改。

㉛ 祇：墨迹本作"柢"，正德松江府志作"本"。源：墨迹本作"原"。

㉜ "至正乙巳春"以下至篇末凡三十四字，原本無，據墨迹本增補。正德松江府志作"奉訓大夫、前江西等處儒學提舉楊維楨撰，翰林學士承旨、知制誥兼修國史危素書，前江西等處行中書省左丞周伯琦篆額"。

【箋注】

〔一〕文撰於元至正二十五年乙巳（一三六五）春，其時鐵崖隱居松江，應弟子張麒之邀撰書此文。

〔二〕張氏出青陽：據姓纂（宋章定名賢氏族言行類稿卷二十五張引録），青陽乃黃帝之子。"黃帝第五子青陽，生揮，爲弓正。觀弧星，始制弓矢。主祀張星，因姓張氏"。

〔三〕張士遜（九六四——一〇四九）：字順之。北宋淳化進士，官拜太傅。曾於真宗、仁宗兩朝三次拜相。宋史有傳。

〔四〕張九成（一〇九二——一一五九）：字子韶，自號無垢居士、橫浦居士。官至宗正少卿，權禮部侍郎兼侍講。宋史有傳。

〔五〕張商英（一〇四三——一一二一）：字天覺，號無盡居士。宋史有傳。

〔六〕干將山：即干山。參見東維子文集卷五送劉主事如京師序。

〔七〕鳳凰山：參見鐵崖先生詩集己集雲山圖爲鳳凰山人題注。祥澤滙：又稱祥澤塘。

〔八〕張麒：字國祥，號静鑑。張瑞之子。家有三味軒。元末明初從學於鐵崖，

交往頗爲頻繁。參見楊鐵崖先生文集全録卷四三昧軒志。按：或謂張麒
乃張珏之子。上述張氏子孫，王逢張氏通波阡表辭多有不同，曰："（俊）
生三子：愷、悌、珏。愷生子曰龍曰鳳；悌生子曰興曰雎；珏謙厚長者，恤護
一方，生子曰麒。女曰妙齡，適盧祥。龍生宗仁、宗禮，鳳生宗義，興生英，
麒生斌、桓。麒讀書好禮，以宗譜未修，懼喪亂之餘，彌遠彌失，乃即祖冢
通波之原，徵前進士會稽楊公維禎爲阡表，復徵逢撰家廟辭，勒之碑陰。"

〔九〕 韓之良：指張良。西漢初年，項梁立韓後公子成爲韓王，張良爲韓司徒。
詳見史記留侯世家。

〔十〕 "柱下相君"二句：指張蒼。張蒼於秦朝爲御史，主柱下方書。漢初，相淮
南王十四年。漢書有傳。

〔十一〕 "八世貴盛"二句：指西漢張湯及其子孫。張湯子安世，安世子延壽，漢
書皆有傳。延壽傳曰："安世子孫相繼，自宣、元以來，爲侍中、中常侍、
諸曹散騎、列校尉者凡十餘人。"

〔十二〕 茂先：指西晉張華。張華字茂先。晉書有傳。

蔣氏道本傳〔一〕

上海縣之南，其聚曰鶴①砂〔二〕，有蔣氏女名道本，生元統甲戌。自
幼慕浮屠氏法，年十三②，夢白衣士摩其頂曰："汝有身毒國夙緣，當出
塵受五戒。"且錫其名道本。覺，白於母，請剪結③爲杜多〔三〕，即絶葷爲
沙彌尼，日夜誦梵經若干卷，戒行嚴甚。越八年，一日告訣於母曰：
"本某年某月某日某時當逝。"求凈祝髪。二親遂其請，至期，沐浴更
衣，趺坐化，時年二十又一，至正甲午三月二十八日也〔四〕。茶毗日，五
色烟起，舍利如凝珠，異香竟日不散。遠近送者以千數，無不驚異其
事。瘞其骨於④里之大悲庵北，土産靈芝，閲歲不凋。

噫，浮屠夷現化事，儒者所不言。余親至其里，見蔣父，談所異，
出舍利顆合中，與昔龐氏靈照女事同〔五〕，亦可以警吾徒道以成者或不
如也。因援筆録之。

本母名德善，年四十即凈心，至六十終，亦預知死云⑤。

【校】

① 鶴：鐵崖漫稿本作"鸛"。

② 十三：鐵崖漫稿本作“十二”。

③ 結：疑當作“髻”。

④ 於：原本無，據鐵崖漫稿本增補。

⑤ 云：原本無，據鐵崖漫稿本增補。

【箋注】

〔一〕道本（一三三四——一三五四）：俗姓蔣，元代上海縣人，出家爲尼。按：同治上海縣志卷三十二雜記三遺事載道本事迹，注曰采自五茸志逸，其實源自本文。本文當作於至正十四年甲午三月末道本逝世之後不久。

〔二〕鶴砂：即下沙。參見東維子文集卷二十一讀書堆記注。

〔三〕杜多：又作杜茶，與梵語“頭陀”同。

〔四〕至正甲午：至正十四年，即公元一三五四年。

〔五〕龐氏靈照女：五燈會元卷三龐蘊居士：“襄州居士龐蘊者，衡州衡陽縣人也，字道玄。世本儒業，少悟塵勞，志求真諦。唐貞元初，謁石頭……有女名靈照，常鬻竹漉籬以供朝夕……士將入滅，謂靈照曰：‘視日早晚，及午以報。’照遽報：‘日已中矣，而有蝕也。’士出户觀次，靈照即登父座，合掌坐亡。士笑曰：‘我女鋒捷矣。’”

平江路總管吳侯遺愛碑〔一〕

蘇爲勾吳開國〔二〕，今列上郡，地兼數圻，實古大諸侯之封，生養教化，寄職守比它郡愈難。皇元命守臣，歷凡二十有餘人，大抵柔克者每淪惡鈍，如醉夢瞽聾，弗能了了；剛克者又過操切，虎噬而鷙搏，民有不堪已。求其用生養爲心、教化爲政本者，缺如也。世之談治，往往遷教化、圖權力爲急便，不知以力治者訟，以教治者從，而世之君子未之察也。

若燕山吳侯之爲蘇，其有志於政本者歟！本一立，末未有不理。始侯守漳德〔三〕，績聞於上，而東大藩如蘇，無若侯治者。於是即漳德授侯太中大夫、平江路總管，且遣使持堂帖，俾乘傳抵吳。家屬百數指，悉遣還鄉，獨與一力馳傳至。至即止惟官廳後軒，卧起其中，削衣貶食，自養不斆於寠儒生，由是交關饢問與姁嬉大燕盡革去。故常府治蔽壞，僚吏謂宣化公堂〔四〕，時臺者重臣臨涖，請新之。侯顧下學曰：
“民不教化，無以爲治。學校，教所出，矧吳學肇自范仲淹氏〔五〕，四方
則之。名存實亡，教將安倣？”乃首新大成殿，及戟門、兩廡、唐典①各
以次舉〔六〕。後②以餘力及宣化堂。且於學官，又誰③差賢長師，招民子
弟教之，使民日遷善，去惡奇衺之行，由是期月，化行矣。

　吳風，中家以下生女，必習伎舞④，質大家，一再而後妻於人。富
兒世家子，或走狗馬，擊踘博戲，淫奇猥以亂齊民者〔七〕，皆不禁自戢⑤。
又吳民善搆詭詞齮齕人，傳不法以紿吏，至兒婦人亦然。州縣不能
辨，上於府。侯燭其廬，喻以理，皆泣拜不知置辭，相率而改往。士相
與慶曰：“民易治爾！”道之善而善，道之惡而惡，若侯之道民善，其得
政本者非歟！

　凡有賦調，前與民期，吏惟承科條，奸無所并緣，民亦無漏期者。
吳田下窪於水者，漫延數千百頃，賦額不與水乘除。民訴於侯，即徵
實，寬其租十餘萬石。歲内夏稅絲以計者四十萬，民買絲内官，以爲
病。侯言於行省，乞以絲時估計鈔輸之，民咸歡抃歌侯德，且喜視永
挈例。在城稅務官吏難主辨⑥，必取更於攔頭，民麗其役，或破家規脱
之。侯使市民互舉其⑦可者，占甲乙而役一定民。立常平倉，官本措
無從，侯發官庫額餘若干緡錢，糴糧若干萬斛，官民胥便之。市民不
謹於火，西南風急甚，勢將延鈔庫。侯下馬，扣首火所，呼城隍神，風
則北轉，火熄。秋霖過淫，侯又籲天自咎，復齋戒禱神所，雨即止。君
子謂：“侯政孚於鬼神，而況於人乎！”未幾，天子以樞廷之任召侯，民
將彷彿驚者數日。去之日，相犇走號於道，不可留，則退而焚香上手
而額曰：“願侯早相天子，以福天下。”

　侯在官，遇上官以權易之，顔行以智舞之，侯一以誠慤自處。久
之，各失其所持。其安執要，治繁則曰：某事某官可辦，某事某吏可
集。已而付之，果一一當，而未嘗有左右之孚也，君子知侯有宰天之
量已。嗚呼！天下之治，一國之推也。侯以一郡國之治，推之天下，
教化行而民之丕變，其績用所及，又豈件畫可既哉！

　侯去郡逾年，而余客蘇。蘇父兄以侯治狀請於郡長亦速福公〔八〕，
樹石頌美。亦速福公以狀來謁記，且曰：“唐田緒、何進滔，非無遺愛
碑，未幾，碑轉爲他刻〔九〕。淮西碑雖毀〔十〕，其文在人者不得毀。石之

久近,固繫其人,而載石之文,尤不可不得其文之必傳者爲久也。江東南之文,必其有傳於久,舍子誰居！願有以書之,以慰蘇父兄,以貽我主郡吏之師則云。"余既重蘇父兄不忘德故侯,又重今郡長不蔽侯德也,遂爲論列,繫之詩八章。侯名秉彝,字仲常。世系官閥見家傳,茲不書。詩曰:

天子命守,守重於藩。匪曰專土,用督貨泉。曰予教化,職爾承宣。維藩維大,爲吴之會。惟吴有風,男女胥詝。寄猴强樂,貪豕忿類。惟侯受命,殿吴之邦。授方任能,敬教勸農。相作新學,式變吴風。溺爾侯航,鼛爾侯鼓。士弦侯宫,農歌侯野。侯入卬師,豈伊民父。侯之教矣,民之傚矣。神所勞矣,侯以禱矣。風以熄矣,雨以燥矣。維阿⑧南公,漢吏稱循〔十一〕。百世戴德,元吏又仁。政成以振,天子有詔。分陝來歸,卒相周召〔十二〕。輿人以頌,我屬比之。庶幾嗣之,式克似之。

【校】

① 唐典：疑爲"庖冨"之誤。

② 後：鐵崖漫稿本作"餘"。

③ 誰：疑爲"惟"之誤。

④ 伎舞：鐵崖漫稿本作"舞伎"。

⑤ 戢：原本無,空闕一字,據鐵崖漫稿本補。

⑥ 城：鐵崖漫稿本作"杭"。辨：疑當作"辦"。

⑦ 其：原本作"具",據鐵崖漫稿本改。

⑧ 阿：疑爲"河"之誤寫。參見注釋。

【箋注】

〔一〕本文撰於元至正七年(一三四七),其時鐵崖游寓姑蘇,授學爲生。繫年依據：文中曰"侯去郡逾年而余客蘇",而平江路總管吴侯於至正三年到任,任期通常爲三年。吴侯：吴秉彝。盧熊蘇州府志卷二十牧守題名："吴秉彝字仲常,燕人。前彰德路總管。至正三年到任(平江路總管)。改除樞密院斷事官。"

〔二〕勾吴：春秋時吴國別名,"勾"或作"句"。相傳泰伯奔荆蠻,自號句吴。參見史記吴太伯世家。

〔三〕漳德：即彰德（今河南安陽）。按河南通志卷三十職官："吳秉彝，至正中彰德路總管。"參以本文，吳秉彝任彰德路總管在至正元年至三年期間。

〔四〕宣化公堂：即宣化堂。據後文，當爲平江路官府大堂。

〔五〕吳學肇自范仲淹：有關吳學創立經過，參見張伯玉吳郡州學六經閣記，文載宋呂祖謙編宋文鑑卷七十九。

〔六〕"乃首新大成殿"二句：謂吳秉彝修建學校。按：吳秉彝修吳學，在至正四年至五年之間。明祝顥文正書院記："書院在蘇城中吳縣西隅通衢之上，祀宋大賢范公之祠也……當宋咸淳丙戌，太守潛説友始請於朝，立專祠祀公。元末至正甲戌，郡守吳秉彝又奏改爲書院。"（文載明陳暐編吳中金石新編卷七雜紀。）然上引文中所謂"至正甲戌"有誤，至正間無"甲戌"年。考吳都文粹續集卷三鄭元祐重修平江路儒學記，撰於至正五年，則吳秉彝奏改書院，當在至正四年"甲申"。

〔七〕寄豭：指男子入他人家室淫亂。語出史記秦始皇本紀。

〔八〕郡長亦速福：當爲平江路達魯花赤，元至正七年前後在任。按盧熊撰蘇州府志卷二十牧守題名，元平江路"達魯花赤"一欄中有"亦速福"。然僅録人名，無字號籍貫、任職年月等其他記載。

〔九〕"唐田緒、何進滔"四句：金石録卷二十九唐魏博田緒遺愛碑："右唐魏博田緒遺愛碑，裴垍撰，張弘靖書，政和中與柳公權所書何進滔德政碑俱爲大名尹所毀。"田緒、何進滔：兩唐書皆有傳。

〔十〕淮西碑：即韓愈所撰平淮西碑。舊唐書韓愈傳："仍詔愈撰平淮西碑，其辭多叙裴度事。時先入蔡州擒吳元濟，李愬功第一，愬不平之。愬妻出入禁中，因訴碑辭不實。詔令磨愈文。憲宗命翰林學士段文昌重撰文勒石。"

〔十一〕"維阿南公"二句：阿南公，疑當作"河南公"，指西漢召信臣。召信臣曾任河南太守，"爲人勤力有方略，好爲民興利，務在富之"。生平見漢書循吏傳。

〔十二〕"分陝來歸"二句：周、召，指周公旦和召公奭。周公、召公曾共同輔佐周成王，分陝而治。參見左傳隱公五年。

都水庸田使左侯遺愛碑[一]

至正九年春正月，都水庸田使左答納失里侯即任所拜命，除浙東

元帥去。去之日,蘇父老什伍其漕,相與遮侯馬首於東關門外,曰:
"明公神明人也,嫉不仁人[1]而仁及於人。自至正[2]初,朝廷選材賢重
臣以開新司,明公在選中[二]。興除水利害,民受大德。閱八年,而明
公又以宿選復居都水長。蓋水庸之最簡在帝心,而使拯吾三吳之民
之困也。明公下車,三吳官寺無游徵之擾,屬吏無沓墨之奸。昆蟲蟄
宅,民蟠大通[三]。惟蘇素水國,歲以災慁者動數十萬,今減小菫萬餘,
司之文法吏并欲[3]抑之以表水庸。侯勃然曰:'抑田菑,罔水庸,民可
誣? 誣天乎? 民,邦本也,豈朝廷立水司意乎?'遂寡檢可慁。民咸抃
手讙呼以謝曰:'明公,吳之大造也。害爲民袪,菑爲民白,明公真民
之神明也。明公去,使繼者如公則幸已! 即弗如,三吳之民其何慁乎
哉!'"言至泣下,侯亦憪然不忍別去之。侯去一月,父老礱石於姑蘇
傳置,來請命言以書。

　　余嘗論觀吏,蓋善惡不於其在官,而於其去之日也久矣。吏在
官,循者或玩其利,酷者或喑其惡,至於去之後,玩者思、喑者發矣。
朱邑爲桐鄉,去而民祠以祝之[四],利之思於其去也。李實、嚴正晦,去
而民手瓦[4]石伺其行[五],忿之發於其去也。吁,吏之善不善,見於去之
日,豈不較然哉! 若侯之去也,民至挽留不可,而爲之樹遺愛碑,利之
思於去後者非歟! 傳曰:"太上下知有之,次親之譽之,其下畏之侮
之[六]。"吏使民畏而侮者衆矣,聞有親而譽者,惓惓乎不能忘情於其
去,理固然矣。立石刻頌,在法無禁。侯之得去謠於稠吏[5]畏侮中,非
親而譽得於民者,有是乎? 宜職文墨者登載其美,以風告它吏,矧重
以父老之請乎! 故不辭而書。

　　侯字廷憲,于闐人[七]。任閩浙憲府,洎奉使廣東。巖巖有風采,
奮髯之頃,奸膽盡落,人呼爲"左泣鬼"。在水司未期月,建公宇、固堤
坊、勸墾闢、信期會、屏奸慝,皆政件也,以常不書。頌曰:

　　具區之國,在江南東(叶)。厥田中下,視水兌穰。帝憫東土,水失
納吐。建官治庸,曰維水部。巖巖左侯,憂民之憂。水求其故,歲獲
有秋。惟侯建政,爲國司平(去聲)。操之以廉,決之以勁。廉不敝劇,
勁不敝殘。義方於外,仁流其間。水有坊制,興利去害。借曰滂傷,
罔敢誣歲。民拜我侯,侯我大造。侯不我留,我病誰告。吳風頌吏,
其石如林。徒迫爾勢,實惡爾心。惟侯水庸,而有遐思。我述興頌,

尚無愧辭。

【校】

① 仁人：鐵崖漫稿本作“仁”。
② 至正：疑爲“至元”之誤。至元,指元順帝之後至元。參見注釋。
③ 并欲：鐵崖漫稿本作“欲并”。
④ 瓦：原本作“風”,據舊唐書李實傳改。
⑤ 稠吏：鐵崖漫稿本作“稠密吏”。

【箋注】

〔一〕本文撰於元至正九年(一三四九)二月,其時鐵崖寓居蘇州,不久即赴松江
　　璜溪授學。繫年依據：文中曰都水庸田使左答納失里於至正九年正月轉
　　官浙東元帥,“侯去一月”,鐵崖受命撰此碑文。左答納失里,參見東維子
　　文集卷十二新建都水庸田使司記。

〔二〕“自至正初”三句：謂新設都水庸田使司之初,左答納失里即入選任職平
　　江。按：至正,蓋爲“至元”之訛。據元史順帝本紀,後至元二年(一三三
　　六)正月,“置都水庸田使司于平江”。

〔三〕“昆虫蟄宅”二句：意爲興利去害,豐年有餘。禮記正義卷二十六郊特牲：
　　“蜡也者,索也。歲十二月,合聚萬物而索饗之也……曰土反其宅,水歸其
　　壑,昆蟲毋作,草木歸其澤……八蜡以記四方,四方年不順成,八蜡不通,
　　以謹民財也。順成之方,其蜡乃通,以移民也。”注：“四方方有祭也。其方
　　穀不熟,則不通於蜡焉,使民謹於用財。蜡有八者：先嗇一也,司嗇二也,
　　農三也,郵表畷四也,貓虎五也,坊六也,水庸七也,昆蟲八也。”

〔四〕“朱邑爲桐鄉”二句：漢書循吏傳：“朱邑字仲卿,廬江舒人也……初,邑病
　　且死,屬其子曰：‘我故爲桐鄉吏,其民愛我,必葬我桐鄉。後世子孫奉嘗
　　我,不如桐鄉民。’及死,其子葬之桐鄉西郭外,民果共爲邑起冢立祠,歲時
　　祠祭,至今不絕。”

〔五〕“李實、嚴正晦”二句：舊唐書李實傳：“李實者,道王元慶玄孫,以蔭入
　　仕……有詔蠲畿内逋租,實違詔徵之,百姓大困,官吏多遭笞罰……京師
　　貴賤同苦其暴虐。順宗在諒闇逾月,實斃人於府者十數。遂議逐之,乃貶
　　通州長史。制出,市人皆袖瓦石投其首。實知之,由月營門自苑西出,人
　　人相賀。”又,韓昌黎文集校注卷七故貝州司法參軍李君墓志銘：“其在貝
　　州,其刺史不悦於民,將去官,民相率讙譁,手瓦石,胥其出擊之。刺史匿

不敢出,州縣吏由別駕已下不敢禁。”注曰:“據李翱集:刺史,嚴正晦也。”

〔六〕“太上下知有之”三句:老子:“太上下知有之,其次親而譽之,其次畏之,其次侮之。”

〔七〕于闐:古西域王國,位於塔里木盆地南邊,今新疆和田一帶。

華亭縣尹張①侯遺愛頌碑〔一〕

孔子嘗感泰山婦人之言,曰:“苛政猛於虎〔二〕。”揚雄氏推之曰:“虎哉! 虎哉! 角而翼者也〔三〕。”烏乎! 今之守令,不角而翼者幾何人哉? 設之而病也,任之而重也,而爲之父母者,角而翼也,民不散而栖泰山者幾希。嘆未已,而淞父老有走謁余,而以張侯治狀請登載於石者。

狀載采采,皆健令之常耳。至刻廉精白,於吏習故常。俾妻子裋衣覈食,終三年無怨懟,則君子以爲難矣。蓋自吏俸薄,望吳而趨者,類以甲姓大家之贄厚過俸,故吏吳中,逞逞受贄如圭田之入。吁,吏日沓、贄日窮矣。使有知道者出,宜有以還富於民,以無自撥其本根②。烏乎! 若張侯者是已。故自侯之家瘠而民日肥,民肥而户庶。未有庶而不富,富而不安於教者也。從是賦有經紀,使民自陳隱田若干頃。徭有平亭,使民自占上中下,則以永挈例。鄉校有增闢,使士徒入田,他③屬民宣力。冤幡如徐英反罪、杜公子雪誣。荒闢如江淮地,重墾闢周,蕩復成區。求盜而海洋怗,急飢而常平充,省刑罰而苛除嬈解。由是流離復,困弱信,耆老旅,孝義興。市無淫貨,工無窳器,吏無文繁之舞,民無任俠之游,士無釀辭僞行之習,而侯得治名,古之稱循吏者,殆無以過。烏乎! 吾求吏之仁於角而翼者,非得其人已乎! 使天下郡縣得侯者千百,壹本其所履,以展采錯事〔四〕,天下其有不理者乎! 是宜有以比其治狀,挈其爲政本者,關説於公,且答淞父老意也。

侯名德昭,字彥明,邢臺人也。頌曰:

仁吏傷民,如傷同胞。沓吏嫉民,嫉如宿讎。哀哀赤子,仰我父母。如何父母,闞若爐虎。侃侃張侯,砥節厲俗。寒水與澄,秋暘與暴。勞施於泯,瘁不殫厥軀。腹④在其邦,瘠不厭厥家(叶)。嗟嗟張侯,吏用是則。雪污曰清,正曲曰直,參和爲仁〔五〕,好爾懿德。神之聽之,介爾景福。

【校】

① 張:原本脱,徑爲增補。

② 撥其本根:鐵崖漫稿本誤作"撥本其根"。

③ 他:疑爲衍文。

④ 腹:疑爲"腴"之訛寫。

【箋注】

〔一〕文撰於元至正十年(一三五〇),其時鐵崖寓居松江璜溪,於吕氏私塾授學。繫年依據:本文頌揚華亭縣尹張德昭之政績,有"俾妻子裋衣覼食,終三年無怨懟"等語,當撰於張氏任滿離職之際,而張德昭於元至正七年始任華亭縣尹。張侯,張德昭。正德松江府志卷二十三宦績:"張德昭字彦明,邢臺人。至正七年尹華亭。首爲箋釋陳仙居勸學文,鏤板授邑子弟。歲潦傷,都水使者抑勒有秋狀,德昭固爭,至投所授敕求去。使者悟,許之。民有以髑髏訴者,立辨其枉。先是,吏吴中者往往受大家贄,如圭田之入,德昭悉謝絶。劼廉精白,妻子皆化之,衣粗食淡給,三年無怨色。會稽楊維禎撰遺愛碑……錢衮撮其綱,爲八字頌,刻之郭門,曰'公平廉明,勤儉慈讓',時謂實録云。"按:據乾隆華亭縣志卷八職官上,張德昭任華亭尹之前爲内黄尹。又,至正九年鐵崖抵達松江之前,即與德昭及其子張叔温交好。參見東維子文集卷十九改過齋記。

〔二〕苛政猛於虎:參見鐵崖先生古樂府卷六射罷行注。

〔三〕"揚雄氏推之曰"四句:揚子法言卷八淵騫篇:"(或問)酷吏,曰:'虎哉,虎哉,角而翼者也!'"

〔四〕展采錯事:意爲用其職權,處理事務。語出司馬相如封禪書。漢書司馬相如傳:"使獲曜日月之末光絶炎,以展采錯事。"注:"文穎曰:'采,官也。使諸儒記功著業,得觀日月末光殊絶之明,以展其官職,設錯其事業也。'"

〔五〕"正曲曰直"二句:左傳襄公七年:"恤民爲德,正直爲正,正曲爲直,參和爲仁。"杜預注:"德、正、直三者備乃爲仁。"

探易齋銘

　　山谷老人曰[一]："易者,以與民同憂患爲宗。聖人以此洗心,空無一物,迺見憂患之源,故其言皆自根其極中來。故曰神而明之存乎人。"又曰："苟非其人,道不虛行。"又曰："窮神知化,德之盛也。過此以往,未之或知也。"以此三語求易,思過半矣。某人讀書之齋,名探易,余爲其説,而銘之曰:

　　易非易知,陰陽變故。易非難知,品物成務。玩易於器,去易遠而。探易於極,子能得之。

【箋注】

〔一〕山谷老人:指北宋黃庭堅,黃庭堅自號山谷道人。下引三段語録,節録自黃庭堅書信答王周彦二首之二,然與今傳本黃氏原文稍有出入。

林上人梅意銘

　　觀梅以梅,梅意弗白。觀梅以意,梅意愈嘿。梅以意得,舍意曷由? 意以梅顯,舍梅奚求? 汝眼粲然,我意泊然。我所師者,孤山之仙[一]。

【箋注】

〔一〕孤山之仙:即林逋。孤山,指杭州西湖之小孤山,林逋當年隱居種梅處。

静庵法師塔銘[一]

　　師諱元鎮,字静庵,號净住老人,俗姓楊氏,世居上海縣高昌里。十歲即超然有遠思,從里中省庵聞①公祝髮[二]。已而參南竺山大用才法師[三],得性具宗乘。青年道價高叢林,僧省起之。時思值世㸌,

歸休故山者三十年。帝者師問其人,錫以佛智妙辨②大師號。至正辛
丑,僧闔主天竺之興福[四]。未幾復退海濱,築浄住精舍,置歷祖經鈔
數千卷,晝夜課閲不少怠。吴③丁未[五],新天子命相臣分浙方面,又以
耆德高行聘住天竺大普福[六]。閲三月,覲京師,燕見天子於乾清
殿[七]。亡幾何時,即丐歸海上。一夕,以偈謝諸徒曰:"七九六十三,
光陰一指彈。浩歌歸去來,清天月如水。"擲筆翛然而逝。

　　性穎悟,内外典無不究極其旨。凡檀施錢帛,隨得隨與,篋無銖
金寸縷之積。鉅卿大吏及黄髮衄童,咸得其懽心。晚年既厭濁世,方
將集諸徒,效慈雲尊者,修止觀三昧[八],以壽吾(下闕)。

【校】

① 聞:原本作"問",據鐵崖漫稿本改。

② 辨:鐵崖漫稿本作"辭"。

③ 吴:鐵崖漫稿本無。

【箋注】

〔一〕文當撰於明初洪武元年(一三六八)六月,即静庵法師去世之後不久。參
　　見鐵崖文集卷三告鎮公文。静庵:釋元鎮(一三〇六——一三六八),字
　　静庵,號浄住老人,俗姓楊,上海縣高昌里人。與鐵崖交好多年,明洪武元
　　年去世。參見鐵崖文集卷三告鎮公文。

〔二〕省庵聞公:元初上海縣本地僧人,省庵蓋其別號。

〔三〕南竺山大用才法師:指釋必才。大明高僧傳卷一杭州演福寺沙門釋必才
　　傳:"釋必才,字大用,姓屈氏。台州臨海人……十六,出游虎林,謁湛堂澄
　　於南竺。湛堂與語,皆中肯綮,即以法器期之……至正二年,遷杭之興福。
　　三年,補演福……門弟子據猊座者百人。順帝特賜佛鑑圓照之號。"

〔四〕"至正辛丑"二句:謂至正二十一年辛丑(一三六一),釋元鎮始任興福院
　　住持。按:天竺之興福,蓋指杭州天竺寺之興福院。

〔五〕吴丁未:指朱元璋之吴元年丁未,即元至正二十七年(一三六七)。

〔六〕大普福:在杭州。明吴之鯨武林梵志卷五北山分脈:"普福講寺在九里
　　松,一名十方天台教院。宋咸淳間,天台僧明礪募貴戚鮑氏建,凡八年始
　　成……有魏國公'大普福'扁。"

〔七〕燕見天子於乾清殿:吴元年九月三十日癸卯,朱元璋新建金陵皇宫正式落

成。其中有乾清宫,位於謹身殿之後。故朱元璋於乾清殿召見釋元鎮,必在吴元年十月之後。參見明太祖實録卷二十五。

〔八〕“效慈雲尊者”二句: 補續高僧傳卷二慈雲懺主遵式傳:“遵式字知白,天台寧海葉氏子……(宋)雍熙元年,見寶雲,北面受業……祥符四年,講止觀於景德寺。……天禧三年,王欽若撫杭,與師道契,奏錫天竺舊名,復其寺爲教。又奏請西湖爲放生池,因賜號‘慈雲’……與衆訣,作謝三緣詩,謂謝徒屬、絶賓友、焚筆硯也。隨徙東嶺之草堂。明道元年十月八日示疾,不用醫藥,唯説法勉衆而逝,壽六十九。”止觀,佛教天台宗修行法門之一,謂掃除妄念,專一心境,從而産生智慧,明徹事理。參見智顗摩訶止觀。

卷九十五　楊鐵崖先生文集全録卷三

玩古齋銘

　　醉李唐生允〔一〕，介吾門鼎文氏來見〔二〕，曰："某①齋居一所，位置古器物其中，因命齋曰玩古，敢乞先生銘。"余詰之曰："子之所玩於古者何物？玩於器，器有時而缺。玩於金石，金石有時而缺滅②。而有不缺滅者，子能玩之乎？"某曰："某將玩索於羲、文之畫〔三〕。"余曰："畫亦物耳。"某辟席謹曰："然則吾將奚玩？"曰："玩於吾心之天之初。嘻，古莫古於是矣！"某九拜曰："唯唯。"爲之銘曰：

　　稽古有書，博古有圖。古而弗玩，去古殊途。索古以玩，千載一日。堯在羹墙〔四〕，孔在堂室〔五〕。繄唐允父，齋居玩古。游心畫前，返道之祖。天地爲器，曰有斃時。矧此金石，奚以控持。我非物玩，物有我則。先氏有言，好是懿德。

【校】

① 某：鐵崖漫稿本爲空格。下同。
② 缺滅：鐵崖漫稿本作"滅"。

【箋注】

〔一〕醉李：即欈李。浙江嘉興之別名。唐允：疑其字爲允文。按：邵亨貞有古詩玩古行，題下曰："武川唐允文蓄古圖畫碑刻金玉彝鼎及諸器物一室中，名之曰玩古齋。"（載蟻術詩選卷四。）武川，蓋爲嘉興魏塘之別名。魏塘又稱武塘，故或稱之爲武川。邵亨貞所謂武川唐允文，與本文嘉興唐允應屬同一人。

〔二〕吾門鼎文氏：疑指錢鼏。錢鼏既是鐵崖友人，鐵崖又稱之爲"門人"，參見楊鐵崖先生文集全録卷四浮休室志、鐵崖文集卷二上海知縣祝大夫碑錢氏跋文。

〔三〕羲、文之畫：相傳周易卦圖爲伏羲、周文王所創。

〔四〕堯在羹墙：本指舜經常思慕堯。後漢書李固傳："臣聞君不稽古，無以承

天；臣不述舊，無以奉君。昔堯殂之後，舜仰慕三年。坐則見堯於牆，食則
覩堯於羹。斯所謂聿追來孝，不失臣子之節者。”

〔五〕孔在堂室：孔子死後，其衣冠器物留置其堂，弟子後代追慕不已。史記孔
子世家：“孔子冢大一頃。故所居堂弟子内，後世因廟藏孔子衣冠琴車書，
至於漢二百餘年不絶。”索隱：“謂孔子所居之堂，其弟子之中，孔子没後，
後代因廟藏夫子平生衣冠琴書於壽堂中。”

杜孝子傳〔一〕

　　孝子名希大，字希大，姓杜氏。其先自唐岐國公佑孫羔〔二〕，始居
台之黄巖〔三〕。五世孫爲誼，又七世爲希大。誼孝行在宋史〔四〕。希大
又篤孝母，遇母疾不食亦不食。上食母，必朝夕鞠臆，里呼爲“杜孝
子”。長，沈勇慷慨，好急人。至元①卯〔五〕，盜有入孝子里，游徼亡能
獲，孝子捕得之，令甲獲盜賞官，由是上庸官其鄉大問巡檢，薦移小
鹿、三溪，所在皆躬與其母行。時母年且八十，已忽自警曰：“某逆深，
某逆深。不薄危，子道。巡檢，薄危之賤。萬一死，不究忠名，於親復
虧②孝，是兩失爾。”即棄官歸，築室梅里，絶念進取事，養其母至九十
又三終。州上其狀，旌門曰“孝門”，其坊曰“孝行坊”云。

　　抱遺老人曰：世共疑黄巖杜孝子，好勇鬥盜人也，孝子恐傷生，鬥
賊輕生甚，何命孝？不知古忠節人，類出勇忠者，不必不孝，而勇固所
以爲孝決也。孝子之先，在漢有爲侯、在唐爲太保、在宋爲丞相者，皆
無以寄爵名。而孝子獨以孝壽其間於永勿壞。於戲，性之得，固多於
物已哉！

【校】

①“至元”下蓋脱一“己”字。參見本文注釋。

②虧：原本作“汙”，據鐵崖漫稿本改。

【箋注】

〔一〕杜孝子：杜希大，生平見本文。按：杜希大事迹於元末流傳甚廣，鐵崖友

貢師泰亦曾撰文稱述,玩齋集卷八跋杜孝子傳:"人子之於其親,雖孝如曾、閔,亦常事爾。然千百世之下,求如曾、閔者,復幾人哉? 黃巖杜誼能以孝通神明,而子孫又能以孝揚先德,亦已賢矣。"

〔二〕唐岐國公佑:即杜佑(七三五——八一二),字君卿,京兆萬年人。官至宰相,封岐國公。兩唐書均有傳。羔:唐貞元年間進士,官至工部尚書,贈右僕射。其生平參見新唐書卷一百七十二杜羔傳、唐詩紀事卷七十八。按:兩唐書無杜羔爲杜佑孫之記載。

〔三〕黃巖:州名,元代隸屬於台州路。今爲浙江台州黃岩區。

〔四〕杜誼:字漢臣,台州黃巖人。生平事迹見蘇舜欽撰杜孝子傳(載蘇學士集卷十三)、宋史孝義傳。

〔五〕至元卯:元代至元年號有二,皆有"卯"年。杜希乃杜誼七世孫,當爲元代中後期人,故此"至元"必爲元順帝年號,當爲至元五年己卯,即公元一三三九年。

天與閑者傳〔一〕

天與閑者,濟南歷山人也,姓李氏,小字銘。往來吳、楚間,每值佳山水,幅巾練裙,放情其間,人見之若槐里外臣〔二〕。風日好時,或將蹩者伎,攜鷗夷囊〔三〕,貯素①郎酒以自隨〔四〕。遇江上老漁,輒移尊就飲。漁詰之曰:"某,烟波散人也,子何爲者,而飲耦于我? 謂天與閑者非虖?"曰:"然。"因與之談古漁父篇〔五〕,邈不知有人間世。識之者咸目曰"李某真閑者"云。

鐵史曰:世皆以閑屬之方外士,曰天閑〔六〕,曰閑閑者〔七〕,孰知有得天界於一杖一屨之外者哉! 若濟南李氏銘者是已。余相逢海上,出和李長鯨笠澤歌一引〔八〕,余聞②而驚異之。已而取太古琴,爲余作鋏龍操,其辭曰:

龍之雄,鐵之精,劍氣夜發豐之城③〔九〕。妃玉鸞兮瑤京〔十〕,鸞一去兮龍弗聲。鸞歸來兮龍氣平,協簫韶兮鳳皇鳴。

【校】

① 素:疑爲"索"之訛寫。參見注釋。

② 聞：原本作“問”，據鐵崖漫稿本改。

③ 城：鐵崖漫稿本誤作“域”。

【箋注】

〔一〕文撰於元至正二十年（一三六〇）後，即鐵崖晚年退隱松江時期。繫年依
　　　據：其一，文中鐵崖自稱鐵史，必在晚年。其二，篇末天與閑者所作鍒龍
　　　操所謂“妃玉鸞”，乃至正十四年甲午顧瑛贈品，可見本詩必作於至正後
　　　期。參見後注。其三，天與閑者李銘與鐵崖“相逢海上”，知爲鐵崖晚年寓
　　　居松江期間。李銘，歷山（位於今山東濟南市境内）人。生平見本文。

〔二〕槐里外臣：指上古高士許由。相傳許由爲陽城槐里人。參見晉皇甫謐撰
　　　高士傳卷上許由傳。

〔三〕鴟夷囊：革囊。史記伍子胥列傳“乃取子胥尸盛以鴟夷革”裴駰集解引應
　　　劭曰：“取馬革爲鴟夷。鴟夷，榼形。”

〔四〕“素郎酒”之“素”，疑當作“索”。索郎酒：又稱桑落酒。參見陳善學序刊
　　　楊鐵崖先生文集卷二些月氏王頭歌注。

〔五〕漁父：莊子雜篇之一。

〔六〕天閑：當爲某僧別號。待考。

〔七〕閑閑：指元代道教宗師吳全節，吳全節號閑閑。參見東維子文集卷二十七
　　　與吳宗師書。

〔八〕李長鯨：指唐詩人李白。

〔九〕劍氣夜發豐之城：指雷焕於豐城得龍泉、太阿寶劍，參見鐵崖先生古樂府
　　　卷四古憤注。

〔十〕玉鸞：指顧瑛贈與鐵崖之蒼玉簫。玉山璞稿玉鸞謡：“楊廉夫昔有二鐵
　　　笛，字之曰鐵龍。今亡其一，偶得蒼玉簫一枚，字爲玉鸞，以配鐵龍。廉夫
　　　喜甚，復以書來索賦玉鸞謡，志來自云。至正甲午三月既望，界溪顧瑛書
　　　于柳塘春。”

雲林散人傳〔一〕

　　雲林散人者，雲間人，姓任氏，名士質，元樸其字也。散人之曾王
父，某官。王父①某，浙東道宣慰使〔二〕。

　　性淡泊，氣量博大，與物未嘗有忤。幼時與群從兄弟在宣慰公前

各言志，諸志在功名，或在富貴，散人獨曰：“予所願不夷不惠〔三〕，爲江上丈②人流耳〔四〕。”人頗惜其才，多勸之仕。時平章康里公巎聞其人，抵其家請見〔五〕，以丘園高逸薦辟③某官，散人力卻辟，至桴海以遯。晚年蒔竹樹成行，築室其間，鑿池壘島，日與高人勝士玩弄雲物爲事，遂自號雲林散人。

予至雲間，嘗交其人，識其履行最純。孝於母，母歿，至廬墓者六年。時鬻爵令行，官勸其出私粟，散人曰：“余親族貧而饑者不少，周之恐不贍，而暇遠輸江淮以及人人乎？且出粟貿名，是有爲爲善。予，逃名者也。惡用粟而易諸？”於是族歲有賑。負責不能償者，焚其券舍之。儒黌舍弊，不枝柱，散人力撤而新之。士欲紀績，輒卻曰：“吾心盡於先聖師耳，豈爲名設哉？”凡施勞輒自隱其德類此。予讀天隨子江湖散人辭〔六〕，知散之爲言者，離去禮法，而游乎方之外之爲也。而雲林散人之制行若是，亦與天隨之散者異已夫。

楊子曰：古有散宜生者，爲周室人〔七〕。至漆園氏，始託樗以言散〔八〕。而天隨之徒，遂依之以傲世。散之叛禮法久矣，吾觀雲林散人與天隨之徒寔有間，其以拙樸自任者歟？抑託散以保天年者歟！

【校】

① 王父：鐵崖漫稿本作“父”，誤。參見注釋。

② 丈：鐵崖漫稿本誤作“文”。

③ 辟：鐵崖漫稿本誤作“群”。

【箋注】

〔一〕文撰於鐵崖晚年退隱松江時期，即元至正二十年（一三六〇）之後。繫年依據：其一，元至正四、五年間，江浙平章巎巎曾抵任家“請見”，而任士質“桴海以遯”。晚年才“蒔竹樹成行”。可見此文之撰寫，距離巎巎親召任士質，已是多年之後。參見後注。其二，鐵崖當時已“至雲間”。任士質：任仁發之孫，又名璞，號雲林散人。參見東維子文集卷十七光霽堂記、卷二十隆福寺重修寶塔并復田記。

〔二〕王父某：指任仁發。任仁發曾任浙東道宣慰使。參見東維子文集卷二十隆福寺重修寶塔并復田記。

〔三〕不夷不惠：意爲既不學習伯夷，也不傚仿柳下惠。伯夷不肯仕周，柳下惠三次罷官而不去。揚雄法言淵騫:"不屈其意,不累其身,曰:'是夷惠之徒歟?'曰:'不夷不惠,可否之間也。'"

〔四〕江上丈人:春秋時楚國高士。參見陳善學序刊楊鐵崖先生文集卷一蘆中人注。

〔五〕"時平章康里公巙"二句:指元至正四、五年間事。平章康里公巙,即江浙行省平章政事康里巙巙。巙巙於至正四年出任江浙平章,次年召還京師。參見鐵崖文集卷一上巙巙平章書。

〔六〕天隨子江湖散人辭:指唐人陸龜蒙所撰江湖散人傳、甫里先生傳、散人歌等,上述作品中,陸龜蒙均以"江湖散人"自喻。天隨子,陸龜蒙自號。

〔七〕"古有散宜生者"二句:散宜生等人"聞西伯善養老",主動依附而爲其臣。參見史記周本紀。

〔八〕"至漆園氏"二句:謂莊子借樗樹寓逍遥以保天年之意。參見明鈔楊維禎詩集卷上送日本僧注。

顧節婦傳〔一〕

顧節婦者,姓余①氏,名守玄,越之蕭山人〔二〕。生十歲,通書史。長,聰明②有識量。年二十二,適同邑顧應法〔三〕。垂卒時,謂守玄曰:"我死,汝盛年,能以節我乎?"守玄泣下,嚙指血誓曰:"村中剛婦人能了一夫,矧妾識書禮,敢有他異? 君不幸,請以未亡年育君胤子成,見汝乎黄泉有面也〔四〕。"

應法卒,守玄晝號夜泣③,葬祭咸中禮則。自寡即絶去薰澤,恒服短布④裳。躬紡織,爲教養阿兒資。雖親族禮遺,一不許入門,誓非自造⑤作不衣食。時縣長王某,欲以勢力妾之,劫其父命,而眩以珠金服御。守玄抱阿兒泣於父曰:"使顧氏無此,亦不他,矧有此孤乎? 寧格閣父⑥命,毋⑦失顧家節也。"遂詭道家粧謝絶之。父嘗病疫,親鄰絶往還,守玄舁父歸,奉藥食,衣不解帶者逾月。病益侵,守玄沐浴告天曰:"婦天其夫,妾夫之天失矣,復天其父。父之天復失,妾將何怙?"請以身代父命。病即甦曉,遂勿藥而愈。

世隆⑧長,未知學,誨之曰:"汝父以有汝,得瞑目九泉。縣學宫,汝祖之書堂也。汝不學,何以瞑汝父目乎? 何以入汝祖學宫乎? 我死⑨,何以對汝父乎?"世隆痛力學,訖成母志。守玄自寡年至於今,八十有四矣。

會稽楊子曰:俗趨而下,士君子之樹風檢者艱矣,矧婦人乎? 余觀顧節婦,廩廩⑩焉有奇男子風烈,柔而不犯,窮而不變。女爲孝婦,母爲慈母,善教兼德,若斯不足以樹内範、示陰訓乎? 稽諸彤筆,一操一藝,咸加撰録,故余爲顧節婦傳,以備太史氏烈女篇。

【校】

① 余:原本作"佘",據鐵崖漫稿本與嘉靖蕭山縣志卷五余守玄傳改。
② 明:原本作"徇",據鐵崖漫稿本改。
③ 泣:原本作"休",據鐵崖漫稿本改。
④ 布:鐵崖漫稿本作"衣"。
⑤ 造:原本作"召",據鐵崖漫稿本改。
⑥ 父:鐵崖漫稿本作"父母"。
⑦ 毋:鐵崖漫稿本無。原本"毋"字下有"寧"字,蓋承上而衍,徑删。
⑧ "世隆"之"隆",鐵崖漫稿本脱。
⑨ 我死:鐵崖漫稿本作"死我"。
⑩ 廩廩:鐵崖漫稿本作"凛凛"。

【箋注】

〔一〕文撰於元至正三年(一三四三),或稍後。繫年依據:嘉靖蕭山縣志卷五列女傳載余守玄傳曰:"余氏名守玄,字了一……二十而嫁,未五載而夫疾……夫卒,葬祭一如禮。至正三年,邑令趙鎧嘉其行,上其事于朝,表其門,復之。壽八十四而卒。金華蘇太史有詩。"本文當亦撰於至正三年蕭山縣令趙鎧表奏余守玄事迹之際。

〔二〕蕭山:縣名。按元史地理志,蕭山縣隸屬於江浙行省紹興路。今爲浙江蕭山市。

〔三〕"年二十二"二句:謂余守玄二十二歲嫁與同鄉顧應法。然嘉靖蕭山縣志卷五余守玄傳曰余氏年二十出嫁。

〔四〕"村中剛婦人"六句:乃余守玄於丈夫臨終時所發誓言。他本引述此語,或有不同,嘉靖蕭山縣志卷五余守玄傳謂顧應法臨終時,"守玄嚙指誓曰:'君不幸,妾志不他異。苟違此言,有如皎日!'"兩相比較,本傳似更真實。

錢節婦傳

節婦諱辛,山陰縣王氏女〔一〕。既笄,歸諸暨錢行父,七年而行父卒〔二〕。時錢宗有暴孤者,竊議曰:“行父短折死,父且老柔,不事事。寡婦娠三歲孤,僅如鬼。不一年,吾能室其廬,妾其妻。”節婦聞①之,踊泣謂其舅曰:“門新凶,強宗見暴,婦誓死不披馬兩鞍。”迺日夜力紡績,鐙至漏下三鼓,率爲常,困則以水沃面。暴者匿其户賦,因更名在寡婦門,且陰謀以破其産。節婦奉尊嫜②,力樹門户,訖完保其家。暴者莫誰何,又輒相唁曰:“節婦,真節婦哉!”

晚謂子宗越曰:“吾老矣,中饋託吾婦,吾將績終身。”即閤中置筐椅具,日必限盈筐止。一坐二十年,椅爲之穴。諸孫嘗請休,則曰:“願汝輩勤書,如吾勤績,不知老死之至也。”里媪來過,歸必以節婦更相戒敕,故環竟之内無怠夫懶婦。終年八十有六。

余婿節婦門,知其行甚詧,故爲立傳,俾它日太史氏有采焉。文曰:

婦節不奪於貴富,何必多? 而獨挺然於暴悖者,相孰何? 卒保靡佗,以風於旁家。嗚呼,錢婦氏之節也,雖古烈其何加!

【校】

① 聞:鐵崖漫稿本誤作“問”。
② 嫜:原本作“章”,據鐵崖漫稿本改。

【箋注】

〔一〕錢節婦:王辛。王辛乃鐵崖結髮妻錢氏之母。參見宋濂元故奉訓大夫江西等處儒學提舉楊君墓志銘。
〔二〕錢行父:鐵崖岳父。按:本文曰錢行父於婚後七年病故,“寡婦娠三歲孤”。據此推之,鐵崖妻錢氏即使爲其長女,此時亦不滿七歲。然宋濂撰楊君墓志銘有“君初聘錢氏忽遭惡疾,錢父母請罷婚,君卒娶之,疾尋愈”等語,似鐵崖娶錢氏時,錢氏父母皆健在,與本文所述不合。疑宋濂所記有誤。又,東維子文集卷三曹氏世譜後序乃鐵崖入明後撰,其中曰“霍氏持茗,且爲吾老妻壽”,“老妻”或即錢氏,明初尚存於世。

曲肱子傳[一]

曲肱子,袁藏用氏也,字顯仁,自號曲肱子,世爲汴人。自幼有奇
炁①,舍讀祖父書,無它弄。至正間兵變,先廬在市中,積廢舉煨無遺。
挾兔②園筴,逃芃野,聚黃髫兒野人舍,得食。兵定還城,儌東皋園,縛
矮茅一架,蓬蓬然若敗舟閣灣磯。又字其居曰曲肱蓬,讀書其中。顧
甄無③宿儲,突過時不煬,處之無幾微見顏面。橫經在曲几,時時歌商
聲,若出金石。不知曲肱捽茹,不爲醲飲葷啖、食方丈八珍之樂也。
有勸之仕者,則曰:“仕止有其時,亦各有定命。矧今禄仕人,斤斤然
事育不足,而禍逮孥有餘。誠使吾釋顏、原宴[二],起徒步取相位,吾不
以易也。”勸者止而啞曰:“曲肱子,丁喪亂,寧鴛飢,不鴟鳶飽[三],亦今
之高人耳!”

鐵史曰:余讀漢主父偃傳,未嘗不悲偃之鼎食④鼎烹,而卒蹈其
言[四]。甚矣!偃之不識道,欲之熱⑤其人以死,爲世饕餮戒,哀哉!誠
使鼎烹,子游於聖門,見顏、原氏之自休於宴者,凡代之帷墙鍾鼎、齊
媦楚姪[五],奉之以爲樂者,非樂矣。嘻,此非聖門之徒篤志安於道者
不能。我思其人未之見,於曲肱子概之,是爲傳。

【校】

① 炁:鐵崖漫稿本作“氣”。
② 兔:原本作“免”,據鐵崖漫稿本改。
③ 無:原本作“瓦”,據鐵崖漫稿本改。
④ 鼎食:鐵崖漫稿本無。
⑤ 熱:疑有誤。

【箋注】

〔一〕 文撰於鐵崖晚年退隱松江時期,即元至正二十年(一三六)以後。繫年依
據:其一,作者自稱“鐵史”,乃其晚年別號,且文中提及“至正間兵變”。

其二,曲肱子袁藏用與賴良亦有交往,賴良乃鐵崖晚年友人,亦寄居松江。袁藏用,字顯仁,自號曲肱子,汴(今河南開封)人。大雅集卷一、卷七分別録有其詩各一首,卷一附其小傳,僅録名字籍貫。

〔二〕顔、原: 指顔回、原憲。顔回、原憲皆孔子弟子,以窮困守道著稱。

〔三〕"寧鴛飢"二句: 莊子秋水:"惠子相梁,莊子往見之。或謂惠子曰:'莊子來,欲代子相。'於是惠子恐,搜于國中三日三夜。莊子往見之,曰:'南方有鳥,其名爲鵷鶵,子知之乎? 夫鵷鶵,發於南海而飛于北海,非梧桐不止,非練實不食,非醴泉不飲。於是鴟得腐鼠,鵷鶵過之,仰而視之曰:嚇!今子欲以子之梁國而嚇我邪?'"按: 鵷鶵,即本文所謂"鴛"。

〔四〕"余讀漢主父偃傳"三句: 漢書主父偃傳:"主父偃,齊國臨菑人也。學長短縱横術。……大臣皆畏其口,賂遺累千金。或説偃曰:'大横!'偃曰:'臣結髮游學四十餘年,身不得遂。親不以爲子,昆弟不收,賓客棄我,我阨日久矣。丈夫生不五鼎食,死則五鼎亨耳。'……廼遂族偃。偃方貴幸時,客以千數,及族死,無一人視。"

〔五〕嬌: 指貌美而體態輕盈之女子。揚雄方言卷一:"秦、晉之間,凡好而輕者謂之娥。自關而東,河、濟之間,謂之嬌,或謂之姣。"

巢雲子傳〔一〕

巢雲子者,錢唐吳觀善之別號也。善業童子醫,世居虎林山〔二〕。時有飛來雲,采素通乎户牖間,善侶之,以宿八尺石榻,雖妾媵不得闚其閟,客有識其心之在者,遂以巢雲子稱之。善聞而笑曰:"汝妄庸者,知吾雲之在山,而烏知吾雲之在吾巢也乎!"閒來告於東維叟,乞巢雲説。

叟曰:"古術師有董杏林〔三〕、扁上池〔四〕、孫醫虎氏〔五〕,皆以伎得乎道,周疾厄,適康濟,若泰山之雲,觸石起而變化不窮〔六〕,雨①枯槁,成挈斂,功亦至矣。善今得三古師法,與庸殺人而入斬②律者異乎輩流,亦將匿其景,溥其澤,若泰山雲流惠於人人,烏得持雲爲衽席間物邪?"於是善避席而謝曰:"願安教。"明日且攜九瑣丹及逍遥子卧雲圖,作吾毫潤。又爲予鼓太素琴,乞巢雲操被於弦。弦畢,復爲援筆曰:

雲之動兮龍以飛,雲之静兮巢以歸。静兮③動兮,陰陽一機,吾與華山之人兮是非[七]。

【校】

① 雨:鐵崖漫稿本誤作"兩"。

②"庸"字下似脱一"醫"字。斬:原本作"新",據鐵崖漫稿本改。

③ 静兮:鐵崖漫稿本作"静兮兮"。

【箋注】

〔一〕文撰於元至正十九年(一三五九)秋,或稍前,其時鐵崖寓居杭州。繫年依據:其一,鐵崖早在至正十四年以前,即與傳主吳觀善相識。然本文鐵崖自稱"東維叟",必在其晚年。其二,吳觀善居錢塘,而鐵崖於至正十九年冬,自杭赴松。參見鐵崖文集卷三東皋隱者設客對。吳觀善,即范思賢。其家世生平參見東維子文集卷八吳氏歸本序。

〔二〕虎林山:又名武林山。位于杭州城内。

〔三〕董杏林:本指董奉之杏林。此處借指董奉。參見鐵崖先生古樂府卷六醫師行贈袁煉師注。

〔四〕扁上池:指扁鵲。史記扁鵲列傳:"扁鵲者,勃海郡鄭人也……長桑君亦知扁鵲非常人也。出入十餘年,乃呼扁鵲私坐……乃出其懷中藥予扁鵲:'飲是以上池之水,三十日當知物矣。'乃悉取其禁方書盡與扁鵲。忽然不見,殆非人也。扁鵲以其言飲藥三十日,視見垣一方人。以此視病,盡見五藏癥結,特以診脈爲名耳。"

〔五〕孫醫虎:指唐代孫思邈。世傳藥王孫思邈曾救治龍(或曰醫治虎)。詳見唐沈汾撰續仙傳卷中孫思邈傳、太平廣記卷二十一神仙傳。

〔六〕"若泰山"二句:參見東維子文集卷十八怡雲山房記注。

〔七〕華山之人:指華山隱士陳摶。

清概小傳[一]

清概生,雲間人,名迪,字簡伯,姓曹氏,清概其別號也。生自童年即穎焉有風圻,長而好潔,處一室,必焚香掃地,拭榻杌畢耳而後坐。硯得玉帶〔二〕,蚤莫兩濯。讀書之餘,即游翰墨,慕米中嶽〔三〕,象以事之。嘗論:"陳羣稱華歆清而不介①〔四〕,歆之貶辭也,歆不得爲墨允氏矣〔五〕。吾清近於癖,浼吾清者或寡矣。"人或難之曰②:"地清莫如蓬、瀛,宫清莫如西清〔六〕。子地莫仙山水,居无西厢,履亂世而欲以清自概,孰曰可?"生應之曰:"彼地清而塵或揚③之,宫清而都之者或穢,則不如吾清。非地非宫,而清有在也。"遂求籀書於鐵史先生。先生書其號,又爲立小傳於後。

鐵史先生曰:清有膚神辯,(杜乂,衛玠〔七〕。)僞誠辯,(景倩④之清爲真〔八〕。)吾未知迪清於膚於神、於僞於誠也。傳著其言行若是,清殆其天性已。曰膚曰僞,誰迪詆耶⑤?抑又聞其客食寒具⑥,油淤卧茵,必去汙迺已。即不去,寧棄茵與客。於茵尚爾,矧其行虖哉!故與⑦吾録其名氏,不使與溷溷者并齒而腐於世云。

【校】

① 介:原本作"分",據三國志華歆傳注引華嶠譜叙改。

② 曰:鐵崖漫稿本作"者"。

③ 揚:原本作"楊",據鐵崖漫稿本改。

④ 景倩:原本作"景瀆",鐵崖漫稿本"景"上多一"延"字,據新唐書陸景倩傳改。

⑤ 耶:原本作"神",據鐵崖漫稿本改。

⑥ 具:鐵崖漫稿本誤作"其"。

⑦ 與:衍文當删。

【箋注】

〔一〕文當撰於鐵崖歸隱松江之後,松江依附朱元璋以前,即元至正二十年(一三六〇)至二十六年之間。繫年依據:傳主曹迪爲"雲間人",鐵崖弟子,且爲"亂世"之時。清概生:即曹迪。曹迪字簡伯,號清概,又號古村,松江人。工書。與弟曹昭皆好讀書交友,元末從學於鐵崖。嘉慶松江府志卷七十八名迹志第宅:"古村居,曹迪(字簡伯)隱所,以古松得名。中有清概軒、瓢樂山房、寶古齋,名人題詠甚富。迪孫賢有錦溪茅屋,顧文僖清有記。"又,同卷所附明人顧清錦溪茅屋記叙述曹氏宅居家世頗詳:"出郡城而東,舟行十餘里,有水蜿蟺曲折北流者,其名曰蟠龍塘。塘折而東流,遂爲回翔容與之勢,以趨上洋,將東北歸於海。別派入古村南,出龍華,以入於黄浦者,其名曰錦溪。溪之上,屋數十楹,茸之以茅,古松曹先生家焉,曰錦溪茅屋。錦溪自宋樞密魏公利用十二世孫石巖始居於此,五傳至簡伯,以古村自號。其弟寶古生名昭,字明仲,皆讀書尚文。當元之季,名勝之士避地東吳,若鐵崖、艾衲,皆折行輩與交。文物詩書之澤,至今可考。"

〔二〕玉帶:硯名。相傳玉帶硯原爲文天祥藏品,元末爲鐵崖所得。參見鐵崖文集卷一七客者志。

〔三〕米中嶽:指北宋書法名家米芾。此云慕其好潔。

〔四〕陳羣:三國時曹魏大臣,傳見三國志魏書。華歆:曹魏重臣。三國志魏書華歆傳注引華嶠譜叙曰:"歆淡於財欲,前後寵賜,諸公莫及,然終不殖産業。陳羣常嘆曰:'若華公,可謂通而不泰,清而不介者矣。'"

〔五〕墨允氏:指伯夷。伯夷名墨允,字公信,謚夷。參見宋王應麟撰困學紀聞卷七論語注文。

〔六〕西清:司馬相如上林賦:"象輿婉蟬於西清。"郭璞注:"西清,西箱清净地也。"

〔七〕杜乂、衛玠:以俊美著稱,晉書皆有傳。晉書杜乂傳:"杜乂字弘理……性純和,美姿容,有盛名於江左。王羲之見而目之曰:'膚若凝脂,眼如點漆,此神仙人也。'桓彝亦曰:'衛玠神清,杜乂形清。'"

〔八〕景倩:姓陸,唐人。新唐書陸景倩傳:"(陸)景倩爲扶溝丞。河南按察使畢構覆州縣殿最,欲必得實。有吏言狀,曰某彊清,某詐清,惟景倩曰'真清'。終監察御史。"

仙都生傳[一]

生名時中,自幼有識量,長博綜經史,及天官、地卿、太公、孫子之書[二],善屬文篆隸,卿大夫屢辟不起,自號仙都生。蓋世家縉雲之東[三],去州里有仙都山[四],山之頂有鼎湖,世傳黄帝上仙處,草有龍鬚云,群臣拔龍髯所墜者[五]。其山水草木之靈類此,生以自號,清涉高曠,亦不忘①也。

鐵史曰:吾聞俗美陋與世升降。季代,山之廉②利佸劍戟,水湍悍類矢砲者，風氣薄於荒茆篁竹，鳥言夷面③〔六〕，至梗王化，爲軒轅地靈恥。然有君子間生，則尚氣節仕世，往往言亢而行屬，則亦季代之利者。韓子曰："山之神氣所感，奇石名材不能獨當，必産材德④之民，吾又未嘗見也〔七〕。"若生者，韓子謂"材德之民"非耶？吾謂君子能亢言屬行者非耶？韓子者未有，今⑤見之，尚仕於時，謂季代之利者又非耶！

　　生出山，嘗過余，鈔奇文章，誦予東維子書，痛哭如流。已而聽余吹鎮鋣笛，爲予作君山老人引，飄飄然有仙氣。吾懼其終遷鼎湖池，摸毛骨、騎犛⑥去也，因録爲仙都生傳。

【校】

① 忘：疑當作"妄"。

② 之廉：原本作"之塵"，鐵崖漫稿本脱，空兩格。據韓愈送區册序改。參見注釋。

③ 面：原本誤作"回"，據韓愈送區册序改。參見注釋。

④ 必産材德：原本作"必産材臨"，鐵崖漫稿本作"蚤産材臨"，據韓愈送廖道士序改。下同。

⑤ 未有：鐵崖漫稿本作"今來"，疑當作"未見"。今：鐵崖漫稿本作"有"。

⑥ 騎犛：原本作"騎犛草"，據鐵崖漫稿本删。

【箋注】

〔一〕本文當撰於元至正十九年（一三五九）之後。繫年依據：文中述及東維子，此別號乃鐵崖至正十九年以後採用。仙都生：王時中，又名桂，字志學，號仙都生，緱雲（今浙江麗水）人。早年讀書仙都山中，其後游學錢唐。曾拜見江浙行省平章康里巎巎，巎巎愛其警敏，書仙都生三大字贈之。元季任縣文學之職。參見徐一夔題康里公書仙都生三大字後（載始豐稿卷十四）。按：元至正四、五年間，巎巎任江浙平章，王時中得其書贈，蓋即此時。

〔二〕天宜：指天宜書。地卿：地理類書。太公、孫子之書：指兵書，即太公六韜、孫子兵法等。

〔三〕緱雲：即處州路。按元史地理志，處州路，唐初爲括州，又改緱雲郡，又爲處州。宋因之。元至元十三年立處州路。下轄麗水、龍泉、松陽、遂昌、青田、縉陽、慶元七縣。隸屬江浙行省。今爲浙江麗水市。

〔四〕仙都山：方輿勝覽卷九處州：“仙都山，在縉雲東三十里。謝靈運名山記：
　　‘山傍有孤石屹然，高二百尺，三面臨水，周圍一百六十丈。山頂有湖，生
　　蓮花。’輿地志云：‘即三天子都。’”

〔五〕“山之頂有鼎湖”四句：相傳有龍於鼎湖接引黃帝升天，仙都山之鼎湖，即
　　傳説遺迹之一。參見鐵崖先生古樂府卷一湘靈操注。

〔六〕“山之廉利侔劍戟”四句：韓愈送區册序：“陽山，天下之窮處也。陸有丘
　　陵之險，虎豹之虞；江流悍急，橫波之石廉利侔劍戟，舟上下失勢，破碎淪
　　溺者往往有之。縣郭無居民，官無丞尉，夾江荒茅篁竹之間，小吏十餘家，
　　皆鳥言夷面。”

〔七〕“韓子曰”五句：韓愈送廖道士序：“其水土之所生，神氣之所感，白金水銀
　　丹砂石英鍾乳橘柚之包，竹箭之美，千尋之名材，不能獨當也，意必有魁奇
　　忠信材德之民生其間，而吾又未見也。”

丹丘生辯[一]

客有問丹丘柯九思於會稽楊維禎爲何人，維禎曰：“丹丘生者，天
曆文學士也。”客曰：“漢庭招文學士，待以不次之位，其陳書疏，尚能
痛言國家得失，假義理以辨論大臣，大臣或屈焉。丹丘生之遇於天曆
也，徒以優畜之耳；職列鑒辨，一書畫史耳，何取文學哉！”

某曰：“古之觀人，必先其父兄師友之源。丹丘生之先爲山齋
君[二]，君之學，程、朱氏之學也[三]；其師爲此山君[四]，君之文，李、杜氏
之文也[五]。丹丘生其有無似者乎！觀其建儲之論，東方生之譎諫
也[六]；招島夷之文，馬相如之喻夷也[七]；皇帝王伯之辨，朱買臣之折
相[八]。丹丘生之文，使勸人之説，吾不知也。即無勸人而流於己也，
則丹丘生雖不得爲古晁、賈之流[九]，得不爲天曆文學士乎！”

【箋注】

〔一〕丹丘生：柯九思：參見東維子文集卷二十四亡兄雙溪書院山長墓志銘注。

〔二〕山齋君：指柯九思之父柯謙。柯謙（一二五一——一三一九）字自牧，號
　　山齋，台州臨海人。元貞初年，以翰林國史院檢閲官預修世祖實録，後歷

任江浙儒學副提舉、諸暨州判官、饒州路餘干州判官等職。延祐六年去世,卒年六十九。參見張養浩江浙等處儒學提舉柯君墓志銘(載全元文卷七七九)、元詩選癸集柯提舉謙、新元史卷二二九柯謙傳。

〔三〕程、朱氏:指北宋程顥、程頤,南宋朱熹。

〔四〕此山君:指周權。元詩選初集卷四十五周徵士權:"權字衡之,別號此山,處州人。磊落負雋才,不得志。一旦束書走京師,見袁伯長。伯長大異之,謂其詩意度簡遠而議論雄深,可以選預館職。力薦諸朝,弗就。乃益肆力於詞章。歐陽原功亦盛稱之。陳衆仲復爲選其最佳者,題曰周此山詩集。原功見之,以爲益倍神采。"按:周權詩集,明代尚存刊本,題作周此山先生詩集,四卷,卷首有元元統二年歐陽玄序文。參見天一閣書目卷四之一集部。又,陳旅所撰周此山集序,載安雅堂集卷四。又,明佚名輯詩淵,錄"此山先生周衡之"詩頗多。

〔五〕李、杜氏:李白、杜甫。

〔六〕東方生之譎諫:西漢東方朔以滑稽善諫著稱。

〔七〕馬相如之喻夷:司馬相如有告巴蜀太守檄,論治蠻夷,詳見漢書司馬相如傳。

〔八〕朱買臣之折相:指漢武帝欲"北筑朔方",大臣公孫弘諫止,認爲罷敝國力,朱買臣與之辯駁而公孫弘認輸。詳見史記公孫弘傳。按:柯九思詩文大多散佚,上述建儲之論、招島夷之文、皇帝王伯之辨,今皆不存。

〔九〕晁、賈:西漢晁錯、賈誼。

伯固字説〔一〕

雲間徐生貞,自幼穎悟,十歲能日鈔書五十紙,日誦①書數千言。嘗從吾門貝君闕游〔二〕,善習經義賦策。一日,攜所業質於東維先生。先生考其業,知其才可成也,爰字之曰伯固,取聖經"貞固幹事"之語〔三〕,期有才之必成也。朱子謂:"貞固者,知正之所在而固守之,故足以爲事之幹〔四〕。"謂貞幹者,備乾德之體用者也。固爲貞之體也,幹爲貞之用也,如仁爲元之體,長爲元之用。故文言曰"君子行此四德者"。生體是而行之,則固幹之體用,其可一日偏廢乎?生以余言勉之。

生謝曰:"謹②受教！請書爲伯固字説。"

【校】

① 誦：鐵崖漫稿本作"讀"。

② 謹：原本作"堇",據鐵崖漫稿本改。

【箋注】

〔一〕文當撰於鐵崖歸隱松江之後,松江納入朱元璋版圖以前,即元至正二十年至二十六年之間。繫年依據：其一,文中稱"東維先生",故必在鐵崖晚年。其二,弟子徐貞所學爲經義賦策,鐵崖又謂"考其業,知其才可成"等等,希冀科舉仕進之心十分明顯,當在改朝換代之前。徐貞：字伯固,疑其又名固,又字子貞,松江人。原籍錢塘。元末從學於鐵崖。參見鐵崖先生集卷二居易齋記。

〔二〕貝君闕：即貝瓊。參見東維子文集卷二十二讀書齋志、鐵崖先生集卷二淞泮燕集序。

〔三〕聖經：此指周易。易乾："文言曰：元者善之長也,亨者嘉之會也,利者義之和也,貞者事之幹也。君子體仁足以長人,嘉會足以合禮,利物足以和義,貞固足以幹事。君子行此四德者,故曰：'乾,元、亨、利、貞。'"

〔四〕"貞固者"三句：朱熹周易本義周易文言傳第七："貞固者,知正之所在而固守之,所謂知而弗去者也,故足以爲事之幹。"

雲外説①

余嘗鄙漢成慕道,設三雲殿〔一〕。三雲者：雲帳、雲幄、雲幕也。是豈識"山中相"之所怡樂者哉〔二〕? 然"山中相"之樂也,樂於物。而樂在自家之素有者,吾固未知其何如也。

吾友琴川虞氏金石翁〔三〕,其長子曰廣〔四〕,字思邈。蚤歲讀書,博通莊老,即有警悟者。長遂濟於世事,山巔②水涯,杖屨③獨往,悠然若有得其所得,輒曰："吾會心已在物表。"故自命其齋居曰外雲。

嘻,"山中相"泥物於雲,而以雲爲相,著相之相。思邈氏超物於雲,而以雲爲外。雲爲相者,樂於雲者衆;雲爲外者,樂於雲者獨。惟

其樂之獨也,非衆人之所能識也,故余爲之説,且爲弦琴以歌之,其辭曰:

梨雲夢中帳一斗[五],絶境遺形心已朽。六鼇脊上三朵雲[六],吹落天風散蒼狗。外雲④老仙何所有? 外雲老仙何所有?

歌畢,廣作而謝曰:"願仙伯并録於卷。"

【校】

① 琴川三志補記續編題作外雲齋説。按:琴川三志補記續編卷二載此文,曰録自"鐵崖漫稿",然今見鐵崖漫稿亦題作雲外説。
② 顁:原本作"穎",據鐵崖漫稿本改。
③ 屨:鐵崖漫稿本作"履"。
④ "外雲"之"雲",鐵崖漫稿本空闕。下同。

【箋注】

〔一〕三雲殿:參見楊鐵崖先生文集全録卷二緑雲洞志注。
〔二〕山中相:指南朝道士陶弘景。人稱陶弘景爲"山中宰相"。其樂雲事參見東維子文集卷十八怡雲山房記。
〔三〕琴川:指今江蘇常熟。虞氏金石翁:疑其字子賢,金石翁蓋其別號。乃芝庭處士虞子文幼弟,虞宗海之季父。參見楊鐵崖先生文集全録卷二芝庭處士虞君墓銘、鐵崖先生詩集壬集題倪雲林寫竹石寒雨贈錢自銘時爲虞子賢西賓。
〔四〕虞廣:字思邈,常熟人。金石翁長子。讀書廣博,尤通道家之説。元季隱居於鄉,取齋名爲外雲。
〔五〕梨雲夢:參見陳善學序刊楊鐵崖先生文集卷五素雲引爲玄霜公子賦注。
〔六〕六鼇:參見鐵崖先生古樂府卷十小游仙之七注。

静庵法師小像讚[一]

受具於龍洲,發軔於鳳丘。濱西乾之教澤,嗣南竺之宗猷。論其苦行也,庶乎焠措之叟。其文禪智辯①也,則亦甘露滅[二]、"彌天老"之流歟[三]!

【校】

① 辯: 鐵崖漫稿本作"辨"。

【箋注】

〔一〕靜庵法師: 即釋元鎮。其生平及傳承,均參見楊鐵崖先生文集全録卷二靜
　　　庵法師塔銘。
〔二〕甘露滅: 宋釋惠洪自號。惠洪乃宋代著名詩僧,著有冷齋夜話十卷、石門
　　　文字禪三十卷。惠洪曾自述甘露滅別號之由來,曰:"余日渡海,即號甘露
　　　滅,所至問者尤多,時作偈答,益不鮮。乃告之曰:'涅槃經云,甘露之性,
　　　食之令人不死。若合異物,亦能不死。維摩經亦曰,得甘露滅,覺道成。'"
　　　詩載石門文字禪卷十七。
〔三〕彌天老: 指晉釋道安。相傳道安南下襄陽傳教,習鑿齒前往拜訪,自稱
　　　"四海習鑿齒",道安答曰"彌天釋道安"。世稱名對。詳見梁慧皎撰高僧
　　　傳卷五釋道安傳。

王伶師疏

　　小人腳有四海,頭無把茅。金堂玉室,不能化壺公之居〔一〕;象載
乎①龍,不可著維摩之座〔二〕。這八尺朱弦何處放? 十圍畫鼓怎底安? 因
此上告大人每一開口便有白粲青銅,一借力便見三間兩廈。夯②中醉酒,
寔要畫虎成斑;堂下祇應,但願脾神好樂〔三〕。今月日疏。箕尾仙降筆〔四〕。

【校】

① 乎: 鐵崖漫稿本空闕。
② 夯: 鐵崖漫稿本空闕。

【箋注】

〔一〕壺公之居: 參見鐵崖先生古樂府卷二簫杖歌注。
〔二〕"象載乎龍"二句: 相傳維摩詰居丈室,而容九百萬菩薩并獅子座,至以一
　　　芥子納須彌。

〔三〕脾神好樂：意爲快樂能健脾養生。遵生八箋卷四脾臟四季旺綸：“脾不轉
　　則食不消也,則爲食患。所以脾神好樂,樂能使脾動蕩也。故諸臟不調則
　　傷脾,脾臟不調則傷質,質神傷傷則人之病速也。”

〔四〕箕尾仙：鐵崖自稱。東維子文集卷二十玄霜臺記又自稱箕尾叟。其實爲
　　別號東維子之變稱。

答客問

　　客有問正僭興亡於易子①者〔一〕。易子曰：“孟子不云乎？‘三代
得天下也以仁,其失天下以不仁〔二〕。’”代之聖君英主,克有天下,傳之
子孫,未有不仁而耆殺者。悍酋②强虜,僭有天下而子孫莫傳,未有能
仁而不耆殺者。請以劉漢、朱梁之事言之〔三〕：

　　西漢之興,能一天下者,高祖之豁度,如天之仁也。其末嗣君,雖
有失德,其事止於女寵佞倖而已,未有不仁之大惡也,故其國易亡而
亦易興也〔四〕。朱梁之能盜唐也,鞭笞天下以行劫攽,忠臣義士悉死其
手,諸所滅夷,至於不可勝算,不仁之貫也已盈,不及七年而逆子之篡
已擬其後矣〔五〕。今吾元之祚,易衰而復興者,比西漢；彼曌卤之篡〔六〕,
暴起而卒滅者,僅比朱梁。此理之必至、事之必然者,何足怪也。

【校】

① “易子”之“易”,鐵崖漫稿本誤作“易”。下同。
② 酋：鐵崖漫稿本作“首”。

【箋注】

〔一〕易子：鐵崖自稱。
〔二〕“三代得天下也以仁”二句：出自孟子離婁。
〔三〕朱梁：即五代後梁。
〔四〕其國易亡而亦易興：指西漢亡而東漢興。
〔五〕不及七年而逆子之篡已擬其後：指五代後梁開平元年（九〇七）,梁太祖
　　朱溫廢唐哀帝,篡位稱帝。乾化二年（九一二）,則遭其子朱友珪刺殺。
〔六〕曌：唐武則天之名。

卷九十六　楊鐵崖先生文集全録卷四

鐵笛道人傳①〔一〕

道人，會稽楊氏，禎名〔二〕，廉夫字②也。蚤年以春秋經學擢上③第，仕赤城令、錢清令，監錢塘市〔三〕，司理建德④〔四〕，提學江西〔五〕。值兵變，棄官〔六〕。性疏豁，與人交無疑貳。賢而在賤，禮之如貴人；貴而不肖，雖王公招而不往也。遇名山大川，必高臨遐眺，想見古人，風期曠邁，非常人所能測也。

嘗游天目山，放於宛陵、昆陵⑤間。聞雪中、雲間山水最清遠⑥，又自九龍山涉太湖，南溯大、小雷之澤，上縹緲七十二峰。東抵海，登小金峰。冠鐵葉冠，服褐毛寬博，手持鐵笛一枝，自稱鐵笛道人。鐵笛得洞庭湖中，冶人緱氏子嘗掘地見古莫邪，鎔爲鐵葉筒⑦。筒長二尺九寸，竅其九，進於道人。道人吹之，竅皆應律，奇聲絕人世⑧。江上老漁狃道，唱清歌欸乃，道人以鐵笛引和之。仍自歌曰："小江秋，大江秋，美人不來生遠愁，吹笛海西流。""東飛烏，西飛烏，美人手弄雙明珠，乃見東飛烏。"

聞道人名者，多載酒道人所，幸聞鐵笛。道人爲弄畢，便卧，遣⑨客。即客不去，以⑩吹笛自如也。嘗云："鐵有君山古弄，海可卷，蛟龍可呼，非鈞天大人不發也。"有以所爲文白於上，用玄纁物色道人五湖間，道人終不起。因詭名東維子，又號抱遺老人。

與永嘉李孝光、茆山張天雨、錫山倪瓚、崑山顧瑛爲詩文友，天柱釋⑪仝〔七〕、碧桃叟釋臻、知歸現爲方外友。其文驚世者有三⑫史統辯論、太平綱目策、上黃帝書、罵閣文、春秋補正、歷代史鉞。詩有瓊臺、洞庭、雲間、祁上集及古樂府、琴操等〔八〕，凡數百卷，藏於鐵崖山中云。

贊曰：有美人兮，冠鐵葉之卷卷，服毛褐之鬖鬖。雷澤之濱鐵崖顛，萬⑬竅不作，全籟於天。其漆園氏之傲吏耶，抑緱山氏之游仙也耶！

【校】

① 鐵崖漫稿本將本文置於卷三之末。

② 字：鐵崖漫稿本作"小字"。

③ 上：鐵崖漫稿本作"公"。下同。

④ 德：鐵崖漫稿本作"淅"。

⑤ 昆陵之"昆"，似當作"毗"。參見鐵崖文集卷三鐵笛道人自傳。

⑥ 遠：鐵崖漫稿本作"邃"。

⑦ 鐵葉筒：鐵崖漫稿本作"鐵葉"。

⑧ 世：鐵崖漫稿本作"老"。

⑨ 遺：鐵崖漫稿本爲空闕。

⑩ 以：蓋爲"卧"之訛寫。參見鐵笛道人自傳。

⑪ 天柱釋：鐵崖漫稿本作"風□□釋"。

⑫ 三：原本作"一"，據鐵崖漫稿本改。

⑬ 萬：原本脱闕，空一格。據鐵崖文集卷三鐵笛道人自傳補。

【箋注】

〔一〕文撰於元末或明初，不遲於洪武二年（一三六九）。其時鐵崖寓居松江。
繫年依據：其一，此鐵笛道人傳與鐵崖文集卷三、楊鐵崖先生文集全録卷
三所録鐵笛道人自傳，篇名僅一字之差，内容亦頗多相似，然本文提及建
德理官、江西提舉等官職，以及東維子、抱遺老人等晚年別號，故應爲其晚
年删改變化舊文而成。其二，文末著録其作品集，其中雲間、祁上兩種，乃
其晚年退隱以後所作詩文之結集，其中不少作於元末明初。按：下文凡
同於鐵笛道人自傳者，不再作注，可參看。

〔二〕禎名：目前可見鐵崖手書墨迹之中，明初洪武二年二月花朝庚辰日所書壺
月軒記，即署名爲"會稽抱遺叟楊禎廉夫甫"。

〔三〕監錢塘市：指元至正十一年（一三五一）至十六年間，鐵崖在杭州任税
務官。

〔四〕司理建德：元至正十六年秋，鐵崖轉任建德路理官。十八年春，朱元璋軍
攻佔建德，鐵崖躲避至富春山中。

〔五〕提學江西：約於至正十八年歲末，鐵崖被擢爲江西等處儒學提舉。然其時
江西一帶戰亂，故未赴任。

〔六〕"值兵變"二句：指元至正十九年十月，鐵崖攜妻兒自杭州移居松江，就此

結束仕宦生涯。

〔七〕天柱 釋仝：生平不詳。按：至正初年鐵崖撰鐵笛道人自傳，所録三位僧友
　　依次爲碧桃叟 釋臻、知歸叟 釋現、清容叟 釋信，本文則删去清容叟 釋信，换
　　作天柱 釋仝。

〔八〕雲間、祁上集：應屬元 至正十九年冬，鐵崖退隱松江以後所作詩文集。其
　　中祁上集，當屬游寓練祁（今上海 嘉定）等處而作，作於元末明初。

瓜隱子傳〔一〕

　　瓜隱子者，名裕，姓談氏，世爲松陵人〔二〕。曾大父某，嘗仕於元，
歲聘碩師教諸孫，而裕爲特秀。自幼偎倘，有恢度。長丁世變，張氏
霸吳，附者蜂屯蟻聚，裕獨屏迹，種瓜松陵野。人勸之仕，則曰："裕，
元之職官子姓也，不敢苟利以畔義。"遂命其歸田所曰瓜隱。服勤於
田更蕘叟中，溷而弗露。雖處否世，裕爲全士。或有詰者曰："宋紹興
中，君家庾也種瓜滿田，而生并蒂一合者，爲宋天子孝理天下之瑞〔三〕。
子之所植者，亦如庾之瑞世者乎?"裕曰："吾以瓜爲隱，烏有瓜瑞? 借
有，吾剖而食諸，弗曰瑞。"君子曰："瓜隱子真古隱者也。"

　　鐵史曰：硎谷之坑，瓜爲之囮耳〔四〕，獨東陵故侯知幾而去，瓜田
在青門外，不爲秦法所敓〔五〕，至今識者高之。瓜隱子亦以故侯子姓種
瓜松陵所，與東陵全一高節，紅鬏兒過門，不得内其履。吾取談氏有
種書①如裕，非談氏萬金産耶? 故爲裕立傳，不使隱没，與流俗同腐，
且以儆世之世家子②失身如市娼者云。

【校】

① 書：疑當作"屬"。
② 子：鐵崖漫稿本無。

【箋注】

〔一〕文當撰於元 至正二十年（一三六〇）至二十六年之間，其時鐵崖寓居松江。
　　繫年依據：其一，鐵崖自稱鐵史，且爲松陵人士瓜隱子作傳，當在其晚年退
　　隱松江之後。其二，文中謂張士誠"霸吳"，又稱紅巾軍爲"紅鬏兒"，故必

在朱元璋將松江納入其版圖之前。瓜隱子：談裕，生平僅見本文。

〔二〕松陵：吴江之别名，又名松江、笠澤。參見太平寰宇記卷九十一蘇州。

〔三〕"宋紹興中"四句：建炎以來繫年要録卷一百四十八："（紹興十三年正月）
丁未，安吉縣布衣談庚言：'本邑去秋有圓瓜并蔕，合而爲一。此實皇帝孝
治天下，故見祥瑞以昭天意。'詔：'勿受。自今有似此投獻者，皆却之。'"

〔四〕"硎谷之坑"二句：謂秦始皇設計坑儒。參見鐵崖先生集卷二種瓜所
記注。

〔五〕"獨東陵故侯"三句：概述秦、漢之際東陵侯召平故事。參見鐵崖先生詩
集甲集用貝仲琚韻寄邵文伯注。

漁隱者傳〔一〕

華亭谷水之南〔二〕，有隱者徐震，人呼爲"隱溪漁父"。有水屋三
楹，舟一葉，釣一竿。家無網、罟、筌、笓、罶、罬、罾、筍①、梁、罿、
罜、箄、籬、銛之具，而自揭其號曰水南漁隱。知者曰："殆托漁者耳，
豈真詹叟耶〔三〕？"客有過於西溪之滸，與之談漁道，曰："子漁且老矣，
亦知漁有道乎？'釣者中大魚，則縱而隨，須可制而後牽〔四〕'，此漁道
也。"某不應，亟鼓枻而去。客追問故，曰："劉曄氏首鼠兩端，以賊②其
主者，子忍聞之乎？吁！使吾則③不漁水居下石④，爲千户侯矣〔五〕。"

嘗蕩槳謁鐵史。鐵史詰之曰："子爲隱人之漁，而釣名隨之，可奈
何？"某曰："羊裘子豈釣名者耶〔六〕？"鐵史韙之，録其人曰："余嘗怪漁
父獲交湘纍，而勸餔糟啜醨以敗其操〔七〕，何也？殆利於漁者，非隱人
漁也。後千百年而有會稽王⑤漁師〔八〕，人問魚，則曰：'魚亦不得，得
亦不賣。'其真隱人漁者耶。余於震亦云。"

【校】

① 筍：原本作"笱"，據鐵崖漫稿本改。
② 賊：原本作"財"，據鐵崖漫稿本改。
③ 則：鐵崖漫稿本闕，空一格。
④ 下石：當作"千石"，參見注釋。
⑤ 王：原本作"五"，據宋書王弘之傳改。

【箋注】

〔一〕文撰於元至正二十年(一三六〇)之後,即鐵崖晚年退隱松江時期。繫年
依據:漁隱徐震爲松江人,"嘗蕩槳謁鐵史"。可見其時鐵崖寓居松江,而
鐵史乃鐵崖晚年别號。徐震生平僅見本文。

〔二〕谷水:位於松江府城之西。參見鐵崖先生集卷三遺安堂記注。

〔三〕詹叟:指詹何。詹何,楚人,以善釣聞名。相傳以獨繭絲爲綸,芒針爲鈎,
荆篠爲竿,剖粒爲餌,能釣盈車之魚於百仞之淵。參見列子湯問。

〔四〕"釣者中大魚"三句:三國志魏書劉曄傳注:"傅子曰:曄事明皇帝,又大
見親重。帝將伐蜀,朝臣内外皆曰'不可'。曄入與帝議,因曰'可伐';出
與朝臣言,因曰'不可伐'……中領軍楊暨,帝之親臣,又重曄,持不可伐蜀
之議最堅……後獨見,曄責帝曰……於是帝謝之。曄見出,責暨曰:'夫釣
者中大魚,則縱而隨之,須可制而後牽,則無不得也。人主之威,豈徒大魚
而已?子誠直臣,然計不足采,不可不精思也。'暨亦謝之。曄能應變持兩
端如此。或惡曄於帝曰:'曄不盡忠,善伺上意所趨而合之。陛下試與曄
言,皆反意而問之,若皆與所問反者,是曄常與聖意合也。復每問皆同者,
曄之情必無所逃矣。'帝如言以驗之,果得其情,從此疏焉。曄遂發狂,出
爲大鴻臚,以憂死。諺曰'巧詐不如拙誠',信矣。"

〔五〕"使吾"二句:史記貨殖列傳:"水居千石魚陂,山居千章之材……此其人
皆與千户侯等。"

〔六〕羊裘子:指東漢隱士嚴子陵。參見鐵崖先生古樂府卷八覽古之十五注。

〔七〕"余嘗怪"二句:湘纍,指屈原。漢書揚雄傳:"吊楚之湘纍。"注:"屈原赴
湘死,故曰湘纍。"楚辭集注漁父:"屈原曰:'舉世皆濁我獨清,衆人皆醉
我獨醒。是以見放。'漁父曰:'聖人不凝滯於物,而能與世推移。世人皆
濁,何不淈其泥而揚其波?衆人皆醉,何不餔其糟而歠其醨?何故深思高
舉,自令放爲?'"

〔八〕"後千百年"五句:宋書王弘之傳:"王弘之字方平,琅邪臨沂人。……家
在會稽上虞。……性好釣,上虞江有一處名三石頭,弘之常垂綸於此。經
過者不識之,或問:'漁師得魚賣不?'弘之曰:'亦自不得,得亦不賣。'日
夕載魚入上虞郭,經親故門,各以一兩頭置門内而去。"

一默老人傳〔一〕

老人，雲間世家子也。貌魁梧，性静寡言。有仕才，值淮吳兵梗〔二〕，遂絶仕念，不交豪貴。時泛瓠舟，往來瓢湖、渭水①間〔三〕。慕江湖散人之流〔四〕，弄雲月，狎白漚，逍遥乎中流，悠然自適。曰："士不朝市，則江湖魚水之相忘不翅也。"迺混迹漁樵，話往事，有語以時事者，則瞪目而危坐。或以儀、秦之舌侈之〔五〕，曰："秦之説齊，曰南泰山、東琅琊、西清河、北渤瀣，所謂四塞之國，帶甲數十萬，戰如雷霆，解如風雨。而臨淄之富，其民無不吹竽鼓瑟、彈琴擊筑、鬥雞走犬，舉袂成幕，揮汗成雨。民往往負任俠，志高氣揚，豈能俯首〔六〕？游説亦足以動人矣，子何嘿②爲?"老人笑曰："二子辨博，智於人而暗於己。雖掉三寸，攝六國，奪軍符侯印於反掌間，而辯之窮③也，雖欲爲老人之一默，得乎?"老人姓陸，字義。

鐵史曰：荀卿氏以言不如默〔七〕。秦以辨累身〔八〕，不若一訥士。老人能默而全軀與族，其飄然於物外，方尋浮丘翁於丹崖〔九〕，彈八琅璈〔十〕，噴叢霄笙〔十一〕，邀王子喬，跨金尾鳳，而汗漫乎寥廓。吾將過丹崖，坐五雲石，開金鵝花，問麻姑説清淺事今且幾〔十二〕。老人歌先天後天老康之謡〔十三〕，以和吾大小鐵龍之聲，老人豈果默耶！

【校】

① 瓢湖：鐵崖漫稿本作"飄湖"，誤。渭：鐵崖漫稿本作琄，疑兩本皆誤，渭水似當作"泖水"。

② 嘿：鐵崖漫稿本作"默"。

③ 窮：原本作"而力"，據鐵崖漫稿本改。

【箋注】

〔一〕文撰於元至正二十年（一三六〇）之後，繫年理由參見本卷漁隱者傳注。
一默老人：陸義，生平僅見本文。

〔二〕淮吳兵梗：指至正十一年（一三五一）起，劉福通、張士誠等相繼起事，南北交通受阻。

〔三〕瓢湖：位於澱山湖之南，與連湖蕩相連。渭水：疑爲"泖水"之誤。崇禎松
　　江府志卷五水："連湖蕩在澱湖東南，西引罨蕩、澱湖水，合瓢湖、金銀蕩、
　　爛路港，南入於泖。"

〔四〕江湖散人：陸龜蒙。參見楊鐵崖先生文集全録卷三天與闊者傳注。

〔五〕儀、秦：指戰國説客張儀、蘇秦。

〔六〕"秦之説齊"十三句：摘自蘇秦説辭。詳見史記蘇秦列傳。

〔七〕荀卿氏：荀子。言不如默：荀子非相篇："言而非仁之中也，則其言不若其
　　默也，其辯不若呐也。"

〔八〕秦以辨累身：意爲蘇秦以能言善辯著稱，而最終"被反間以死"。詳見史
　　記蘇秦列傳。

〔九〕浮丘翁：參見鐵崖先生古樂府卷二周郎玉笙謡注。

〔十〕八琅璈：樂器名，相傳西王母侍女所彈。漢武帝内傳："王母乃命諸侍女
　　王子登彈八琅之璈，又命侍女董雙成吹雲和之笙，石公子擊昆庭之金，許
　　飛瓊鼓震靈之簧，婉淩華拊五靈之石，范成君擊湘陰之磬，段安香作九天
　　之鈞，於是衆聲澈朗，靈音駭空。"

〔十一〕叢霄笙：相傳神仙所用樂器。參見唐沈汾撰續仙傳琅玕樹。

〔十二〕"問麻姑"句：參見鐵崖先生古樂府卷三夢游滄海歌注。

〔十三〕老康之謡：即康衢歌。參見鐵崖先生集卷四擊壤生志注。

曾神仙小傳[一]

　　神仙者，燕客也，姓曾，名樸，字彦魯。其人爽朗，有高韻。讀書
不甚求解，神機脱悟，於黄帝、岐伯氏書若宿契[二]。時出醫藥療人，一
察言色，不切脉，洞見五中。凡鬼注狐刺諸奇疾，治輒如神。往來吴、
楚間三十餘年，活人者不可勝算，出市皆以曾神仙目之。人欲受其
業，則曰："醫者意，非紙上言可竟。"無已，則談六氣順逆、五行生尅，
以究極乎根苗花寔之徵，故其療藥如神。或曰："其技出於東垣公[三]，
傳於荆山公[四]、陸簡静公[五]，五傳而廣於神仙氏。其燭物之神，神於
上池露者[六]。"蓋託辭爾。要之得於天，造於玄，參乎元精，而爲神仙
濟世之利，如青蛇商陸翁[七]、隴西青牛師[八]、茅山仙監[九]、燕山負局
先生之類是也[十]。

　　鐵史曰：曾神仙嘗謁予草玄閣，未嘗談方士九丹八石之訣〔十一〕，而所治往往出於天地氣運之正。且予爲之論天地之氣，氣①和而後，風霆雨雪不愆其節，四時不舛其序，人與物也無菑沴。自蠻、觸相尋〔十二〕，蹀血數百里，民栖草芥，啼哭無所於訴，天地之和傷矣。其變爲盲風怪雨，慓悍慌惚，薄於人身而不救者，無怪也。曾神仙氏有術以起之，其必一理人和，以協天地之和也乎！推其心，使長吏理民者仝，則天地之和回矣，民之瘵不起者起矣。故予爲神仙傳，而論次之。

【校】

① 氣：原本脱，據鐵崖漫稿本補。

【箋注】

〔一〕文撰於元至正二十年（一三六〇）至二十六年之間，其時鐵崖寓居松江。繫年依據：其一，文中曰“曾神仙嘗謁予草玄閣”，則當爲至正二十年鐵崖自取齋名草玄閣之後。其二，文中“自蠻、觸相尋，蹀血數百里”等語，實爲隱射當時亂象，故必爲元亡之前。曾神仙：曾樸。元詩選癸集載曾樸詩兩首，曰：“樸字彦魯，燕山人。官爵未詳。”按：曾樸蓋以行醫謀生，亦工詩，與吳地文人，尤其張士誠帳下文臣唱和頗多。朱彝尊跋虎丘詩集曰：“虎丘詩集一卷，明初吳人王賓所録，吾鄉項氏萬卷樓藏書也。集中載邾經詩云……。吕敏詩云……。曾樸詩云：‘闤闠冢上見新城，無復行人載酒行。’考其歲在至正丁酉，淮張用兵日也。董其役者，爲周南老。”（載曝書亭集卷四十四。）又，元詩選所載曾樸詩，一名送張吳縣之官嘉定分題别駕。張吳縣即張經，張士誠屬官，至正十九年由吳縣縣令擢爲嘉定州同知。可見至正末年，曾樸與張士誠帳下文臣交好，唱和頗多。

〔二〕黄帝、岐伯氏書：指古醫書。岐伯：黄帝臣。相傳黄帝令岐伯典主醫疾經方，岐伯嘗味草木，遂撰本草、素問之書。詳見宋張杲撰醫説卷一黄帝、岐伯。

〔三〕東垣公：指李杲。李杲（一一八〇——一二五一），字明之，自號東垣老人，真定人。撰有内外傷辨惑論、脾胃論、蘭室秘藏等醫書，多存世。參見元史本傳、四庫全書總目相關提要，以及方春陽編著中國歷代名醫碑傳集（人民衛生出版社二〇〇九年版）。

〔四〕荆山公：指荆山浮屠。荆山浮屠爲金國名醫劉守真弟子，曾在江南行醫授徒。參見宋濂格致餘論序（載格致餘論卷首）。

〔五〕陸簡静公：名字不詳，元代錢塘名醫，精通古今醫方。東嘉名醫抱一翁項
　　昕早年從學，得益良多。參見元戴良九靈山房集卷十九抱一翁傳。

〔六〕上池露者：指名醫扁鵲。參見楊鐵崖先生文集全録卷三巢雲子傳注。

〔七〕青蛇商陸翁：不詳。

〔八〕隴西青牛師：指封君達。醫説卷一封君達：“青牛道士封君達，隴西人也。
　　服黄連五十餘年。又入鳥鼠山，服汞。百餘歲後還鄉里，視之如年三十
　　者。常騎青牛，聞有疾病殆死者，無論識與不識，以藥治之，應手而愈。後
　　入玄丘山仙去。”

〔九〕茅山仙監：指陶弘景。

〔十〕燕山負局先生：列仙傳卷下負局先生：“負局先生者，不知何許人也。語
　　似燕、代間人。常負磨鏡局，徇吴市中，衒磨鏡一錢因磨之。輒問主人得
　　無有疾苦者，輒出紫丸藥以與之。得者莫不愈。”

〔十一〕九丹八石之訣：道教傳説中煉丹養生之術。抱樸子内篇卷十四勤求：
　　“或聞有曉消五雲、飛八石、轉九丹、治黄白、水瓊瑶、化朱碧、凝霜雪於
　　神爐、採靈芝於嵩岳者，則多而毁之曰，此法獨有赤松、王喬知之。”

〔十二〕蠻、觸相尋：參見鐵雅先生復古詩集卷四馮小憐注。按：鐵崖以此喻指
　　元末諸雄争戰。

小玉頩傳〔一〕

　　澄江許氏父明中，世出旌陽仙裔〔二〕，有神藥活人。生子璋，自號
小玉頩。其爲人磊碌有奇節。博覽山海異書，傳仙家天囷、玉門數。
不直世之知，遂寄隱於卜。卜類古之司馬季主〔三〕，登其門呼“太卜
官”，頩笑曰：“余豈日者哉！”

　　鐵史録其人曰：世之人豪，不得行道施德，則有隱迹於卜，若楚司
馬季主者是已。儒者如宋忠、賈誼輩，咸於其人有叩焉。太史公爲季
主立傳，録其歷詆之辭〔四〕，而論者目爲傲誕不遜，則固未知其人也。
余聞吴大吏以墨招禍〔五〕，往往設酒食，前席問頩：“某事筮及不？某事
孚逮不？”頩任强直，逆折其慮，又以繇言陰視譴。繇有云：“沓以肥，
沓以死。小剥膚，大剥髓。完膚納髓，槩①梁笪□，無獄事②。”其人不

屈於三尺之律,而屈於其片言之律。嗚呼,可畏哉! 可畏哉! 吾以其言要諸季主不遠也,而何敢以傲誕不遜非之哉!

【校】

① 槊:原本作"樂",據鐵崖漫稿本改。
② 事:原本作"市",據鐵崖漫稿本改。

【箋注】

〔一〕文撰於元至正二十三年(一三六三)之後,其時鐵崖寓居松江。繫年依據:文中稱張士誠屬官爲"吳大吏",而張士誠自立爲吳王,在至正二十三年九月。又,文中鐵崖自稱鐵史,乃其晚年別號。小玉顗:許璋,澄江(今江蘇江陰)人。生平見本文。

〔二〕旌陽:指許遜。朝野僉載卷三:"西晉末,有旌陽縣令許遜者,得道於豫章西山。江中有蛟爲患,旌陽没水,劍斬之。後不知所在。頃漁人網得一石甚鳴,擊之聲聞數十里。唐朝趙王爲洪州刺史,破之,得劍一雙。視其銘,一有'許旌陽'字,一有'萬仞'字。遂有萬仞師出焉。"

〔三〕司馬季主:楚人,西漢初年於長安東市賣卜。生平事迹參見史記日者列傳。

〔四〕"儒者如宋忠、賈誼輩"四句:概述司馬季主與中大夫宋忠、博士賈誼論道之事。詳見史記司馬季主列傳。

〔五〕吳大吏:指吳王張士誠屬官。

賢婦馬氏小傳〔一〕

馬氏名慧觀,華亭章古心氏之繼室也。古心先娶衛氏,衛氏殁,繼江氏;江氏又殁,繼馬氏。馬氏生二子:璇、瓅。馬歸古心時,年方艾,古心已六旬。閱十年古心病,病革,呼馬曰:"我死,爾艾,子且幼,勢不可守,宜自擇配。"對曰:"余既爲君生子,當教養兩孤,嗣章氏,誓以寡終志,死與章氏共墓鬼。"古心殁,荆布居喪,撫鞠二孤有成立,各爲娶婦。今齒且七十,又有孫矣,孫有婦矣。閨門有法,家闥有慶,鄉人賢之,無閒言。評其賢者有四難:艾而克守難,宴而力勞爲養難,教子成人難，持久至終身難。二子事母，以純孝聞於人。新天子遣使訪賢，以孝廉應選。

昔五季仔鈞得賢婦，安其貧，相夫教養諸子仁嵩、仁郁，爲時顯宦〔二〕。璇、曣出而仕也，其不與嵩、郁同芳乎？璇、曣顯，而母之賢行益彰矣。

鐵史曰：史稱扶風馬氏融有賢女倫〔三〕，倫徒以口辯駕其夫，未稱賢行。慧觀氏以艾年抱二嬰處寡，克行世俗之難者四，可以稱賢行矣，倫何足顥前嬈乎！故予録之鐵史，以備他日修史者採焉。

【箋注】

〔一〕文當撰於明初洪武元年（一三六八）、二年之間，其時鐵崖寓居松江。繫年依據：其一，鐵崖自稱鐵史，當在其晚年。其二，文中曰“新天子遣使訪賢”，知在明初。馬氏：馬慧觀，生平見本文。按：明初馬氏年“且七十”，其生年當在元大德初年。

〔二〕“昔五季仔鈞得賢婦”四句：概述五代時人章仔鈞妻練寯安貧持家，撫養教育二子仁嵩、仁郁事迹，詳見十國春秋章仔鈞傳、練寯傳。

〔三〕扶風馬氏融有賢女倫：指東漢袁隗妻馬倫。後漢書列女傳：“汝南袁隗妻者，扶風馬融之女也，字倫……倫少有才辯。融家世豐豪，裝遣甚盛。及初成禮，隗問之曰：‘婦奉箕箒而已，何乃過珍麗乎？’對曰：‘慈親垂愛，不敢逆命。君若欲慕鮑宣、梁鴻之高者，妾亦請從少君、孟光之事矣。’……隗默然不能屈，帳外聽者爲慚。隗既寵貴當時，倫亦有名於世。”

河南雙節婦傳〔一〕

節婦諱介，姑蘇人奚氏女。生而淑秀，夙受姆訓。長歸河南陸達〔二〕。柔順重厚，於婦道甚備。吳元丁未，達從史於淞，遂挈家焉。夏四月，會海豪弄兵〔三〕，群數千人突入城，驅市民扜其地，違者斬。迄三日，大軍圍城，民皇皇無遁所。奚於是日從容具酒食，餉其夫曰：“吾家在陷穽中矣，旦夕城覆，計無有生者。君宜間道走，爲宗祀計。妾死有所，君勿却慮。”達是其言，欲將之走，不可，冒死獨出。翼日城破，奚堅户以守，與介婦胡曰〔四〕：“吾汝百有一失，何面見陸氏祖宗耶？

吾死決矣。"胡曰："伯氏能死,我獨何生?"頃而旁室鈔掠,脅辱女婦聲相聞。奚謂胡曰："二弱莫能①逃矣,委身待辱,可乎②?"將出户匿草間,迎兵於道,遂奔城之里仁河而死。兵退,達獲兩婦尸,旅殯於某丘。踵吾門告曰："某,河南衣冠族也,二婦之死,殆無愧於祖宗,敢乞鐵史録之,信其事於後。"余爲録諸節行編。

論曰:考昔陳仲妻張芝與兄婦歿賊,俱不辱以死,著於烈女傳[五]。若奚、胡氏節,不弱一人,可繼其踵矣。吁,臣道、婦道一也,今職在廟堂及處封疆者,至賣主竊禄,自謂"通人",律之河南二節,狗彘不如。此鐵史録二節事,使繼烈女編。

【校】

① 能:原本無,據鐵崖漫稿本增補。

② 待辱可乎:鐵崖漫稿本闕,空四格。

【箋注】

〔一〕文當撰於明初洪武元年(一三六八)、二年之間,其時鐵崖寓居松江。繫年依據:文中稱元至正二十七年爲"吴元丁未",故知本文撰於吴元年之後。河南雙節婦:指松江府吏河南人陸達妻奚介、弟媳胡氏。

〔二〕陸達:河南人。吴元年始任松江府吏。按:吴元年正月,松江守臣主動降順於朱元璋,松江遂脱離張士誠統治。此年三月末日,錢鶴皋起事,三日後即明軍鎮壓。陸達於事變之前任松江府吏,當爲朱元璋屬下。然其妻於明軍圍城之日惶恐不安,城破後又投河自盡,令人費解。兹據文中錢氏"驅市民扞其地,違者斬"、"頃而旁室鈔掠,脅辱女婦聲相聞"、"迎兵於道,遂奔城之里仁河而死"等語推之,當時陸達曾被迫參與守城,而明軍戰勝之後,曾肆意擄掠,傷害無辜,故陸達夫婦或逃或死。

〔三〕海豪弄兵:指松江大户錢鶴皋起事,參見東維子文集卷一送祝正夫赴召如京序注。

〔四〕介婦:非嫡長子之妻。見禮記内則。

〔五〕"考昔陳仲妻張芝與兄婦歿賊"三句:概述唐人陳仲妻張芝及其二嫂節烈事,然與史籍記載有出入。太平御覽卷四百四十貞女:"(唐書列女傳)又曰:安定陳仲妻者,同郡張叔明之妹,名芝,字季張。年十四適仲,期年而寡,執節不嫁。叔明從軍,芝與二嫂没賊,恐見侵掠,而相謂曰:'婦人以不污身爲高,不虧節爲美,豈可委身待辱哉！'於是自刺。二嫂既死,芝獨不死。叔明言於將軍耿弇,耿弇以駿馬負芝。芝曰：'女死亡之餘,污將軍服乘,不可也。'弇奇其言,更以他馬負芝至營,爲致醫藥,因乃得全。郡表其閭,九十壽終。"

余闕傳〔一〕

闕字廷心,唐兀氏〔二〕。父沙剌卜〔三〕,官合肥〔四〕,遂爲合肥人。闕通六藝學,絕去時輩。登元統癸酉進士第〔五〕,授同知泗州〔六〕。以應奉翰林召入,轉刑部主事。上官忌其才,議不合,即投袂歸。復召修史〔七〕,改禮部員外郎,拜御史。出爲湖廣郎中,僉翰林待制,出僉浙東廉訪事。衢守燕只吉虐取民〔八〕,鞫治之,獄上,臺臣有連,覆劾闕,闕歸青陽山〔九〕。至正壬辰①〔十〕,大臣朶忽氏②統戎淮南〔十一〕,起闕淮西宣慰,分治安慶〔十二〕。

安慶城皆盜柵,闕以間入。轉粟哺餓夫,民宗之者八社,遂率之破賊雙巷砦〔十三〕。賊空砦出,闕殺傷相當。至日昃,賊殊死戰,闕不勝,復守。收③散卒誓曰："死則死此耳,何生爲！"一鼓大破之,益繕治城濠,分屯郊外田。賊復四合,闕縱梟騎數拾,穴城而出。賊勢靡,兵乘之,斬首數千級。當是時,淮東、西皆陷,獨安慶巋然孤立。賊潛檟城中大姓家,約某日反,捕得之,賊計窮,復令闕故人衛鼎説闕降〔十四〕,闕擊以鐵椎,碎齒頰,懸其皮東門。江西官兵抄掠沿江州郡暴甚,獨不敢近城,即近,輒出師擣退,或有來降充將校者。溪洞兵屯潯陽〔十五〕,壯士百輩腰刀入城,脅供億。闕盡縛付獄,上疏言貓獠與獸等〔十六〕,不宜使入中國,他日爲禍將不細。以功轉淮南左丞,誓死報國。

丁酉冬〔十七〕,賊大合圍城,戰艦蔽江,樵餉路絕。明年城陷,賊下令曰："生獲余將軍者,賞。"闕戟手罵曰："余恨不嚼汝肉,吐餧烏鳶,寧願免汝耶！"遂服朝服,壘土臺,北面④自刭〔十八〕,年五十六。妻子皆赴水死。諸將吏慟曰："余將軍不負國,我等可負將軍耶！"從之死者數百人。朝廷贈官河南平章,謚文貞〔十九〕。

鐵史氏曰：余聞淮長老言，闕生即頭白，小字<u>白老</u>。身不七尺長，膽氣浮脅力。守城日，<u>立旌忠祠</u>，集將校祠下，大聲曰：“男兒生不爲<u>韋孝寬</u>[二十]，死則爲<u>張巡</u>、<u>許遠</u>[二十一]。爲不義屈者，狗豕耳。”衆雷應曰：“唯唯。”此與<u>張巡</u>戒<u>南八</u>一陣語[二十二]。身死之日，殉死者數百人，此又與<u>田橫</u>客、<u>葛將軍</u>誕麾下士復何異哉[二十三]？此非精誠了白，天⑤綱大義，烈然貫虹裂石，疇使至是哉？

　　<u>敬亭</u>跋云：雖<u>龍門太史</u>復生[二十四]，無以過之矣。何物編摩郎，以俳語賦體欲擬太史筆墨，天果無人耶⑥！

【校】

① 壬辰：原本作“辰”，據<u>鐵崖漫稿本</u>補。

② <u>晁忽氏</u>：原本作“<u>晁忽民</u>”，據<u>鐵崖漫稿本</u>改。

③ 收：原本作“取”，據<u>鐵崖漫稿本</u>改。

④ 面：<u>鐵崖漫稿本</u>作“向”。

⑤ 天：<u>鐵崖漫稿本</u>作“大”。

⑥ “<u>敬亭</u>跋云”凡三十七字，原本無，據<u>鐵崖漫稿本</u>增補。

【箋注】

〔一〕本傳作於<u>元　至正</u>十九年（一三五九）以後。繫年依據：<u>余闕</u>戰死於<u>至正</u>十八年，本傳提及“朝廷贈官<u>河南</u>平章謚<u>文貞</u>”等等，當爲<u>至正</u>十九年之後，明初改謚<u>忠宣</u>以前。<u>余闕</u>（一三〇三——一三五八）：生平事迹參見<u>宋濂　余左丞傳</u>（載<u>潛溪後集</u>卷六）、<u>元史本傳</u>。

〔二〕<u>唐兀氏</u>：原<u>西夏</u>党項族。

〔三〕<u>沙剌卜</u>：<u>宋濂</u>撰<u>余左丞傳</u>作“<u>沙剌藏卜</u>”。

〔四〕<u>合肥</u>：縣名，<u>元代</u>隸屬於<u>河南　江北</u>等處行中書省<u>盧州路</u>。位於今<u>安徽　合肥</u>。

〔五〕<u>元統癸酉</u>：公元一三三三年。

〔六〕<u>泗州</u>：<u>元代</u>隸屬於<u>河南　江北</u>等處行中書省<u>淮安路</u>。位於今<u>安徽　泗縣</u>一帶。

〔七〕修史：指<u>至正</u>初年修<u>遼</u>、<u>金</u>、<u>宋</u>三史。

〔八〕<u>燕只吉</u>：<u>宋濂　余左丞傳</u>作“<u>燕只吉台</u>”。

〔九〕<u>青陽山</u>：<u>大明一統志</u>卷十四<u>盧州府</u>：“<u>青陽山</u>在府城東六十里，<u>巢湖</u>西北。

元余闕嘗讀書山中,題其室曰'青陽',新安程文作記。"

〔十〕至正壬辰:即至正十二年(一三五二)。

〔十一〕晃忽氏:宋濂余左丞傳作"晃忽兒不花",時任平章政事。

〔十二〕安慶:路名,元代隸屬於河南江北等處行中書省。今爲安徽省安慶市。

〔十三〕雙巷砦:或作雙港砦。宋濂余左丞傳:"八社民翕然歸,闕知民可用,乃率之破雙港砦。砦甚固,小路若髮,闕被甲荷戟直前。"

〔十四〕故人衛鼎説闕降:據宋濂余左丞傳,前往勸降的故友爲兩人:衛鼎、許大明。

〔十五〕溪洞兵:指苗帥楊完者所統苗獠洞猺。詳見南村輟耕録卷八志苗。潯陽:今江西九江古稱。

〔十六〕貓獠:指以楊完者爲首之苗軍。

〔十七〕丁酉:此指至正十七年丁酉(一三五七)。

〔十八〕北面自剄:元史順帝本記:"(至正十八年春正月)陳友諒陷安慶路,守將余闕死之。"

〔十九〕贈官河南平章諡文貞:按元史余闕傳,謂余闕死後,贈榮禄大夫、淮南江北等處行中書省平章政事,柱國,追封豳國公,諡忠宣。宋濂余左丞傳則曰贈"江浙行省平章政事,諡曰忠愍",皆與鐵崖所述贈官諡號不合。又據元史卷一百四十三考證,曰:"按續通考,余闕初諡文忠,忠宣爲明初改諡。"則河南平章或亦爲初贈。

〔二十〕韋孝寬:即北周名將韋叔裕。周書韋孝寬傳:"韋叔裕字孝寬,京兆杜陵人也。少以字行,世爲三輔著姓……孝寬在邊多載,屢抗强敵。所有經略,布置之初,人莫之解,見其成事,方乃驚服。雖在軍中,篤意文史,政事之餘,每自披閱。"

〔二十一〕張巡、許遠:唐人,二人駐守睢陽城,協力抵禦安禄山,被俘後不屈而死。詳見舊唐書忠義傳。

〔二十二〕南八:指張巡帳下將領南霽雲。新唐書張巡傳:"(尹)子琦服其節,將釋之。或曰:'彼守義者,烏肯爲我用?且得衆心,不可留。'乃以刃脅降,巡不屈。又降(南)霽雲,未應。巡呼曰:'南八男兒死爾,不可爲不義屈!'霽雲笑曰:'欲將有爲也,公知我者,敢不死!'亦不肯降。"

〔二十三〕田橫客:參見鐵崖文集卷二田橫論。葛將軍誕:指諸葛誕。三國志魏書諸葛誕傳:"誕窘急,單乘馬,將其麾下突小城門出。大將軍司馬胡奮部兵逆擊,斬誕,傳首,夷三族。誕麾下數百人,坐不降見斬,皆曰：‘爲諸葛公死，不恨！’其得人心如此。”

〔二十四〕龍門太史：指司馬遷。龍門乃司馬遷出生地，故有此稱。

送府史於君彦珍序〔一〕

古之治道純以儒，後之治道純以吏，世道升降所使之異也。然吏有儒出，則儒之餘澤猶有在也。吾所見淞府史於君彦珍①者，殆其人乎。

君讀書學古道於武林山中〔二〕，齒②且莫矣，鄉人稱爲“儒先生”。試藝有司，弗售，而就於③吏。其在淞也，值守將以剛嚴爲治，事尚覈箠，君獨於二十曹中以易直濟之，守將信若近友。然而行其所無事，獄之煩者必有以省之，徭之偏者必有以均之。案牒填委，必毫分④縷析，恒使之疏通而弗壅。公府之政，倚君而適其平。此非吏之儒出者，能若是乎！

今年己酉冬，勞滿，上官量其非雁鶩行珥筆者，已銓其名有司，將坐堂皇而治人矣。以儒者德澤大展布於天下，豈局於郡史而已哉！余實有望於君。淞之能詩者咸歌詠之，而推余爲之序。

【校】

① 珍：鐵崖漫稿本作“真”。

② 齒：鐵崖漫稿本作“歲”。

③ 於：鐵崖漫稿本作“書”。

④ 毫分：鐵崖漫稿本作“毫毛”。

【箋注】

〔一〕文撰於明洪武二年己酉（一三六九）冬，其時鐵崖寓居松江，不久即應召赴金陵。於彦珍：或作於彦真。參見校勘記。據文中“君讀書學古道於武林山中，齒且莫矣”二句推之，蓋爲杭州人，元末已近老年。又據“其在淞也，值守將以剛嚴爲治”、“今年己酉冬，勞滿”等句推之，於彦珍出任松江府史，當在元至正二十六年（一三六六）歲末，而次年即吳元年（一三六七）。吳元年正月，松江守臣依附朱元璋，故其時爲治“剛嚴”。

〔二〕武林：又作虎林，指杭州。

秋收①堂詩序〔一〕

　　至正壬戌②之冬〔二〕，齊賀君耕叟來爲嘉禾郡司理。時郡事清簡，理曹休暇日，與賢士大夫游，余因獲識之。且言其家有隱居之室，曰秋收堂，諸士大夫聞之，争爲詩如干篇，以歌詠其所志。余觀其命名如此，則其自喻可知矣。

　　夫天有四時，流行不息。而秋居四時之一，以收斂乎萬物。春夏“仁”之顯，秋冬“用”之藏，其顯藏之交，實繫於秋焉，而“藏”即秋之謂也。“元亨誠之通，利貞誠之復〔三〕”，其通復之際，亦繫於秋焉，而“復”即秋之謂也。不翕聚則不能發散，不收斂則無以發生，是則秋收之義大矣哉！

　　昔伊尹耕於莘野之時，以樂堯、舜之道，必③一收藏之時也。及其湯三往聘，幡然而起〔四〕。使君爲堯、舜之君，民爲堯、舜之民，則所以收藏者，皆見於事，爲之實，卒佐湯有天下，以成一代之王業，則所收藏者，豈不極其大哉！君子藏器於身，待時而動，則收非專一於收斂，藏非專一於收藏。窮則獨善其身，達則兼善天下〔五〕，古昔聖賢之志蓋如此。

　　君材全而德備，器宏而識遠，凡事業之富有，詞章之豐贍，皆其所收於中者。吁，舍之則藏，君固素知之矣；用之則行，君豈終得以所收固於其身也哉〔六〕！遂書以爲序。

【校】

① 秋收：鐵崖漫稿本作“秋牧”。下同。今據文中所述推斷，“收”字不誤。
② 壬戌：此干支有誤，當作“丙戌”，參見注釋。
③ 必：鐵崖漫稿本作“是”。

【箋注】

〔一〕文撰於元至正六年（一三四六）歲末，或稍後。此時鐵崖寓居姑蘇，授學爲生,得與嘉興文士交往。秋收: 苟子王制:“春耕夏耘,秋收冬藏,四者不失時。”秋收堂主人賀耕叟: 名字不詳,耕叟當爲其別號,齊(今山東東北、河北東南一帶)人。

〔二〕至正壬戌: 至正年間實無“壬戌”年。至正間“戌”年有二:一爲至正六年丙戌,二爲至正十八年戊戌。而至正十八年冬,江浙一帶戰事不斷,必無“清簡”之閑,故當爲至正六年丙戌。

〔三〕“元亨誠之通”二句: 北宋周敦頤語。參見其通書誠上第一章。

〔四〕“伊尹耕於莘野”五句: 史記所載與此稍異。史記殷本紀:“伊尹名阿衡。阿衡欲奸湯而無由,乃爲有莘氏媵臣。負鼎俎,以滋味説湯,致于王道。或曰,伊尹處士,湯使人聘迎之,五反然後肯往從湯。”

〔五〕“窮則獨善其身”二句: 語出孟子盡心上。

〔六〕“舍之則藏”四句: 論語述而:“子謂顏淵曰:‘用之則行,舍之則藏,唯我與爾有是夫!’”注:“孔曰:‘言可行則行,可止則止,唯我與顏淵同。’”

望雲餘思詩集叙

余友朱良能者〔一〕,處之衣冠胄也〔二〕。尚志,不苟仕,客吴下十餘年,其胸中耿耿不平者,皆於詩焉發之,積而成帙,名曰望雲餘思。

良能何取於雲哉? 夫雲之爲物,天地之潤氣,神龍之所御也。雲從神龍雨天下,大旱之所俟。良能望雲之志,豈其然乎? 今且老矣,懷鄉土於江湖濩①落之間,父母之先廬先隴,又不能不以之興懷。故其一吟一詠,必以望雲寄其室。晉處士感親友於亂離凋弊之後,爲賦停雲之詩〔三〕;唐狄仁傑望親舍隔絶之外〔四〕,以致悵望之思。良能望雲之作,於陶、狄之感慨,其又兼之者乎? 吁,詩言志,發乎情、止乎禮義者耳〔五〕,良能其得詩之本矣哉! 若其徵余評於句字之工拙,所未暇也。

【校】

① 濩: 鐵崖漫稿本作“護”。

【箋注】

〔一〕朱良能: 其名或作璊。乾隆縉雲縣志卷五選舉元辟舉:“朱璊,字良能。

金華教授。”縉雲縣隷屬於處州,朱璮,蓋即本文所謂處之朱良能。其任金
華教授,當在鐵崖爲之撰此望雲餘思詩集叙之後,亦即朱良能“客吳下十
餘年”以後。望雲餘思詩集早已失傳,元詩選未收錄其人其詩。

〔二〕處: 即處州路,今爲浙江麗水市。元史地理志:“唐初爲括州,又改縉雲
郡,又爲處州,宋因之。元至元十三年立處州路總管府。”

〔三〕“晉處士”二句: 指陶淵明。詳見陶淵明停雲詩序。

〔四〕“唐狄仁傑”句: 參見印溪草堂鈔本東維子集王子困孤雲注。

〔五〕“詩言志”二句: 詩周南序:“詩者,志之所之也……故變風發乎情,止
乎禮義。”

勸農詩序〔一〕

　　至正十九年春二月望日,嘉①興太守何侯率僚屬勸農於東郊〔二〕,
躬秉耒耜以爲民先。於是具酒肉,召父老,勞來而勸相之。其所以宣
上德而通下情,渠渠懇懇,一出於中心之誠,故民莫不咨嗟感悦。明
日,幕長茅②君賦詩一章,以述民樂之意,郡之士大夫能言之士③屬和
成什,亦可謂盛事。

　　今四郊多壘,民其職農政之德行於大江之南者,數郡而已,又皆
視爲故常文具④。其忠厚惻怛有如侯者,豈非吾屬之所願望哉? 昔衛
文公務農於國,而致“騋牝三千”之詩,人以爲“秉心塞淵〔三〕”。有其
誠者,必有其效,於何侯將復見之。且甫田、南山之詩〔四〕,其載芟、良
耜之頌〔五〕,見於三百篇者,又多因民事而作。然則是什也,豈不足以
繼土鼓、葦籥之遺音乎〔六〕!

　　郡文學曹睿乃裒而成集⑤〔七〕,以俟⑥觀風者有採焉。是爲序。是
月十又九日,書於時雨堂。

【校】

① 嘉: 原本作“加”,據鐵崖漫稿本改。

② 茅: 原本作“茆”,據鐵崖漫稿本改。

③ 士大夫能言之士: 原本作“大夫士能言”,據鐵崖漫稿本改補。

④ 文具: 鐵崖漫稿本作“具文”。

⑤ 集：原本作“習”，據鐵崖漫稿本改。

⑥ 侯：原本作“侯”，據鐵崖漫稿本改。

【箋注】

〔一〕文撰於元至正十九年（一三五九）二月十九日，其時鐵崖蓋寓居杭州。

〔二〕何侯：其名字籍貫不詳，元至正十九年前後任嘉興府太守，當爲張士誠屬官。

〔三〕騋牝三千、秉心塞淵：出自詩經鄘風定之方中。序曰：“定之方中，美衛文公也。”

〔四〕甫田、南山：皆爲詩經小雅中詩。甫田乃祭神祈福勸農之詩，南山即信南山，述周王室祭祖求福之冬祭，其儀式多與農事有關。

〔五〕載芟、良耜：皆爲詩經周頌中詩，有當時農業生産狀況之真實描述。

〔六〕土鼓、葦籥：周禮注疏卷二十四：“籥章掌土鼓豳籥。”注：“杜子春云：‘土鼓，以瓦爲匡，以革爲兩面，可擊也。’鄭司農云：‘豳籥，豳國之地竹，豳詩亦如之。’玄謂豳籥，豳人吹籥之聲章，明堂位曰：‘土鼓蒯桴葦籥，伊耆氏之樂。’”

〔七〕曹睿：正德華亭縣志卷十六流寓：“曹睿，字新民，温州人。爲府學訓導，占籍華亭，通詩、書二經，詩文號獨叟集。”按：或曰曹睿“壯年游浙西，詩文皆清新”。參見列朝詩集甲前集曹睿傳。又，鐵崖與曹睿結識，不遲於至正十年。至正十年歲末，鐵崖由松江赴杭州任四務提舉，途經崑山玉山草堂，曾與曹睿同席唱和，當時曹睿“亦有茂異之舉”。疑任教職始於此。參見鐵崖逸編注卷四芝雲堂分韻得對字注。又，合本文與正德華亭縣志曹睿傳、西湖竹枝詞等推之，曹睿壯年游學於浙西，時爲至正初年。與楊維禎唱和西湖竹枝詞，時應顧瑛之邀，爲玉山草堂座上客。至正十九年前後，當於嘉興府學任教職，此後則爲松江府學訓導，遂徙居華亭。

哀辭敘〔一〕

余客雲間，雲間顧使君思邈每稱道其鄉張孝廉母子之賢〔二〕。近過祁上①〔三〕，始識之，而母夫人已逝。孝廉衰経墨容②拜余次舍，過以狀求余銘。銘未及，首讀其母夫人之志，及士友之哀辭凡百十首，使之戚然於中，不能自已。

　　夫哀辭之作，所以述死者之行，慰生者之情，託於聲嗟氣嘆，以感發乎人者，不可少也。故吾讀其志與哀之辭，所以不能自已於興感者，情與孝廉不異也。後之觀詩者，情亦與吾不異也，則哀之辭不可以已也如此。故曰：“長歌之哀，過於慟哭〔四〕。”雖然，哀不可以聲音佯浮而作也，必情孝廉之情者得之。

　　孝廉之請曰：“天永往年見隱君子李仲羽母喪〔五〕，四方哀挽之作不翅千百篇，草廬吳先生爲作集叙〔六〕，刪其冗濫者過半，存者若干首，皆可傳今③與後也。天永寡陋不肖，無四方之什，請以草廬故事徵叙。他日萬一遂首丘之願，爲幸多矣。”

　　余辭不獲，亦僭爲刪存之，自秦君昺而下凡若干首〔七〕。又爲叙之篇首云。至正二十年十二月十八日會稽楊維禎叙。

【校】

① 祁上：鐵崖漫稿本作“祁公”，誤。參見注釋。

② 容：鐵崖漫稿本誤作“客”。

③ 今：原本作“令”，據鐵崖漫稿本改。

【箋注】

〔一〕文撰於元至正二十年十二月十八日（公元一三六一年一月二十五日），其時鐵崖退隱松江一年有餘。

〔二〕顧使君思邈：即當時松江府同知顧逖。正德松江府志卷二十三宦迹上：“顧逖，字思邈，昭陽人。至正兵後來同知府事。時禍難甫解，群情未固。逖至，固捍守，申化條，勞徠撫循。未幾，俗更殷阜，四境寧謐。論者謂張全義之尹河南，郭禹之治荆，韓建之刺華，能化瘠爲腴，轉嗟爲歌，以逖方之，可以無愧。又謂其學明經，知大義，故爲政有本末。以積勞遷嘉興路同知，士民追送，舳艫不絶者數十里。”按嘉慶松江府志卷四十名宦傳，謂顧逖“至正十七年爲松江同知”。又，高啟鳧藻集卷三送劉侯序曰：“至正二十三年秋，太尉承制，以市舶提舉吳陵劉君同知松江府事。”又按嘉慶松江府志卷三十六職官表：至正二十三年，松江同知劉福。由此可知，劉福乃顧逖後任。顧逖於至正十七年始任松江同知，二十三年秋轉官嘉興路同知，居官松江六至七年。張孝廉：其名爲天永。張天永字長年，淮南人。元季奉母避地嘉定，後流寓湖州，鐵崖又爲賦詩。參見鐵崖先生詩集庚集題張長年雪篷。

〔三〕祁上：本指練祁塘上，借稱嘉定（今屬上海）。

〔四〕"長歌之哀"二句：柳宗元對賀者："嘻笑之怒，甚乎裂眥。長歌之哀，過乎慟哭。庸詎知吾之浩浩，非戚戚之尤者乎！"

〔五〕李仲羽：疑其名翼。李翼，當塗（今屬安徽）人。嘉靖重修太平府志卷六人物志："李翼字仲羽，叙次子也。自幼清爽英發，與兄習師事舅氏姚和中。延祐七年，中浙江（當作江浙）鄉試，與浦江吳萊、餘姚方九思、臨川傅斯正吊古酣歌，自謂綽有司馬子長遺風。尋以議論不合于禮部，退歸田里。益肆力問學，諸經子史，靡不該洽。至元元年試江浙行省，考官得其龍馬圖賦，有一唱三歎之音，取爲賦魁。明年罷科舉，以例兩舉者得諸路教授。卒年六十一。"按：李仲羽與李孝光亦有交往，孝光贈詩譽之爲李白。參見五峰集卷八送李仲羽歸江東因寄伯循御史。

〔六〕草廬吳先生：即吳澄，撫州崇仁人。字幼清，號草廬，官至翰林學士。元著名理學家，元史有傳。

〔七〕秦昺：字文剛，嘉定（今屬上海）人。元季與同鄉强珇、阮孝思爲友，并有詩名。參見萬曆嘉定縣志卷十二人物考文行傳。按式古堂書畫彙考卷三十，載户部侍郎吳江莫禮明初爲崔君誼所撰友竹軒記，題詩者有秦約、高啟等多人，其中也有"橫塘秦昺"。蓋秦昺明初尚存，并在京城任職。

玉笥集敍[一]

三百篇後有騷，騷之流有古樂府①。三百篇本情性，一出於禮義。騷本情性，亦不離於忠。古樂府，雅之流，風之派也，情性近也。漢魏人本興象，晉人本室度，情性尚未遠也。南北人本體裁，本偶②對聲病，情性遂遠矣。盛唐高者追漢魏，晚唐律之弊極。宋人或本事實，或本道學、禪唱，而性情益遠矣。

我朝習古詩如虞、范、馬、揭[二]，宋、泰（兩狀元[三]），吳、黄（正儒③、清老）而下[四]，合數十家，諸體兼備，獨於古樂府猶缺。泰定、天曆來，予與睦州夏溥[五]、金華陳樵、永嘉李孝先④、方外張天雨爲古樂府[六]，史官黄溍、陳繹⑤曾遂選於禁林[七]，以爲有古情性，梓行於南北，以補本朝詩人之缺。一時學者過爲推，名余以"鐵雅"宗派。派之有其人，曰崑山顧瑛、郭翼[八]，吴興郯韶[九]，錢塘張暎[十]，嘉禾葉廣居[十一]，桐廬章木[十二]，餘姚宋禧[十三]，天台陳基[十四]，繼起者曰會稽張憲也[十五]。

　　憲通春秋經學，嘗以文墨議論從余斷史，余推在木、禧之⑥上。其樂府歌詩，與夏、李、張、陳輩相頡頑，而頓挫警拔者過之。今年春，其友吳遠氏持其樂府及歌行謡引經余删選者三百餘首[十六]，將梓行於時，求余叙首。余聞唐鎔駕作唐樂府[十七]，自恨不得貢升宗廟，獨與耕稼陶漁者歌於田野江湖間，以爲一快。然其詩僅勝蘇□[十八]，未能窺門牆於韓琴操、柳鐃歌也[十九]，而世猶⑦傳之不廢，矧憲詞出其右者乎？其有傳而先光余雅，不佀余言矣。恨余且老矣，□□□□朝，而采風又以喪亂廢職，徒使余在山顚水涯，與一二老隱者考槃而歌之[二十]。□□□□□□⑧中興，選用文雅，烏知憲詞不被金石、薦郊廟，與古樂府同傳也？吁，憲樂府豈終（下闕）。至正戊戌冬，奉訓大夫、江西等處儒學提舉楊維禎叙。

【校】

① 騷之流有古樂府：“騷”“府”兩字，原本及校本皆脱，據上下文補。

② 偶：鐵崖漫稿本作“隅”。

③ 正儒：當爲“正傳”之訛寫。

④ 先：當作“光”。

⑤ 繹：原本作“驛”，據鐵崖漫稿本改。

⑥ 之：原本作“下”，據鐵崖漫稿本改。

⑦ 猶：鐵崖漫稿本脱，空一格。

⑧ 鐵崖漫稿本於此空四格，示闕四字。

【箋注】

〔一〕文撰於元至正十八年戊戌（一三五八）冬，其時鐵崖於富春躲避戰亂。

〔二〕虞、范、馬、揭：指虞集、范梈、馬祖常、揭傒斯，元史皆有傳。

〔三〕宋、泰：指宋本、泰普化，分别爲至治元年左、右榜狀元。參見元史英宗本紀。
　　　按：泰普化即泰不華，又稱達普化。參見東維子文集卷十六松月軒記注。

〔四〕吳、黃：指吳師道、黃清老。吳師道字正傳，婺州蘭溪人。事迹見元史儒學傳。黃清老：參見東維子文集卷七兩浙作者序注。

〔五〕夏溥：字大志，一作大之，號虎怕道人，淳安人。自然先生希賢之子，明易象、春秋之學,爲文雄深簡古。領元至治三年(一三二三)鄉薦,爲安定書院山長,轉龍興路學教授。善賦琴操,鐵崖嘗有評曰:“善作琴操,然後能作古樂府。和余操者李季和爲最,其次夏大志也。”參見大雅集卷一夏溥吳山謠和鐵崖首唱、元詩選癸集夏教授溥。

〔六〕陳樵:參見東維子文集卷六鹿皮子文集序注。李孝光、張雨:參見東維子文集卷七鄉韶詩序注。

〔七〕黃溍:參見東維子文集卷二十四故翰林侍講學士金華先生墓志銘。陳繹曾:字伯敷,處州人。事迹見元史儒學傳。

〔八〕顧瑛:生平參見東維子文集卷七玉山草堂雅集序注。郭翼:參見東維子文集卷七郭義仲詩集序注。

〔九〕鄉韶:參見東維子文集卷七鄉韶詩序注。

〔十〕張暎:疑指張天英。參見東維子文集卷七鄉韶詩序注。

〔十一〕葉廣居:元詩選癸集葉提舉廣居:“廣居字居仲,嘉禾人。天資機悟,才力絕人。與其鄉人張翼、劉堪爲文字友。古文歌詩,若有神助。仕至浙江儒學提舉。筑室西泠橋,陶情詩酒。所著有自得齋集。”按:浙江儒學提舉,誤。當爲江浙儒學提舉。又,葉廣居乃宋文康公秀發六世孫、雨窗居士伯遜志信之孫,別號自得。其先居杭,後遷嘉禾。參見明魏驥南齋先生魏文靖公摘稿卷五自得齋詩文集序、蟫精雋卷八葉龍溪詩、清厲鶚撰東城雜記卷上葉居仲。

〔十二〕章木:參見東維子文集卷二送檢校王君蓋昌還京序注。

〔十三〕宋禧:參見東維子文集卷二十七代宋無逸上省都事書注。

〔十四〕陳基:參見東維子文集卷八送王公入吳序注。

〔十五〕張憲:參見東維子文集卷三送張憲之汴梁序注。

〔十六〕吳遠:張憲友人,其時籌劃刊行張憲詩集。生平待考。

〔十七〕鎦駕:即劉駕。唐才子傳卷七劉駕:“駕字司南,大中六年禮部侍郎崔嶼下進士。初與曹鄴爲友,深相結,俱工古風詩。鄴既擢第,不忍先歸,待長安中,駕成名,迺同歸范蠡故山。時國家復河、湟故地,有歸馬放牛之象,駕獻樂府十章……詩奏,上深悦,累歷達官。”

〔十八〕蘇□:或指“蘇軾”。升庵集卷五十四劉駕詩:“劉駕詩體近卑,無可采者。獨‘上馬續殘夢’一句,千古絕唱也。東坡改之作‘瘦馬兀殘夢’,便見無味矣。”

〔十九〕韓琴操、柳鐃歌:韓愈有琴操十首,柳宗元有唐鐃歌鼓吹曲十二篇。

〔二十〕“徒使余在山顛水涯”二句:當時鐵崖躲避戰亂,隱居富春山中,故有此説。

贈術士曹仲修序[一]

余聞唐李虚中以人之生年月日,預占人之①生死窮通貴賤,如龜卜籌算,百無一遺者,雖見於昌黎之文[二],而余猶未之信也。

歲己酉冬十月,有術生青黎野服,來自服林山中,謁余草玄閣下,自薦曰:"某術②嗣虚中之秘者也。已觀先生之流年,知先生春秋大筆重振江左,不閱月而丹鳳之書下矣。諸俊且有拔茅之地。"予怪其談爲無稽,弗爲之信。至期,其言果驗。吁,亦神矣! 從知虚中氏之術爲昌黎之所志者,不爲妄也。

生將游京師,求余言爲諸時貴之信,於是乎書。生者曹氏,仲修其名也。

【校】

① 人之:原本作"令",據鐵崖漫稿本改。
② 術:原本作"術士",據鐵崖漫稿本删。

【箋注】

〔一〕本文當撰於明洪武二年己酉(一三六九)十二月,其時鐵崖應召,即將赴金陵。繫年依據:文中曰術士曹仲修於己酉冬十月來謁於草玄閣,預言將有"丹鳳之書"徵召鐵崖,而"至期,其言果驗"。明初朝廷徵召鐵崖,實在是年十二月,本文當撰於鐵崖動身赴京之前。參見本卷綠筠軒志。曹仲修:籍貫不詳,本文曰"來自服林山中",不知山在何處。

〔二〕"余聞"五句:李虚中字常容,唐人。以擅長推命卜卦著稱於世。生平詳見韓愈撰殿中侍御史李君墓志銘。

野舟孝子志[一]

廣陵吳從周氏,以野舟自號,介其友古巢翟桂彥才[二],陳其説於會稽東維先生:"周不幸,以微軀累其親。吾父薇村君,嘗浮家往來苕、霅間，而周脱胎於舟中，今四十五年矣。幸籍父澤，叨禄於朝，而風木之感〔三〕，無時可已；罔極之恩，何以仰報萬一！幸先生賜周一言，有以白其心。”

予嘗聞周之行誼於吾從子明〔四〕。周在蘇，築望雲亭於琴川之陰〔五〕，以寓二親之思；在南京，又繪家山薇村之圖，朝夕披覽，以寄慎終追遠之誠〔六〕，可稱吳氏孝子矣。今且調廣武衛掾〔七〕，來拜東維先生於草玄閣次。喜其言謹行修，孝廉之選也。於其別也，舉酒祝之曰：“孝子以罔極之念老①，野舟蓋以寓孝思於弗替也。今達而仕矣，思建功德於民，轉野舟爲濟川之航，使吾民無墊溺之虞，此又孝子推孝作忠之績也。傳曰：求忠臣必於孝子之門〔八〕。吾有望於周矣。惟周以吾言勉之。”青龍集戊申嘉平七日書。

【校】

① 老：疑有誤。

【箋注】

〔一〕文撰於明洪武元年戊申十二月七日（公元一三六九年一月十五日），其時鐵崖寓居松江。野舟：吳周（一三二四——？），字從周，廣陵（今江蘇揚州）人。生平見本文。

〔二〕翟桂：字彥才，號古巢。吳從周友人，生平不詳。

〔三〕風木之感：參見鐵崖先生古樂府卷二萱壽堂詞注。

〔四〕楊明：鐵崖侄子。參見東維子文集卷二送楊明歸越覲親序。

〔五〕琴川：在江蘇常熟。參見東維子文集卷二十二芳潤亭志。

〔六〕慎終追遠：論語學而：“曾子曰：‘慎終追遠，民德歸厚矣。’”注：“孔曰：慎終者，喪盡其哀。追遠者，祭盡其敬。君能行此二者，民化其德，皆歸於厚也。”

〔七〕廣武衛：隸屬於南京衛指揮使司。參見明史職官志五。

〔八〕求忠臣必於孝子之門：參見楊鐵崖先生文集全録卷一永思堂記注。

朱氏歸宗志〔一〕

吳下朱覺氏，介吾友王禮□□：“覺之大父玉，字仲寶，世居吳興，娶徐氏,十年而大父没。生三子:長著,九歲;次祥,六歲,即覺之考君;次瑞,三歲。大父死日,家無餘貲,惟法書名畫、刑名律曆之書數篋耳。祖母徐罄粥盫具葬其夫,時艾齒未三十,家且寠,諸孤又失怙①,遂歸里人章②君某,生子一人寔。寔卒無嗣,以著後之,諸子遂冒章姓,至今五十年矣。朱氏之宗因循而不復,覺追念所本,爲之痛心不已。今奉考君木主,與季父、妻、子告諸先廟,還朱③氏宗;章之德不可忘,著後於寔者,其祀不得而廢之。用以質諸大人先生。”

予來吳中,嘗怪吳族有二姓:曰余何,曰葉謝,曰陳沈,其類不一一④也。一人而有二本,俗之弊如此。古人宗法世叙之綆,不敢以旁支亂之,矧異枝乎? 今覺還歸本宗,不迷瞀於旁岐,不蹈俗習而章朱,而必歸朱氏⑤,豈非天理人心不可泯者? 其反本於朱,實足撥亂俗而歸諸正;其不忘乎章,又足以通人情而起諸禮。故吾韙其識之卓而存心之仁且厚也,書之爲朱氏還宗志。其世家、爵里、子姓之蔓衍蘇、湖者,有覺之自著年表及大小宗叙存焉,吾弗贅。至正壬寅嘉平初吉書。

【校】

① 怙:鐵崖漫稿本誤作“恃”。
② 章:原本作“張”,據下文改。
③ 朱:原本作“諸”,據鐵崖漫稿本改。
④ 一一:鐵崖漫稿本作“一二”。
⑤ 氏:原本作“是”,據鐵崖漫稿本改。

【箋注】

〔一〕文撰於元至正二十二年壬寅(一三六二)十二月一日,其時鐵崖寓居松江。

浮休室志〔一〕

浮休室者,海國浮休生之所居也。生有奇氣,或目爲市廛之隱,或目爲山澤之臞。東維先生與艾納①子游東海上〔二〕,抵浮休室。生焚篤耨香〔三〕,供仙掌茗。問伯道於先生,先生不答;問王道於②先生,亦不答;問帝道與皇③道,先生亦不答也。生良久憮然,曰:"吾聞有形化,有氣化,吾舍形化而問氣化,奚④若?"先生始顣之,於是長嘯而起。

　　生曰:"吾姓吾以浮休生者,將以達死生之際。吾得覿⑤先生,目擊而道存矣〔四〕。吾始以爲生若浮,死若休,而今而後乃知形化盡而爲氣化。是化也,前乎天地之所始而不知其所始,後乎天地之所終而不知其所終,萬古一息耳。吾不惟全死生、齊物我,方將外死生、忘物我,而與造化者游矣。先生猶龍也,化者之妙在焉,吾將從先生游於生浮死休之域⑥而已哉!"於是生嗒然,艾納子亦嗒然。先生復長嘯而起。

　　艾納子起而歌曰:"生之若浮兮,浮者自浮。死之若休兮,休者自休。吾與化者兮遨游。"

　　先生即會稽楊維禎也,浮休生即海上之褚遂也。

【校】

① 納:蓋當作"衲"。下同。參見注釋。
② 於:原本無,據鐵崖漫稿本增補。
③ 皇:原本作"星",據鐵崖漫稿本改。
④ 奚:原本作"矣",據鐵崖漫稿本改。
⑤ 覿:鐵崖漫稿本作"覯"。
⑥ 域:原本作"憾",據鐵崖漫稿本改。

【箋注】

〔一〕文撰於鐵崖晚年退隱松江之後,即元至正二十年(一三六〇)以後。繫年依據:文中曰"東維先生與艾納子游東海上",必爲鐵崖晚年寓居松江期間。浮休室主人褚遂,號浮休生,上海人。
〔二〕艾納子:即錢鼏。錢鼏號艾衲生。參見東維子文集卷十九筆耕所記、鐵崖文集卷二上海知縣祝大夫碑。
〔三〕篤耨香:大明一統志卷九十安南真臘國:"篤耨香,樹如杉檜,香藏於皮。老而脂自流溢者,名白篤耨。冬月,因其凝而取之者,名黑篤耨。盛之以瓢,碎瓢而爇之,亦有香,名篤耨瓢。"
〔四〕目擊而道存:語出莊子外篇田子方。

歸幻亭志[一]

鶴砂有精舍名香林者[二]，主僧爲大猷，號雪舟，以吾徒錢鼒介紹謁記[三]，曰："猷始祖雲者，自北浄土來，卓錫於兹。自雲至猷，相①傳凡二十有五世，世之相後凡二百有餘年。其二十四世之委蛻者，皆露冢草莽中，猷每見之，惻焉愴焉。吾門之葬而不能葬者，必塔以全穴，且以示不忘於後。於是斧木構亭，釜②石爲塔，下竁方井，斂二十四世之蛻内諸竁，表其塔曰二十四師之塔，亭曰歸幻。三月而工畢，時至正二十年冬十月也。非托儒先生之言，懼後吾後者無以溯其先也。"

余曰："葬者，藏也。吾教馬鬣之、堂斧之[四]，不爾者爲不孝；汝教又屋之、塔之，不爾亦爲不孝，孝之不可已也如此。吁，古者掩骼埋胔，王政之所不廢祝[五]。一祖之承，承者其忍棄之哉？然歸幻之名，汝教之言也，今欲懇爾先，而又以幻名，無乃不可乎？雖然，成住者必壞③[六]，壞，幻之所由名。汝以幻觀幻，亭亦幻，塔亦幻，推是以往，萬物莫非幻。天地壞於二④十萬齡後，亦一大幻也，矧王侯與螻蟻全歸於盡者哉！吾歌雍門之歌⑤[七]，於汝幻不無感者矣。"

言未畢，猷起謝曰："大哉，先生之言，足以發吾之教蘊矣。請筆爲記，以刻諸石。"

【校】

① 相：原本作"於"，據鐵崖漫稿本改。

② 釜：鐵崖漫稿本作"金"，疑當作"鑿"。

③ 壞：原本誤作"凛"，據鐵崖漫稿本改。下同。

④ 二：鐵崖漫稿本作"六"。

⑤ 歌：原本誤作"欱"，據鐵崖漫稿本改。

【箋注】

〔一〕文撰於元至正二十年（一三六〇）冬十月或稍後，其時鐵崖退隱松江。歸幻亭：築者大猷，生平僅見本文。

〔二〕鶴砂：即松江下砂鎮。

〔三〕錢盉：參見東維子文集卷十九筆耕所記注。

〔四〕馬鬣、堂斧：禮記檀弓上：“昔者夫子言之曰：‘吾見封之若堂者矣，見若坊者矣，見若覆夏屋者矣，見若斧者矣。從若斧者焉。’馬鬣封之謂也。”又，宋衛湜撰禮記集説卷十九：“馬氏曰：馬鬣封則從於儉，而後世可傳矣。”

〔五〕王政之所不廢祝：疑“祝”當作“蜡”。周禮注疏卷三十四秋官司寇：“蜡氏，下士四人，徒四十人。”注：“蜡，骨肉腐臭，蠅蟲所蜡也。月令曰‘掩骼埋胔’，此官之職也。”

〔六〕成住者必壞：佛教所謂劫數。明徐應秋玉芝堂談薈卷十五三世諸佛：“一大劫者，成住壞空凡四種爲一大劫，成而即住，住而續壞，壞而復空。共成住壞空八十輾盧劫，總一十三萬四千四百萬年爲始終極數，所謂一大劫也。”

〔七〕雍門之歌：即雍門調。十六國春秋卷七十五前涼録六索丞：“索丞字伯夷，敦煌人。善鼓箏悲歌，能使喜者墮淚。改調易謳，能使戚者起舞。當時之人號曰‘雍門調’。”

煮石山房志〔一〕

　　客有葉山人者，世爲金華胄族，冠冕相①承，有擢詞科至要官者。山人自童年好道②，遇牧羊師赤松洞中〔二〕，曰：“子有道氣，無功行，奈何？”從之數日，遂試以金，而心不動；納之虎豹之穴，而貌不變。師曰：“可教矣。”又使背立日中，觀心正不正〔三〕。（姜伯真事。）遂授黃帝陰符經〔四〕，上述天道，中治德，下兵術。囑云：“子出世，待以行之。弗行，復歸金華相見。”至正末，山人嘗以筴姦張氏〔五〕，宿留吳者數年，訖弗行。其年長，揖去，曰：“後若干年，當訪汝鹿於姑胥棘中耳〔六〕。”

　　山人還山，結屋初平石間〔七〕，命之曰煮石山房。一日，自金華持其山房圖來，再拜曰：“吾煮石，非代之烟火人可語，敢有請於吾師。”予謂：“韋蘇州嘗爲全椒道士賦煮石矣。嘻，煮石有訣，豈果澗底薪也耶〔八〕？”吾叩諸山人。山人引滿一大白，自飲之。又引滿一白，屬於予。已而取愚瞀器，擊節歌牧羊師白石操以唯③余酒，辭云：“核④吾土，觸吾雨，走入羊群作人語，子如得之糜若乳。”載歌曰：“牝牡結，神鬼滅，千歌萬讚不可説，探我石中鑿丹訣。”余駭而作曰：“山人真得煮石訣矣,又何必問<u>鮑南海</u>〔九〕、<u>焦白石</u>耶〔十〕?"并録爲志。

<u>南海</u>守<u>鮑靚</u>⑤,得道術,嘗行部入海,值風,飢甚,不求粒食,惟取白石煮食之。

<u>焦白石</u>者,<u>河東</u> <u>大</u>⑥<u>陽</u>人,在鄉里伐薪以施人,年一百七十歲,常食白石,如熟大芋。

【校】

① 相:原本作"於",據<u>鐵崖漫稿</u>本改。

② 道:原本作"道去",據<u>鐵崖漫稿</u>本删。

③ 唯:疑有誤。

④ 核:<u>鐵崖漫稿</u>本作"垓"。

⑤ 靚:原本作"静",據<u>晉書</u> <u>鮑靚傳</u>改。

⑥ 大:<u>鐵崖漫稿</u>本作"太"。

【箋注】

〔一〕文撰於<u>明</u>初<u>洪武</u>元年(一三六八)、二年之間,其時<u>鐵崖</u>寓居<u>松江</u>。繫年依據:據文中"<u>至正</u>末,山人嘗以笑姦<u>張氏</u>"、"自<u>金華</u>持其山房圖來"等語推之。<u>煮石山房</u>主人<u>葉山人</u>,其名不詳,字<u>以誠</u>,<u>金華</u>(今屬<u>浙江</u>)人。元季在<u>姑蘇</u>行醫,或曾爲<u>姑蘇</u> <u>張士誠</u>王府中幕僚。與<u>高啓</u>等吳地文人多有交往。<u>明</u> <u>胡翰</u>撰<u>胡仲子集</u>卷七<u>煮石山房記</u>:"吾鄉<u>葉以誠</u>寓於醫,而以煮石名其山房。"又,<u>高啓</u> <u>鳧藻集</u>卷一<u>煮石山房記</u>:"<u>金華</u> <u>葉山人</u>賣藥<u>吳</u>城南,題其室曰<u>煮石山房</u>。"

〔二〕<u>赤松洞</u>:位於<u>金華山</u>中,相傳爲<u>黄初平</u>叱石羊之地,"鬱林峻嶺,泉湖百步許"。參見<u>宋</u> <u>釋贊寧</u> <u>宋高僧傳</u>卷九<u>唐太原甘泉寺志賢傳</u>。

〔三〕"又使背立日中"二句:出自<u>真誥</u>。<u>真誥</u>卷五:"欲使心正,常以日出三丈,錯手着兩肩上,以日當心。心中間暖,則心正矣……昔有<u>姜伯真</u>者,學。在<u>猛山</u>中行道採藥,奄值仙人。仙人使平倚日中,其影偏。仙人曰:'子知仙道之貴,而篤志學之,而不知心不正之爲失。'因教之如此,後遂得道。"

〔四〕<u>黄帝陰符經</u>:又稱<u>陰符經</u>。<u>四庫全書簡明目録</u>卷十四子部道家類:"<u>陰符經解</u>一卷,舊本題<u>黄帝</u>撰,<u>太公</u>、<u>范蠡</u>、<u>鬼谷子</u>、<u>張良</u>、<u>諸葛亮</u>、<u>李筌</u>六家注。案:此經造自<u>李筌</u>,則<u>筌</u>注自爲真本,餘皆依託而已。然世傳<u>陰符經</u>注,以此本爲最古。"

〔五〕<u>張氏</u>:指<u>吳王</u> <u>張士誠</u>。

〔六〕訪汝鹿於姑胥棘中：用伍子胥諫吳王典，參見鐵崖先生古樂府卷一金臺篇注。意爲張氏政權覆滅，姑蘇王宫毁棄爲草莽。

〔七〕初平石：黄初平所叱之石。宋杜綰撰雲林石譜卷下金華石：“婺州金華山，有石如羊蹲狀。余於僧寺見之，耳角尾足彷彿形似，高六七尺。傳云黄初平叱石之山，正與筆談中所載無異。但未見偶者。”

〔八〕“韋蘇州”四句：韋應物寄全椒山中道士：“今朝郡齋冷，忽念山中客。澗底束荆薪，歸來煮白石。”

〔九〕鮑南海：即鮑靚。鮑靚字太玄，曾任南海太守。生平詳見晉書鮑靚傳。

〔十〕焦白石：即焦先。焦先字孝然。其事迹參見宋蕭常續後漢書卷二十二焦先傳、正統道藏洞真部歷世真仙體道通鑑卷十五焦先傳。

壺春丹室志〔一〕

淞城以醫爲業者，何之族最盛，而仁山翁之術爲最精〔二〕。翁之子①襲翁世業，貨②藥東市，自命其丹房曰壺春。壺之藥，奏功於經理某官，某官謁東維先生草玄閣，爲徵壺春志③語。

先生笑曰：“壺春談何易易④？古泰和之萌，納於春者秋⑤已久矣，爾壺獨何取於春？”善曰：“一元氣之在天不絶，一春脉之在人亦不絶，顧燮理調和者何如耳。善方將燮理而調和。”先生又詰之曰：“春脉不絶，奈損脉者何？當挫、貞磔、彌僕鋸、駱璧推、無忌蝮蟄〔三〕，炎如阮火，痒如穴⑥冰，春何有脉於爾壺？”善默⑦不對，已而取壺琴自歌，歌曰：“睠吾祖兮蒼梧，受上帝兮春一瓠（平聲）〔四〕。眇予耳（音仍）兮春未枯，藥於市兮壺公〔五〕。壺一⑧斗兮春萬斛（平聲），取不竭兮用有餘。”歌畢，復取酒實壺中，享余曰：“且飲吾春，勿⑨論吾壺狡獪。”并録爲志。青龍集戊申秋七月廿四日，元進士會稽楊維楨⑩志并書。

大極仙何侯，堯時隱蒼梧山。慕長生之術，上帝以藥一壺與之，使⑪投之酒。一家三百口飲不竭，以餘酒及人，可治⑫疾。后昇爲大極仙。

【校】

① “翁之子”下似脱“克善”二字，當補，否則下文“善曰”突兀。疑原本“克善”爲小字，鈔者忽略而脱。參見注釋。

② 貨：鐵崖漫稿本無。

③ 壺春：原倒，據文意乙正。

④ 易易：鐵崖漫稿本作“易”。

⑤ 春者秋：似當作“春秋者”。

⑥ 穴：原本作“穴穴”，據鐵崖漫稿本删。

⑦ 默：鐵崖漫稿本作“嘿”。

⑧ 一：原本無，據鐵崖漫稿本增補。

⑨ 勿：原本作“句”，據鐵崖漫稿本改。

⑩ 楊維禎：鐵崖漫稿本作“楊某”。

⑪ 使：原本作“俱”，據鐵崖漫稿本改。

⑫ 治：鐵崖漫稿本作“已”。

【箋注】

〔一〕文撰於明洪武元年戊申（一三六八）七月二十四日。其時鐵崖寓居松江。
按：鐵崖曾爲壺春丹室主人何天祥撰有壺春丹房記，參見佚文編。天祥
字克善，故下文稱之爲“善”。松江何氏世代行醫，何天祥於元代曾任松江
府醫學教諭，明初仍以行醫爲生。參見本書佚文編壺春丹房記。嘉慶松
江府志卷六十一藝術傳：“何天祥字克善，侃曾孫。官醫學教諭，起危疾如
神。自青龍鎮遷居郡城之東。有壺春丹房，楊維禎爲記。子士方，字叔
剛，官嘉興府教諭，世稱爲何長者。”又，清秦瀛撰何君墓表曰：“君姓何
氏，諱世仁，字元長，自號澹安，青浦人。其先自宋朝奉大夫滄扈蹕南渡，
家秀州之青龍鎮，傳三世至侃，淳安主簿，始以醫著。明初有天祥者，楊
鐵崖爲作壺春丹房記。人稱世濟堂何氏。”（載嘉慶刊小峴山人續文集
卷二。）

〔二〕仁山翁：宋淳安主簿何侃之孫。參見本書佚文編壺春丹房記。

〔三〕當、貞、彌僕、駱璧、無忌：當指馮當，貞指李貞，上述五人皆西漢酷吏。史
記酷吏傳：“太史公曰：自郅都、杜周十人者，此皆以酷烈爲聲……至若蜀
守馮當暴挫，廣漢李貞擅磔人，東郡彌僕鋸項，天水駱璧推咸（當作“椎
成”），河東褚廣妄殺，京兆無忌、馮翊殷周蝮鷙，水衡閻奉朴擊賣請，何足
數哉！何足數哉！”按：鐵崖於“善方將燮理而調和”春脈一句之後，引出
所謂損脈之酷吏，當有所指。其時錢鶴皋事件雖已平息一年有餘，然嚴苛
吏仍在追查，松江百姓受牽連者頗多。參見鐵崖先生集卷四黃澤廷訴録。

〔四〕“睠吾祖兮蒼梧”二句：即篇末所謂大極仙何侯成仙升天之傳説。明董斯

張撰廣博物志卷十二靈異亦載此傳說,與鐵崖所録稍異:"何侯者,堯時隱蒼梧山。舜南狩,止何侯家。天帝五老來謂舜曰:'昇舉有期。'翌日,五帝下迎舜,白日昇天。至夏禹時,五帝以藥一器與何侯,使投酒中。一家三百餘口,飲不竭。以餘酒灑屋宇,拔宅上昇天。"

〔五〕壺公:參見鐵崖先生古樂府卷二簫杖歌注。

雨齋志〔一〕

　　松江知事徐君汝霖,介吾門劉易來①致其請〔二〕,曰:"均字汝霖,又字其讀書之室曰雨齋,語溪貝闕賦詩雨四章〔三〕,嘗爲先生所稱,而不得先生一語以冠其編,君之憾也。易敢請。"予聞太原徐氏爲一郡族之望,君又三世衣冠之胄,不惜界之言。

　　天之膏百穀以潤下土者,雨也。雨一也,而有美惡之辨焉:暴而雨曰"涷",久而雨曰"淫",溢而雨曰"劇",墊而雨曰"液",肓而雨曰"怪",黑而雨曰"墨",腥而雨曰"血",天之噭而雨曰"泣"。若其應於時,爲"澍";三日而往,爲"霖";十日一爲太平之"瑞",此美惡辨也。徐均之取號於雨,其必志於澍、於霖、於瑞;而其爲民之憂,則曰涷、曰淫、曰劇、曰溢、曰怪、曰墨、曰血、曰泣者是也。均既以"霖"爲字,此高望於良弼之辭也〔四〕。吾知均之得志於民,行道於時,則其抱負之所推②者,澍也、霖也、瑞也,有以慰天下之望也。慰天下之望,則民之所憂者可免矣夫。

　　易録吾語復於君。明日,君不遠百里謝曰:"某不敏,謹受先生教。"

【校】

① 來:原本作"表",據鐵崖漫稿本改。

② 推:鐵崖漫稿本闕,空一格。

【箋注】

〔一〕本文當撰於吳元年至洪武二年之間,即公元一三六七至一三六九年期間,當時鐵崖寓居松江。繫年依據：本文乃松江知事徐均之齋記，而徐均爲朱元璋屬官。徐均，字汝霖，號雨齋，先祖居太原，後徙三衢（今浙江衢州），遂爲三衢人。明初歷任松江知事、嘉興知事。洪武四年（一三七一）正月，擢爲淮安推官。參見貝瓊撰送嘉興知事雨齋徐公上淮安推官序（載清江文集卷十一）。

〔二〕劉易：字性初，大名人。參見鐵崖撰破窗風雨記（載本書佚文編）注。

〔三〕貝闕：即貝瓊。參見東維子文集卷二十二讀書齋志注。

〔四〕高望於良弼之辭：指書說命上：“若歲大旱，用汝作霖雨。”

三昧軒志〔一〕

淞之集賢鄉有張季鷹裔①曰麒，字國祥。自幼清修廉謹②，長稱鞠躬君子。時丁③兵變，隱迹祥澤④〔二〕，日與古漁老樵爲山水伴。人勸之仕，則曰：“余世力農，素非肉食⑤人也。且藩服尚武，又非吾仕之時。子獨不聞吾步兵之仕乎？出赴齊王囧辟，秋風吹衣，徑決去，捷如脱兔，不頃刻留。卒不與沓祿者同鈇鑕⑥。而甘蔆者，廼故鄉菰飦、蒓羹、鱸膾三味而已耳〔三〕。余幸不違親於異鄉千里外，田有菰米，無歉年；水有蒓菜、鱸魚，無饉歲。日以三味爲吾菽水之奉，而餘以覃吾賓友，其樂充然也，奚以仕爲？故題余⑦軒曰三昧。雖大貴人方丈食前五鼎七牢，不以易也。”

東維叟扁⑧舟過通波塘〔四〕，祥⑨不遠水陸程，延致余⑩三昧所。治酒食，張桐弄竹爲叟歡。叟興酣，爲紃⑪秋聲琴，彈⑫鶴南操以高之，辭曰：

驥北⑬逝兮鶴南旋，松之鱸兮八世其延。鱸有段兮菰有田，羹我蒓豉兮釀我澤泉。誦有書兮歌有弦。歸歟歸歟，烏知金罍之瘁口兮玉斝梗咽！

【校】

① 江南通志卷三十一輿地志載此文，用作校本。張季鷹裔：江南通志作“隱者”。

② 廉謹：鐵崖漫稿本作“廉菫”，江南通志作“謙謹”。

③ 丁：原本無，據<u>江南通志</u>增補。

④ 澤：原本作"擇"，據<u>江南通志</u>改。

⑤ 肉食：<u>鐵崖漫稿</u>本作"食肉"。

⑥ 同鈇鑕：原本作"死鋧鑕"，據<u>江南通志</u>改。

⑦ 題余：<u>江南通志</u>作"顔其"。

⑧ 扁：<u>江南通志</u>無。

⑨ 祥：<u>江南通志</u>作"麒"。

⑩ 余：<u>江南通志</u>作"於"。

⑪ 糺：<u>江南通志</u>作"緷"。

⑫ 彈：<u>江南通志</u>作"撫"。

⑬ 北：原本無，據<u>江南通志</u>增補。

【箋注】

〔一〕<u>元</u> <u>至正</u>二十五年（一三六五）春，<u>鐵崖</u>應<u>三味軒</u>主人<u>張麒</u>之請，撰書<u>張氏通波阡表</u>，本文蓋一時之作。<u>張麒</u>，字<u>國祥</u>，號<u>静鑑</u>。<u>袁凱</u>曾爲其<u>三味軒</u>賦長詩。按：此謂<u>張麒</u>爲"<u>張季鷹</u>裔"，蓋因"三味"之典，<u>張麒</u>與<u>張翰</u>同屬"張"姓，<u>鐵崖</u>才臨時將二人聯繫起來。<u>張麒</u>祖籍實爲<u>范陽</u>（今屬<u>河北</u>），<u>西晉</u> <u>張華</u>乃其祖先，<u>南宋</u>初年才南遷至<u>杭州</u>。至於<u>張季鷹</u>，名<u>翰</u>，亦是<u>西晉</u>人士，然其家居<u>吴郡</u>，與<u>張華</u>并非一支。參見<u>楊鐵崖先生文集全録卷二</u> <u>張氏通波阡表</u>、<u>海叟集卷二題張國祥三味軒</u>，及<u>晉書</u> <u>張翰傳</u>、<u>張華傳</u>。

〔二〕祥澤：即<u>祥澤匯</u>。參見<u>楊鐵崖先生文集全録卷二張氏通波阡表</u>。

〔三〕"子獨不聞"九句：概述<u>西晉</u> <u>張翰</u>辭官歸隱故事。<u>晉書</u> <u>張翰傳</u>："<u>翰</u>有清才，善屬文，而縱任不拘。時人號爲'<u>江東步兵</u>'。……<u>齊王</u> <u>冏</u>辟爲大司馬東曹掾。……<u>翰</u>因見秋風起，乃思<u>吴中</u>菰菜、蓴羹、鱸魚膾，曰：'人生貴得適志，何能羈宦數千里以要名爵乎？'遂命駕而歸。……俄而<u>冏</u>敗，人皆謂之見機。"

〔四〕通波塘：參見<u>楊鐵崖先生文集全録卷二張氏通波阡表</u>。

緑筠軒志〔一〕

歲己酉冬十二月，余被召。舟出<u>西津</u>之<u>崇福蘭若</u>〔二〕，主僧傳 <u>性宗</u>詣舟次〔三〕，拜余曰："某家蘭若，<u>松雪老仙</u>經游之地〔四〕。緑筠者，廼老仙之所題。敢挽先生小駐緑筍,啜玉龍泉所煮小鳳團〔五〕,以繼印師蕭坡翁飲金山第一泉故事〔六〕。"余爲披鶴氅,杖青藜,至筍所。時皛霜積櫩茆如雪,萬木脱落,無生色,獨見孤影拂西壁①,鬱然蒼翠,浸潤藍池中者〔七〕,曾不可唾。已②而傳也進藍池九醞以飲余,余因取鐵龍吹之,以和老坡"蒼高雲鶴到,青遠鳳凰來"之句〔八〕,協爲楚人之調,曰:

雪差差兮玉森森,風蕭蕭兮籟以吟。鳳之來兮托其陽,鶴之鳴兮和其陰。坡兮坡兮,萬古吾心。

【校】

① 壁:鐵崖漫稿本無。
② 已:鐵崖漫稿本作"也"。

【箋注】

〔一〕文撰於明洪武二年己酉(一三六九)冬十二月,鐵崖應召赴金陵途中,於松江崇福寺小憩之時。

〔二〕崇福:佛寺名。位於松江城西泖上。

〔三〕釋傳:性宗當爲其字,元末明初松江西津崇福寺住持。

〔四〕松雪老仙:指趙孟頫。嘉慶松江府志卷六十二寓賢傳:"(趙孟頫)嘗往來松江南禪、普照、亭林及泖上崇福寺最數,梁棟皆其手題。"

〔五〕小鳳團:北宋貢茶之一。清王士禛分甘餘話卷一:"宋丁謂爲福建轉運使,始造龍鳳團茶上供,不過四十餅。天聖中,又造小團,其品過於大團。"

〔六〕印師:佛印禪師,法名了元,饒州人。曾任潤州(今江蘇鎮江)金山寺住持。東坡赴杭,途經此地,留數日,相與談佛論道。參見宋蔡正孫編詩林廣記後集卷三蘇東坡次元長老韻。

〔七〕藍池:蓋爲崇福寺中水池名。

〔八〕"蒼高雲鶴到,青遠鳳凰來"二句:文中謂東坡詩句,今未查得出處。

鶴籟軒志〔一〕

松之干①山有隱君子〔二〕,曰張子信氏。築室山之陽,東介又闢讀書之軒,題之曰鶴籟。吾友樂山老人請一言以爲志〔三〕。予爲之喟然曰：

　　鶴之清唳，窒於二陸之耳者〔四〕，千六十年矣。千六十年中，鶴之唳者，豈吞其吭也哉？唯聞其唳者，寥寥乎其人耳：華表作人語〔五〕，郡樓作漆書〔六〕，潛山讓飛錫〔七〕，青城留御箭〔八〕，類涉於仙怪，吾弗論。至五季，始見之於②詩人沈遼氏夜吟二陸之堂〔九〕，曰：“海天寥寥禾黍秋，人籟已息烟霧收。一聲鶴唳草堂静，何苦更向咸陽游！”其箴吾二陸之負於鶴者至③矣。因知遼之爲人，雖産五季〔十〕，明哲之機、卓遠之見，高出乎東吳俊人之上。今隱君聞鶴之唳④，類於人籟，既⑤息之頃，嘹嘹若天籟然，千六十年之聲，復見於隱君氏之書軒。隱君蓋有才而不仕者也，其出處進退決於胸中之定見者，雖西徵東聘不一易其守，於華亭之唳者，豈非千載之知己者耶！

　　隱君嘗遣其子維索守約之箴〔十一〕，余已爲著箴辭三十二言。代之賢君子求其人，觀其命齋之意⑥，亦可以識其人品矣。（箴别見。）

【校】

① 干：原本作“於”，據鐵崖漫稿本改。

② 之於：原本作“於之”，據鐵崖漫稿本改。

③ 至：鐵崖漫稿本作“多”。

④ 唳：原本無，據鐵崖漫稿本增補。

⑤ 既：鐵崖漫稿本作“無”。

⑥ 意：原本作“室”，據鐵崖漫稿本改。

【箋注】

〔一〕鶴籟軒：主人張子信，生平僅見本文。

〔二〕干山：又名干將山，位於松江。參見東維子文集卷五送劉主事如京師序注。

〔三〕樂山老人：當爲松江人士，元末與鐵崖爲友。姓氏生平不詳。

〔四〕二陸：指陸機、陸雲。參見鐵崖先生詩集丙集贈陸術士子輝注。

〔五〕華表作人語：指丁令威故事。參見鐵崖先生古樂府卷十小游仙之十六注。

〔六〕郡樓作漆書：蘇仙公之傳説。參見清鈔鐵崖楊先生詩集卷上次周季大席上韻注。

〔七〕潛山讓飛錫：南朝梁武帝時禪師志公故事。宋祝穆撰古今事文類聚前集卷三十五仙佛部卓錫開山:"舒州潛山最奇絶,而山麓尤勝。志公與白鶴道人欲之,同謀於梁武帝。帝以二人俱具靈通,俾各以物識其地,得者居之⋯⋯已而鶴先飛去,至麓將止,忽聞空中錫飛聲,志公之錫遂卓於山麓。道人不懌,然以前言不可食,遂各以所識築室焉。"

〔八〕青城留御箭:唐明皇時,青城道士徐佐卿之傳説。宋曾慥編類説卷八集異記孤鶴中箭:"明皇獵沙苑,雲間有孤鶴,上親御弧矢,一發而中,鶴帶箭西南而逝。益州明月觀青城道士徐佐卿,一日忽自外至,曰:'吾行山中,偶爲飛矢所加,尋已無恙。此箭非人間所有,吾留壁上,後年箭主到此,即宜付之。'仍記月日。明皇幸蜀,至此觀,深異之,佐卿所題乃沙苑從畋之日也,蓋孤鶴中箭耳。"

〔九〕沈遼(一○三二——一○八五):字睿達,錢塘人。曾於華亭縣任職。著有雲巢編,今存十卷。宋史有傳。按:此詩載雲巢編卷二,題作初聞鶴唳,詩中文字與本文所引亦有不同。二陸草堂:相傳爲晉陸機讀書處。在松江干山圓智寺後。參見崇禎松江府志卷四山。

〔十〕按:此謂沈遼"産五季",有誤。沈遼乃北宋人士,并非五代時人。沈遼爲沈括侄子,與曾鞏、蘇軾、黃庭堅等爲詩友,卒於宋神宗元豐八年,享年五十四。參見宋史本傳、雲巢編附録黃庭堅撰沈睿達墓志銘。

〔十一〕張維:張子信子,生平不詳。按:鐵崖爲張子信所撰守約箴,今未見。

菊潭志〔一〕

華亭之北去一舍近,爲蟠龍塘〔二〕,隱君子顧子順居焉。子順於理田之餘,鑿池貯水於所居東介,蒔菊其上,名曰菊潭。或謂晉陶處士棄官〔三〕,與菊爲友,人遂以菊爲隱者華。子順,隱者也,其亦有慕於處士歟? 或謂南陽酈縣甘谷山有大菊,菊隨水從山流下,水味極甘美,飲者享上壽,至百二十三十,又以菊爲延年花〔四〕。子順號菊以"潭",其又有慕於壽者歟?

余嘗爲黄花老人著傳〔五〕,老人非直隱者壽者也,其見於用,則養性,著農書;辟蠹,著齊諧記〔六〕;候時有華,著月令〔七〕;焚灰殺蝛,職周典〔八〕;至其晚節之託,推爲北門事業〔九〕,菊其可以隱者壽者蔽之歟!

子順年強而未用於時,日從予以問學爲事。使學優而仕,醫國庇民,叙正氣,被不祥,風節照①映於晚節摇落之際,則無愧於菊之用,而豈得以勺水了菊哉?

子順憮然,作而謝曰:"昌不敏,敢不承先生教!"明日,持卷求予書老人傳,并書此爲菊潭志云。

【校】

① 照:原本作"采照",據鐵崖漫稿本删。

【箋注】

〔一〕文當撰於鐵崖晚年退隱松江之後,即元至正二十年(一三六〇)以後。繫年依據:其一,文中言及"嘗爲黄花老人著傳",可見黄華先生傳乃其舊作,必在中年以後。其二,文中稱菊潭主人爲"隱君子","爲北門事業"而保晚節,顯露鐵崖退隱以後心態。其三,鐵崖其時寓居松江。菊潭主人顧子順,名昌,松江人。元、明之交時年約四十。

〔二〕蟠龍塘:崇禎松江府志卷五水:"蟠龍塘,在(華亭)縣東北。自鹽鐵分支,從華陽橋北行經北俞塘、六磊塘、泗涇,至横塘,入青浦界。"

〔三〕晉陶處士:指陶淵明。

〔四〕"或謂南陽"六句:抱朴子内篇仙藥:"南陽酈縣山中有甘谷水,谷水所以甘者,谷上左右皆生甘菊,菊花墮其中,歷世彌久,故水味爲變。其臨此谷中居民,皆不穿井,悉食甘谷水,食者無不老壽,高者百四十五歲,下者不失八九十,無夭年人,得此菊力也。"

〔五〕爲黄花老人著傳:即鐵崖所撰黄華先生傳,載鐵崖文集卷二。又名九華先生傳,載楊鐵崖先生文集全録卷四。

〔六〕辟藟:梁吴均續齊諧記:"汝南桓景隨費長房游學累年,長房謂曰:'九月九日汝家中當有災,宜急去,令家人各作絳囊,盛茱萸,以繫臂,登高飲菊花酒,此禍可除。'"

〔七〕"候時有華"二句:出自禮記月令。

〔八〕焚灰殺螱:周禮注疏卷三十七秋官司寇:"蟈氏掌去蛙黽。焚牡蘜,以灰洒之則死。"注:"牡蘜,蘜不華者。齊、魯之間謂蛙爲蟈。"

〔九〕"至其晚節之託"二句:指宋人韓琦事。參見東維子文集卷九陶氏菊逸序注。

貫月舟志〔一〕

王子年拾遺記有巨槎者，堯時出浮西海，槎嘗有光若月，十二年一周天，曰貫月，羽仙栖息其上〔二〕。予以神仙者流，水行於陶唐之世，惟天爲大，惟堯則之。周天者大矣，期三百有六旬有六日，以閏定時，羲、和之周天於三百六十五度者〔三〕，又密矣，奚假羽仙貫月之物哉！

夏公子之舟，託諸貫月，則又①本之中嶽外史〔四〕，涪翁題其舟有貫月之異〔五〕。異者，妙書神畫之耀乎虹光②耳，豈託羽流之詭者哉！公子舟來，招予小錦水嬉〔六〕。顧瞻載其樵漁二伇③外，無他④侍。其才色伎乃客所攜，掌文翰者曰望脉之童。觴餘，童探所藏爲客玩，自曹弗興以降〔七〕，宣和睿覽六目⑤七星之珍、雙葉連理之秀、天植娑羅之植〔八〕，及歷代宸筆，自嶁石〔九〕、比槃〔十〕、岐鼓〔十一〕、罘刻諸墨〔十二〕，皇絶古今之⑥妙者，又皆覩吾所未覩。予以驗其秘藏不可隱，發爲靈光，如子年所云者，何足怪！

夜而歸。明旦，松人譟傳小錦水夜有靈光一道，犯⑦磨蝎〔十三〕，入顧兔，下見舟中客，皆若神仙。嘻，貫月之異⑧，不誣也哉！

時在客次，天台陶儀〔十四〕、醉李郭禮〔十五〕、會稽朱瓛〔十六〕，君之姪頤□⑨者〔十七〕，皆工於詩章，而善⑩文翰鑒辨者也，是宜牽連書之。公子名某，字士安，予交爲忘年友云。

【校】

① 又：原本無，據鐵崖漫稿本增補。

② 鐵崖漫稿本於“光”字下空闕一格，示闕一字。

③ 其：原本作“具”，據鐵崖漫稿本改。樵漁：鐵崖漫稿本作“漁樵”。伇：鐵崖漫稿本作“侶”。

④ 鐵崖漫稿本於“他”字下空闕一格，示闕一字。

⑤ 目：原本作“日”，據畫繼卷一聖藝改。參見注釋。

⑥ 今之：原本作“意”，據鐵崖漫稿本改。

⑦ 犯：鐵崖漫稿本作“紀”。

⑧ 異：鐵崖漫稿本誤作“言其”。

⑨ 所脱蓋爲“貞”字。參見注釋。

⑩　善：鐵崖漫稿本作“華”。

【箋注】

〔一〕本文當撰於吳元年（一三六七），或稍前。其時鐵崖寓居松江。繫年依據：
　　　本文提及偕游之客有會稽朱瓛，朱瓛即朱武，山陰人，元末泛舟浪游江浙，
　　　明洪武元年正月返鄉。朱武“返棹”之前，鐵崖曾爲撰春水船記。據此推
　　　之，本文當撰於明洪武元年（一三六八）正月以前不久。參見本卷春水船
　　　記。貫月舟主人夏公子，名不詳，字士安，松江人。夏頤貞叔。好收藏。
　　　有舟取名貫月，元末與松江本地或寓居文人邵亨貞、陶宗儀、鐵崖等交往
　　　頻繁。參見南村輟耕録卷十九神人獅子、蟻術詞選卷二滿江紅己酉九日
　　　雨中家居憶夏士安頤貞。按：疑夏士安即夏英公，參見本卷信鷗亭記。
〔二〕“王子年拾遺記”六句：參見東維子文集卷十六春水船記注。
〔三〕羲、和：指羲氏與和氏。相傳堯之屬官有羲仲、羲叔、和仲、和叔，受命分別
　　　居住并治理東、南、西、北四方，以及制定曆法。詳見尚書注疏卷一堯典。
〔四〕中嶽外史：指米芾。
〔五〕涪翁：黃庭堅。黃庭堅戲贈米元章二首之一：“萬里風帆水著天，麝煤鼠
　　　尾過年年。滄江静夜虹貫月，定是米家書畫船。”按：米芾字元章。
〔六〕小錦：指錦溪，位於鳳凰山下。參見崇禎松江府志卷四山。
〔七〕曹弗興：即曹不興，三國吳著名畫家。參見歷代名畫記卷一。
〔八〕宣和睿覽：畫册名，北宋徽宗繪製。宋鄧椿畫繼卷一聖藝：“（徽宗皇帝）
　　　乃取其尤異者凡十五種，寫之丹青，亦目曰宣和睿覽册……已而玉芝競秀
　　　於宮闈，甘露宵零於紫篁。陽烏丹兔，鸚鵡雪鷹，越裳之雉，玉質皎潔；鸑
　　　鷟之雛，金色焕爛。六目七星，巢蓮之龜，盤螭蟠鳳，萬歲之石，并幹雙蕚
　　　連理之蕉，亦十五物，作册第三。”
〔九〕嶁石：通常稱岣嶁碑，又稱夏禹衡岳碑。或曰：“禹書在岣嶁峰者，不當稱
　　　碑。洪荒初闢，未嘗有碑製。”參見清林侗來齋金石刻考畧卷上衡山岣嶁
　　　峰石刻。
〔十〕比槃：當指商代刻盤。不詳。
〔十一〕岐鼓：指岐陽之石鼓文，西周宣王時文字。
〔十二〕罘刻：指秦始皇之罘刻石。史記秦始皇本紀：“二十九年，始皇東
　　　游。……登之罘刻石。”
〔十三〕磨蝎：星宿名。此指磨蝎宮對應地域，即吳地。宋程公説春秋分記卷
　　　三十吳地總説：“周禮職方：‘東南曰揚州。’在天文星紀之次，斗、牛之

分,辰居丑宫曰磨蝎。其境襟三江,帶五湖,阻大海,達長淮。"

〔十四〕天台 陶儀:即陶宗儀。參見東維子文集卷二十四白雲漫士陶君墓碣銘。

〔十五〕醉李:即檇李,今浙江 嘉興古名。郭禮:生平未詳。

〔十六〕朱瓛:名武,字仲瓛,號山水郎,山陰(位於今浙江 紹興)人。參見本卷春水船記。

〔十七〕頤□:所脱爲"貞"字。夏頤貞,參見東維子文集卷十三知止堂記。

稽山草堂記[一]

會稽山水爲浙之甲,自梅福[二]、謝莊[三]、王羲之[四]、陶弘景游其間[五],由是地益勝。

韓謂氏世爲相人,自忠獻王父子歷相四朝[六],功業著於史册。四世祖左司秘閣公膚胄[七],字勉夫,始徙會稽。又六世而謂,得忝承遺緒,築書屋鑑湖之上[八],又作草堂於稽山之下[九]。清泉白石在户牖間,翠岫丹崖,影落几案。既而買田力耕,可以無飢,家多藏書,有以會友。鴻生碩儒不遠百里相過從,談道①義,酌酒賦詩,不知吾樂之可以忘世。然畎畝不忘君之義,則固有在。君子或出或處,唯適於義而已,堂豈釣吾名也哉!鍾山草堂至於誘松桂、欺雲壑,不免招移文之譏[十]。若浣花、廬山[十一],洛陽、華陰[十二],各與山水相賓主,則去鍾山遠矣,幽②人貞士尚之。

謂今草堂數椽,其追"四賢"之高風[十三],庶幾處有以專山水之樂,出有以爲歸休之地。雲林 倪鎮既爲作草堂圖[十四],朋游之士又相率爲歌詩以侈之,而謁楊維禎③爲之記。

【校】

① 道:原本作"道道",據鐵崖漫稿本删。

② 幽:原本作"游",據鐵崖漫稿本改。

③ 楊維禎:鐵崖漫稿本作"楊某"。

【箋注】

〔一〕文撰於元 至正十三年(一三五三),或稍前,其時鐵崖在杭州任税務官。繫

年依據：稽山草堂主人爲韓嶼，至正十三年七月，韓嶼還鄉，鐵崖撰文送
行，本文則當作於韓嶼歸返以前。韓嶼生平等參見東維子文集卷九送韓
嶼還會稽序、卷十送鄉人韓道師歸會稽序。

〔二〕梅福：西漢人。漢書梅福傳：“福一朝棄妻子，去九江，至今傳以爲仙。其
後，人有見福於會稽者，變名姓，爲吳市門卒云。”

〔三〕謝莊：字希逸，陳郡陽夏人。傳見宋書。

〔四〕王羲之：遷居山陰（位於今浙江紹興），官至會稽内史。傳見晉書。

〔五〕陶弘景：南朝道士，曾東游會稽、餘姚、永嘉等地。傳見梁書。

〔六〕忠獻王：指韓琦，韓琦謚忠獻，封魏國公。宋史有傳。

〔七〕韓膺胄：字勉夫，韓琦長子忠彦之孫。南渡後徙越，累官直秘閣。參見宋
元學案卷五十九清江學案知州韓貫道先生冠卿。

〔八〕鑑湖：又稱鏡湖，位於今浙江紹興。

〔九〕稽山：會稽山之略稱。位於今浙江紹興北部。

〔十〕“鍾山草堂至於誘松桂、欺雲壑”二句：謂南齊孔稚珪撰北山移文譏斥周
顒之假隱。文中曰：“鍾山之英，草堂之靈……世有周子，儁俗之士。既文
既博，亦玄亦史。然而學遁東魯，習隱南郭。竊吹草堂，濫巾北岳。誘我
松桂，欺我雲壑。雖假容於江皋，乃纓情於好爵。”按：周顒字彦倫。元徽
中爲剡令，建元中爲山陰令。曾居鍾山草堂，以隱士自詡。

〔十一〕浣花：指浣花草堂，杜甫居所。廬山：指廬山草堂，白居易貶謫江州司
馬後建於廬山。

〔十二〕洛陽：當指唐人盧鴻草堂。盧鴻一字浩然，本范陽人，徙家洛陽，隱於嵩
山。開元初，朝廷遣幣禮再徵，不至。“嘗自圖其居以見，世共傳之”。
參見舊唐書本傳、廣川畫跋卷六書盧鴻草堂圖。華陰：蓋指北宋魏野
草堂。宋詩紀事卷十魏野：“野字仲先，號草堂居士，蜀人，後居陜州東
郊。真宗西祀，聞其名，遣中使召之，野閉户，逾垣而遁。”

〔十三〕四賢：當指前述杜甫、白居易、盧鴻、魏野。

〔十四〕雲林倪鎮：指雲林子倪瓚，倪瓚字元鎮。參見東維子文集卷七鄒韶
詩序。

小桃源記〔一〕

四明祝可氏居望春山之麓〔二〕，山有蓬萊觀，號桃源福地。可於先

廬之偏,依山爲軒,引水爲沼,栽桃百十植,而自命其所曰小桃源,攜其圖西走雲間,請記於予。

　　予曰天下稱桃源在人間世者,武陵也,天台也。據傳者言,則武陵有父子,無君臣〔三〕;天台有夫婦,無父子也〔四〕。方外士好引其事以爲高,而不可以入中國聖人之訓。矧其象也,暫敞亟蔽;其接也,陽示而陰①諱之,使人想之如幻夢,雖曰樂土若彼,吾何取乎哉!

　　若可之所謂桃源,在望春山中,非託之以引諸八荒之外、幻夢之間者也。入有親,以職吾孝。入有弟,以職吾友。交有媌儕朋黨,以職吾任與恤也。子姓之有才出仕於時者,又有君臣之義,以職吾忠與良也。桃源若是,豈武陵、天台比哉! 必以“小”名者,何故? 豈有將附之於武陵、天台,自託於仙隱者非歟!

　　余老,倦游於仕矣,將東歸,訪天台、四明,過君之廬,登望仙之山,臨鸎脰之水〔五〕,而置身於桃源福地。不知子之桃幾花幾實矣。亦有核可爲吾杯〔六〕,以飯子之胡麻者歟! 有則尚當爲子賦之。青龍集己酉春二月清明日書。

【校】

① 陰:原本作阤,徑改。

【箋注】

〔一〕本文撰於明洪武二年己酉(一三六九)二月二十一日(清明),其時鐵崖寓居松江。小桃源主人祝可,四明(今浙江寧波)人。

〔二〕望春山:嘉靖寧波府志卷五山川:“望春山,(鄞)縣西三十里,與白鶴山對峙。”

〔三〕“武陵有父子”二句:出自陶淵明撰記文。桃花源記:“自云先世避秦時亂,率妻子邑人,來此絶境,不復出焉,遂與外人隔絶。問今是何世,乃不知有漢,無論魏晉。”

〔四〕“天台有夫婦”二句:指東漢人劉晨、阮肇入天台山采藥,偶遇女仙之故事。參見鐵崖先生古樂府卷三苕山水歌。

〔五〕鸎脰:湖名。寶慶四明志卷十二鄞縣志卷一:“廣德湖,縣西四十二里,舊名鶯脰湖。”

〔六〕有核可爲吾杯:指桃核杯。參見陳善學序刊楊鐵崖先生文集卷六桃核杯歌。

春水船記[一]

　　客有號山水郎,放浪乎寓①内,自會稽涉錢塘,由錢塘下苕、霅[二],循淞之具區,又將出九江[三],上洞庭,抵三湘七澤之廣[四]。其身蕩乎若不繫舟,故取老杜句[五],命其次舍曰春水船。舍亦類艛舟,高不逾尋丈,倍之曲篷矮檻。□□左右置圖史琴阮、筆床茶竈之具。既而唶曰:"今之肥楹穹棟,居者虚獨,不能煖八尺榻。吾雖蹴屋不半架,亦不脱度支算(趙贊[六]),曷若吾有兩艑之舺,隨而流寓。"好事者成其志,即摒擋(阮孚傳)所置載焉[七]。出則臺笠薜蓑,小樵青兩兩歌竹枝調,搖舟尾曲木,尻舟如激矢。客亦擊榔自歌木石兒小海歌,曰:"春浪兮滔滔,接帝青兮與高。壒埃風兮上翱,俯三雲兮水下,(仙書云:三神仙望之如雲,及至,反居水下。)弁倒景兮六鼇[八]。"有老漁過②於河源,詰之曰:"客非江南水仙郎乎?"客曰:"唯。"漁曰:"吾聞宋之山水郎,清都紫府之謫仙也。其簸弄天物,至支③風借月[九],子能是乎?"客曰:"不能。而亦有吾所能。"漁不辯,去,鼓枻而歌曰:"滔滔乎西流,泛濫乎九州。歸歟歸歟,濯滄浪兮釣玄洲。"

　　客亦返棹,歸見草玄閣老鐵史公,求志其事。公曰:"漁,隱者也,客亦有托乎!若漁,固未知其天游者也。"客喜而謝曰:"吾之游,微鐵史之④誰知?請録爲春水船志。"

　　客爲山陰朱武仲瓛⑤云。青龍□戊申正月上日記。

【校】

① 寓:鐵崖漫稿本作"宇"。

② 過:鐵崖漫稿本作"遇"。

③ 支:鐵崖漫稿本闕,空一格。

④ 微鐵史之:原本作"微鐵史微鐵史",據鐵崖漫稿本删改。

⑤ 仲瓛:鐵崖漫稿本作"中巘"。

【箋注】

〔一〕本文撰於明洪武元年戊申(一三六八)正月上日,即此年元日,其時鐵崖寓居松江。春水船主朱武,字仲瓛,或作中巘,號山水郎,山陰(位於今浙江紹興)人。精通書畫鑒賞。元末明初舟游江浙,與鐵崖、夏庭芝、陶宗儀等松江本地或寓居文人交往頗多。按:元詩選癸集朱記室武曰:"武字仲桓,山陰人。"蓋即本文所謂山水郎,則其字又作仲桓,或於明初任記室之職。參見本卷貫月舟志、青樓集卷末朱武序以及趙氏鐵網珊瑚卷十植芳堂銘、卷十五破窗風雨記附録朱武題詩。

〔二〕苕、霅:即苕溪、霅溪,借指今浙江湖州地區。

〔三〕九江:秦設郡名,包括今江西大部及安徽南端。

〔四〕三湘七澤:泛指今湖南一帶,語出南朝宋顏延之詩始安郡還都與張湘州登巴陵城樓作:"三湘淪洞庭,七澤藹荆牧。"

〔五〕老杜句:指杜甫詩小寒食舟中作,詩中有"春水船如天上坐,老年花似霧中看"二句。

〔六〕趙贊:唐代宗時任度支侍郎,德宗時户部侍郎,命判度支。舊唐書食貨志下:"(廣德)四年,度支侍郎趙贊議常平事,竹木茶漆盡税之。茶之有税,肇於此矣。"

〔七〕掜擋:亦作"屏當",語出晉書阮孚傳。按:阮孚,阮咸之子。

〔八〕六鼇:參見鐵崖先生古樂府卷十小游仙之七注。

〔九〕"吾聞宋之山水郎"四句:指自稱"清都山水郎"之南宋朱敦儒,及其鷓鴣天詞所述境界。參見楊鐵崖先生文集全録卷一借月軒記注。

信鷗亭記〔一〕

　　志海物者,以鷗知潮知風,海人占爲信禽,是人信鷗也。小海氏取夏英公鷗①信於我〔二〕,字其"信"於鳳亭〔三〕,是鷗信人也。信鷗十九,信人十一,英公談何易易②? 弱羽孤飛,不得擬迹於鴛,求爲青雀而不可得,則知海雁沙頭之物未相信也。"忘機海鷗下,釣陶本③無心",(歐公賦韓魏公狎鷗亭詩語也〔四〕。)若而人也,可以白於鷗矣。吾問小海:"亭之鷗凡幾下? 客欲取而玩,背而去者又凡幾去? 抑吾聞鷗在石龍氏者,老支郎疑之,獨信於風鈴子,鈴之中孚,亦奇矣〔五〕。及惡彗④掃鄴〔六〕,而鷗亦不信,即悟,去鈴之幾先於鷗也,又神矣。小海萬一遇是鷗,能使之信如鈴也乎?"海莞爾笑曰:"那知許事!"

乃自取琴,作信鷗操,歌以似余曰:"鳳之山兮蔣蔣,鳳之水兮決決。鷗來兮蹌蹌,吾與汝兮鳳翔。虎之石兮崎崎,龍之皋兮巍巍。鷗之⑤去兮□□,吾與汝兮鴻飛。"余聳然曰:"是人也,豈石龍氏之所能玩也耶!"并録爲志。余,海鷗老人楊禎父,小海爲會稽夏頤氏也。

朱芾作隸古書〔七〕,曰:"先生援漚⑥到石龍氏,其意遠矣,韓、柳未能用事如此〔八〕。'客欲取而玩'也者,即石龍輩也。末應一'玩'字,文健之妙也。芾願學焉,故書以誦諸滄浪云。"

【校】

① 鷗:鐵崖漫稿本作"漚"。下同。
② 易易:原本作"易",據鐵崖漫稿本增補。
③ 本:鐵崖漫稿本闕,於此空兩格。
④ 彗:原本作"慧",據晉書佛圖澄傳改。參見注釋。
⑤ 之:鐵崖漫稿本作"行"。
⑥ 援:鐵崖漫稿本作"授"。漚:當作"鷗"。

【箋注】

〔一〕本文蓋撰於鐵崖退隱松江之後,松江納入朱元璋版圖以前,即元至正二十年(一三六〇)以後,二十六年之前。繫年依據:其一,鐵崖與松江本地文人交游,且自稱"海鷗老人",必在退隱松江之後。其二,文末鐵崖曰:"是人也,豈石龍氏之所能玩也耶!"意爲夏頤貞無意出仕,而明初夏頤貞被迫遠徙。參見蟻術詩選卷六丁未元日和夏頤貞韻,蟻術詞選卷二滿江紅。夏頤貞生平參見東維子文集卷九風月福人序、卷十三知止堂記。

〔二〕夏英公:當即夏士安,士安與頤貞爲叔侄。參見本卷貫月舟志。

〔三〕鳳:指松江鳳凰山。信鷗亭建於鳳凰山上。按:元至正十六年苗亂之後,夏頤貞徙家城北泗涇,在鳳凰山建有西疇草堂。參見東維子文集卷十三知止堂記注。

〔四〕"忘機海鷗下"二句:出自歐陽修詩。歐陽修全集卷十四狎鷗亭:"險夷一節如金石,勛德俱高映古今。豈止忘機鷗鳥信,陶鈞萬物本無心。"忘機鷗鳥,用列子黄帝事,參見清鈔鐵崖楊先生詩集卷上同韻寄太守注。韓魏公:即北宋韓琦。

〔五〕"抑吾聞鷗在石龍氏者"五句:概述石氏政權變故以及佛圖澄之預測、支道林之嘲諷。石龍氏,指石季龍。老支郎,即支道林。晉書佛圖澄傳:"(石)勒死之年,天静無風,而塔上一鈴獨鳴,澄謂衆曰:'鈴音云,國有大喪,不出今年矣。'既而勒果死。及季龍僭位,遷都于鄴,傾心事澄,有重於勒……支道林在京師,聞澄與諸公游,乃曰:'澄公其以季龍爲海鷗鳥也。'"

〔六〕惡彗:喻指石宣。晉書佛圖澄傳:"及(石)宣被收,澄諫季龍曰:'皆陛下之子也,何爲重禍邪?陛下若含恕加慈者,尚有六十餘歲。如必誅之,宣當爲彗星,下掃鄴宫。'季龍不從……(澄)謂弟子法祚曰:'戊申歲禍亂漸萌,己酉石氏當滅。吾及其未亂,先從化矣。'卒於鄴宫寺。後有沙門從雍州來,稱見澄西入關。季龍掘而視之,惟有一石而無尸。季龍惡之曰:'石者,朕也。葬我而去,吾將死矣。'因而遇疾,明年,季龍死。遂大亂。"

〔七〕朱芾:參見東維子文集卷九送朱生芾蒲溪授徒序注。

〔八〕韓、柳:指韓愈、柳宗元。

天藏窩記〔一〕

　　雲間采芝生過余草玄閣,有請曰:"某切觀先生有發人藏(史幽、樂府),發思藏(小游仙等篇。)、大而天藏(搜易、問天、洗日諸篇),某願拾其遺而未能也。退而名其拾句①所天藏,幸先生有以白之。"

　　余曰:"詩之爲物,在天地間至珍至閟,非少陵'刮化窟'〔二〕、昌黎'覻鬼窨'者〔三〕,弗能發之。老坡以文仝詩誦於歐陽子,歐陽子曰:'此非仝語,世間元有而仝拾之。'坡因曰:'真境發天藏〔四〕。'今觀仝句(美人却扇坐,羞②落後庭花),豈果天藏物耶?誠使坡誦,聞諸歐陽子,歐陽子以爲人語耶?天語耶?予不得而知也。予尚記吾山陰府君(予考澹圃先生)侍下〔五〕,每令禎暝誦杜北征、李蜀道、盧月蝕、小李金銅仙、韓琴操、柳鐃歌、歐廬山、坡太白〔六〕,曰:'此三百篇後天地間有數之文。小子志之!'吁,歷代之文,毁毫楮、銷金石者凡幾矣,而謂之'有數',則凡濫作不竭有數者,不爲天藏外物耶?"生謝曰:"嚴矣哉!

先生詩教也。嚴則濫作者可以息矣。彼積而冢諸土、飄諸水,嗚呼,嗚呼!有無哉,有無哉!"遂取琴曰天籟機者,歌天藏操。操曰:"彼藏兮藏人,吾藏兮藏天。天之藏兮籟以傳,籟於天兮我何有言?人之藏兮鬼㥾(森字),天之藏兮天暗。天之□兮籟以琴,琴依吾聲兮以雅以南(叶吟)。"并録其操爲記。年月日。

　　夢吟氏跋曰[七]:采芝生於天藏得天機,故能出奇語,如籟聲於天,得於鐵史天藏者,人不可得而識矣。

【校】

① 原本"句"下有一"數"字,據鐵崖漫稿本删。
② 羞:原本作"差",據鐵崖漫稿本改。

【箋注】

〔一〕本文蓋爲松江曹焕章所作齋記。據文中所述,當時鐵崖寓居草玄閣,且與采芝生等有談詩之閒情,蓋爲元至正二十年(一三六〇)至二十六年之間,其時鐵崖執教於松江府學。按:鐵崖自署齋名草玄閣,始於至正二十年。天藏窩主人采芝生,松江曹焕章。大雅集卷三王逢詩題曹焕章松筠軒引言:"焕章號采芝生,雲間人。事親孝。好博古,雅善書畫。過其所居松筠軒時,焕章謝病却掃,意晏如也。壬子夏,因哭母喪明,作詩以贈。"據此,曹焕章亦善彈琴奏樂,有齋名天藏窩、松筠軒。明洪武五年壬子(一三七二)失明。又,曹焕章擅長人物畫,曾爲王逢畫肖像。參見梧溪集卷四曹生焕章爲畫席帽山人小像自題一首。

〔二〕刮化窟:杜甫畫鶻行:"高堂見生鶻,颯爽動秋骨。初驚無拘攣,何得立突兀。乃知畫師妙,功刮造化窟。"

〔三〕覷鬼窌:蓋即覷玄窌。韓愈送無本師歸范陽:"無本於爲文,身大不及膽。吾嘗示之難,勇往無不敢。蛟龍弄角牙,造次欲手攬。衆鬼囚大幽,下覷襲玄窌。"

〔四〕"老坡以文仝詩"六句:詩話總龜卷十四唱和門引王直方詩話:"東坡云:余在廣陵,與晁無咎、曇秀道人同舟送客山光寺。客去,余醉卧舟中,秀作詩云……予和云:'閙裏清游似隙光,醉時真境發天藏。夢回拾得吹來句,十里南風草木香。'余昔對文忠公誦文與可詩云:'美人却扇坐,羞落庭下花。'公曰:'此非與可詩,世間元有此句,與可拾得耳。'""美人却扇坐,羞落後庭花"兩句,出自宋文同丹淵集卷二秦王卷衣。下句通行本作"羞落庭下花”。按：文忠公乃歐陽修，即本文所謂“歐陽子”。文與可即文仝，“仝”或作“同”。

〔五〕山陰府君：指鐵崖父楊宏。楊宏自號滄圃老民，推恩封山陰縣尹。參見鐵崖文集卷二先考山陰公實録。

〔六〕杜北征、李蜀道、盧月蝕、小李金銅仙、韓琴操、柳鏡歌、歐廬山、坡太白：分別指杜甫北征、李白蜀道難、盧仝月蝕詩、李賀金銅仙人辭漢歌、韓愈琴操十首、柳宗元唐鏡歌鼓吹曲十二篇、歐陽修游廬山詩、蘇軾和李太白。按：歐陽修游廬山詩有多首，詩題不一，未詳鐵崖具體所指。

〔七〕夢吟氏：當爲元末鐵崖友生別號，姓名生平不詳。

安雅齋記〔一〕

金華山中有世家沈以德氏，自命其書齋曰安雅。前太史黃公嘗爲書其顔〔二〕，而未之記。今介予徒李詞①見余毗陵舟次〔三〕，乞一言補記：“先生當有以警教予者。”

予讀荀卿子論君子小人注錯之當與不過也，遂有越人安越、楚人安楚〔四〕，以喻君子安乎雅，以是爲注錯習俗之節。懿哉雅乎，乃君子所安之地。而其雅也，非習之專、行之素，不能一日安乎此。

以德，博雅君子也，自幼從縉紳先生游，非雅不言，非雅不動，非雅不視聽，蓋②習之專、行之素，而於注錯之間無不當而安矣。不然，以德之於雅，强越兒而安楚，强楚兒而安越，其得爲君子注錯之當與不過耶！

予觀郭、謝之事，而有以明習俗之節。林宗之巾偶於雨墊，而人皆效之爲墊角〔五〕；安石鼻病塞，而人皆效之爲擁吟〔六〕。彼非不知巾之雨墊而鼻之病塞，亦安於名流之習焉耳。以德起身臬司，歷庚氏之職，馴至州縣之寄。安雅之雅，不惟淑己，且將及人。誠能使其人之慕以德，如人之慕郭、謝，則以德之雅，漸者易矣，所覃者廣矣，豈直銘名一齋而已哉！以德其勉之。

齋名既古，而文足以發之。昆玉生云〔七〕：世儒有號博雅、文雅、古雅，皆俗號耳。斯文一出，斯爲拔俗。觀其文，則其人之人品可知矣。

【校】

① 今：原本作“金”，徑改。詗：鐵崖漫稿本作“詞”。

② 蓋：原本作“孟”，據鐵崖漫稿本改。

【箋注】

〔一〕安雅齋：主人沈以德，名不詳，金華人。世家子弟。文中曰沈以德“起身
臬司，歷庾氏之職，馴至州縣之寄”，且於“毗陵舟次”請文，蓋元季沈以德
在毗陵任吏。

〔二〕前太史黄公：指黄溍。參見東維子文集卷二十四故翰林侍講學士金華先
生墓志銘。

〔三〕李詗：別號樗散生。鐵崖弟子。宋學士文集卷七十三樗散生傳：“樗散生
者，錢唐人。李氏，名詗，字孟言。少受學越人楊君維禎。負氣尚節，善爲
詩。賣藥金陵市中，名其室曰樗亭，而自號爲樗散生。”又據民國杭州府志
卷八十八藝文三子部上，李詗著有集解脈訣十二卷。毗陵：古郡名，位於
今江蘇常州一帶。

〔四〕“予讀荀卿子”三句：詳見荀子榮辱篇。

〔五〕“林宗之巾偶於雨墊”二句：東漢郭太故事，郭太字林宗。參見東維子文
集卷十九安雅堂記注。

〔六〕“安石鼻病塞”二句：東晉謝安故事。參見東維子文集卷十六書聲齋
記注。

〔七〕昆玉生：姓名生平不詳。

玄雲齋記〔一〕

淞有處士周禮，服草衣，戴九陽巾，介吾門人沈雍〔二〕，執金鑾供奉
兩墨龍，來見余草玄閣。曰：“某隱於業墨，自命其窩者玄雲，人遂以
玄雲道人呼之。幸得先生一言，玄雲脱於伎而進於道矣。”

余謂雲者，造化之瑞①氣。散而爲五色：鬱然而蒼者，青雲；炳然
而丹者，赤雲；晶然而潔者，白雲；粹焉而祥者，黄雲；而玄雲，則神龍
雨天下之用也。談道者尚之，則爲太乙之精所化，而超乎百物之先者

也。故周之制服,上自天王,下及伯子男,一以玄爲度。其山龍華虫之絢爛錯出其間,豈不以玄爲天之正色,而得五行之初氣者哉! 玄得五行之初氣,而處士以子墨之卿協之[三],迹於伎而神之於心,則雲之玄者,筌蹄於齋也微矣。其以供奉之物獻於天府,黼黻六經,氤氳百史子傳,潤六合而滋芳,遺千載而不朽者,是又其次耳。

處士闤窩之顔,左轄周公已爲之書[四],而又録吾言以爲之記。

【校】

① 瑞:鐵崖漫稿本作"德"。

【箋注】

〔一〕文撰於元至正二十年(一三六〇)至二十四年之間,其時鐵崖退隱松江。
繫年依據:文中言及草玄閣,必在至正二十年鐵崖自取齋名草玄閣之後;又曰"左轄周公",則當在周伯琦擢爲江南諸道行御史臺侍御史之前。玄雲齋:主人周禮,松江人。以製墨爲業,號玄雲道人。

〔二〕沈雍:鐵崖弟子。參見鐵崖先生集卷四擊壤生志、本書佚文編沈氏雍穆伯仲傳。

〔三〕子墨之卿:文選卷九畋獵載揚雄長楊賦序:"是時農民不得收斂,雄從至射熊館,還,上長楊賦,聊因筆墨之成文章,故藉翰林以爲主人、子墨爲客卿以諷。"此指墨。

〔四〕左轄周公:即周伯琦。參見東維子文集卷三送團結官劉理問序注。

真樂堂記[一]

刑部郎中闓侯行簡,博極墳典,該通名理,顔其讀書之堂曰真樂。出使於淞,先謁予草玄閣次,請一言以白其真樂。

予謂人之樂也衆矣,而得其真者,雖士大夫難之。唐貞觀之君曰[二]:"土城竹馬,兒童樂也;金翠羅纨,婦人樂也;貿遷有亡,商賈樂也;高官厚禄,士大夫樂也;戰無前敵,將帥樂也;四海寧一,帝王樂也[三]。"貞觀之治,四海一,萬姓安矣,謂之真樂非乎? 孟子則曰:"君子有三樂,王天下不與存焉[四]。"則貞觀之樂可以言大,未可以言真也。東平王蒼以爲善最樂〔五〕，庶乎近之，亦未見其實。是貞①之也，是真也。夫子之曲肱飲水〔六〕，無不在焉；顏子之簞瓢陋巷〔七〕，未嘗改焉。行簡欲探其真也，必如陶子之樂天無疑〔八〕，周子之窗草同意〔九〕，程子之雲澹風輕〔十〕，邵子之天心水面〔十一〕，朱子之天光雲影〔十二〕，張子之蟬蛻春融〔十三〕，而後有以見其真也。吁，是不可以言傳而可以默識，行簡其勉之。

行簡作而曰："某未聞先生言，於真有眩。先生言樂之真者，得之矣。請書諸堂爲記。"

【校】

① 貞：鐵崖漫稿本作"真"。

【箋注】

〔一〕本文蓋撰於元至正二十年（一三六〇）之後。其時鐵崖退隱松江。繫年依據：文中曰閻行簡謁於草玄閣請文，則當爲至正二十年鐵崖自取齋名草玄閣之後。按：頗疑閻行簡爲朱元璋之刑部郎中，則其出使松江，當爲明初洪武元年或二年。閻行簡，籍貫生平不詳。

〔二〕貞觀之君：指唐太宗李世民。

〔三〕"土城竹馬"十二句：唐太宗發兵大勝龜兹國後，面見群臣時語。參見新唐書西域傳。

〔四〕"君子"二句：孟子盡心上："孟子曰：君子有三樂，而王天下不與存焉。父母俱存，兄弟無故，一樂也。仰不愧於天，俯不怍於人，二樂也。得天下英才而教育之，三樂也。"

〔五〕東平王蒼：指東漢劉蒼，光武帝劉秀之子。後漢書東平憲王蒼傳："（漢明帝）問東平王：'處家何等最樂？'王言：'爲善最樂。'"

〔六〕夫子之曲肱飲水：參見鐵崖先生集卷三天理真樂齋記注。

〔七〕顏子簞瓢陋巷：參見鐵崖先生集卷三天理真樂齋記注。

〔八〕陶子之樂天：陶淵明集卷七自祭文："冬曝其日，夏濯其泉。勤靡餘勞，心有常閑。樂天委分，以至百年。"

〔九〕周子之窗草：周子指周敦頤。敦頤字茂叔。宋朱熹撰伊洛淵源録卷一濂溪先生："周茂叔窗前草不除去，問之，云：'與自家意思一般。'子厚觀驢鳴，亦謂如此。"

〔十〕雲澹風輕：出自北宋明道先生程顥詩句。伊洛淵源録卷三明道先生："學
　　　者須是胸懷擺脱得開，始得不見。明道先生作鄠縣主簿時，有詩云：'雲淡
　　　風輕近午天，傍花隨柳過前川。時人不識予心樂，將謂偷閑學少年。"

〔十一〕天心水面：宋邵雍擊壤集卷十二清夜吟："月到天心處，風來水面時。
　　　　一般清意味，料得少人知。"

〔十二〕天光雲影：朱熹觀書："半畝方塘一鏡開，天光雲影共徘徊。問渠那得
　　　　清如許，爲有源頭活水來。"

〔十三〕蟬蜕春融：南宋張栻語。參見鐵崖先生集卷三天理真樂齋記注。

仁壽齋記〔一〕

　　世①談醫者，謂上藥養命、中藥養性者，性命之理，因輔養以②通
也。世人不察，惟五穀是見，聲色是耽，以至共悖其上□③，銷其精神，
殃其平粹。一軀而加以衆攻，求永壽，惡可得耶〔二〕？

　　華亭顧延齡世業醫，其市藥也，不急於取□，孜孜以濟生爲務。
築一室於金溪之傍，左水右石，佳花美木環植四簷。治藥之餘，宴坐
終日，泊然以理自處，其庶乎知所以輔養性命，外五穀聲色者也。廣
陵蘇西簡④先生顔其室爲仁壽齋〔三〕，而徵記於余。

　　余曰："夫仁者，心之德；壽者，仁之效。苟志於仁矣，則其爲壽也
宜焉。且善醫者，未始不以仁壽爲心者也。故視毫毛，察腠理，起膏
肓於已絶，易台背於童兒，拯己以拯人⑤，使同躋於壽域而後已。今延
齡既以理自處，求所謂拯己以拯人，則其爲仁壽也可知矣。世有挾醫
以逞術、秘人以售利者，曰：'吾能索病於冥漠之中，辯虛實於疑似之
間。'自欺以欺人一生。且斃矣，猶巧餙遂非，以求全其名〔四〕。卒至於
投針棄石，赧容避謫。若是其人，其不仁也甚矣，矧能躋人壽域
者乎！"

　　余既器延齡之爲人，復重先生之不誣命其齋也，遂書爲之記。

【校】

① 世：原本空闕，據鐵崖漫稿本補。

② 以：原本空闕，據鐵崖漫稿本補。

③ 上：疑當作“正”。所闕一字，似當爲“氣”。參見嵇康養生論。

④ 簡：疑當作“澗”。參見注釋。

⑤ 拯人：鐵崖漫稿本作“及人”。下同。

【箋注】

〔一〕文撰於元至正二十年（一三六〇）至二十五年之間，其時鐵崖寓居松江。
繫年依據：仁壽齋匾額爲廣陵蘇西簡所書。蘇西簡即蘇大年，元末戰亂
之後避居於吳。而本文末尾曰：“余既器延齡之爲人，復重先生之不誣命
其齋也。”可見撰於蘇大年題匾之後不久，必在至正二十五年蘇大年辭世
之前。參見東維子文集卷二十六蘇先生挽者辭叙。仁壽齋主人顧延齡，
生平僅見本文。

〔二〕“世談醫者”十三句：源於嵇康養命、養性、養生之論。詳見嵇康養生論
（載漢魏六朝百三家集卷三十五）。

〔三〕蘇西簡：蓋爲“蘇西澗”之誤。蘇昌齡自號西澗，廣陵（今江蘇揚州）人。
參見東維子文集卷二十六蘇先生挽者辭叙。

〔四〕“吾能索病”六句：化用蘇軾語。仇池筆記卷上論醫：“醫之難明，古今所
病也。至虛有盛候而大實有羸狀，疑似之間，便有死生之異。士大夫多秘
所患以求痊，驗醫能否使索病於冥漠之中，辨虛實冷煖於疑似之際。醫不
幸而失，終不肯自謂失也。巧飾遂非，以全其名。”

紫翠丹房記[一]

江陰太和許公之子名肅，字士雝，闢藥室於雲間之瓢湖[二]，顔之
曰紫翠丹房，取太白詩語也[三]。來謁予草玄閣，曰：“幸先生一言以
爲記。”

予謂古醫師載於周禮，四時民有屬疾，其治法不過以五味、五穀、
五藥養其所患，以五氣、五聲、五色視其死生，而未聞有所謂丹者治之
也。肅曰：“吾宗自漢肇、副、邁、穆、玉斧[四]，累世皆以丹術而仙。玉
醴、金漿、交梨、火棗，受之雲林仙子者[五]，子孫尚有所傳，故吾取‘丹’
以名室。而吾室有通仙靈，伐人病者，蓋不翅於丹已。”

抑予聞魯公扈、趙齊嬰二人者有疾,扁鵲眡之曰:"扈志强而氣弱,嬰志弱而氣强,若換汝心則均可爲善。"遂飲二人以毒酒,剖胸探心,易而置之,復投以神藥,既寤,如初[六]。吁,若鵲之神藥,非仙家之神丹乎? 藥之靈不減乎鵲,謂之丹也,孰曰不可?

蕭謝曰:"請書諸紫翠,以爲記。"

【箋注】

〔一〕文撰於元至正二十年(一三六〇)之後,其時鐵崖隱居松江。繫年依據參見本卷真樂堂記。紫翠丹房主人許蕭,生平僅見本文。

〔二〕瓢湖:位於爛路港西南,與連湖蕩相通。參見崇禎松江府志卷五水。

〔三〕太白詩語:李白留別曹南羣官之江南:"閉劍琉璃匣,鍊丹紫翠房。"

〔四〕漢肇:指漢人許肇。副、邁、穆、玉斧:皆許肇後人。明彭大翼山堂肆考卷一百五十交梨火棗:"神仙傳:晉許穆爲護軍長史,入華陽洞得道。有女仙王母第二十女紫微夫人,嘗降教之,後有書與穆云:'玉醴金漿、交梨火棗,此飛騰之藥,不比金丹。'……又真誥云:許肇,字子訶。有陰德在人世。其孫副,有八子。第一子名邁,字叔玄,小名快,後又名玄,字遠游。第五子名穆,一名謐。穆有三子,第三子名劇,字道翔,小字玉斧。"

〔五〕雲林仙子:蓋即前注所謂女仙王母第二十女紫微夫人。

〔六〕"抑予聞魯公扈"十一句:述扁鵲爲魯公扈、趙齊嬰二人治病之事。詳見列子湯問。

常熟州重建學宮記[一]

姑蘇六邑[二],而常熟號多秀民,則以言公偃文學之鄉也[三]。五季學廢。宋重創於某①地,端平初修者[四],縣令王燾[五]。有元陞縣爲州,學益大。至正二十年[六],帥官盧公葺其廢[七],事出鹵莽,不四三②年即大敝。

今呂侯典州[八],下車首謁孔子廟,愓然於衷,嘑舊文學衛鎬曰[九]:"吾國主不以吾不肖,俾典是州,豈徒理簿書、赴期會而已? 學校,吾首事也。"難者曰:"學未主職,廩未復稍,弟子員未定饗,太守欲以空言作興乎?"侯曰:"非也。一卷之書,必有師□③[十]。十室之邑,必有忠信[十一]。司民紀者，苟有於作興，吾未見上率而下不應也。故庚桑瑣隸，風移碨磊[十二]，而況千里之師帥虜？”於是州人趙、韓、虞輩翕然應於下。自元年六月朔起④工[十三]，訖於秋九月。内而聖殿影堂奥室，外而檽戟諸門，旁而兩廡齋舍、庾藏廚傳、丹陽公祠[十四]、后土。三賢有堂，采芹有亭，奏樂有軒，咸一新之。冬十月朔，侯既率僚佐及邦之一二庶老行釋奠禮，竣事，又遣州士趙生馳書幣三泖之澤，求余文以登諸石。

余謂常熟古文學之鄉，兵變來，甲族大家弦歌之聲未嘗一日廢，丹陽公之遺風，千載一日耳。況今東南亂極有治象，□□□⑤英辟賢輔，授州縣之寄者，有□循良吏如吕侯者不一一⑥，可⑦爲吾道賀者，豈直常熟一州而已哉！抑吾有諗於吕侯者曰：興黌舍，復養地，謹其出内，使祭祀時、廩稍足，此侯有司責也。若其躬校經學，試筴殿最，使州士有成，以俟異日鄉秀，當檢典故，告太守，此侯師帥責也。侯尚以余言勉之，安知侯之得士無如言公者，出以廣弦歌之化焉！余老未朽，尚及見之。

侯名熙，字某，河⑧州里人。通經博史，某地之衣冠世胄也。自某官起，選升丹徒令[十五]，丹徒⑨之人歌其去思云。是年十月望，有元李黼榜進士、奉訓大夫、江西等處儒學提舉會稽楊維禎⑩譔。

【校】

① 道光琴川三志補記續編卷二載此文，光緒常昭合志稿卷十四學校志載此文前半篇，據以校勘。某：道光琴川三志補記續編爲墨丁，光緒常昭合志稿作“舊”。

② 四三：鐵崖漫稿本作“三四”。

③ 鐵崖漫稿本無空闕。

④ 起：原本作“超”，據鐵崖漫稿本改。

⑤ 鐵崖漫稿本無空闕。

⑥ 鐵崖漫稿本“有”字下無空格。者不一一：道光琴川三志補記續編作“不一”。

⑦ 可：原本作“吾”，據鐵崖漫稿本改。

⑧ 河：原本作“何”，據道光琴川三志補記續編改。參見注釋。

⑨ “令丹徒”三字，原本脱，據道光琴川三志補記續編補。

⑩ 楊維楨: 鐵崖漫稿本作"楊某"。

【箋注】

〔一〕文撰於吳元年,即元至正二十七年(一三六七)十月十五日。其時鐵崖寓
居松江,松江、嘉定、常熟以及蘇州等地皆已爲朱元璋軍佔領。

〔二〕姑蘇: 平江路治所在地。據元史地理志,平江路轄有二縣四州,即吳縣、
長洲縣、崑山州、常熟州、吳江州、嘉定州。

〔三〕言公偃: 指孔子弟子言偃。相傳言偃爲常熟人,言子墓在常熟虞山。明
陳士元論語類考卷六人物考:"弟子傳云:'言偃,吳人。字子游。少孔子
四十五歲。'家語云:'子游,魯人。索隱云:'偃仕魯,爲武城宰耳。今吳郡
有言偃冢,蓋吳人爲是。唐贈吳侯,宋封丹陽公,改封吳公。"

〔四〕端平: 南宋理宗年號,公元一二三四至一二三六年。

〔五〕王爚: 會稽人。常熟縣令。宋端平二年(一二三五)冬重建常熟縣學文
廟,次年秋建成。參見魏了翁撰重建常熟文廟記(文載康熙常熟縣志卷四
學校志)。

〔六〕至正二十年: 公元一三六〇年。按: 盧鎮修繕常熟州儒學,實在元至正二
十二年,此處有誤。參見陳基修常熟儒學記(文載康熙常熟縣志卷四學
校志)。

〔七〕盧公: 名鎮,海陽人。修常熟儒學時,盧鎮任守禦元帥兼知常熟州事,故稱
"帥官"。參見陳基修常熟儒學記。

〔八〕吕侯: 即吕熙。道光琴川三志補記卷五宦迹:"吕熙字敬夫,河州人。明
太祖吳元年,由丹徒令任常熟知州。時蘇州猶未下,軍需百出;航賦輸金
陵,往往覆溺。熙處之有方,民不知勞。戎馬倥傯之暇,修葺學校,行釋奠
禮。洪武元年,擢京畿漕運副使。(據張著送行序、楊維楨重建學宮
記。)"按: 河州乃路名,隸屬於陝西行省。位於今甘肅臨夏市。參見元史
地理志。又據明太祖實録,吕熙於洪武初年先後任京畿漕運使、度支郎
中、户部郎中、户部尚書,官至吏部尚書,洪武八年(一三七五)六月卒。

〔九〕衛鎬: 元末於常熟州學任教職。康熙常熟縣志卷十五宦迹:"衛鎬,字伯
京,崑山人。文節五世孫也。學宫圮壞,鎬以訓導掾教授事,大加修葺。
洪武四年,以儒士徵。辭歸。"

〔十〕"一卷之書"二句:揚子法言卷一學行:"一鬨之市,必立之平。一卷之書,
必立之師。"

〔十一〕"十室之邑"二句:見論語公冶長。

〔十二〕庚桑瑣隸，風移碨磊：碨磊，又作畏壘。莊子集釋雜篇庚桑楚：“老聃之役有庚桑楚者，偏得老聃之道，以北居畏壘之山，其臣之畫然知者去之，其妾之挈然仁者遠之……居三年，畏壘大壤。畏壘之民相與言曰：‘庚桑子之始來，吾灑然異之。今吾日計之而不足，歲計之而有餘。庶幾其聖人乎！’”

〔十三〕元年：光緒常昭合志稿卷十四學校志曰：“明吳元年知州呂熙修。”故知此處所謂“元年”實爲吳元年，即元至正二十七年。

〔十四〕丹陽公祠：專祀孔子弟子言偃，言偃於宋政和年間封丹陽公。參見朱熹撰丹陽公祠記（載康熙常熟縣志卷四學校志）。

〔十五〕丹徒：縣名，元代隸屬於鎮江路。今爲江蘇鎮江市丹徒區。

卷九十七　史義拾遺卷上

卷九十七　史義拾遺卷上

水神告智伯①〔一〕

　　智伯瑤合韓、魏之甲攻趙，趙襄子走晉陽〔二〕。智伯曰：“晉陽，尹鐸之所理也，趙恃以爲固〔三〕。吾甲攻，不如水攻之，不勞而敏也。”於是引水灌晉陽。城不没者三版，民卒無畔志〔四〕。智伯曰：“吾乃今知水可以亡人之國也。”親行隄，速水吏斃城。見有被髮丈人者，前致辭曰：“吾邯鄲之水神也〔五〕。聞主君以水可亡人之國，故見主君，有以辯焉。夫水猶火也，火可以焚人，亦以自焚。主君以水可以亡人之國，不知自亡者亦水也。智以決之，勇以行之，密以防之，信以守之，則利可用而害可違。不然，利不得而禍及己，可不畏哉！吾察主君之用水，水將不爲主用，而爲敵用矣。”智伯曰：“若何以見之？”對曰：“吾見於韓、魏之色矣〔六〕，見於汾、絳之迹矣〔七〕，徵於孟談氏之偵而戈者矣〔八〕。主君憒焉驕愎，不知汗栗危屬，方且朝夕吞趙，爲益地慶。吾與智果、絺疵將在平陽上游〔九〕，觀主君之骨肉盡芟於趙，主君之顙蓋且爲趙主之飲器，終天之恨，無可及矣。”智伯怒，欲刃之，莫知所如往。是夜，襄子殺守隄吏，決水灌智伯軍，殺智伯〔十〕，刳其首爲飲器云。

　　木曰〔十一〕：“余嘗侍先生講智伯事，智伯之殺，已料於果矣，雖無水，不死乎！今設水神辭，以戒後之恃水以傾人而卒自傾者。先生又曰：‘丁原、董卓利用吕布，而俱害於布〔十二〕，非智伯之水乎！’”

【校】

① 史義拾遺兩卷，鐵崖弟子章木輯評。全書共收録史論一百一十九篇，其中上卷七十篇，下卷四十九篇，文後或附章木評注。今以明嘉靖十九年任轍刊本（四庫存目叢刊據中國人民大學圖書館藏本影印）爲底本，校以明崇禎五年蔣世枋可竹居刊本、明末諸暨陳于京漱雲樓刊本、清李元春評閲青照堂叢書本。崇禎蔣氏刊本重新編排，將此文置於戰國目下首篇。

【箋注】

〔一〕智伯：即知瑶。本姓荀，又稱荀瑶。春秋時期晉國卿大夫，後掌實權。參見史記魏世家。

〔二〕"智伯"二句：史記趙世家："晉出公十七年，簡子卒。太子毋恤代立，是爲襄子。……出公奔齊，道死。知伯乃立昭公曾孫驕，是爲晉懿公。知伯益驕。請地韓、魏，韓、魏與之。請地趙，趙不與，以其圍鄭之辱。知伯怒，遂率韓、魏攻趙。趙襄子懼，乃奔保晉陽。"晉陽位於今山西永濟市。

〔三〕尹鐸：趙簡子任命爲晉陽守，以爲國之保障。資治通鑑卷一周紀一："簡子以無恤爲賢，立以爲後。簡子使尹鐸爲晉陽。請曰：'以爲繭絲乎？抑爲保障乎？'簡子曰：'保障哉。'尹鐸損其户數。簡子謂無恤曰：'晉國有難，而無以尹鐸爲少，無以晉陽爲遠，必以爲歸。'"

〔四〕按：此謂"民卒無畔志"，與史書記載稍異，史記趙世家："三國攻晉陽，歲餘，引汾水灌其城，城不浸者三版。城中懸釜而炊，易子而食。群臣皆有外心，禮益慢，唯高共不敢失禮。襄子懼，乃夜使相張孟同私於韓、魏。"

〔五〕邯鄲：趙國都城所在地，今屬河北。

〔六〕韓、魏：指韓康子、魏桓子。資治通鑑卷一周紀一："絺疵謂智伯曰：'韓、魏必反矣。'智伯曰：'子何以知之？'絺疵曰：'以人事知之。夫從韓、魏之兵以攻趙，趙亡，難必及韓、魏矣。今約勝趙而三分其地，城不没者三版，人馬相食，城降有日，而二子無喜志，有憂色。是非反而何？'……智伯不悛。絺疵請使於齊。"

〔七〕汾、絳：指汾水、絳水。資治通鑑卷一周紀一："智伯曰：'吾乃今知水可以亡人國也。'(魏)桓子肘(韓)康子，康子履桓子之跗，以汾水可以灌安邑，絳水可以灌平陽也。"

〔八〕孟談：指張孟談。張孟談爲趙襄子謀臣，游説韓、魏，促成倒戈。詳見資治通鑑卷一周紀。

〔九〕智果：智氏族人。資治通鑑卷一周紀一："初，智宣子將以瑶爲後，智果曰：'不如宵也……若果立瑶也，智宗必滅。'"絺疵：智伯謀士，曾獻計削弱韓、趙、魏三家，并謂韓、魏不可作盟友。參見前注。

〔十〕殺智伯：史記晉世家："哀公四年，趙襄子、韓康子、魏桓子共殺知伯，盡并其地。"

〔十一〕木：指章木。章木爲桐廬人，鐵崖晚年學生。參見東維子文集卷二送檢校王君蓋昌還京序。按：史義拾遺各篇所附跋語，作者實爲章木，然章木事迹不彰，後人或有疑惑，四庫全書總目史義拾遺二卷曰：“每篇下有跋語，蓋其門人所作。自稱其名曰木。不著其姓，亦不知其爲何許人也。”亦有誤説，清人周中孚疑爲鐵崖自擬，今人楊武泉則斷言評語乃鐵崖自撰：“周中孚鄭堂讀書記卷三五史義拾遺條云：‘每篇間有評語，稱爲“木曰”。蓋亦出於游戲，非必有其人名木者也……廉夫蓋自以其氏之爲木類，故作木曰云。’斯説實爲得之，則跋語非其門人所作，乃其自著也。”（載四庫全書總目辨誤史義拾遺。）周、楊二説，均屬妄測。

〔十二〕“丁原”二句：丁原、董卓利用吕布，而最終反遭吕布所害，詳見三國志魏志吕布傳。

樂羊自訟魏文侯書〔一〕

　　父子之天，雖虎狼不滅，而況於人乎！古者求忠臣必於孝慈之門，人不孝慈，而求其忠於君者亡也。

　　臣奉主君詔，攻中山〔二〕。中山不下，臣攻之益不懈。中山之君思以計亂①，烹臣之子，而遺臣以羹。臣忍啜之者〔三〕，卞②其非臣之子也。必欲烹人之子，置臣之子高俎上，使以形色招臣，臣心廼動。妄一孺子遺臣以羹，號曰臣之子也，臣固知臣之子已逸而無恙，此臣之所以啜其羹，而無不忍之情也。使臣之子招臣以伏礩，身膏鼎鑊，臣羆虎之憤，豈不跑地一奮，覆其羹如覆醯，胄在轅門之外，而劍在中山之頸乎〔四〕！君之近臣不察吾事，又不諒吾非弗慈之心〔五〕，乃譖臣曰：“樂羊於子之羹忍食之，其誰不忍哉〔六〕！（覩師贊之言。）尚幸主君之明，有以燭臣之非忍；主君之斷，有以決臣之成功。故敢奉書主君闕下，謝其所勿疑，而不敢爲疑臣者告也。（五代徐温執李遇子，示遇。其子啼號求生，遇由是不戰〔七〕。）

　　　　木曰：“先生此言，洗樂羊子不慈之謗，千載儒者推未到此，非强爲樂羊卞也，第以理決其事耳。”

【校】

① “亂”字下似有脱闕，或當補“臣之心”三字。
② 卞：蔣氏刊本作“辯”。下同。青照堂叢書本作“辨”。

【箋注】

〔一〕樂羊：戰國時效力於魏國，爲魏文侯大將。生平見戰國策魏策、史記樂毅
　　列傳。魏文侯：魏桓子之孫，繼魏桓子登基，“與韓武子、趙桓子、周威王
　　同時”。三家分晉時自行稱侯，富國强兵。詳見史記魏世家。

〔二〕攻中山：史記樂毅列傳：“樂羊爲魏文侯將，伐取中山。魏文侯封樂羊以
　　靈壽。”中山，國名，位於今河北趙縣、唐縣一帶。

〔三〕“烹臣之子”三句：戰國策魏策一：“樂羊爲魏將而攻中山。其子在中山，
　　中山之君烹其子而遺之羹，樂羊坐於幕下而啜之，盡一盃。”

〔四〕青照堂叢書本附編者李元春評語曰：“此以理決其事。”

〔五〕青照堂叢書本附李元春評語曰：“特託以辯冤。”

〔六〕“乃譖臣”三句：戰國策魏策一：“文侯謂覩師贊曰：‘樂羊以我之故，食其
　　子之肉。’贊對曰：‘其子之肉尚食之，其誰不食？’樂羊既罷中山，文侯賞
　　其功而疑其心。”

〔七〕徐温：五代時爲吳國權臣，任大丞相，生平詳見新五代史吳世家。李遇：
　　五代時吳國將領。徐温獨攬大權，李遇曾與之對抗，最終被害。生平事迹
　　散見於新、舊五代史。資治通鑑卷二百六十八後梁紀三“李遇少子爲淮南
　　牙將，遇最愛之。徐温執之，至宣州城下示之，其子啼號求生，遇由是不
　　忍戰。”

豫讓國士論〔一〕

　　孟軻氏嘗論國士矣〔二〕：國士者，其去就語默，有以異乎一國之人
者也。去就語默無以異乎一國之人，齊民也，豈謂國士哉！

　　余怪豫讓稱國士，不見知於賢主，而區區見知於智瑶①〔三〕。瑶以
五賢蒙不仁之器，智果之料其必敗〔四〕，而讓曾不知②之，不智也。瑶將
亡，絺疵以其先覺者覺之〔五〕，瑶不寤而訖滅其氏。讓於是時，不聞有
所正救，不忠也。國士之去就語默如是乎！及瑶死也，乃始效刺人，
挾匕首，伺塗厠，伏橋陰，爲瑶報仇〔六〕。烏乎！讓不忘國士之遇，其義
似矣，而國士不擇於知己，甘委質於不仁之人，則非國士之士矣。貂
勃氏願自去徐子不肖者犬，爲公孫子賢者犬，於是歸安平君（田

單）〔七〕。余惜讓不得爲公孫子犬，而爲不仁者厓訾③於人也〔八〕。

　　司馬氏取讓爲所爲而爲其説〔九〕。不曰"吾所爲，將以愧天下後世之爲人臣而懷二心者〔十〕"，則其爲，爲名也已！吁，此非國士之言，戰國士之言也。

　　　　木曰："此篇摘④發到是處，非惟不滿豫國士，且不滿司馬氏之論。"

【校】

① "而區區見知於智瑤"八字：原本脱，蔣氏刊本注一"闕"字。今據陳于京刻本補。然原本空闕十三字，當與陳于京刻本有異。

② "敗而讓曾不知"六字：原本脱，據陳于京刻本補。然原本空闕三字，蔣氏刊本空闕五字，當有不同。

③ 訾：原本及陳于京刻本、青照堂叢書本皆作"柴"，據蔣氏刊本改。

④ 摘：蔣氏刊本、陳于京刻本作"擿"。

【箋注】

〔一〕豫讓：春秋戰國間晉國人。晉卿智瑤（智伯）家臣。生平詳見史記刺客列傳。

〔二〕孟軻論國士之語，詳見孟子滕文公下。

〔三〕智瑤：參見本卷水神告智伯。史記刺客列傳："豫讓者，晉人也。故嘗事范中行氏，而無所知名。去而事智伯……豫讓曰：'臣事范中行氏，范中行氏皆衆人遇我，我故衆人報之。至於智伯國士遇我，我故國士報之。'"

〔四〕"瑤以五賢"二句：概述智果之語。資治通鑑卷一周紀一："初，智宣子將以瑤爲後。智果曰：'不如宵也。瑤之賢於人者五，其不逮者一也：美鬢長大則賢，射御足力則賢，伎藝畢給則賢，巧文辯慧則賢，強毅果敢則賢；如是而甚不仁。夫以其五賢陵人而以不仁行之，其誰能待之？若果立瑤也，智宗必滅。'"

〔五〕"絺疵"句：參見本卷第一篇水神告智伯。

〔六〕按：豫讓爲知瑤報仇經過，參見陳善學序刊楊鐵崖先生文集卷二些月氏王頭歌注。

〔七〕"貂勃氏"三句：貂勃，齊國著名處士。安平君，田單。戰國策卷十三齊策六："貂勃常惡田單，曰：'安平君，小人也。'安平君聞之，故爲酒而召貂勃，曰：'單何以得罪於先生，故常見譽於朝？'貂勃曰：'跖之狗吠堯，非貴跖而賤堯也，狗固吠非其主也。且今使公孫子賢，而徐子不肖。然而使公孫子與徐子鬬,徐子之狗猶時攫公孫子之腓而噬之也。若乃得去不肖者,而爲賢者狗,豈特攫其腓而噬之耳哉!'安平君曰:'敬聞命。'明日,任之於王。"

〔八〕青照堂叢書本附編者李元春評語曰:"讓,朱子取之,然鐵崖論亦允。"

〔九〕司馬氏爲其説:史記刺客列傳:"太史公曰……自曹沫至荆軻五人,此其義或成或不成,然其立意較然,不欺其志。名垂後世,豈妄也哉!"

〔十〕"不曰"二句:史記刺客列傳:"(其友曰:)'何乃殘身苦形,欲以求報襄子,不亦難乎!'豫讓曰:'既已委質臣事人,而求殺之,是懷二心以事其君也。且吾所爲者極難耳!然所以爲此者,將以愧天下後世之爲人臣懷二心以事其君者也。'"

聶政刺客論〔一〕

余爲豫讓論後,尤惜政重不幸知己於嚴仲子也!政以身許仲子,曾何異於讓爲國士,而委質於智瑶之所知乎!二子卒以刺客死,而史氏遂以刺客録〔二〕,豈不悲其遇知己如瑶、遂乎(遂,仲子名①。)

雖然,此戰國士之不學之過也。古先聖賢,負甚美之資,而必治以學,則雖狂可聖;不學,雖聖人可狂〔三〕。政,孝義人也。使生於鄒、魯之邦〔四〕,加以聖賢之學,其七尺之重,肯爲仲子輕役哉!始以母在而保身;母卒,而遂輕身許人以死。烏乎,身豈有二哉!自非簡知明主,身不得致,而死之所,猶不可以不慎,而況死非其所乎!此余感政爲孝義人,而重惜其一死之輕於予人,不得爲仁人義士之守死善道也。

木曰:"先生千載不幸之悲,非悲刺客,悲政之陷刺客也。"

【校】

① 遂,仲子名:原本作"遂作子□",據蔣氏刊本、陳于京刻本改。

【箋注】

〔一〕聶政:戰國時韓國人。其受嚴仲子請殺韓相俠累事,參鐵崖先生古樂府卷一聶政篇注。

〔二〕“二子卒以刺客死”二句：意爲豫讓、聶政皆屬“國士”，然爲知己智瑶、嚴遂所誤。豫讓、聶政二人皆效刺客而致身亡，司馬遷遂視同刺客，録入刺客列傳。

〔三〕青照堂叢書本附編者李元春評語曰：“此等皆不學之故。”

〔四〕鄒、魯之邦：指孔、孟家鄉。孔子爲魯國（今山東曲阜一帶）人，孟子爲鄒國（今山東鄒城市）人。

牛畜辯[一]

　　或問：“番①吾君舉三士於趙：牛畜、荀欣、徐越也[二]。相國公②仲連以進趙烈侯[三]，烈侯以畜爲師。是畜不惟優於欣、越，且賢於公仲矣乎！”

　　抱遺子曰[四]：“烈侯用三士，而一旦易其音色之嗜[五]，三士者亦賢矣。就其才第之，越節財儉用，晏嬰之徒歟[六]？欣舉賢使能，管夷吾之徒歟[七]？畜談仁義，其又孟軻之徒歟？雖然，談仁義者，未聞其君王，豈烈侯不足與言仁義歟？抑畜之談仁義者，非孟軻之仁義也？非孟軻之仁義，則亡愈於公仲，而趙不强於天下也宜哉！”

【校】

① 番：原本及蔣氏刊本皆誤作“畜”，據陳于京刻本及史記趙世家改。

② 公：原本作“以”，據蔣氏刊本、陳于京刻本改。

【箋注】

〔一〕牛畜：戰國時趙國賢士。生平略見史記趙世家。

〔二〕“或問”三句：番吾君：戰國時趙國大臣。史記趙世家：“番吾君自代來，謂公仲曰：‘君實好善，而未知所持。今公仲相趙，於今四年，亦有進士乎？’公仲曰：‘未也。’番吾君曰：‘牛畜、荀欣、徐越皆可。’公仲乃進三人。”

〔三〕公仲連：趙烈侯時任相國。趙烈侯：名籍，其父趙獻子。韓、趙、魏三家分晉之後，趙獻子、趙烈侯等相繼爲趙國君王。

〔四〕抱遺子：鐵崖自號。按：此別號約於至正十年始用，後又稱抱遺老人。參見<u>鐵崖文集</u>卷三<u>金華先生避黨辯</u>。

〔五〕 "<u>烈侯</u>"二句：<u>史記趙世家</u>："<u>烈侯</u>好音，謂相國<u>公仲連</u>曰：'寡人有愛，可以貴之乎？'<u>公仲</u>曰：'富之可，貴之則否。'<u>烈侯</u>曰：'然。夫<u>鄭</u>歌者槍、石二人，吾賜之田，人萬畝。'<u>公仲</u>曰：'諾。'不與……<u>公仲</u>乃進三人……<u>牛畜</u>侍<u>烈侯</u>以仁義，約以王道，<u>烈侯</u>遒然。明日，<u>荀欣</u>侍，以選練舉賢，任官使能。明日，<u>徐越</u>侍，以節財儉用，察度功德。所與無不充，君説。<u>烈侯</u>使使謂相國曰：'歌者之田且止。'"

〔六〕 <u>晏嬰</u>：春秋時<u>齊</u>國丞相。事迹詳見<u>史記齊太公世家</u>。

〔七〕 <u>管夷吾</u>：即<u>管仲</u>，事迹詳見<u>史記齊太公世家</u>。

韓昭侯絶申不害書〔一〕

"先生，<u>鄭</u>之賤士，<u>韓</u>之疏逖臣也，以<u>黃老</u>、刑名之學干諸侯，諸侯不納，西見寡人。寡人聽先生言，謂可以治國强兵，不間①於貴戚，遂用先生爲相。寡人率百官以聽於先生，而<u>韓國</u>未治，<u>韓</u>兵未强，隣國之賢士未有所薦，而首請仕其從兄某〔二〕。某行義未聞於<u>韓</u>，而先生引之，非私乎？<u>秦</u>之<u>商君</u>〔三〕，刑名之學也，<u>孝公</u>任之十年〔四〕，道不拾遺，山無盜賊，<u>秦國</u>稱治，然而<u>商君</u>無私人也。先生不如<u>商君</u>，而私人過之，無乃不可乎！且先生教寡人以修功勞，視次第，爵不及非人，官不及私暱。今有私請於寡人，將奚聽乎！聽先生之請②，是廢先生之教也。夫學焉而後臣之，此古人臣之盛事。今寡人之學於先生而相之，非相也，將師寡人以道也。今先生循私謁而敗公義，何以師寡人乎！父兄百官有辭於寡人，惟先生去住之！"<u>申子</u>乃避舍請罪，曰："君真其人也。"

木嘗侍先生講<u>申子</u>事，先生曰："世以<u>申子</u>爲治士，<u>昭侯</u>亦自謂學於<u>申子</u>。今折其私謁，使之避舍請罪，則<u>昭侯</u>固賢於<u>申子</u>，而<u>申子</u>又奚足以師<u>昭侯</u>也哉！"

【校】

① 間：原本漫漶，據<u>蔣氏</u>刊本、<u>陳于京</u>刻本補。

② 請：原本作"謂"，據<u>蔣氏</u>刊本、<u>陳于京</u>刻本改。

【箋注】

〔一〕韓昭侯：戰國時韓國國君，在位期間任用申不害主持國政，爲戰國七雄之
一。生平詳見史記韓世家。申不害：史記申不害傳："申不害者，京人也。
故鄭之賤臣。學術以干韓昭侯，昭侯用爲相。内修政教，外應諸侯，十五
年。終申子之身，國治兵强，無侵韓者。申子之學本於黄、老而主刑名。
著書二篇，號曰申子。"

〔二〕按：申不害爲其從兄求官，因韓昭侯不允而有怨色。詳見資治通鑑卷二。

〔三〕商君：即商鞅。詳見史記商君列傳。

〔四〕孝公：戰國時秦國國君，秦獻公之子。重用商鞅，實施變法。生平詳見史
記秦本紀。

子思薦苟變書〔一〕 補辭

衛有能臣苟變者，其材可將五百乘。變爲吏賦民時，曾食人二雞
卵，衛君遂棄變弗用。子思上言於衛君，曰：

"臣聞用人之智，去其詐；用人之勇，去其虐；用人之仁，去其貪，
此聖王用人舍短取長之法也。故顏啄聚，梁①父之大盜也〔二〕；段干木，
晉國之大駔也〔三〕，論其短，則虐且貪矣。然齊、魏之君略其短而取其
長，則聚爲齊忠臣，木爲魏君師〔四〕，功德之及人者，非齊、魏之人所可
及也。今變也，無大盜之惡也，無大駔之陋也，材可將五百乘，而欲以
二卵棄之，此不可以聞於隣國，而君之用材，亦與齊、魏之君異矣。且
君之竊禄大臣，不與君憂其憂，而與君樂其危，以娱其禍也。若是者
日盜千鍾，而君不計；君有能臣一時食二卵，而君咎之不置，亦可謂不
善推其類矣，故伋爲君言之。"

【校】

① 梁：原本作"與"，據蔣氏刊本、陳于京刻本、淮南子氾論訓改。

【箋注】

〔一〕子思：姓孔名伋。孔子嫡孫。生平參見孔叢子、史記孔子世家等。苟變：

戰國時衛國大將。孔叢子卷二居衛第七：“子思居衛，言苟變於衛君曰：‘其材可將五百乘，君任軍旅率得此人，則無敵於天下矣。’衛君曰：‘吾知其材可將，然變也嘗爲吏，賦於民而食人二雞子，以故弗用也。’”

〔二〕顔啄聚：“啄”或作“涿”，或作“喙”。原爲大盜，後從學於孔子。梁父，或作梁甫，齊邑名。參見淮南子氾論訓。

〔三〕段干木：孔子再傳弟子。吕氏春秋校釋卷四尊師：“顔涿聚，梁父之大盜也；學於孔子。段干木，晉國之大駔也，學於子夏。”注：“後漢書郭太傳注引説文：‘駔，會也。謂合兩家之買賣，如今之度市也’。”

〔四〕“然齊、魏之君”三句：顔啄聚、段干木爲齊、魏所用，或成忠臣，或爲君師，參見淮南子氾論訓。

孫臏祭龐涓文[一] 擬辭

臏與涓同學兵法。涓仕魏，爲將軍，自以能不及臏，乃召之，至，則斷其足而黥之，使爲廢人。馬陵之敗①[二]，卒死於臏手。大樹之算，不違尺寸，臏之謀亦神矣。其事可爲媢勝己、虐同志，而禍卒伏於不意之戒者。故擬臏祭涓文。

吾與汝兮，尚父同師[三]。巨細工苦兮，惟器之隨。鶴②不可以頸鳧兮[四]，蚿不可以足夔[五]。汝不察夫物類兮，必欲己勝而人罷（平聲）。人之有伎③兮，媢以蔽之。人之有履兮，斷以廢之。吁嗟將軍之諱短兮，非兵法之用奇。顧馬陵之負慊兮，不啻二陵乎避馳[六]。燭火舉信兮，將軍弗疑。伏弩萬發兮，將軍弗知。收汝骨於大樹之下兮，豈臂者之能爲。羌禍福之倚伏兮，吾將視來者之鑒兹。

【校】

① 敗：原本及蔣氏刊本作“死”，據陳于京刻本改。
② 鶴：原本及校本皆誤作“鶺”，徑改。參見注釋。
③ 伎：陳于京刻本作“技”。

【箋注】

〔一〕孫臏：孫武後人，戰國時齊威王之軍師。龐涓：戰國時魏國大將。

〔二〕馬陵之敗：史記孫子列傳：“孫子度其行，暮當至馬陵。馬陵道狹，而旁多阻隘，可伏兵，乃斫大樹白而書之，曰：‘龐涓死於此樹之下。’……龐涓果夜至斫木下，見白書，乃鑽火燭之。讀其書未畢，齊軍萬弩俱發，魏軍大亂相失。龐涓自知智窮兵敗，乃自剄。”

〔三〕尚父：指姜太公呂望，周尊呂望爲師尚父。其事迹詳見史記齊太公世家。按：相傳後世謀兵佈陣之術，源於呂望所撰太公兵法，故此稱“尚父同師”。

〔四〕“鶴不可”句：莊子駢拇：“彼正正者，不失其性命之情。……長者不爲有餘，短者不爲不足。是故鳬脛雖短，續之則憂；鶴脛雖長，斷之則悲。故性長非所斷，性短非所續，無所去憂也。”

〔五〕蚿不可以足夔：意爲蚿百足，夔獨脚，皆其天性，不能以多寡論勝負。詳見莊子外篇秋水。

〔六〕二陵：殽有二陵。此指春秋時秦、晉殽之戰，晉人大敗秦軍於殽。左傳魯僖公三十二年：“蹇叔之子與師，哭而送之曰：‘晉人禦師，必於殽。殽有二陵焉，其南陵，夏后皋之墓也；其北陵，文王之所辟風雨也。必死是間，余收爾骨焉。’”

梁惠王送衛鞅還秦文〔一〕 擬辭

　　將軍，吾故相公孫痤之中庶子也〔二〕。痤嘗薦將軍於寡人〔三〕，又勸寡人：“不用，必殺之。”寡人不殺，意有以用將軍也。未幾，將軍西入秦，遂忘寡人。寡人將徼福於將軍，而將軍獻策伐魏，豈宗國之望於將軍者乎！

　　公子卬與將軍素昆弟交〔四〕，將軍遺書於卬，將與卬面盟，以解兩國之兵。卬信將軍，將軍劫盟而執卬，大破吾魏。將軍亦豈奇男子哉！楚子虔重幣甘言以執蔡侯，春秋疾其傾危也，書“誘執”以垂百世之惡〔五〕。將軍立丈木之信以治秦〔六〕，己乃賣信執卬，書之史策，不示惡百世乎！

　　夫馭人以欺者，人亦以欺於我。公子虔杜門不出者八年〔七〕，固將有間於將軍。吾已知將軍必反魏矣，將軍反魏，是將軍送腑腦於寡人，而寡人不忍也，納之它①國，它國又將軍仇。仍納諸秦，將軍可以死生，惟將軍自審處之。

　　魏人送<u>鞅</u>於<u>秦</u>，<u>秦</u>人殺<u>鞅</u>，車裂以殉，盡滅其家云[②]。

【校】

① 它：<u>蔣氏刊本</u>作“他”，下同。

② “<u>魏人送鞅於秦</u>”以下四句，當屬小字注，誤爲大字正文。

【箋注】

〔一〕<u>梁惠王</u>：名<u>罃</u>，又稱<u>魏惠王</u>。<u>魏武侯</u>子，於<u>周烈王</u>六年繼位，在位五十二
　　　年。詳見<u>史記魏世家</u>。<u>衛鞅</u>：即<u>商鞅</u>。曾任<u>魏惠王</u>相<u>公孫痤</u>侍從臣。
〔二〕<u>中庶子</u>：此指侍從於相國之臣。
〔三〕<u>公孫痤</u>：“痤”或作“座”。歷仕<u>魏武侯</u>、<u>魏惠王</u>。<u>公孫座</u>薦<u>衛鞅</u>於<u>魏王</u>，又
　　　告誡<u>魏王</u>，若不用<u>衛鞅</u>，“必殺之，無令出境”。詳見<u>史記商君列傳</u>。
〔四〕<u>公子卬</u>：又稱<u>魏昂</u>，戰國時<u>魏國</u>大將。<u>史記商君列傳</u>：“（<u>秦孝公</u>）使<u>衛鞅</u>
　　　將而伐<u>魏</u>。<u>魏</u>使<u>公子卬</u>將而擊之。軍既相距，<u>衛鞅</u>遺<u>魏</u>將<u>公子卬</u>書曰：
　　　‘吾始與<u>公子驩</u>，今俱爲兩國將，不忍相攻，可與<u>公子</u>面相見，盟，樂飲而罷
　　　兵，以安<u>秦</u>、<u>魏</u>。’<u>魏公子卬</u>以爲然。會盟已，飲，而<u>衛鞅</u>伏甲士而襲虜<u>魏公
　　　子卬</u>，因攻其軍，盡破之以歸<u>秦</u>。”
〔五〕“<u>楚子虔</u>”三句：<u>春秋左傳正義昭公十一年</u>：“夏四月丁巳，<u>楚子虔</u>誘<u>蔡侯
　　　般</u>，殺之于<u>申</u>。”注：“<u>蔡侯</u>雖弒父而立，<u>楚子</u>誘而殺之，刑其群士，<u>蔡</u>大夫深
　　　怨，故以<u>楚子</u>名告……以其名告，欲使諸國之史書名，以罪絕之也。”
〔六〕立丈木：<u>史記商君列傳</u>：“令既具，未布，恐民之不信，已乃立三丈之木於
　　　國都市南門，募民有能徙置北門者予十金。民怪之，莫敢徙。復曰‘能徙
　　　者予五十金’。有一人徙之，輒予五十金，以明不欺。卒下令。”
〔七〕<u>公子虔</u>：<u>秦</u>太子傅。太子犯法，<u>商鞅</u>懲罰太子師傅，曾對<u>公子虔</u>用刑。杜
　　　門不出八年之後，<u>公子虔</u>之徒誣告<u>商鞅</u>謀反，遂置<u>商鞅</u>於死地。詳見<u>史記
　　　商君列傳</u>。

齊威王寶言[一] 補辭[①]

　　<u>魏惠王</u>夸寶於<u>齊威王</u>[二]，威王折以四臣之寶[三]。余猶以<u>威</u>

王之寶未及其大者,爲補寶言。

魏惠王夸寶於齊威王,曰:"寡人有徑寸之珠十枚,照車前後各十二乘。齊亦有寶乎!"威王曰:"寡人之所以爲寶者,與大王異。吾臣有檀子者,守南城,楚人不敢爲寇;有盼子者,守高唐,趙人不敢漁於河;有黔夫者,守徐州,燕、趙從而徙者七十有餘家②;有種首者,使備盜賊,則道不拾遺。吾寶四人者,可照千里,豈特十二乘哉!寡人猶以爲未也,懼齊人之佻而詐也,寶之以信;野而蕩也,寶之以禮;刻磽而殘、侈汰而競也,寶之以仁與儉〔四〕。然後發金縢丹書之寶於我先公太公〔五〕,武王寶之,以王天下;桓公寶③之〔六〕,以霸諸侯。此寡人傳寶之大者,將以齊三光,照四海,雖山海秘藏無以逾吾寶也,矧徑寸珠乎!是寶也,水不得漂,火不得燬,盜蹠不得負而移也。吾懼大王之照十二乘者,不照大王八尺之楊,而照大王四隣之寇也,觀者爲大王寒心。"

惠王聞之,慚且懼,投珠於汾水〔七〕,不敢言寶。

　　木曰:"吾讀先生有寶志〔八〕,足以廉貪。此文又廣威王之寶,非夸也,鑿鑿乎爲國君禍福之戒者有在也。"

【校】

① 青照堂叢書本無小子注"補辭"二字,題作"補齊威王寶言"。
② 按:七十有餘家,韓詩外傳作"十千餘家"。
③ 寶:原本作"保",據蔣氏刊本、陳于京刻本改。

【箋注】

〔一〕齊威王:齊桓公之子。戰國時齊國國君,以善於招賢、勵志圖強著稱。生平事迹詳見史記田敬仲完世家。
〔二〕魏惠王:即梁惠王。參見本卷梁惠王送衛鞅還秦文。
〔三〕四臣:指下文所言檀子、盼子、黔夫、種首。詳見韓詩外傳卷十。
〔四〕青照堂叢書本附編者李元春評語曰:"此非威王所知,補之正爲威王惜。"
〔五〕太公:即姜太公呂望。
〔六〕桓公:齊桓公,春秋"五霸"之一。
〔七〕汾水:又稱汾河。黃河支流,主要流經今山西省中部。
〔八〕有寶志:倡以"不貪"爲寶。文載楊鐵崖先生文集全録卷二。

非田文署私得寶〔一〕

孟嘗君受楚象牀，公孫戌以私得登徒寶劍而入諫〔二〕。使戌無私利，則不諫矣。孟嘗君不之罪，乃書其門曰："有能揚文之名，止文之過，私得寶於外者，疾入諫。"君子以孟嘗善用諫〔三〕，雖懷譖者猶用之，況不譖者乎。

抱遺老人曰："文之署，非也。爲文之計，使登徒不納劍，而文計劍直以賞戌，庶以來左右之言。不然，不有奸利者賣主諫以售人寶以益主過者，安得盡徹於文之聰乎！"

【箋注】

〔一〕田文：即孟嘗君，戰國四公子之一。史記有傳。

〔二〕"孟嘗君"二句：戰國策齊策三："孟嘗君出行國，至楚，獻象牀。郢之登徒，直使送之，不欲行。見孟嘗君門人公孫戌曰：'臣，郢之登徒也，直送象牀。象牀之直千金，傷此若髮漂，賣妻子不足償之。足下能使僕無行，先人有寶劍，願得獻之。'公孫曰：'諾。'"

〔三〕君子：此指司馬光。資治通鑑卷二："臣光曰：孟嘗君可謂能用諫矣。苟其言之善也，雖懷詐譖之心，猶將用之，況盡忠無私以事其上乎！"

非惠子樹楊喻〔一〕

田需貴於魏，惠子施戒之曰："子必①善左右。"因有樹楊拔揚之喻。

抱遺老人曰："惠子，魏國之儒，國人之所仰教者也，田需貴於魏，不聞惠子教以出處之義、用舍之道，而懼其危於讒賊也，教之以善事左右，是導之以患失之爲，而無所不爲矣。難退而易進者，士君子之種行也。惠子慮樹之難而拔之易，至以楊之橫樹生、倒樹生、折而樹之又生，知其樹之不得其道者，皆一切不暇顧，豈爲士君子之行也哉！惠子之爲士，固亦魏國妾婦之士歟！"

【校】

① 曰子必：陳于京刊本、青照堂叢書本作“田子又”，誤。

【箋注】

〔一〕惠子：名施。宋國人。戰國時著名學者，長期寓居魏國。惠子事迹及其思想，散見於莊子、戰國策、韓非子、荀子、呂氏春秋等。樹楊喻：戰國策卷二十三魏策二：“田需貴於魏王。惠子曰：‘子必善左右。今夫楊，橫樹之則生，倒樹之則生，折而樹之又生。然使十人樹楊，一人拔之，則無生楊矣。故以十人之衆，樹易生之物，然而不勝一人者，何也？樹之難而去之易也。今子雖自樹於王，而欲去子者衆，則子必危矣。’”田需，戰國時任魏國丞相。生平事迹略見戰國策魏策。

啓攻益辯①〔一〕

　　儒者之論曰：“大道之行，天下爲公，夏禹易揖遜而私其子〔二〕，大道隱而家天下矣。”謬矣乎，其論聖人也！

　　“家天下”，可以論後世之秦政〔三〕，猶不可以論蜀之劉備，況可論禹乎？堯、舜授賢〔四〕，不知天下之爲官；禹授子，不知天下之爲家，一皆聖人之公也。父有天下，傳歸於子，人之情也。不幸子不可傳，擇其可傳之人傳之，使天下不至敗壞，而民受利如我也，豈計天下必在子孫耶！此堯、舜公天下之心也。禹幸有子可傳，異於朱、均之不可傳也〔五〕，又何必强同前聖，薦人以爲公乎？民固曰：“啓，吾君之子也，可以任天下之器也。謳歌訟獄朝覲，知有吾君之子，不知有賢於啓者也。”禹以天下之情授之子，知天下不至敗壞，而民受利如我也，豈計天下必在薦人乎？使啓復如朱、均也，賢者復取而代之，禹固不計也，此禹公天下之心也。

　　世度聖人以迹，吾推聖人以心。禹初無薦益之事〔六〕，豈有啓攻益之事乎？薦益之言，吾所未信，而況攻益之論，又出於燕子之黨乎？

【校】

① 蔣氏刊本按照所論人物時代先後重新編排,本文爲全書首篇,置於卷上小標題"夏"之後。

【箋注】

〔一〕啓:夏禹子。益:伯益,又作伯翳。相傳爲秦之始祖。參見史記秦本紀。啟攻益:史記燕召公世家:"子之相燕,貴重,主斷……。或曰:'禹薦益,已而以啓人爲吏。及老,而以啓爲不足任乎天下,傳之於益。已而啓與交黨攻益,奪之。天下謂禹名傳天下於益,已而實令啓自取之。今王言屬國於子之,而吏無非太子人者,是名屬子之而實太子用事也。'王因收印,自三百石吏已上而效之子之。子之南面行王事。"

〔二〕夏禹易揖遜而私其子:意爲夏禹改變禪讓傳統,傳位於其子啓。

〔三〕秦政:指秦始皇嬴政。

〔四〕堯、舜授賢:意爲堯、舜傳位,施行禪讓制度。

〔五〕朱、均:指堯之子丹朱、舜之子商均,二人皆不賢。參見孟子盡心下。

〔六〕薦益:見孟子注疏卷九萬章、史記夏本紀。然或有疑,宋陳大猷撰書集傳或問卷上:"夫啟生於治水之時,而益與禹共艱鮮食。禹治水在舜攝位之初,舜攝位三十年即位,五十載而後禹嗣位。禹薦益於天七年,而後啟嗣位。於時啟當八十餘歲,乃堯、舜禪位之年也,而益之年又逾於禹多矣,豈不可疑乎?"

魏可王對

抱遺老人曰:"魏可以霸,可以王,而惠、襄不能[一],惜哉!"或曰:"梁地不千里,帶甲之士不十萬,地四平,無名山大川之險。梁,戰場之國爾,何以王? 何以伯哉?"

老人曰:"論王伯者,不以地,不以兵,顧得士何如爾。得士者王,失士者亡。魏有一士曰孟軻[二],一士曰樂毅[三]。得毅可伯,得軻可王。二士在魏,而惠、襄不能得之,卒相犀首與張儀[四]。惠王卒,軻由魏而適齊矣;燕昭王招賢,而毅由魏而適燕矣[五]。嗚呼,二士去,魏不國也矣！"

【箋注】

〔一〕惠、襄：指戰國時魏惠王、魏襄王。魏惠王名罃，又稱梁惠王。魏武侯子，於周烈王六年繼位，在位五十二年。其子繼位，名嗣，即魏襄王。詳見史記魏世家。

〔二〕孟軻：即孟子。史記魏世家："惠王數敗於軍旅，卑禮厚幣以招賢者，鄒衍、淳于髡、孟軻皆至梁。"

〔三〕樂毅：史記樂毅列傳："樂毅賢，好兵，趙人舉之。及武靈王有沙丘之亂，乃去趙，適魏。"又，青照堂叢書本附編者李元春評語曰："評孟子、樂毅亦當。"

〔四〕犀首：指公孫衍。公孫衍爲戰國魏人，曾任秦大良造，後居魏，爲魏相。曾佩五國相印，人稱犀首。然犀首究竟何指，説法不一，或曰魏官職，或曰姓名、別號。史記有傳。參見宋鮑彪原注、元吳師道補正戰國策校注卷三。張儀：戰國魏人。曾兩任秦國丞相，亦曾兩度爲魏相。生平事迹詳見史記本傳。

〔五〕"燕昭王"二句：史記燕召公世家："昭王爲隗改築宮而師事之，樂毅自魏往，鄒衍自齊往，劇辛自趙往，士爭趨燕。"按：相傳戰國時燕昭王置千金於臺上招賢，參見鐵崖先生古樂府卷一金臺篇注。

或問孟子言王道

或問抱遺老人曰："孟子爲臣於齊矣，燕之亂，孟子又以湯、武之舉勸齊矣〔一〕。然齊卒無興滅繼絕之舉，孟子之言王道，誣耶！"老人曰："軻無薛公之位也〔二〕。使齊移薛公之位位軻，豈翅爲薛公哉！王者之佐，有言而無位，此宣王不得爲桓公，矧湯、武乎！故孟子致爲臣而歸，曰：'夫天未欲平治天下也，如欲平治天下，當今之世，舍我其誰哉〔三〕！'軻以伊、周自任矣〔四〕。"

又問曰："使孟子西入秦，得君如孝公，治捷於商君乎〔五〕？"老人曰："商君，小伯大伯賊也，亡秦者非趙高〔六〕，（句。）商君也。孟子得君如商君，孝公可始王，不在政也已〔七〕。矧形便之國〔八〕，利於七十里、百里者耶〔九〕！雖然，論形便，不論王道也。”

【箋注】

〔一〕湯：商湯。武：周武王。孟子梁惠王下：“齊人伐燕，勝之。宣王問曰：‘或謂寡人勿取，或謂寡人取之……’孟子對曰：‘取之而燕民悦，則取之。古之人有行之者，武王是也……’齊人伐燕，取之。諸侯將謀救燕，宣王曰：‘諸侯多謀伐寡人者，何以待之？’孟子對曰：‘臣聞七十里爲政於天下者，湯是也；未聞以千里畏人者也。’”

〔二〕薛公：即孟嘗君田文，戰國四公子之一。孟嘗君於齊湣王時爲相。其父始封於薛，人稱薛公。參見史記孟嘗君列傳。

〔三〕按：孟子當時遭遇及其言論，詳見孟子公孫丑。

〔四〕伊、周：指伊尹、周公。

〔五〕商君：商鞅。商鞅以强國之術説秦孝公，孝公喜。“行之十年，秦民大説。道不拾遺，山無盜賊，家給人足。民勇於公戰，怯於私鬭，鄉邑大治。”詳見史記商君列傳。

〔六〕趙高：秦二世時任丞相。

〔七〕政：指秦始皇嬴政。

〔八〕形便之國：戰國策卷三：“蘇秦始將連橫，説秦惠王曰：‘大王之國，西有巴蜀、漢中之利，北有胡貉代馬之用……蓄積饒多，地勢形便，此所謂天府，天下之雄國也。’”鮑彪注：“地勢與形，便於攻守。”

〔九〕七十里、百里：孟子公孫丑上：“孟子曰：‘以力假仁者霸，霸必有大國。以德行仁者王，王不待大。湯以七十里，文王以百里。’”

梁惠王葬議〔一〕

　　惠王葬有日，天大雨雪，至於牛目，爲棧道而葬。群臣多諫沮，太子不聽〔二〕。犀首（公孫衍）問諸惠施〔三〕，施引文王更葬事〔四〕，（變水齧棺）太子弛期而葬。

　　余怪惠子通古學而不及訂諸禮、春秋，何也？春秋於宣公八年書：“己丑，葬敬嬴〔五〕，雨，不克葬。庚寅，日中而葬。”定公十五年書：“丁巳，葬公。雨，不克葬。戊午，日昃，乃克葬。”穀梁以爲：“雨，不克葬。喪不以制〔六〕。”左氏以爲：“雨，不克葬。禮也。”二説何從？

士喪禮有漆車篸笠之具，而王制謂：“庶人葬，不爲雨止〔七〕。”則先王亦慮及於此，而爲之先備矣。然或雨雪之甚、泥潦之深，治葬之臣子、會葬之諸侯，備有所不給，則豈可以遠日爲拘，比於庶人，而必狼藉以葬乎！説禮者謂庶人不爲雨止，則諸侯大夫宜爲雨止，而春秋書“克葬”者，實與其以雨止而成乎葬也。梁襄之葬其父，不幸天大雨雪，必欲治棧道以葬。群臣之諫不能止，而止於惠施之言。施所以引楚山之事，以爲文王之義。此市井之論，而施本之以爲義〔八〕，此戰國之士不學之陋也。然其説也，亦能使其君弛期而更葬，則亦合禮於人情，而以爲義法文王，則吾未知也。

【箋注】

〔一〕梁惠王：襄王父。參見本卷梁惠王送衛鞅還秦文。

〔二〕“至於牛目”四句：戰國策魏策二：“魏惠王死，葬有日矣。天大雨雪，至於牛目，壞城郭。且爲棧道而葬，群臣多諫太子者，曰：‘雪甚如此而喪行，民必甚病之。官費又恐不給，請弛期更日。’太子曰：‘爲人子，而以民勞與官費用之故而不行先王之喪，不義也。子勿復言。’”

〔三〕犀首：指魏國丞相公孫衍。參見本卷魏可王對。惠施：或稱惠子。參見本卷非惠子樹楊喻。

〔四〕文王更葬：戰國策魏策：“惠公曰：‘昔王季歷葬於楚山之尾，欒水齧其墓，見棺之前和。文王曰：‘嘻，先君必欲一見群臣百姓也夫，故使欒水見之。’於是出而爲之張於朝，百姓皆見之，三日而後更葬。此文王之義也。今葬有日矣，而雪甚，及牛目，難以行。太子爲及日之故，得毋嫌於欲亟葬乎！願太子更日。先王必欲少留而扶社稷、安黔首也，故使雪甚。因弛期而更爲日，此文王之義也。’”

〔五〕敬嬴：春秋時魯文公寵姬、魯宣公之母。

〔六〕“穀梁”四句：穀梁傳宣公八年：“葬既有日，不爲雨止，禮也。雨，不克葬，喪不以制也。”

〔七〕“庶人”二句：禮記王制：“庶人縣封，葬不爲雨止，不封不樹。喪不貳事。”

〔八〕青照堂叢書本附編者李元春評語曰：“弛期而葬，是也。”

王斗不能舉孟子議〔一〕

王斗之言,甚似孟子。世盡以戰國策爲縱橫之書,詐謀邪説之所聚,則亦過矣。若斗之言,豈非賢者之言!憂國憂民之喻,雖孟子何過焉!

然斗之舉士,不聞舉孟軻。舉五人而齊國治者,吾不知其何人也。或曰軻在其中,王不足與大有爲也,遂致爲臣而歸。余曰:"斗自詘以見王,正犯軻枉尺直尋之律〔二〕,豈能舉軻乎哉〔三〕!"

【箋注】

〔一〕王斗:齊人。曾上門請見齊宣王,批評宣王之政,并舉薦賢士五人,齊國因此大治。詳見戰國策齊策。

〔二〕枉尺直尋:意爲小處有所委屈,以求大處得益。孟子滕文公下:"陳代曰:'不見諸侯,宜若小然。今一見之,大則以王,小則以霸。且志曰'枉尺而直尋',宜若可爲也。'孟子曰:'昔齊景公田,招虞人以旌,不至,將殺之。志士不忘在溝壑,勇士不忘喪其元,孔子奚取焉?取非其招不往也。如不待其招而往,何哉!'"

〔三〕青照堂叢書本附編者李元春評語曰:"戰國無一士識孟子,使有之,則亦孟子矣。"

郭隗致賢〔一〕

有薦賢者,有致賢者。致賢之力,逸於舉賢,而致賢之功,亦優於舉賢也。昭王求賢,郭隗受築宫之師,非僭以賢自居,致賢法當爾也。無幾,樂、鄒諸賢争之以赴燕〔二〕,雖鮑、趙之善舉賢〔三〕,不力於此也。市馬之喻〔四〕,此致士之明轍。而曰"北面受學,則百己者至;呴藉叱咄,則徒隸者至〔五〕",又豈非致士者敬媟之兩轍乎?敬媟卞而賢賢①者卞矣。

【校】

① 卞:蔣氏刊本作"辯",下同。賢賢:陳于京刻本作"賢"。

【箋注】

〔一〕郭隗：戰國時燕人。燕昭王客卿，昭王尊之爲師。生平事迹略見戰國策燕策。

〔二〕樂、鄒：指樂毅、鄒衍。參見本卷魏可王對注。

〔三〕鮑、趙：指齊國鮑叔牙、晉國趙衰。晉袁宏撰後漢紀卷六：“昔齊桓公避亂於莒，鮑叔從焉。既反國，鮑叔舉管仲，桓公從之，遂立九合之功。晉文公奔翟，從者五人。既得晉國，將謀元帥，趙衰以郤縠爲説禮樂、敦詩書，使將中軍，而五子下之。故能伏强楚於城濮，納天子於王城。”

〔四〕市馬之喻：戰國策燕策一：“郭隗先生曰：‘臣聞古之君人，有以千金求千里馬者，三年不能得。涓人言於君曰：“請求之。”君遣之。三月得千里馬，馬已死。買其首五百金，反以報君，君大怒⋯⋯涓人對曰：“死馬且買之五百金，況生馬乎？天下必以王爲能市馬，馬今至矣。”於是不能期年，千里之馬至者三。’”

〔五〕“北面受學”四句：戰國策燕策一：“郭隗先生對曰：‘帝者與師處，王者與友處，霸者與臣處，亡國與役處。詘指而事之，北面而受學，則百己者至。先趨而後息，先問而後嘿，則什己者至。人趨己趨，則若己者至。馮几據杖，眄視指使，則廝役之人至。若恣睢奮擊，呴藉叱咄，則徒隷之人至矣。此古服道致士之法也。’”

或問唐雎〔一〕

或問：“唐雎，刺劫士也，先生以爲魯仲連之流〔二〕，何歟？”

曰：“雎非刺劫士，有道之士也〔三〕。觀其勸信陵君之忘趙德也〔四〕，何其言之過厚而近道哉！雎爲宗國求救於秦時，齒已九十矣，至是歲殆逾①百。耋期而稱道不亂，知其爲有道之士也。其挺劍秦庭，假沬義以解秦〔五〕，三伏尸之怒〔六〕，仁者時出之勇也，豈刺劫者哉！吾於仲連排難解紛之餘，尤想見其人，可爲連之流亞。不妄也。”

【校】

① 逾：原本作“喻”，據蔣氏刊本、陳于京刻本改。

【箋注】

〔一〕唐雎："雎"或作"且",戰國魏人。事迹略見史記魏世家。

〔二〕魯仲連：參見陳善學序刊楊鐵崖先生文集卷一天下士注。

〔三〕"雎非"二句：宋鮑彪注戰國策校注卷七："彪謂：諸刺劫之士,自曹沫以至荆軻,皆未聞道,唯若唐雎者可也。爲其激而發,而不專志於此也。"

〔四〕"觀其"句：戰國策魏策四："唐雎謂信陵君曰：'臣聞之曰,事有不可知者,有不可不知者；有不可忘者,有不可不忘者……人之憎我也,不可不知也。吾憎人也,不可得而知也。人之有德於我也,不可忘也。吾有德於人也,不可不忘也。今君殺晉鄙,救邯鄲,破秦人,存趙國,此大德也。今趙王自郊迎,卒然見趙王,臣願君之忘之也。'"

〔五〕沫：曹沫,春秋魯人。曾以匕首劫齊桓公。詳見史記刺客列傳。

〔六〕三伏尸之怒：戰國策魏策四："唐雎曰：'大王嘗聞布衣之怒乎？……夫專諸之刺王僚也,彗星襲月；聶政之刺韓傀也,白虹貫日；要離之刺慶忌也,倉鷹擊於殿上。此三子者,皆布衣之士也,懷怒未發,休祲降於天,與臣而將四矣。若士必怒,伏尸二人,流血五步,天下縞素,今日是也。'挺劍而起。秦王色撓,長跪而謝之。"

五臣優劣辯[一]

或問："莫敖子華論令尹子文而下[二],憂社稷之臣者凡五。儒者罔敢優劣之,敢問優劣何如？"

抱遺老人曰："大臣者,國爾忘家,公爾忘私,其死生戚休與國同之,豈待爵禄勸勉而然哉！楚威王問莫敖子華[三],以不爲爵勸、不爲禄勉,以憂社稷者。子華所舉五人者,皆可當此名矣。自子文而下,遂因事以區分,要之所憂者,皆出於赤誠,此其所以爲天下之大忠也。必欲優劣之,春秋之義大存亡,則存亡者優於理亂,勃蘇氏其最乎,蒙穀氏次矣。"

【箋注】

〔一〕五臣：指戰國時楚國子華所論五人,見下。

〔二〕莫敖：楚國官名，職位相當於令尹，即宰相。子華：事迹略見於戰國策楚策。令尹子文：鬭穀於菟，成王時令尹。

〔三〕楚威王：名商，楚宣王子，繼宣王之後爲楚國君王。曾力圖恢復霸業，顯赫一時。生平見史記楚世家。戰國策楚策一：“威王問於莫敖子華曰：‘自從先君文王，以至不穀之身，亦有不爲爵勸、不爲禄勉，以憂社稷者乎？’莫敖子華對曰：‘……故彼廉其爵，貧其身，以憂社稷者，令尹子文是也……故彼崇其爵，豐其禄，以憂社稷者，葉公子高是也……故斷脰決腹，壹瞑而萬世不視，不知所益，以憂社稷者，莫敖大心是也……故勞其身，愁其思，以憂社稷者，棼冒勃蘇是也……故不爲爵勸，不爲禄勉，以憂社稷者，蒙穀是也。’”

甘茂上秦王書〔一〕

臣，山東羇旅之臣也〔二〕。王不以臣不才，拔爲宜陽將〔三〕，約魏以伐韓〔四〕。

臣聞魏文侯之命樂羊攻中山也〔五〕，三年然後拔之。返而論功，文侯示之謗書一篋〔六〕。樂羊再拜稽首，曰：“此非臣之功，君之力也。”今王之知人，不深於文侯之知樂羊也。中山之攻，得於謗書盈篋之外。臣慮宜陽地險且遠，成功非時月之間，而貴近之臣，如樗里子、公孫奭之徒〔七〕，挾韓而議吾後者不少也。臣不能保王之不聽，則宜陽不可拔，是王欺魏而徒結韓之憾也。故臣願王勿伐。王又以臣之爲疑，且迎臣息壤，要以盟言。臣益有所懼已。春秋：大夫盟諸侯者爲長亂〔八〕。矧①爲國君又毁列以下盟其臣，則臣之信君者薄②矣。信薄而求於盟，難乎其爲信矣。

今臣攻宜陽，五閲月而未拔，臣志弗懈，而聞二子已議臣於後矣。王心一搖，則臣不得爲樂羊，何待書之滿篋哉？臣嘗求戰國之君臣如魏文之於樂羊者尠矣，矧燕昭之於樂毅乎〔九〕！求燕昭之於毅者尠矣，矧我孝公之於衛鞅乎〔十〕！

嗚呼，二三君臣未嘗有盟也，非其夙心之相知，堅以一定之信，繼以不貳之誠，則不足與有爲矣。臣願臣之於王，得追美於二三君臣，而且有光於孝公也，臣不勝幸甚。（王乃悉起兵佐茂，斬首六萬，遂拔宜陽。）

【校】

① "亂刿"二字：原本爲墨丁，據蔣氏刊本、陳于京刻本補。

② "信君者薄"四字：原本爲墨丁，據蔣氏刊本、陳于京刻本補。

【箋注】

〔一〕甘茂：戰國中葉秦國左丞，後逃亡齊國，位至上卿，又出使楚國。生平詳見史記本傳。秦王：指秦武王。按：甘茂曾率秦軍伐韓，本文模仿當時甘茂口吻，上書秦武王，望秦王用人不疑。

〔二〕山東羈旅之臣：甘茂本齊人，爲秦臣，故此自稱。

〔三〕宜陽：位於今河南西部。當時爲韓國屬邑。

〔四〕約魏以伐韓：戰國策秦策二："秦武王謂甘茂曰：'寡人欲車通三川，以闚周室，而寡人死不朽乎？'甘茂對曰：'請之魏，約伐韓。'"

〔五〕魏文侯命樂羊攻中山：參見本卷樂羊自訟魏文侯書。

〔六〕"三年然後拔之"三句：乃甘茂對秦武王引述魏文侯與樂羊故事，詳見戰國策秦策二。

〔七〕樗里子：即樗里疾。公孫奭之"奭"，或作"衍"。戰國策秦策二："（甘茂對曰：）'今臣羈旅之臣也，樗里疾、公孫衍二人者，挾韓而議，王必聽之，是王欺魏，而臣受公仲侈之怨也……今臣之賢不及曾子，而王之信臣又未若曾子之母也，疑臣者不適三人，臣恐王爲臣之投杼也。'王曰：'寡人不聽也，請與子盟。'於是與之盟於息壤。"息壤，秦邑。

〔八〕"大夫"句：元鄭玉撰春秋闕疑卷一："程子曰：天下無王，諸侯不守信義，數相盟誓，所以長亂也。故外諸侯盟來告者，則書之。"

〔九〕樂毅：燕昭王用爲上將軍。詳見史記樂毅列傳。

〔十〕衛鞅：即商鞅。秦孝公求賢而商鞅受重用。詳見史記商君列傳。

屈原論

　　原，楚之宗臣也〔一〕，又懷王之所寵任也〔二〕。王西行以啗虎狼之口〔三〕，原當以死諫。王不從，以身先之；（如肥義是也〔四〕。）不則與王俱行，王存而存，王亡而亡，原報王法也〔五〕。質不委於先王，而受嫌於後主[六]，放於江南，至無所自容，而卒從彭咸以殞[七]。烏乎，移其葬魚腹者葬虎關[八]，不爲死之得所哉！

【箋注】

〔一〕楚之宗臣：屈氏爲楚之國族。參見史記屈原列傳。

〔二〕懷王：名槐，楚威王子，楚頃襄王父，繼威王之後爲楚王。生平見史記楚世家。

〔三〕"王西行"句：秦昭王邀楚懷王於武關會盟。昭睢謂"秦虎狼，不可信"，極力勸阻；懷王子子蘭則勸王西行赴約。懷王入秦即遭禁閉，怒而悔。詳見史記楚世家。按：史記屈原列傳謂屈原勸阻，與楚世家記載有所不同。

〔四〕肥義：趙國丞相，晚年輔佐惠文王，誓言捨身護持，身先士卒而遭殺害。詳見史記趙世家。

〔五〕青照堂叢書本附編者李元春評語曰："此論亦是。"

〔六〕後主：指楚頃襄王熊横。

〔七〕從彭咸：楚辭集注離騷："願依彭咸之遺則。"注："彭咸，殷賢大夫，諫其君不聽，自投水而死。"

〔八〕移其葬魚腹者葬虎關：意爲與其後日投水自盡，不如早先與懷王同赴危難。虎關：武關，爲秦國南關，通南陽，乃楚懷王與秦昭王會盟之地。參見太平寰宇記卷一百四十一山南西道九商州。

薛公論[一]

秦聞田文賢而請於齊，收天下之豪傑以屠之爾。文信甘言以往，獨不聞楚懷王之執乎[二]？位文以相，其能容於國舅氏魏將軍乎？（冉[三]）文客以千計，公孫弘稱可以致主伯王者五人[四]，未聞五人者爲文計，何也？吾是以知文之客皆雞狗耳[五]。

或曰："文養雞狗，終賴雞狗以脫死，雞狗何負於文哉？"吁，使客有一人異於雞狗者，則文何翅於脫死？三國伐秦[六]，兵臨函谷[七]，師出有名，秦人爲之震恐，割地求解。是舉也，楚囚可出，齊國可霸[八]，又信蘇代以罷兵[九]。客無一人異於雞犬者，信矣！

【箋注】

〔一〕薛公: 指孟嘗君田文。史記有傳。

〔二〕楚懷王之執: 參見上篇屈原論。

〔三〕冉: 指魏冉,楚人,宣太后弟。擁立秦昭王,後封穰侯。

〔四〕公孫弘: 乃孟嘗君門下士。公孫弘見秦昭王,彰顯孟嘗君門客之才能,詳見吕氏春秋不侵。

〔五〕雞狗: 雞鳴狗盜之徒。孟嘗君曾出使秦國,遭秦昭王扣留。後有其雞鳴狗盜之徒幫助,得以逃脱返齊。詳見史記孟嘗君列傳。

〔六〕三國: 指齊、韓、魏。

〔七〕函谷: 關名,春秋、戰國時代秦國修建。爲東往洛陽、西至長安之咽喉要地。位於今河南、陝西、山西三省交界處,河南靈寶市境内。

〔八〕青照堂叢書本附編者李元春評語曰:"意同臨川。"

〔九〕蘇代: 蘇秦弟。史記孟嘗君列傳:"孟嘗君怨秦,將以齊爲韓、魏攻楚,因與韓、魏攻秦,而借兵食於西周。蘇代爲西周謂曰:'君以齊爲韓、魏攻楚九年,取宛、葉以北以强韓、魏,今復攻秦以益之。韓、魏南無楚憂,西無秦患,則齊危矣。韓、魏必輕齊畏秦,臣爲君危之……'薛公曰:'善。'因令韓、魏賀秦,使三國無攻,而不借兵食於西周矣。"

公孫龍論〔一〕

　　余讀公子牟書〔二〕,稱莊子言以折龍之非,則知龍之奇辨怪説,已不爲當時所與,龍蓋學於惠子者乎!(蔽於辭而不知理者,惠子也〔三〕。)夫行辟而堅,言辯①而逆〔四〕,先王之大禁也,而平原君②好之〔五〕,以爲上客,何也? 以爲龍有以蔽勝,則孔子高(孔子玄孫穿③也。)之理勝於辭,公孫龍之辭勝於理,勝自有以下之已〔六〕。

　　或曰:"平原之客,優於孟嘗。"吁,一客之賢爲子高,而勝不能用,若龍之客,文之所棄也,又何優於文哉!

【校】

① 辯: 原本作"辨",蔣氏刊本作"辦",逕改。參見注釋。

② 君：原本作“公”，據蔣氏刊本改。

③ 穿：原本作“辛”，據蔣氏刊本、陳于京刻本改。

【箋注】

〔一〕公孫龍：孔叢子卷四公孫龍：“公孫龍者，平原君之客也。好刑名，以白馬爲非白馬。”

〔二〕公子牟：又稱魏牟。魏牟與公孫龍辯難，詳見莊子秋水篇。

〔三〕“蔽於辭”二句：唐楊倞注荀子解蔽篇：“惠子蔽於辭而不知實。”注“惠子蔽於虛辭而不知實理。”

〔四〕“行辟而堅”二句：荀子宥坐篇：“（孔子曰）人有惡者五，而盜竊不與焉：一曰心達而險，二曰行辟而堅，三曰言僞而辯，四曰記醜而博，五曰順非而澤。此五者有一於人，則不得免於君子之誅。”

〔五〕平原君：即趙勝，戰國四公子之一。史記有傳。

〔六〕“以爲”四句：孔叢子卷四公孫龍：“（公孫龍）以白馬爲非白馬。或謂子高曰：‘此人小辨而毀大道，子盍往正諸？’……（平原君）謂公孫龍曰：‘公無復與孔子高辨事也。其人理勝於辭，公辭勝於理。辭勝於理，終必受詘。’”按：本文原注謂孔子高即孔子玄孫孔穿，然或謂孔穿乃孔伋玄孫。孔叢子注曰：“子高，孔穿之字，孔箕之子伋之玄孫。”

肥義論〔一〕

春秋録大夫荀息之死節，以其不失信於君也。卓子雖庶孽，而有先君之命，故里克以首惡書，而息以死節録〔二〕。肥義相趙王何〔三〕，亦庶孽也，而受命於主父者〔四〕，曰：“毋變而度，毋易而慮，堅守一心，以歿而世。”義再拜受而籍之矣。太子章亂作，李兌勸其去，義誓以全言不全身，卒死其難〔五〕。吁，義何愧於息哉〔六〕！綱目君子不以息例録之〔七〕，缺也。

【箋注】

〔一〕肥義：參見本卷屈原論。

〔二〕“春秋”六句：荀息，春秋時晉國大夫。卓子，即公子卓，晉獻公與驪姬之

妹所生。按：疑此有誤，卓子似當作奚齊。奚齊乃晉獻公與驪姬所生，驪
姬得獻公寵愛，故晉獻公臨終，曾命荀息輔佐奚齊。里克：春秋時晉國大
夫，晉獻公之重臣。曾連殺奚齊、卓子兩位國君，後爲獻公子晉惠公所迫，
自刎而亡。左傳僖公九年："冬，晉里克殺其君之子奚齊……里克將殺奚
齊，先告荀息曰：'三怨將作，秦、晉輔之，子將何如?'荀息曰：'將死之。'
里克曰：'無益也。'荀叔曰：'吾與先君言矣，不可以貳。能欲復言而愛身
乎?'……冬十月，里克殺奚齊于次。書曰'殺其君之子'。未葬也。荀息
將死之，人曰：'不如立卓子而輔之。'荀息立公子卓以葬。十一月，里克殺
公子卓于朝，荀息死之。"

〔三〕趙王何：即趙惠文王，亦稱文王，趙武靈王次子，名何。其母吳娃。趙惠文
王并非武靈王原配之子，故下文謂"亦庶孽也"。

〔四〕主父：指武靈王。史記趙世家："（武靈王）二十七年五月戊申，大朝於東
宮，傳國，立王子何以爲王。王廟見禮畢，出臨朝。大夫悉爲臣，肥義爲相
國，并傅王。是爲惠文王。惠文王，惠后吳娃子也。武靈王自號爲主父。"

〔五〕"太子章亂作"四句：太子章作亂，趙國大臣李兌勸肥義明哲保身，"稱疾
毋出"。肥義堅辭，終於死難，詳見史記趙世家。

〔六〕何愧於息：史記趙世家正義："肥義報李兌云：'必盡傅何爲王，不可懼章
及田不禮而生異心。使死者復更變生，并見在生者傅王無變，令我不愧
之，若荀息也。'"

〔七〕綱目君子：指朱熹。朱熹資治通鑑綱目對荀息有好評，見朱子全書卷三
十六春秋綱領；於肥義則未提及。

桑雍箴〔一〕 擬辭

　　趙客有告於趙王者曰："燕郭①之法〔二〕，有所謂桑雍者，王亦
知之乎?"王曰："未聞也。""所謂桑雍者，便辟左右之人，優愛孺
子也，此皆乘王之醉昏，而中所欲於王者也。是雍得於內，則法
枉於外。故日月暉於外，其賊在內。謹備其所憎，而禍在於所
愛〔三〕。"（愛即雍矣〔四〕。）時趙王之臣有韓倉者〔五〕，趙之桑雍也。余
讀客言，雖爲倉發，而其言可爲國君暱褻近以自蠱其心而亡其國
者之戒。擬客作箴以獻王，其辭曰：

　　桑之育兮,其葉日沃。桑之雍兮,其根日廢。臃②在桑兮,象不可
欺。雍在王兮,王不自知。內食王心兮,外食王士③。王雍不支兮,王
國隨以圮。客視雍兮,如斗如囊。蔽賢殺忠兮,尚惑爾倉。其亡其亡
兮,繫於苞桑。客作箴兮,王用自强〔六〕。

【校】

① 郭:原本及校本皆作"部",徑改。參見戰國策趙策四。

② 臃:蔣氏刊本、陳于京刻本作"雍"。

③ 士:蔣氏刊本作"土",誤。

【箋注】

〔一〕原本於題下有小字注:"雍,癰同。"按:宋鮑彪注戰國策秦策四:"桑中有
　　蠹,則外碨磈,如人之癰。"

〔二〕燕郭:即"晉掌卜大夫郭偃,乃卜偃也"。參見宋鮑彪原注、元吳師道補正
　　戰國策校注卷六趙襄子。

〔三〕"燕郭之法有所謂桑雍者"十四句:引録趙客與趙王語,見戰國策趙策四。

〔四〕愛即雍:宋真德秀曰:"常人之情,於所憎惡則謹爲之防,於所愛則忽焉而莫
　　之備,不知禍亂之萌,往往自所忽始。"參見明葉山撰葉八白易傳卷十五。

〔五〕韓倉:戰國策秦策五:"趙王之臣有韓倉者,以曲合於趙王,其交甚親,其
　　爲人疾賢妬功臣。"

〔六〕青照堂叢書本附編者李元春評語曰:"辭古。"

驌妖説

　　妖不生於妖,而生於以妖爲不妖者,此妖之大者也。故家國大
瑞,爲賢子,爲賢臣;而爲大異者,巫史①作僞者也〔一〕。

　　宋有雀生驌,此物之妖也。而巫史佞之曰:"大吉。小而生巨,宋
必霸天下。"遂啟康王好大喜功,黷兵於鄰國,廣地數百里,恨霸之不
亟也,射天笞地,斬社稷而焚之〔二〕。天下呼爲桀宋,齊伐之而迫死於
溫〔三〕。烏乎,王之狂悖趣②死,爲③天下笑者,此巫史之佞所致也。故
曰:妖不生於妖,而生於以妖爲不妖者,妖之大者也。有國者於邪佞

之妖,可不戒歟!

【校】

① 巫史:原本作"反史",陳于京刻本、青照堂叢書本皆作"反忠",據下文及蔣氏刊本改。

② 趣:原本作"輙",據陳于京刻本改。

③ 爲:原本無,據蔣氏刊本增補。

【箋注】

〔一〕青照堂叢書本附編者李元春評語曰:"有反妖爲祥者,視其人耳。"按:此句青照堂叢書本作"反忠作僞者也",評者遂有此説。

〔二〕宋有雀生鸇:述宋康王故事,詳見戰國策卷三十二宋策。宋康王,或稱宋王偃,宋剔成君之弟,以武力驅逐其兄,自立爲宋王。

〔三〕温:位於魏國境内。今河南温縣。

趙威后傳^{〔一〕} 擬辭

威后,趙王某太后也。齊使者至趙,后見使者,問曰:"齊有處士鍾離子,無恙乎?聞其人有糧者亦食,無糧者亦食,是助王養其民者也,何以至今不業(不在任治職)也?有葉陽子,無恙乎?聞其人哀鰥寡,恤孤獨,振困窮,補不足,是助王恩其民者也,何以至今不業也?有北宮①之女,無恙乎?徹環瑱,至老不嫁,以養其父母。是率民而出於孝者也,胡爲至今不朝(命婦則朝)也?二士弗業,一女弗朝,何以王齊國、子萬民乎?又有於陵仲子,尚存乎?(與孟子所稱者距是七八十年^{〔二〕}。此自爲一人。)聞其人,上不臣於王,下不治於家,中不索交於諸侯,此率民而出於無用者,何爲至今不殺乎^{〔三〕}?"使者歸語於王,王怒曰:"吾事何預於老女子乎!"

抱遺老人曰:趙威后所出世紀,吾無得而考矣。即其遺言於齊使者,亦足畏哉!凜凜乎,齊王建之師訓也^{〔四〕}。吁,建爲隣老女所薄如此,齊之臣子無愧乎?吾録之爲傳,以微代之惛如建君臣者。於戲,吾有女弟宜大家（叶孤）者〔五〕，行年四十有九。既笄時，受里男子聘，男子歿，誓終死弗嫁，躬紡績以養寡母。議以威后之議，非當朝者乎？吾里有稱處士者，泌澤某男子〔六〕，上不臣，下不理，中不交，率人於無用，而且亂吾教，議以威后之議，非當殺者乎！朝無朝而終掩，殺無殺而反聘，司刑慶者，其去建君臣奚遠乎！

【校】

① 宮：原本校本皆誤作“言”，據戰國策改。

【箋注】

〔一〕趙威后：戰國時趙國惠文王王后，孝成王母后，又稱孝威太后。生平事迹參見史記趙世家、戰國策趙策。

〔二〕孟子所稱者：孟子所稱廉士陳仲子，居於陵。詳見孟子滕文公下。此處青照堂叢書本附編者李元春評語曰：“吾以此爲文士托辭。”

〔三〕齊王建遣使者問趙威后，以及趙威后問詢之語，詳見宋鮑彪注戰國策齊策。按：此齊王所指何人，所説不一，或謂指建父齊襄王。

〔四〕齊王建：參見本卷吊齊王建文。

〔五〕宜大家：乃鐵崖從大父女弟。參見鐵雅先生復古詩集卷四女貞木楊氏注。

〔六〕泌澤：即泌湖，又稱必浦湖。位於諸暨（今屬浙江）一帶。參見萬曆紹興府志卷七山川志四。此所謂“泌澤某男子”，不詳，據下文“殺無殺而反聘”一句，蓋已聘爲官。

樂毅封王蠋墓文〔一〕 擬辭

毅聞齊先賢顏斶論於齊宣王曰：“昔者秦攻齊，下令有敢去柳下季壟五十步而採樵者〔二〕，死不赦。”又令曰：“有能得齊王首者，封萬户侯。”生王之頭，曾不若死士之壟，蓋一介之士有賢於萬乘之君者如此。

先生，齊之賢人也。毅至畫邑，不敢以軍容入先生之里，請見先生，而先生不屑見，遂殉義以死〔三〕。毅既入齊，而齊王地（地，王名。）爲淖齒數罪而懸之廟梁死〔四〕。毅封先生之墓，以表齊國之①賢〔五〕。齊王之首,亦不若先生死後之土,是敢援厲^②論以爲先生告云。

【校】

① 之:原本殘缺,據蔣氏刊本、陳于京刻本補。

② 厲:原本殘缺,據蔣氏刊本、陳于京刻本補。

【箋注】

〔一〕樂毅:參見本卷甘茂上秦王書注。王蠋:或作顏厲。戰國時齊國高士。顏厲不屈於權勢,與齊宣王論士貴於王。見戰國策卷十一齊策四。

〔二〕柳下季:即柳下惠,春秋時魯國著名高士。相傳其字爲季,惠爲謚號。

〔三〕“毅至畫邑”五句:史記田單列傳:“燕之初入齊,聞畫邑人王蠋賢,令軍中曰‘環畫邑三十里無入’,以王蠋之故。已而使人謂蠋曰:‘齊人多高子之義,吾以子爲將,封子萬家。’蠋固謝。燕人曰:‘子不聽,吾引三軍而屠畫邑。’王蠋曰:‘忠臣不事二君,貞女不更二夫。齊王不聽吾諫,故退而耕於野。國既破亡,吾不能存;今又劫之以兵爲君將,是助桀爲暴也。與其生而無義,固不如烹!’遂經其頸於樹枝,自奮絕脰而死。”

〔四〕齊王地:即齊閔王(齊閔王之“閔”,或作“湣”),齊宣王之子,其名爲地。暴戾無道,樂毅破齊都,齊閔王逃亡,丞相淖齒數其罪,擢其筋而縣於廟梁,宿夕而死。參見戰國策齊策六、楚策四。

〔五〕“毅封”二句:資治通鑑卷四:“(樂毅)祀桓公、管仲於郊,表賢者之閭,封王蠋之墓。(注:)王蠋墓,蓋在畫。”

貫珠論^{〔一〕}

　　余讀田單解衣淄老人之事,而笑齊王之弗能爲善也^{〔二〕}。雖貫珠有因善之言^{〔三〕},而王之疑單者不解也。珠之教王下令曰:“寡人憂民饑,而單食之;寡人憂民寒,而單衣之。”且召單而揖於庭,口勞之,仍布令求百姓之饑寒者收穀之。已而丈夫之相與語者,皆曰:“單之憂民,王之教也。”

　　吁,此戰國君臣之所爲也,終於戰國之而已耳。使王知單賢,開心布誠,以國事委之,單之善政,即王善政也,又何必争其善爲己出乎！君之任臣，猶坐車人之任驥也，人與驥争馳，則人驥俱困。君争善於臣，是人驥俱困之愚也。吁，舜取諸人以爲善〔四〕，管仲盡五子之能以爲能〔五〕。是道也，貫珠弗能識也。（自注曰：漢高祖以蕭相國“取苑媚民”爲善不歸主〔六〕，即齊王之見也。後悔曰：“我爲桀、紂主，相國爲賢相。”此則齊王之所無也。）

【箋注】

〔一〕貫珠：戰國時齊人。按：戰國策稱之爲“貫珠者”，“貫珠”或非其姓名。

〔二〕“余讀”二句：戰國策卷十三齊策六：“（田單）過菑水，有老人涉菑而寒，出不能行，坐於沙中。田單見其寒……解裘而衣之。襄王惡之，曰：‘田單之施，將欲以取我國乎？’”田單，戰國時齊人。燕國大將樂毅破齊都，攻克七十餘城，田單堅守孤城即墨，最終反攻得勝。齊襄王立，田單爲相，然襄王對之心存忌憚。

〔三〕貫珠有因善之言：丞相田單功高震主，貫珠獻計於齊襄王，教以“因善”，即以田單之善爲己善。詳見戰國策卷十三齊策六。

〔四〕舜取諸人以爲善：元陳天祥四書辨疑卷四：“甲有一善，則從甲之一善；乙有一善，則從乙之一善。舜取諸人以爲善，亦此道也。”

〔五〕“管仲”句：漢劉向新序卷四雜事：“管仲言於齊桓公曰：‘夫墾田創邑，闢土殖穀，盡地之利，則臣不若寧戚，請置以爲田官。登降揖讓，進退閑習，臣不如隰朋，請置以爲大行。蚤入晏出，犯君顔色，進諫必忠，不重富貴，不避死亡，則臣不若東郭牙，請置以爲諫臣。決獄折中，不誣無罪，不殺無辜，則臣不若弦寧，請置以爲大理。平原廣圍，車不結軌，士不旋踵，鼓之而三軍之士視死若歸，則臣不若王子成甫，請置以爲大司馬。君如欲治國强兵，則此五子者足矣。’”

〔六〕“漢高祖”句：漢初，上林苑空地多廢棄，蕭何請漢高祖還地於民，使耕種。高祖大怒，以爲“取苑媚民”，蕭何因此入獄。詳見史記蕭相國世家。

毛遂上平原君書〔一〕 設辭

璧辨於石，必卞和而可〔二〕；驥別於駑，必伯樂而可〔三〕。世無二子，玉以石委，驥以駑棄，而妄曰“天下無夜光之璧、十景之驥〔四〕”，豈非物

之詘乎！遂處君之門下三年矣，自以爲璧投卞和之宮，驥處伯樂之
厩。君之視遂也，曾無異於石與駑也，且反咎曰“遂無所有”。是君之
不責目非卞、樂，而責璧驥爲石爲駑也。君齒且老矣，目果眊矣乎？

　　遂聞君之壯年，目已眊矣。公孫龍者，巧文之士；孔子高者[五]，蹈
道之君子也。君不從蹈道者，而從巧文者，故曰“君之目眊也久矣”。
君之目眊，遂之不幸也。今幸侍君南入楚[六]，以文武備具者，在十九
人之數，尺寸之效，萬一有助於君之末議，遂之獲璧於卞宮、驥於樂厩
者，其在是已乎！（遂至楚，爲平原君定盟而歸，君始自咎曰：“勝不復敢相天
下士矣。”於是遂爲上客云。）

【箋注】

〔一〕毛遂：戰國時趙國人，平原君門下客。其事迹詳見史記平原君列傳。
〔二〕卞和：楚人，曾獻璞玉於楚國數代君王。其事迹參見國語與呂氏春秋。
〔三〕伯樂：孫陽字伯樂。秦穆公之臣，善御者。參見史記司馬相如列傳張
　　　揖注。
〔四〕十景之驥：相傳周穆王有八駿，其六取名超光，所謂“一形十影”，形容速
　　　度極快。詳見晉王嘉拾遺記卷三。
〔五〕公孫龍、孔子高：參見本卷公孫龍論注。
〔六〕侍君南入楚：其時秦昭王兵圍邯鄲，平原君奉命到楚國求援，欲擇取門下
　　　士二十人一同前往。選得十九人之後，以爲其餘無可所用。毛遂自薦，得
　　　以隨行。詳見史記平原君列傳。

或問夷門監者[一]　侯嬴

　　或問：“夷門監者，比四豪之客爲何人[二]？其不臣乎天子，不友①
乎諸侯，如薛公之所敬上客者三人乎②？（公孫弘言於秦昭者[三]。）不然，
何公子之車騎虛左，監者上車不遜，公子執轡而愈恭乎[四]？”

　　抱遺老人曰：“咈哉，夷門者，刺劫之魁爾，何上客之有哉！觀其
所舉，可以知矣。枉公子車過市屠，謁四十斤揮椎之夫[五]，亦辱公子
矣。故曰‘夷門者，刺劫之魁爾’。於戲，矯令奪兵[六]，於趙爲功，於魏
不忠。公子師不忠，何以爲公子？余獨取信陵之客一人焉：公子有自

功之色,客說公子曰:'人有德於公子,公子不可忘;公子有德於人,願
公子忘之。'吾以上客歸其人,而史不以名氏書[七],惜哉!"

【校】

① 友:原本作"及",據蔣氏刊本、陳于京刻本、戰國策齊策改。
② 乎:原本無,據陳于京刻本增補。

【箋注】

〔一〕夷門監:指魏國隱士侯嬴。侯嬴家貧,爲大梁夷門監。年七十,信陵君迎
　　　爲上客。詳見史記信陵君列傳。
〔二〕四豪:指戰國四公子,即趙國平原君、楚國春申君、魏國信陵君、齊國
　　　孟嘗君。
〔三〕薛公:即孟嘗君。三人:指三類人。公孫弘:戰國時齊人,曾受孟嘗君委
　　　託,面見秦昭王。戰國策齊策四:"公孫弘對(秦昭王)曰:'孟嘗君好人,
　　　大王不好人。'昭王曰:'孟嘗君之好人也,奚如?'公孫弘曰:'義不臣乎天
　　　子,不友乎諸侯,得志不慚爲人主,不得志不肯爲人臣。如此者三人。'"
〔四〕"公子之車騎虛左"三句:描摹信陵君恭迎侯嬴之狀態,詳見史記信陵
　　　君列傳。
〔五〕四十斤揮椎之夫:指朱亥。侯嬴薦朱亥助信陵君,以鐵椎擊殺晉鄙。詳見
　　　史記信陵君列傳。又,青照堂叢書本附編者李元春評語曰:"史公乃於此
　　　等津津。"
〔六〕矯令奪兵:指信陵君令如姬盜取兵符,遂假冒魏王之命,奪取魏國大將晉
　　　鄙兵權。
〔七〕"余獨取"九句:信陵之客,即唐雎。參見本卷或問唐雎注。此處謂"史不
　　　以名氏書",蓋屬故弄玄虛。

睢澤論[一]

　　應侯入秦,退四貴而攫取其相[二],如探物囊中。及禄位既盛,則
又不以四貴爲戒,必俟夫山東之夫再三辨説而後謝病[三]。譬之弈也,
觀局則明,當局則惛。應侯之退已,合退於請藥賜死之時,而律死不

退,使非澤乘其日昃之勢,吾固未知其死所。

　　吾尤取澤之善説近道,不必攻睢於王,而攻睢於睢,亦以睢可言撼,而澤之言又足以癌睢者。故睢決於去,而不俟夫逐也。及澤代睢,不數月即幡然引去〔四〕,又不俟逐睢者逐我,優游於秦,以封君令終。若澤者,不謂之哲人乎〔五〕!

【箋注】

〔一〕睢、澤:指戰國時魏人范睢(史記作范雎)、燕人蔡澤。范睢任秦國丞相,封應侯,後蔡澤代之爲相。其生平事迹詳見史記范雎蔡澤列傳。

〔二〕四貴:指其時秦太后戚黨四人。史記范雎蔡澤列傳:"(范睢曰):'今臣聞秦太后、穰侯用事,高陵、華陽、涇陽佐之,卒無秦王……臣竊爲王恐,萬世之後,有秦國者非王子孫也。'昭王聞之大懼,曰:'善。'於是廢太后,逐穰侯、高陵、華陽、涇陽君於關外。秦王乃拜范睢爲相,收穰侯之印,使歸陶。"

〔三〕山東之夫:指蔡澤。蔡澤聽説范睢任用非人而內慚,遂西入秦,欲取代之。其説辭詳見史記范雎蔡澤列傳。

〔四〕"不數月"句:史記范雎蔡澤列傳:"(蔡澤)將見昭王,使人宣言以感怒應侯……應侯因謝病請歸相印。昭王强起應侯,應侯遂稱病篤。范睢免相,昭王新説蔡澤計畫,遂拜爲秦相,東收周室。蔡澤相秦數月,人或惡之,懼誅,乃謝病歸相印,號爲綱成君。"

〔五〕青照堂叢書本附編者李元春評語曰:"澤惟能諷睢以去,故能自去。"

非荀子談兵〔一〕

　　君子慎言兵。兵者,陰謀之府,詭道之門也。兵非陰謀而聚,詭道而行,欲以勝敵者,無也。以退爲退,而非退也;以與爲與,而非與也;以虛爲虛,而非虛也;以危爲危,而非危也。智有以掩之,力有以分之,信有以疑之,詐有以應之,多方以誤之,百計以傾之,故曰"陰謀之府,詭道之門"也。

　　孔子曰:"我戰必克。"而又曰:"軍旅之事,未之學也〔二〕。"示人以不學,則懼陰謀之賊夫人子也。先孔子而言兵者有矣,言其部曲行伍、坐作進退之令耳,未嘗用夫陰謀詭道以角勝負也。自天下無義兵,而兵角勝負,則①必入於智數而後已。入於智數,則陰謀詭道勢有所必至,而孫子之書不得不作也〔三〕。儒者不咎天下之有兵,徒咎孫子之有書〔四〕,忍以管仲、咎犯之陰取陽諱者〔五〕,傳之於世以教人,則亦不究其勢矣。

故曰:君子慎言兵,言兵則置人以險矣,導人以詐矣,而啓人以不仁之具矣。健哉,荀子之談兵!伸筆引舌,至六七百言而不衰,吾孔子之所未敢言也。嗚呼!兵,不祥器也,用者不獲已也。善乎孟子之言曰"善戰服上刑〔六〕"。孟子之言,孔子意也。而荀卿善言以逞焉,孟子之所刑也。

戰國以來,用兵者其有不出孫子之書乎?人以爲未足,又附益其說,爲書者數十百家。猶以爲兵之變不盡,其爲書者未罄也。悲夫,兵之勢一至此歟!吾不意荀卿孔、孟之徒,又欲以孔、孟之不談者談之,立其準曰湯、武之仁義〔七〕,吾見其言愈繁而聽愈瞆,爲陳囂輩之所笑侮而不知也〔八〕。

木曰:"兵之法門,大不仁之具也,故聖人不言兵〔九〕。先生此論,使兵屬於孫臏足之流〔十〕,而不使屬於湯、武,亦'伐國不問仁人'意〔十一〕。吁,先生之意厚矣哉!"

【校】

① 負則:原本作"負負",陳于京刻本作"負",據蔣氏刊本改。

【箋注】

〔一〕按:荀子有議兵篇,荀子書中其他篇章論及戰爭及軍事謀略者不少。
〔二〕"孔子曰"五句:宋陳祥道論語全解衛靈公:"衛靈公問陳於孔子,孔子對曰:俎豆之事則嘗聞之矣,軍旅之事未之學也。"注:"孔子于夾谷之會,則以兵加萊人,而齊人恐。于費人之亂,則命將士伐之,而費人北。嘗曰:'我戰則克。'而冉有亦曰:'聖人文武并用。'則孔子於軍旅之事,曷嘗未學之?蓋有所不言爾。"
〔三〕孫子之書:即孫子兵法。春秋時齊人孫武所撰。參見史記孫子列傳。
〔四〕"儒者"二句:宋葉適曰:"非詐不爲兵,蓋自孫武始……孫武始棄法而言智。其著兵之情,奇正分合,豫應天下之變,百出而不窮,以詐自名於世,而曰兵徒詐而已矣。蓋管仲、咎犯之所略用而未詳，陰取而諱稱者，武盡載之。而後世之好爲詐者，思欲出武之外，亦終不可得。然則武真譎詐之雄者也。”（載十先生奧論注前集卷十四兵權上。）

〔五〕管仲：相傳爲管子作者，管子有專章論兵法。咎犯：即狐偃，春秋時晉國卿大夫，晉文公之舅父。晉、楚城濮之戰，足以展示其兵法計謀。

〔六〕“善戰”句：孟子離婁上：“爭地以戰，殺人盈野；爭城以戰，殺人盈城，此所謂率土地而食人肉，罪不容於死。故善戰者服上刑。”

〔七〕湯、武：指商湯與周武王。周易正義卷五革：“湯、武革命，順乎天而應乎人。”又，孟子離婁上：“爲湯、武驅民者，桀與紂也。今天下之君有好仁者，則諸侯皆爲之驅矣，雖欲無王，不可得已。”

〔八〕陳囂：荀卿弟子。荀子議兵篇：“陳囂問孫卿子曰：‘先生議兵，常以仁義爲本。仁者愛人，義者循理，然則又何以兵爲？凡所爲有兵者，爲爭奪也。’孫卿子曰：‘非女所知也。彼仁者愛人，愛人，故惡人之害之也；義者循理，循理，故惡人之亂之也。彼兵者，所以禁暴除害也，非爭奪也。故仁人之兵，所存者神，所過者化。’”按：荀子又稱孫卿子。

〔九〕青照堂叢書本附編者李元春評語曰：“此即夫子不對問陳意。”

〔十〕孫刖足：指孫臏。孫臏爲孫武後裔，其傳附見史記孫子列傳。

〔十一〕伐國不問仁人：漢書董仲舒傳：“聞昔者魯君問柳下惠：‘吾欲伐齊，何如？’柳下惠曰：‘不可。’歸而有憂色，曰：‘吾聞伐國不問仁人，此言何爲至於我哉！’”

黃鷂子辯〔一〕

吾嘗論戰國之士，田子方、段干木之次〔二〕，賴有魯仲連耳〔三〕。魏王問天下高士於子順，子順以連對〔四〕。新垣衍不敢帝秦，再拜連曰：“吾乃今知先生，天下士也。〔五〕”二子之論，天下之論也。

世猶以韓子比連於黃鷂〔六〕，遂以連爲無愈於戰國點兒。嘻！鷂非貶辭也。鷂，剛而捷者也。傳曰：見不善“如鷹鷂之逐鳥雀也〔七〕”。懷利器之捷以擊不善者，毋出黃鷂已。田巴者〔八〕，老雄也，以詭辯傾稷下，一日而服其敵千人。千人者，未有黃鷂爾。連一擊之，巴爲杜口易業，終身不敢復下。是一鷂兼千人之利器，非剛且捷者能之乎！

故曰："鶃非貶辭也。"其論連"獨稱唐、虞之賢〔九〕"，正爲謗唐、虞毀唐、虞、湯、武如巴者發也〔十〕。不然，韓子之爲儒，顧爲非唐、虞者也？

木曰："此辯辯諸儒之所未辯，非特爲仲連辯，且爲韓子辯也。以鶃辭爲有爲而言者，可以釋矣。"

【箋注】

〔一〕黃鶃子：即黃鶃，鷹類。參見宋羅願撰爾雅翼卷十六釋鳥。韓愈曾以之比擬魯仲連，故本文實爲魯仲連辯。

〔二〕田子方、段干木：皆魏文侯所交智士。參見戰國策齊策三、魏策一。

〔三〕魯仲連：生平及行事參見陳善學序刊楊鐵崖先生文集卷一天下士注。

〔四〕"魏王"二句：孔叢子卷五執節："魏安釐王問天下之高士，子順曰：'世無其人也。抑可以爲次，其魯仲連乎？'"按：孔斌字子順，孔武後裔，孔子高之子。

〔五〕"新垣衍"四句：參見陳善學序刊楊鐵崖先生文集卷一天下士注。

〔六〕韓子：指韓愈。韓愈嘲魯連子："魯連細而黠，有似黃鶃子。田巴兀老蒼，憐汝矜爪觜……"

〔七〕"見不善"句：左傳文公十八年："見無禮於其君者，誅之，如鷹鶃之逐鳥雀也。"

〔八〕田巴：戰國時齊人，能言善辯，屬名家。史記魯仲連列傳正義引魯連子云："齊辯士田巴，服狙邱，議稷下，毀五帝，罪三王，服五伯，離堅白，合同異，一日服千人。有徐劫者，其弟子曰魯仲連，年十二，號'千里駒'，往請田巴曰：'臣聞堂上不奮，郊草不芸，白刃交前，不救流矢，急不暇緩也。今楚軍南陽，趙伐高唐，燕人十萬，聊城不去，國亡在旦夕，先生奈之何？若不能者，先生之言有似梟鳴，出城而人惡之。願先生勿復言。'……巴終身不談。"

〔九〕獨稱唐、虞之賢：韓愈詩嘲魯連子曰："獨稱唐、虞賢，顧未知之耳。"

〔十〕唐、虞、湯、武：指唐堯、虞舜、商湯、周武王，史稱仁義之君。

奇禍言

志天下之奇貪者，必中天下之奇禍。傳曰："聖人甚禍無過①之利〔一〕。"（此語引得切當。）即吾所謂奇禍也。楚之春申君、秦之文信侯是也。春申售娠姬於考烈王而生悍[二]，文信售娠姬於莊襄王而生政[三]。文信卒殺於政，春申免於悍而殺於園。（李②姬之兄也。）此豈非天下之奇禍，足爲小人奇貪之戒哉？ 或曰："悍非歇之娠也，園妹欺歇，而歇又以其欺者欺考烈耳。"

　　　　木曰："常侍先生，論史斷如斷獄，貴以理摘其伏耳，豈能一一吐於書也哉！ 觀斷史者不可不知。"

【校】

① 過：或當作"故"。參見注釋。
② 原本於"李"字上衍一"李"字，據陳于京刻本删。

【箋注】

〔一〕聖人甚禍無過之利：或作"聖人甚禍無故之利"。參見戰國策 趙策、史記 趙世家。
〔二〕春申君：即黃歇，戰國四公子之一。考烈王：戰國時楚國國君，楚頃襄王之子，繼襄王之後登基爲王。悍：楚幽王名。楚幽王繼考烈王之後登基。按：春申君與李園合謀，將其娠姬獻於考烈王而生悍，詳見鐵崖先生古樂府卷一春申君注。
〔三〕文信侯：即呂不韋。呂不韋獻娠姬於莊襄王而生嬴政，參見陳善學序刊楊鐵崖先生文集卷一文信侯注。

呂不韋復秦王書[一]

　　天下事變，突出於巧會而卒厄於難明者，天理之微、人計之窮也。窮必變，變終不雪白也。三綱或淪，九法或斁[二]，故勢必自雪，則言不得而諱也。

　　臣相王，已九年於兹，四海將一，天下將治，而長信之事覺[三]。（嫪毐。）王既誅長信侯矣，殺其二子矣，太后遷於萯陽矣[四]，又將不利於臣。徒以臣定策功大，許以罪免，出就國。臣抵河南，囚首垢足，謝賓客游士，日夜危厲，不遑食寢。今王又徙臣於蜀，賜書曰："君何功於秦，封河南十萬户？ 何親於秦，號稱仲父？"勢必欲臣尋死，轍長信侯。夫魚將死而沫，鳥將死而哀。臣雖將死，其能不吻所沫、不鳴所哀乎！

　　臣本陽翟之大賈也，悼黔首日病於秦，因有大志。嘗從老師儒究觀天人之會：柏翳氏之歷二十有五代〔五〕，至子楚（莊襄王名），祚當斬。王，吾炎呂氏之出也〔六〕，非子楚後。何以言之？臣在趙時，子楚交余於質子，甚昵。臣進吾愛姬趙時，王已娠趙，且三閱月。王生邯鄲，遂姓姬姓。王實臣之繼體也，臣親於王如此，雖稱吾仲父，不過也。王生十有三年，子楚没，臣擁王陟大①位，國事盡聽於臣，秦之公子不敢一睨而動，舍人李斯〔七〕、將軍蒙驁、王齮、公廐等〔八〕，不敢一掉舌而問也。臣功於王又如此，封臣河南十萬户，亦不過也。趙子有生而没其父者，思父不置，恨不識父眉面。隣父指他象告曰：“汝父也。”子爲涕慟而拜，歸奉象而祠之。君子不憫其愚，憫其情之天至也。王識臣眉目諗矣，臣雖死，天至之情不念於王乎？王不念，是趙子不如，王不必爾。王遷太后，下令“諫者死”，齊客茅焦者諫王，王爲之下殿，手接焦謝過。酒自駕虚左，迎太后於雍，復爲母子如初。臣父子於王，天下人知之，惟王未知耳。余②昧死自白，王復以臣言質諸太后，王不下詔白天下，改物於嬴③爲炎呂氏，而身駕以迎臣於蜀，吾不信也〔九〕！（時書奏爲舍人斯所沈，王未報，而不韋飲酖死。）

　　　　木曰：“嘗侍先生談及文信侯事。先生曰：‘是書雖余所託，計不韋之大俠，安得不有是書乎！李斯輩忌之而匿，無疑也。故余補之。’”

【校】

① 原本與蔣氏刊本、陳于京刻本皆有小字注：“大，一作天。”

② 余：蔣氏刊本作“臣”。

③ 嬴：原本誤作“贏”，據蔣氏刊本、陳于京刻本改。

【箋注】

〔一〕呂不韋：生平及本文有關史實，參陳善學序刊楊鐵崖先生文集卷一文信侯注。

〔二〕九法：泛指治理天下的各種大法。韓愈與孟尚書書：“孟子云：今天下不之楊，則之墨。楊、墨交亂，而聖賢之道不明。聖賢之道不明，則三綱淪而九法斁。”

〔三〕長信：長信侯嫪毐。

〔四〕萯陽：宫名。位於今陝西户縣。參見程義、王亞濤撰秦漢萯陽宫地望考（載咸陽師範學院學報二〇〇六年第一期）。

〔五〕柏翳氏：指秦之先祖。參見陳善學序刊楊鐵崖先生文集卷一厠中鼠注。

〔六〕炎吕氏：相傳吕氏爲炎帝之後，故稱。

〔七〕按：李斯入秦，曾爲吕不韋門客，故此稱之爲“舍人”。

〔八〕蒙驁：齊人。王齮：即王齕，秦昭王時曾率軍伐趙。公廝：蓋指“鄜邑公”，姓名不詳。上述三人於嬴政代立爲秦王時任將軍。參見史記秦始皇本紀。

〔九〕青照堂叢書本附編者李元春評語曰：“罵秦政至矣，然亦有辨政非吕子者。”

責太子丹〔一〕

　　先王築臺居隗〔二〕，以招天下之賢者至，而齊之仇以報①〔三〕，此後王之所法也。丹報秦仇②，不師③先王，而法嚴仲子〔四〕，不亦陋甚哉！況荆軻④之拙於匕事，又輊人之下下者也〔五〕。樊將軍得罪，亡入燕，丹既舍之，不能芘之，卒使軻函其首，以爲見秦之媒，是燕仇未報，而先爲秦報仇也。烏乎，軻之負丹，不足恤也；而負於期者，義士千載之痛也。喜走遼東，（喜，丹之父。）斬丹首以獻於秦〔六〕，勢不得爲父子，尚復誰咎耶！

【校】

① 報：陳于京刻本作“復”。

② 仇：陳于京刻本作“憾”。

③ 師：原本作“思”，據蔣氏刊本改。

④ 荆軻：原本作“荆人”，據陳于京刻本改。

【箋注】

〔一〕太子丹：戰國時燕王喜太子。太子丹遣荆軻刺秦王嬴政，參見鐵崖先生古樂府卷一易水歌、陳善學序刊楊鐵崖先生文集卷一樊將軍注。

〔二〕隗：郭隗。燕昭王客卿，昭王尊之爲師。參見本卷郭隗致賢。

〔三〕齊之仇以報：齊國曾以幫助平定燕國內亂名義，攻擊燕國。燕昭王登基後，重用樂毅等賢才，聯合多國攻打齊國，齊國幾遭覆滅。

〔四〕法嚴仲子：意爲效仿嚴遂，訪求刺客行刺。參見鐵崖先生古樂府卷一聶政篇注。

〔五〕軹人：聶政，聶政爲軹深井里人。

〔六〕“喜走”二句：荊軻刺秦王失敗之後，秦將王翦率兵攻打燕國。燕王喜無力抵抗，使使斬太子丹，欲獻之秦。秦復進兵攻之，後五年，秦卒滅燕，虜燕王喜。參見史記刺客列傳。

王翦論[一]

秦王取荊[二]，問李信[三]，信以爲十萬可。問王翦，翦以爲非六十萬不可。以翦爲老，使信，信敗還。王謝翦，強起之。翦執前議，必六十萬而可。

余嘗疑翦，智將也，必索六十萬，是翦鬥力不鬥智也？吁，此翦之智也，信輩不知也，秦兵之強，帶甲[①]六十萬，翦使王空其國以委我而後行，是翦以重而馭王之輕也。王之驕已殺矣，而必疑焉，故又陽請美田宅，爲子孫後計，有以解其疑。此翦之所以爲智，而非信輩之所知也，豈必六十萬而後可耶！不然，前日滅趙，亦翦也，上將之師，未聞如是其衆也。蘇古史[②]不識其意，從而爲之辭，闇哉[四]！

【校】

① 甲：原本作“兵”，據蔣氏刊本改。

② 蘇古史：陳于京刻本作“蘇子古史”。

【箋注】

〔一〕王翦：秦國戰將。戰國末年秦兼并六國之戰，王翦多爲主帥。史記有傳。

〔二〕秦王：秦始皇嬴政。荊：指楚國。

〔三〕李信：戰國末年秦國將領。史記王翦列傳：“始皇問李信：‘吾欲攻取荊，於將軍度，用幾何人而足？’李信曰：‘不過用二十萬人。’始皇問王翦，王翦曰：‘非六十萬人不可。’始皇曰：‘王將軍老矣，何怯也？李將軍果勢壯勇，其言是也。’遂使李信及蒙恬將二十萬南伐荆。王翦言不用，因謝病，歸老於頻陽。”

〔四〕“蘇古史不識其意”三句：批評蘇軾不明白王翦堅持“非六十萬人不可”之深意，妄作評判。蘇軾文集卷六十五史評王翦用兵：“善用兵者，破敵國當如小兒毀齒，以漸搖撼，而後取之，雖小痛而能堪也。若不以漸，一拔而得齒，則取齒適足以殺兒。王翦以六十萬人取荆，此一拔取齒之道也。秦亦憊矣，二世而敗，坐此也夫。”

吊齊王建文〔一〕

建，齊之庸主也。立四十年不受兵，國富民阜，其母太史氏之力也〔二〕。母死，群臣之賢者退，建聽奸人細客，受秦間金而朝秦，不修戰備，不合五國之從，使秦得以滅五國，而齊遂繼之。烏乎，雍門司馬之①諫〔三〕，非不力也；即墨大夫之藎〔四〕，非不白也，建皆不聽〔五〕。王賁猝入臨菑〔六〕，而民皆解體，建遂降秦，餓死于共松栢之間〔七〕，不亦哀哉！

烏乎，三晉大夫、鄢郢大夫與五國之諸侯，皆切齒於秦，而願與齊從事，從而合者，易於儀、秦之日〔八〕，而豪傑之欲誅秦者，千萬人一心也。當是時，使建能自絕秦而力爲從②長，齊可霸，秦可亡矣。豈太公、丁公之祚已盡〔九〕，而暴秦必俟赤帝子之誅歟〔十〕？讀松栢之歌〔十一〕，有足悲者。設其辭以吊之，曰：

松兮栢兮，吾不知其何客兮？客兮客兮，逐③於西而東於賊兮。於乎太姥兮〔十二〕，海化石兮，王何嗟不食兮！

【校】

① 司馬之：原本漫漶，據蔣氏刊本、陳于京刻本補。
② 從：原本作“後”，據蔣氏刊本、陳于京刻本改。
③ 逐：原本作“遂”，據蔣氏刊本改。

【箋注】

〔一〕齊王建：指田建，戰國時齊國末代君王。生平見史記田敬仲完世家。

〔二〕太史氏：宋吕祖謙大事記卷五：“齊襄王薨,子建立。國事皆決於母太史氏,號‘君王后’。”

〔三〕雍門：齊國城門。資治通鑑卷七秦紀二始皇帝下：“君王后死,后勝相齊,多受秦間金……(齊王)不修攻戰之備,不助五國攻秦,秦以故得滅五國。齊王將入朝,雍門司馬前曰：‘所爲立王者,爲社稷耶,爲王耶?’王曰：‘爲社稷。’司馬曰：‘爲社稷立王,王何以去社稷而入秦?’齊王還車而反。”

〔四〕即墨大夫：資治通鑑卷七秦紀二始皇帝下：“即墨大夫聞之,見齊王曰：‘齊地方數千里,帶甲數百萬。夫三晉大夫皆不便秦,而在阿、甄之間者百數,王收而與之百萬人之衆,使收三晉之故地,即臨晉之關可以入矣。鄢郢大夫不欲爲秦,而在城南下者百數,王收而與之百萬之師,使收楚故地,即武關可以入矣。如此,則齊威可立,秦國可亡,豈特保其國家而已哉!’齊王不聽。”三晉,韓、趙、魏。鄢郢：此指楚國。楚國定都於郢,又曾遷都於鄢,故以鄢郢指代楚都。

〔五〕按：“皆”字有誤。雍門司馬之諫,齊王建已採納。

〔六〕王賁：秦國名將王翦之子,率軍攻滅齊國。

〔七〕共：縣名,屬於河内。

〔八〕儀、秦：指張儀、蘇秦。

〔九〕太公、丁公之祚：指齊國之祚。太公,齊太公吕尚。丁公,指齊太公子吕伋,繼太公爲齊王,謚號丁。參見史記齊太公世家。

〔十〕赤帝子：指漢高祖劉邦。

〔十一〕松栢之歌：戰國策齊策六：“秦使陳馳誘齊王内之,約與五百里之地。齊王不聽即墨大夫而聽陳馳,遂入秦。處之共松栢之間,餓而死。先是齊爲之歌曰：‘松耶! 栢耶! 住建共者,客邪!’”

〔十二〕太姥：蓋指齊王建母太史氏。

水德論[一]

　　五德之運,以相生言,尚曰示曆禪之仁;以相尅言,是示争敓之暴也。衍一時謬談[二],而啟諸儒千載之襲其謬①者,真②可鄙也。世無王者作,有王者作,衍③議之屛也必矣。衍以剛毅戾深,事皆決於法,刻④削毋仁恩和義,爲合於五德之數,於是秦法益⑤急[三]。是衍之論,非取勝之道,趣滅之道耳。烏乎,趣⑥秦運之亡者,非衍哉[四]!

【校】

① 啟：原本無,據陳于京刻本增補。諸儒千載之襲其謬：陳于京刻本作“諸儒
千載之謬”。

② 真：原本無,據陳于京刻本增補。

③ 衍：原本漫漶,據蔣氏刊本、陳于京刻本補。

④ 刻：原本漫漶,據蔣氏刊本、陳于京刻本補。

⑤ 益：原本漫漶,據蔣氏刊本、陳于京刻本補。

⑥ 趣：原本漫漶,據蔣氏刊本、陳于京刻本補。

【箋注】

〔一〕水德：指所謂秦德。按：鄒衍著有五德終始,認爲“五德各以所勝爲行”。
秦人遂謂“周爲火德,滅火者水,故自謂水德”。參見史記封禪書如淳
注解。

〔二〕衍：鄒衍。戰國時齊國人,擅長陰陽學説。史記封禪書：“自齊威、宣之
時,騶子之徒,論著終始五德之運。及秦帝而齊人奏之,故始皇采用之。”
集解：“韋昭曰：‘名衍。’”

〔三〕秦法益急：史記秦始皇本紀：“始皇推終始五德之傳……更名河曰德水,
以爲水德之始。剛毅戾深,事皆決於法,刻削毋仁恩和義,然後合五德之
數。於是急法,久者不赦。”索隱：“水主陰,陰刑殺,故急法刻削,以合五德
之數。”

〔四〕青照堂叢書本附編者李元春評語曰：“不爲刻論。”

或問張良狙擊[一]

　　或問：“張良用狙擊,即夷門監者之用朱椎[二]。朱倖成,而狙擊者
不成,遂與荆軻之拙,傳千載之笑。謂良不智,非歟?”抱遺老人曰：
“力士操椎,誤中副車,力士之拙也。大索十日,而力士與良訖不得
焉,良之智孰愈乎!”

　　或曰：“博浪沙中,良豈在耶?”曰：“力士之智,即良智也。盜殺武
元衡[三],取其顱骨而去,訖不可索,豈盜之智耶! 導盜出没者之智

也。"（此事比得是。）

【箋注】

〔一〕張良狙擊：張良得力士，以鐵椎擊秦始皇於博浪沙中，未能得手。參見陳善學序刊楊鐵崖先生文集卷一赤松詞。

〔二〕夷門監：侯嬴。參見陳善學序刊楊鐵崖先生文集卷一夷門子注。

〔三〕武元衡：唐武則天從父弟，官至宰相。遭暗殺，無從追索。參見陳善學序刊楊鐵崖先生文集卷三山棚客注。

非淳于越封建議〔一〕

　　封建不得獨行，郡縣不得不置，天下所趨之勢然也。封建宗子，枝輔以立；州縣守令，錯迭而居，此萬代無虞之制也。淳于越又何必執古非今？ 言不能行，而徒激李斯焚棄詩書之禍。後之儒者，河東柳氏非封建〔二〕，武夷 胡氏非郡縣〔三〕。非郡縣者，淳于之徒；非封建者，周青臣①之徒歟，皆非古今通論也。

　　　　木曰："先生此論，亦祖唐 顏師古之議也〔四〕。"

【校】

① 周青臣：原本作"青城周周"，陳于京刻本作"青城周"，青照堂叢書本作"青臣（周）"，據蔣氏刊本改。

【箋注】

〔一〕淳于越：戰國時齊人，秦朝博士。史記秦始皇本紀："（三十四年）始皇置酒咸陽宮，博士七十人前爲壽。僕射周青臣進頌曰：'……以諸侯爲郡縣，人人自安樂，無戰争之患，傳之萬世。自上古不及陛下威德。'始皇悦。博士齊人淳于越進曰：'臣聞殷、周之王千餘歲，封子弟功臣，自爲枝輔。今陛下有海内，而子弟爲匹夫，卒有田常、六卿之臣，無輔拂，何以相救哉？ 事不師古而能長久者，非所聞也……'始皇下其議。丞相李斯曰：'五帝不相復，三代不相襲……今陛下創大業，建萬世之功，固非愚儒所知。且越言乃三代之事，何足法也！'"

〔二〕河東柳氏非封建：指唐代柳宗元所撰封建論。柳氏謂“封建非聖人之意”。

〔三〕武夷：山名，位於今福建西北部。胡氏：指宋人胡寅。胡寅字明仲，安國子，建寧崇安（今屬福建武夷山市）人。撰有辨柳子封建論，謂郡縣制“不如三代千八百年纔三姓也”。文載明唐順之編輯稗編卷九十五封建。

〔四〕唐顏師古之議：顏師古以注漢書而聞名，其論封建表載唐會要卷四十六封建雜録上。

李斯論〔一〕

趙高謀矯制事，所忌者，斯一人耳。其言曰：“不謀丞相，事不成。”高請於斯，斯既能以亡國之言絶之矣，而又以其言慮不得懷通侯之印返鄉里〔二〕，有以易其心而許之。是殺蘇與恬者，斯也。誠使斯善度事機，相亥以與高共事，必敗；孰與操其矯書，以逆先誅高，而與恬立蘇也。即高未誅，潛以矯謀泄於蘇，蘇可不死。恬之殺高，杌上肉爾。計不出此，它日事皆決於高，乃始上書，言高罪，吁嗟①何及矣！

烏乎，秦愚天下，而受其愚者，李斯也；斯愚秦君臣，而受其愚者，趙高也。五刑具，三族②夷，然後父子對哭而思東門狡兔之樂，斯真愚人也哉！

【校】

① 吁嗟：原本爲墨丁，據蔣氏刊本、陳于京刻本補。
② 族：原本爲墨丁，據蔣氏刊本、陳于京刻本補。

【箋注】

〔一〕李斯：秦丞相。本篇所論史事參陳善學序刊楊鐵崖先生文集卷一厠中鼠注。

〔二〕不得懷通侯之印返鄉里：趙高警示李斯之言。史記李斯列傳：“高（謂李斯）曰：‘高固内官之厮役也，幸得以刀筆之文進入秦宮，管事二十餘年，未嘗見秦免罷丞相功臣有封及二世者也，卒皆以誅亡。皇帝二十餘子，皆君之所知。長子剛毅而武勇，信人而奮士，即位必用蒙恬爲丞相，君侯終不懷通侯之印歸於鄉里,明矣。'"

范增立懷王議[一]

范增年七十,不識隆準公[二],而甘事慓悍猾賊者[三],其識裁已不及良、平[四],然而説梁立楚後,則爲天下兵謀之首義[五],良、平輩不及也。良非增議,則橫陽君之爲韓後[六],亦不得盡宗國之義矣。及觀增相羽,圖天下,謀皆不及於初。至於賊殺義帝,使羽犯①天下之首惡,以招劉季之兵名[七],增不曉羽,何耶? 豈前日之説梁者,楚南公道聽之議歟! 不然,何大義之開於前而蔽於後也?

> 木曰:"增齒雖老,而終無儒者之學。楚後之立,蓋勸人之説耳。先生此議,深疑得是。"

【校】

① 犯:原本作"邦",據蔣氏刊本、陳于京刻本改。

【箋注】

〔一〕范增:項羽謀臣,又稱"亞父"。其事迹略見史記項羽本紀。懷王:指楚懷王熊心。項梁於秦二世元年起事,次年三月,范增説項梁立楚後。梁求得熊心(楚懷王孫)於民間,立以爲楚懷王,都盱眙。後尊爲義帝。參見文獻通考卷二百六十五封建考六。

〔二〕隆準公:指漢高祖劉邦。史記高祖本紀:"高祖爲人,隆準而龍顏。"

〔三〕慓悍猾賊者:指項羽。語出史記高祖本紀。

〔四〕良、平:指劉邦謀臣張良、陳平。

〔五〕"然而"二句:史記項羽本紀:"居鄛人范增,年七十,素居家,好奇計。往説項梁曰:'陳勝敗固當。夫秦滅六國,楚最無罪,自懷王入秦不反,楚人憐之至今。故楚南公曰"楚雖三户,亡秦必楚也"。今陳勝首事,不立楚後而自立,其勢不長。今君起江東,楚蠭午之將皆争附君者,以君世世楚將,爲能復立楚之後也。'於是項梁然其言,乃求楚懷王孫心民間,爲人牧羊,立以爲楚懷王,從民所望也。"

〔六〕橫陽君:韓王之後。漢書張良傳:"沛公之薛,見項梁,共立楚懷王。良乃説項梁曰:‘君已立楚後,韓諸公子橫陽君成賢,可立爲王,益樹黨。’項梁使良求韓成,立爲韓王。以良爲韓司徒。”

〔七〕“至於賊殺義帝”三句:謂義帝遭項羽殺害,實屬犯忌,導致輿論有利於劉邦。漢高祖名邦,字季。

譏項羽狼羊[一]

羽以次將殺上將軍宋義[二],此弑義帝之漸也[三]。義之令曰:“有猛如虎、狠如羊、貪如狼,强不可使者,斬之。”此正指羽也。羽仇其言,至於矯殺而伐之,此真狼羊之所爲而已耳。雖引兵渡河,破秦軍,使諸侯將膝行而前,莫敢仰視。戰勝而驕,又犯義之策[四],武信君(梁)之必敗者也[五],安得與“寬大長者”爭天下之勝負哉[六]?況又輔以倨勤悍戾之夫(范增[七]),猶之狂奴馭奔馬,疾鞭不止,以速其仆。吁,垓下之敗[八],爲已晚矣!

木曰:“狼羊之論,先儒未説到。”

【箋注】

〔一〕狼羊:上將軍宋義號令軍中之語,此用以形容項羽驕橫殘忍。參見本文及漢書項籍傳。

〔二〕“羽以”句:漢書項籍傳:“羽晨朝上將軍宋義,即其帳中斬義頭。出令軍中曰:‘宋義與齊謀反楚,楚王陰令籍誅之。’”

〔三〕義帝:即項梁擁立之楚懷王熊心。參見上篇范增立懷王議。

〔四〕犯義之策:漢書項籍傳:“梁起東阿,比至定陶,再破秦軍,羽等又斬李由,益輕秦,有驕色。宋義諫曰:‘戰勝而將驕卒惰者敗。今少惰矣,秦兵日益,臣爲君畏之。’梁不聽。”

〔五〕武信君:項羽叔父項梁自號。

〔六〕寬大長者:指劉邦。史記高祖本紀:“懷王諸老將皆曰:‘項羽爲人僄悍猾賊……不如更遣長者扶義而西,告諭秦父兄。秦父兄苦其主久矣,今誠得長者往,毋侵暴,宜可下。今項羽僄悍,今不可遣。獨沛公素寬大長者,可遣。’”

〔七〕范增:參見本卷范增立懷王議。

〔八〕垓下：項羽遭圍困，最終兵敗自刎之地。在亳州（今屬安徽）。

悼高陽狂生文[一]

　　高陽酈生，身長八尺，年六十餘，人皆謂之"狂生"，生自謂不狂。沛公素不好儒，且善罵儒。生於臨床之頃，以不宜踞見長者折沛公，使之輟洗而趨延之上座。生爲設計下陳留①、下嶢關、取滎陽、據敖倉之粟，其計皆嚮應，生非狂者也。然以陳涉立六國之策[二]，立於漢王定天下之日，取漢王"豎儒敗事"之罵[三]，則謂之狂也亦宜。吁，使生終身不狂，狂而克聖，又豈八尺之軀爲湯鼎之具哉！余悼之以辭曰：

　　嗚呼生兮，避秦於抱關兮[四]，逃秦之坑。嗚呼生兮，遭漢之傳舍兮，坐齊之烹。老將智兮，六十而更。（五更之更。）狂乎非狂乎，吾將誅乎老生。

　　　　朩曰："先生悼高陽生辭，蓋爲吳下潘老生（純）作也[五]。生以掉長舌，而遭頭足異處之禍，與狂生同，齒亦同之云[六]。"

【校】

① 留：原本誤作"晉"，據蔣氏刊本、陳于京刻本改。

【箋注】

〔一〕本文實爲鐵崖悼念友人潘純而作，蓋作於元至正十七年（一三五七）潘純被殺之後不久。參見本文注釋。高陽狂生：指酈食其。其生平及本文所述史事，參陳善學序刊楊鐵崖先生文集卷一高陽酒徒注。

〔二〕陳涉立六國之策：指陳餘獻予陳涉之計，即"遣人立六國後，自爲樹黨，爲秦益敵"。詳見史記陳餘列傳。

〔三〕"立於"二句：史記留侯世家："漢三年，項羽急圍漢王滎陽。漢王恐憂，與酈食其謀橈楚權。食其曰：'昔湯伐桀，封其後於杞；武王伐紂，封其後於宋。今秦失德棄義，侵伐諸侯社稷，滅六國之後，使無立錐之地。陛下誠能復立六國後世，畢已受印，此其君臣百姓必皆戴陛下之德，莫不鄉風慕義，願爲臣妾。德義已行，陛下南鄉稱霸，楚必斂衽而朝。'……張良從外來謁……漢王輟食吐哺，罵曰：'豎儒，幾敗而公事！'令趣銷印。"

〔四〕避秦於抱關: 指酈食其於秦時"爲里監門史","深自藏匿"。參見史記酈
　　生列傳。

〔五〕潘純(一二九二——一三五七): 字子素,淮南廬州(今安徽合肥、廬江一
　　帶)人。元徐顯稗史集傳:"潘純字子素,廬州人也。少有俊才。游京師,
　　一時文學之士、貴卿之家爭延致之。每宴集,輒云:'潘君不在,令人無
　　歡。'聞其至,皆倒屣出迎,及談笑大噱,一座爲傾。嘗著衮卦以諷切當
　　世……或以達於文宗皇帝,欲繫治之。亡徙江湖間,遇有以君事爲滑稽士
　　解者,事乃得釋。因客江南,值京師所與游者平章事吳公可堂、治書侍御
　　史廉公亮、秘書卿達公兼善、廉訪使斡公克莊、御史中丞吳公元震、廉訪副
　　使杜公德常、廉訪僉事魯公志道等,皆持節在外,遂往來諸公間,名聲藉
　　甚。而江南大姓慕君氣勢,望風承謁。於是挈妻子居東吳,日與諸貴人觴
　　詠爲樂。所賦詩,音節精麗,李義山、溫庭筠輩不能過也。至正壬辰間,兵
　　起淮東、西。淮南行省郎公曹公德昭雅君言於上官,具書幣辟參軍謀事。
　　君度不可爲,謝遣使者,移家避地於越。時太尉高公爲御史大夫,開行臺
　　於會稽(原本作"稽會",徑改),以君爲上客,與參謀議。"又,潘純累世筆
　　耕爲業,其游京師,約在文宗天曆、至順年間(或此前)。南歸江浙後,頗交
　　東南名士,張雨、李孝光、楊維禎、顧瑛、高明、倪瓚等皆與之詩酒往來。至
　　正十六年春,因避亂移居浙江上虞。次年,江南行御史臺由金陵遷至紹
　　興,潘純依附御史大夫納璘,爲其子安安出謀劃策,削除其異己禿堅。然
　　兔死狗烹,潘純亦遭安安縊殺。終年六十有六。潘純以善作元曲著稱,其
　　曲作長於奇巧,與其時名家淡齋、疏齋不相上下。今存詩子素集一卷,載
　　元詩選中。參見乾隆吳縣志卷六十九人物志流寓、玉山草堂雅集卷六潘
　　純傳。其死事,南村輟耕錄卷二十三造物有報復:"至正丙申,御史大夫納
　　璘開行臺於紹興。於時,慶元慈溪則有縣尹陳文昭,本路餘姚則有同知禿
　　堅,在城則有録事達魯花赤道里古思,皆總制團結民義者。納璘之子安安
　　以三人爲不易制,思有以去之……執禿堅之謀,出於潘子素,子素亦爲安
　　安縊諸途。"又,元徐顯稗史集傳:"(納璘)大夫之子安爲樞密院官判,掌
　　兵柄。(潘純)恃己爲父客,以安事語大夫,公因召訓戒。安忿懼,遂中君
　　於法,械繫以吏,送還吳郡。行次蕭山道中,拉殺之,以暴疾聞。其子穀間
　　走,竊得其尸,藏之會稽岳王墳。僧可觀請於穀,葬君西湖岳王墓側,大夫
　　公不知也。"又考元史納璘傳,謂至正十六年丙申九月,詔移江南行臺於紹
　　興。明年,移之。十八年,納璘赴召適京。參以上引文,知潘純獻策於江
　　南行臺移至紹興之後,又在納璘召還京師之前,故必爲至正十七年。參見

鐵崖楊先生詩集卷下寄潘子素。

〔六〕按鄭元祐集卷二寄潘子素文學詩曰：“與子同庚命不同，悠悠江海異窮通。”可知潘純與鄭元祐同年出生，即生於至元二十九年壬辰（一二九二）。潘純於至正十七年被害，卒年六十六，與酈食其“年六十餘”亦類似，故章木曰“與狂生同，齒亦同之云”。

假鹿對

中丞相趙高獻鹿於二世[一]，曰：“此馬也。”二世笑曰：“丞相誤也，朕目未眊，謂鹿爲馬。”問諸左右，左右嘿不敢對。鹿在下笑曰：“君王何見之晚也，秦自祖龍失鹿[二]，已四十餘年。陳涉起隴上，首持鋏以逐之。陳人武臣，率人數萬繼逐之[三]。沛人劉邦[四]，率驪山之徒數十百逐之[五]。下相項梁[六]，又與兄子籍率人八千逐之①。齊人田儋、趙人韓廣[七]、剡人徐嘉②[八]，皆欲掎角於是鹿者也。而君王不寤，而使丞相愚爲馬也。君王何不以戮丞相斯者戮之[九]，而怒③其所蒙！方且欲悉耳目之所好，窮心志之所樂，以阿房棧閣爲長林，以轉輸天下之玉食爲豐草[十]，自謂可以終天年於二世，傳位於百世萬世無止也。不知亡君之窟者，南公已占於楚三户[十一]；而射君之項者，咸陽令之矢已入望夷之宮[十二]。（趙高婿咸陽令閻樂矢④射二世。）君王之死，不擇音矣，何暇與丞相左右卜馬不馬耶！”

言訖，明日難作。二世乞身於咸陽令，曰：“願得一郡爲王。”不許⑤。“願爲萬户侯。”不許。“願與妻子爲黔首。”卒不許而殺之。以黔首尸埋苑中，弊帷之葬馬不如也[十三]，而況於鹿乎⑥！

　　木曰：“文雖涉戲，而示微則大，可與三足牛、猫同鼠文并看[十四]。”

【校】

① 之：原本無，據陳于京刻本增補。

② 剡人徐嘉：疑有誤，似當作“陵人秦嘉”。參見注釋。

③ 怒：蔣氏刊本、陳于京刻本作“爲”。

④ 矢：原本作“府”，據蔣氏刊本改。

⑤ 願得一郡爲王不許：原本作"願爲一郡又不許"，據蔣氏刊本改。

⑥ "也而況於鹿乎"凡六字：原本脱，據陳于京刻本補。

【箋注】

〔一〕中丞相：秦二世時，趙高以郎中令稱丞相，故稱。參見史記秦始皇本紀。

〔二〕祖龍：秦始皇，此指秦政權。失鹿：意爲喪失政權。史記淮陰侯列傳："秦失其鹿，天下共逐之。"集解："張晏曰：'以鹿喻帝位也。'"

〔三〕"陳涉"四句：陳涉起隴上、武臣於邯鄲自立爲趙王，參見史記陳涉世家。

〔四〕沛：今江蘇沛縣。

〔五〕驪山：又稱酈山。位於今陝西西安。秦始皇於此修建陵園長達三十餘年，動用各地勞工無數。劉邦任亭長時，"爲縣送徒驪山"，途中縱徒逃亡。後劉邦起事，驪山之徒多追隨之。參見史記高祖本紀。

〔六〕下相：秦朝所設縣名。位於今江蘇宿遷。項梁與其侄兒項籍（字羽）率精兵八千起事，詳見史記項羽本紀。

〔七〕"齊人"二句：田儋自立爲齊王，韓廣自立爲燕王。參見史記陳涉世家。

〔八〕剡人徐嘉：當作"陵人秦嘉"。史記陳涉世家："陳王初立時，陵人秦嘉、銍人董緤、符離人朱雞石、取慮人鄭布、徐人丁疾等皆特起，將兵圍東海守慶於郯。陳王聞，乃使武平君畔爲將軍，監郯下軍。秦嘉不受命，嘉自立爲大司馬，惡屬武平君……因矯以王命殺武平君畔。"

〔九〕丞相斯：即李斯。參見本卷李斯論。

〔十〕"以阿房棧閣爲長林"二句：源自嵇康與山巨源絶交書："愈思長林，而志在豐草。"阿房，宮名，秦始皇、秦二世持續修建。位於今陝西西安市西郊。

〔十一〕楚南公：參見本卷范增立懷王議注。

〔十二〕咸陽令：指閻樂。望夷：宮名。"東北臨涇水，以望北夷"，故名。位於今陝西涇陽。參見三輔黃圖卷一。閻樂於望夷宮射秦二世坐幃，且迫令二世自殺。詳見史記秦始皇本紀。

〔十三〕青照堂叢書本附編者李元春評語曰："詼諧得好。"

〔十四〕三足牛、貓同鼠：指鐵崖所撰假三足牛對、貓鼠同乳疏，兩文俱載史義拾遺卷下，可參看。

沛公論〔一〕

利於小而害於大者，素無圖天下之量者也，儒者嘗以議項羽與吴王濞〔二〕。吾不意漢王之圖天下也,亦利於小也。西入咸陽〔三〕,見秦宮室帷帳、寶貨婦女,遂欲留居之。其去諸將爭走府庫取金帛者,何遠哉！諫以樊噲之言〔四〕,不聽。非繼以張良之言,則霸上未肯猝還〔五〕,亦豈非山東匹夫之眼寒〔六〕,而天下之量素無也！

然則沛公以一匹夫而爭天下於群盜之手,非有諸傑之佐,則亦不過爲鼠竊而王、狗偷而帝耳,何以芟夷群盜,宰制六合,受秦璽符,爲天下共主哉！

【箋注】

〔一〕沛公:指漢高祖劉邦。
〔二〕吳王濞:劉邦侄。西漢初年封爲吳王。後因削藩而率先反叛,史稱"七國之亂"。兵敗被殺。史記有傳。
〔三〕咸陽:秦京師所在地,今屬陝西。
〔四〕樊噲:西漢開國元勳,呂后妹夫。史記有傳。
〔五〕霸上:又作灞上,位於今陝西西安市東。史記留侯世家:"沛公入秦宮,宮室帷帳狗馬重寶婦女以千數,意欲留居之。樊噲諫沛公出舍,沛公不聽。良曰:'夫秦爲無道,故沛公得至此。夫爲天下除殘賊,宜縞素爲資。今始入秦,即安其樂,此所謂"助桀爲虐"。且"忠言逆耳利於行,毒藥苦口利於病",願沛公聽樊噲言。'沛公乃還軍霸上。"
〔六〕山東匹夫:指蔡澤。參見本卷睢澤論。

項籍論〔一〕

孟子曰:爲天下敺①民者,桀與紂也〔二〕。籍亦爲漢敺者爾,焉能與漢爭天下哉！秦以死敺民,民相與仇秦,而思其生民者主之,此勢之所必至。而豈料籍之圖天下,又一秦也哉！

籍長八尺餘,力能扛鼎。八尺之軀,徒爲力所役耳。而其慓悍猾賊之性,嗜殺如嗜食。如起會稽,即誘殺守者〔三〕;其後矯殺宋義〔四〕,屠咸陽,殘滅襄城〔五〕,殺秦降王子嬰〔六〕,斬韓生②、廣〔七〕、陵母〔八〕,甚至於殺義帝〔九〕,此真天下之桀項也。欲舉大事,伯西楚〔十〕,以光項氏之世,夫其③可得乎！其亡也,自爲歌詩曰:"時不利,騅不逝〔十一〕。"梁曰：方今亡秦時也〔十二〕。爲宗國報仇，爲民除不道，於其時可矣。第籍所爲，不利於時耳，時何有於不利籍哉！

　　或曰："籍雖好殺，欲坑外黃，而愧於舍人兒之一言〔十三〕；欲烹太公，而悟於項伯之微諫〔十四〕。使得一二賢佐，籍亦可伯。"韓信曰：籍之勇，"匹夫之勇耳"；籍之仁，"婦人之仁"耳〔十五〕。此爲論籍之確者。輔以伊尹、太公之佐〔十六〕，其能率桀、紂爲湯、文、武也哉〔十七〕！

【校】

① 毆：原本及校本皆誤作"毆"，據孟子原文改。下同。
② 生：疑誤，似當作"王"。參見本文注釋。
③ 其：崇禎蔣氏刊本作"將"。

【箋注】

〔一〕項籍：字羽。生平見史記項羽本紀。

〔二〕"孟子曰"三句：孟子離婁上："桀、紂之失天下也，失其民也。失其心也……故爲淵毆魚者獺也，爲叢毆爵者鸇也。爲湯、武毆民者，桀與紂也。今天下之君有好仁者，則諸侯皆爲之毆矣，雖欲無王，不可得已。"

〔三〕"如起會稽"二句：項羽誘殺會稽守殷通，詳見史記項羽本紀。

〔四〕殺宋義：項羽以次將擅殺項梁上將宋義，參見本卷譏項羽狠羊。

〔五〕殘滅襄城：史記項羽本紀："項梁前使項羽別攻襄城，襄城堅守不下。已拔，皆坑之。"襄城，今河南襄城縣。或謂秦朝泗水郡治相縣（位於今安徽淮北市）。參見王健撰史記項羽本紀襄城地望糾誤與考實（載安徽史學二〇〇九年第五期）。

〔六〕殺秦降王：史記項羽本紀："項羽引兵西屠咸陽，殺秦降王子嬰，燒秦宮室，火三月不滅；收其貨寶婦女而東。"

〔七〕韓生：當作"韓王"，指韓王成；廣，指燕王韓廣。史記項羽本紀："韓王成無軍功，項王不使之國，與俱至彭城，廢以爲侯，已又殺之。臧荼之國，因逐韓廣之遼東，廣弗聽，荼擊殺廣無終，并王其地。"

〔八〕陵母：指王陵之母，參見本卷陵母論。

〔九〕義帝：即項梁擁立之楚懷王。參見本卷范增立懷王議。

〔十〕伯西楚：史記項羽本紀："項王自立爲西楚霸王，王九郡，都彭城。"正義："貨殖傳云淮以北，沛、陳、汝南、南郡爲西楚也。"

〔十一〕“自爲歌”三句：史記項羽本紀：“於是項王乃悲歌忼慨，自爲詩曰：‘力拔山兮氣蓋世，時不利兮騅不逝。騅不逝兮可奈何，虞兮虞兮奈若何！’”

〔十二〕梁：指項梁。按：“方今亡秦時”云云，似非源出項梁之口。史記項羽本紀：“秦二世元年七月，陳涉等起大澤中。其九月，會稽守通謂（項）梁曰：‘江西皆反，此亦天亡秦之時也。’”

〔十三〕外黄：縣名。後廢。故城在今河南杞縣。項羽攻打外黄，數日才克，大怒，欲盡數坑殺外黄成年男子，因舍人兒説辭而收回成命。詳見史記項羽本紀。

〔十四〕太公：此指劉邦父親。參見本卷罵劉邦。

〔十五〕“韓信曰”五句：史記淮陰侯列傳：“（韓信曰：）請言項王之爲人也。項王喑噁叱咤，千人皆廢，然不能任屬賢將，此特匹夫之勇耳。項王見人恭敬慈愛，言語嘔嘔，人有疾病，涕泣分食飲，至使人有功當封爵者，印刓弊，忍不能予，此所謂婦人之仁也。”

〔十六〕伊尹：商初大臣。後人奉爲帝王師楷模。太公：即姜太公吕望。

〔十七〕桀、紂：夏桀、商紂王，皆爲末代君主。湯、文、武：分別指商太祖、周文王、周武王。

或問韓信〔一〕

　　或問：“蕭何稱韓信爲國士無雙〔二〕，是漢之國士無逾信矣乎？戰國稱國士爲豫讓〔三〕，而議者猶或非之，信果無忝於國士乎？”

　　抱遺老人曰：漢有國士二，曰魯兩生〔四〕，而不爲漢起。又有國士一，曰新城董公〔五〕，間一出而漢不用。無已，則國士於信乎？其俯出跨下〔六〕，非無勇也，不爲匹夫之勇也；寄食漂母〔七〕，非無能也，不爲治生之能也。（本傳：不能治生商賈。）故能識項羽之勇非能勇，仁非能仁〔八〕。背約，王親愛，而諸侯不平；逐義帝〔九〕，所過殘戮，而民不親附。名爲伯王，實失天下心。此國士之偉論也。王誠能反其道，使天下武勇無不用，天下功臣無不服，天下義士無不歸，天下可傳檄而定，此國士之宏略也〔十〕。信稱國士，亦何忝乎哉！張良稱漢將獨韓信可屬大事〔十一〕，大事非國士能任乎〔十二〕！他日國士無負於漢，而負國士者，漢也。

雖然,致主於湯、武〔十三〕,而收漢家勳,以比周、召、太公之徒〔十四〕,此天下士之能也〔十五〕,非信國士之能也。(收漢家勳,比周、召、太公。太史公語也〔十六〕。)

【箋注】

〔一〕韓信:生平詳見史記淮陰侯列傳。

〔二〕蕭何:生平詳見史記蕭相國世家。按:蕭何稱贊韓信語,見史記淮陰侯列傳。

〔三〕豫讓:參見本卷豫讓國士論注。

〔四〕魯兩生:參見本卷叔孫通論注。

〔五〕新城董公:即新城三老董先生。參見本卷或問帝王師注。

〔六〕俛出跨下:史記淮陰侯列傳:“淮陰屠中少年有侮信者,曰:‘若雖長大,好帶刀劍,中情怯耳。’衆辱之曰:‘信能死,刺我;不能死,出我袴下。’於是信孰視之,俛出袴下,蒲伏。一市人皆笑信,以爲怯。”

〔七〕寄食漂母:參見陳善學序刊楊鐵崖先生文集卷一漂母辭注。

〔八〕“能識項羽”二句:參見本卷項籍論。

〔九〕義帝:楚懷王熊心。參見本卷范增立懷王議。

〔十〕有關韓信與劉邦評論項羽,并出謀略,詳見史記淮陰侯列傳。

〔十一〕漢將獨韓信可屬大事:張良語,見史記留侯世家。

〔十二〕青照堂叢書本附編者李元春評語曰:“信不得爲國士,徒長兵法耳。”

〔十三〕湯、武:商湯、周武王。

〔十四〕周、召、太公:指周公旦(周文王子)、召公奭(周文王子)、太公望(姜尚)。

〔十五〕天下士:即鐵崖所謂“千載一人”。參見陳善學序刊楊鐵崖先生文集卷一天下士注。

〔十六〕太史公語:史記淮陰侯列傳:“太史公曰:吾如淮陰,淮陰人爲余言,韓信雖爲布衣時,其志與衆異……於漢家勳可以比周、召、太公之徒,後世血食矣。”

陵母論〔一〕

天下必歸於漢,而慓悍猾賊〔二〕,天下之所共切齒者也。以宋義〔三〕、范增輩老於智數〔四〕,不能決楚之可去與漢之可歸,而一老婦人能決之,王陵之母是也。

陵以兵屬漢,籍取陵母置軍中,以招陵。陵使至,母送使者曰:"願爲老妾語陵:'善事漢王長者,毋以妾故持二心。'"遂伏①劍。以死送使者,何其賢且烈哉!然於陵則爲有罪:歸漢,不先爲母地,而爲籍所持,既死而又付諸鼎鑊,陵亦何以有吾之膚髮哉?移其報母者報漢,卒從漢定天下,爲漢相國。太后欲王諸呂,陵獨持正論於平、勃依阿之間〔五〕。且②去相權,謝病以死。亦無負於漢矣。無負於漢,是無負於母矣。然終天之痛,雖伊、呂之功何以哉〔六〕!君子曰:"謝病死,孰愈謝母以死!"

木嘗侍先生論王陵事:母送陵使遂死,母之義烈也;陵報母死,子之孝烈也。惜陵於功成名遂之後,不以死謝母,孝子終天之痛也。故君子曰"謝病死,孰愈謝母以死"云③。

【校】

① 伏:原本誤作"仗",據陳于京刻本及史記原文改。

② 且:蔣氏刊本、陳于京刻本作"甘"。

③ 云:蔣氏刊本作"噫"。故君子曰謝病死孰愈謝母以死云:陳于京刻本作"故君子云云"。

【箋注】

〔一〕陵母:指漢初王陵之母。史記陳丞相世家:"王陵者,故沛人。……及漢王之還攻項籍,陵乃以兵屬漢。項羽取陵母置軍中,陵使至,則東鄉坐陵母,欲以招陵。陵母既私送使者,泣曰:'爲老妾語陵,謹事漢王。漢王,長者也,無以老妾故,持二心。妾以死送使者。'遂伏劍而死。項王怒,烹陵母。"王陵:秦末聚衆數千起事,據南陽,後歸順劉邦。漢初歷任右丞相、太傅等職。呂后執政時,辭職隱居。漢書有傳。

〔二〕慓悍猾賊:指項羽之爲人。語出史記高祖本紀。

〔三〕宋義:項梁上將,被項羽殺害。參見史記項羽本紀。

〔四〕范增:項羽謀臣。

〔五〕"太后欲王諸呂"二句:孝惠帝崩,呂太后欲立諸呂爲王。問王陵,曰"不可"。問陳平、周勃,皆曰"可"。參見史記呂后本紀、陳丞相世家。

〔六〕伊、吕：指伊尹、吕尚。

罵劉邦[一] 設太公辭

殺一不辜而得天下，先王不爲也，況父出於天，而可以棄天而易天下乎？舜爲天子，瞽瞍殺人，皋陶執之，舜竊負而逃[二]，雖棄天下不計。寧有無法之國，無寧有無父之國也。

汝以匹夫爭天下，智勇不加於楚[三]。今乘楚間，挾五諸侯兵，深入彭城[四]。不聞善令，第①收貨寶美人，日夜置酒高會，樂矢石於衽席之中，不知楚兵裹城已三匝。天不大振風，汝且與諸侯之兵，同填睢水數十萬中[五]。幸脱，過沛，又不能庇其室家，致吾顛沛，陷楚軍内，汝之智勇俱困矣。今楚致吾高俎上，將臠食於衆，汝不爲吾崩五腑②，顧曰：“幸分我一杯羹！”忍哉，汝邦！何得此滅天之言！於戲，爲人父者，亦何樂汝爲子哉！

吾今決死矣，吾殺而汝有天下，吾靈不滅，上訴天帝，尚聞天下諸侯兵之戮汝，曰“大逆亡道劉邦”也。

> 朮曰：“此段公案，先儒不爲三綱立論，惟先生友人龍孔陽有評及之[六]。而先生又爲此設辭，援舜父以明大倫之重，而項伯謂‘爲天下者不顧親[七]’，其言不可同日訓已。”

【校】

① 第：原本作“弟”，據蔣氏刊本、陳于京刻本改。
② 腑：原本作“府”，據陳于京刻本改。

【箋注】

〔一〕項羽與劉邦兩軍對壘，執劉邦老父，欲於陣前烹殺，以此要挾劉邦。劉邦不爲所動，反曰“幸分一杯羹”。詳見史記項羽本紀。本文乃模擬太公（劉邦老父）口吻，怒斥劉邦大逆無道。
〔二〕“瞽瞍殺人”三句：參見陳善學序刊楊鐵崖先生文集卷一杯羹辭注。
〔三〕楚：指西楚項羽等。
〔四〕彭城：今江蘇徐州。

〔五〕睢水：位於今江蘇徐州一帶。楚、漢曾於此鏖戰，漢軍大敗。史記高祖本紀："漢王以故得劫五諸侯兵，遂入彭城。項羽聞之，乃引兵去齊，從魯出胡陵，至蕭，與漢大戰彭城靈壁東睢水上，大破漢軍，多殺士卒，睢水爲之不流。乃取漢王父母妻子於沛，置之軍中以爲質。"

〔六〕龍孔陽：至正十五年前後，鐵崖在杭州所交朋友。參見東維子文集卷二送龍孔易序。

〔七〕項伯：項羽叔父。項伯勸項羽莫殺劉邦老父，曰"爲天下者不顧家"，殺之無益。詳見史記項羽本紀。

或問帝王師

或問："漢有帝王之師乎？"抱遺老人曰："有。新城董鉅公是也[一]。"（鉅公，出田叔①傳樂鉅公[二]。鉅公，尊老人之稱也。）

又問曰："穀城[三]，軍國之師。廣武李左車[四]，亦黃石之次也。穀城，張良事之；廣武，韓信師之。獨新城間出洛陽，以討賊大義遮説漢王，而漢王不能留？""漢王不足責也，蕭相國獨不能以參之舍蓋公者舍之乎[五]？誠使相國得若人師之，相國之開迹於漢者，不必以秦相府之圖書計籍爲治也[六]。相國徒知東陵侯（邵平[七]），而不知新城鉅公也，惜哉！"

【校】

① 叔：原本校本皆誤作"文"，據史記改。參見注釋。

【箋注】

〔一〕董鉅公：漢書高帝紀："至洛陽，新城三老董公遮説漢王曰：'臣聞順德者昌，逆德者亡；兵出無名，事故不成。故曰：明其爲賊，敵乃可服。項羽爲無道，放殺其主，天下之賊也。夫仁不以勇，義不以力，三軍之衆爲之素服，以告之諸侯。爲此東伐。四海之内莫不仰德，此三王之舉也。'漢王曰：'善，非夫子無所聞。'"

〔二〕樂鉅公：史記田叔列傳："叔喜劍，學黃老術於樂巨公所。"正義："樂姓，巨公名。"

〔三〕**穀城**：即濟北穀城山下黃石，借指張良之師。史記留侯世家：“良嘗閒從
　　容步游下邳圯上，有一老父，衣褐，至良所，直墮其履圯下，顧謂良曰：‘孺
　　子，下取履！’……良業爲取履，因長跪履之。……（老父）出一編書，曰：
　　‘讀此則爲王者師矣。後十年興。十三年，孺子見我濟北，穀城山下黃石
　　即我矣。’”

〔四〕**廣武李左車**：原爲趙將，韓信生擒之，又師事之。詳見史記淮陰侯列傳。

〔五〕**蕭相國**：指蕭何。**參**：指曹參。蕭何、曹參皆曾任西漢丞相。**參之舍蓋
　　公**：指曹參禮聘膠西蓋公。參見鐵崖先生古樂府卷八覽古之七注。又，
　　史記樂毅列傳：“（太史公曰：）樂臣公學黃帝、老子，其本師號曰河上丈
　　人，不知其所出。河上丈人教安期生，安期生教毛翕公，毛翕公教樂瑕公，
　　樂瑕公教樂臣公，樂臣公教蓋公，蓋公教於齊高密膠西，爲曹相國師。”按：
　　或曰樂臣公即樂巨公，則田叔、曹參與劉邦皆曾受教於樂門師徒。

〔六〕**“相國之開迹於漢者”二句**：謂蕭何若能以賢者爲師，就不必依賴前朝典
　　籍爲治。史記蕭相國世家：“沛公至咸陽，諸將皆爭走金帛財物之府分之，
　　何獨先入收秦丞相御史律令圖書藏之。沛公爲漢王，以何爲丞相。項王
　　與諸侯屠燒咸陽而去。漢王所以具知天下阨塞，户口多少，彊弱之處，民
　　所疾苦者，以何具得秦圖書也。”

〔七〕**邵平**：或作召平。東陵侯召平獻策於蕭何，使免劉邦猜疑。詳見史記蕭
　　相國世家。

紀信論〔一〕

　　齊頃公危于鞌，逢丑父與君易位，而頃公免難〔二〕。此非出於忠臣
之誠，不可以君令迫而得也。漢王在滎陽，事本急矣，紀信請乘王車，
出東門以誑楚，曰：“漢王降楚！”楚偕之城東觀，王得與數十騎脱。
吁，信非漢之丑父與？丑父遇郤子之旌其節，以勸事君者而免死，信
於羽不免焚身之戮。死不死，信豈計哉？信知有君，不①知有身矣。
而丑父之呼，有倖生之心，乃有愧於信者耶！

　　　　木曰：“先生此文，於二子心事銖兩不失，此其所以爲史斷也。”

【校】

① “知有君不”四字：原本漫漶，據蔣氏刊本、陳于京刻本補。

【箋注】

〔一〕紀信：秦、漢之際爲劉邦部將。劉邦被圍於滎陽,紀信掩護劉邦脱逃,被俘
而死。史記項羽本紀:“漢將紀信説漢王曰:‘事已急矣,請爲王誑楚爲王,
王可以間出。’於是漢王夜出女子滎陽東門被甲二千人,楚兵四面擊之。
紀信乘黄屋車,傅左纛,曰:‘城中食盡,漢王降!’楚軍皆呼萬歲。漢王亦
與數十騎從城西門出,走成皋。項王見紀信,問:‘漢王安在?’信曰:‘漢王
已出矣。’項王燒殺紀信。”滎陽,今屬河南。

〔二〕“齊頃公危于鞌”三句:左傳成公二年:齊、晉兩軍戰於鞌,齊軍戰敗。敗
逃途中,車右逢丑父與主帥齊頃公調換位置,遂使齊頃公脱逃。“韓厥獻
丑父,郤獻子將戮之。呼曰:‘自今無有代其君任患者,有一於此,將爲戮
乎?’郤子曰:‘人不難以死免其君,我戮之不祥,赦之,以勸事君者。’乃
免之。”

辯蠹解〔一〕

蒯徹〔二〕,韓信之客也,語多補於信,乃訖不能挽信於走狗之烹,而
佯狂爲巫。吁,箕子佯狂爲奴〔三〕,閔宗國也;蒯徹佯狂爲巫,閔知己
也。言不行,計不聽,而不忍坐視其後禍,付於無可奈何,而極之於狂
也,亦足悲夫!

吾讀徹論,未嘗不智其決先幾,而又未嘗不義信之篤於不倍其主
也。以叛坐①信者,漢君相之過。鍾室之及〔四〕,信始歎不用徹言。徹
之忠於信者,盡矣。太史公謂徹驕淮陰,而淮陰取亡〔五〕。淮陰重違徹
言,懼負於漢耳,豈因之以驕乎? 世又以徹善爲長短説,論權變爲八
十一首,目爲辯士之蠹。徹與安期生輩干羽,而卒不受羽封〔六〕,復不
事漢,不爲漢僇辱,蓋輕世肆志,如魯連子之流者與〔七〕! 吾未敢以“辯
士②”目之。

【校】

① 叛坐:原本作“負叛”,陳于京刻本作“叛負”,據蔣氏刊本改。
② 辯士:陳于京刻本作“卞蠹”。

【箋注】

〔一〕辯蠱：即文中所謂"辯士之蠱"，指西漢蒯徹。蒯徹，韓信門下客，曾勸韓信自立爲王，韓信猶豫不忍背漢。詳見史記淮陰侯列傳。按：漢人因避武帝諱，多稱蒯徹爲蒯通。

〔三〕箕子：名胥餘。商紂王之叔，官任太師。商朝被西周取代後，避隱。參見史記殷本紀、周本紀。又，史記鄒陽列傳："箕子佯狂，接輿辟世。"可見箕子佯狂避世。

〔四〕鍾室之及：指蕭何誘勸韓信入朝，吕后使武士斬韓信於長樂鍾室。參見史記淮陰侯列傳。

〔五〕"太史公"二句：史記田儋列傳："太史公曰：甚矣蒯通之謀！亂齊驕淮陰，其卒亡此兩人。"

〔六〕"世又以"五句：史記田儋列傳："太史公曰……蒯通者，善爲長短説，論戰國之權變，爲八十一首。通善齊人安期生，安期生嘗干項羽，項羽不能用其策。已而項羽欲封此兩人，兩人終不肯受，亡去。"

〔七〕魯連子：即魯仲連。

建都言 設辭①

齊人婁敬請帝都關中〔一〕。帝問群臣，群臣争言周王數百年，秦二世。上決諸張良，良曰：

洛陽地薄，四面受敵，非用武之國。關中左殽、函〔二〕，右隴〔三〕、蜀，沃野千里。南有巴、蜀之饒，北有胡②苑之利〔四〕。阻三面而守，獨以一面東制諸侯。諸侯安定，河、渭漕輓天下〔五〕，西給京師；諸侯有變，順流而下，足以委輸。此所謂金城千里〔六〕，天府之國也〔七〕。

雖然，此以形便勢利言，而又有馮德恃義者焉。臣聞國之上守在人心，而下守在城郭之固、河山之險也。恃地利而德義不修，德義不修則人心不固。人心不固，雖左洞庭、右彭蠡，不能固三苗之宅〔八〕；左河、濟，右泰、華，南伊闕，北羊腸，不能保夏桀之居〔九〕。故曰：恃險而德不修，舟中皆敵國也〔十〕。

今陛下都關中，以守險付山河，而以保固付人心。人心③之固，不在家誓而户諮,顧陛下德之修不修何如耳! 惟陛下不以金城天府爲可恃,而以舟中敵國爲可戒,則二世而亡秦者不亡,而數百年而王周者,可致也已。

【校】

① 題下小注"設辭"二字,原本無,據蔣氏刊本增補。

② 胡: 原本作"湖",據青照堂叢書本改。參見注釋。

③ 心: 原本作"以",據蔣氏刊本、陳于京刻本改。

【箋注】

〔一〕婁敬: 漢高祖賜姓"劉",故多稱之爲劉敬。史記留侯世家:"劉敬説高帝曰:'都關中。'上疑之。左右大臣皆山東人,多勸上都雒陽:'雒陽東有成皋,西有殽、黽,倍河,向伊、雒,其固亦足恃。'"

〔二〕殽、函: 指崤山、函谷關。

〔三〕隴: 隴山,位於今陝西、甘肅交界處。

〔四〕胡苑: 史記留侯世家正義:"博物志云'北有胡苑之塞'。按上郡、北地之北與胡接,可以牧養禽獸,又多致胡馬,故謂胡苑之利也。"

〔五〕河、渭: 指黃河、渭水。

〔六〕金城千里: 漢賈誼過秦論上:"始皇之心,自以爲關中之固,金城千里,子孫帝王萬世之業也。"

〔七〕天府之國: 戰國策秦策一:"蘇秦始將連橫,説秦惠王曰:'大王之國……沃野千里,蓄積饒多,地勢形便,此所謂天府,天下之雄國也。'"

〔八〕"雖左洞庭"二句: 書虞書:"三苗之國,左洞庭,右彭蠡,在荒服之例,去京師二千五百里。"又,史記吳起列傳:"起對(魏武侯)曰:'在德不在險。昔三苗氏左洞庭,右彭蠡,德義不修,禹滅之。'"彭蠡,湖名。或謂即鄱陽湖。

〔九〕夏桀之居: 史記吳起列傳:"夏桀之居,左河、濟,右泰、華,伊闕在其南,羊腸在其北,修政不仁,湯放之。"集解:"皇甫謐曰:'壺關有羊腸阪,在太原晉陽西北九十里。'"伊闕,即龍門,位於今河南洛陽。

〔十〕"故曰"三句: 史記吳起列傳:"在德不在險。若君不修德,舟中之人盡爲敵國也。"

陳平論^{〔一〕} 立意不背本

　　管子曰:"生我者父母,知我者鮑叔也^{〔二〕}。"自管子有是言,而知己之恩,殆與父吾者同也。魏無知之於陳平^{〔三〕},實有難於鮑叔。平有才而亡行者也,何以當沛公之嫚罵哉^{〔四〕}!非無知力於舉才,則平何以望"户牖侯"之封於漢乎!辭封之際,平不歸功於無知,平爲不仁矣。烏乎,以其忍爲雲夢以陷寮友^{〔五〕},無知亦豈有望於平哉!推功於無知,而後平得"不背本"之稱於漢^{〔六〕}。此一事也,實足以蓋寡恩薄義之行云。

【箋注】

〔一〕陳平:西漢開國功臣。漢文帝時官至左丞相。先後受封户牖侯、曲逆侯,謚獻侯。生平詳見史記陳丞相世家。

〔二〕管子:即管仲。管仲於春秋時輔佐齊桓公,位至上卿。生平詳見史記管仲列傳。鮑叔:即鮑叔牙。管仲與鮑叔牙爲肺腑之交。

〔三〕魏無知:劉邦屬官。陳平背楚投漢,無知爲之引薦。其後有人指責陳平行爲不端,又爲開脱。事迹略見史記陳丞相世家。

〔四〕沛公之嫚罵:劉邦曾以鄙視辱罵儒生著稱。

〔五〕忍爲雲夢以陷寮友:指陳平獻策擒韓信。史記陳丞相世家:"漢六年,人有上書告楚王韓信反……上曰:'爲之奈何?'平曰:'古者天子巡狩,會諸侯。南方有雲夢,陛下弟出僞游雲夢,會諸侯於陳。陳,楚之西界,信聞天子以好出游,其勢必無事而郊迎謁。謁而陛下因禽之,此特一力士之事耳。'"

〔六〕"推功"二句:史記陳丞相世家:"於是與平剖符,世世勿絶,爲户牖侯。平辭曰:'此非臣之功也。'上曰:'吾用先生謀計,戰勝尅敵,非功而何?'平曰:'非魏無知臣安得進?'上曰:'若子可謂不背本矣。'乃復賞魏無知。"

曹參論^{〔一〕} 主意舍蓋公

　　漢相求師問道者尟矣。曹參治齊,獨有志於求師。其至齊也,悉召諸先生,問所以安集百姓者。使稷下諸子有一真儒出於蓋公上者[二],則齊國之理,豈卑於管、晏[三]?而諸儒集者百數,言人人殊,(句。)無以師參者。乃使之求膠西蓋公,治黃老言者,居所避之舍。用其言,齊亦理,而參稱賢相。它日治漢,遂使黃老廢儒。

漢之治道,安於苟簡。而二帝三王之制不可復於漢者[四],漢相國之罪,亦齊諸儒之罪也。

【箋注】

〔一〕曹參:西漢開國功臣,繼蕭何之後任丞相。生平及治齊用蓋公事,參見鐵崖先生古樂府卷八覽古之七注。

〔二〕稷下:齊國曾於國都臨淄稷門附近建有稷下學宮,人才彙聚。故此"稷下諸子"實指齊國衆儒。

〔三〕管、晏:春秋時齊國賢相管仲、晏嬰。

〔四〕二帝:唐堯、虞舜。三王:夏禹、商湯、周文王。

叔孫通論[一]

魯兩生譏通事十主①,皆面諛以取親貴[二]。則知通亦五季長樂老之儔耳[三]。其能增損秦儀,與漢初律令同録,使拔劍擊柱之徒抑首就約束,無敢譁而失禮者,亦爲能蕭、曹之所不能已[四],於通尚何責?

兩生曰:"禮樂所由起,積德百年而後可興也。"獨惜文、景之際[五],於其時可矣,而②儒者治申、韓、蘇、張之言者猶未罷[六];賈生、晁錯之徒[七],又③不能招通之招所不致如兩生者,制漢文典爲一王法,此則君子之遺憾也。於通果何責!

【校】

① 事十主:原本作"事于王",陳于京刻本作"事主",徑改。參見本文注釋所引漢書叔孫通傳。

② 而:原本作"兩",據蔣氏刊本、陳于京刻本改正。

③ 又:原本作"久",據陳于京刻本改。

【箋注】

〔一〕叔孫通：西漢初年任太常及太子太傅，主持制定漢朝宮廷禮儀。史記有傳。

〔二〕魯兩生：漢書叔孫通傳："於是通使徵魯諸生三十餘人。魯有兩生不肯行，曰：'公所事者且十主，皆面諛親貴。今天下初定，死者未葬，傷者未起，又欲起禮樂。禮樂所由起，百年積德而後可興也。吾不忍爲公所爲，公所爲不合古，吾不行。公往矣，毋污我！'"

〔三〕長樂老：五代馮道。馮道先後事四朝，相六帝，以及契丹，自號長樂老。新、舊五代史皆有傳。

〔四〕蕭、曹：蕭何、曹參，皆曾任西漢丞相。

〔五〕文、景：西漢文帝、景帝。

〔六〕申、韓、蘇、張：指戰國時人申不害、韓非子、蘇秦、張儀及其學説。宋吕祖謙撰大事記卷十一："漢孝武皇帝建元元年冬十月，舉賢良方正之士。轅固以老罷歸，以董仲舒爲江都相，莊助爲中大夫。治申、韓、蘇、張之言者皆罷之。"

〔七〕賈生：指賈誼。晁錯：漢景帝時官至御史大夫。兩人漢書皆有傳。

薛公論[一]

　　薛公料敵，何其神也！布果出下計而敗。楚有此故侯，（故楚令尹。）而布不能禮爲軍師，布不知人之過也。政由①吴、楚舉大事而不用劇孟[二]，知其無能爲已。吁，布不足責，項氏世將亦未之知也[三]。

【校】

① 政由：陳于京刻本作"亞夫曰"。

【箋注】

〔一〕薛公：故楚令尹，有韜略。其名不詳。西漢初年曾獻策與劉邦，平定英布，封千户侯。史記黥布列傳："上召諸將問曰：'布反，爲之奈何？'……滕公言之上曰：'臣客故楚令尹薛公者，其人有籌策之計，可問。'上迺召見問薛公。薛公對曰：‘布反不足怪也。使布出於上計，山東非漢之有也；出於中計，勝敗之數未可知也；出於下計，陛下安枕而卧矣。’”

〔二〕吳、楚：指吳王劉濞、楚王劉戊，二人於西漢景帝時挑起“七國之亂”。劇孟：西漢俠士。參見陳善學序刊楊鐵崖先生文集卷一悲吳王注。

〔三〕項氏：指項梁、項羽。

四老人辯①〔一〕

禄里在洞庭包山，蓋四老之舊居。皮日休有禄里詩。一作甪里。先生嘗論：

四老人者，秦皇、漢帝之不可迹而招者也。使爲子房一呼而至〔二〕，子房之奴不翅也，豈足以爲四老人哉！子房之所呼者，老人之贗者也。蓋子房一時巧術，借人間四老，以動漢廷，如優者之衣冠面目髭鬚爲②孫叔敖而出者〔三〕。漢祖驚見，以爲真，而太子之羽翼遂成，豈料其爲贗也哉！漢廷諸人，罔有覺者，墮良之術深矣。太史公闕而不録〔四〕，其知良之所爲者歟！

【校】

① 原本題下小字注“見古樂府注云”，蔣氏刊本作“見古樂府紫芝曲注”。原本有目無文，今據蔣氏刊本增補。又，鐵崖先生古樂府卷一紫芝曲詩後吳復跋文、陳善學序刊楊鐵崖先生文集卷一商山芝引論録有此文，據以校勘。

② 髭鬚爲：陳善學刊本作“彷如”。

【箋注】

〔一〕四老人：即所謂“商山四皓”。本文撰期當在元至正八年（一三四八）七月以前。參見鐵崖先生古樂府卷一紫芝曲注。

〔二〕子房：張良字。劉邦曾欲廢太子而立趙王，張良爲吕后設計，以“商山四皓”輔佐太子，皇太子地位得以保全。參見鐵崖先生古樂府卷一旦春詞注。

〔三〕孫叔敖：春秋時楚國賢相。孫叔敖去世後，樂人優孟曾假扮孫叔敖，模仿惟妙惟肖，以致楚王及其左右之人無從辨别真假。詳見史記優孟列傳。

〔四〕太史公：指司馬遷。

或問陳平不斬樊噲〔一〕

或問："陳平不奉詔斬噲，蓋能以義制命，亦可以贖僞游禽信之罪者歟〔二〕？"

抱遺老人曰："平不辯噲之讒，顧獻策馳傳載勃以斬噲〔三〕，豈知以義制命者耶？其不斬噲，以噲吕后弟嬃之夫〔四〕，帝駕將晏、漢牝將鳴矣〔五〕。不斬噲者，慮忤后爾，豈知以義制命者耶！"

【箋注】

〔一〕陳平：劉邦謀臣。參見本卷陳平論。樊噲：吕后妹夫。史記樊噲列傳："噲欲以兵盡誅滅戚氏、趙王如意之屬。高帝聞之大怒，乃使陳平載絳侯代將，而即軍中斬噲。陳平畏吕后，執噲詣長安。至則高祖已崩，吕后釋噲，使復爵邑。"

〔二〕僞游禽信：指陳平謊稱漢高祖游雲夢而誘擒韓信。詳見史記陳丞相世家。

〔三〕勃：指絳侯周勃。

〔四〕吕嬃：吕后胞妹。吕后四年，封臨光侯。

〔五〕漢牝：指吕后。

周昌論〔一〕

高帝有疑於盈〔二〕，而以如意爲類己〔三〕，此太子之欲易也。言既出，如意無生理矣，縱托以蕭、曹重臣〔四〕，不能爲其母子地，況騎項之人乎〔五〕！趙堯之策〔六〕，妄帝爾，意在代昌，而昌陷其計，徒①以貴强受托相趙。吁，昌果何以爲如意地耶？高帝死，戚氏已在虀類矣〔七〕。當戚氏衣赭時〔八〕，昌於如意惟有竊負而逃，否則與偕死，爲漢肥義亦可爾〔九〕。雖拒詔至三反，后一怒即至。如意鴆而戚氏虀〔十〕，昌何面目見高帝地下乎！

【校】

① 徒：<u>陳于京</u>刻本作"卒"。

【箋注】

〔一〕<u>周昌</u>：<u>劉邦</u>鄉人，秦時爲<u>泗水</u>卒史。追隨<u>劉邦</u>，先後任中尉、御史大夫，封爲<u>汾陰侯</u>。又爲<u>趙王 如意</u>之相。傳附<u>史記 張丞相列傳</u>。

〔二〕<u>盈</u>：<u>漢惠帝</u>名。<u>劉盈</u>乃<u>劉邦</u>與<u>呂后</u>所生。

〔三〕<u>如意</u>：即<u>趙隱王</u>，<u>劉邦</u>與<u>戚夫人</u>所生。<u>史記 呂后本紀</u>："<u>呂太后</u>者，<u>高祖</u>微時妃也，生<u>孝惠帝</u>、女<u>魯元太后</u>。及<u>高祖</u>爲<u>漢王</u>，得<u>定陶 戚姬</u>，愛幸，生<u>趙隱王 如意</u>。<u>孝惠</u>爲人仁弱，<u>高祖</u>以爲不類我，常欲廢太子，立<u>戚姬</u>子<u>如意</u>，<u>如意</u>類我。"

〔四〕<u>蕭</u>、<u>曹</u>：<u>蕭何</u>、<u>曹參</u>。

〔五〕<u>騎項之人</u>：指<u>周昌</u>。<u>漢書 周昌傳</u>："<u>昌</u>嘗燕入奏事，<u>高帝</u>方擁<u>戚姬</u>，<u>昌</u>還走。<u>高帝</u>逐得，騎<u>昌</u>項，上問曰：'我何如主也？'<u>昌</u>仰曰：'陛下即<u>桀</u>、<u>紂</u>之主也。'"

〔六〕<u>趙堯</u>：漢初任符璽御史，年少而狡詐。<u>史記 周昌列傳</u>："<u>昌</u>爲人強力，敢直言，自<u>蕭</u>、<u>曹</u>等皆卑下之……是後<u>戚姬</u>子<u>如意</u>爲<u>趙王</u>，年十歲，<u>高祖</u>憂即萬歲之後不全也……<u>趙堯</u>侍<u>高祖</u>，<u>高祖</u>獨心不樂……<u>趙堯</u>進請問曰：'陛下所爲不樂，非爲<u>趙王</u>年少而<u>戚夫人</u>與<u>呂后</u>有郤邪？備萬歲之後而<u>趙王</u>不能自全乎？……陛下獨宜爲<u>趙王</u>置貴強相，及<u>呂后</u>、太子、群臣素所敬憚乃可。'<u>高祖</u>曰：'然。吾念之欲如是，而群臣誰可者？'<u>堯</u>曰：'御史大夫<u>周昌</u>。'……於是徙御史大夫<u>周昌</u>爲<u>趙</u>相……遂拜<u>趙堯</u>爲御史大夫。"

〔七〕<u>彘類</u>：<u>呂后</u>斷<u>戚夫人</u>手足，去眼熏耳，飲瘖藥，使居鞫域中，名曰"人彘"。詳見<u>漢書 外戚傳</u>。

〔八〕<u>衣赭</u>：穿囚衣。古時囚衣多染成赭色。<u>漢惠帝</u>登基，<u>呂后</u>成皇太后後，乃令永巷囚<u>戚夫人</u>，髡鉗衣赭衣，令春。參見<u>漢書 外戚傳</u>。

〔九〕<u>肥義</u>：<u>趙國</u>丞相，輔佐<u>惠文王</u>，立誓捨身護持。參見本卷肥義論。

〔十〕<u>如意鴆而戚氏彘</u>：詳見<u>史記 呂后本紀</u>。

或問酈寄賣友^{〔一〕} 寄似字況

或問："<u>寄</u>爲賣友，<u>班史</u>已辯^{〔二〕}。先儒（<u>楊氏</u>）又以<u>寄</u>劫而後從^{〔三〕}，

功不足以贖罪。其説何如?"

　　抱遺老人曰:"此況所以爲賣友非也。漢之賣友,則有其人。"或問爲誰,曰:"鄜侯、户牖侯是也[四]。雲夢之僞,鍾室之紿①,媒致淮陰以冤死[五]。二子賣友,君子忍之! 況之賣禄,非出於素心,而出於平、勃之劫其父也[六],則非二子比已。況之賣友,其名可辭。"

　　　　木曰:"賣友之款,翻在何、平,而寄罪以出。此先生史斷出人入人之公,雖地下無不伏也。"

【校】

① 紿: 陳于京刻本作"召"。

【箋注】

〔一〕鄜寄賣友: 漢書鄜商傳:"其子寄,字況,與吕禄善。及高后崩,大臣欲誅諸吕,吕禄爲將軍,軍於北軍,太尉勃不得入北軍,於是乃使人劫商,令其子寄紿吕禄。吕禄信之,與出游,而太尉勃乃得入據北軍,遂以誅諸吕。……天下稱鄜況賣友。"按: 鄜寄字況,"況"或作"兄"。故題下小字注曰"似字況"。參見史記吕后本紀徐廣注。

〔二〕班史: 指班固。漢書樊鄜滕灌傅靳周傳:"(贊曰:)當孝文時,天下以鄜寄爲賣友。夫賣友者,謂見利而忘義也。若寄父爲功臣而又執劫,雖摧吕禄,以安社稷,誼存君親,可也。"

〔三〕楊氏: 指宋人楊時。其生平詳見宋史道學傳。清葉澐綱鑑會編卷十二:"楊時曰: 諸吕擅兵,謀危劉氏,忠臣所共切齒。寄乃與之友善,商亦莫之禁也。雖摧吕禄,乃以劫而後從,功亦不足以贖其罪矣。賣友與否,非所論也。"

〔四〕鄜侯: 指蕭何。户牖侯: 即陳平。

〔五〕"雲夢之僞"三句: 指蕭何、陳平二人誘擒韓信,而致韓信冤死。淮陰: 指淮陰侯韓信。參見本卷陳平論、辯蠱解。

〔六〕平、勃: 丞相陳平、絳侯周勃。史記吕后本紀:"曲周侯鄜商老病,其子寄與吕禄善。絳侯乃與丞相陳平謀,使人劫鄜商,令其子寄往紿説吕禄。"

朱虛侯論[一] 章①

脱大臣之禍,而起諸吕之權者,張辟彊(良之子②)也[二]。大臣依之而誅諸呂者,朱虛侯也。辟彊罪當誅,而朱虛之功當封,不在平、勃下也〔三〕。文帝論功,益户有差,而朱虛不加恩,何耶?以立齊王之嫌而絀之也〔四〕。吁,帝亦不廣矣。越二年,有司請立諸侯王,章始與河間、濟北,爲城陽王〔五〕。帝負其功而章不怏怏,章之德也夫!

【校】

① 蔣氏刊本題作朱虛侯劉章論,無題下小字注"章"。
② 良之子:原本與蔣氏刊本、陳于京刻本皆作"良之孫",據史記呂后本紀改。

【箋注】

〔一〕朱虛侯:劉章,漢高祖劉邦孫,齊悼惠王劉肥次子,妻爲呂禄女。與陳平、周勃等合謀誅滅呂氏。文帝時立爲城陽王。生平詳見史記齊悼惠王世家。
〔二〕"脱大臣之禍"三句:史記呂后本紀:"孝惠帝崩。發喪,太后哭,泣不下。留侯子張辟彊爲侍中,年十五,謂丞相曰:'太后獨有孝惠,今崩,哭不悲,君知其解乎?'丞相曰:'何解?'辟彊曰:'帝毋壯子,太后畏君等。君今請拜呂台、呂産、呂禄爲將,將兵居南北軍,及諸呂皆入宫,居中用事,如此則太后心安,君等幸得脱禍矣。'丞相迺如辟彊計。太后説,其哭迺哀。呂氏權由此起。"
〔三〕平、勃:指丞相陳平、絳侯周勃。
〔四〕齊王:指齊哀王,即朱虛侯之兄劉襄。劉襄爲悼惠王劉肥長子、劉邦長孫。史記齊悼惠王世家:"諸呂憚朱虛侯,雖大臣皆依朱虛侯,劉氏爲益强。其明年,高后崩。趙王呂禄爲上將軍,呂王産爲相國,皆居長安中,聚兵以威大臣,欲爲亂。朱虛侯章以呂禄女爲婦,知其謀,乃使人陰出告其兄齊王,欲令發兵西,朱虛侯、東牟侯爲内應,以誅諸呂,因立齊王爲帝。"
〔五〕"有司"三句:史記孝文本紀:"有司請立皇子爲諸侯王。上曰:'趙幽王幽死,朕甚憐之,已立其長子遂爲趙王。遂弟辟彊及齊悼惠王子朱虛侯章、東牟侯興居有功,可王。'乃立趙幽王少子辟彊爲河間王,以齊劇郡立朱虛侯爲城陽王,立東牟侯爲濟北王。"

或問陳平決獄錢穀之對〔一〕

或問陳平決獄錢穀之對。抱遺老人曰:此平譑言爾。宰相於天下事無不知，況於獄數係人命，金穀之數係國命。廷尉内史，其職主也，而一歲生殺出納之數，上計冢宰者，獨可不知乎！使帝問天下户口阨塞之數，平又將孰推乎？平所學黄老術、戰國之縱横説爾。其陳相職於帝者，平果能之否乎？亦不過勦言以妄帝爾。帝以其言爲善，而勃又慚其言，因免位而去，平遂專相以爲德色^①。君子哂之。

【校】

① 色：原本作“也”，據蔣氏刊本改。

【箋注】

〔一〕陳平：西漢丞相。參見本卷陳平論。漢荀悦前漢紀卷七孝文：“丞相平病，讓位於太尉。周勃爲左丞相，位第一；平爲右丞相，位第二；大將軍灌嬰爲太尉。上問勃：‘天下一歲決獄錢穀出入幾何？’謝不知，甚媿之。上以問平，平曰：‘陛下即問決獄，責廷尉；問錢穀，責治粟内史。’上曰：‘君所主者何事？’對曰：‘陛下不知臣駑下，使臣待罪宰相。宰相在上佐天子調理陰陽，下遂萬物之宜，外鎮撫四夷，内親附百姓，使公卿大夫各得其職。’……勃謝病，歸相印平，轉爲右丞相。”

讀文帝南越王佗書^{〔一〕}

甚矣，言之不可以已也，矧王言之大乎！余讀漢文帝賜佗書，悃悃乎、瀝瀝乎，不忍脱去其口。烏乎，何其仁之隱、義之厚也！側室皇帝以是感之^{〔二〕}，老夫^①臣佗以是謝之^{〔三〕}。化狂僭爲抑畏，移誖嫚爲訟咎，雖隆慮侯^②（周竈）百萬之師横行南粵^{〔四〕}，其效未必如是之捷也。故余讀西京之文^{〔五〕}，必讀文帝書，而吕相絶秦之書爲不足誦^{〔六〕}。

木嘗侍先生讀文帝書，問先生：“此書豈文帝自作耶？抑有代言者耶？”先生曰：“帝之謚文者，以此書爾。先儒謂詔詞皆文帝肝膈語，則此書之悃款，亦出於親譔^③無疑。後來相如諭蜀文^{〔七〕}，則襲帝而作者。”

【校】

① 夫：蔣氏刊本、陳于京刻本作“大”。

② 侯：原本無，據陳于京刻本補。

③ 譔：陳于京刻本作“札”。

【箋注】

〔一〕文帝：西漢文帝。漢高祖劉邦之子，母薄姬，漢惠帝庶弟。生平見史記孝文帝本紀。南越王佗：即南粤王趙佗，漢書有傳。

〔二〕側室皇帝：指漢文帝。文帝賜趙佗書曰：“皇帝謹問南粤王，甚苦心勞意。朕，高皇帝側室之子。”顔師古注曰：“言非正嫡所生也。”參見漢書南粤王趙佗傳。

〔三〕“老夫”句：漢書南粤王趙佗傳：“陸賈至，南粤王恐，乃頓首謝，願奉明詔，長爲藩臣，奉貢職……因爲書稱：‘蠻夷大長老夫臣佗昧死再拜上書皇帝陛下。’”

〔四〕隆慮侯：周竈，爲隴西將軍，吕太后曾遣周竈往擊南越。參見史記南越尉佗列傳。

〔五〕西京：指西漢。

〔六〕吕相絶秦之書：宋吕祖謙左氏傳續説卷八成公十三年：“晉侯使吕相絶秦。魏錡封於吕邑，故稱吕相。晉欲伐秦，故先數秦之罪。後世檄書蓋自此始。然此書大抵多是誣秦，此可見風俗之變。向來辭命，初未嘗有不著實者，虚言相誣，蓋自此始。”

〔七〕相如諭蜀文：指司馬相如所撰喻巴蜀檄，載文選卷四十四。

讀賈生治安策①〔一〕

余讀賈生文，至治安策，凡五千七百有餘言，讀之亹亹，唯恐其語終，不知其煩也。

其爲文帝規畫治體，圖謀遠慮，大抵害陳而利以見。首言“可痛哭者”，諸侯王之必危必亂，此肺腑之害。次言“可流涕者”，匈奴之上下倒懸，此四肢之害。又次言“可長太息者”，服制亡等，剽敓矯僞無行義，此外膚之害。大臣事簿書期會，而無移風易俗之道，推極於秦滅四維而亡，此又心害。必定經制而有所持循，太子之教，必有其素，輔翼者必有其具，推極於胡亥之亡教殺人〔二〕，此又繼體之害。故人主安危之積,在取舍之定,以湯、武之仁義禮樂〔三〕,與秦之法令刑罰較其明效大驗,此取舍辯②也。末及體貌大臣,推極於豫讓之抗節報主〔四〕。父兄之臣,死宗廟;法度之臣,死社稷;輔翼之臣,死君上;守圉扞敵之臣,死城郭封疆。(自注曰:誼立此死節之例,實爲漢家大閑。以此立教,後世猶有孔光、張禹之徒〔五〕,隳其節以亡劉氏之國者。)爲厲廉恥、行禮義之所致,此又取舍定之明效大驗也。其先後輕重,成敗得失,有本有末,至切至著,雖使兩生復起〔六〕,不易其言。方之後日晁、董諸子〔七〕,言非事實,迂而少迫也,煩而寡要也,豈不爲西京策臣之冠乎!

其文氣筆力,吾未暇論,獨惜文帝有臣如誼,乃爲絳、灌不學之徒以紛亂短之〔八〕,屈爲長沙梁王傅而出〔九〕。在梁,猶上淮陽代疏〔十〕,憂不忘君。數歲之後,見其言之驗,而誼亦死矣。烏乎,豈天未欲禮樂治漢天下也耶!

【校】

① 陳于京刻本置本篇於卷下之首。

② 辯:陳于京刻本作"卞"。

【箋注】

〔一〕賈生:西漢賈誼。治安策:又名陳政事疏,賈誼遭貶謫後撰寫,首言"臣竊惟事勢,可爲痛哭者一,可爲流涕者二,可爲長太息者六。"詳見漢書賈誼傳。

〔二〕胡亥:秦二世。詳見史記秦始皇本紀。

〔三〕湯、武:商湯、周武王。

〔四〕豫讓:參見本卷豫讓國士論。

〔五〕孔光、張禹:漢書皆有傳。參見陳善學序刊楊鐵崖先生文集卷一大司徒、張特進注。

〔六〕兩生:蓋指漢初堅辭叔孫通徵召之"魯兩生"。參見本卷叔孫通論注。

〔七〕晁、董:指西漢人晁錯、董仲舒。

〔八〕絳、灌:指絳侯周勃、灌嬰。二人短賈誼事,參見鐵崖先生古樂府卷八覽古之八注。

〔九〕梁王:即梁懷王。梁懷王名勝,文帝少子。好書,文帝寵愛,故令賈誼傅之。參見史記賈生列傳。

〔十〕淮陽代疏：賈誼認爲，文帝親信淮陽王與代王太過薄弱，故此上疏獻計。漢書賈誼傳：“初，文帝以代王入即位，後分代爲兩國，立皇子武爲代王，參爲太原王，小子勝則梁王矣。後又徙代王武爲淮陽王，而太原王參爲代王，盡得故地。居數年，梁王勝死，亡子。誼復上疏曰：‘……陛下所以爲蕃扞及皇太子之所恃者，唯淮陽、代二國耳……臣之愚計，願舉淮南地以益淮陽，而爲梁王立後，割淮陽北邊二三列城，與東郡以益梁；不可者，可徙代王而都睢陽。’”

吊賈太傅文①〔一〕

吁嗟大夫兮，洛産之材〔二〕。（洛産，用楚産語。）天既材之以産兮，豈掩草萊。帝辟子以博通兮，歲起之至大中〔三〕。欶以適（音“謫”）而置兮，嗟孰罪其余訌！帝改聽以信娼②兮，娼兮以齒之卑。去去長沙兮，敬吊楚纍〔四〕。服告予以當逝兮〔五〕，曾慁藋乎何疑（叶“牛”）！宣室再召③兮，廼訽鬼幽〔六〕。（終於不遇。）誓改秦索兮，述我漢經。（此誼本④志。）念靈脩之玄默兮〔七〕，又何嗛嗛於未能？烈日必熭兮，刀必以割。彼髊髀之骳兮，豈微芒之可愨（作“確”）！封國亡制兮，指大而股老〔八〕（而與反）。上弗威兮，鼠嘯而虎。國人不以爲憂兮，今之政者殆而墜。靈脩如弗及兮，又逾河而去之。（妙自不在强用氣力。）已矣乎！國其不我知兮，吾憂國而不忘。賴先言之有徵兮，崛吳、楚之合從〔九〕。（叶“倚”⑤。見得誼有高識。）梁山崩兮河水漂，哀若人兮不可招。些以服之臆兮，離形以自超。曰吾累之未遺兮，羌爽然其意銷〔十〕。（只就⑥服賦結底，亦太史公意。）

　　朩曰：“先生吊賈太傅文僅二百餘言，而太傅之出處得喪、去就死生，皆備見焉。然其辭不脱乎楚聲，此其難也。尚論古辭，豈在韓子田橫文下〔十一〕！”

【校】

① 陳于京刻本置本篇於卷下讀賈生治安策之後。

② 娼：原本作“始”，據蔣氏刊本、陳于京刻本改。

③ 召：原本作“名”，據蔣氏刊本、陳于京刻本改。

④ 本：原本作“不”，據蔣氏刊本改。

⑤ 倚：蔣氏刊本、陳于京刻本作“椿”。

⑥ 就：陳于京刻本作“説”。

【箋注】

〔一〕賈太傅：西漢賈誼。賈誼曾任長沙王傅、梁懷王傅，故稱。

〔二〕洛產之材：賈誼爲雒陽（今屬河南）人。此句仿孟子滕文公上：“陳良，楚
　　　產也。”

〔三〕大中：大中大夫。賈誼年二十餘，召爲博士，旋即超擢爲大中大夫。

〔四〕“去去長沙兮”二句：謂賈誼徙往長沙，不樂。渡湘水，撰賦吊屈原。楚
　　　纍，指屈原。

〔五〕服：指鵬，即鵩鳥。參見賈誼鵩鳥賦。

〔六〕“宣室再召”二句：孝文帝於宣室召見賈誼，問鬼神之本。參見史記賈生
　　　列傳。

〔七〕靈脩：指君王。

〔八〕“指大”句：賈誼陳政事疏：“天下之勢，方病大瘇。一脛之大幾如要，一指
　　　之大幾如股。”

〔九〕吳、楚之合從：指吳王劉濞、楚王劉戊等相勾結，於漢景帝時發動“七國之
　　　亂”。參見本卷薛公論。

〔十〕“曰吾累”二句：賈誼鵩鳥賦：“不以生故自寶兮，養空而浮；德人無累兮，
　　　知命不憂。細故蒂芥兮，何足以疑！”

〔十一〕韓子：指韓愈。韓愈有祭田橫墓文。

卷九十八　史義拾遺卷下

或問蕭何周勃

或問：“蕭何、周勃之賢相,皆下廷尉[一],爲二帝盛德之累[二]?”

抱遺老人曰：“文帝無累也。勃在絳被甲[三],又令家人每出①持兵,雖無反心,而有反具[四],告勃者,疑不妄也。帝於法不得免其逮治,然即以太后言解其無罪,持使節赦勃,復爵邑,帝德愈彰矣。高祖以何請苑爲自媚於民,而械繫之,淺中之見也。微王衛尉之諫,則何不赦[五],高帝豈賢於文帝哉!”

【校】

① 出:原本無,據蔣氏刊本補。

【箋注】

〔一〕下廷尉:蕭何、周勃皆曾犯案入獄,詳見史記蕭相國世家、絳侯周勃世家。

〔二〕二帝:指漢高祖、漢文帝。

〔三〕絳:今山西絳縣。周勃封地在此。史記絳侯周勃世家:“(文帝時周勃)免相就國。歲餘,每河東守尉行縣至絳,絳侯勃自畏恐誅,常被甲,令家人持兵以見之。其後人有上書告勃欲反,下廷尉。”

〔四〕青照堂叢書本附編者李元春評語曰:“予論淮陰亦然。”

〔五〕“高祖以何請苑”五句:上林苑空地多廢棄不用,蕭何遂請求還地於民,使耕種。漢高祖大怒,以爲“取苑媚民”,蕭何因此入獄。王衛尉爲之開脫而獲釋。詳見史記蕭相國世家。

殺薄昭議[一]

“李德裕之議,忍文帝之殺也[二];司馬公之議,與文帝之殺也[三];

程子之議〔四〕，又以二①論皆非。裁以法，主於義，義行於權。先王之制有八議〔五〕，八議設而後輕重得其宜。三説何從？"

予謂程議亦本於後來田叔能全帝恩於梁王〔六〕，而太后始爲飲食者，而有此論也。余謂梁王於帝，同②母弟也，其忕於邪臣勝、詭者。（公孫詭、羊勝③也〔七〕。）勝、詭已伏誅，梁王可無恙。昭於義，必有當誅而不可宥，甚於陰刺議臣者。（袁盎也。）文帝，仁明之主；張釋之輩〔八〕，明法之臣，豈有暗於義法而峻殺一國舅者乎？帝之由代入國〔九〕，昭功居先，至掌兵爲大將軍，則其忕恩私以奸國紀，而在必誅之法可知矣，豈有以忿争殺使者，（破程論。）而文帝堅於必誅，太后不以爲解，廷臣不以爲諍也耶？善乎魏文之議〔十〕，千古無易！（"舅、后之家，但當養之以恩，不當假之以權。既觸罪，法又不得不害④也"。此譏文帝之始不防閑也。）

【校】

① 又以二：原本作"入以上"，據蔣氏刊本、陳于京刻本改。

② 同：原本作"向"，據蔣氏刊本、陳于京刻本改。

③ 公孫詭、羊勝：原本作"公孫勝、羊詭"，據史記梁孝王世家改。

④ 害：蔣氏刊本作"用"。

【箋注】

〔一〕薄昭：漢文帝母薄姬之弟，故後文稱之爲"國舅"。高祖時任車騎將軍，文帝封爲軹侯。漢書文帝紀："（文帝）十年冬，行幸甘泉。將軍薄昭死。"注："鄭氏曰：'昭殺漢使者，文帝不忍加誅，使公卿從之飲酒，欲令自引分。昭不肯，使群臣喪服往哭之，乃自殺。有罪，故言死。'如淳曰：'一説昭與文帝博，不勝，當飲酒。侍郎酌，爲昭少，一侍郎譴呵之。時此郎下沐，昭使人殺之。是以文帝使自殺。'師古曰：'外戚恩澤侯表云坐殺漢使者自殺。鄭説是也。'"

〔二〕"李德裕之議"二句：李德裕認爲文帝迫令薄昭自殺，過於殘忍。唐李德裕李文饒外集卷一張禹論："漢文帝誅薄昭，斷則明矣，於義則未安也……況太后尚存，唯一第（弟）薄昭，斷之不疑，非所以慰母氏之心也。"

〔三〕"司馬公之議"二句：謂司馬光贊同文帝殺薄昭。資治通鑑卷十四漢紀六："臣愚以爲法者天下之公器，惟善持法者，親疏如一，無所不行，則人莫敢有所恃而犯之也。夫薄昭雖素稱長者，文帝不爲置賢師傅而用之典兵，

驕而犯上,至於殺漢使者,非有恃而然乎? 若又從而赦之,則與成、哀之世
何異哉?"

〔四〕程子: 指程頤。宋朱熹編二程遺書卷十八:"漢文帝殺薄昭,李德裕以爲
殺之不當,溫公以爲殺之當,説皆未是。據史,不見他所以殺之故,故須是
權事勢輕重論之。不知當時薄昭有罪,漢使人治之,因殺漢使也? 還是薄
昭與漢使飲酒,因忿怒而致殺之也? 漢文帝殺薄昭而太后不安,奈何? 既
殺之,太后不食而死,奈何? 若漢治其罪而殺漢使,太后雖不食,不可免
也。須權佗那箇輕,那箇重,然後論他殺得當與不當也。"

〔五〕八議: 一曰議親之辟,二曰議故之辟,三曰議賢之辟,四曰議能之辟,五曰
議功之辟,六曰議貴之辟,七曰議勤之辟,八曰議賓之辟。參見周禮秋官
司寇。

〔六〕田叔: 漢書田叔傳:"梁孝王使人殺漢議臣爰盎,景帝召叔案梁,具得其
事。還報,上曰:'梁有之乎?'對曰:'有之。''事安在?'叔曰:'上無以梁
事爲問也。今梁王不伏誅,是廢漢法也;如其伏誅,太后食不甘味,卧不安
席,此憂在陛下。'於是上大賢之。"按: 爰盎,本文作袁盎。見下。

〔七〕羊勝、公孫詭: 齊人。多奇邪計,梁王遣之刺殺袁盎。詳見史記梁孝王
世家。

〔八〕張釋之: 西漢文帝、景帝時任廷尉。史記有傳。

〔九〕由代入國: 文帝原封代王,周勃、陳平、薄昭等協力剷除吕后黨羽之後,被
擁立爲皇帝。

〔十〕魏文: 指魏文帝曹丕。曹丕與王朗書論及此事。小字注"舅、后之家"以
下五句,即出自與王朗書(文載三國志文類卷四十三)。

馮唐善諫[一]

進言之方,有風①諫,有譎諫,有激諫[二]。唐言頗、牧於文帝[三],
其得激諫之效與! 魏尚在雲中[四],坐上功首虜差六級,而文帝下之
吏,此與信郭開讒而罪李牧者何遠[五]? 唐一言而復尚雲中守,老人之
言何其應之捷哉! 故曰激諫之效。

【校】

① 風: 陳于京刻本作"諷"。

【箋注】

〔一〕馮唐：西漢文帝時官至車騎都尉。早年以孝著稱。史記有傳。

〔二〕"進言之方"四句：宋胡宏皇王大紀卷六十九三王紀敬王："孔子曰：'諫有五：一曰譎諫，二曰戇諫，三曰降諫，四曰直諫，五曰風諫。吾其從風諫者乎！'"

〔三〕頗、牧：即廉頗、李牧，皆戰國名將。漢書馮唐傳："上既聞廉頗、李牧爲人，良說，乃拊髀曰：'嗟乎！吾獨不得廉頗、李牧爲將，豈憂匈奴哉！'唐曰：'主臣！陛下雖有廉頗、李牧，不能用也。'上怒，起入禁中。良久，召唐讓曰：'公衆辱我，獨亡間處虖？'唐謝曰：'鄙人不知忌諱。'"

〔四〕魏尚：槐里人。漢文帝時爲雲中守將。漢書馮唐傳。"（馮唐對曰：'魏尚）終日力戰，斬首捕虜，上功莫府，一言不相應，文吏以法繩之。其賞不行，吏奉法必用。愚以爲陛下法太明，賞太輕，罰太重。且雲中守尚坐上功首虜差六級，陛下下之吏削其爵，罰作之。繇此言之，陛下雖得李牧，不能用也。'"

〔五〕郭開：戰國末年趙王之寵臣。趙王聽信郭開讒言而誅殺大將李牧，參見戰國策趙策四。

議文帝不相廣國〔一〕

文帝欲相廣國，恐天下以私廣國，卒不相〔二〕。議者以文帝不能以至公處己〔三〕，廣國果賢，雖親不廢可也。

余謂禮有避嫌，法有避私。避私①者，戚黨爲最。薄將軍以假借權力②〔四〕，不免其身③。使廣國在位，恂謹退抑，懼蹈昭轍也，則必不能如申屠嘉之治帝旁弄臣矣〔五〕。廣國果賢，即帝相之，亦必不就，就則吾知廣國之非賢矣。

木曰："善！善議議綱目之議者〔六〕，楊氏也。此議一出而前議緩矣④。"

【校】

① 避私：原本承上而脱，據陳于京刻本補。

② 力: 陳于京刻本作"立"。

③ 身: 陳于京刻本作"親"。

④ 跋文"木曰"以下凡二十三字,原本無,據陳于京刻本補。

【箋注】

〔一〕廣國: 竇廣國。漢文帝竇皇后之弟。生平附見史記外戚世家竇太后。

〔二〕"文帝"三句: 漢書申屠嘉傳:"張蒼免相,文帝以皇后弟竇廣國賢有行,欲相之,曰:'恐天下以吾私廣國。'久念不可。而高帝時大臣餘見無可者,乃以御史大夫嘉爲丞相。"

〔三〕議者: 指宋人楊時。龜山集卷九史論申屠嘉:"文帝以竇廣國有賢行,欲相之。恐天下以爲私,不用,用申屠嘉。此乃文帝以私意自嫌,而不以至公處己也。廣國果賢耶,雖親不可廢;果不賢耶,雖疎不可用,吾何容心哉! 當是時,承平日久,英材間出,擇可用者用之可也,必曰高帝舊臣,過矣。"篇末章木跋文所謂"善議議綱目之議者,楊氏也",即指此。

〔四〕薄將軍: 指薄昭。參見本卷殺薄昭議。

〔五〕治帝旁弄臣: 指申屠嘉嚴治文帝弄臣鄧通,詳見漢書申屠嘉傳。

〔六〕綱目: 指朱熹所撰資治通鑑綱目。

議文帝短喪〔一〕

議者以文帝溺小仁、廢大禮,爲有罪於天下後世。

余曰:"文帝使博士諸生依據六經作王制〔二〕,其於喪祭之禮昭昭矣。至遺詔短喪,特謙德自損之言,又爲時之厚葬破業、重服傷生者矯其過而設也。初非著爲令甲,使天下後世準以①爲法。世無孝子慈孫,輒援爲前典,孝子之罪也,於文帝何尤!"

木嘗侍先生講此,曰:"如高帝之病,不肯迎②醫,曰:'吾命在天,雖扁鵲何益?'訖罷醫〔三〕。在高帝之言則可,其在子孫則不可。後人遂欲以高帝之言廢嘗藥之孝,此大不可!"

【校】

① 以: 陳于京刻本作"之"。

② 迎：陳于京刻本作"服"。

【箋注】

〔一〕文帝短喪：指漢文帝遺詔改革喪制。短喪，減少服喪時間。語出孟子盡心上。漢書文帝紀："（後元）七年夏六月己亥，帝崩于未央宫。遺詔曰：'朕聞之，蓋天下萬物之萌生，靡不有死。死者天地之理，物之自然，奚可甚哀！當今之世，咸嘉生而惡死，厚葬以破業，重服以傷生，吾甚不取……其令天下吏民，令到出臨三日，皆釋服。'"

〔二〕"文帝"句：漢書郊祀志上："（即位十四年）夏四月，文帝親拜霸渭之會，以郊見渭陽五帝……而使博士諸生刺六經中作王制，謀議巡狩封禪事。"

〔三〕"如高帝"五句：漢書高帝紀下："上擊布時，爲流矢所中，行道疾。疾甚，吕后迎良醫。醫入見，上問醫。曰：'疾可治。'於是上嫚駡之，曰：'吾以布衣提三尺取天下，此非天命乎？命乃在天，雖扁鵲何益！'遂不使治疾，賜黄金五十斤，罷之。"

忠烏賦 悼侍御大夫晁錯也〔一〕

錯號"智囊"〔二〕，而不能保其軀，何也？錯之智，豈不知口讓多怨耶！錯患諸侯王强大不可制，即賈誼之憂於帝者〔三〕，故請削地以尊天子、安宗廟，所謂萬世利者是也。七國反〔四〕，以誅錯爲名，帝又信讒於袁盎〔五〕，故錯斬東市。世不悲其智，而哀其忠，良史如太史公，猶以"變古亂常，取亡其軀"病錯也〔六〕。烏乎，錯志不白矣〔七〕。故予爲錯賦忠烏。烏名①鬼雀，以其鳴告兇咎也。異乎飛駮之烏②，專媚人以喜兆，而驕人於覆亡者。予以錯比烏，而盎則爲駮耳。其辭曰：

瞻高臺之巍巍兮，官執法之大夫。柏蒼蒼其正色兮，惟烏焉乎是居。嗟爾烏乎，孰辨雌與雄！豈直反哺兮，爾曰告兇。哺名爾孝兮〔八〕，兇稱是忠。胡主人之弗察兮，昧休咎之明徵。反傷以作忠兮，嫉忠以爲病。彎射日之勁弓兮，殪吾靈曰鬼烏。杜忠告之利嚼，來搖尾乎畢通〔九〕。豈不知口語之招尤兮，寧弋③死而不悔也。抑哺母④以將雛兮，寧鬼烏之鬼餒也〔十〕。（錯父知禍，先死。其母、妻、子，無少長皆棄市。）彼飛駮之附人兮，異吾性之峭貞。紛屬耳其楂兮，不啻朝陽之鳳鳴。烏既忠斃兮,駁亦以佞屠〔十一〕。(盎進説梁王嗣事,梁王怨盎,使刺客殺盎。)嗟烈士之殉忠兮,固異乎怵迫之小夫。

【校】

① 名:原本作"鳴",據蔣氏刊本、陳于京刻本改。
② 烏:原本作"鳥",據蔣氏刊本、青照堂叢書本改。
③ 兮:陳于京刻本無。
④ 母:原本作"毋",據蔣氏刊本、陳于京刻本、青照堂叢書本改。

【箋注】

〔一〕忠烏:喻指晁錯,晁錯,西漢文帝時任太子家令,景帝時官至御史大夫。有辯才。七國之亂時,遭腰斬。史記有傳。

〔二〕智囊:史記晁錯列傳:"以其辯得幸太子,太子家號曰'智囊'。"

〔三〕"錯患諸侯王强大"二句:謂晁錯與賈誼皆主張削藩,源於憂患相同。參見史義拾遺卷上讀賈生治安策。

〔四〕七國反:漢景帝試圖削藩,吳王、楚王等借機反叛,史稱"七國之亂"。

〔五〕信讒於袁盎:史記袁盎傳:"袁盎具言吳所以反狀,以錯故,獨急斬錯以謝吳,吳兵乃可罷。"

〔六〕"良史"三句:史記袁盎晁錯列傳:"太史公曰:袁盎雖不好學,亦善傅會,仁心爲質,引義忼慨……晁錯爲家令時,數言事不用;後擅權,多所變更。諸侯發難,不急匡救,欲報私讎,反以亡軀。語曰'變古亂常,不死則亡',豈錯等謂邪!"

〔七〕青照堂叢書本附編者李元春評語曰:"智囊已知。"

〔八〕哺名爾孝:烏能反哺,故有慈孝之名。

〔九〕畢逋:尾搖動貌。後漢書五行志一:"城上烏,尾畢逋。"

〔十〕鬼餒:指絶後。左傳宣公四年:"鬼猶求食,若敖氏之鬼不其餒而!"

〔十一〕駁亦以佞屠:指袁盎後遭梁王刺殺,詳見漢書爰盎傳。按:袁盎又作爰盎。梁王名武,漢文帝子,景帝弟。

周亞夫論　勃子①也〔一〕

功臣保於上者爲難,而善於自保者尤難。絳侯以功臣有驕主色,袁盎言之而不去〔二〕。或人有言之,而勃始自危,歸相印。平奔〔三〕,而勃又陟相位,帝以就國全之,而猶不免廷尉之逮②。烏乎,亞夫可以鑒矣,況當刻薄任數之主乎? 徐盧之議不用,即謝病去,君子賢之。而猶有鞅鞅,爲上所嫌。大胾不箸之召〔四〕,警之者至矣! 又不能爲高蹈遠引之舉,且縱其子盜買尚方甲楯,此與絳侯披甲執兵者何以異〔五〕,禍烏得而不及乎? 卒下③廷尉,不食死,以符許負氏之言〔六〕。烏乎悲夫!

【校】

① 子:原本作“弟”。據史記、漢書改。

② 逮:原本作“建”。據蔣氏刊本、陳于京刻本、青照堂叢書本改。

③ 下:原本無,據蔣氏刊本補。

【箋注】

〔一〕周亞夫:周勃次子,封爲條侯,襲父爵位。西漢景帝時,平定七國之亂,擢爲太尉,升任丞相。後遭景帝猜忌,下獄死。生平見史記絳侯周勃世家、漢書周亞夫傳。

〔二〕絳侯:指周勃。周勃以功臣而驕主,袁盎不僅規勸,後又力救,詳見史記袁盎傳。

〔三〕平:指丞相陳平。按:陳平、周勃先後任左、右丞相,參見史義拾遺卷上或問陳平決獄錢穀之對。

〔四〕“徐盧之議不用”六句:述景帝疏遠猜忌周亞夫之緣由。漢書周亞夫傳:“其後匈奴王徐盧等五人降漢,上欲侯之以勸後。亞夫曰:‘彼背其主降陛下,陛下侯之,即何以責人臣不守節者乎?’上曰:‘丞相議不可用。’乃悉封徐盧等爲列侯。亞夫因謝病免相。頃之,上居禁中,召亞夫賜食。獨置大胾,無切肉,又不置箸。亞夫心不平……上目送之,曰:‘此鞅鞅,非少主臣也!’”

〔五〕絳侯披甲執兵:參見本卷或問蕭何周勃注。

〔六〕許負:漢書周亞夫傳:“亞夫爲河內守時,許負相之:‘君後三歲而侯。侯八歲,爲將相,持國秉,貴重矣,於人臣無二。後九年而餓死。’”應劭注曰:“許負,河內溫人,老嫗也。”

或問董仲舒〔一〕

或問：“漢稱董子爲純儒，而董子不入儒林傳〔二〕，何也？”

抱遺老人曰：董子未得爲純儒也，儒林不入，有以哉！迹其言，曰質樸之謂性，人欲之謂情〔三〕。異乎孔、孟之言情性也。求雨，閉諸陽、縱諸陰；止雨者反是〔四〕。異乎易之言陰陽也。以陽爲生育，陰爲不用天道，專任德而不任刑〔五〕。異乎聖人之言德刑也。以機祥言王道之終事〔六〕，異乎孟子之言王道也。蓋其學出於公羊春秋，大抵溺於災異之説。其災異書，雖其弟子以爲大愚〔七〕。玉杯、蕃露、清明、竹林之屬〔八〕，凡十餘萬言，亦未能盡了吾聖經之旨。當秦滅學之後，獨能下帷發憤，以著書爲事，其博物洽聞、通達古今，言亦有補於世矣。而謂之漢純儒，吾未之許。要其學類劉向〔九〕，故向稱爲“王佐之才，伊、吕不加”。至其子歆非之，許仲舒爲“群儒首”。予謂漢儒首賈生〔十〕，使生終年如仲舒，純儒不在仲舒也。

【箋注】

〔一〕董仲舒：少治春秋，漢景帝時任博士，武帝時曾任膠西王相。後武帝下詔徵求治國方略，建議“推明孔氏，抑黜百家”，儒術得以大興。壽終於家。漢書有傳。

〔二〕董子不入儒林傳：指董仲舒未被班固納入漢書儒林傳。

〔三〕“質樸之謂性”二句：漢書董仲舒傳：“臣聞命者，天之令也；性者，生之質也；情者，人之欲也。”

〔四〕“求雨”四句：參見董仲舒撰春秋繁露卷十六求雨、止雨兩章，以及書末宋人樓鑰跋文。

〔五〕“以陽爲生育”三句：參見春秋繁露卷十一陽尊陰卑章。

〔六〕以機祥言王道之終事：參見春秋繁露卷四王道章、卷十一王道通章。

〔七〕“雖其弟子”句：漢書董仲舒傳：“先是遼東高廟、長陵高園殿災，仲舒居家推説其意，草稿未上，主父偃候仲舒，私見，嫉之，竊其書而奏焉。上召視諸儒，仲舒弟子吕步舒不知其師書，以爲大愚。於是下仲舒吏，當死，詔赦之。仲舒遂不敢復言災異。”

〔八〕“玉杯”句：漢書董仲舒傳：“仲舒所著，皆明經術之意，及上疏條教，凡百二十三篇。而説春秋事得失,聞舉、玉杯、蕃露、清明、竹林之屬,復數十篇,十餘萬言,皆傳於後世。”

〔九〕劉向:西漢成帝時任光禄大夫,官至中壘校尉。主持中秘書之整理。其子劉歆,曾爲王莽國師。漢書有傳。漢書董仲舒傳:“贊曰:劉向稱:‘董仲舒有王佐之材,雖伊、吕亡以加。管、晏之屬,伯者之佐,殆不及也。’至向子歆以爲:‘伊、吕乃聖人之耦,王者不得則不興……仲舒遭漢承秦滅學之後,六經離析,下帷發憤,潛心大業,令後學者有所統壹,爲群儒首。然考其師友淵源所漸,猶未及乎游、夏,而曰管、晏弗及,伊、吕不加,過矣。’”

〔十〕賈生:指賈誼。又,青照堂叢書本附編者李元春評語曰:“賈才原在董上,造就未可知也。”

或問淮南王安〔一〕

或問:“淮南王安再亡國〔二〕,班史以爲荆楚剽輕〔三〕,好作亂,其俗使然者,雖安有不免耶。”

老人曰:居下必濕,履滿必傾〔四〕。安父子蹈亡國之行,而淮南之國遂除爲郡〔五〕。司論者尚欲以地俗文之,何也?豈閔①安之好文喜客,善撫百姓,流聲譽,賢於其先之驕蹇不法者耶?然其所聚客至千人,多方術之流,則其所善②非賢可知已。其所師者伍被〔六〕,則足以刑其軀而亡其國矣。於乎!安親罹父難,而又躬自蹈之,其父子薦(薦,讀曰荐。)亡者,自取之也,又何地俗之咎耶!君子不悼尺布斗粟之謡於淮民也〔七〕,而悼悖子之疏,不聽於封國之始也。(初,文帝封屬王子安爲列侯,賈誼知其必反③,上疏曰〔八〕:淮南王悖逆〔九〕,天下孰不知?今又尊奉罪人子,子豈忘其父哉?予之衆積之財,所謂假賊兵爲虎翼者也。)

【校】

① 閔:陳于京刻本作“聞”。

② 善:蔣氏刊本、陳于京刻本作“養”。

③ 反:原本作“王”,據陳于京刻本改。

【箋注】

〔一〕淮南王劉安:劉邦之孫,劉長之子。好藏書,召集賓客編撰淮南子。漢武帝時，以謀反罪被迫自殺。生平見漢書淮南衡山濟北王傳。

〔二〕再亡國：指淮南厲王劉長及其子淮南王劉安，先後以謀反罪自殺，最終王
　　國被廢除。

〔三〕荆楚剽輕：漢書淮南衡山濟北王傳：“贊曰：……淮南、衡山親爲骨肉，疆
　　土千里，列在諸侯，不務遵蕃臣職，以丞輔天子，而剚懷邪辟之計，謀爲畔
　　逆，仍父子再亡國，各不終其身。此非獨王也，亦其俗薄，臣下漸靡使然。
　　夫荆楚剽輕，好作亂，乃自古記之矣。”

〔四〕履滿必傾：意爲權勢臻於鼎盛，必然趨於傾覆。按：古時來客造訪，將入
　　室，則脫其履置於主人門外。故户外履滿，指來客衆多，亦可指聲望極盛。

〔五〕除爲郡：淮南王劉安自殺後，漢武帝下詔廢除淮南國，改爲九江郡。

〔六〕伍被：楚人，或謂伍子胥後人。淮南王劉安謀士。漢書有傳。

〔七〕尺布斗粟之謡：漢書淮南厲王傳：“（孝文）十二年，民有作歌歌淮南王曰：
　　‘一尺布，尚可縫；一斗粟，尚可舂。兄弟二人，不相容！’”

〔八〕賈誼疏文：見漢書賈誼傳。

〔九〕淮南王悖逆：指漢文帝時，淮南王劉安之父劉長謀反。

廣陸玩客祝柱辭〔一〕

　　晉咸康時〔二〕，丞相王導、太尉郗鑒、司空庾亮相繼薨謝〔三〕，朝野
咸傷。三良既没，國家殄瘁。以陸玩爲侍中司空，既拜，有客索酒洗
柱石，祝曰：“當今之材，以汝爲柱石，莫傾人棟梁。”玩因自曰：“以我
爲三公，是天下爲無人〔四〕。”玩終不謝位薦進賢者，致晉政日衰。客復
扣柱責之，辭曰：

　　“夫大厦之所以崇嚴閎壯，至數百年而不懼者，賴良柱石耳。故
柱材之選，自古爲難。秦不材焦（茅焦）、越（淳于）〔五〕，材斯、高而秦厦
覆〔六〕；漢不材黨人〔七〕，材卓、操而漢厦覆〔八〕；吴不材萬彧、樓玄〔九〕，材
岑昏而吴厦又覆〔十〕。今晉之厦岌岌乎壓矣，不材者去，則有材者至。
假朽腐蒙堅良，不誤大厦①之芘賴哉！今闚吾厦者，胡、蜀二寇也〔十一〕。
二寇不攘，晉室不寧。大江不能禦蘇峻〔十二〕，沔水其能禦石虎哉〔十三〕？
爾柱短力腐材，呰窳偷息，方且蔽賢寵頑，剖符者無功，沈命者無罪。
吾懼巖廊之下，尋有土崩之勢，奈何？邇者星孛太微〔十四〕，爾柱宜急遜

位,以避天殃,以讓賢路。毋俟廢斥,求爲匹夫,不可得也!"警之
至矣。

【校】

① 大厦:陳于京刻本作"人"。

【箋注】

〔一〕陸玩:東晉成帝時官至司空。死後追贈太尉。晉書有傳。

〔二〕咸康:東晉成帝司馬衍年號,公元三三五年至三四二年。

〔三〕王導、郗鑒、庾亮:晉書皆有傳。按:三人相繼病逝於咸康五年七月、八
月、六年正月。參見晉書成帝紀。

〔四〕"有客索酒洗柱石"八句:詳見晉書陸玩傳。

〔五〕茅焦:齊人。秦始皇將太后遷入冷宮,茅焦冒死上諫。參見漢書鄒陽傳。
淳于越:齊人。秦始皇時任博士,曾建言師古制,行分封。參見史記秦始
皇本紀。

〔六〕斯、高:指李斯、趙高。

〔七〕黨人:指東漢末年以李膺、杜密爲代表之正義人士,宦官曾以"黨錮"名義
加以迫害。詳見後漢書黨錮列傳。

〔八〕卓、操:指董卓、曹操。

〔九〕萬彧:曾爲烏程令,與孫晧相善。孫晧登基,官至右丞相。後被譴憂死。
或曰被迫自殺。參見三國志吳書孫晧傳。樓玄:字承先,沛郡蕲人。傳
見三國志吳書。

〔十〕岑昏:史評曰"險諛貴幸,致位九列,好興功役,衆所患苦。是以上下離
心,莫爲晧盡力,蓋積惡已極,不復堪命故也"。參見三國志吳書孫晧傳。

〔十一〕胡:指石虎。蜀:指盤踞巴蜀之李氏政權,詳見晉書載記第二十一。

〔十二〕蘇峻:晉朝將領。庾亮執政之後,解除其兵權。蘇峻遂以討伐庾亮爲
名,於東晉成帝咸和年間起兵反晉,攻陷金陵。故此稱長江不能抵禦蘇
峻。蘇峻傳見晉書。

〔十三〕沔水:漢江古稱。沔水爲長江主要支流,發源於陝西漢中,流經湖北諸
地,於漢口匯入長江。東晉成帝咸康五年,庾亮上表遣諸軍羅布沔江,
意欲伐趙。太常蔡謨以爲不可,曰:"蘇峻之强,不及石虎;沔水之險,不
及大江。大江不能禦蘇峻,而欲以沔水禦石虎,又所疑也。"按:石虎字
季龍,爲石勒從子,勒死,石虎廢其子,自立爲大趙天王。參見資治通鑑

卷九十六晉紀十八。

〔十四〕星孛太微：相傳有星孛於太微宫，爲犯帝位。

演章華對〔一〕

陳禎明元年〔二〕，上内荒日甚，未嘗總百官聽政，特臨軒拜二妃（張、孔〔三〕），及通及驃騎將軍蕭磨訶妻〔四〕。狎客宣淫〔五〕，老臣結舌，國之亡無日矣。時大市令章華上疏極諫〔六〕，上大怒，斬華於東市。問曰："復有言乎？"華曰："臣與臣僕異姓〔七〕，不若畚從地下龍逢、比干〔八〕。臣死矣，尚幸容一言以死。陳殺大夫泄冶〔九〕，春秋書爲亡國喪身之本。臣亦願後春秋書曰：'陳殺直言臣大市令章華。'以彰示後世殺諫臣而國從之者，臣死有餘榮。（春秋書國殺冶，罪累上也。書冶以官，不失官守也〔十〕。）更剔臣目，縣景陽門，見麋鹿游結綺〔十一〕。二妃從登檻車，陛下亦悔曰：'吾何顔面見章華也！'"言訖就戮。明年春，隋主數陳殺直言之惡，（語見伐陳詔。）執其君于井，及斬張麗華。

抱遺老人曰："華之言，豈非春秋之言哉！人咎華職非諫諍，危言以自取斧礩。吁！古者諫無官，執藝者①得言，況食君禄者乎！華豈不知死有斧礩哉？輕死於一毛者，殉忠義耳！義士惜楚莊王不能封冶墓〔十二〕，余將謁華墓一醊焉〔十三〕。"

全是太史公。知末句有餘味者，始可與言古文矣。

【校】

① 者：蔣氏刊本作"皆"。

【箋注】

〔一〕章華：南朝陳人，曾官南海太守。後主登基，貶爲大市令。因上書痛斥陳後主荒淫無道而被殺。生平見陳書本傳。

〔二〕陳禎明元年：公元五八七年。

〔三〕二妃：指張、孔二妃。張，名麗華，爲貴妃，居結綺閣。孔，爲貴嬪。詳見陳書張貴妃傳。

〔四〕蕭磨訶：或作蕭摩訶，字元胤，蘭陵人。陳朝將領。陳書有傳。資治通鑑卷一百七十七隋紀一：“陳主通於蕭摩訶之妻，故摩訶初無戰意。”

〔五〕狎客：隋書五行志上：“（陳後主）又引江總、孔範等内宴，無復尊卑之序，號爲‘狎客’，專以詩酒爲娱，不恤國政。”

〔六〕章華上疏極諫：陳書章華傳：“後主即位，朝臣以華素無伐閲，競排詆之，乃除大市令。既雅非所好，乃辭以疾，鬱鬱不得志。禎明初，上書極諫，其大略曰：‘……不思先帝之艱難，不知天命之可畏，溺於嬖寵，惑於酒色。祀七廟而不出，拜妃嬪而臨軒。老臣宿將，棄之草莽；諂佞讒邪，昇之朝廷……臣見麋鹿復游於姑蘇臺矣。’書奏，後主大怒，即日命斬之。”

〔七〕與臣僕異姓：與其成爲異姓王之臣僕。意爲陳朝不久將被攻滅。

〔八〕龍逢、比干：上古忠臣。龍逢即關龍逢，爲夏桀所殺；比干被商紂王殺害。

〔九〕泄冶：春秋時陳國大夫，因諫陳靈公與夏姬淫亂之事而被殺。春秋穀梁傳注疏宣公九年：“陳殺其大夫泄冶。稱國以殺其大夫，殺無罪也。泄冶之無罪如何？陳靈公通于夏徵舒之家，公孫寧、儀行父亦通其家。或衣其衣，或衷其襦，以相戲於朝。泄冶聞之，入諫曰：‘使國人聞之則猶可，使仁人聞之則不可。’君愧於泄冶，不能用其言而殺之。”

〔十〕“春秋書國殺冶”四句：參見春秋穀梁注疏卷九“衛殺其大夫元咺”注疏。

〔十一〕“更剔臣目”三句：化用伍子胥臨終誓言。參見鐵崖先生古樂府卷一金臺篇、卷九城門曲注。

〔十二〕按：泄冶死後，夏徵舒弑君。楚莊王率軍征討，殺夏徵舒。

〔十三〕青照堂叢書本附編者李元春評語曰：“似馬遷贊，結尤有餘味。”

萬寶常贊〔一〕

　　萬寶常，隋樂工也，妙達鍾律。當開皇之日〔二〕，聽太常樂，泫然曰：“天下不久將盡乎！”聞者皆訝。至大業末而言卒驗〔三〕。常何聰①於樂也如是？以其聲之淫屬而哀也。惟淫喪耻，惟屬喪仁，惟哀喪和，三喪備而國欲不喪，得乎？季札聽樂於魯〔四〕，歷言帝王諸國起止、治亂得喪，如燭照鑑辨。札之聰，又何至耶？嘻！札吾不得而見矣，若常者亦豈多見耶？作萬寶常贊。贊②曰：

　　聲關政，吾未信。於常言，契若印。大③師言，樂有覺，惟聲之焦政之索〔五〕。

【校】

① 聰：原本作"聽"，據蔣氏刊本、陳于京刻本改。

② 贊：原本承上而脱，據陳于京刻本補。

③ 大：蔣氏刊本作"太"。

【箋注】

〔一〕萬寶常：隋書藝術萬寶常傳："萬寶常，不知何許人也。父大通，從梁將王琳歸于齊。後復謀還江南，事泄，伏誅。由是寶常被配爲樂户，因而妙達鍾律，遍工八音。"

〔二〕開皇：隋文帝年號，公元五八一年至六〇〇年。

〔三〕大業：隋煬帝年號，公元六〇五年至六一八年。

〔四〕季札：春秋時人，吳王壽夢幼子。吳王曾派遣季札聘於魯而觀周樂，詳見史記吳太伯世家。

〔五〕"聲之焦"二句：謂樂聲焦殺，預示政治衰敗。新唐書禮樂志："帝（玄宗）常稱：'羯鼓，八音之領袖，諸樂不可方也。'蓋本戎羯之樂，其音太蔟一均，龜兹、高昌、疏勒、天竺部皆用之，其聲焦殺，特異衆樂。開元二十四年，升胡部於堂上。而天寶樂曲，皆以邊地名，若涼州、伊州、甘州之類。後又詔道調、法曲與胡部新聲合作。明年，安禄山反，涼州、伊州、甘州皆陷吐蕃。"

設唐太宗責長孫無忌〔一〕

永徽五年冬十月〔二〕，高宗立武昭儀爲后〔三〕。后囚王氏后〔四〕、蕭氏妃於別院〔五〕，斷其手足，内諸酒甕死。是夕，無忌夢爲吳王恪械送至萬年殿所〔六〕，見太宗。太宗數之曰："朕素以雉奴不任社稷事，將令恪嗣歷服，汝持①不可〔七〕，豈不以甥作天子，舅爲元臣，永保富貴以及後人？而不知雉不愈於恪，汝亦不免薄昭之厄也〔八〕。吾悟李（淳風，太史②）言〔九〕，出武才人，永髡爲尼〔十〕。豈料稚子悖繆，行同聚麀，以武尼復入宮闈，遂篡后位，逼后人羕以死。它日大篡唐天下，使吾氏子孫幾無遺類。汝當武尼之入也,曾無一言諫沮。業且廢后,汝以寵姬受昭儀拜,子三人俱受朝散大夫,及受金寶繒錦數十輛[十一]。是塞汝之吃,不得吐語矣。李義甫叩閣一表[十二],超拜中書侍郎,汝又不諫黜。於是衛尉卿(許敬宗)、御史大夫(崔義玄)之黨成[十三],而汝立危地,汝猶不悟。内殿集議,遂良以死諫[十四],韓瑗以泣諫[十五],汝不敢出一言。烏乎,王氏廢,武氏立,汝且率百官③朝之,曾不思異時何施面目以見我。汝爲雉元舅,而忍陷雉;汝爲吾佐命,置汝凌烟第一人④[十六],而忍陷唐天下,汝罪擢髮奚數哉!”無忌泣血謝曰:“某罪萬死萬死!”

　　上又顧王氏婦,及高陽公主、吳王恪,曰:“人彘自取之[十七]。高陽反[十八],當誅。恪何罪焉? 何罪焉? 我欲立恪,汝因忌之,而遂誣恪死獄。汝以吾宗社爲無靈乎? 汝當殺於黔州[十九],族屬竄於嶺水[二十],且永編爲伥云。”(恪死時,罵無忌曰:“汝竊弄威權,構害良善,宗社有靈,當族汝!”不及。應在顯應四年秋七月[二十一],與柳奭、韓瑗⑤同殺[二十二],籍没三家,親族流嶺南。)

　　抱遺老人曰:“唐革爲周[二十三],世責喪邦一言於李勣[二十四]。吁,禍之根胚矣,雖使勣無言,武得已於立乎! 拔禍根者,當在髠尼長髮⑥之時。根不拔而枝葉已布,殿下一⑦獠不撲殺[二十五],幸矣。此唐大臣暗於不謹始之罪,而太尉元舅爲可責也。於乎! 曌之禍唐也,其果天數乎? 抑亦人事乎?”

【校】

① 持:原本作“特”,據蔣氏刊本改。

② 淳風太史:陳于京刻本爲大字正文;蔣氏刊本作“淳風”,亦爲大字正文。

③ 官:原本作“宫”,據蔣氏刊本、陳于京刻本、青照堂叢書本改。

④ “而忍陷雉汝爲吾佐命置汝凌烟第一人”十六字:原本脱,據陳于京刻本補。

⑤ 韓瑗:原本作“韓韓瑗”,據蔣氏刊本删改。

⑥ 髮:原本作“髫”,據陳于京刻本改。

⑦ 一:原本脱,據陳于京刻本補。

【箋注】

〔一〕長孫無忌:唐太宗内兄。舊唐書長孫無忌傳:“無忌貴戚,好學,該博文史。性通悟,有籌略。(太宗)文德皇后即其妹也。少與太宗友善。”

〔二〕永徽：唐高宗年號。永徽五年即公元六五四年。

〔三〕武昭儀：即武則天。按唐制，昭儀爲九嬪之首。武則天於貞觀末年“復召入宮，立爲昭儀”。參見新唐書后妃傳上。

〔四〕王氏后：唐高宗皇后。參見舊唐書高宗廢后王氏傳。

〔五〕蕭氏妃：唐高宗淑妃。參見舊唐書良娣蕭氏傳。

〔六〕“無忌夢”句：長孫無忌曾因妬忌而借故誅殺吳王李恪。舊唐書吳王恪傳：“吳王恪，太宗第三子也……恪母，隋煬帝女也。恪又有文武才，太宗常稱其類己。既名望素高，甚爲物情所向。長孫無忌既輔立高宗，深所忌嫉。永徽中，會房遺愛謀反，遂因事誅恪，以絶衆望，海内冤之。”萬年殿，即萬年宮，又名九成宮，乃唐朝行宮，位於今陝西寶雞麟游縣。

〔七〕青照堂叢書本附編者李元春評語曰：“發奸摘伏之筆，若英公不足責矣。”

〔八〕薄昭：漢文帝母薄姬之弟，被文帝逼迫而自殺。參見本卷殺薄昭議。

〔九〕李言：李淳風所言，參見陳善學序刊楊鐵崖先生文集卷三長髮尼注。

〔十〕“出武才人”二句：舊唐書則天皇后本紀：“初，則天年十四時，太宗聞其美容止，召入宮，立爲才人。及太宗崩，遂爲尼，居感業寺。”

〔十一〕按：長孫無忌曾反對立武則天爲皇后，後受賄賂而不再堅持。舊唐書長孫無忌傳：“(永徽)六年，帝將立昭儀武氏爲皇后，無忌屢言不可，帝乃密遣使賜無忌金銀寶器各一車、綾錦十車，以悦其意。昭儀母楊氏復自詣無忌宅，屢加祈請……帝竟不從無忌等言，而立昭儀爲皇后。皇后以無忌先受重賞而不助己，心甚銜之。”

〔十二〕李義甫：“甫”或作“府”。李義府笑裏藏刀，人稱“李貓”。舊唐書有傳。參見東維子文集卷十三一笑軒記。

〔十三〕許敬宗：高宗時任中書令，立武氏爲皇后，陷害長孫無忌，敬宗爲主謀。詳見舊唐書本傳及長孫無忌傳。崔義玄：高宗時任御史大夫，高宗立武氏爲皇后，崔義玄爲協謀。舊唐書有傳。

〔十四〕遂良以死諫：褚遂良叩頭流血，極力諫阻立武氏爲皇后，詳見舊唐書本傳。

〔十五〕韓瑗：唐高宗時官拜侍中，兼太子賓客。極力反對高宗廢后。後與長孫無忌、柳奭一同被誣陷謀反而處死。舊唐書有傳。

〔十六〕置汝凌烟第一人：唐太宗於貞觀十七年下詔，令於凌烟閣爲長孫無忌等二十四位功臣畫像。參見陳善學序刊楊鐵崖先生文集卷三鄂國公注。

〔十七〕人彘：指“王氏婦”，即高宗王皇后。參見本卷五王失討唐賊辯注。

〔十八〕高陽：唐太宗女兒高陽公主。按：此實指高陽公主之夫房遺愛謀反。

〔十九〕當殺於黔州：舊唐書長孫無忌傳："（顯慶）四年,中書令許敬宗遣人上封事,稱監察御史李巢與無忌交通謀反……帝竟不親問無忌謀反所由,惟聽敬宗誣構之説,遂去其官爵,流黔州……敬宗尋與吏部尚書李義府,遣大理正袁公瑜就黔州重鞫無忌反狀。公瑜逼令自縊而死,籍没其家。"

〔二十〕嶺水：蓋指嶺南水域。參見原文小字注。

〔二十一〕顯應：唐高宗李治年號。顯應四年即公元六五九年。

〔二十二〕柳奭：高宗皇后王氏之舅,曾任中書令兼吏部尚書。兩唐書皆有傳。

〔二十三〕周：武則天所建國號。

〔二十四〕喪邦一言：舊唐書褚遂良傳："帝謂李勣曰：'册立武昭儀之事,遂良固執不從。遂良既是受顧命大臣,事若不可,當且止也。'勣對曰：'此乃陛下家事,不合問外人。'帝乃立昭儀爲皇后。"

〔二十五〕一獠：指褚遂良。唐高宗欲廢王皇后,改立武則天,褚遂良極力勸阻。參見陳善學序刊楊鐵崖先生文集卷三長髮尼注。

唐刺客志　補文

曹王子俊刺客[一],見太子承乾刺客[二],相與論優劣。承乾刺客曰："吾受太子旨,刺東宮詹事于志寧[三]。吾見其寢苫塊中,潛身而還,寧違太子命,不忍殺孝子。殺孝子,不祥。余豈軻、政之死悻悻者比哉[四]？子能孰愈我！"

俊刺客曰："闇哉,子之術也！子知詹事賢,當辭於未往。既往而見其人苫塊以免,萬一遇諸苫塊之外,不殺賢詹事乎？吾主曹王明,賊后以爲太子（賢）①黨[五],安置黔州。（句。）都督謝祐希后旨[六],逼殺吾主,天下銜其冤。余入祐所,提其首,付吾嗣君俊,漆之爲穢器,題曰：'毋效讒臣謝祐。'天下之情快,嗣君之冤雪。方以子功,孰爲愈？"紇干曰："吾不汝及矣。"

俊刺客復出百金匕,示紇干,曰："吾視唐牝賊廢嗣聖君矣,立武七廟矣,大殺李氏族屬矣,革唐爲周矣[七]。賢如裴②炎、劉仁軌、魏元忠之徒[八],甘降心而北面。雖柳州司馬（李敬業）以匡③復爲心[九],旬日聚勝兵十餘萬,而賊不能討。韓、霍、魯、越、江都、范陽、琅琊諸王[十],亦各起義兵,而賊又不能討。余幸未死,誓以三寸鋒取是賊於紫宸黔幄中,獻馘於高宗、太宗之廟。吾豈得以翩、豹之儔書也[十一],子能從我乎[十二]!"卜日行,是夕斃。忠憤君子至今習其讀而扼腕云。

【校】

① 原本"賢"字置於"黨"字之下,據蔣氏刊本改。

② 裴:原本作"斐",據青照堂叢書本改。

③ 匡:原本作"臣",據蔣氏刊本、陳于京刻本、青照堂叢書本改。

【箋注】

〔一〕曹王子俊:唐太宗孫李俊,封零陵王。舊唐書曹王明傳:"曹王明,太宗第十四子。貞觀二十一年受封……降封零陵王。徙於黔州。都督謝祐希旨,逼脅令自殺……有二子:南州別駕零陵王俊,黎國公傑,垂拱中并遇害。"

〔二〕承乾刺客:即紇干承基。承乾,太宗長子。生於承乾殿,因以爲名。武德三年,封恒山王。太宗即位,爲皇太子。貞觀十七年,謀反事泄,廢。詳見舊唐書恒山王承乾傳。

〔三〕于志寧:雍州高陵人,周太師燕文公謹之曾孫。唐太宗命以爲太子詹事,曾以太子承乾"數虧禮度,志在匡救,撰諫苑二十卷諷之"。詳見舊唐書于志寧傳。

〔四〕軻、政:指戰國時刺客荊軻、聶政。

〔五〕賊后:指武則天。太子:指章懷太子李賢。李賢字明允,高宗第六子,爲武則天所廢,死於巴州。傳見舊唐書。

〔六〕謝祐:時任黔州都督,逼使曹王李明自殺。參見陳善學序刊楊鐵崖先生文集卷三謝祐頭注。

〔七〕革唐爲周:指武則天建國號爲周。

〔八〕裴炎、劉仁軌、魏元忠:舊唐書皆有傳。

〔九〕李敬業:李勣孫。於揚州起兵後,復本姓"徐"。其時貶爲柳州司馬。參見陳善學序刊楊鐵崖先生文集卷三匡復府注。

〔十〕韓:韓王元嘉,唐高祖第十一子。霍:霍王元軌,高祖第十四子。魯:魯王靈夔,高祖第十九子。越:越王貞,唐太宗第八子。江都:霍王元軌長子緒,封江都王。范陽:魯王靈夔次子藹,封范陽王。琅瑘:越王貞長子沖,爲琅瑘王。其傳皆見舊唐書。

〔十一〕豈得以翩、豹之儔書：意爲不能如同春秋記錄翩、豹，不署其姓名而稱之
　　　　爲“盜”。翩、豹：春秋時犯上弑君之公孫翩、齊豹。參見陳善學序刊楊
　　　　鐵崖先生文集卷四淮南刺客辭注。
〔十二〕青照堂叢書本附編者李元春評語曰：“愿有是耳，惜無是耳。”

罵桀犬文〔一〕

　　　　唐監軍御史魏元忠奴事女主，出策擊李敬業〔二〕，真桀犬耳。
駱賓王既爲敬業檄州縣〔三〕，余復爲敬業罵桀犬。

　　嗚呼，來，汝桀犬！汝固成均弟子也，唐家臣僕也，獨忘教於名
義，忘國於舊主乎！唐妖牝擅廢先帝，改物天下〔四〕。五尺童子稍知義
分，不肯北①面焉，汝忍於搖尾希覬其恩澤。李司馬爲天下討賊也〔五〕，
汝又獻策於牝黨曰：“天下安危，在兹一舉。”汝以妖牝興爲天下安乎？
天下危乎？悖矣哉，汝犬之無知有如此者！當是時，使司馬（敬業）即
用思溫（魏）之謀〔六〕，乘神人之共憤，行春秋之大義，挾我大衆，直指
河、洛。山東豪傑群起而應之，擁勝兵十萬，奉文明帝主（睿宗）入正乾
元〔七〕，播告百官，復子明辟〔八〕。取一牝烏，及嗣（承）、思（三）兩雄
雛〔九〕，如勁貓取鼠〔十〕。雖鈐衛大將有韓、白之鋒〔十一〕，不足當我。汝
策火攻②〔十二〕，夫復何施！汝且當與曌共臠於三軍百姓，而亦奚暇有食
餘以獻高祖、太宗之廟乎！烏乎，女不擇士③而嫁，非貞女；臣不擇主
而仕，非貞臣。勢且至功高取忌，威震取猜，異日兔死狗烹，吾亦哀汝
犬不得死牀下，死且謚曰“繆”，奈何奈何！（後元忠與郎萬頃皆陷死
地〔十三〕，曲赦之。及爲相，惟與時俯仰，中外失望，宗楚客嘗以十罪責之〔十四〕。
景龍時〔十五〕，宗楚客誣以反謀，請夷三族。制不許，貶務州尉。至涪陵〔十六〕，
道卒。）

【校】

① 北：原本作“比”，據蔣氏刊本、陳于京刻本改。
② 火攻：原本作“大攻”，蔣氏刊本作“雖工”，據舊唐書魏元忠傳改。參見
　　注釋。
③ 士：原本作“主”，據蔣氏刊本改。

【箋注】

〔一〕桀犬：用鄒陽獄中上書自明"桀之狗可使吠堯"典指武則天寵臣監軍魏元忠。舊唐書魏元忠傳："魏元忠，宋州宋城人也。本名真宰，以避則天母號改焉。初，爲太學生，志氣倜儻，不以舉薦爲意……文明年，遷殿中侍御史。其年徐敬業據揚州作亂，左玉鈐衛大將軍李孝逸督軍討之，則天詔元忠監其軍事。"

〔二〕李敬業：即徐敬業，李勣孫。參見陳善學序刊楊鐵崖先生文集卷三匡復府注。

〔三〕駱賓王：婺州義烏（今屬浙江）人。其時在李敬業軍中。敬業敗，被誅殺。兩唐書皆有傳。按：駱賓王爲李敬業所撰檄文，見舊唐書李敬業傳。

〔四〕"唐妖牝"二句：指武則天於嗣聖元年（六八四）二月，廢唐中宗爲廬陵王，"改元文明"。"九月，大赦天下，改元爲光宅，旗幟改從金色"。詳見舊唐書則天皇后本紀。

〔五〕李司馬：即李敬業，其時任柳州司馬，故稱。

〔六〕魏思温：此前任盩厔尉，與盩厔令李敬猷（敬業弟）交好，當時皆在揚州，故參與起事。其策謀事參見陳善學序刊楊鐵崖先生文集卷三匡復府注。

〔七〕文明帝主：指唐睿宗李旦。睿宗乃唐高宗第八子，中宗同母弟。曾名輪，封豫王。武則天臨朝，改元文明，於廢唐中宗爲廬陵王之際，曾立李旦爲皇帝。參見舊唐書睿宗本紀。

〔八〕復子明辟：意爲"復還明君之政於子"。原爲周公語，還政於姪子成王時所説。詳見書洛誥。又，青照堂叢書本附編者李元春評語曰："恨無是。"

〔九〕武承嗣：武則天兄之子。武三思：武承嗣從父弟。二人生平見舊唐書外戚傳。

〔十〕勁貓取鼠：蕭良娣遭武則天迫害，曾詛咒説，願武則天變成老鼠，自己化爲勁貓，"生生扼其喉"。詳見舊唐書高宗廢后王氏傳。

〔十一〕韓、白：韓信、白起。此借指良將。

〔十二〕火攻：參見陳善學序刊楊鐵崖先生文集卷三匡復府注。

〔十三〕萬頃：指鳳閣侍郎元萬頃，元萬頃於武則天永昌元年配流嶺南而死。參見舊唐書元萬頃傳。

〔十四〕宗楚客：武則天從父姊之子，武三思任命爲兵部尚書。舊唐書有傳。

〔十五〕景龍：唐中宗年號，公元七〇七年至七一〇年。

〔十六〕涪陵：位於今重慶市中部。

補王求禮閹懷義疏〔一〕

　　臣竊聞諸道路：僧懷義，陛下之辟陽侯也〔二〕。陛下果交懷義於髡尼之時〔三〕，尚爲不可，矧今欲交懷義於爲天子時，其可乎？

　　今懷義出入宮掖，得乘御馬，朝貴皆匍匐禮謁之。又多聚亡賴惡少，度爲其徒，從衡犯法，無所顧忌。御史馮思勗言之，懷義遇諸道，輒令從者曳下馬，毆①之幾死。陛下以一慾之不制，而遂縱懷義陵蔑祖宗之法，至於如此。懷義在白馬，素無公輸②之思〔四〕，肉橐衣楦，亡命逋逃之藪爾。陛下欲其入宮③，乃以爲多有巧思，可備明堂營繕事。夫明堂在太宗、高宗時，歷鴻生碩士之議，皆以制度不法，遂棄不爲。陛下乃毀乾元正殿而爲之〔五〕，其不法甚矣。陛下非爲作明堂也，意在進近懷義而已耳。陛下一慾之動，而勞天下之役數十萬人，費天下之財數十萬計，天下其謂陛下何？

　　臣願執懷義，先下蠶室，然後得進，庶懷義獲備將作之材，而陛下免宮闈濁亂之臭。不然，天下之口不可掩，天下之憤不可遏。萬夫爭奮起，爲陛下椎殺辟陽，如殺私讐矣，陛下何施容面，立兩間爲萬姓主哉〔六〕！

【校】

① 毆：原本作“歐”，據蔣氏刊本、陳于京刻本改。

② 輸：原本誤作“翰”，據蔣氏刊本改。

③ 宮：原本誤作“官”，據蔣氏刊本、陳于京刻本改。

【箋注】

〔一〕王求禮：武則天時任監察御史。懷義：即薛懷義。參見陳善學序刊楊鐵崖先生文集卷三馮小寶注。王求禮曾上書求閹懷義，并參陳善學序刊楊鐵崖先生文集卷三馮小寶注。

〔二〕辟陽侯：指漢初審食其。審食其曾以舍人侍呂后，後得呂太后寵倖。參見史記陳丞相世家。

〔三〕髡尼之時：指唐太宗死後，武則天在感業寺爲尼姑期間。

〔四〕公輸：指公輸般，俗稱魯班。土木工匠奉爲祖師。

〔五〕乾元：宮殿名，位於東都洛陽。武則天於垂拱年間“毀乾元殿，就其地造明堂”。參見舊唐書則天皇后本紀。

〔六〕兩間：天地之間。

擬斬傅游藝檄〔一〕 假托於夷狄非真吐蕃有此舉也

唐文明七年秋九月〔二〕，吐蕃酋主會突厥十姓〔三〕，遣主將欽陵持檄入中國〔四〕，播告唐諸王宗戚①、百官百姓，將討唐賊。未報，又輒傳檄斬傅游藝，曰：

武氏曌以妖牝乘陽，自漢呂雉來〔五〕，實又中國非常②之變。傅游藝者，唐臣子，侍御史也，官居執法，身任擊邪。乃上表請曌改唐曰周，賜吾嗣皇〔六〕，誣祖宗而姓武氏。使曌躋地越天，抗月代日，滅去宗社，廢除國姓，罪孰大焉！烏乎，先王伐罪，莫大無君；春秋誅惡，必嚴其黨。武曌萬世之唐賊，游藝萬世之賊師。曌惡貫盈，續議天討，其先梟首游藝天津市上〔七〕，以明示中外之爲人臣而懷二心以勸進賊者，其有所戒。檄到如前，凡我忠義，急急如律令。

木曰：“時諸王宗戚盡爲后屠戮，而大臣公卿、刺史郎將并無撥亂之舉。先生此文，以春秋討賊之義無所寄，而寄於吐蕃，亦孔子‘不如諸夏之亡’之意也〔八〕。”

王明曰〔九〕：“先生此文，託諸夷者，亦曰突厥嘿徹③移書數周室〔十〕，且有‘世受李氏恩，吾將輔立唐孤’之言〔十一〕，故託之耳。豈非官失而求之四夷者乎〔十二〕，悲夫！”（兩跋辭可稱敵手棋。）

【校】

① 戚：原本誤作“威”，據蔣氏刊本、陳于京刻本改。

② 常：原本誤作“當”，據蔣氏刊本、陳于京刻本改。

③ 嘿徹：或作“默啜”，參見本文注釋。

【箋注】

〔一〕傅游藝：又稱武游藝。舊唐書傅游藝傳：“傅游藝，衛州汲人也。載初元

年,爲合宮主簿、左肅政臺御史,除左補闕。上書稱武氏符瑞,合革姓受
命,則天甚悦,擢爲給事中。數月,加同鳳閣鸞臺平章事。同月,又加朝散
大夫、守鸞臺侍郎,依舊同平章事。其年九月革命,改天授元年,賜姓
武氏。”

〔二〕文明:唐睿宗年號。文明七年,實爲武則天載初元年,同年九月改爲天授
元年。

〔三〕按:其時吐蕃酋主未滿二十歲,國政實委於欽陵。參見舊唐書吐蕃列傳。
突厥十姓部落,詳見舊唐書突厥列傳。

〔四〕欽陵:即倫欽陵,或作論欽陵,吐蕃國相禄東贊次子。其父子執掌吐蕃國
政長達數十年。參見舊唐書吐蕃傳。

〔五〕吕雉:漢高祖劉邦妻。

〔六〕“乃上表”二句:舊唐書則天皇后本紀:“(載初元年)九月九日壬午,革唐
命,改國號爲周,改元爲天授。大赦天下,賜酺七日。乙酉,加尊號曰聖神
皇帝,降皇帝爲皇嗣。丙戌,初立武氏七廟於神都。”

〔七〕天津:指東都洛陽之天津橋。

〔八〕“亦孔子”句:魏何晏集解、梁皇侃義疏論語集解義疏卷二論語八佾:“子
曰:‘夷狄之有君,不如諸夏之亡也。’”疏:“此章爲下僭上者發也……言
中國所以尊於夷狄者,以其名分定而上下不亂也。周室既衰,諸侯放恣,
禮樂征伐之權不復出自天子,反不如夷狄之國尚有尊長統屬,不至如我中
國之無君也。”

〔九〕王明:生平不詳。當爲鐵崖弟子,從學於至正年間。

〔十〕嘿啜:指默啜,突厥可汗。其生平詳見舊唐書突厥列傳。

〔十一〕“且有”二句:資治通鑑卷二百六唐紀二十二則天順聖皇后中之下:
“(聖曆元年)六月甲午,命淮陽王武延秀入突厥,納默啜女爲妃……八
月戊子,武延秀至黑沙南庭。突厥默啜謂閻知微等曰:‘我欲以女嫁李
氏,安用武氏兒邪! 此豈天子之子乎! 我突厥世受李氏恩,聞李氏盡
滅,唯兩兒在,我今將兵輔立之。’”

〔十二〕“豈非”句:左傳昭公十七年:“郯子曰:‘……自顓頊以來,不能紀遠,乃
紀於近。爲民師而命以民事,則不能故也。’仲尼聞之,見於郯子而學
之。既而告人曰:‘吾聞之,天子失官,學在四夷,猶信。’”

假三足牛對

周武氏大足元年[一],有獻三足牛者,宰相蘇味道輩上表稱瑞[二]。

侍御史王求禮獨颺言於廷曰〔三〕:"凡物反常爲妖。三足牛者,出於今日,豈非味道輩鼎足非人、政教不行之象乎〔四〕? 其爲妖也大矣①!"味道謝。牛②曰:"牛妖小耳,而有大於吾牛者。吾聞天上有三雄烏③,未聞有牝者。今牝者乘雄,非妖之大於吾牛者乎?"太后聞之,怒曰:"汝三足爲妖,吾三足亦爲妖乎? 依前表,書諸史爲瑞,吾貸若皋!"

【校】

① "味道輩鼎足非人、政教不行之象乎? 其爲妖也大矣"凡二十字,原本脱,據蔣氏刊本、陳于京刻本補。

② 牛: 陳于京刻本無。

③ 雄烏: 原本作"烏雄",據陳于京刻本改。

【箋注】

〔一〕大足元年:公元七〇一年。大足爲武則天年號。

〔二〕蘇味道:曾於武則天時任宰相。中宗時貶官而死。兩唐書皆有傳。

〔三〕王求禮:參見陳善學序刊楊鐵崖先生文集卷三馮小寶注。

〔四〕"凡物反常爲妖"五句:源自資治通鑑卷二百七唐紀二十三則天后長安元年。按:據資治通鑑,此事發生於長安元年。大足元年與長安元年,實爲同一年。

宋璟失擊張昌宗論〔一〕

疾鷹擊①鳥,勁貓擊鼠。擊奸者似之,臨機急決,豈得頃刻緩乎!

張昌宗幸敗於謀異,又幸太后付璟鞫②之。包藏禍心,法當處斬。奏上,而太后不許,且敕璟使隴、蜀。璟以故事不行,復奏昌宗大逆,無自首理。楊再思宣敕退璟〔二〕,璟以死争,不去。太后不得已而可之。此真挽萬牛之力也。昌宗隨璟至臺,是時也,當如李昭德之撲③王慶之〔三〕,耳目流血,腦且碎矣。璟乃徐以事狀庭按,宜其按未畢而敕已下矣。吁,恨不腦裂小子,使無五王天津南市之梟〔四〕,千載而下,豈勝扼腕!

【校】

① 撃：原本作“繫”，據蔣氏刊本、陳于京刻本改。下同。

② 鞠：蓋爲“鞠”之誤。

③ 撲：原本誤作“樸”，據蔣氏刊本、陳于京刻本改。

【箋注】

〔一〕宋璟：歷任吏部侍郎、吏部尚書、御史大夫、刑部尚書等職，玄宗時官至尚書右丞相。兩唐書皆有傳。張昌宗：武則天時，與其兄張易之一同入侍宮中，爲武則天寵臣。後以謀叛罪被誅。舊唐書有傳。宋璟於武則天時審理張易之案，未能置之於死地。舊唐書張行成族孫易之昌宗傳：“易之初以門蔭累遷爲尚乘奉御……太平公主薦易之弟昌宗入侍禁中……由是兄弟俱侍宮中，皆傅粉施朱，衣錦繡服，俱承辟陽之寵。……及則天臥疾長生院，宰臣希得進見，唯易之兄弟侍側。恐禍變及己，乃引用朋黨，陰爲之備。人有牓其事于路，左臺御史中丞宋璟請按之。則天陽許，尋敕宋璟使幽州按都督屈突仲翔，令司禮卿崔神慶鞠之。神慶希旨，雪昌宗兄弟。”

〔二〕楊再思：舊唐書楊再思傳：“再思自歷事三主，知政十餘年，未嘗有所薦達。爲人巧佞邪媚，能得人主微旨……長安末，昌宗既爲法司所鞠，司刑少卿桓彦範斷解其職。昌宗俄又抗表稱冤，則天意將申理昌宗，廷問宰臣曰：‘昌宗於國有功否？’再思對曰：‘昌宗往因合鍊神丹，聖躬服之有效，此實莫大之功。’則天甚悦，昌宗竟以復職。”

〔三〕“當如”句：舊唐書李昭德傳：“延載初，鳳閣舍人張嘉福令洛陽人王慶之率輕薄惡少數百人，詣闕上表，請立武承嗣爲皇太子。則天不許，慶之固請不已，則天令昭德詰責之，令散。昭德便杖殺慶之，餘衆乃息。”

〔四〕“使無”句：舊唐書張行成族孫易之昌宗傳：“（神龍元年正月）二十日，宰臣崔玄暐、張柬之等起羽林兵迎太子，至玄武門，斬關而入。誅易之、昌宗於迎仙院，并梟首於天津橋南。”五王：指桓彦範、敬暉、崔玄暐、張柬之、袁恕已，率先發難，誅張易之、張昌宗。參見本卷宋璟失撃張昌宗論、五王失討唐賊辯。

五王失討唐賊辯〔一〕

曌殺姊韓國，屠兄惟良〔二〕，聚麀嗣皇〔三〕，人彘主母〔四〕，黜廢中宗[五],誅粗唐宗室大臣,其惡衆矣。其鳩母弒君[六],則爲大逆,此春秋之必誅而無宥,人人得而討之者也。五王舉兵[七],號討武氏之亂,執賊於小嬖,而不執賊於老牝,何也?

　　或曰:"子不讐母。"余讀穀梁子於魯姜氏與聞乎弒[八],而推春秋之法曰:"人之於天也,以道受命;於人也,以言受命。不若乎天道者,天絶之;不若於言者,人絶之[九]。"天絶人絶,春秋不得不絶也。絶之,則子無認母之理矣。而況曌也,弒主篡唐,使唐無君者二十有一年,其絶於春秋也,甚於姜矣。五王爲唐討賊,當奉高宗木主,入紫宸殿[十],馘曌以獻於高祖、太宗之廟,以謝天下神人之所共憤①,以示萬世牝主禍亂之戒也[十一]。今乃遺賊不討,又使得受顯册,稱大聖皇帝。而殘孽三思,又不隨二張以同梟[十二],異日卒受反啗之禍。大臣無春秋之學,至於如此。時罪人遷上陽,大臣有送別涕慟者[十三],(姚元之,即崇也。)自以爲盡人臣之義。烏乎,尚敢以春秋之鈇鉞望之也哉!(自注:"曌弒君事,具於駱賓王檄中。蓋高宗之崩,不崩於眩疾,而崩於鳩也。后怒秦②之時,弒君之事已見賓王實録[十四],而史氏以后而諱之。此事只消理推,諸人攻究未到,況賓王已有察③乎!")

【校】

① 憤:原本作"人",據蔣氏刊本、陳于京刻本改。

② 怒秦:蓋有訛脱,疑當作"怒殺裴炎"。

③ 察:蔣氏刊本、陳于京刻本作"案"。

【箋注】

〔一〕五王:指桓彥範、敬暉、崔玄暐、張柬之、袁恕已,參見舊唐書五王傳。唐賊:指武則天。當年五王舉兵誅殺張易之、昌宗兄弟,未及禍首武則天,鐵崖認爲没能觸及要害,故有此評説。

〔二〕"曌殺姊韓國"二句:韓國夫人爲武則天大姐、越王府功曹賀蘭越石之妻,遭武則天毒殺。武則天又嫁禍於堂兄武惟良,誅之。詳見舊唐書武承嗣傳。

〔三〕聚麀嗣皇:意爲武則天先是唐太宗才人,後爲唐高宗皇后,屬父子共牝,乃禽獸行爲。禮記曲禮上:"夫唯禽獸無禮,故父子聚麀。"注:"聚,猶共也。鹿牝曰麀。"

〔四〕人毚主母：參見陳善學序刊楊鐵崖先生文集卷三長髮尼注。

〔五〕黜廢中宗：舊唐書中宗本紀：“永隆元年，章懷太子廢，其年立爲皇太子。弘道元年十二月，高宗崩，遺詔皇太子柩前即帝位。皇太后臨朝稱制，改元嗣聖。元年二月，皇太后廢帝爲廬陵王，幽於別所。”

〔六〕鴆母弑君：此乃駱賓王所撰討伐武則天檄書中語，原文爲“殺姊屠兄，弑君鴆母。人神之所同嫉，天地之所不容”（見舊唐書李敬業傳）。本文又曰“弑主篡唐”，篇末又有鐵崖自注，曰“蓋高宗之崩，不崩於眩疾，而崩於鴆也”。可見所謂“弑君”、“弑主”，指武則天鴆殺親夫唐高宗李治。然此屬於揣測，正史未見記載。

〔七〕五王舉兵：參見本卷宋璟失擊張昌宗論注文。

〔八〕穀梁子：指穀梁傳作者穀梁赤。按：魯桓公夫人文姜與齊襄公私通，桓公聽説，斥文姜，文姜告知齊襄公，桓公遂遭刺殺。文姜實有間接殺夫之罪，故此曰“魯姜氏與聞乎弑”。此事詳見管子卷七大匡。

〔九〕“人之於天也”八句：謂魯桓公子莊公貶退其母文姜之道理。語出春秋穀梁傳注疏卷五“莊公元年三月”一節。

〔十〕紫宸殿：内朝正殿，唐帝多於此接見群臣或外國使節。

〔十一〕青照堂叢書本附編者李元春評語曰：“快論！”

〔十二〕三思：即武三思，武承嗣從父弟，武則天從侄。舊唐書有傳。參見本卷韋處士責文。二張：指張易之、昌宗兄弟，參見本卷宋璟失擊張昌宗論注。

〔十三〕“時罪人遷上陽”二句：指姚崇。上陽，宮名。位於東都洛陽宮城之西南隅。舊唐書姚崇傳：“姚崇，本名元崇，陝州硤石人也……時突厥叱利元崇構逆，則天不欲元崇與之同名，乃改爲元之……神龍元年，張柬之、桓彦範等謀誅易之兄弟，適會元之自軍還都，遂預謀。以功封梁縣侯，賜實封二百户。則天移居上陽宮，中宗率百官就閣起居，王公已下皆欣躍稱慶，元之獨嗚咽流涕。”

〔十四〕“后怒”二句：弑君事，駱賓王徐敬業以武后臨朝移諸郡縣檄：“陷吾君於聚麀，加以虺蜴爲心，豺狼成性。近狎邪僻，殘害忠良。殺姊屠兄，弑君鴆母。人神之所同嫉，天地之所不容。”又，頗疑此處“秦”乃“裴”之誤寫，實指裴炎。舊唐書李敬業傳述及武則天見到駱賓王所撰檄文之情狀，曰：“初，敬業傳檄至京師，則天讀之，微哂。至‘一抔之土未乾’，遽問侍臣曰：‘此語誰爲之？’或對曰：‘駱賓王之辭也。’則天曰：‘宰相之過，安失此人？’”按：其時裴炎爲宰相，李敬業起兵，裴炎欲請武則天還政予睿宗,不久就因謀反罪遭誅殺。相傳駱賓王曾聯絡裴炎作内應,并撰謡諺促之起事。詳見資治通鑑卷二百三考異。

安國寺伖志〔一〕

唐玄宗太極元年秋七月〔二〕,彗星出西方,入太微。有相者謁竇相國之門,曰:“相國面有刑厄,請呕解官,棄妻孥,絶賓客,伖隱于浮屠氏,可免。”懷貞懼,於是辭相位,爲安國寺伖。請於上,上聽之。尋有左僕射之命,則又起應命。相者聞而嘆曰:“竇僕射無死所矣。”又招之曰:“僕射嘗以余言警禍而棄官,今又貪官而售禍,何也?豈非利禄之心難制,而刑戮之誠易忘!明年此時,禍自太平宫至矣〔三〕。”懷貞謀於妻子,曰:“與①餓死爲浮屠鬼,孰與典②刑死,爲榮達鬼?”遂卻相者招。越明年秋七月,虔化門宣敕召〔四〕,懷貞逃溝中,自縊死。上命僇其尸,磔於天津市上,與蕭至忠同〔五〕。

抱遺老人曰:“誠使竇僕射能蜕去軒冕,終爲浮屠伖,虔化門之刃,能臠解其體乎?決性命易一僕射,以符相者占。哀哉,至忠之誅也!初,蔣欽緒亦警之曰〔六〕:‘蕭郎可戒非分妄求,不則九代卿族,一舉而滅矣!’欽緒之言亦傲之至,而至忠不寤,訖符其言若蓍蔡。烏乎,相者占人以數〔七〕,欽緒占人以理。”

【校】

① 與:原本作“汝”,據陳于京刻本改。
② 孰與典:原本作“孰爲與”,陳于京刻本作“孰與”,據蔣氏刊本改。

【箋注】

〔一〕安國寺伖:指唐玄宗時宰相竇懷貞。據新唐書竇懷貞傳,因有相士謂竇懷貞將有災禍及身,懷貞大懼,上表請求辭官,欲爲安國寺奴。安國寺,位於長安(今陝西西安)朱雀街東第四街之長樂坊。參見雍録卷十寺觀。舊唐書外戚傳:“神龍二年,(懷貞)累遷御史大夫,兼檢校雍州長史。時韋庶人及安樂公主等干預朝政,懷貞每詔順委曲取容。改名從一,以避后父之諱,自是名稱日損……以附會太平公主,累拜侍中,兼御史大夫。代韋安石爲尚書左僕射,監修國史。賜爵魏國公……先天二年,太平公主逆謀事洩,懷貞懼罪,投水而死。追戮其尸,改姓毒氏。"

〔二〕太極元年:公元七一二年。

〔三〕太平宮:蓋指太平公主所居宮室。太平公主乃唐高宗幼女,生母爲武則天,唐中宗、睿宗妹。"豐碩,方額廣頤,多權略。則天以爲類己,每預謀議"。後被唐玄宗賜死。生平詳見舊唐書太平公主傳。

〔四〕虔化門:宮門名,位於唐長安太極宮太極殿後、兩儀殿前,中爲朱明門,東則虔化門,西則肅章門。參見資治通鑑卷一百七十陳紀五注文。

〔五〕蕭至忠:攀附太平公主而擢爲中書令。太平公主謀逆事洩,遁入山寺,被捕伏誅。兩唐書皆有傳。

〔六〕蔣欽緒:太常博士,蕭至忠妹夫。新唐書蕭至忠傳:"娣嫁蔣欽緒,欽緒每戒之,至忠不聽。嘆曰:'九世卿族,一舉而滅之,可哀也已!'"

〔七〕青照堂叢書本附編者李元春評語曰:"贊相者,亦左氏贊潁考叔法。"

跛男子辯〔一〕

或曰:"婁師德之跛,非真跛也,託塞翁之髀以爲避世計也〔二〕。既仕,以跛名不可諱,故在朝作蹇步,而甘取'田舍夫'之罵〔三〕。白水澗之捷〔四〕,跛者能之乎?"

余曰:"非也,婁公之賴以避禍者,在犯不較,反鋒養晦,使人不得而窺其際也,跛非所託〔五〕。故其授於弟者,有'唾乾'之教〔六〕。余讀其辭,而嘆其哲人處世之法至於如此,世道之去古也遠矣。雖然,史稱師德寬厚而清慎。惟寬厚也,於人必有恩;惟清慎也,於我可無過,則亦何取唾於人也乎? 然又有辯:五代長樂老與時浮沉〔七〕,其爲術也,諧之以迎合,濟之以滑稽,貌似漢①長者,心則鄉之原也〔八〕。故歷五朝,取高位與厚祿,而無有憎而唾之者,其術優矣。然後世莊人正士讀其傳,輒唾其名,則其遺辱也莫大焉! 婁公,古之德人也,不幸仕牝主之朝,能薦進鉅才,(狄仁傑也〔九〕。)以撥亂反正。身居將相於羅織炎火之際,凡四十年,以功名終。律之於道,免禍於危世者同,而免議於君子者異矣。"(此篇不是跛男子辯,自是長樂老議,五代馮道論亦已到。)

【校】

① 漢：陳于京刻本無。

【箋注】

〔一〕跛男子：指婁師德。婁師德爲唐高宗、武則天兩朝名臣，兩唐書皆有傳。
　　　其生平行事參見鐵崖先生古樂府卷八覽古之三十三注。

〔二〕塞翁之髀：淮南子人間訓：“近塞上之人有善術者，馬無故亡而入胡，人皆
　　　吊之。其父曰：‘此何遽不爲福乎！’……家富良馬，其子好騎，墮而折其
　　　髀，人皆吊之。其父曰：‘此何不遽爲福乎？’居一年，胡人大入塞，丁壯者
　　　引弦而戰，近塞之人，死者十九，此獨以跛之故，父子相保。”

〔三〕田舍夫：資治通鑑卷二百五則天后長壽二年：“師德寬厚清慎，犯而不校。
　　　與李昭德俱入朝，師德體肥行緩，昭德屢待之不至，怒罵曰：‘田舍夫！’師
　　　德徐笑曰：‘師德不爲田舍夫，誰當爲之！’”

〔四〕白水澗之捷：參見鐵崖先生古樂府卷八覽古之三十三注。

〔五〕青照堂叢書本附編者李元春評語曰：“據窮時渡津見識於袁天罡，跛固其
　　　真。”按：并非著名相士袁天罡慧眼識跛男子婁師德，當指其子客師。詳
　　　見新唐書方技傳。

〔六〕青照堂叢書本附李元春評語曰：“唾乾之教固是有意，不然太過，近矯矣。”

〔七〕長樂老：指馮道。參見陳善學序刊楊鐵崖先生文集卷四華山隱者歌注。

〔八〕鄉之原：即鄉原。論語陽貨：“子曰：‘鄉原，德之賊也。’”又，孟子盡心下：
　　　“閹然媚於世也者，是鄉原也。”

〔九〕狄仁傑，封梁國公，兩唐書皆有傳。婁師德於武則天當朝期間，曾舉薦狄
　　　仁傑，而仁傑不知。參見鐵崖先生古樂府卷八覽古之三十四注。

韋處士責文 中宗神龍二年〔一〕

　　處士韋月將上書，告武三思潛通宮掖〔二〕，將傾危國家。上大怒，
命斬之。余責之曰：“士之未仕者號處士，與處女未嫁之號同。處士
何故輒出豫人家國事，冒取人鉗斧，可爲狂士取僇之戒，何處士
之有！”

　　或難之曰："一時才士如李㑺①、宋之遜輩，甘畔名義，奴事權門，列在'五狗'〔三〕，不自以爲恥。月將不吝一死出言，其德於自刎比干廟者之後（周憬②）〔四〕，不以爲悖，則亦發於忠憤之正。宋璟力捄其人〔五〕，曰：'欲殺月將，請先斬璟。'御史大夫蘇珦、大理卿尹思貞又皆合辭捄之〔六〕，則處士固有重名諸公間，豈得以'狂'目之哉！"

　　曰："此處士之可責也。處士負重名，而所就如此，使上③有殺諫臣之名，不在諸臣而在處士，此璟輩之所惜而不得不捄也。月將視處士之例，獨不得爲武攸緒處士嵩山乎〔七〕？招之不徠也，徠而復逝也。權門雖有千尺之斧、萬丈之鉗，能及處士之額與頸也乎！"

【校】

① 才士：原本作"不士"，據蔣氏刊本改。李㑺："㑺"原本誤作"俊"，據舊唐書改。參見本文注釋。

② 周憬："憬"原本誤作"璟"，據舊唐書改。參見本文注釋。

③ 上：原本作"主"，據蔣氏刊本、陳于京刻本改。

【箋注】

〔一〕韋處士：唐中宗時布衣韋月將。神龍二年：公元七〇六年。神龍爲唐中宗李顯年號。

〔二〕武三思：武則天從侄，武承嗣從父弟。生平見舊唐書外戚傳。

〔三〕五狗：舊唐書武三思傳："三思既猜嫉正士，嘗言：'不知何等名作好人，唯有向我好者，是好人耳。'……侍御史周利用、冉祖雍，太僕丞李㑺，光禄丞宋之遜，監察御史姚紹之等五人，常爲其耳目，時人呼爲'三思五狗'。"

〔四〕周璟：當指武當丞周憬。舊唐書王同皎傳："神龍二年，同皎以武三思專權任勢，謀爲逆亂，乃招集壯士，期以則天靈駕發引，劫殺三思……初與同皎叶謀，有武當丞周憬者，壽州壽春人也。事既洩，遁於比干廟中，自刎而死。臨終，謂左右曰：'比干，古之忠臣也。儻神道聰明，應知周憬忠而死也。'"

〔五〕宋璟力捄其人：舊唐書宋璟傳："俄有京兆人韋月將上書訟三思潛通宮掖，將爲禍患之漸。三思諷有司奏月將大逆不道，中宗特令誅之。璟執奏請按除罪狀，然後申明典憲，月將竟免極刑，配流嶺南而死。"

〔六〕"御史大夫"句：新唐書蘇珦傳："中宗將斬韋月將，珦執據時令不可以大

戮,忤三思意,改右臺,俄出爲岐州刺史。"新唐書尹思貞傳:"雍人韋月將
告武三思大逆,中宗命斬之,思貞以方發生月,固奏不可,乃決杖,流嶺南。
三思諷所司加法殺之,復固争。"

〔七〕武攸緒:新唐書武攸緒傳:"武攸緒,則天皇后兄惟良子也。恬淡寡欲,好
易、莊周書。少變姓名,賣卜長安市……后革命,封安平郡王,從封中岳,
固辭官,願隱居……盤桓龍門、少室間,冬蔽茅椒,夏居石室……俄而諸韋
誅,武氏連禍,唯攸緒不及。"

吉頊論[一]

革周復唐,開其端者,李昭德也[二];(九年,諫相武承嗣[三]。)悟其幾
者,狄仁傑也[四];(十五年,帝還東都[五]。)相其成者,吉頊也;(説二張保
身[六]。)收其功者,五王也[七]。(誅二兇,遷太后,立帝。)同激於不平,同
出於至誠,初無所假以私其所售也。而論者不多頊功,(胡①氏[八]。)謂
其教二張之術,初不爲國,頊於此議有辭矣。

頊爲二張左右②近地,(得通太后。)其諫沮也易以迴,其徼請也易
以行,在廷大臣有不及者。故以長保富貴撼其心,而速其一言也。初
非二子求術於頊,而頊假此以教之也。二子言焉,太后聽焉,廬陵遂
反行在[九],承嗣遂發病而卒[十]。頊之計行,而昭德、仁傑之夙心俱遂。
吁,頊之功其可少也哉! 其可少也哉! 他日辭闕,以泥水相争之喻諫
諸武之封王[十一],又狄國老之言未及者也[十二]。

【校】

① 胡:原本爲墨丁,據蔣氏刊本、陳于京刻本補。
② 左右:陳于京刻本作"在后"。

【箋注】

〔一〕吉頊:武則天執政時頗受重用。生平見舊唐書酷吏傳。
〔二〕李昭德:武則天執政時曾任宰相。
〔三〕九年:蓋指唐中宗初次登基以來九年,實爲武則天天授二年(六九一)。
　　又,載初元年,武承嗣代蘇良嗣爲文昌左相、同鳳閣鸞臺三品,兼知内史

事,故此稱之爲"相"。舊唐書李昭德傳:"延載初,鳳閣舍人張嘉福令洛陽人王慶之率輕薄惡少數百人詣闕上表,請立武承嗣爲皇太子……昭德因奏曰:'臣聞文、武之道,布在方策,豈有姪爲天子而爲姑立廟乎!以親親言之,則天皇是陛下夫也,皇嗣是陛下子也,陛下正合傳之子孫,爲萬代計。況陛下承天皇顧託而有天下,若立承嗣,臣恐天皇不血食矣。'則天寤之,乃止。"按:李昭德進言當傳皇嗣,并非延載初年事,實在天授二年。參見宋司馬光撰資治通鑑考異卷十一唐紀三。

〔四〕"悟其機"二句:新唐書狄仁傑傳:"初,吉頊、李昭德數請還太子,而后意不回。唯仁傑每以母子天性爲言,后雖忮忍,不能無感,故卒復唐嗣。"

〔五〕十五年:指唐中宗初次登基以來十五年,實爲武則天聖曆元年(六九八)三月。詳見資治通鑑卷二百六唐紀二十二則天后聖曆元年。

〔六〕說二張保身:舊唐書吉頊傳:"初,中宗未立爲皇太子時,易之、昌宗嘗密問頊自安之策,頊云:'公兄弟承恩既深,非有大功於天下,則不全矣。今天下士庶咸思李家,盧陵既在房州,相王又在幽閉,主上春秋既高,須有付託。武氏諸王,殊非屬意。明公若能從容請建立盧陵及相王,以副生人之望,豈止轉禍爲福,必長享茅土之重矣。'易之然其言,遂承間奏請。則天知頊首謀,召而問之,頊曰:'盧陵王及相王,皆陛下之子,先帝顧託於陛下,當有主意,唯陛下裁之。'則天意乃定。"二張,指張易之、昌宗兄弟,參見本卷宋璟失擊張昌宗論、五王失討唐賊辯。

〔七〕五王:參見本卷宋璟失擊張昌宗論、五王失討唐賊辯注文。

〔八〕胡氏:胡三省。胡三省爲宋末元初人,潛心著述數十年,撰資治通鑑音注及釋文辨誤。資治通鑑卷二百六唐紀二十二則天后聖曆元年胡三省注:"張、吉非能爲唐社稷謀也,欲求己利耳。"

〔九〕盧陵王:即武則天之子,唐中宗李顯。

〔十〕武承嗣:武則天侄。生平見舊唐書外戚傳。

〔十一〕"他日"二句:資治通鑑卷二百六則天順聖皇后中之下:"諸武怨其(吉頊)附太子,共發其弟冒官事,由是坐貶。辭日,得召見……頊曰:'合水土爲泥,有爭乎?'太后曰:'無之。'又曰:'分半爲佛,半爲天尊,有爭乎?'曰:'有爭矣。'頊頓首曰:'宗室、外戚各當其分,則天下安。今太子已立而外戚猶爲王,此陛下驅之使它日必爭,兩不得安也。'"

〔十二〕狄國老:即狄仁傑。又,青照堂叢書本附編者李元春評語曰:"推論似蘇文。"

鄭愔論〔一〕

　　世稱奸人多淚,吾觀鄭愔而始信。愔諂事二張〔二〕,亡入東都〔三〕,謁三思〔四〕,爲三思大哭甚哀,吾不知其涕何從也。既而又爲大笑①,此奸人捭闔之術。烏乎,五王之無葬地,愔爲之也,三思待庖之几②觴耳。豈料天遺孽物,翼之而奮。登樓之計一行,五王政權一日而罷〔五〕。太阿倒持,復在武氏。大王得愔之喜,豈不爲三思賀耶! 當是時也,羽林之部兵未散也,人心之公憤未替也,收合餘衆,剗除兇殘,豈曰事勢已去而遂不可爲也耶! 愔起告密〔六〕,五王束手就貶,未幾授首。矯制之殺,竹槎之慘,野葛之毒〔七〕,其死有③不忍言者。前日之肉視者,反爲所噬如此。吁! 養虎遺害,吾於愔乎何誅! 二張餘黨,亦不窮捕,其養害者,不知其④虎之幾矣,吾於愔乎何誅!

　　愔不足論⑤,包感慨耳。

【校】

① 笑:原本作"哭",據資治通鑑改。參見本文注釋。
② 待庖之几:原本作"特庖之机",據陳于京刻本改。
③ 有:蔣氏刊本作"又"。
④ 其:原本無,據陳于京刻本增補。
⑤ 論:原本脱,據蔣氏刊本、陳于京刻本補。

【箋注】

〔一〕鄭愔:全唐詩卷一〇六鄭愔:"鄭愔,字文靖,滄州人。年十七,進士擢第。天后時,張易之兄弟薦爲殿中侍御史。易之敗,貶宣州司户,既而附武三思,累遷吏部侍郎。後預譙王重福謀,被誅。"

〔二〕二張:張易之、張昌宗兄弟。參見本卷宋璟失擊張昌宗論、五王失討唐賊辯。

〔三〕東都:今河南洛陽。

〔四〕謁三思:資治通鑑卷二百八唐紀二十四:"先是,殿中侍御史南皮鄭愔諂事二張,二張敗,貶宣州司士參軍。坐贓,亡入東都,私謁武三思。初見三思,哭甚哀,既而大笑。三思素貴重,甚怪之。愔曰:'始見大王而哭,哀大王將戮死而滅族也。後乃大笑,喜大王之得憸也。大王雖得天子之意,彼五人皆據將相之權,膽略過人,廢太后如反掌。大王自視勢位與太后孰重?彼五人日夜切齒欲噬大王之肉,非盡大王之族不足以快其志。大王不去此五人,危如朝露,而晏然尚自以爲泰山之安,此憸所以爲大王寒心也。'三思大悅,與之登樓,問自安之策。引爲中書舍人,與崔湜皆爲三思謀主。"

〔五〕"五王"句:資治通鑑卷二百八唐紀二十四:"三思等因爲上畫策:'不若封暉等爲王,罷其政事。外不失尊寵功臣,内實奪之權。'上以爲然。甲午,以侍中齊公敬暉爲平陽王,桓彥範爲扶陽王,中書令漢陽公張柬之爲漢陽王,南陽公袁恕己爲南陽王,特進同中書門下三品博陵公崔玄暐爲博陵王。"

〔六〕憸起告密:指武則天下葬之後不久,武三思令鄭憸告五王與駙馬都尉王同皎通謀造反。詳見資治通鑑卷二百八唐紀二十四。

〔七〕"矯制之殺"三句:述五王慘死之狀,詳見資治通鑑卷二百八唐紀二十四"中宗神龍二年"一節。

王忠嗣喻高力士書〔一〕

天寶六載〔二〕,忠嗣以董延光石保城之敗歸罪〔三〕,忠嗣貶漢陽。兵柄雖已敓,而終慮禄山必反,馳書喻驃騎大將軍高力士曰:

將軍以佐命元臣受今皇帝恩,亦云久矣。太子呼將軍爲"兄",諸王呼將軍爲"翁",駙馬輩直謂將軍爲"奢①父"〔四〕,士大夫司文墨議論者,無有譏病將軍者。將軍何以得此於人哉?良由將軍恭謹,素亡過差,有功不伐,有權不倚,爲天子所親任。在朝者往往因將軍以取將相,門生故吏不可枚舉,願爲將軍用者,豈無其人!

神堯之國必傾於阿犖無疑者〔五〕,反狀雖未具,反勢日長②矣,反根日固矣。李丞相林甫妬賢害忠〔六〕,排抑勝己者,不能爲天子去賊。楊金吾(釗)且與之結爲兄弟〔七〕,開禁闈以延盜,以腥其姊弟〔八〕。吾不意楊司户(玄③琰,環父。)欲入浮屠〔九〕,以避武氏之亂,而又爲國生此禍水!敓十年伉儷,使與九尾同穴〔十〕,謂之痛憤入骨矣。當其辱外舍時〔十一〕,君王不忍借一席地死之,吉法曹(温)之議〔十二〕,悔不可及。九齡已死[十三],今豈無九齡爲宗社憂者,而将車獨不爲之憂乎！将軍決機制變,制於其小,則塞流去燒(去聲),易爲力也;制於其大,則懷山燎原,不可爲已。誠使将軍以驃騎大将之權,行五侯誅姦之舉[十四],當九尾栖内之夕,爲耄天子執賊,并爲壽王執逆婦[十五],馘以告太廟。一洗太陽之污,以開大唐宇宙,使萬萬年無戎羯亂華之禍,将軍之功,書諸銕券,亦與唐三精同不凋矣[十六]。豈不偉哉！豈不偉哉！

　　江陰張端嘗讀是文[十七],曰:“宋蘇軾可爲,唐柳宗元不能爲也。”讀誅輔國詔[十八],曰:“宋胡寅可爲[十九],唐韓愈不能爲也。”令小兒瓛録入今文選[二十],與金華宋濂補薛季昶辭同誦[二十一]。

【校】

① 耆: 原本誤作“父者”,據蔣氏刊本、陳于京刻本改。
② 長: 陳于京刻本作“張”。
③ 玄: 原本作“光”,據舊唐書玄宗楊貴妃傳改。

【箋注】

〔一〕文當撰於元至正十七年(一三五七)或稍前,其時鐵崖任建德路理官。繫年依據: 文末跋文曰“江陰張端嘗讀是文”,張端與鐵崖曾經一同在睦州任職,正是至正十七年前後。參見鐵崖撰送二國士序(載佚文編)。王忠嗣: 唐玄宗時曾身兼四鎮節度使,後遭李林甫排擠而貶爲漢陽太守,不久暴卒。年僅四十五。兩唐書皆有傳。高力士: 宦官,得唐玄宗寵信,官至驃騎大将軍。生平見舊唐書宦官傳。

〔二〕天寶六載: 公元七四七年。

〔三〕董延光: 唐玄宗時将軍,主動請纓攻奪石堡,事迹略見舊唐書王忠嗣傳。石堡城: 軍事重鎮,當時唐與吐蕃反覆争奪。位於今青海西寧市西南。舊唐書王忠嗣傳:“玄宗方事石堡城,詔問以攻取之略,忠嗣奏云:‘石堡險固,吐蕃舉國而守之……臣恐所得不如所失。請休兵秣馬,觀釁而取之,計之上者。’玄宗因不快。李林甫尤忌忠嗣,日求其過。六載,會董延光獻策請下石堡城,詔忠嗣分兵應接之……延光過期不剋,訴忠嗣緩師,故師出無功……玄宗大怒,因徵入朝,令三司推訊之,幾陷極刑……十一月,貶漢陽太守。”

〔四〕“太子呼将軍爲兄”三句: 新唐書高力士傳曰:“肅宗在東宮,兄事力士,它

王、公主呼爲‘翁’,戚里諸家尊曰‘爹’。”舊唐書高力士傳:“肅宗在春宫,
呼爲‘二兄’,諸王公主皆呼‘阿翁’,駙馬輩呼爲‘爺’。”

〔五〕神堯之國:指唐朝。神堯乃唐高祖李淵謚號。據資治通鑑卷二百十六記
載,天寶八年六月,“上高祖謚曰神堯大聖皇帝”。阿犖:指安禄山。安禄
山初名阿犖山,或作軋犖山。兩唐書皆有傳。

〔六〕李林甫:天寶年間宰相。兩唐書皆有傳。

〔七〕楊金吾:本名釗,改名國忠。爲楊貴妃從祖兄,曾任金吾衛兵曹參軍。以
椒房之親出入中禁,李林甫引以爲親信。繼李林甫之後任右相。兩唐書
皆有傳。

〔八〕腥其姊弟:蓋指與楊貴妃姐妹淫亂。楊國忠與楊貴妃姐虢國夫人私通。
新唐書楊國忠傳:“從父玄琰死蜀州,國忠護視其家,因與妹通,所謂虢國
夫人者。”安禄山則與楊貴妃有私情。參見陳善學序刊楊鐵崖先生文集卷
三胡眼大、點籌郎注。

〔九〕楊司户:楊貴妃父玄琰曾任蜀州司户,故稱。參見舊唐書玄宗楊貴妃傳。

〔十〕據原文語氣,“敀十年伉儷,使與九尾同穴”兩句似指楊貴妃,然與史實不
符。“敀十年伉儷”者,實爲唐玄宗寵妃武惠妃,武惠妃專寵於唐玄宗而使
原配王皇后廢爲庶人。按:唐玄宗爲臨淄王時,納王氏爲妃。登基之初,
立爲皇后。開元十二年七月,廢爲庶人。同年十月王氏卒,“以一品禮葬
於無相寺”。詳見舊唐書玄宗廢后王氏傳。

〔十一〕辱外舍:此指楊玉環有過失而譴還娘家。外舍:外戚家宅。

〔十二〕吉温:天官侍郎頊弟,琚之孽子。舊唐書入酷吏傳。新唐書玄宗貴妃
楊氏傳:“天寶九載,妃復得譴還外第,國忠謀於吉温。温因見帝曰:‘婦
人過忤當死,然何惜宫中一席廣爲鈇鑕地,更使外辱乎?’帝感動,輟食,
詔中人張韜光賜之。妃因韜光謝帝曰:‘妾有罪當萬誅,然膚髮外皆上
所賜,今且死,無以報。’引刀斷一繚髮奏之,曰:‘以此留訣。’帝見駭
惋,遽召入,禮遇如初。”

〔十三〕九齡:即宰相張九齡。唐玄宗受武惠妃蠱惑,欲治皇太子李瑛等三人之
罪,張九齡諫言勸止。又,張九齡曾謂安禄山狼子野心,面有逆相,曾奏
請戮之,以絶後患。參見舊唐書李林甫傳、張九齡傳。

〔十四〕五侯誅姦:指東漢桓帝時,宦官單超等與桓帝合謀,誅滅權臣外戚梁冀
兄弟及其黨羽。五侯:指宦官單超、徐璜、具瑗、左悺、唐衡五人。剷除
梁冀之後,五人同時封侯,“故世謂之五侯”。詳見後漢書單超傳。

〔十五〕壽王:李瑁,唐玄宗第十八子,其母武惠妃。兩唐書皆有傳。楊玉環初

爲壽王妃，玄宗佔爲己有。國人習慣認可其與壽王之關係，故此稱“壽王逆婦”。

〔十六〕三精：指日、月、星。參見後漢書光武帝本紀下。

〔十七〕張端：參見鐵崖撰送二國士序（載佚文編）注。

〔十八〕誅輔國詔：指鐵崖所撰擬唐代宗誅李輔國詔，載本卷。按：青照堂叢書本附編者李元春評語曰：“誅輔國詔佚。”當屬誤説。

〔十九〕胡寅：胡安國弟之子，南宋高宗時官至禮部侍郎兼侍講兼直學士。宋史有傳。

〔二十〕張瑄（一三三四——一三七三）：其名或作“宣”，字藻仲，號青暘。元季隨父張端周旋兩浙。工詩，楊山居瑀、楊鐵崖皆嘉賞。明洪武初，徵入朝，授翰林院編修，太祖呼爲“小秀才”。洪武六年以事謫濠州，道卒。有青暘集傳世。參見青暘集卷首朱桓序文、嘉靖江陰縣志卷十七鄉賢傳，以及徐永明、趙素文著明人別集經眼叙録附録作者生卒年考證。

〔二十一〕補薛季昶辭：即廣薛季泉對張柬之語，載宋濂文憲集卷二十六。

馬嵬老人遮説明皇[一]

史載老父郭從謹進言，元文緩甚，故爲補文①。

逆羯之反，宮妾知之，天下之人知之，惟陛下不知。陛下不知，以内蠱陛下之心者，楊氏姊弟[二]；外塗陛下之耳目者，李林甫、楊國忠也[三]。以致闕②門之外，陛下不可知。不惟闕門之外，雖後宮百步之内，陛下亦不可知。

陛下年逾七十，自謂耳聰目慧，體幹精强，神仙方士呼爲萬年天子。不知宦寺女子、朝庭公卿、邊徼將卒、草野之黎庶，皆以耄荒待唐氏子矣。借使有禄山迭仆迭起，陛下亦有所不知也。勢已至此，言何及焉！

自古帝王不幸遇國難，義莫大於守死。其次有去者，亦必有關於天人訖善其後者，太王是也[四]。賊發范陽[五]，河北二十四郡無一義士[六]，是陛下於人心離而去之也久矣。人心去而天地③去，甚可畏也。今賊南侵江漢，北割河東之半，西且脅汧隴。車駕之出，不知所如往。宗戚族黨不相聯屬，公卿大臣不相左右。今日抵馬嵬，明日抵扶風〔七〕，又明日抵河坡④〔八〕。陛下之所往，寇亦能往，是陛下徒有播遷之勞，而訖無稅駕之所也。爲陛下計，不如收合散⑤亡，亟返長安，主社稷，立朝廷。仍下哀痛之詔，引咎於天下，曰："朕以老悖不君，致逆胡濁宮闈、禍天下。凡天下文武官僚、軍士⑥百姓，許朕自新，當有西嚮投袂而起者。不然，朕當削號去位，以待罪九廟之下。汝輩豈患無君乎！"如是庶幾挽回人心，要福於我高祖、太宗，而復我故宇〔九〕。若日以天子之行，襲匹夫之逃，以示醜子孫，以遺笑天下後世，非臣高年輩之所聞知也。（九齡之言可到此也〔十〕。）

【校】

① "史載老父郭從謹進言，元文緩甚，故爲補文"凡十七字，原本爲題下小字注，徑改爲大字序文。

② 闕：原本作"闗"，據蔣氏刊本、陳于京刻本改。下同。

③ 地：原本作"心"，據陳于京刻本改。

④ 河坡：疑有誤，似當作"河池"。參見注釋。

⑤ 散：陳于京刻本作"喪"。

⑥ 軍士：陳于京刻本作"三軍"。

【箋注】

〔一〕馬嵬老人：指咸陽老父郭從謹。郭從謹所言，載資治通鑑卷二百十八唐紀三十四。馬嵬：驛名，又稱馬嵬坡。位於今陝西興平。唐明皇逃難至此，被迫處死楊貴妃。參見鐵雅先生復古詩集卷四楊太真注。

〔二〕楊氏姊弟：楊貴妃與其姐三人皆有才貌，玄宗并封爲國夫人之號。參見舊唐書玄宗楊貴妃傳。

〔三〕李林甫、楊國忠：唐玄宗執政時期先後任宰相。參見本卷王忠嗣喻高力士書。

〔四〕太王：指西周先祖古公亶父。古公亶父曾率族人遷徙，以躲避戎狄騷擾搶奪。詳見史記周本紀。

〔五〕范陽：今北京市與河北保定一帶。

〔六〕"河北"句：新唐書顏真卿傳："禄山反，河朔盡陷……玄宗始聞亂，歎曰：'河北二十四郡，無一忠臣邪？'"

〔七〕扶風：位於今陝西中西部。

〔八〕河坡：當作河池。河池爲郡名，又稱鳳州，位於今陝西鳳縣一帶。按：唐
　　玄宗離開馬嵬驛，入蜀途中，先後駐紮於扶風郡、陳倉、散關、河池郡。詳
　　見舊唐書玄宗本紀下。

〔九〕青照堂叢書本附編者李元春評語曰：“如有此，明皇必不聽。然聽之無不
　　可行。”

〔十〕九齡：指張九齡。新唐書張九齡傳：“安禄山初以范陽偏校入奏，氣驕蹇。
　　九齡謂裴光庭曰：‘亂幽州者，此胡雛也。’……九齡曰：‘禄山狼子野心，有
　　逆相，宜即事誅之，以絶後患。’帝曰：‘卿無以王衍知石勒而害忠良。’卒不
　　用。帝後在蜀，思其忠，爲泣下。”

擬唐代宗誅李輔國詔〔一〕

　　寶應元年夏四月〔二〕，李輔國殺皇后張氏，上在長生殿以震驚而
崩。輔國之弑君父君母者，罪不容於鈇鉞。代宗即位，首當執賊，戮
以祭先皇帝皇后。緩賊五越月而始誅。又不明于天刑，乃遣盜入其
室，斫其首以投溷中，陽遣中使存問其室。是以天討之鉞，襲刺客之
行，宜綱目書曰〔三〕：“盜殺李輔國。”予以是盜也，終有君之命焉，不當
以翩、豹之例書〔四〕。余擬代宗誅輔國詔，以補其失；又扶以春秋之大
義，使亂臣賊子有所警云。

　　賊臣輔國，本飛龍小兒。先皇帝西征，屬備鞬櫜。因時侍帷幄，
遂躋峻地。手弄禁兵，口銜制敕。内誇帝師，外呼“五父”，顓國亂政，
莫敢孰①何。使先皇帝獲罪吾上皇（明皇）〔五〕，寡恩吾太弟〔六〕，（齊王倓。
代宗曰：“使在，吾以爲太弟。”）皆是賊之爲也。西内之遷，敢以兵脅吾上
皇〔七〕。今又擅勒射生騎兵，倡執主后〔八〕，先帝以震驚而崩，累朕不孝，
無以禱罪於上下神祇，號天踊地，何以逮及！烏乎，亂臣賊子，人得而
討者，春秋之義也。迺者國人爲予取其首，蓋有朕命。今俘告于先皇
帝、先皇后梓宮，仍頒示史臣，宜毋得以“盜”書吾國人。蔡人私殺陳
陀，春秋書以衆討之辭〔九〕，見殺賊者，衆人之公也。今宜書“國人殺李
輔國”，亦春秋討亂臣賊子之法。務廣其塗，使賊無所容於天地間者，
於以扶三綱也。中外臣子，當白予是心。（使韓、柳生此時〔十〕，亦不能議

到此段公案。）

【校】

① 孰：蔣氏刊本作“誰”。

【箋注】

〔一〕本文當作於元至正十六、十七年間。參見本卷王忠嗣喻高力士書篇末張
端跋文及其注釋。唐代宗：肅宗長子李豫，繼肅宗後登基。參見舊唐書
代宗本紀。李輔國：生平行事參見陳善學序刊楊鐵崖先生文集卷三李
五父。

〔二〕寶應元年：公元七六二年。

〔三〕綱目：指朱熹所撰資治通鑑綱目。

〔四〕不當以翽、豹之例書：意爲不能將刺殺李輔國之人看作刺客，而應視同國
士。翽、豹：指春秋時刺客公孫翽、齊豹。參見鐵崖先生集卷四舒志録。

〔五〕使先皇帝獲罪吾上皇：意爲李輔國挑唆，導致唐肅宗猜忌并幽禁其父玄宗
（明皇）。新唐書李輔國傳：“輔國因妄言於帝曰：‘太上皇居近市，交通外
人，玄禮、力士等將不利陛下，六軍功臣反側不自安，願徙太上皇入禁
中。’……自是太上皇怏怏不豫，至棄天下。”

〔六〕吾太弟：指代宗弟李倓。舊唐書承天皇帝倓傳：“承天皇帝倓，肅宗第三
子也。天寶中，封建寧郡王。……時張良娣有寵，倓性忠謇，因侍上屢言
良娣頗自恣，輔國連結內外，欲傾動皇嗣。自是，日爲良娣、輔國所構，云：
‘建寧恨不得兵權，頗畜異志。’肅宗怒，賜倓死。……及代宗即位，深思建
寧之冤，追贈齊王。”

〔七〕“西內”二句：新唐書李輔國傳：“會帝屬疾，輔國即詐言皇帝請太上皇按
行宮中，至睿武門，射生官五百遮道，太上皇驚，幾墜馬……輔國輣而走，
與力士對執轡還西內，居甘露殿，侍衛才數十，皆厖老。太上皇執力士手
曰：‘微將軍，朕且爲兵死鬼。’”

〔八〕主后：即肅宗張皇后。

〔九〕“蔡人”二句：宋李明復撰春秋集義卷八：“蔡人殺陳佗。程頤曰：‘佗殺世
子而竊位，不能有其國，故書曰陳佗。陳厲公，蔡出也，故蔡桓侯殺佗而立
之。佗，天下之惡，人皆得而誅之。蔡侯殺之，實以私也，故書蔡人。見殺
賊者，眾人之公也。’”

〔十〕韓、柳：指韓愈、柳宗元。

子儀單騎見虜辯〔一〕

儒者曰：“白公勝之亂，葉公至〔二〕。或曰：‘君胡不胄？矢若傷君，是絕民望也。’乃胄而進。或又曰：‘君胡胄？國人若見君面，是得艾也。’乃免胄而進。前者告胄，愛公也；後告不胄，愛國也。子儀免胄見虜，不自愛，虜人亦不啻楚人之見葉公也。”又曰：“子儀是行，忠信動虜之效也。”

余獨爲之辯曰：葉公免胄見於國人，國人以爲可，則艾矣；子儀免胄見於虜，虜人以爲驚，國人以爲憂，則危矣。兵，死地；虜，危敵也，其可以情實試僥倖，而失萬全之計乎！吁，子儀是行，不爲虜餌者，幸已，又何暇以忠信叙功乎？吐蕃、回紇，連勁兵以犯郊畿，子儀固以其來如飛，不可易也〔三〕。魚朝恩且獻幸河中之策，微劉給事，則代宗幾棄宗社矣〔四〕。子儀何故輕信光瓚(李)之言〔五〕，爲此猝急尚簡之計哉！武穆(李光弼①)已卒〔六〕，天尚慭遺一柱於唐室，而又不知自重也。使藥葛羅一搖牙於群虎之穴〔七〕，兩翼牙將隳突於執弓注矢之時，兩虜不分天可汗國爲鼎足地〔八〕，幾希矣！

子儀以負約責虜，已出孟浪。繼曰：“聽汝殺我，我將士必與汝戰。”藥葛羅稍計形勢，不殺子儀乎？間以吐蕃馬牛雜蓄，使反攻取富，亦兒婦人語耳。吐蕃即審此言，分獲堅好，以共圖大利，不取唐府庫乎？二虜結兵掎角，唐鹿業已在手乎！葛羅從約，吐蕃尋遁，此大唐宗社未亡之幸也。

華元之平子反也，使宋國不②亡，其功大矣。而春秋不以其功與元者，以爲非純臣③之道，不可以訓也。烏乎，春秋不以平國之功與華元，則予不以涇陽爲功而與子儀也。

【校】

① “李光弼”三小字注，原本在“卒”字之下，徑移於此。

② 不：原本作“忘”，據陳于京刻本改。

③ 臣：陳于京刻本作“仁”。

【箋注】

〔一〕子儀：指郭子儀。郭子儀單騎入虜事，及本文所涉史事未加箋注者，均參陳善學序刊楊鐵崖先生文集卷三免冑行注。

〔二〕白公勝之亂：魯哀公十六年，楚白公勝殺令尹子西，攻惠王。葉公攻白公，白公自殺，惠王復國。詳見左傳哀公十六年。按：白公爲熊氏，名勝，白乃其封地。葉公：即葉子高。參見陳善學序刊楊鐵崖先生文集卷三免冑行注。

〔三〕“子儀”二句：資治通鑑卷二百二十三唐紀三十九代宗永泰元年：“僕固懷恩誘回紇、吐蕃、吐谷渾、党項、奴刺數十萬衆俱入寇……郭子儀使行軍司馬趙復入奏曰：‘虜皆騎兵，其來如飛，不可易也。’”

〔四〕“魚朝恩”三句：魚朝恩：宦官，得肅宗、代宗寵信。新唐書魚朝恩傳：“魚朝恩，瀘州瀘川人。天寶末，以品官給事黃門……（肅宗）罷子儀兵，留京師。代宗立，（朝恩）與程元振一口加毀，帝未及寤，子儀憂甚。俄而吐蕃陷京師，卒用其力，王室再安。故朝恩内慚，乃勸帝徙洛陽，欲遠戎狄。百僚在廷，朝恩從十餘人持兵出，曰：‘虜數犯都甸，欲幸洛，云何？’宰相未對，有近臣折曰：‘敕使反耶？今屯兵足以捍寇，何遽脅天子棄宗廟爲？’朝恩色沮，而子儀亦謂不可，乃止。”所謂“近臣”，資治通鑑作“劉給事”。

〔五〕李光瓚：郭子儀帳下牙將。參見前注。

〔六〕武穆：李光弼謚號。天寶年間率軍平定安、史之亂，李光弼爲重要功臣，與郭子儀齊名。於唐代宗廣德二年（七六四）病逝。參見舊唐書李光弼傳、資治通鑑卷二百二十三代宗廣德二年。

〔七〕藥葛羅：其時回紇可汗之弟，爲回紇軍大帥。

〔八〕天可汗國：指大唐王朝。資治通鑑卷一百九十三唐紀九：“（貞觀四年三月）四夷君長詣闕請上爲天可汗，上曰：‘我爲大唐天子，又下行可汗事乎！’群臣及四夷皆稱萬歲。是後以璽書賜西北君長，皆稱天可汗。”

猫鼠同乳疏

　　大曆十三年季夏六月[一]，隴右節度使朱泚獻猫鼠同乳以爲瑞[二]，常袞帥百官賀[三]，中書舍人崔祐①甫獨不賀[四]，且上疏曰：

　　禮有迎②猫[五]，爲食田鼠也。鼠害民稼，天又生猫以食③之。猫蓋仇於鼠、恩於吾人者也。猫非天物之職於除暴者乎！今隴右使朱泚獻猫鼠同乳，是猫失天職矣。物妖由人，烏有人不反常而物反之者乎？象而類之，則爲法吏不擊奸，邊吏不擊寇，大則爲天吏不討元惡也。

陛下試以象而推之：法吏之與奸同乳者，今誰乎？邊吏之與寇同乳者，今誰乎？而天吏之容元惡而不誅者，或有其人否也？如是則猫鼠同乳者，其示妖以警陛下也至矣！而常丞相衮不悟物妖之有象，乃相表賀以爲國瑞，蓋以陛下爲不慧，指妖爲瑞，其去指鹿爲馬者，不大相遠。衮大不忠，合先黜衮，然後責天下之法吏邊將不舉職，陛下亦自咎天吏之或不勝任，庶幾陛下之明，不爲佞臣所妄，而猫之爲妖者，其有瘳已乎！（言到是處，代宗亦無以逃其罪也。自注曰：或問："代宗容元惡而不誅者，可得聞乎？"曰："李輔國④一也[六]，僕固懷恩二也[七]，田承嗣三也[八]。代宗於魚朝恩[九]、程元振[十]、元載三奸[十一]，誅之⑤不勞餘力，獨於三元惡則失天討，豈非爲天吏而不勝任⑥者乎？宋宰相袖⑦不食稼死蝗爲賀，獨王旦不賀[十二]，已而蝗蔽天。吁！旦亦宋之祐⑧父歟[十三]。"）

【校】

① 祐：原本作"佑"，據新、舊唐書崔祐甫傳改。

② 禮有迎：原本漫漶，據蔣氏刊本、陳于京刻本補。

③ 食：原本漫漶，據蔣氏刊本、陳于京刻本補。

④ 國：原本無，據蔣氏刊本補。

⑤ 誅之：陳于京刻本作"之去"。

⑥ 爲天吏而不勝任：陳于京刻本作"舉蜓蜓而遺猰貐"。

⑦ 袖：蔣氏刊本作"神"，誤。詳見宋史王旦傳。

⑧ 祐：原本作"佑"，據陳于京刻本改。

【箋注】

〔一〕大曆十三年：公元七七八年。

〔二〕朱泚：德宗年間叛將，新唐書入逆臣傳。舊唐書代宗本紀："（大曆十三年）六月戊戌，隴右節度使朱泚於軍士趙貴家得猫鼠同乳不相害，籠而獻之。"

〔三〕常衮：唐玄宗天寶年間狀元，唐代宗大曆年間官至宰相。兩唐書皆有傳。

〔四〕"中書舍人"句：舊唐書崔祐甫傳："時朱泚上言，隴州將趙貴家貓鼠同乳，不相爲害，以爲禎祥。詔遣中使以示於朝，(宰相常)袞率百僚慶賀，祐甫獨否。中官詰其故，答曰：'此物之失常也，可弔不可賀。'中使徵其狀，祐甫上奏言：'……若以劉向五行傳論之，恐須申命憲司，察聽貪吏，誡諸邊候，無失徼巡。貓能致功，鼠不爲害。'代宗深嘉之。袞益惡祐甫。"

〔五〕禮：指禮記。禮記郊特牲："迎貓，爲其食田鼠也。迎虎，爲其食田豕也。迎而祭之也。"

〔六〕李輔國：參見本卷擬唐代宗誅李輔國詔注。

〔七〕僕固懷恩：曾爲郭子儀部將，平定安、史之亂有功。唐代宗年間舉兵叛唐，引吐蕃、回紇等部數十萬人進犯，永泰初年暴病而亡。兩唐書皆有傳。

〔八〕田承嗣：開元末年爲安禄山麾下主將，安、史之亂後降唐，任魏博節度使。代宗年間割據作亂，其後時降時叛，反覆無常。兩唐書皆有傳。

〔九〕魚朝恩：宦官，唐代宗令人縊殺。參見本卷子儀單騎見虜辯注。

〔十〕程元振：宦官，唐代宗初年，官至驃騎大將軍。廣德初年罷官，後又放逐，病死途中。生平詳見舊唐書宦官傳。

〔十一〕元載：唐肅宗末年官至宰相。代宗繼位之後，協助剷除魚朝恩，更受寵信。後因貪賄，於大曆十二年賜死，并抄家。兩唐書皆有傳。

〔十二〕王旦：字子明。其事迹詳見宋史王旦傳。

〔十三〕祐父：指崔祐甫。

汝州公辭[一]

唐建中四年，李希烈據許[二]。時宰相關播以李元平爲有攘寇才，拜爲汝州公[三]。柳子惟深颺言於朝曰[四]："是夫喋喋，衒玉賈石。王衍誤天下[五]，殷浩敗中軍[六]。是夫也，今之衍、浩也。"盜襲汝州，縛汝州公歸見希烈，便液污地，希烈大罵曰："盲宰相以汝當我[七]！"

抱遺老人曰：世之大言無實者，使不敗，何以卜①才之真僞乎？今盜滿淮[八]，許負攘寇才爲今汝州公者，不知幾人矣，而未聞有柳子一言，斥其爲誤天下者，故余志之，而爲之辭曰：

石以玉繅，鳥以鳳吭②。其改也，衍誤相、浩誤兵③。(叶"邦"。)及其甚，則莽襲旦[九]，操襲昌[十]。於乎！汝甸茫茫，汝公悵悵。往者莫咎,來者未央。(借古銥今耳④。)

【校】

① 陳善學序刊楊鐵崖先生文集卷三汝州公與本文近似,據以校勘。卞:崇禎蔣
氏刊本作“辯”。
② 吭:原本誤作“吮”,據陳善學刊本卷三汝州公改。
③ 兵:原本誤作“其”,據陳善學刊本卷三汝州公改。
④ 原本將此小字評注置於“而爲之辭曰”之下,據陳于京刻本移至篇末。

【箋注】

〔一〕汝州公:指中唐李元平。參見陳善學序刊楊鐵崖先生文集卷三汝州
公注。

〔二〕李希烈:遼西人。德宗時任淮西節度使,後奉命征討李納,反與勾結叛亂,
并稱帝。舊唐書李希烈傳:“(建中三年秋)令討襲(李)正己,希烈遂率所
部三萬人移居許州,聲言遣使往青州招諭李納,其實潛與交通……借稱建
興王、天下都元帥。四年,希烈遣其將襲陷汝州,執李元平而去。”建中四
年,公元七八三年。建中爲唐德宗李適年號。

〔三〕“時宰相”二句:舊唐書關播傳:“乏於知人之鑒,好大言虛誕者,播必悦而
親信之。有李元平、陶公達、張愻、劉承誠,皆言談詭妄,誇大可立功
名……會淮西節度李希烈叛亂,上以汝州要鎮,令遷擇刺史。播薦元平爲
汝州刺史,尋加檢校吏部郎中、汝州別駕,知州事。元平至州旬日,爲希烈
所擒,汝州陷賊,中外哂之。”

〔四〕柳子惟深:指柳渾。新唐書柳渾傳:“柳渾字夷曠,一字惟深。本名載,梁
僕射惔六世孫……李希烈據淮、蔡,關播用李元平守汝州。渾曰:‘是夫銜
玉而賈石者也。往必見禽,何賊之攘?’”按:柳渾事迹詳見柳宗元撰柳渾
行狀。(文載柳河東集卷八。)

〔五〕王衍:晉書王衍傳:“衍字夷甫,神情明秀,風姿詳雅。總角嘗造山濤,濤
嗟嘆良久,既去,目而送之曰:‘何物老嫗,生寧馨兒!然誤天下蒼生者,未
必非此人也。’”

〔六〕殷浩:字深源,陳郡長平人。任中軍將軍,與桓温不和。上表北伐,征戰失
敗而廢爲庶人。晉書有傳。

〔七〕“便液”三句:李元平被俘之狀,詳見新唐書關播傳。

〔八〕今盜滿淮:當指陳友諒失敗之後,朱元璋所帥紅巾軍昌盛之時。即至正二

十三年或稍後。

〔九〕莽：指王莽。旦：指周公。東漢平帝元年，群臣上奏，稱大司馬王莽功德
　　　可比周公旦，遂賜號安漢公。參見漢書平帝紀。

〔十〕操：指曹操。昌：指周文王。按：曹操曾自比文王。參見三國志魏書武
　　　帝紀注釋所引魏略。

顏太師些[一]

　　君子論顏氏二烈[二]，禄山成於前，盧杞成於後[三]。世道不幸，風
紀之幸也。予獨悼建中之君[四]，爲兩相所蔽而不少悟[五]，何也？李元
平，妄人也。信關播以爲將相之才[六]，而使之敵希烈[七]。顏真卿，貞
人也。信盧杞以爲談説之客，而使之喻希烈。元平爲賊輔[八]，而真卿
爲賊殺。建中之君烏得不蒙塵於奉天[九]！

　　抑予於太師有憾也。李泌度其君（肅宗）不能保己之不殺，故急去
於“五父”擅權之日[十]。真卿何不量其君（德宗）不能保己之不傾，而
高舉於盧鬼亂治之時。齒且八袠矣，吾不知太師之不去何耶[十一]！待
舐血之訴[十二]，觸其所惡聞，吾又不知太師之求容何屑耶！卒以餘齒
陷於死地。借煩舌之賜，免軍旅之勞，其究如此。讀其史，悲其時，而
爲之些云：

　　烏乎，鳳皇不翔兮，鴟鴉肆其强梁。麒麟得以中傷兮，豈云異夫
犬羊。君子之與小人兮，水火不以相容。（叶“王”。）危吾類其無類兮，
固已業業於汾陽[十三]。（子儀。）棄僕射於瑘崖兮，（楊炎。）豈不感余之
類傷[十四]！嗟嗟夫子之決於火坑①兮，而不決於既螯之行藏。嗟嗟夫
子兮，忠之剛。嗟嗟夫子兮，烈以煌。烈以煌，凋三光兮，不可以亡。
（抑揚兩至，大節終不可滅。）

【校】

① 陳善學序刊楊鐵崖先生文集卷三顏太師與本文近似，據以校勘。夫子之決
　　於：原本殘缺，據蔣氏刊本、陳于京刊本補。火坑：原本作“大次”，陳于京刊
　　本作“大節”，據陳善學刊本卷三顏太師改。

【箋注】

〔一〕顏太師：即顏真卿。顏真卿字清臣，琅邪臨沂人。德宗時任太子太師。兩唐書皆有傳。

〔二〕顏氏二烈：指顏杲卿、顏真卿兄弟，二人皆以忠烈聞名。

〔三〕"禄山成於前"二句：意爲安禄山與盧杞兩人，先後成就了顏杲卿、顏真卿之忠烈。顏杲卿爲真卿從父兄，扼守常山郡城，被俘不屈，遭安禄山殺害。顏真卿曾任平原太守，安禄山謀反起兵之初，河北二十四郡之中，唯獨顏真卿誓死拒敵。後遭權臣盧杞忌恨，遣之爲朝廷使節，勸諭李希烈，遂遭殺害。參見舊唐書顏真卿傳。盧杞，參見陳善學序刊楊鐵崖先生文集卷三藍面鬼注。

〔四〕建中之君：指代宗長子唐德宗。建中爲德宗登基時所立年號。其生平參見舊唐書德宗本紀。

〔五〕兩相：指關播、盧杞。

〔六〕"信關播"句：關播薦李元平，參見本卷汝州公辭。

〔七〕李希烈：參見本卷汝州公辭。

〔八〕元平爲賊輔：指李元平被俘后，李希烈授予御史中丞之職。

〔九〕蒙塵於奉天：建中四年(七八三)冬，唐德宗被朱泚軍圍困於奉天。參見舊唐書德宗本紀。

〔十〕"李泌度其君"二句：李泌於李輔國、中書令崔圓擅權之時，乞游衡山，遂隱衡岳數年。參見陳善學序刊楊鐵崖先生文集卷三白衣山人注。

〔十一〕青照堂叢書本附編者李元春評語曰："不如此，忠烈不著。"

〔十二〕舐血之訴：新唐書顏真卿傳："及盧杞，益不喜，改太子太師，并使罷之，數遣人問方鎮所便，將出之。真卿往見杞，辭曰：'先中丞傳首平原，面流血，吾不敢以衣拭，親舌舐之。公忍不見容乎！'杞矍然下拜，而銜恨切骨。"按："先中丞"指杞父御史中丞盧奕，被安禄山殺害於洛陽。

〔十三〕業業於汾陽：汾陽郡王郭子儀，率軍平定安史之亂，功勳卓著。顏真卿亦參與其事。參見舊唐書郭子儀傳。

〔十四〕"棄僕射"二句：意爲楊炎已然被害，顏真卿應當汲取教訓。按：楊炎乃尚書左僕射，遭盧杞陷害，貶爲"崖州司馬同正，未至百里，賜死"。參見新唐書楊炎傳。

段秀實死辯〔一〕

論者謂段公之死，草草死，而爲抱忠負材者惜〔二〕。何其輕死節之士，而慢忠臣之心乎！

姚令言諸賊入宮〔三〕，群臣皆引符命勸賊矣，所忌者，段公一人而已〔四〕。逾垣之劫，公已囑家人，誓以一死殉社稷〔五〕。然其死不徒死，尚將有所圖。用力責於己，成功付於天，此忠臣義士之處心，而聖賢之所許也。天子蒙塵，百官鳥竄，秀實非不能執羈靮以從也。以執羈靮爲小忠，而出萬死之計以殺泚者，大忠也。獨惜海①賓（劉）陰結者不應，秀實遂見殺。其奪笏擊泚，中其額，至濺血灑地〔六〕。吁，公之忠亦可謂伸矣，其死可謂烈矣。而謂“草草而死”，可乎？若金吾將軍（吳）爲杞所賣〔七〕，授首就死，則可謂“草草”。以之②議公，非矣！

【校】

① 海：原本作“悔”，據新、舊唐書段秀實傳改正。

② 以之：原本作“之以”，據蔣氏刊本、陳于京刻本改。

【箋注】

〔一〕段秀實：唐代宗大曆年間官至涇州刺史，兼御史大夫。德宗建中四年，涇原兵變時謀誅朱泚被殺。兩唐書皆有傳。

〔二〕“論者謂段公之死”三句：通鑑綱目卷四十六：“（建中四年）司農卿段秀實謀誅朱泚，不克，死之。”注：“秀實亦可謂知所處者，然恨其未盡善也。亂兵入城，天子出避，執羈靮以從，人臣所當爲也，秀實不知此而猶爲司農卿，見幾不敏。惜哉！抱忠負材，草草而死也。”

〔三〕姚令言：唐德宗初年任涇原節度使、涇州刺史兼御史大夫。建中四年，率先擁戴朱泚反叛。兩唐書皆有傳。

〔四〕“群臣”三句：舊唐書段秀實傳：“（建中）四年，朱泚盜據宮闕，源休教泚僞迎鑾駕，陰濟逆志……泚以秀實嘗爲涇原節度，頗得士心，後罷兵權，以爲蓄憤且久，必肯同惡，乃召與謀議。秀實初詐從之，陰說大將劉海賓、何明禮、姚令言判官岐靈岳，同謀殺泚，以兵迎乘輿。三人者，皆秀實夙所獎遇，遂皆許諾。”

〔五〕"逾垣之劫"三句：資治通鑑卷二百二十八唐紀四十四德宗建中四年："朱
泚以司農卿段秀實久失兵柄，意其必怏怏，遣數十騎召之。秀實閉門拒
之，騎士逾垣入，劫之以兵。秀實自度不免，乃謂子弟曰：'國家有患，吾於
何避之，當以死徇社稷；汝曹宜人自求生。'乃往見泚。"

〔六〕"獨惜"五句：劉海賓，其時在朱泚麾下任左驍衛將軍。段秀實與之密謀，
命劉海賓等暗結軍中之士，里應外合，刺殺朱泚。舊唐書段秀實傳："泚召
秀實議事，源休、姚令言、李忠臣、李子平皆在坐……秀實勃然而起，執休
腕奪其象笏，奮躍而前，唾泚面大罵……遂擊之。泚舉臂自捍，纔中其顙，
流血匍匐而走。兇徒愕然，初不敢動，而海賓等不至。"

〔七〕金吾將軍：指吳溆，章敬皇后弟，奉詔安撫朱泚而被殺。資治通鑑卷二百
二十八唐紀四十四："盧杞及白志貞言於上曰：'臣觀朱泚心迹，必不至爲
逆。願擇大臣入京城，宣慰以察之。'上以問從臣，皆畏憚，莫敢行。金吾
將軍吳溆獨請行，上悅。溆退而告人曰：'食其祿而違其難，何以爲臣？吾
幸託肺附，非不知往必死，但舉朝無蹈難之臣，使聖情慊慊耳！'遂奉詔詣
泚。泚反謀已決，雖陽爲受命，館溆於客省，尋殺之。"

陽城罵李繁書[一]　繁，泌①之子

　　城，夏之山人也。（夏，縣名。）力田足以養親，不敢妄奸利祿。於時
先侍郎（泌）不以城爲鄙諆，以處士名薦進於天子。天子不以先侍郎之
言妄，（句。）真城於諫議大夫[二]。倖焉居其位者，七年於茲矣。天子
不以罪去城，然城自揆食君之祿，職在言路，而不能出一語下②朝廷得
失成敗，以開天子之聰明聖智，日夜惕息。今適得其痛可言者，出萬
死一言之，庶五七年循默之責，可少貸也。

　　今天子是非倒置，以裴延齡小人居相位[三]，以陸贄賢人竄死
地[四]。故城爲天子斥延齡奸佞，卞陸贄忠直[五]。天子不寤，必欲相小
人，遠賢人，城盡數延齡過惡，將密陳於上，庶幾小人不容不去。以足
下爲吾先侍郎子也，足下事吾猶父，吾視足下不啻如子。過狀繕始
成，而足下潛以告小人，得以一一自解於上[六]。吾言雖正如周、召，直
如龍逢、比干，不可入矣。

　　悲夫，黨奸臣，譴諫官，非君子也。吾不意先侍郎有子如足下，而

行同賣友。不知足下他③日何施面目見先侍郎地下也！孔子曰：“人心險於山川〔七〕”。子之心誠險矣。又曰：“内省不疚，夫何憂何懼〔八〕！”吾之省④於内者，亦決矣，又何憂懼於彼哉〔九〕！夫事有不可必者，在乎人；而理有可自必者，存乎我。吾顧⑤存乎我者何如耳，存乎人者，又何言哉！又何言哉！

【校】

① 泌：原本作“泚”，據新、舊唐書李繁傳改正。下同。

② 卞：蔣氏刊本作“辯”。下同。

③ 他：原本作“空”，據蔣氏刊本、陳于京刻本改。

④ 省：原本誤作“有”，據蔣氏刊本。

⑤ 顧：原本作“願”，據蔣氏刊本、陳于京刻本改。

【箋注】

〔一〕陽城：早年嗜學，故博聞，無所不通。於德宗朝任諫議大夫，正直敢言。兩唐書皆有傳。李繁：李泌子。有才無行。生平見舊唐書李繁傳。按：陽城籍貫，正史記載稍有不同。舊唐書陽城傳曰“陽城字亢宗，北平人也”，新唐書陽城傳則謂陽城“定州北平人，徙陝州夏縣”。故本文稱之爲“夏之山人”。

〔二〕“於時”四句：舊唐書陽城傳：“陝虢觀察使李泌聞其名，親詣其里訪之，與語甚悦。泌爲宰相，薦爲著作郎……尋遷諫議大夫。”先侍郎：指李泌。李泌於唐德宗貞元年間拜中書侍郎平章事，故稱。參見陳善學序刊楊鐵崖先生文集卷三白衣山人注。

〔三〕裴延齡：德宗時曾任祠部郎中、户部侍郎等職，掌管財賦。兩唐書皆有傳。按：本文謂“以裴延齡小人居相位”，有誤。裴延齡覬覦相位，但并未獲得。

〔四〕陸贄：德宗貞元年間任宰相，以忠貞著稱。因劾論裴延齡諂佞，不宜掌管財政，而遭德宗貶斥，謫爲忠州（今重慶忠縣）别駕，遂病逝。兩唐書皆有傳。

〔五〕“故城”二句：舊唐書陽城傳：“時德宗在位，多不假宰相權，而左右得以因緣用事。於是裴延齡、李齊運、韋渠牟等以奸佞相次進用，誣譖時宰，毁訾大臣，陸贄等咸遭枉黜，無敢救者。城乃伏閣上疏，與拾遺王仲舒共論延齡奸佞，贄等無罪。”

〔六〕"過狀繕始成"三句：舊唐書李繁傳："户部尚書裴延齡巧佞奉上，德宗信任，竊弄威權，舉朝側目。(陽)城中正之士，尤忿嫉之。一日盡疏其過惡，欲密論奏，以繁故人子，爲可親信，遂示其疏草，兼請繁繕寫。繁既寫，悉能記之，其夕乃徑詣延齡，具述其事。延齡聞之，即時請對，盡以城章中欲論事件，一一先自解。及城疏入，德宗以爲妄，不之省。"

〔七〕"人心"句：宋胡宏撰皇王大紀卷七十五顯王："孔子曰：凡人心險於山川，難於知天。"

〔八〕"内省不疚"二句：出論語顏淵。

〔九〕青照堂叢書本附編者李元春評語曰："語絶似道州之剛。"

爲劉蕡訟裴相國書 補李郃〔一〕

大和二年春三月〔二〕，文宗親策制舉人〔三〕，時宦官劉克明等用事〔四〕，莫敢言。賢良方正劉蕡對策，極言其禍，考官散騎常侍馮宿等懼北司〔五〕，不敢取。李郃等二十二人中第者，自以爲對策不及蕡，皆曰："劉蕡下第，我輩登科，物論嚚然稱屈。"諫官御史欲論奏，執政者抑之而止。郃乃上疏曰："乞回臣所受，以旌蕡直〔六〕。"時相國爲裴，余猶惜郃不代蕡上裴度相國書，故爲補之。

賢良方正劉蕡，古之遺直、今之骨鯁臣也。新天子親策于廷，延天下方正之士，求直言以資治道。不腆郃輩與蕡應詔。今之亂宮闈、禍天下者，刀鋸之賤也〔七〕。天子之廢立生殺，皆出其手。中外相目，避之如炎火，畏之如雷霆，宰相以下，鉗口莫敢言。而蕡不避萬死，爲新天子一言之，蓋慮曹節、侯覽之復生今日〔八〕，爲天下之禍患不已也。而考官馮宿，黜其文而不敢取，物論爲之稱屈。御史温造、諫官劉栖楚皆將論奏〔九〕，而聞閣下潛抑之。

吾聞宰相佐天子，在收①攬威權以宰馭天下，賞罰善惡，辨人是非枉直，使天下之奸慝有所懼，貞亮之士有所恃，而人君蕭墻之禍無所起也。且統閹寺者，周冢宰之職；監宮中者，漢丞相之事，於是無内廷肘腋之變者，此也。烏乎，使先帝不得正其終，今天子不得正其始者，誰也？閣下亦思制其一人之權，而還其門户掃除之役；奪其六師之枋②,而歸諸元戎爪牙之職乎？閣下以削平大寇之功,推尊累朝勳舊,爵列司徒,名居冢宰,國家倚爲砥柱,衆正恃爲舟梁者也。曩古寶曆之賊(殺敬宗者)〔十〕,閣下不之討；絳王之害〔十一〕、江王之立〔十二〕,閣下不預聞。一日二日三易主,而元老大臣若路人,然閣下之相,亦將焉用彼哉！

　　閣下之職,失於振舉者如此,則於蕡言有所抑而不伸,非人言之妄矣。郤恐蕡策既抑,蕡之不仕,不足惜也,而言路大塞,險邪之門大啓,宗社之危,不可保也。庸是不避斧鉞,重爲閣下言之,惟閣下以宗社大計察之〔十三〕,幸幸③！

【校】

① 收：原本作"救",據蔣氏刊本、陳于京刻本改。

② 枋：蔣氏刊本作"柄"。

③ 幸幸：蔣氏刊本作"幸甚"。

【箋注】

〔一〕劉蕡：寶曆二年進士,唐文宗大和初年策試賢良,應試策論針砭時弊,考官嘆服,然未録用。後被召入令狐楚、牛僧孺等人幕府。生平見唐書本傳。裴相國：指裴度,兩唐書皆有傳。

〔二〕大和二年：公元八二八年。大和爲唐文宗年號。

〔三〕文宗：諱昂,穆宗第二子。繼敬宗之後登基。生平詳見舊唐書文宗本紀。

〔四〕劉克明：生平詳見新唐書宦者傳。按：本文所述與正史記載有出入,大和初年,黃門中官掌權,然并非劉克明。據新唐書敬宗本紀,寶曆二年(八二六年)十二月,劉克明等弑敬宗,立絳王。樞密使王守澄等旋即誅克明,殺絳王,立文宗。可見劉克明被殺在大和元年之前。

〔五〕考官馮宿：字拱之,婺州東陽人。官至刑部侍郎。兩唐書皆有傳。舊唐書劉蕡傳："自元和末,閹寺權盛,握兵宮闈,橫制天下,天子廢立,由其可否,干撓庶政。當時目爲南北司,愛惡相攻,有同水火。蕡草澤中居常憤惋。文宗即位,恭儉求理,大和二年策試賢良曰：'……朕將親覽。'時對策者百餘人,所對止循常務,唯蕡切論黃門太橫,將危宗社……是歲,左散騎常侍馮宿、太常少卿賈餗、庫部郎中龐嚴爲考策官,三人者,時之文士也,睹蕡條對,嘆服嗟悒,以爲漢之晁、董無以過之。言論激切,士林感動。時登科者二十二人,而中官當途,考官不敢留蕡在籍中。物論喧然不平之。"

〔六〕"郃乃上疏"三句:資治通鑑卷二百四十三唐紀五十九:"李郃曰:'劉蕡下第,我輩登科,能無厚顏!'乃上疏,以爲:'蕡所對策,漢、魏以來無與爲比。今有司以蕡指切左右,不敢以聞,恐忠良道窮,綱紀遂絶。況臣所對不及蕡遠甚,乞回臣所授以旌蕡直。'不報。"

〔七〕刀鋸之賤:指閹人、宦官。

〔八〕曹節、侯覽:東漢桓帝、靈帝時宦官,專橫跋扈,稱兵弄權。詳見後漢書宦者傳。

〔九〕温造:字簡輿,河内人。曾任殿中侍御史。劉栖楚:曾任起居郎、諫議、京兆尹,官至桂州觀察使。二人皆以敢諫著稱,舊唐書有傳。

〔十〕寶曆之賊:指寶曆二年冬弑敬宗者,即宦官劉克明等。按:敬宗諱湛,穆宗長子。

〔十一〕絳王:名悟,憲宗第六子。於元和元年進封絳王。

〔十二〕江王:指文宗李昂。李昂乃穆宗第二子,於長慶元年封江王。舊唐書天文志:"(寶曆二年)十二月八日夜,敬宗爲内官劉克明所弑,立絳王。樞密使王守澄等殺絳王,立文宗。"

〔十三〕青照堂叢書本附編者李元春評語曰:"治第東都,非宰相事。"

罵王涯辭〔一〕

文宗大和九年〔二〕,甘露之變〔三〕,王涯不與謀,而同罹其禍。民有大罵涯,至擊瓦石者〔四〕,則涯之死爲晚矣。爲其民補辭曰:

開天下之害始者,必罹天下之禍首。雖曰人事,實關天道。禹貢九土〔五〕,初無茶貢,秦、漢以來,亦未聞以茶爲榷也。朝廷引回鶻入朝〔六〕,驅馬市茶,茶利始開。貞元間〔七〕,僅於茶地估直而税。榷茶置使,則自汝涯之請始。其遺毒吾民,户日有逃,商日有不通,官與民也,交受其病。而言經國之利者,尚以榷茶罔於上,汝又以宰相兼榷使。民不痛①鄭注〔八〕,而痛汝之承風旨以毒民也。(上問富人之術於鄭注,注對:"榷茶。"而以王涯兼②榷使。)李訓之陰狡禍賊〔九〕,與注相伯仲,汝又爲之鷹犬,而不計民之怨③讟、國之危殆。天子不知汝黨甚於閹竪,召外寇以攻内寇,甘露一敗,幾墟社稷。今李訓傳首,引汝獻廟社,殉于兩市,腰斷於獨柳之下〔十〕,國法天誅,豈有僭耶!

　　汝年逾七十矣,而智識不愈於酤販之民,大獄手狀,俯首誣服,雖令狐僕射(楚)、鄭御史大夫(覃),不肯出一言爲汝辯〔十一〕,汝固當屠。借汝不死,亦豈逃衆怒④於瓦石之下! 汝死,汝之遺骨當掃除於溷,更望子孫有瘞地哉!(開成元年,詔京兆收葬骸骨⑤。仇士良使人發之〔十二〕,棄其骨於渭水中。)

【校】

① 痛:蔣氏刊本作"病"。

② 兼:陳于京刻本作"爲"。

③ 怨:陳于京刻本作"怒"。

④ 怒:陳于京刻本作"怨"。

⑤ 骨:原本誤作"有",據蔣氏刊本、陳于京刻本改。

【箋注】

〔一〕王涯:唐代宗至文宗年間人。元和時,累官至中書侍郎,同中書門下平章事。因榷茶遭人詬病。兩唐書皆有傳。

〔二〕大和九年:公元八三五年。

〔三〕甘露之變:參見陳善學序刊楊鐵崖先生文集卷四甘露行注。

〔四〕"王涯"四句:新唐書王涯傳:"始變茶法,益其稅以濟用度,下益困。而鄭注亦議榷茶,天子命涯爲使,心知不可,不敢爭。李訓敗,乃及禍。初,民怨茶禁苛急,涯就誅,皆群詬詈,抵以瓦礫。"

〔五〕禹貢九土:指尚書禹貢所載九州土産貢物。

〔六〕回鶻:原稱回紇,唐德宗時改稱此名。參見新唐書回鶻傳。

〔七〕貞元:唐德宗年號,公元七八五年至八〇五年。

〔八〕鄭注:兩唐書皆有傳。參見本卷下一篇鄭注論。

〔九〕李訓:新唐書李訓傳:"李訓字子垂,始名仲言,字子訓,故宰相揆族孫。質狀魁梧,敏于辯論,多大言,自標置……以母喪居東都。鄭注佐昭義府,仲言慨然曰:'當世操權力者皆齪齪,吾聞注好士,有中助,可與共事。'因往見注,相得甚歡。"

〔十〕獨柳:在長安。參見陳善學序刊楊鐵崖先生文集卷四甘露行。

〔十一〕"雖令狐僕射、鄭御史大夫"二句:正史記載稍異。舊唐書謂令狐楚爲王涯等開脱,因而無緣宰相之位。舊唐書令狐楚傳:"(大和九年)十一

月,李訓兆亂,京師大擾。訓亂之夜,文宗召左僕射鄭覃與楚宿于禁中,
商量制敕,上皆欲用爲宰相。楚以王涯、賈餗冤死,叙其罪狀浮泛,仇士
良等不悦,故輔弼之命移於李石。乃以本官領鹽鐵轉運等使。"令狐楚,
貞元七年登第,官至檢校左僕射、興元尹,充山南西道節度使。鄭覃:
故相珣瑜子,以父廕補弘文校理。文宗時任侍講學士、御史大夫等職,
官至宰相、太子太師。舊唐書有傳。

〔十二〕仇士良:宦官。文宗崩,仇士良等廢太子而立武宗。生平詳見新唐書
宦者傳。資治通鑑卷二百四十五唐紀六十一文宗開成元年:"左僕射令
狐楚從容奏:'王涯等既伏辜,其家夷滅,遺骸棄捐。請官爲收瘞,以順
陽和之氣。'上慘然久之,命京兆收葬涯等十一人於城西,各賜衣一襲。
仇士良潛使人發之,棄骨於渭水。"

鄭注論　長慶二年〔一〕

小人之有才者,不過巧諂,善投人意,爲婢妾道耳。又有妖術以
濟之,雖端人强士不能不惑。如尤物一染,則身不自有,必斃而後止。
吁,唐鄭注是已!

注以醫游四方〔二〕,此其濟諂之術也。李愬之正〔三〕,王守澄〔四〕、韋
元素之强〔五〕,注豈足以蔽之!愬稱之曰"奇才",守澄促膝與語〔六〕,元
素爲之執手款曲〔七〕。(李弘楚勸元素殺注〔八〕,注至蠖屈鼠拱,佞辭泉湧。元
素不覺執手款曲,且厚以金帛遺而遣之。)然而殺守澄者,卒注也〔九〕。使愬
與元素終狎之,安知二子之不爲守澄乎?

守澄嘗有匿死恩於注〔十〕,注答之如此;而上以師友待注,不亦詭
哉!甘露之變〔十一〕,非宦輩決罘罳以逸,乘輿幾不免。使注不死也,章
陵(文宗)不得薨正寢〔十二〕,而矯制立瀍(武宗)之事〔十三〕,又豈出於士良
(仇)也哉〔十四〕!(推①極之論。)

【校】

① 推:陳于京刻本作"雄"。

【箋注】

〔一〕鄭注:本姓魚,冒姓鄭氏。出身微賤,爲人狡詐。文宗時官至鳳翔節度使。

甘露之變後被殺。兩唐書皆有傳。長慶二年：公元八二二年。長慶爲唐穆宗李恒年號。按：長慶二年之“二”，疑當作“三”。蓋本書題下小字所注時間，多與資治通鑑有關，而資治通鑑卷二百四十三唐紀五十九“長慶三年四月”一節，始述鄭注。

〔二〕以醫游四方：新唐書鄭注傳：“鄭注，絳州翼城人。世微賤，以方伎游江湖間。”

〔三〕李愬：唐憲宗時著名將領，封涼國公。參見陳善學序刊楊鐵崖先生文集卷三興橋行。新唐書鄭注傳：“元和末，至襄陽，依節度使李愬。爲愬煮黄金餌之……李訓既附注進，於是兩人權震天下矣。尋擢工部尚書、翰林侍講學士。”

〔四〕王守澄：宦官，元和末年，協助韋元素等定策立穆宗。薦鄭注善醫，徵入京師，其後與鄭注、李訓等結黨營私。文宗登基後，王守澄失寵，又與仇士良不合，文宗令内養李好古鴆殺。生平詳見舊唐書宦官傳。

〔五〕韋元素：當時任左軍中尉。

〔六〕促膝與語：新唐書鄭注傳：“爲愬籌事，未嘗不用。挾邪市權，舉軍患之。監軍王守澄白愬，愬曰：‘然彼奇士也，將軍試與語。’守澄始拒不納，既坐，機辯橫生，鉤得其意，守澄大驚，引至後堂，語終夕，恨相見晚……始，李愬病痿，注治之有狀，守澄神其術，故中人皆昵愛。”參見資治通鑑卷二百四十三唐紀五十九“穆宗長慶三年”一節。

〔七〕元素爲之執手款曲：詳見資治通鑑卷二百四十四唐紀六十“文宗太和七年九月”一節。

〔八〕李弘楚：時任左軍將，敦促韋元素誅殺鄭注，元素非但不聽，反以重金饋贈。李弘楚因解軍職去，隨即因怒火鬱積而背疽發，卒。參見資治通鑑卷二百四十四唐紀六十“文宗太和七年九月”一節。

〔九〕按：王守澄死因，正史記載并不一致。舊唐書王守澄傳謂王守澄被文宗所遣内養李好古鴆殺；新唐書王守澄傳謂李訓派人逼死；資治通鑑則謂“李訓、鄭注密言於上，請除王守澄”。本文所述顯然依據資治通鑑。

〔十〕匿死恩：唐文宗曾下密詔誅殺宦官及鄭注等，王守澄獲悉後有所防備，鄭注遂免於一死。資治通鑑卷二百四十五唐紀六十一太和八年十二月：“初，宋申錫與御史中丞宇文鼎受密詔誅鄭注，使京兆尹王璠掩捕之。璠密以堂帖示王守澄，注由是得免。”參見資治通鑑卷二百四十四唐紀六十“太和五年二月”一節。

〔十一〕甘露之變：太和九年十一月，唐文宗與李訓、舒元輿、鄭注等以觀甘露爲名,謀誅宦官,最終失敗。參見陳善學序刊楊鐵崖先生文集卷四甘露行。

〔十二〕章陵:唐文宗葬所,借指文宗。

〔十三〕瀍:唐武宗李炎本名。

〔十四〕仇士良:生平詳見新唐書宦者傳。文宗崩,仇士良等廢太子而立武宗。

楊涉論　唐末天祐二年〔一〕

宰相,人臣之極也。至於泣不忍爲,則知亂世之相,欲爲庶人不如也。

余讀楊涉泣相事〔二〕,既哀其不幸,而又悼涉非貴戚之卿。知其不可爲也,獨不可爲鄭綮之辭乎〔三〕? 辭不可也,獨不可爲司空圖之去乎〔四〕? 不辭不去,甘俛焉包恥,爲異日送璽使〔五〕,不亦悲乎!

【箋注】

〔一〕楊涉:唐昭宗時任吏部尚書。哀帝即位,任宰相。唐亡,事梁,爲門下侍郎、同中書門下平章事。在位三年,無所作爲,罷爲左僕射,數年後卒。傳載新五代史。天祐二年:公元九〇五年。天祐爲唐哀帝年號。按:資治通鑑卷二百六十五唐紀八十一“昭宣帝 天祐二年三月”一節,始述楊涉事迹。

〔二〕泣相:參見陳善學序刊楊鐵崖先生文集卷四王官谷注。

〔三〕鄭綮:舊唐書鄭綮傳:“綮善爲詩,多侮劇刺時,故落格調,時號鄭五歇後體……昭宗見其激訐,謂有蘊蓄,就常奏班簿側注云:‘鄭綮可禮部侍郎、平章事。’……明日果制下,親賓來賀,搔首言曰:‘歇後鄭五作宰相,時事可知矣。’累表遜讓,不獲。既入視事,侃然守道,無復詼諧。終以物望非宜,自求引退。三月餘,移疾乞骸,以太子少保致仕。”

〔四〕司空圖:參見陳善學序刊楊鐵崖先生文集卷四王官谷注。

〔五〕送璽使:指唐昭宣帝降於後梁,楊涉爲押傳國寶使。參見陳善學序刊楊鐵崖先生文集卷四送璽使注。

哀和陵辭〔一〕 唐昭宗

　　余爲楊涉論後,讀和陵在華州舉鄙語曰〔二〕:"紇干山頭凍死雀,何不飛去生處樂。"因泣下沾襟。未嘗不悲和陵爲萬乘之尊,而不得同紇干一雀也。紇干守死於寒耳,和陵漂泊寒餓,不知死所〔三〕。出其偶(何后①)〔四〕,委身賊臣(朱三)〔五〕,至於親捧玉巵,而卒不能免椒殿之禍〔六〕,天下臣子,未聞有一人爲君父問賊者。烏乎,極天下之哀,無以過之矣! 諡曰"愍",吾故吊之以殤辭曰:

　　哀哀爾殤之生兮,不如無生。體守②闊達兮,志氣精明。誓恢往烈兮,寤寐人英。十九葉之零祚兮〔七〕,鷹屬望乎中興。彼碭山之遺虜(朱三)兮〔八〕,嗟③冤勾之黨伍〔黃巢〕〔九〕。志懷山以沃④日兮〔十〕,云迴天之勁柱。(唐加朱號曰"回天再造功臣"〔十一〕。)佩白玉之璽兮,冠通天之冠。曰破勳(龐)而翦巢(黃⑤)兮〔十二〕,實沙陀氏(李克用⑥)之屏藩〔十三〕。夫何忠不力以用兮,用不力以忠。雀栖栖于紇山兮,望生土其奚從。烏乎! 大枋⑦失之始兮,豈貽謀之不終!

【校】

① "何后"二小字注,原本置於"身"字下,據蔣氏刊本移於此。
② 守:陳于京刻本作"宇"。
③ 嗟:原本作"差",據陳于京刻本改。
④ 沃:陳于京刻本作"汨"。
⑤ 小字注"黃",原本置於"兮"字下,據蔣氏刊本移於此。
⑥ 小字注"李克用",原本置於"藩"字下,徑移於此。
⑦ 枋:蔣氏刊本作"柄"。

【箋注】

〔一〕和陵:昭宗葬地,在河南 緱氏縣。此借指唐昭宗 李曄。參見資治通鑑卷二百六十五。
〔二〕在華州舉鄙語:昭宗被迫遷都洛陽,車駕至華州,感傷不已,引"紇干山"俚語謂侍臣。參見資治通鑑卷二百六十四唐紀八十"昭宗 天祐元年"一節。華州,今陝西華縣。紇干山:又名紇真山,位於今山西 大同市東。元

和郡縣圖志卷十四河東道三雲州雲中縣:"紇真山,在縣東三十里。虜語
紇真,漢言三十里。其山夏積雪霜。"

〔三〕不知死所:舊唐書昭宗積善皇后何氏傳:"天祐初,全忠逼遷輿駕,東幸洛
陽。其年八月,昭宗遇弒。"

〔四〕何后:即昭宗積善皇后何氏。兩唐書皆有傳。按:朱全忠麾下樞密使蔣
玄暉弒殺昭宗時,本欲殺何后,"后求哀於玄暉,乃釋之"。參見資治通鑑
卷二百六十五。

〔五〕朱三:即後梁太祖朱温,又名晃、全忠。生平詳見舊唐書昭宗本紀、舊五
代史梁書太祖本紀。

〔六〕椒殿之禍:舊唐書昭宗積善皇后何氏傳:"全忠將僭位,先行九錫,然後受
禪。全忠牙將蔣玄暉在洛陽宮知樞密,與太常卿張廷範私議……宣徽副
使趙殷衡素與張、蔣不協,且欲代知樞密事,因使於梁,誣告云:'玄暉私於
何太后,相與盟詛,誓復唐室,不欲王受九錫。'全忠大怒,即日遣使至洛
陽,誅玄暉、廷範、柳璨等,太后亦被害於積善宮。"

〔七〕十九葉:自唐昭宗登基,至唐朝滅亡,共計十九年。

〔八〕碭山之遺虜:指朱全忠。朱全忠是碭山(今屬安徽)人。

〔九〕冤句之黨伍:意爲朱全忠與唐末黃巢屬於同類。冤句,縣名,黃巢故里,位
於今山東菏澤。

〔十〕懷山沃日:語出唐末五代間人杜光庭撰賀江神移堰箋。

〔十一〕"唐加"句:唐昭宗天復年間,曾賜朱全忠以"回天再造竭忠守正功臣"
之號。

〔十二〕勛:指龐勛。龐勛於唐懿宗咸通九年十月造反,歷時一年。李克用父
國昌,以討龐勛有功,入爲金吾上將軍。參見通鑑紀事本末卷三十六上
龐勛之亂、舊五代史唐武皇本紀。

〔十三〕沙陀氏:指李克用,即後唐太祖。參見陳善學序刊楊鐵崖先生文集卷四
蠆頤津。

補石晉太后恚婦辭[一]

石高祖初以少弟重胤爲子[二],娶馮蒙女[三],有殊色。重胤蚤卒,
重貴立[四],遂納爲后。與夫人甘飲,過梓宮前,釃而告曰:"皇太后之
命與先帝,不任大慶。"左右失笑。重貴顧左右曰:"我今日作新婚,何

如?"夫人與左右又皆大笑〔五〕。獨太后恚而無如之何,罵之,辭曰:

　　唐玄宗敓壽王妻環〔六〕,濁亂宮闈,牽致兄弟用事〔七〕,訖敗唐天下,環播臭道路,無死所。汝何物,復亂倫,使吾獸子復妻汝嬸母〔八〕,而以我命、先帝命撗於人。先帝可欺,天可欺乎? 吾見獸子之喪吾石氏國也。以汝鹽銕判官(馮玉)〔九〕,汝之楊釗也〔十〕,桑國師(維翰)退矣〔十一〕,張龍武(彦澤)叛矣〔十二〕,耶律德光(契丹主①)入寇矣〔十三〕。汝物又且妾異姓〔十四〕,累及老婦,面縛於人,且奈何哉! 且奈何哉!

　　於是大慟,誓不與馮見。不四三年,契丹大入寇。執重貴以歸,太后及馮氏面縛待罪,同平章事馮玉親送傳國寶,叛臣張彦澤遷晉主於開封,夜以兵取馮氏往②。

【校】

① 主:原本誤作"至",據蔣氏刊本、陳于京刻本改。
② "不四三年"以下至篇末凡七句,當爲小字注文。

【箋注】

〔一〕 石晉太后:指後晉高祖皇后李氏,唐明宗之女,晉出帝天福八年(九四三)七月,册爲皇太后。出帝馮皇后用事,太后屢屢訓誡。參見新五代史晉高祖皇后李氏傳。

〔二〕 石高祖:即石敬瑭。滅後唐,爲後晉開國皇帝。參見陳善學序刊楊鐵崖先生文集卷四石郎詞注。重胤:新五代史晉家人傳:"重胤,高祖弟也,亦不知其爲親疏,然高祖愛之,養以爲子,故於名加'重'而下齒諸子。"

〔三〕 馮蒙女:即出帝皇后。馮蒙:"蒙"或作"濛",曾任鄴都副留守。參見新五代史出帝皇后馮氏傳。

〔四〕 重貴:出帝名。其父敬儒,石敬瑭兄,早卒,故石敬瑭收養重貴爲子,繼石敬瑭之後登基。

〔五〕 "與夫人"十句:新五代史出帝皇后馮氏傳:"高祖留守鄴都,得濛驪甚,乃爲重胤娶濛女,後封吳國夫人。重胤早卒,后寡居,有色,出帝悦之。高祖崩,梓宮在殯,出帝居喪中,納之以爲后。是日,以六軍仗衞、太常鼓吹……群臣皆賀。帝顧謂馮道等曰:'皇太后之命,與卿等不任大慶。'群臣出,帝與皇后酣飲歌舞,過梓宮前,酹而告曰:'皇太后之命,與先帝不任大慶。'左右皆失笑,帝亦自絶倒,顧謂左右曰:'我今日作新女婿,何似生?'后與左右皆大笑,聲聞於外。"按:出帝即重貴。

〔六〕壽王妻環:楊貴妃小名玉環,原先許配壽王,後爲玄宗所納。壽王,李瑁,
唐玄宗第十八子。參見新唐書玄宗元獻皇后楊氏傳。

〔七〕兄弟用事:指楊國忠兄弟專橫擅權。

〔八〕嬸母:指出帝皇后馮氏。馮氏原嫁重胤,重胤實爲出帝小叔。

〔九〕馮玉:字璟臣,定州人。出帝皇后馮氏弟。爲鹽鐵判官。生平見新五代史
馮玉傳。

〔十〕楊釗:後改名國忠,唐楊貴妃之從祖兄。參見陳善學序刊楊鐵崖先生文
集卷三哥奴冢。

〔十一〕桑國師:指桑維翰。參見陳善學序刊楊鐵崖先生文集卷四鐵硯子注。
新五代史馮玉傳:"晉出帝納玉姊爲后,玉以后戚知制誥,拜中書舍人。
玉不知書,而與殷鵬同爲舍人,制誥常遣鵬代作。……遷樞密使、中書
侍郎、同中書門下平章事。是時出帝童昏,馮皇后用事,軍國大務一決
於玉……玉除中書舍人盧價爲工部侍郎,桑維翰以價資望淺爲不可,由
是與維翰有隙,維翰由此罷相。"

〔十二〕張彦澤:曾任左龍武大將軍,後叛降契丹,耶律德光遣彦澤率二千騎先
入京師。詳見新五代史張彦澤傳。

〔十三〕耶律德光:即遼太宗。參見陳善學序刊楊鐵崖先生文集卷四帝犯行注。

〔十四〕汝物又且妾異姓:蓋指馮氏後嫁耶律氏,然正史記載與此不同。新五代
史出帝皇后馮氏傳:"契丹犯京師……后隨帝北遷,哀帝之辱,數求毒
藥,欲與帝俱飲以死,而藥不可得。後不知其所終。"

宋太史書趙普辭〔一〕 此等古文不可多恐鬼神見忌〔二〕

宋開寶九年冬十月壬子夜〔三〕,漏下四鼓,晉王光義甫柱斧殺兄於
大寢〔四〕。明日,太史氏持簡書曰:"宋趙普弑其君匡胤〔五〕。"普辯曰:
"壬子之夕,普不得入侍禁闥。帝崩,普罔聞知,普曷罪?"

太史曰:"君親無將,將必誅。開光義之將者,若也。曰昭曰芳①,
趙孤不絕也〔六〕;太后遺命,帝不得受也;榻前誓書,若不得署也〔七〕。春
秋大居正〔八〕,若爲宋大臣,不以居正相其君,而以阿依邪命,使光義之
斧,已在太祖袵席上。太祖享國十七年,幸耳。烏乎,上之弑也,非若

而誰？若不討賊,不引決,若又北②面戴之,大臣之從違去就若是,國何恃於若乎？吾以春秋法定若爲戎首,若雖欲辭,得乎？”普伏罪曰：“普當戮！普當戮！以謝先帝九冥下也。”

　　抱遺子曰：“里克〔九〕、趙盾〔十〕、寧殖三子〔十一〕,方諸商人、陳乞〔十二〕,宜有間矣,而春秋書法一施之〔十三〕,所以教天下之爲人臣者。太史氏之書普,非三子例乎！”

　　　　木曰：“先生設是筆,於以拯救宋三綱於大亂之始。宋鑑綱目之作,豈直正統而已哉〔十四〕！”

【校】

① 芳：原本作“美”,據蔣氏刊本改。
② 原本有小字注：“北,一作‘家’。”

【箋注】

〔一〕趙普：北宋開國功臣。宋史有傳。
〔二〕題下小字注“此等古文不可多”二句：或曰鐵崖自注。明都穆都公譚纂卷上：“楊廉夫好大言,嘗自題其所撰責趙普文云：‘此等文字不宜多作,恐鬼神見忌。’一僧詩有佳句,便題云：‘宛然鐵門家法。’”
〔三〕開寶九年：公元九七六年。開寶爲宋太祖趙匡胤年號。
〔四〕晉王：指宋太祖趙匡胤弟趙光義。北宋開寶六年九月,封爲晉王。參見宋史太祖本紀。
〔五〕匡胤：宋太祖名。
〔六〕“曰昭曰芳”二句：宋太祖四子,長子、三子皆早逝,次子德昭封燕王,幼子德芳封秦王。又,趙廷美爲宋太祖、太宗之弟。參見宋史宗室列傳。
〔七〕“太后遺命”四句：參見陳善學序刊楊鐵崖先生文集卷四金櫃書注。
〔八〕春秋大居正：宋李明復春秋集義卷一：“胡安國曰：春秋大居正。凡得正而居者,天下莫不心悅誠服,無所待於號令而歸焉者也。”
〔九〕里克：春秋時晉人。里克殺其君之子奚齊,詳見春秋左傳正義卷十二。
〔十〕趙盾：春秋時晉人。趙盾弑其君晉靈公,詳見春秋左傳正義卷二十一。
〔十一〕寧殖：春秋時衛人。寧殖與孫林父逐衛侯,而立公孫剽。詳見春秋公羊傳注疏卷二十一。
〔十二〕商人、陳乞：皆春秋時齊國人。齊昭公立舍爲太子,陳乞陽奉而陰違,最終與公子商人(齊昭公弟)擁立公子陽生爲王。參見春秋公羊傳注疏卷十四"齊公子商人弒其君舍"、卷二十七"齊陳乞弒其君舍"。

〔十三〕春秋書法一施之:宋劉敞劉氏春秋意林卷下:"大臣者,其任重,其責厚。小從,罪也;大從,惡也。夫據國之位而享其禄,臨禍不死,聞難不圖,偷得自存之計,使篡弒因己而立,後雖悔之,不可長也。里克、趙盾、寧殖之貶,不亦宜乎? 曾不如公孫寧、儀行父之猶有益於其君也,又況商人、陳乞之懷惡以濟逆者乎! 夫商人、陳乞懷惡以濟逆,與里克、趙盾、寧殖之事則輕重有間矣,然而春秋不別也。以謂君臣之間義不容失,故其文一施之,所以教天下之爲人臣者也。"

〔十四〕"宋鑑綱目之作"二句:意爲鐵崖所撰宋代史論,超越朱熹資治通鑑綱目,不僅僅關注正統問題。宋鑑綱目,又稱宋史綱目,鐵崖於元至正初年始撰。貝瓊清江文集卷四筆議軒記:"瓊從鐵崖楊公在錢唐時,公讀遼、金、宋三史,慨然有志,取朱子義例作宋史綱目,且命瓊曰:'宋南北百年間載籍,視前代尤繁,爾及諸門生當與吾共成之。'"

代安叱奴謝表 唐高祖武德元年
以舞胡安叱奴爲散騎侍郎[一]。

臣奴本舞胡之賤也,過蒙聖恩,擢於五品,爵居散騎,官爲侍郎。臣奴安敢僭躐清貫①,上累聖明!

禮部尚書李綱彈臣奴,以樂工不與士齒,賢如子野[二]、師襄[三],皆終身不易其業。今使臣奴鳴玉曳組,趨翔廊廟,誠非所以重朝廷、法後嗣。而陛下出令,務無反汗[四]。必欲臣奴承恩入侍,臣奴雖賤,敢不棄伎更工,執筆牘,侍太常諸宗工,以叶律修樂爲事,定一代不刊之典於何妥、牛弘殘缺之後[五],庶幾臣奴有審音之聰,而陛下無聾官之議。切惟衛之賢者,多隱伶官[六];魯太師者,得與孔子論樂[七],夫豈以樂工爲賤,而不得齒士類哉!

臣奴幸遭景運,上當時②選,誓竭犬馬之年,以殉蜂蟻之圖報萬一。雖未能效夔擊石,使百獸率舞於有虞之廷[八],決不致齊妙達(曹)、馬駒③(安)輩[九],辱王封、辱開府於有齊之朝也。謹奉表拜闕上謝者。

木曰：“先生此作，蓋有謂也。至正己未④，江藩大臣之便宜除拜杭⑤伶官金門貴，擢爲參軍記室，士論讙騰。貴見先生於睦，乞言解嘲。先生爲賦雷海清詩〔十〕，及安叱奴表。貴於丁酉秋死節於睦〔十一〕，豈非先生之言有以成⑥之乎！”

【校】

① 貫：蔣氏刊本作“貴”。

② 時：蔣氏刊本作“特”。

③ 妙達（曹）、馬駒：原本作“妙達曹馬鞍”，據隋書音樂志改。又，原本“曹”爲大字正文，徑改爲小字注文。

④ 己未：陳于京刻本作“已來”，皆誤。至正年間無“己未”年。當作“乙未”，即至正十五年。

⑤ 杭：原本誤作“抗”，據蔣氏刊本改。

⑥ 成：陳于京刻本作“戒”。

【箋注】

〔一〕文當撰於元至正十六年（一三五六）秋至十七年秋之間，其時鐵崖任建德路總管府理官，寓居睦州。繫年理由：據篇末章木跋文，杭伶官金門貴到睦州求見，鐵崖遂爲賦雷海清詩及安叱奴表。鐵崖至正十六年秋到睦州任建德理官，而次年丁酉秋，金門貴死節於睦。故本文必撰於至正十六、十七年之間。安叱奴：唐初舞胡。武德元年：公元六一八年。資治通鑑卷一百八十六唐紀二高祖武德元年：“上以舞胡安叱奴爲散騎侍郎。禮部尚書李綱諫曰：‘古者樂工不與士齒，雖賢如子野、師襄，皆世不易其業。唯齊末封曹妙達爲王，安馬駒爲開府，有國家者以爲殷鑑。今天下新定，建義功臣，行賞未遍，高才碩學，猶滯草萊；而先擢舞胡爲五品，使鳴玉曳組，趨翔廊廟，非所以規模後世也。’上不從，曰：‘吾業已授之，不可追也。’”李綱生平參見舊唐書李綱傳。

〔二〕子野：師曠字子野，晉樂師。參見孟子離婁。

〔三〕師襄：或作師襄子，魯樂師，孔子曾學琴於師襄。參見韓詩外傳卷五。

〔四〕反汗：漢書劉向傳：“易曰：‘渙汗其大號。’言號令如汗，汗出而不反者也。”

〔五〕何妥：字棲鳳，曾有志傳雅樂。牛弘：字里仁，曾與何妥等正定新樂。隋書有其傳。通志卷三十六七音略：“開皇二年，詔求知音之士參定音樂。

時有柱國沛公鄭譯獨得其義,而爲議曰……時何妥以舊學、牛弘以巨儒不能精通,同加沮抑,遂使隋人之耳,不聞七調之音。"

〔六〕"切惟"二句:毛詩正義卷二簡分:"衛之賢者,仕於伶官,皆可以承事王者也。"箋:"伶官,樂官也。伶氏世掌樂官而善焉,故後世多號樂官爲伶官。"

〔七〕"魯太師"二句:孔子與魯太師論樂,詳見論語八佾。

〔八〕"雖未能"二句:堯命夔效山林谿谷之音而歌,拊石擊石以象上帝玉磬之音,招致百獸舞蹈。參見吕氏春秋卷五。

〔九〕曹妙達、安馬駒:皆北齊樂官。宋陳暘樂書卷一百六十三北齊樂章:"後主時樂工曹妙達、安馬駒之徒,皆所昵狎,至有封王開府,服簪纓爲伶人之事。"參見舊唐書李綱傳、隋書音樂志。

〔十〕雷海清詩:載青照堂刊楊鐵崖詠史。雷海清之"清",或作"青",唐代樂工。安禄山於凝碧池設酒張樂,雷海清不從,被害。

〔十一〕金門貴(?——一三五七):元季伶官,江浙行省擢爲參軍記室。至正十七年丁酉秋,死於睦州(今浙江建德)。按:本文曰"死節於睦",蓋金門貴最終戰死,或被俘後不降而死。

録淖齒語[一]

齊閔王不道[二],其殺孤狐咺而百姓離,殺陳擧而宗室離,殺司馬穰苴而大臣離[三]。於是淖齒殺王於鼓里[四],其數閔之辭曰:"千乘、博昌之間,方數百里,雨血沾衣,王知之乎?"曰:"不知。""嬴、博之間,地坼①至泉,王知之乎?"曰:"不知。""民有當闕而哭者,王知之乎?"曰:"不知。"齒曰:"雨血沾衣者,天以告也;地坼至泉者,地以告也;當闕而哭者,人以告也。天地人皆以告矣,而上②不知戒,何得亡誅乎[五]!"

閔之大惡,實浮於桀、紂。代無湯、武數其罪以誅之,則天亦假手於齒耳。以其殺於獨夫,而快於天地宗社萬姓之心。雖曰逆也,而其憤亦湯、武之憤也。昔魏之不君者,問其臣以漢顯殺諫臣事[六],襲爲前例。使代有齊閔,問其臣以鼓里之事,而復申齒例於前,不寒其心乎!

烏乎,齒,逆臣也,春秋所誅,不可以爲訓。而余録其辭,足以警後之齊閔也。

【校】

① 坼：原本作“拆”，據戰國策改。下同。
② 上：戰國策作“王”。

【箋注】

〔一〕淖齒：戰國時楚將，奉命救齊而被齊閔王任命爲丞相。史記田敬仲完世家：“（齊湣王）四十年，燕、秦、楚、三晉合謀，各出銳師以伐……湣王去，走鄒、魯，有驕色，鄒、魯君弗内，遂走莒。楚使淖齒將兵救齊，因相齊湣王。淖齒遂殺湣王，而與燕共分齊之侵地鹵器。”
〔二〕齊閔王：“閔”或作“湣”。參見史義拾遺卷上樂毅封王蠋墓文。
〔三〕“其殺”三句：戰國策齊策六：“齊負郭之民有孤狐咺者，正議閔王，斮之檀衢，百姓不附。齊孫室子陳舉直言，殺之東閭，宗族離心。司馬穰苴，爲政者也，殺之，大臣不親。”
〔四〕鼓里：莒中地名，近齊廟。參見資治通鑑卷四周紀四。
〔五〕“其數閔之辭曰”至“何得亡誅乎”：出自戰國策齊策六。
〔六〕漢顯：蓋指漢顯宗，即東漢明帝。按：所謂“漢顯殺諫臣”事，未見史書記載。疑此處文字有誤。

王弘議[一]

弘，晉丞相導孫也，以清悟①知名。史稱其造次必存禮法，動止云爲，人皆依仿，謂王太保家法[二]。吁，所係亦重矣。典午運革②[三]，赴裕諮議[四]。九錫未開端，而弘忍銜使諷朝廷③[五]，爲佞倖之首，禮法何有乎？後日姪孫儉勸進齊高[六]，其任尤力，大典禮儀詔策，皆出一手。傳爲家法，恬不怪矣。

史贊以“國有君子”美王氏之盛[七]，而休元忍忘家國，儉輩又甚，謂之君子可乎？弘銜命時，有掌留任者（劉穆之）聞旨，驚悖而卒。吁，二人貞穢之判，奚翅蛻蟬之與蜣蜋丸也哉！

【校】

① 悟：宋書王弘傳作“恬”。
② 午運革：原本漫漶，據蔣氏刊本、陳于京刻本補。
③ 諷朝廷：原本漫漶，據蔣氏刊本、陳于京刻本補。

【箋注】

〔一〕王弘：宋書王弘傳：“王弘字休元，琅邪臨沂人也。曾祖導，晉丞相。祖洽，中領軍。父珣，司徒。弘少好學，以清恬知名。”

〔二〕王太保：指東晉權臣王導。王導曾爲太保。晉書有傳。

〔三〕典午運革：指東晉政權傾覆之際。典午，即司馬氏，指晉朝。

〔四〕裕：劉裕。史稱宋武帝，亦稱宋高祖，南朝劉宋開國皇帝。宋書王弘傳：“高祖爲鎮軍，召補諮議參軍。以功封華容縣五等侯。遷琅邪王大司馬從事中郎。”

〔五〕銜使諷朝廷：宋書王弘傳：“義熙十一年，徵爲太尉長史，轉左長史。從北征，前鋒已平洛陽，而未遣九錫，弘銜使還京師，諷旨朝廷。時劉穆之掌留任，而旨反從北來，穆之愧懼，發病遂卒。”劉穆之，宋書有傳。

〔六〕齊高：即齊高帝太祖蕭道成，南朝齊開國皇帝。生平詳見南齊書高帝本紀。王儉：王導五世孫。其父王僧綽乃王弘侄子，故此稱王儉爲王弘“姪孫”。南齊書王儉傳：“儉察太祖雄異，先於領府衣裾，太祖爲太尉，引爲右長史，恩禮隆密，專見任用。轉左長史。及太傅之授，儉所唱也。少有宰相之志，物議咸相推許。時大典將行，儉爲佐命，禮儀詔策，皆出於儉。褚淵唯爲禪詔文，使儉參治之。”

〔七〕史贊：指南史王弘傳卷末評論：“論曰：語云‘不有君子，其能國乎’。晉自中原沸騰，介居江左，以一隅之地抗衡上國，年移三百，蓋有憑焉。其初諺云：‘王與馬，共天下。’蓋王氏人倫之盛，實始是矣。及夫休元弟兄并舉棟梁之任，下逮世嗣，無虧文雅之風。”

謝朏議[一]

　　吾始以謝侍中朏，當齊高祖禪代，不解璽，至傳詔迫之，則曰：“齊自有侍中。”方引枕高臥；又迫使稱疾，則曰：“我無疾！”[二]何其抗節之壯哉！

　　永明中，乃起爲義興〔三〕。在郡不事，悉付綱紀，曰“吾不能作主者吏”。何不曰“吾不能作齊主吏”耶？梁初，與何胤謀出處，遂爲胤所賣〔四〕。明年，詣闕自陳，帝笑曰：“子陵遂能屈志耶〔五〕！”吁，未有詣闕子陵，帝薄之甚矣。受尚書令，假脚疾，不拜而謁，又角巾輿^①詣謝詔。託迎母歸，徽乘輿臨幸，王人送迎，相望於道〔六〕，以爲榮。吁，君子不以爲榮矣。初爲臨川時，嘗以賄見劾，微袁粲，則廢置已久〔七〕。爲吳興時，至以雞卵賦人〔八〕，收雞數千。其鄙行若此，宜其投老貪進不已，不直江中丞一哂〔九〕，而死^②謚曰“靖”，不亦忝哉！

【校】

① 巾輿：原本作“中輿”，蔣氏刊本作“中輿”，陳于京刻本作“巾輿”，據梁書謝朏傳改。

② 死：原本爲墨丁，據蔣氏刊本、陳于京刻本補。

【箋注】

〔一〕謝朏：字敬沖，陽夏人。少年聰慧。歷仕宋、齊、梁三朝。梁書有傳。

〔二〕“當齊高祖禪代”七句：梁書謝朏傳：“及齊受禪，朏當日在直，百僚陪位，侍中當解璽，朏佯不知，曰：‘有何公事？’傳詔云：‘解璽授齊王。’朏曰：‘齊自應有侍中。’乃引枕卧。傳詔懼，乃使稱疾，欲取兼人。朏曰：‘我無疾，何所道！’遂朝服，步出東掖門，乃得車，仍還宅。是日遂以王儉爲侍中解璽。既而武帝言於高帝，請誅朏。帝曰：‘殺之則遂成其名，正應容之度外耳。’遂廢于家。”

〔三〕永明：南朝齊武帝蕭賾年號，公元四八三年至四九三年。義興：即宜興，今屬江蘇。謝朏於齊武帝永明年間任義興太守。

〔四〕何胤：廬江（今屬安徽）人。曾任國子祭酒，與謝朏并稱高士，屢徵不起。南史謝朏傳：“梁武帝起兵，及建鄴平，徵朏、胤，并補軍諮祭酒，皆不至。及即位，詔徵朏爲侍中、左光禄大夫、開府儀同三司，胤散騎常侍、特進、右光禄大夫，又并不屈。仍遣領軍司馬王果敦譬朏，朏謀於胤，胤欲獨高其節，紿曰：‘興王之世，安可久處？’明年六月，朏輕舟出，詣闕自陳。”

〔五〕子陵：東漢隱士嚴光之字。

〔六〕“受尚書令”八句：梁書謝朏傳：“明年六月，朏輕舟出，詣闕自陳。既至，

詔以爲侍中、司徒、尚書令。朓辭脚疾不堪拜謁,乃角巾肩輿,詣雲龍門
謝。詔見於華林園,乘小車就席。明旦,輿駕出幸朓宅,醼語盡歡。朓固
陳本志,不許。因請自還東迎母,乃許之。臨發,輿駕復臨幸,賦詩錢別。
王人送迎,相望於道。"

〔七〕"初爲臨川時"四句:謝朓早年曾任衛將軍袁粲長史,袁粲頗賞識。後謝
　　　朓任臨川内史,"以賄見劾,案經袁粲,粲寝之"。詳見梁書謝朓傳。袁粲,
　　　字景倩。官至尚書令。宋書有傳。

〔八〕"爲吳興時"二句:謂謝朓任吳興太守時,以賦税名義向百姓徵收雞蛋。
　　　見南史謝朓傳。

〔九〕江中丞一疏:指御史中丞江文蔚上疏彈劾之奏章。江文蔚爲五代時人,以
　　　直言諫諍著稱。參見資治通鑑卷二百八十六後漢紀一、同書卷二百九十
　　　後周紀一。

朱子評韓子辯〔一〕　可①梓

　　余怪鍾山野狐譏病韓子工文字、費精神〔二〕,爲無益道真者。此野
狐竊修煉家攝生之論,以道爲真常,以修真爲秘寶。其訣以嗇精神養
至於全真,則謂之功行。此季世不經之教,在先王之世,必誅而亡赦
者也。余又怪考亭大儒乃援②其説以重病韓子〔三〕,野狐不足責,吾責
大儒爲野狐之言先驅也。

　　本史贊韓所得,"粹然一出於正","要之無牴牾聖人者"。孟軻拒
楊、墨〔四〕,韓愈排佛、老,功齊而力倍之。此韓子之過況、雄也〔五〕。實
爲的論。程夫子曰〔六〕:韓愈可謂豪傑之士,如原道,自孟子以來能知
此者,惟愈而已。其論孟子醇乎醇,苟與揚擇焉而不精,語焉而不詳。
若無所見,安能千載之下,判其得失若是之明也! 又論軻之死不得其
傳,此非有所襲之語,其指所傳者,又必有所見矣。此又史傳後千古
不易之確論。

　　而考亭無故援野狐語以亂之,譬之悖子議父之失,借矯正之論,
而況論出於甚不正者乎? 徒重其悖而已耳。大儒何忍於舉悖而屈正
乎! 折衷有謂:"程固得其大端,王亦不爲無理。"吾不知其所謂理者,
何理耶? 又謂韓"雖知文與道有内外之殊,而終未能審緩急以決取

舍"。其文乃貫道之作也,又何取舍之不知也哉! 又謂:"韓雖以濟時行道、抑邪舉正爲事,而終不免貪位慕禄之私。"韓之切於禄,正以急行道,而未嘗至於李斯、商鞅之流,償巇其軀而後已者也。立此兩端之論,使後世法吏議人獄款,仿此罔③終字律〔七〕,以爲可上可下之活套,則大儒之言教之也。末自知野狐之言犯韓所詆,始以爲"楚雖失之而齊亦未得〔八〕"。既悟其言之不經,又取其言爲有理,乍予乍敓④,一言之頃,自相兵也如此。

予懼大儒立行爲法,出言爲經,係於後學者不小,故不得不爲大儒辯,且爲韓子辯也。至正丙午夏六月朔日書⑤。

【校】

① 可:蔣氏刊本作"附"。
② 援:原本誤作"拔",據蔣氏刊本及下文"考亭無故援野狐語"改正。
③ 罔:原本作"固",據陳于京刻本改。
④ 乍予乍敓:原本作"予敓",據陳于京刻本改。
⑤ "至正丙午夏六月朔日書"十字:原本無,據陳于京刻本增補。

【箋注】

〔一〕據文末鐵崖自署,本文撰書於元至正二十六年丙午(一三六六)六月一日。其時鐵崖寓居松江。朱子評韓子:指朱熹援引王安石詩譏評韓愈。見下。又,題下注小字"可梓",頗疑當時鐵崖所撰詩文,猶如後世之活頁詩文選,隨機刊行。

〔二〕鍾山野狐:指王安石。宋趙師岕聖求詞序謂蘇軾稱王安石"此老真野狐精也"。此借用,指王安石異端外道。王安石韓子詩曰:"紛紛易盡百年身,舉世何人識道真。力去陳言夸末俗,可憐無補費精神。"

〔三〕考亭:指朱熹。按:朱熹之説,詳見朱子語類卷一百三十七問荀揚王韓四子一節。

〔四〕孟軻拒楊、墨:孟子抨擊楊、墨言論,見孟子滕文公。楊、墨,指戰國時人楊朱、墨翟。

〔五〕況、雄:戰國荀子、西漢揚雄。新唐書韓愈傳:"(贊曰:)至貞元、元和間,愈遂以六經之文爲諸儒倡,障隄末流,反刓以樸,剗僞以真。然愈之才,自視司馬遷、揚雄,至班固以下不論也。當其所得,粹然一出於正,刊落陳言,橫鶩別驅,汪洋大肆,要之無牴牾聖人者。其道蓋自比孟軻,以荀況、揚雄爲未淳,寧不信然!”

〔六〕程夫子: 此指北宋程頤。下引程頤所論,詳見朱熹編二程遺書卷一“韓愈亦近世豪傑之士”一節。

〔七〕終字律: 當指律例,如“以、准、皆、各、其、及、即、若”之類。參見困學紀聞卷十三考史。

〔八〕“程固得其大端,王亦不爲無理”以下至“楚雖失之而齊亦未得”數則,皆朱熹語録。朱熹撰昌黎先生集考異卷十宋景文公新書本傳:“今按諸賢之論,惟此二條(按: 程頤所論。)爲能極其深處。然考諸臨川王氏之書,則其詩有曰……其爲予奪,乃有大不同者,故嘗折其衷而論之。竊謂程子之意,固爲得其大端,而王氏之言,亦自不爲無理。蓋韓公於道,知其用之周於萬事,而未知其體之具於吾之一心。知其可行於天下,而未知其本之當先於吾之一身也。是以其言常詳於外,而略於内;其志常極於遠大,而其行未必能謹於細微。雖知文與道有内外淺深之殊,而終未能審其緩急重輕之序,以決取舍。雖知汲汲以行道濟時、抑邪崇正爲事,而或未免雜乎貪位慕禄之私。此其見於文字之中,信有如王氏所譏者矣。但王氏雖能言此,而其所謂道真者,實乃老、佛之餘波,正韓公所深詆,則是楚雖失而齊亦未爲得耳。”

哀鮓籃辭[一]

齊叛臣崔慧景窮途,投門人太叔榮。榮斬其首,内鮓籃中送都。

鐵史曰: 於乎,濁亂之代,果不得以名義望於人乎! 然蘆中人於江上漁父[二],素非交好而力濟之,又何也? 嘻,固員之義聲素有以動之已。慧景戴逆首而往,何往而非鮓籃所在耶! 吾於榮乎何責!辭曰:

崔平西,戴逆首。哀爾魚籃魄,孰愈折豎手[三]!

【箋注】

〔一〕哀鮓籃: 爲崔慧景而感傷。崔慧景,南朝齊大將,官平西將軍,後叛齊,率軍進攻金陵,兵敗。南史崔慧景傳:“及走,衆於道稍散,單馬至蟹浦,投漁人太叔榮之。榮之故爲慧景門人，時爲蟹浦戍，謂之曰：‘吾以樂賜汝，汝爲吾覓酒。’既而爲榮之所斬，以頭内鮹籃中，擔送都。”

〔二〕蘆中人於江上漁父：指春秋末年，伍子胥逃亡途中有漁父捨命相救。參見陳善學序刊楊鐵崖先生文集卷一蘆中人注。

〔三〕青照堂叢書本附編者李元春評語曰：“序與辭俱短而古。”

務光辭〔一〕 有序

傳曰：湯伐桀，就務光謀。光曰：“非吾事也。”湯曰：“孰可？”曰：“吾不知也。”湯曰：“伊尹何如〔二〕？”曰：“强力忍垢，吾不知其它。”湯既克桀，以天下讓於光，光辭曰：“廢上，非義也；殺人，非仁也；人犯其難，我享其利，非廉也。吾聞非義不食其禄，無道之世，不踐其位，况於尊我乎！我不忍也。”遂負石自沉於蓼水。後四百餘歲至武丁時〔三〕，復見，人以爲仙云〔四〕。

予讀其傳，爲之撫卷曰：“嗟乎，光之爲人，真①千百年而一人者也；光之言，真有道古君子之言也；光之死，真古義士之介。伯夷之不食周粟〔五〕，甘餓而死者，同一揆也。然則夷之行，非發於光乎？發於光，則夷之特立獨行，不得專美於世矣。”

番易周仁刊韓子伯夷頌於石屏〔六〕，請余復作務光辭，將鋟兩石，爲商、周兩節，以示季世。顧予不腆之辭，安敢并於韓！而仁請過曰：“今鉅筆不在史館，而在草野。繼韓之辭，舍鐵筆其誰歸！”余偉光義，重仁請，爲之叙而繫辭云：

天綱傾，地紀零；鳴條悖〔七〕，耿、亳兵〔八〕，空桑胡爲忍垢名〔九〕？務光子，執綱紀；孤竹兒〔十〕，聞風起。蓼之水，筦之田，我思其人匪曰仙，尚山②生面三千年。（自注：“末語不尚其仙，以其清風在世，雖閲萬古，凛然若生也。”）

【校】

① 真：陳于京刻本作“其”。

② 山：陳于京刻本作“仙”，誤。參見篇末鐵崖自注。

【箋注】

〔一〕本文應張士誠屬臣周仁之請而撰,當作於元至正十九年(一三五九)之後。
繫年依據:鐵崖與張士誠屬官交往或交好,始於從富春山中移居杭州之
後。務光:夏、商之際隱士。生平略見莊子讓王、大宗師等篇。

〔二〕伊尹:商初大臣。後人奉爲帝王師之楷模。

〔三〕武丁:商王,商朝在其執政時復興。詳見史記殷本紀。

〔四〕按:以上所述務光事迹,詳見列仙傳務光。

〔五〕伯夷:孤竹君子。商亡,不食周粟,與弟叔齊隱居首陽山,采薇而食。史記
有傳。

〔六〕番易周仁:疑即山陽周仁,元季張士誠親信大臣。參見東維子文集卷十
五尚朴齋記。伯夷頌:韓愈撰,載東雅堂昌黎集注卷十二。

〔七〕鳴條:湯伐桀,戰於鳴條之野。地處何處,衆説紛紜。

〔八〕耿亳:史記殷本紀:"盤庚渡河南,復居成湯之故居,廼五遷,無定處。"正
義:"湯自南亳遷西亳,仲丁遷敖河,亶甲居相,祖乙居耿,盤庚渡河南,居
西亳。是五遷也。"

〔九〕空桑:指伊尹。相傳有莘氏女採桑於伊川,得嬰兒於空桑中。長有賢德,
殷以爲尹,曰伊尹。

〔十〕孤竹兒:指伯夷、叔齊,二人乃孤竹君之子。元和姓纂卷十:"孤竹君,姜
姓,殷湯封之遼西。"

綱成君贊[一]

蔡澤説應侯[二],曰"日中則移"云云[三],使太子丹入質於秦①[四]。

鋌史曰:澤以往鑒車裂、伏劍與支解者動應侯[五],使巫去位而身
代之,吾始以澤爲刣敓術也。及身處相位,亦不數月以見幾巫去,視
棄相印如敝屣[六]。養譽虎狼之國,以封君令終,則澤非饕功饞禄人
也。吾喜誦其語,爲之銘以贊,以警代之貪高位不眂、澤之如者,不車
裂、伏劍與支解,則不已也。噫!

【校】

① 以下似有脱闕。

【箋注】

〔一〕綱成君：戰國燕人蔡澤之號。蔡澤以游説善辯著稱。生平詳見史記范雎蔡澤列傳。

〔二〕應侯：指范雎。秦封范雎於應地，故稱。曾追隨魏中大夫須賈，得罪遠避秦國，秦昭王用以爲相。生平詳見史記范雎蔡澤列傳。

〔三〕日中則移：史記蔡澤列傳："蔡澤曰：‘今主之親忠臣不忘舊故，不若孝公、悼王、句踐，而君之功績愛信親幸，又不若商君、吴起、大夫種，然而君之禄位貴盛，私家之富過於三子，而身不退者，恐患之甚於三子，竊爲君危之。語曰"日中則移，月滿則虧"。物盛則衰，天地之常數也。’"

〔四〕使太子丹入質於秦：史記蔡澤列傳："(蔡澤)居秦十餘年，事昭王、孝文王、莊襄王。卒事始皇帝，爲秦使於燕三年，而燕使太子丹入質於秦。"

〔五〕車裂、伏劍與支解者：指商鞅遭車裂，白起賜劍死、吴起被肢解，大夫種被殺等等，蔡澤以此勸説秦相范雎及時退隱。此後范雎辭官，蔡澤代之爲相。詳見史記蔡澤列傳。

〔六〕"及身處相位"三句：參見史議拾遺卷上雎澤論注。

卷九十九　西湖竹枝集詩人小傳

西湖竹枝集詩人小傳①

楊維禎②

楊維禎③字廉夫,紹興人〔一〕。泰定間登乙④科進士第〔二〕。再轉鄉郡鹽司令。以狷直傲物,不調者十年。將妻子游淮、吴間。過太湖,得莫邪鐵篴,自稱鐵篴道人〔三〕。仕久屈,而文名震海内。其所著文有三史正統辨、兩漢唐宋史鉞、春秋胡氏傳補正;詩有古樂府,賦有麗則遺音,行於時云⑤〔四〕。

【校】

① 西湖竹枝詞一卷,楊維禎於元至正初年輯撰。明人和維於天順三年撰西湖竹枝詞序曰:"前元楊維禎氏寓居湖上,日與鄉韶輩留連詩酒,乃舍泛語爲清唱,賦西湖竹枝詞,一時從而和者數百家……集成,維禎既加評點,仍于諸家姓氏之下,注其平昔出處之詳,板行海内。"(載陳于京刊西湖竹枝詞卷首。)所謂"于諸家姓氏之下注其平昔出處之詳",當指西湖竹枝集中所有詩人小傳,乃楊維禎親自撰寫,故此輯出,專設一卷。本卷以明萬曆林有麟刊西湖竹枝詞爲底本,校以明末諸暨陳于京漱雲樓刊西湖竹枝詞本(以下簡稱陳于京刊本)、武林掌故叢編本。原本題作西湖竹枝詞,武林掌故叢編本題作西湖竹枝集,今題爲校注者擬定。又,楊維禎先後撰有兩篇西湖竹枝詞序,至正初年所撰,載鐵崖先生古樂府卷十;陳于京刊本、武林掌故叢編本卷首録有鐵崖於至正八年秋七月所撰序文,載本書佚文編。故此不録。

② 原本各小傳均無標題,今以傳主姓名爲題。下同。

③ 按:此楊維禎小傳,又見於明成化刊本鐵崖先生古樂府卷末顧瑛識文之後,無標題,亦未署作者名。文中"楊維禎"三字,鐵崖先生古樂府本作"鐵崖先生姓楊名維禎"九字。

④ 乙：原本作"乙丑"，誤。據武林掌故叢編本、鐵崖先生古樂府本刪改。

⑤ 原本楊維禎小傳以下，録有鐵崖所作西湖竹枝詞九首。此九首已見於成化
　刊本鐵崖先生古樂府卷十西湖竹枝歌，排序稍有不同。

【箋注】

〔一〕紹興：楊維禎爲諸暨人，諸暨於元代隸屬於紹興路。

〔二〕按：楊維禎爲泰定四年二甲進士，故此稱"乙科進士第"。

〔三〕"過太湖"三句：參見鐵崖文集卷三鐵笛道人自傳。

〔四〕按："其所著文有三史正統辨"云云，皆楊維禎撰於至正初年以前作品。參
　　見鐵崖文集卷三鐵笛道人自傳。

虞集

　　虞集字伯生[一]，蜀人。官至翰林侍講學士，文章爲本朝宗工。論
者謂唐文至韓愈而極，宋文至歐陽修而極，元文極於先生也。詩兼衆
體，古歌詩類出於天才，後雖有作者，不可尚矣。竹枝雖不爲西湖而
賦，而其音節興象，可以爲竹枝之則云[二]①。

【校】

① 原本録有虞集竹枝詞四首，略。

【箋注】

〔一〕虞集：元史有傳。按：泰定四年楊維禎赴京考進士，當時虞集爲會試讀卷
　　官，有師生之誼，故將其詩置於前列。以下王士熙、馬祖常、揭傒斯，皆同
　　此例。

〔二〕"竹枝雖不爲西湖而賦"三句：意爲虞集并未直接參與鐵崖西湖竹枝詞之
　　酬唱，然其詩"可以爲竹枝之則"，故録其詩於卷首。

王士熙[一]

　　王士熙字繼學，東平人[二]。博學，工古文。其詩與虞、揭、馬、宋

同爲有元之盛音〔三〕。竹枝本灤陽所作者〔四〕,其山川風景雖與南國異焉,而竹枝之聲則無不同矣①。

【校】

① 原本録有王士熙竹枝詞兩首,略。

【箋注】

〔一〕王士熙:字繼學。王構子。官至中書參政。亦未直接參與鐵崖西湖竹枝詞之酬唱。生平略見元史王構傳。按:泰定四年鐵崖赴京考進士,治書侍御史王士熙奉命出題,并擔任殿試監試官,故與鐵崖有師生之誼。參見蘇天爵書泰定廷試策題稿後(滋溪文稿卷三十)。

〔二〕東平:據元史地理志,東平爲路名,"唐鄆州,又改東平郡,又號天平軍。宋改東平府,隸河南道。金隸山東路",元代隸屬於中書省。

〔三〕虞、揭、馬、宋:指虞集、揭傒斯、馬祖常、宋本。參見鐵崖先生文集全録卷四玉笥集叙。

〔四〕灤陽:今河北省東北灤縣一帶。

馬祖常〔一〕

馬雍古祖常〔二〕,字伯庸,俊儀可温氏〔三〕。延祐第一科護都踏兒榜及第〔四〕,官至御史臺中丞。詩名敵虞、王〔五〕。西夏氏之詩,振始於石田集也。竹枝蓋和王繼學①之作,其音格矯健,類山谷老人②〔六〕。

【校】

① "王繼學"之"學",原本無,徑爲增補。
② 原本録有馬祖常竹枝詞兩首,略。

【箋注】

〔一〕馬祖常:字伯庸,號石田。色目人。官至御史中丞。有石田集傳世。元史有傳。按:泰定四年鐵崖考中進士那年,馬祖常任殿試讀卷官。參見沈仁國撰元泰定丁卯科進士考。

〔二〕雍古：部落名。元詩選初集馬中丞祖常：“祖常字伯庸，世爲雍古部，居靖州之天山。”

〔三〕俊儀可温氏：陳垣認爲：“俊儀者，開封；可温者，也里可温之省文或脱文無疑也。”“也里可温”指基督教，馬祖常出身基督教派家族，故或稱之爲“也里可温詩人”。參見陳垣元西域人華化考卷二儒學篇二基督教世家之儒學、楊鐮元詩文獻研究。

〔四〕護都踏兒：延祐二年（一三一五）右榜狀元。元史選舉志一著録爲“護都答兒”。

〔五〕虞、王：指虞集、王士熙。見前。

〔六〕山谷老人：指北宋黄庭堅。

楊載

楊載字仲弘〔一〕，浦城人〔二〕。延祐乙卯張起巖榜及第〔三〕，官至宣城理官〔四〕，卒。平生天稟曠達，開口議論正直。其詩傲睨橫放，盡意所止。我朝詞人能變宋季之陋者，稱仲弘爲首，而范、虞次之①〔五〕。

【校】

① 原本録有楊載竹枝詞兩首，略。

【箋注】

〔一〕楊載：“元詩四大家”之一。元史有傳。

〔二〕浦城：今屬福建。

〔三〕張起巖：字夢臣，其先章丘人，徙家濟南。元延祐二年乙卯首開科舉，中左榜狀元。元史有傳。

〔四〕宣城：今屬安徽。

〔五〕范、虞：指范梈、虞集，皆屬“元詩四大家”。元史有傳。

揭傒斯

揭傒斯字曼碩〔一〕，豫章人。起身文學掾，至集賢學士，卒。文章居虞之次,如歐之有蘇、曾云〔二〕。其竹枝爲女兒浦歌〔三〕,其風調不在虞下也①。

【校】

① 原本録有揭傒斯竹枝詞兩首,略。

【箋注】

〔一〕揭傒斯:"元詩四大家"之一。元史有傳。按:揭傒斯任泰定四年會試考官。參見沈仁國撰元泰定丁卯科進士考。

〔二〕"文章居虞之次"二句:意爲揭傒斯文章稍遜於虞集,然虞集如同歐陽修,揭傒斯猶如蘇軾、曾鞏,互爲同調。

〔三〕女兒浦歌:揭傒斯詩。原本録揭傒斯竹枝二首之一:"女兒浦前湖水流,女兒浦口過湖舟。湖中日日多風浪,湖邊人人長白頭。"

宋本宋褧兄弟

宋本字誠夫〔一〕,大都人。至治辛酉榜狀元。弟褧〔二〕,泰定甲子張益榜登第〔三〕。皆有盛名,時比之宋"二宋"云①〔四〕。

【校】

① 原本録有竹枝詞兩首,略。按:原本所録竹枝詞未署作者姓名。然卷首總目"宋誠夫"下有小字注"二首",則此二首皆宋本所作。

【箋注】

〔一〕宋本:至治元年辛酉(一三二一)左榜狀元。元史有傳。

〔二〕宋褧:元史與宋本合傳。

〔三〕張益:泰定元年甲子(一三二四)左榜狀元。

〔四〕宋"二宋":北宋天聖初年,宋祁與兄宋庠同舉進士,且皆以文學知名,人稱"二宋"。

柯九思

　　柯九思字敬仲[一]，天台人[二]。由伴讀官仕至奎章閣監書博士。當天曆間，日趨延英①閣，顧遇尤深。文章有臺閣體，而宫詞②追王建[三]，墨竹法文湖州[四]，名重當時③。

【校】

① 英：武林掌故叢編本無。
② 詞：原本作“調”，據武林掌故叢編本改。
③ 原本録有柯九思竹枝詞一首，略。

【箋注】

〔一〕柯九思：參見東維子文集卷二十四亡兄雙溪書院山長墓志銘注。
〔二〕天台：今屬浙江。按：或謂柯九思爲仙居人。據元史地理志，天台縣與仙居縣皆隸屬於台州路。
〔三〕王建：唐代詩人，所作宫詞，鐵崖頗爲讚賞。生平事迹載唐才子傳。參見東維子文集卷十一李庸宫詞序。
〔四〕文湖州：北宋書畫家文同。其生平事迹見宋史文苑傳，參見東維子文集卷十五文竹軒記。

薩都剌

　　薩都剌字天錫[一]，答失蠻氏[二]。泰定丁卯阿察赤①榜及第[三]，官至燕南憲司經歷，卒。其詩風流俊爽，修本朝家範。宫詞云：“永夜宫車出建章[四]，紫衣小隊兩三行。石欄干畔銀燈過，照見夫容葉上霜。”夫容②曲云：“秋江渺渺夫容芳，秋江女兒將斷腸。綌③袍春淺護雲暖，翠袖日暮迎風涼。”“鯉魚風起④江波白，霜落洞庭飛木葉。蕩舟何處採花人，愛惜夫容好顏色。”雖王建、張籍無以過之⑤[五]。

【校】

① 阿察赤之“赤”，原本作“叔”，據武林掌故叢編本、元史順帝本紀改。

② 夫容：武林掌故叢編本作“芙蓉”。下同。

③ 絺：武林掌故叢編本作“綘”。

④ 武林掌故叢編本於“風起”下有小字注：“一作‘吹浪’。”

⑤ 之：武林掌故叢編本作“矣”。又，原本以下録有薩都剌竹枝詞一首，略。

【箋注】

〔一〕薩都剌：與楊維禎同爲泰定四年丁卯（一三二七）進士，曾有詩歌唱和。
參見鐵雅先生復古詩集卷四宫詞。

〔二〕答失蠻：指伊斯蘭教教士。

〔三〕阿察赤：泰定四年丁卯右榜狀元。

〔四〕建章：西漢皇宫中宫殿名，漢武帝金人承露盤即建於此宫。此借指皇宫。

〔五〕王建、張籍：皆唐代詩人，以擅長宫詞著稱。參見東維子文集卷十一李庸
宫詞序。

同同

同同字同初〔一〕，蒙古人。狀元及第，官至翰林待制。詩多臺閣
體。天不假年，故其詩文不多行於時①。

【校】

① 不多：武林掌故叢編本作“鮮”。又，原本録有同同西湖竹枝詞一首，略。

【箋注】

〔一〕同同：元詩選癸集小傳襲自本文。同同爲至順四年癸酉（一三三三）右榜
狀元。參見類編歷舉三場文選癸集御試策。

李孝光

李孝光字季和〔一〕，昆陽人〔二〕。博極群書，不爲經生學。其爲文幽
深無際，其古樂府尤長於興喻，海内學者喜誦之，故至正文體爲之一

變云①〔三〕。

【校】

① 云：原本無，據武林掌故叢編本補。又，原本以下録有李孝光竹枝詞一
　　首，略。

【箋注】

〔一〕李孝光：鐵崖詩友。參見鐵崖先生古樂府卷六芝秀軒詞注。
〔二〕昆陽：鎮名，平陽州治所在地，今屬浙江温州。按：元史本傳謂李孝光爲
　　　"温州樂清人"
〔三〕至正：元順帝最後一個年號，公元一三四一至一三六八年。

鄭元祐

　　鄭元祐字明德〔一〕，遂昌人〔二〕。博記覽，工文章。隱德吳下〔三〕，爲
時聞人。一時名人皆折官位與之交。談名理，最善漆園氏旨〔四〕。其
爲文辨肆有法度，東吳碑碣有不貴館閣而貴其所著云①。

【校】

① 原本録有鄭元祐竹枝詞兩首，略。

【箋注】

〔一〕鄭元祐：參見東維子文集卷二十四白雲漫士陶君墓碣銘注。
〔二〕遂昌：縣名。隸屬於江浙行省處州路。今屬浙江麗水。
〔三〕隱德吳下：意爲隱居蘇州（今屬江蘇）一帶。按：鄭元祐在吳中以授學
　　　爲生。
〔四〕漆園氏：莊子。

張雨

　　張雨字伯雨〔一〕，錢塘人。盦年書無不讀，用以爲詩。其詩俊逸清

澹①,儕輩鮮及。晚年棄妻子,寄迹老氏法中〔二〕。詩有如"丹光出林掩明月,玉氣上天爲白雲",不目之爲仙才不可也。始隱茅山〔三〕,後徙靈石山中〔四〕。詩名震京師②。

【校】

① 澹:武林掌故叢編本作"贍"。

② 原本録有張雨竹枝詞一首,略。

【箋注】

〔一〕張雨:參見鐵崖先生古樂府卷二奔月巵歌注。

〔二〕老氏:老子。此指道教。

〔三〕茅山:道教聖地,位於今江蘇常州境内。

〔四〕靈石山:即靈石塢,位於杭州南山。按:張雨於元順帝至元二年丙子(一三三六),從茅山回歸杭州,大約於至正初年徙居靈石塢。參見珊瑚木難卷五劉基句曲外史張伯雨墓志銘、句曲外史集卷下石室銘。

貢師泰

貢師泰字泰父〔一〕,宣城人〔二〕。其父仲章爲翰林學士〔三〕,以文名當世。昆季皆顯官①,而泰父之名尤著,聲籍甚,通儒也②。

【校】

① 官:武林掌故叢編本作"宦"。

② 原本録有貢師泰竹枝詞兩首,略。

【箋注】

〔一〕貢師泰:參見鐵崖撰貢尚書玩齋詩集序(載本書佚文編)注。

〔二〕宣城:今屬安徽。

〔三〕仲章:貢師泰父貢奎字。參見鐵崖撰貢尚書玩齋詩集序注。

甘立

甘立字允從[一]，大梁人[二]。少年得時譽薦紳先生，辟爲奎章閣史，至丞相掾，卒。平日學文，自負爲臺閣體，然理不勝才。惟詩善鍊飭，脱去凡近。其夜烏①啼曲云：“月落城上樓，烏啼城上頭。一啼海色迷，再啼朝景浮。馬鳴黄金勒，霜滿翠羽裘。烏啼在何處，人生多去留。”誠可追配古樂府云②。

【校】

① 夜烏：武林掌故叢編本作“烏夜”。
② 誠可追配：原本作“可配”，據武林掌故叢編本增補。又，原本録有甘立竹枝詞一首，略。

【箋注】

〔一〕甘立：元詩選二集載甘相掾立小傳，可參看。按：甘立別號南園吏隱。鐵崖稱之爲竹枝詞社成員。甘立參與唱和西湖竹枝詞，不遲於元至正三年（一三四三），其辭世不得遲於至正十二年（一三五二）。參見鐵崖撰南屏雅集詩卷序（載佚文編）。
〔二〕大梁：今河南開封一帶。按：元詩選甘相掾立傳謂甘立爲“陳留人”。全元文第五十九册載甘立小傳，則謂甘立“河西人，徙陳留。辟奎章閣照磨，參與修經世大典，仕至中書檢校”。

宇文公諒

宇文公諒字子貞[一]，京兆人。李齊榜及第[二]，轉官至高郵理官[三]，所至稱神明①。詩又②尚理趣，歌是詩者，知其人矣③。

【校】

① 神明：武林掌故叢編本作“豈弟”。
② 又：武林掌故叢編本作“文”。

③ 原本録有宇文公諒竹枝詞一首,略。

【箋注】

〔一〕宇文公諒:元史有傳。參見東維子文集卷二十七數説贈吳鍾山注。

〔二〕李齊:至順四年左榜狀元,後任高郵知府。被張士誠殺害。生平事迹見元史忠義傳。

〔三〕高郵:今屬江蘇。理官:又稱推官,乃司法官。

賈策

賈策字治安〔一〕,大梁人。美丰姿,器重洪雅。早年辟宗正府幕,至仁和令〔二〕,卒。其僑居西興〔三〕,有賈公墩,嘗巾白綸①,衣鶴氅,吟嘯其上,自謂風度去古人不遠。詩工唐七言律,字行草連綿②。

【校】

① 巾白綸:武林掌故叢編本作"白綸巾"。

② 原本録有賈策竹枝詞一首,略。

【箋注】

〔一〕賈策(一二八二——一三三九):字治安,大梁(今河南開封一帶)人。歷官湖廣省宣使、京畿倉使等,官至仁和縣尹,一年後病逝。善爲歌詩,通蒙古語言文字。生平詳見元人陳旅賈治安墓志銘(載安雅堂集卷十二)。按:元詩選癸集載賈縣令策小傳,全文襲自本傳。

〔二〕仁和:縣名,隸屬於杭州。

〔三〕西興:在蕭山縣(今屬浙江)界内。參見萬曆杭州府志。

陳樵

陳樵字君①采〔一〕,東陽人〔二〕。居閶谷間,衣鹿皮衣。著書自號鹿皮子。其②説經前無古人,謂天地萬物一體,足以了③經子千言萬論,以金陵、武夷之説不經^{〔三〕}，而未嘗學爲言語文字。其效詞人之作，蓋不學而能者也^④。

【校】

① 君采之“君”，原本作“居”，據武林掌故叢編本改。

② 其：原本作“謂”，據武林掌故叢編本改。

③ 足以了：原本作“□足以”，據武林掌故叢編本改補。

④ 原本以下録有陳樵竹枝詞三首，略。

【箋注】

〔一〕陳樵：參見東維子文集卷六鹿皮子文集序注。

〔二〕東陽：縣名。隸屬於江浙行省婺州路。今屬浙江金華市。

〔三〕金陵：指王安石。武夷：指朱熹。按：鐵崖於王安石、朱熹亦常有微詞，可見與陳樵交好，并非偶然。

陸繼善

甫里道人陸繼善^{〔一〕}，字繼之。吳江人^{①〔二〕}。甫里先生之裔也^{〔三〕}。讀書隱德，有志於學道^②，鄉里稱爲善人云^③。

【校】

① “吳江人”三字原本無，據武林掌故叢編本補。

② 學道：武林掌故叢編本作“道學”。

③ 云：原本無，據武林掌故叢編本補。又，原本以下録有陸繼善竹枝詞一首，略。

【箋注】

〔一〕陸繼善：至正初年曾與楊維禎同游汾湖。參見鐵崖撰游汾湖記（載本書佚文編）注。

〔二〕吳江：今屬江蘇。按：元詩選癸集載甫里道人陸繼善傳，與本文雷同，唯一處有異，即謂陸氏“長洲人”。

〔三〕甫里先生：指晚唐詩人陸龜蒙。其生平參見新唐書隱逸傳。

鄭賀

鄭賀字慶父[一]，諸暨人。幼出家，晚歸宗。通史學，十七史名臣，皆能默識其朝代世家爵里，及其後人之賢否，覆視無一差者。文有橫溪史鈔若干條，詩有詠史，自鼎湖訖清風嶺，凡三百餘首，傳於人①。

【校】

① 原本録有鄭賀竹枝詞一首，略。

【箋注】

〔一〕鄭賀：元詩選癸集載鄭賀傳，襲自本文。按：鄭賀乃鐵崖同鄉，其學術旨趣與詩文取向，亦與鐵崖相近。然其詩集文集今皆不傳。

潘純

潘純字子素[一]，淮南人。風度高遠，所交皆一時名公卿。歌詩秀①麗清郁，後生輩②竊詠之。詩餘③喜爲今樂府，與冷④齋、疎齋相爲左右云⑤[二]。

【校】

① 秀：武林掌故叢編本作"遒"。
② 輩：武林掌故叢編本作"多"。
③ 詩餘：原本無，據武林掌故叢編本增補。
④ 冷齋之"冷"，原本作"吟"，據武林掌故叢編本改。
⑤ 原本録有潘純竹枝詞一首，略。

【箋注】

〔一〕潘純：參見史義拾遺卷上悼高陽狂生文注。
〔二〕疎齋：指盧摯。冷齋：或作吟齋（參見校勘記），所指何人，不詳。按：頗疑冷齋爲"淡齋"之誤寫，淡齋即散曲名家楊朝英。楊朝英與盧摯風格近似,鐵崖曾予以并稱,東維子文集卷十一周月湖今樂府序:"士大夫以今樂府鳴者,奇巧莫如關漢卿、庾吉甫、楊淡齋、盧疏齋。"

黄公望

黄公望字子久[一],自號大癡哥。富春人[二]。天資孤高,少有大志,試吏弗遂,歸隱西湖之筲箕泉[三]。博於①史,尤通音律圖繪②之學。詩工晚唐,畫獨追關仝[四]。其據梧隱几,若忘身世。蓋游方之外,非世士所能知者也③。

【校】

① 於:武林掌故叢編本作"書"。
② 繪:武林掌故叢編本作"緯"。
③ 原本録有黄公望竹枝詞一首,略。

【箋注】

〔一〕黄公望:參見東維子文集卷二十八跋君山吹笛圖注。
〔二〕富春:今浙江富陽。
〔三〕筲箕泉:位於杭州南山。
〔四〕關仝:長安人。五代後梁畫師。畫山水師荆浩,晚年有出藍之美。小傳載圖繪寶鑒卷二。

康瑞

康瑞字瑞玉[一],盧陵人[二]。博學,工古文,尤工古①樂府詩。邵庵虞公畏友也[三]。比年廣東肅②政府辟爲掾屬,以善建白聞。後以常調爲於潛縣税官[四],棄弗就③。

【校】

① 古:原本無,據武林掌故叢編本增補。

② 蕭：原本無，據武林掌故叢編本增補。

③ 原本録有康瑞竹枝詞一首，略。

【箋注】

〔一〕康瑞：元詩選癸集康州判瑞（體要作康峀）：“瑞：字瑞玉（“瑞”一作
“端”），吉之龍泉人。夢吉四世孫。博學工古文，尤工樂府詩，虞邵庵畏
友也。廣東知政府辟爲掾屬，以善建白聞，後以常調爲於潛縣税官，棄弗
就。至正四年，授新淦州學教授，改贛州路照磨，陞龍興路富州判官。”

〔二〕廬陵：今江西吉安。

〔三〕邵庵虞公：指虞集。

〔四〕於潛縣：隸屬於江浙行省杭州路。參見元史地理志。

章善

　　章善字立賢〔一〕，廬陵人〔二〕。博學經史，隱德不仕。其文章慕西
漢，翰林虞、揭諸公深敬愛之〔三〕。詩尤①風度邁人，爭傳誦云②。

【校】

① 尤：原本作“有”，據武林掌故叢編本改。

② 原本録有章善竹枝詞兩首，略。

【箋注】

〔一〕章善：元詩選癸集有章處士善傳，襲自本文。

〔二〕廬陵：今江西吉安。

〔三〕虞、揭：指虞集、揭傒斯。

趙奕

　　趙奕字仲光〔一〕，故宋諸王孫，國朝文敏公仲①子〔二〕。博聞强記，
詩思清絕。學書家法，猶晉之有羲、獻〔三〕。其風神秀整，文采彬彬，真

王、謝公子也^{②〔四〕}。

【校】

① 仲：有誤，當作“季”。參見注釋。
② 原本録有趙奕竹枝詞一首，略。

【箋注】

〔一〕趙奕：吳興備志卷十二人物徵趙奕小傳：“字仲光，號西齋，晚居吳中。與崑山顧仲瑛交，仲瑛稱其爲人有王孫風度，而無綺紈故習。”
〔二〕文敏：趙孟頫謚號。按：此處所述有誤，趙奕當爲趙孟頫季子。趙孟頫仲子爲趙雍，字仲穆。吳興備志卷十二人物徵曰：“文敏三子，長亮，次仲穆，仲光其季也。”
〔三〕羲、獻：王羲之、王獻之父子。
〔四〕王、謝：六朝大姓。借指世家貴族。

唐棣

唐棣字子華^{〔一〕}，吳興人^{〔二〕}。由文學掾累官至休寧尹^{〔三〕}。好讀書，善畫山水。對客談詩，終日不倦，其克志可知矣^①。

【校】

① 原本録有唐棣竹枝詞一首，略。

【箋注】

〔一〕唐棣：參見鐵崖先生詩集乙集題唐子華畫注。
〔二〕吳興：今浙江湖州。
〔三〕休寧：今屬安徽。

劉景元

劉景元字太初^{〔一〕}，四明人^{〔二〕}。通經學，識前朝典故。隱德不仕，晚游淮、吳間，以訓詁學教人爲舉子文。雖不通顯，而一時學者宗之①。

【校】

① 原本録有劉景元竹枝詞一首，略。

【箋注】

〔一〕劉景元：元詩選癸集載劉處士景元傳，襲自本文。
〔二〕四明：今浙江寧波。

陳謙

陳謙字子平〔一〕，吳郡人〔二〕。博經史，工文章。金華黃公晉卿爲一時詞宗〔三〕，慎許可，見其文必咨嗟，以爲不易逮也。嘗悼時流文氣不古，手編西漢文類若干卷行於時①。

【校】

① 原本録有陳謙竹枝詞一首，略。

【箋注】

〔一〕陳謙：參見東維子文集卷七郊韶詩序注。按：元徐顯撰稗史集傳述其生平事迹頗詳，謂陳謙師從林寬、龔璛，曾赴科舉，感覺受辱，從此不求仕進。"隱居教授，資弟子束脩以爲養"。奉親至孝，與其兄陳訓友愛甚篤。至正十六年，張士誠軍攻破蘇州，兄弟倆相互掩護，一同被害。當時留存著作，僅周易解詁二卷、古體詩二十四篇。
〔二〕吳郡：元代爲平江路，今江蘇蘇州一帶。
〔三〕金華黃公晉卿：即黃溍。參見東維子文集卷二十四故翰林侍講學士金華先生墓志銘。

熊夢祥

熊夢祥字自得〔一〕，江西人。聰敏曠達。好讀書，作詩爲文，思若湧泉。能作數家書。舉茂才,爲<u>白鹿書院</u>長〔二〕,未幾輒棄去,游<u>淮</u>、<u>浙</u>間。即脱①略不拘,有<u>晉</u>人風。其所著述,有<u>釋樂書</u>行於世②。

【校】

① 脱:原本作"説",據<u>武林掌故叢編</u>本改。

② 原本録有<u>熊夢祥</u>竹枝詞一首,略。

【箋注】

〔一〕<u>熊夢祥</u>:<u>元詩選</u>三集<u>熊監丞夢祥</u>:"<u>夢祥</u>字<u>自得</u>,<u>南昌</u><u>進賢</u>人。聰敏曠達,作詩爲文,思若湧泉。旁曉音律,能作數家書,寫山水尤清古。以茂才異等薦爲<u>白鹿書院</u>山長,授<u>大都路</u>儒學提舉、崇文監丞。以老疾歸,游<u>淮</u>、<u>浙</u>間。放意詩酒,脱略不拘,有<u>晉</u>人風度。卜居<u>婁江</u>上,區得月樓,自號<u>松雲道人</u>。與<u>玉山主人</u>爲忘年交。年九十餘卒。其所著述有<u>釋樂書</u>行於世。"又據<u>嘉慶</u><u>直隸太倉州志</u>卷五十流寓傳,曰<u>熊夢祥</u>晚年"卜居<u>太倉</u>",實與<u>元詩選</u>傳文所謂"卜居<u>婁江</u>上"同意。

〔二〕<u>白鹿書院</u>:又稱<u>白鹿洞書院</u>,位於<u>廬山</u><u>五老峰</u>南麓。

楊仮

　　<u>楊仮</u>字謙①思〔一〕,<u>天台</u>人〔二〕。博學强記。渡<u>江</u>後,世爲<u>江南</u>之顯族。君生而穎異,五歲能日記數千言,十歲善屬文。文有<u>皇慶萬言書</u>。早歲受知<u>省齋</u><u>張公</u>〔三〕、<u>平墅</u>②<u>李公</u>〔四〕,以史館薦,不就。詩名重於時云③。

【校】

① 謙:<u>武林掌故叢編</u>本作"謹"。按:<u>元詩選</u>癸集<u>楊教授仮</u>作"字謙思"。

② 墅:<u>武林掌故叢編</u>本作"野"。按:<u>元詩選</u>癸集<u>楊教授仮</u>作"墅"。

③ 原本録有<u>楊仮</u>竹枝詞三首,略。

【箋注】

〔一〕<u>楊仮</u>:<u>泰定</u>年間任<u>采石書院</u>(位於今<u>安徽</u><u>馬鞍山</u><u>采石鎮</u>)山長,在任期間,與郡守賈煥"重建堂齋門亭庖庫"。後至元元年(一三三五)任嘉定州教授。參見乾隆江南通志卷九十學校志書院、元詩選癸集楊教授伋。按:楊伋曾撰有皇慶萬言書,故皇慶初年楊伋年齡當在二十歲以上。

〔二〕天台:今屬浙江。

〔三〕省齋張公:或即保定張從德之父,"官登三品秩,名實布于中外"。參見東維子文集卷四送張從德之湘鄉州判序注。

〔四〕平墅李公:即李拱辰(一二六八——一三二四),字廷弼,其先居邯鄲,徙滏陽。歷任紹興路新昌縣尹、湖州路歸安縣尹、監察御史等職,官至御史臺都事。"居清要而不忘丘壑,自號平墅,以見其志"。參見黃溍奉議大夫御史臺都事李公墓志銘(載文獻集卷八)。

李庸

李庸字仲常[一],婺之東陽人[二]。故宋寶謨閣學士、工部尚書諱大同之六世孫[三]。自幼好學,善屬文,尤長於詩詞。早歲游京師,館閣諸老爭辟爲屬吏,令爲江陰州知事[四]。自號用中道人,有文集曰用中①道人集②。

【校】

① 中:原本脱,據武林掌故叢編本補。

② 原本録有李庸竹枝詞一首,略。

【箋注】

〔一〕李庸:元至正初年與鐵崖交往頗多。參見東維子文集卷五送李仲常之江陰知事序注。

〔二〕婺:婺州,今浙江金華。

〔三〕大同:李大同字從仲。南宋寧宗嘉定十六年(一二二三)進士,曾"以寶謨閣直學士知平江府"。宋史有傳。

〔四〕江陰州:今屬江蘇。

朱彬〔一〕

朱彬字仲文,旴江人〔二〕。家世儒業,登進士第〔三〕。工古文,作詩尤爲時所稱云①。

【校】

① 原本録有朱彬竹枝詞兩首,略。

【箋注】

〔一〕朱彬:元詩選癸集有朱進士彬傳,襲自本文。

〔二〕旴江:位於今江西廣昌、南豐、南城一帶。按:據類編歷舉三場文選著録,朱彬爲"建昌路新城縣人"。

〔三〕登進士第:正德建昌府志卷十五選舉進士表著録朱彬爲元統三年(一三三五)李廉榜進士。按:此説有誤,元統三年并無會試,此年之後,伯顏執政,廢除科舉六年。朱彬實以詩經考中至順三年壬申(一三三二)江西鄉試第十九名。故當爲至順四年(即元統元年)進士。參見類編歷舉三場文選。

歐陽公瑾

歐陽公瑾字彥珍〔一〕,廬陵人。文忠公八世孫〔二〕。其人有勝氣,詩詞流麗云①。

【校】

① 原本録有歐陽公瑾竹枝詞一首,略。

【箋注】

〔一〕歐陽公瑾:鐵崖爲撰墓志銘。參見東維子文集卷二十四歐陽彥珍墓銘。

〔二〕文忠公:即歐陽修。

倪瓚

倪瓚字元鎮〔一〕，毗陵人〔二〕。其先以資雄一郡，至元鎮，不事生産，刻意文史。尊師重友，能華其家風。其詩材力似腐，而風致特爲近古。與其郡人吴克恭爲唱和友〔三〕，興味視吴爲高云①。

【校】

① 興味：武林掌故叢編本作“興喻”。又，原本以下録有倪瓚竹枝詞四首，略。

【箋注】

〔一〕倪瓚：參見東維子文集卷七郊韶詩序注。

〔二〕毗陵：今江蘇常州一帶。

〔三〕吴克恭：字寅夫。參見東維子文集卷七郊韶詩序注。

高克禮

高克禮字敬臣〔一〕，河間人〔二〕。門①蔭官至慶元理官〔三〕。治政以清净②爲務，不爲苛刻，以簡澹自處。工古③今樂府，有名於時云④。

【校】

① 門：原本無，據武林掌故叢編本補。

② 净：武林掌故叢編本作“静”。

③ 古：武林掌故叢編本無。

④ 原本録有高克禮竹枝詞一首，略。

【箋注】

〔一〕高克禮：元詩選癸集高理官克禮襲自本文，全同。

〔二〕河間：河間路隸屬於中書省。位于今河北河間、滄州一帶。參見元史地理志。

〔三〕慶元：今浙江寧波一帶。

堵簡

　　堵簡字無傲[一],京口人[二]。讀書開敏,工唐人詩,風流蘊藉,流輩罕及云①。

【校】

① 原本録有堵簡竹枝詞一首,略。

【箋注】

〔一〕堵簡:參見鐵崖先生詩集甲集錢塘懷古率堵無傲同賦注。
〔二〕京口:今江蘇鎮江。

屠性①

　　屠性字彥德[一],會稽人。明春秋,領至正鄉薦[二]。工古文章,詩益清明深重,翰林晉卿黃公尤器之②[三]。

【校】

① 屠性:當作申屠性。下同。參見箋注。
② 原本録有屠性竹枝詞一首,略。

【箋注】

〔一〕屠性:當作申屠性。元詩選三集屠山長性:"性字彥德,會稽餘姚人。明春秋學,幼從黃侍講溍游,故其詩文嚴整有法度。領至正鄉薦,嘉定儒學聘爲經師。"按:本文及元詩選所述皆有誤,乾隆紹興府志卷五十三人物志儒林據西湖竹枝集録其小傳,然著録其姓名爲申屠性,且有小字注曰:"戴良爲墓志。元詩選誤作屠性。"又按戴良所撰申屠先生墓志銘,所述申屠先生生平事迹與本文合,然則屠性當改作申屠性。又,戴良所撰申屠先生墓志銘,於申屠性死因死期皆含糊其辭,曰:"已而疆土內附,荐徙遠地。先生益危言危行,不少貶損,而卒以徙死。嗚呼,悲夫!"(載九靈山房集卷十四。)蓋申屠性於明初被迫遷徙,客死他鄉。

〔二〕領至正鄉薦:此説有誤,申屠性并未"領鄉薦",僅中副榜。戴良 申屠先生墓志銘曰:"(申屠先生曾)宿留吳門,客丹丘 柯公 九思所,世之名人魁士鮮不與善……然屢舉不利,僅中辛巳、甲申副榜,以新例授徽州路 歙縣儒學教諭。改信之貴溪,序遷婺州路 月泉書院山長……學通春秋,而深於左氏傳,鄉之諸生執經考疑者繼於門,而所著春秋大義熟在人口。然最喜爲詩,勾章棘句,灑然有杜甫之遺音。至於作字,則清妍宛密,雖褚遂良、薛稷復生,殆不是過。"

〔三〕晉卿 黄公:即黄溍。按:申屠性與黄溍有聯姻關係,據戴良撰申屠先生墓志銘,申屠性長女婿乃黄溍之孫。

富恕

　　林屋道人 富恕[一],字子微,吳江人[二]。以儒入道,布袋筇杖,不憚險道,訪天下仙山①,有所得輒寄於詩。其作竹枝,雖於本題無所比興,特於題外爲善刺云②。

【校】

① 山:原本作"人",據武林掌故叢編本改。
② 原本録有富恕 竹枝詞一首,略。

【箋注】

〔一〕富恕:元末道士。參見鐵崖楊先生詩集卷下送林屋野人隱居洞庭注。
〔二〕吳江:今屬江蘇。

李元珪

　　李元珪字廷璧[一],河東人[二]。苦志讀書,端方慎重,所交皆一時名公卿。作詩若不精①思,往往超逸穎脱。字法追蹤漁陽[三],中洲之善學者也②。

【校】

① 精：武林掌故叢編本作"經"。

② 中洲之"洲"，當作"州"。又，原本録有李元珪竹枝詞兩首，略。

【箋注】

〔一〕李元珪：元詩選三集李處士元珪："元珪字廷璧，河東人。端厚沈毅，重然諾。酷志讀書，非其人不苟與交。作詩若不經思，往往超逸穎脱。字法追蹤鮮于伯機，曲盡其妙。晚年無子，滯留吳中，多嘆老悲窮之作。時往來玉山，與諸君唱和，楊鐵崖稱爲中州之善學者。"

〔二〕河東：縣名。隸屬於晉寧路。參見元史地理志。或泛指山西。

〔三〕漁陽：即鮮于樞。鮮于樞字伯機，漁陽郡人。參見鐵崖先生詩集甲集追和鮮于公寄山齋先生釣石詩注。

釋文信

　　釋文信字道元〔一〕，永嘉人〔二〕。性孤高，爲浮屠氏，然持其法而不爲法縛，故介而能散，所交皆海内名公文人。字畫追吳興〔三〕，而別成一家，叢林之俊秀也①。

【校】

① 原本録有釋文信竹枝詞三首，略。

【箋注】

〔一〕釋文信：鐵崖僧友。參見東維子文集卷二十九寄兩道原詩注。

〔二〕永嘉：今屬浙江温州。

〔三〕吳興：指趙孟頫。

張渥

　　張渥字叔厚〔一〕，淮南人〔二〕。明經，善屬文。能用李龍眠法爲白描〔三〕,前無古人。雖時貴亦罕得之①。

【校】

① 原本録有張渥竹枝詞一首,略。

【箋注】

〔一〕張渥:參見鐵崖文集卷五夢鶴幻仙像贊注。

〔二〕淮南:今屬安徽。

〔三〕李龍眠:北宋畫家李公麟。圖繪寶鑒卷三宋:"李公麟,字伯時,號龍眠居
　　士,舒城人。登進士第。博覽法書名畫,故悟古人用筆意。作書有晉、宋
　　風格,繪事集顧、陸、張、吴及前世名手所善,以爲己有,專爲一家……官至
　　朝奉郎。"

于立

　　于立字彥成〔一〕,號虛白子,南康之廬山人〔二〕。博學通古今。學道
會稽山中〔三〕,以詩酒放浪江湖間。愛吴中山水清曠,故多居之。詩有
二李風〔四〕,時人多重愛之。予嘗觀其人,如行雲流水,無所凝滯,游方
之外者也①。

【校】

① 原本録有于立竹枝詞兩首,略。

【箋注】

〔一〕于立:道士。至正初年在蘇州、崑山與鐵崖交往唱和頗多。參見鐵崖先生
　　古樂府卷三龍王嫁女辭注。

〔二〕南康:路名,隸屬於江西行省。今江西贛州一帶。

〔三〕會稽山:位於今浙江紹興東南。

〔四〕二李:指唐代詩人李白、李賀。

錢惟善

錢惟善字思復〔一〕，自號心白道人。治經生業，長於毛氏詩學。至正辛巳領鄉薦〔二〕，時稱其羅刹江賦云①〔三〕。

【校】

① 原本録有錢惟善竹枝詞一首，略。

【箋注】

〔一〕錢惟善：至正初年鐵崖寓居錢塘時，常與游賞唱和。明初與鐵崖同葬松江干山，同爲“松江三高士”中人物。參見東維子文集卷九送如一翁歸曲江草堂序注。

〔二〕至正辛巳：至正元年（一三四一）。

〔三〕羅刹江：錢塘江之別名。按：此處所謂“至正辛巳領鄉薦，時稱其羅刹江賦”云云，爲明史本傳採納，且有所誇飾，然與事實不符。至正元年江浙鄉試第一名并非錢惟善，而是林温；所考賦題爲浙江賦。參見東維子文集卷九送如一翁歸曲江草堂序箋注。

曹睿

曹睿字新民〔一〕，永嘉人〔二〕。爲舉子業，時輩罕及。壯年游西浙〔三〕。詩文皆清新，學者多愛敬之①。

【校】

① 原本録有曹睿竹枝詞一首，略。

【箋注】

〔一〕曹睿：至正初年與鐵崖多有交往，常爲崑山顧瑛座上賓。參見楊鐵崖先生文集全録卷四勸農詩序注。

〔二〕永嘉：今屬浙江。

〔三〕 西浙：又稱浙西，即錢塘江以西地區，包括杭州、湖州、蘇州、松江等地。

吴復

吴復字見心〔一〕，富春人〔二〕。少拓落不羈，中年折節讀書，晚游湖海間。海内名人不見，雖千里不憚也，故其聞見不陋，而詩日進，有如"江花多自落，天籟或時鳴"、"雲歸沙嶼白，日出水域①黄"、"雲氣上天星劍濕，龜文入地石幢深"，蓋盛唐之選也②。

【校】

① 域：武林掌故叢編本作"城"。
② 原本録有吴復竹枝詞兩首，略。

【箋注】

〔一〕 吴復：鐵崖弟子，至正初年鐵崖授學杭州、湖州、蘇州時，追隨學詩。爲鐵崖編纂古樂府詩。參見東維子文集卷二十五吴君見心墓銘。
〔二〕 富春：今浙江富陽。

釋良震

釋良震字雷隱〔一〕，三山人〔二〕。有詩名江湖間。愛吟唐人七字詩，而不爲其律縛，如①："六月七月生涼晚②，大樹小樹臨幽窗"、"枯槎行蟻過無數，晴空好鳥飛一雙"③。

【校】

① 如：原本無，據武林掌故叢編本補。
② 晚涼：原本作"涼晚"，據武林掌故叢編本改。
③ 原本録有釋良震竹枝詞一首，略。

【箋注】

〔一〕釋良震：參見東維子文集卷十高僧詩集序注。
〔二〕三山：今福建福州市。

郭翼

　　郭翼字義仲①〔一〕，吳之崑山人〔二〕。博文史，不爲舉子業，專資以爲詩。其詩精悍者在李商隱間，風流姿媚者不在玉臺下也〔三〕。余以湖上竹枝索義仲和，而義仲以吳之柳枝答。爲賦詩云：“吳中柳枝傷春瘦，湖中竹枝浙②水秋。説與錢塘蘇小小〔四〕，柳枝愁是竹枝愁③。”

【校】

① 義仲之“仲”，原本作“重”，據武林掌故叢編本改。下同。
② 浙：武林掌故叢編本作“湘”。
③ 原本録有郭翼竹枝詞兩首，略。

【箋注】

〔一〕郭翼：參見東維子文集卷七郭義仲詩集序注。
〔二〕崑山：州名。當時屬平江路，今屬江蘇省。
〔三〕玉臺：指玉臺新詠詩。
〔四〕蘇小小：南齊時錢塘名妓。參見鐵崖先生古樂府卷十西湖竹枝歌之一注。
　　　按：“吳中柳枝傷春瘦”四句，似亦可理解爲郭翼所作。錢謙益將此詩納入楊維禎名下（見列朝詩集甲集前編第七下），或有依據，故此從之。

釋椿

　　釋椿字大年〔一〕，吳中大族沈太傅八葉孫。早年以詩名叢林中，游錢塘南北兩峰詩最多，南屏報上人爭奇之①〔二〕。惜年不永。予讀其見予詩云：“揚雄宅外好修竹〔三〕，黃妃塔前多翠微〔四〕。自愛高文每相見,莫怪短筇來扣扉。"爲之深悲云②。

【校】

① 報:原本作"諸",據武林掌故叢編本改。按:元詩選癸集載釋椿小傳,實節自本文,此句作"與南屏報上人賦詠爭奇"。之:武林掌故叢編本無。

② 原本録有釋椿竹枝詞一首,略。

【箋注】

〔一〕釋椿:與當時詩僧釋照齊名。參見本集釋照小傳。

〔二〕南屏:當指杭州南屏山。報上人:或即指復原報上人。參見東維子文集卷十冷齋詩集序注。

〔三〕揚雄宅:借指鐵崖杭州寓所。

〔四〕黄妃塔:位於杭州西湖雷峰頂,吴越王時修建。參見南巡盛典卷八十六名勝。

郯韶

郯韶字九成〔一〕,吴興人〔二〕。少聰敏好學①,慷慨有大志。工唐人詩,務追開元、大曆之盛,故格力欲與北州李才輩相上下云②〔三〕。

【校】

① 聰敏好學:武林掌故叢編本作"開敏博學"。

② 原本録有郯韶竹枝詞三首,略。

【箋注】

〔一〕郯韶:至正初年爲鐵崖、顧瑛詩友。草堂雅集卷十二載顧瑛撰小傳曰:"(郯韶)好讀書,慷慨有氣節。辟試漕府掾。不事奔競,淡然以詩酒自樂。其作詩作賦,不習近世,必欲追踪唐人之盛。楊鐵崖先生以爲與北州李才相上下。駿馬新鑿蹄,駸駸未可知也。"參見東維子文集卷七郯韶詩序注。

〔二〕吴興:今浙江湖州。

〔三〕李才：不詳。

陶愷

　　陶愷字中立^{〔一〕}，天台人。好學，有識量，弱冠負盛名。領至正丁亥鄉薦^{〔二〕}。尤工於詩。蚤歲與張仲舉^{〔三〕}、蘇昌齡爲文字友^{〔四〕}，有名淮海間^①。

【校】

① 原本録有陶愷竹枝詞一首，略。

【箋注】

〔一〕陶愷：或名陶凱，自號耐久道人。明初徵入京師，歷任元史編修官、翰林應奉、禮部尚書、國子祭酒、晉王府左相等。以“在禮部時，朝使往高麗，主客曹誤用符驗，論死”。明史有傳。

〔二〕至正丁亥：元至正七年（一三四七）。

〔三〕張仲舉：即張翥。參見東維子文集卷七齊稿序注。

〔四〕蘇昌齡：即蘇大年。參見東維子文集卷二十六蘇先生挽者辭叙注。

沈右

　　沈右字仲説^{〔一〕}，吳中世家^{〔二〕}。能略^①去豪習，刻志詩書。與縉紳先生游，恂恂若諸生，故其詞理婉順如此^②。

【校】

① 略：武林掌故叢編本作“掠”。

② 原本録有沈右竹枝詞一首，略。

【箋注】

〔一〕沈右：元詩選二集清輝主人沈右：“右字仲説，號御齋，吳中世家。能略去豪習,刻志詩書。與縉紳先生游,恂恂若諸生。年四十無子,買一妾頗艾,因問知爲故人范復初女,即召其母,擇婿厚嫁之。晚歲仍舉一子。所居東林有樓曰'清輝',王子充、陳敬初爲記。文學行誼,一時重之。"按:沈右有清輝樓稿,今不傳,元詩選二集載清輝樓稿中詩十五首。

〔二〕吴中:今江蘇 蘇州一帶。

吴禮

吴禮字和叔[一],歙縣人[二]。嗜讀史吟詩。爲吏有操行,雖簿書叢中,不廢吟事,故其詞婉熟①。

【校】

① 原本録有吴禮竹枝詞一首,略。

【箋注】

〔一〕吴禮:元詩選癸集載其小傳,襲自本文。弘治徽州府志卷八人物二宦業:"吴禮字和叔,休寧城南人。以詩名。至元丙子,以茂才辟爲浙江(當作江浙)行省令史。調江西行省掾,轉静江路經歷。至正庚寅,除廉州推官。時瀕海鄰郡兵起,禮獨署事團練義卒,以爲保障,廉州獨安,以功陞欽州總管、海南海北道元帥,守欽州。十年己亥,卒於官。有野航集。"按:十年己亥,似當作"十九年己亥"。又,禮子吴訥,亦與鐵崖交好,鐵崖曾爲撰詩文。參見送吴萬户統兵復徽城序(載本書佚文編)。

〔二〕歙縣:今屬安徽。

顧瑛

顧瑛字仲瑛[一],吴郡 崑山人,吴中世家也。喜讀書,憲府試辟會稽教官,不就。筑室號可詩①齋,以詩酒自樂。才性高曠,尤喜②小李詩及今樂府[二]。海内文士樂與之交,推爲片玉山人云③。

【校】

① 可詩：原本作“可”。按：可詩齋乃顧瑛玉山草堂中建築，顧瑛常與友朋聚會
　　於此。故徑爲增補“詩”字。

② 喜：武林掌故叢編本作“善”。

③ 原本錄有顧瑛竹枝詞兩首，略。

【箋注】

〔一〕顧瑛：參見東維子文集卷七玉山草堂雅集序注。

〔二〕小李：指唐詩人李商隱。按：楊維禎亦曾稱李賀爲“小李”，然今存顧瑛詩
　　多爲近體，詩體詩風與李賀明顯不同。今樂府：指元曲。

張簡

　　雲丘道人張簡〔一〕，字仲簡，吳郡人〔二〕。詩工韋、柳〔三〕，翰墨無俗
氣，而暗合書法，自詩名益著，而字畫因之而并行。詩有如鬻石篇云：
“山中學仙人，斷穀自有方。泌水生石精，鬻之以爲糧。候火中夜起，
松材①襲馨香。切以昆玉②刀，間以瓊莖③漿。長年尚服食，玉體生光
芒。一朝凡骨換，白日清④風翔。”飄飄然有凌雲之氣者也⑤。

【校】

① 材：武林掌故叢編本作“林”。

② 玉：武林掌故叢編本作“吾”。

③ 間：武林掌故叢編本作“潤”。莖：武林掌故叢編本作“華”。

④ 清：武林掌故叢編本作“凌”。

⑤ 原本錄有張簡竹枝詞一首，略。

【箋注】

〔一〕張簡：參見鐵崖先生古樂府卷二周郎玉笙謠注。

〔二〕吳郡：平江路治，今江蘇蘇州。

〔三〕韋、柳：指唐詩人韋應物、柳宗元。

陳聚

陳聚字敬德〔一〕，天台人。世業儒。幼與兄弟從師游學，刻志讀書。詩尤工律體，多膾炙人口。其弟尤有名於時云①〔二〕。

【校】

① 原本録有陳聚竹枝詞一首，略。

【箋注】

〔一〕陳聚：元詩選癸集陳教授聚：“聚字敬德，台州臨海人，僑居吴中。與弟基從學於黄晉卿，刻志讀書，俱有文名。詩尤工律體，多膾炙人口。至正十九年，爲常熟州教授。”

〔二〕其弟：指陳基。生平參見東維子文集卷八送王公入吴序注。

馮士頤

馮士頤字正卿〔一〕，富春人。宋死節臣古先生之侄也〔二〕。爲人倜儻有大度。其詩風骨清俊，與其鄉大痴道人〔三〕、雲槎子爲唱詠相知之友①〔四〕。

【校】

① 唱詠相知之友：武林掌故叢編本作“唱和友”。又，原本録有馮士頤竹枝詞一首，略。

【箋注】

〔一〕馮士頤：參見東維子文集卷七富春八景詩序注。

〔二〕古先生：指馮驥，又稱獨松節士。參見陳善學序刊楊鐵崖先生文集卷四獨松節士歌注。

〔三〕大痴道人：即黄公望。參見東維子文集卷二十八跋君山吹笛圖注。

〔四〕雲槎子：指吴復。參見東維子文集卷二十五吴君見心墓銘。

楊椿

楊椿字子壽[一]，蜀人[二]。博學能詩文。爲舉子業，從之游者多所開發云①。

【校】

① 原本録有楊椿竹枝詞兩首，略。

【箋注】

〔一〕楊椿(？——一三五六)：元詩選癸集楊參謀椿："椿字子壽，其先少師棟由蜀來吳，遂爲吳人。椿博學能詩文。爲舉子業，從之游者多所開發。丙申歲，總兵參政脱寅守吳，辟爲參謀，俾守婁門。甫二日，張士誠兵至門下，衆潰去，椿獨擐甲胄，持弓矢，匹馬突入以禦之。身被數槍，度勢不支，且大罵。兵以戟裂其口，血被體，罵不絕而死。吳興張文蔚作楊參謀誄。"又，元徐顯稗史集傳述楊椿臨終事迹頗詳："楊椿，字子壽，平江人也，以尚書教授里中。嘗戰藝於有司，屢進屢屈於人，而志不少衄，益講磨淬厲，期於必克。而文日有名，弟子日益進。其設教必月試季考，皆有程式。至正丙申，郡守將治兵，命有司藉民以守陴。君告予曰：'椿雖賤貢士也，即今有司不治擇，列予於編氓，臣守陴，豈國家所以重士意哉！子盍與我言之？'予即以告其參軍謀事鄒密公筠，署君李司馬賓客，佐其軍。時司馬本以豫王傅留吳，而所募皆少年良家子。君入幕之明日，外兵即附城。君戎衣率其卒，晝夜獨守一隅。比明，大官縮郡綏者皆已遁去，兵奪門入，君猶持弓矢督民伍接戰，遂死城下。"

〔二〕蜀人：此説與稗史集傳所謂"平江人"不合。按：稗史集傳作者徐顯與楊椿交好，所言不應有誤。楊椿當爲平江(今江蘇蘇州)人，即元詩選所謂"由蜀來吳"者，蜀乃原籍。

劉肅

劉肅字子威[一]，河南開封人。讀書讀律，試郡從事，後輒棄去，游京師。詩尤有法度云①。

【校】

① 原本録有劉肅 竹枝詞一首,略。

【箋注】

〔一〕劉肅:元詩選癸集載其小傳,襲自本文。

陸仁①

陸仁字良貴〔一〕,河南人。明經,好古文。其詩學有祖法,清俊奇偉。如佛郎國進天馬頌、水仙廟迎送神辭、渡黄河、望神京諸篇,縉紳先生莫不稱道②之。其翰墨法歐〔二〕,楷章草皆灑然可觀③。

【校】

① 按:武林掌故叢編本與原本編排次序不同,劉肅與陸仁之間,武林掌故叢編本爲袁華、釋元樸、顧晉、盧浩、徐夢吉、邊魯六人。
② 道:原本無,據武林掌故叢編本補。
③ 原本録有陸仁 竹枝詞兩首,略。

【箋注】

〔一〕陸仁:元詩選三集陸河南仁:"仁字良貴,河南人,寓居崑山。爲人沈静簡默,明經好古,文詩不苟作。自號樵雪生,所居曰乾乾之齋,因自號乾乾居士,與郭翼義仲、吕誠敬夫相唱和。其翰墨法歐,楷章草皆灑然可觀,館閣諸公推重之,稱爲陸河南。楊鐵厓謂良貴詩學有祖法,清俊奇偉,如佛郎國進天馬頌、水仙廟迎送神辭、渡黄河、望神京諸篇,尤極稱之。"

〔二〕歐:蓋指唐代書家歐陽詢。

王立中

王立中字彦强〔一〕,蜀人。少年傲達凌物,晚刻節勵行,能以門蔭公子争秀於作者之林。詩如"梅粉凝嬌不肯添,晚雲籠暝壓重簷。江南可是春寒甚,十日東風不捲簾";又如"春波橋頭柳①似烟,越王城郭在西邊。我家繞屋皆春水,盡日鴛央隨釣船"。得風流美譽,往往類此②。

【校】

① 柳:原本作"樹",據武林掌故叢編本改。
② 原本録有王立中竹枝詞兩首,略。

【箋注】

〔一〕王立中:元代松江末任知府。嘉慶直隸太倉州志卷十一名宦:"王立中字彦强,西蜀人,徙家長洲。至正間,由慈溪尉遷知(嘉定)州事,以廉静稱。後遷松江知府。博學,善屬文,工畫。有息齋、寓齋等集。"又據明太祖實録卷二十二記載,吳元年(一三六七)正月庚子,松江知府王立中等詣徐達軍投降。

馬貫

馬貫字本道〔一〕,紹興人〔二〕。早歲辟府從事,不就。銳志讀書,詩聲尤著焉①。

【校】

① 原本録有馬貫竹枝詞兩首,略。

【箋注】

〔一〕馬貫:乾隆紹興府志卷五十四文苑載其小傳,實據本文録入。
〔二〕紹興:元代紹興路隸屬於江浙行省,今屬浙江。

釋照

釋照字覺元〔一〕,四明人〔二〕。幼穎悟,師覺皇①出世法〔三〕,不廢儒業。讀書於澱山湖濱者十年〔四〕，故其爲詩有本法。其尤長於詩，云：
"絕愛才多楊執戟〔五〕，家住東吳錦繡場〔六〕。姓字②已知傳宇宙，玉堂
新誦好文章。畫船百丈牽春雨，鐵篴一聲鳴鳳皇。海上相望千里隔，
尺書無便③爲吾將。"蓋不在大年之下也④〔七〕。

【校】

① 皇：武林掌故叢編本作"王"。
② 字：武林掌故叢編本作"氏"。
③ 便：武林掌故叢編本作"使"。
④ 原本錄有釋照竹枝詞兩首，略。

【箋注】

〔一〕釋照：參見東維子文集卷十送照上人東歸序注。
〔二〕四明：今浙江寧波。
〔三〕覺皇：即釋迦牟尼。
〔四〕澱山湖：位於松江（今上海青浦）。
〔五〕楊執戟：以西漢揚雄借指楊維禎。按：西漢揚雄奏羽獵賦，除爲郎，給事
　　　黃門。而郎皆持戟。
〔六〕東吳錦繡場：元至正七、八年間，鐵崖授學姑蘇，寓居錦繡坊。
〔七〕大年：即釋椿。其小傳見本卷。

陸元泰

陸元泰字長卿〔一〕，吳之崑山人。先世故宋進士，以資雄一邑。至
長卿，不求顯達而專志書史，家聲不墜云①。

【校】

① 原本錄有陸元泰竹枝詞一首，略。

【箋注】

〔一〕陸元泰：元詩選癸集載其小傳，襲自本文。

釋福報

　　釋福報字復①元〔一〕，天台人。幼從學浮屠氏，苦志讀書。尤耽於詩，清峻絶人。如"東海人歸雙燕語，北窗病起百花飛"，又如"天台倒影三江北，太白垂芒九隴東"，皆佳句也②。

【校】

① 復：武林掌故叢編本作"福"。
② 原本録有釋福報竹枝詞兩首，略。

【箋注】

〔一〕釋福報：參見東維子文集卷十冷齋詩集序注。

掌機沙

　　掌機沙字密卿〔一〕，阿魯温氏〔二〕。禮部尚書哈散公之孫也〔三〕。學詩於薩天錫〔四〕，故其詩風流俊爽。觀於竹枝，可以稱才子矣①。

【校】

① 原本録有掌機沙竹枝詞一首，略。

【箋注】

〔一〕掌機沙：元詩選癸集載其小傳，襲自本文。
〔二〕阿魯温氏：屬於回族分枝。按蕭啟慶元朝史新論附録色目進士族別表附注："回回包括達失蠻、穆速魯蠻及阿魯温。"
〔三〕哈散：掌機沙祖父，曾任禮部尚書。生平不詳。
〔四〕薩天錫：即薩都剌。參見鐵雅先生復古詩集卷四宮詞注。

不花帖木兒

不花帖木兒字德新[一],國族居延王孫也[二]。以世①胄出入貴游間,而無裘馬聲色之習。所爲詩,落筆有奇語,如"玉樓珠箔晚天涼,秋色依稀滿建章[三]。金井梧桐霜葉盡,自隨流水出宮牆",亦宮詞之體也②。

【校】

① 世: 武林掌故叢編本作"華"。

② 原本録有不花帖木兒竹枝詞一首,略。

【箋注】

〔一〕不花帖木兒: 元詩選癸集載其小傳,襲自本文。按: 除竹枝詞外,不花帖木兒還有題畫詩一首傳世。家有小隱軒,倪瓚、鄺韶均曾題詩。又,不花帖木兒家族於元代始定居江蘇如皋,後爲冒氏。詳見楊鐮元代江浙雙語文學家族研究一文(載江蘇大學學報二〇〇九年第三期)。

〔二〕居延王: 指別不花。別不花於元武宗至大年間任江浙行省左丞相。別不花曾祖父、祖父、父親均被追封爲居延王,妻室均被追封爲居延王夫人。居延,位於今内蒙古額濟納旗。詳見楊鐮元代江浙雙語文學家族研究。

〔三〕建章: 漢武帝所建宮殿。此借指皇宮。

馬稷

馬稷字民立[一],吳郡人。吳中子弟往往不經師授而皆能吟詠,豈習俗使然? 亦風土之多才也,如稷者是也。稷詩清①俊,頗有勝韻。蓋稷雖居賈販,而獨能脱去其習者也②。

【校】

① 清: 武林掌故叢編本作"輕"。

② 原本録有馬稷竹枝詞一首,略。

【箋注】

〔一〕馬稶（一三二八——一三六五）：後改名本，世爲平江（今江蘇蘇州）人。經商謀生。元至正二十二年夏，淮南行省平章政事朱公“帥師鎮越”，聘爲行軍鎮撫。不久以母病告歸。朱公還吳。復起爲江浙行樞密院鎮撫。病逝於至正二十五年二月壬寅，享年三十有八。早年學春秋經。與虞堪、申屠衡交好。參見虞堪馬君民立墓版銘（附錄於王彝嫣蟧子集卷五書馬民立墓版銘後）。按：元詩選癸集載馬稶小傳，實節自本文。

繆侃

繆侃字叔正〔一〕，吳之常熟人〔二〕。年少有俊才，詩工玉臺小體，書善楷隸。侃父真〔三〕，字仲素，好古博雅，爲當世名士所許。家有述古堂，貯法書古物，故諸郎多翩翩佳子弟也①。

【校】

① 原本録有繆侃竹枝詞一首，略。

【箋注】

〔一〕繆侃：康熙常熟縣志卷二十文苑：“繆侃字叔正，貞之子也。博雅工詩，能玉臺體，書善草隸。家有述古堂，貯法書古器。”
〔二〕常熟：今屬江蘇蘇州市。
〔三〕真：或作“貞”。繆貞字仲素，號烏目山樵。至正年間與鐵崖交往頗多。參見東維子文集卷二十一五湖宅記注。

熊進德

熊進德字元脩①〔一〕，上饒人〔二〕。其爲人退然若不及，而才名日進不可禦。如“木怪鬼欲出，山空巖自鳴”，其用心亦幽而遠②矣，而不知其善吐媚語,則如此詩者是也③。

【校】

① 脩: 武林掌故叢編本作"修"。

② 遠: 武林掌故叢編本作"深"。

③ 原本録有熊進德竹枝詞兩首,略。

【箋注】

〔一〕熊進德: 元詩選癸集載其小傳,襲自本文。

〔二〕上饒: 今屬江西。

秦約

　　秦約字文仲〔一〕,淮海人〔二〕。博學强記,不妄交。隱居著書,尤好吟詠。古樂府如精衛①、望夫石,律詩如吳桓王、岳鄂王諸篇〔三〕,的的可傳者也②。

【校】

① 精衛: 原本闕二字,據武林掌故叢編本補。

② 原本録有秦約竹枝詞一首,略。

【箋注】

〔一〕秦約: 參見東維子文集卷二十五孝友先生秦公墓志銘。

〔二〕按: 秦約先世居崇明,徙居崑山。此所謂"淮海",實指崇明。按元史地理志,崇明州隷屬於揚州路。崇明今屬上海市。

〔三〕按: 精衛、望夫石、岳鄂王等詩題,楊維禎詩集中皆有留存。據此推測,本文所述四詩,蓋皆秦約與鐵崖唱和之作。其中吳桓王詩題,今存鐵崖詩中未見。吳桓王指東吳大帝孫權之兄孫策,其謚號爲長沙桓王。吳桓王想必曾爲鐵崖詠史詩題之一,其律詩散佚較多,故此詩不傳。

宋元禧

　　宋元禧字無逸^{〔一〕}，粵^①姚江人^{〔二〕}。少穎悟而好學，父欲奪其志於市井胥吏之事，輒哭而辭，母哀之，資其負笈不遠千里從明師。迄明經史古文之學，詩其餘緒也^②。

【校】

① 粵：武林掌故叢編本作“越”。
② 原本録有宋元禧竹枝詞三首，略。

【箋注】

〔一〕宋元禧：其名一作禧。鐵崖弟子。參見東維子文集卷二十七代宋無逸上省都事書注。
〔二〕姚江：今浙江餘姚。

韋珪

　　韋珪字德圭^{〔一〕}，山陰人^{〔二〕}。早年以詩鳴其鄉。有梅花百詠梓行於書坊^{〔三〕}。其網羅古今詩人之學而日進於古^①者，未已也。竹枝二章，語意俱新，可稱作者矣^②。

【校】

① 古：武林掌故叢編本作“近古”。
② 原本録有韋珪竹枝詞兩首，略。

【箋注】

〔一〕韋珪：參見鐵崖撰梅花百詠序（載本書佚文編）注。
〔二〕山陰：縣名。與鐵崖家鄉諸暨州皆隸屬於紹興路。
〔三〕梅花百詠：此書今存元至正刊本。書前有至正五年（一三四五）十一月十四日鐵崖所撰序文，可見其書梓行在至正五年前後。

任昱

任昱字則明〔一〕,四明人。少年狎游平康〔二〕,以小樂章流布裙釵。晚鋭志讀書,爲七字詩甚工①。

【校】

① 原本録有任昱竹枝詞一首,略。

【箋注】

〔一〕任昱:元詩選癸集載其小傳,襲自本文。
〔二〕平康:唐長安丹鳳街有平康坊,又稱平康里、平康巷,爲妓女聚居之地。此借指青樓。

申屠衡

申屠衡字仲權〔一〕,大梁人〔二〕。少貧,耻爲商賈胥吏之習,鋭志經史。善屬文,然爲時經生而兼工詩翰,度越流輩,時論難之。其擬詞云:"青瑣春閒漏點遲,博山香暖翠烟微。隔簾誰擎①金鈴響,知是花間燕子歸。"可以列於士林矣②。

【校】

① 擎:武林掌故叢編本作"撼"。
② 列於士林:武林掌故叢編本作"列才子之林"。又,原本以下録有申屠衡竹枝詞兩首,略。

【箋注】

〔一〕申屠衡:元至正七、八年間,鐵崖游寓蘇州,申屠衡從之受業,鐵崖曾爲撰齋記。參見東維子文集卷十四中定齋記。
〔二〕大梁:今河南開封一帶。按鐵崖撰中定齋記,曰"姑胥申屠生衡",可見申屠衡家居蘇州,大梁蓋其原籍。

蔣克勤

　　蔣克勤字德敏[一]，湖州 長興人。東湖書院[二]，其家之義塾也。克勤爲蔣氏佳子弟，好古喜文，祖父風流，克遷舊規。其詩俊逸不及，而典麗過之。字畫亦秀潤，步追吳興云①[三]。

【校】

① 原本録有蔣克勤竹枝詞一首，略。

【箋注】

〔一〕蔣克勤：參見鐵崖先生詩集壬集題味菜齋注。按：克勤兄蔣克明於元至正四年冬專程赴杭州，聘請鐵崖到其東湖書院執教。（參見東維子文集卷二十五蔣生元冢銘。）據此推之，蔣克勤參與唱和西湖竹枝詞，當在至正四年以後。

〔二〕東湖書院：湖州 長興 蔣氏義塾。參見鐵崖撰東湖書院修造田記（載本書佚文編）。

〔三〕吳興：指趙孟頫。

錢大有

　　錢大有字明遠[一]，嘉興人[二]。始恨詩不工，輒自忿曰：“杜甫云：‘讀書破萬卷，下筆如有神[三]。’吾患讀不多，不患作不工也。”既而下筆流暢，不凝於物，善於學者也①。

【校】

① 原本録有錢大有竹枝詞一首，略。

【箋注】

〔一〕錢大有：元詩選癸集載其小傳，襲自本文。

〔二〕嘉興：今屬浙江。

〔三〕"讀書破萬卷"二句,出自杜甫詩奉贈韋左丞丈二十二韻。

顧元臣

顧元臣字國衡〔一〕,仲瑛之子〔二〕。年少能讀書,作詩俊爽,世其家者也。此詞①雖用藥名〔三〕,隱而不顯,善興喻者也②。

【校】

① 詞:武林掌故叢編本作"詩"。又,"此詩雖用藥名,隱而不顯,善興喻者也"
　　凡十五字,武林掌故叢編本爲小字雙行注文。
② 原本以下録有顧元臣竹枝詞一首,參見注釋。

【箋注】

〔一〕顧元臣:顧瑛長子。元末官至奉議大夫、湖廣行省理問。明初以曾任元官
　　　被迫遷徙臨濠。參見鐵崖撰桃源雅集圖志(載本書佚文編)、殷奎撰故武
　　　略將軍錢塘縣男顧府君墓志銘(載强齋集卷四)注。
〔二〕仲瑛:顧瑛。
〔三〕用樂名:顧元臣所賦西湖竹枝詞曰:"牡丹開時花滿闌,芍藥開時春已殘。
　　　等過三春今半夏,重樓日日倚欄干。"

顧佐

顧佐字翼之〔一〕,仲瑛兄仁之子也〔二〕。好吟詩,時有驚人句,蓋亦漸染玉山之習云〔三〕①。

【校】

① 原本録有顧佐竹枝詞一首,略。

【箋注】

〔一〕顧佐:顧瑛侄子。按:顧佐曾偕顧瑛游賞,參與詩會。元至正八年三月,

參與玉山草堂盛會;十一年(一三五一)五月,顧瑛、顧佐、袁華、張渥、釋良琦、馮郁同游杭州西湖,分韻賦詩。其詩皆存於玉山紀游。

〔二〕仁:顧仁,顧瑛兄。生平不詳。

〔三〕玉山:指顧瑛。

周溥

周溥字公輔〔一〕,吳興人〔二〕。經明春秋五傳學〔三〕,用是父子領鄉薦。晚自號東園①老人,有東園詩行於時②。其詩如鄉闈新省比事至百韻,蓋亦以詩爲史者也③。

【校】

① 東園:武林掌故叢編本作"東圃"。下同。
② 時:武林掌故叢編本作"世"。
③ 原本録有周溥竹枝詞一首,略。

【箋注】

〔一〕周溥:元詩選癸集周鄉貢溥傳,襲自本文。
〔二〕吳興:今浙江湖州。
〔三〕春秋五傳:春秋三傳(左傳、公羊傳、穀梁傳)之外,鄒氏、夾氏之書早佚,後世所謂春秋五傳,其説不一。經義考卷一百九十五曾震春秋五傳李祁序:"始左氏,次公,次穀,次胡氏,而取止齋陳氏之説附於後。"

留睿

留睿字養愚〔一〕,括蒼人〔二〕。治經術①,工古詩文。所居好溪有紫芝玄鶴。嘗著書,自號留子云②。

【校】

① 治經術:原本脱,據武林掌故叢編本補。

② 原本録有留睿竹枝詞一首,略。

【箋注】

〔一〕留睿: 元詩選癸集留睿:"睿字若愚,一字養愚,括蒼人。治經術,攻古詩文。元末,天下多故,辟地越上。乃采當代臣子死於節義者,集其事狀爲傳。南臺御史取其書進之,且以館職薦,不報。至正冬,挈妻子依婦翁於錢塘。後歸隱於好溪,有紫芝玄鶴。著書九篇,名之曰留子。"按: 以上引文中所謂"至正冬",脱闕"某年",不通。參見東維子文集卷六留養愚文集序。

〔二〕括蒼: 今浙江麗水一帶。

張田

張田字芸巳〔一〕,吳郡人。工詩歌①,不務苟作。有擬九體詩〔二〕,庶可以見其才之通矣②。

【校】

① 詩歌: 武林掌故叢編本作"歌詩"。
② 原本録有張田竹枝詞一首,略。

【箋注】

〔一〕張田: 其字芸巳之"巳",或作"己"。元詩選癸集張秀才田:"田字芸己,其先浚儀人,宋南渡徙吳。父雯,字子昭,博學,無所不通,尤精於律吕。憫宋之亡,著繼濟録若干卷。田讀書苦學,能紹父志,哀集其遺書,謁鄭明德志其墓。因己字芸己,遂以種學號其齋。工詩歌,不務苟作,有擬九體詩。子肯,字繼孟。宣德初,與陳繼以古文齊名。"又,明張昶吳中人物志卷九元:"張雯字子昭,宋南渡,家錢唐,徙吳。少嗜學,世從儒先君子游。宋亡餘廿年時,故老猶有存者。雯求其人,訪宋遺事,歲一再往錢唐,徘徊故都,哀不能已。平生精通律吕之學,家臨於市,筑樓藏書甚富。子田,嘗哀集所著書曰繼潛録,并書畫記補遺、墨記共若干卷。"

〔二〕九體詩: 疑指九字詩。元天目山釋明本有九字梅花詩,當時膾炙人口,詩曰:"昨夜西風吹折千林梢,渡口小艇滾入沙灘渺。野樹古梅獨臥寒屋角,疎影橫斜暗上書窗敲。半枯半活幾個攊蓓蕾,欲開未開數點含香苞。縱使畫工奇妙也縮手,我愛清香故把新詩嘲。"參見明楊慎詩話補遺卷一九字梅花詩。

張翼

張翼字翔南〔一〕,建德人〔二〕。早有詩名,觀其詩,知其人矣①。

【校】

① 原本録有張翼竹枝詞一首,略。

【箋注】

〔一〕張翼: 元詩紀事卷二十七張翼:"翼字翔南,建德人。徙居嘉興。至正乙巳舉於鄉,吳元年徵入禮局,告歸。"

〔二〕建德: 位於浙江省西部,今屬杭州市。

馬琬

馬琬字文璧〔一〕,秦淮人〔二〕。自少有志節,詩工古歌行,尤工諸畫,然皆其天資之所出也①。

【校】

① 原本録有馬琬竹枝詞一首,略。

【箋注】

〔一〕馬琬: 參見東維子文集卷十七光霽堂記注。

〔二〕秦淮: 河名,位於金陵。蓋馬琬爲金陵(今江蘇南京)人。

張世昌

張世昌字叔京[一],越之諸暨人。爲詩善比事,以故多喜效排律,雖①至百餘韻不少衰。晚學益進,詩益工。至搜求舊作,輒焚去之,益知其學進矣②。

【校】

① 雖: 武林掌故叢編本作“詩”。
② 原本録有張世昌竹枝詞一首,略。

【箋注】

〔一〕張世昌: 參見東維子文集卷七富春八景詩序注。

李介石

李介石字守道[一],丹丘人[二]。好學工詩,有志於儒者也。竹枝一詞,不以私語,而托①愛親之意,亦足以裨風教云②。

【校】

① 托: 武林掌故叢編本作“託以”。
② 原本録有李介石竹枝詞一首,略。

【箋注】

〔一〕李介石: 元詩選癸集李從守介石:“介石字守道,丹丘人。性爽邁,工八分書,以書見省臣,命草符檄,遂器重之。授松江府提控案牘,從守鎮江。後鎮江失守,以不屈辱而死。煮雪、薑瓮、白石窩,皆其齋居室名。”又,書史會要卷七元:“李介石字守道,天台人。以儒術飾吏事,亦能古隸。”
〔二〕丹丘: 大約指今浙江台州。

張希賢

　　張希賢字希顏[一]，吳之崑山人。讀書儒雅，酷志作詩。好古物圖畫，羅列①左右。人閒②欲得之者，即便持去，毋所顧惜，趣尚可知矣③。

【校】

① 羅列：原本作“離別”，據武林掌故叢編本改。

② 閒：原本作“問”，據武林掌故叢編本改。

③ 原本録有張希賢竹枝詞一首，略。

【箋注】

〔一〕張希賢：一名師賢。弘治太倉州志卷七人物：“張師賢字希顏，居太倉。世業儒。好古博雅，善談論，愛作樂府。凡斯文至太倉者，師賢無不識之。婁東好事以詩文會者，非師賢與，則若八音之缺金石焉。所居室扁曰芝蘭。”按：嘉靖太倉州志卷七人物所録張氏小傳與上述傳文基本一致，然曰“張希賢字希顏”。參見東維子文集卷十四尚志齋記。

顧敬

　　顧敬字思恭[一]，吳郡人。早年衣貂貉裘，馳百金馬市中，爲彈射遨游事。及①長，親且没，遂折操讀書，從儒先生游，恂恂然②若出二人。爲古歌詩，凌轢時輩③。

【校】

① 及：武林掌故叢編本作“洎”。

② 武林掌故叢編本於“然”字下多一“焉”字。

③ 原本録有顧敬竹枝詞一首，略。

【箋注】

〔一〕顧敬：自號灌園翁，參見元詩選癸集灌園翁顧敬。按：元詩選顧氏小傳除著録其別號之外,皆襲自本文。

朱庸

朱庸字伯常[一],四明人[二]。聰敏過人,讀書爲文章,往往同輩不能及,詩尤可稱焉①。

【校】

① 原本録有朱庸竹枝詞兩首,略。

【箋注】

〔一〕朱庸:號攖齋。參見元詩選癸集朱庸。按:元詩選朱庸小傳除著録其別號之外,皆襲自本文。

〔二〕四明:今浙江寧波一帶。

葉廣居

葉廣居字居仲[一],嘉禾人[二]。天資機悟,才力絶人甚。與其鄉人張翼[三]、劉堪爲文字友[四]。古文歌詩,若有神助云①。

【校】

① 原本録有葉廣居竹枝詞一首,略。

【箋注】

〔一〕葉廣居:參見楊鐵崖先生文集全録卷四玉笥集敍注。

〔二〕嘉禾:今浙江嘉興。

〔三〕張翼:字翔南,建德人。徙居嘉興。其小傳見本集。

〔四〕劉堪:或作鎦堪。檇李詩繫卷四元芝林居士鎦堪:"堪字子輿,嘉興魏塘人(今析嘉善)。居王帶,隱居讀書,工文詞,尤善古隸。不習宦學,以易授徒。有芝林集。"又,光緒重修嘉善縣志卷二十四人物志六文苑:"劉堪

（魏塘詩陳作鎦埕）……不習宦學,聚徒教授。嘗自題曰:'冰玉堂牛馬走。'"

聶鏞

聶鏞字茂先[一],蒙古氏。幼警悟,從南州儒先生問學,通經術。善歌詩,尤工小樂章,其音節慕薩天錫[二],如"九重天上日初和,翡翠簾垂午漏過。聞到南閩新入貢,雕籠進上白鸚哥",亦宮詞之選也①。

【校】

① 原本録有聶鏞竹枝詞一首,略。

【箋注】

〔一〕聶鏞:參見楊鐵崖先生文集全録卷二廛隱志注。
〔二〕薩天錫:即薩都剌。薩都剌以善宮詞著稱。

李一中

李一中字彦初[一],山陰人。好讀書,喜吟詠。一時流輩罕及①。

【校】

① 原本録有李一中竹枝詞一首,略。

【箋注】

〔一〕李一中:乾隆紹興府志卷五十四、嘉慶山陰縣志卷十三文苑載李一中小傳,皆采自本文。

完澤

完澤字蘭谷①[一],西夏人。聰敏過人,善讀書,尤工於詩律。仕爲平江路一字翼萬户府鎮撫②,廉謹且尚義。平汀寇〔二〕,實有功焉③。

【校】

① 谷: 武林掌故叢編本作"石"。

② 一字: 武林掌故叢編本作"十字"。鎮撫: 武林掌故叢編本作"鎮府"。

③ 原本録有完澤竹枝詞兩首,略。

【箋注】

〔一〕完澤: 元詩選癸集載其小傳,襲自本文。

〔二〕汀: 指汀州路,元代隸屬於江浙行省,位於今福建龍岩市、三明市一帶。據元史順帝本紀,至正六年六月,汀州羅天麟、陳積萬叛,攻陷長汀縣。完澤平汀寇,蓋即此時。

黄季倫

黄季倫字季倫〔一〕,番①陽人〔二〕。性情高②介。苦學,工吟古樂府詩,與臨川危太僕爲唱③和友〔三〕。嘗游京師,從翰林學士揭公游〔四〕,充三史書寫〔五〕,工畢奏,上命中書授長洲縣教官④〔六〕。

【校】

① 番: 武林掌故叢編本作"鄱"。

② 情高: 武林掌故叢編本作"清"。

③ 唱: 武林掌故叢編本作"倡"。

④ 工畢奏,上命中書授長洲縣教官:"洲"原本作"州",據武林掌故叢編本改。此二句武林掌故叢編本作"工畢,奉命觀上,中書授以長洲縣教諭"。又,原本録有黄季倫竹枝詞兩首,略。

【箋注】

〔一〕黄季倫: 或作王季倫,蓋因吴語"黄"、"王"不分之故。按: 黄季倫唱和西湖竹枝詞,當在元至正八年(一三四八)其就任長洲縣學教諭之後。參見東維子文集卷十二長洲縣重修學宫記。

〔二〕番陽：今江西鄱陽。

〔三〕危太僕：即危素。參見東維子文集卷二十四改危素桂先生碑注。

〔四〕揭公：指揭傒斯。參見鐵崖文集卷五祭揭曼碩先生文。

〔五〕三史：指遼、金、宋三史，至正初年朝廷組織編纂。

〔六〕長洲縣：隸屬於平江路。位於今江蘇蘇州。按：據鐵崖撰長洲縣重修學
宮記，黃季倫於至正八年始任長洲縣學教諭，至正十年期滿離任。

卞思義

卞思義字宜之〔一〕，光州人〔二〕。氣宇疏曠，早年有詩名，浙西憲府
以其才賢，辟爲屬掾。任①滿，轉達德録判，未任，庸田制②司又以其通
敏〔三〕，再辟爲掾史。雖居官日，猶不廢吟詩。長於詠物，如汗酒〔四〕、鐵
笛，爲人所稱云③。

【校】

① 任：武林掌故叢編本作“勞”。

② 制：武林掌故叢編本作“都”。

③ “長於詠物，如汗酒、鐵笛，爲人所稱”十三字，原本無，據武林掌故叢編本補。
又，原本録有卞思義竹枝詞一首，略。

【箋注】

〔一〕卞思義：元詩選三集卞司掾思義：“思義，字宜之，楚州人。氣宇疏曠，早
年有詩名，能苦吟，對客談詩，終日不絶。浙西憲府以其才賢，辟爲屬掾。
任滿，轉達德録判，未任，庸田制司又以其通敏，再辟爲掾史。嘗寓陵陽，
與劉有之、吳起季、王子山、吳子彥、胡成之輩相倡和。上元楊翮稱其詞宏
麗華妙，可以追配古之作者。惜詩多失傳，僅存玉山雅集，十之一二云。”

〔二〕光州：今河南潢川。

〔三〕庸田制司：當指平江都水庸田使司。參見東維子文集卷十二新建都水庸
田使司記。

〔四〕汗酒：又稱燒酒。卞思義汗酒詩載玉山草堂雅集卷十三。

徐哲

　　徐哲字延徽〔一〕,萊州 陽縣人〔二〕。性曠達,才氣過人。師南窗 謝先生學毛氏詩〔三〕。挾册游吳下,爲可堂左丞〔四〕、東泉學士所知〔五〕,遂以茂才薦,授峽州路 長楊①縣教諭〔六〕,不就。所著有齊東野語集行於時云②。

【校】

① 楊:武林掌故叢編本作“陽”。
② 原本録有徐哲 竹枝詞五首,略。

【箋注】

〔一〕徐哲:元詩選癸集徐徵士哲襲自本文。
〔二〕萊州 陽縣:今山東 萊陽。
〔三〕南窗 謝先生:即謝升孫。元詩選癸集謝縣尹升孫:“升孫字子順,號南窗,盱江人。官縣尹。其序孫存吾 皇元風雅曰:‘吾嘗以爲中土之詩,沉深渾厚,不爲綺麗語。南人詩尚興趣,求工於景間,此固關乎風氣之殊。而語其到處,則不可以優劣分也。’此言深得元人流派,具見論詩之識。”或謂謝升孫“由進士官翰林編修。其及第科歲無考”(同治南城縣志卷八)。
〔四〕可堂:即吳繹。吳繹字思可,號可堂,參見東維子文集卷十四南樓記注。
〔五〕東泉學士:指阿魯灰。阿魯灰號東泉,“嘗爲翰林侍讀學士,以罪去,居平江”。參見歸暘 般陽焦氏世德碑銘并序(載全元文第五十一册)。又,阿魯灰曾游甌越,虞集、張翥等人皆有詩送行。
〔六〕長楊縣:隋朝設置,取名長楊,唐改爲長陽。今屬湖北 宜昌。

謝寅

　　謝寅字叔畏①〔一〕,上饒人〔二〕,疊山先生諸孫也〔三〕。通三禮經學。試有司弗利,遂就會府辟掌籍吏。然手不釋書,無塵俗狀。上官一見,知其恂恂然儒者也②。

【校】

① 畏：原本作“長”，據武林掌故叢編本改。按：“寅”即虎，“叔畏”與名相符。

② 恂恂：武林掌故叢編本作“哼哼”。又，原本録有謝寅竹枝詞一首，略。

【箋注】

〔一〕謝寅：元詩選癸集載其小傳，襲自本文。

〔二〕上饒：今屬江西。

〔三〕疊山先生：即宋末元初義士謝枋得。謝枋得有疊山集傳世。宋史有傳。

陳樞[一]

陳樞字仲機①。

【校】

① 原本録有陳樞竹枝詞兩首，略。

【箋注】

〔一〕陳樞：原本當有脱闕。其籍貫生平皆不詳。

莊蒙

莊蒙字子正[一]，吴之烏程人[二]。易直端厚，與朋友交，未嘗有二言。明易學，習舉子業者宗之。嘗游湖、浙①、江、淮，盡交東南名士。晚年歸隱於吴②。

【校】

① 浙：武林掌故叢編本作“湘”。

② 於吴：原本脱，據武林掌故叢編本補。又，原本録有莊蒙竹枝詞一首，略。

【箋注】

〔一〕莊蒙：據本文"晚年歸隱於吳"一句推之，至正初期已入老年。元詩選癸集載其小傳，襲自本文。

〔二〕烏程：位於今浙江 湖州。

李廷臣

李廷臣字仲虞〔一〕，台之寧海人〔二〕。性簡淡，好讀書，極力爲詩文，湖海間人多稱之①。仲容 丁先生尤加愛重②〔三〕，其人可知矣③。

【校】

① 之：武林掌故叢編本作"道所作其餘"。
② 加愛重：武林掌故叢編本作"愛重之"。
③ 原本録有李廷臣 竹枝詞一首，略。

【箋注】

〔一〕李廷臣：元 至正八年（一三四八）九月，在姑蘇謁見鐵崖，請爲撰詩序。參見東維子文集卷七李仲虞詩序。

〔二〕寧海：元代隸屬於台州路。今屬浙江 寧波。

〔三〕仲容 丁先生：指丁復。參見東維子文集卷七李仲虞詩序注。

嚴恭

嚴恭字景安〔一〕，吳之練川人〔二〕。累世皆仕宦，而景安才性雅淡，築室海上〔三〕，號惜寸陰齋，日以琴書自適，海内文士咸與之友。其游戲翰墨〔四〕，則餘事也①。

【校】

① 原本録有嚴恭 竹枝詞一首，略。

【箋注】

〔一〕嚴恭：參見鐵崖先生詩集辛集古觀潮圖注。
〔二〕練川：即練祁塘，代指嘉定（今屬上海市）。
〔三〕海上：大約指元代松江府上海縣一帶。
〔四〕游戲翰墨：主要指嚴恭收藏書畫。嚴恭曾邀鐵崖爲其藏畫題識，參見鐵崖
　　　先生詩集辛集古觀潮圖。

吕誠①

　　吕誠字敬夫〔一〕，吳之東滄人〔二〕。幼聰敏，喜讀書，能去豪習。家有梅雪齋，日與文士倡②和。其作詩故清絶云③。

【校】

① 誠：原本作“成”，據武林掌故叢編本改。下同。
② 倡：武林掌故叢編本作“唱”。
③ 原本録有吕誠竹枝詞一首，略。

【箋注】

〔一〕吕誠：元至正初年與崑山袁華一同追隨鐵崖學詩。參見鐵崖文集卷四題
　　　吕敬夫詩稿注。
〔二〕東滄：即太倉，今屬江蘇。

楊慶源

　　楊慶源字宗善〔一〕，泗水人〔二〕。幼機警，嗜問學，能日誦經史數千言。長通毛氏①詩經學，尤精詞賦。鼓琴結字之工，又其餘事也。其祖爲止齋先生〔三〕，父爲改改道人〔四〕，俱有詩集行於時云②。

【校】

① 氏：原本無，據武林掌故叢編本補。

② "尤精詞賦"六句,原本作"尤書。補信州 永豐縣儒學教諭,所交者皆一時名公卿也。其爲詩文尤有法度焉"四句,據武林掌故叢編本改。按:"補信州 永豐縣儒學教諭"云云,其實爲周南小傳中内容。原本錯簡,且闕失周南傳,故有此誤。按:元詩選著録楊慶源,稱之爲"楊教諭",且謂楊氏曾任"信州 永豐縣儒學教諭",蓋所據資料同此原本,故亦同此誤。又,原本録有楊慶源竹枝詞兩首,略。

【箋注】

〔一〕楊慶源:元詩選癸集楊教諭慶源,襲自本文。
〔二〕泗水:今屬山東 濟寧。
〔三〕止齋:當爲楊慶源祖父齋名或别號。生平不詳。
〔四〕改改道人:楊慶源父親别號。生平不詳。

張守中①

張守中字大本〔一〕,吴都人〔二〕。十歲能屬文,十三通春秋五傳學,縉紳先生皆以奇童待之,最爲鐵崖 楊公所器重。家有藏書及佳聲樓,爲延師納友之所②。

【校】

① 張守中小傳及其詩歌,原本脱,據武林掌故叢編本補,似非原文。
② 原本録有張守中竹枝詞兩首,略。

【箋注】

〔一〕張守中:參見東維子文集卷十四修齊堂記注。
〔二〕吴都:指平江(今江蘇 蘇州)。

周南①

周南字正道〔一〕,吴郡人。才性清贍,刻意讀書。補信州 永豐縣儒學教諭[二]，所交者皆一時名公卿也。其爲詩文尤有法度焉②。

【校】

① 周南小傳及其詩歌，原本脱，據武林掌故叢編本補。

② 原本録有周南竹枝詞兩首，略。

【箋注】

〔一〕周南：元詩選癸集周照磨南："南（一作"南老"），字正道，其先道州人，宋末徙吴。至正間，以薦補信州永豐學教諭，又檄爲吴縣主簿。詣闕陳時政六事，進淮南省照磨。洪武初，徵赴太常，議郊祀禮。禮成，發臨濠居住，放還卒。正道嘗和高啓姑蘇雜詠，頗肆詆訾前賢云。正道詩在國初，最爲庸劣，敢於和姑蘇雜詠，又從而訾議之，其亦愚而不自量也。列朝詩集載周南西湖竹枝詞二首，附楊維禎詩内。考竹枝集，爲楊慶源作。未知何據，誤編入也。"今按西湖竹枝集，楊慶源、周南二人小傳内容有所混淆，參見本集楊慶源傳。

〔二〕永豐縣：今屬江西。

郭庸

郭庸字彦中[一]，東平人[二]。鋭志經學，善屬文。作詩有新意，時輩罕及。嘗從楚先生游[三]。觀其竹枝，亦可謂中州之才子也①。

【校】

① 原本録有郭庸竹枝詞兩首，略。

【箋注】

〔一〕郭庸：元詩選癸集載其小傳，襲自本文，僅文句順序稍有變化。

〔二〕東平：今屬山東。

〔三〕楚先生：不詳。

沈性

　　沈性字自誠[一]，吳興人[二]。少孤，賴母教養，早年事母即以孝聞。善吟唐人詩，必務入其法度之域，不妄作也。工八分小篆云①。

【校】

① 云：武林掌故叢編本無。又，原本錄有沈性竹枝詞一首，略。

【箋注】

〔一〕沈性：一名明遠。至正初年與鐵崖交往。參見東維子文集卷十七顧氏永
　　　思冢舍記注。
〔二〕吳興：今浙江湖州。

燕不花

　　燕不花字孟初[一]，張掖人[二]。出貴胄而貧，貧而有操，不妄請干①於人。讀書爲文，最善持論。嘗建月旦人物評[三]，人以其言多中云②。

【校】

① 干：武林掌故叢編本作“謁”。
② 原本錄有燕不花竹枝詞一首，略。

【箋注】

〔一〕燕不花：元詩選癸集載其傳，襲自本文。
〔二〕張掖：位於今甘肅西北。
〔三〕月旦人物評：又稱“月旦評”，源自東漢許劭、許靖弟兄之人物品評。資治
　　　通鑑卷七十魏紀二：“貴汝、潁月旦之評。”注：“漢末，汝南許劭與從兄靖
　　　俱有高名，好共覈論鄉黨人物，每月輒更其品題，故汝南俗有月旦評。”

强珇

　　强珇①字彦栗〔一〕,吴之嘉定人〔二〕。輕財重義,工爲詩章。嘗游京師,辟官不就。海内文士多與之交云②。

【校】

① 珇: 原本誤作"珪",據武林掌故叢編本改。
② 云: 原本無,據武林掌故叢編本補。又,原本録有强珇竹枝詞一首,略。

【箋注】

〔一〕强珇:元至正七、八年間,鐵崖游寓姑蘇,與之多有交往。參見東維子文集卷八送强彦栗游京師序注。
〔二〕嘉定:州名。元代隷屬於平江路,今屬上海市。

别里沙

　　别里沙字彦誠〔一〕,回回人①。早登上第,官至光州達魯花赤〔二〕。問學②精明,居官有政。詩尤有唐人之風云③。

【校】

① 人: 武林掌故叢編本作"人氏"。
② 問學: 武林掌故叢編本作"學問"。
③ 原本録有别里沙竹枝詞一首,略。

【箋注】

〔一〕别里沙:元詩選癸集載其傳,全襲本文。
〔二〕光州:位於今河南省東南。

吴世顯

吴世顯字彦章[一]，永興①人[二]。襟度灑然，讀書讀律，詩不苟作，受知於縉紳先生。駿馬鑿蹄[三]，其進未可量者也②。

【校】

① 永興：原本作"□謾"，據武林掌故叢編本改補。
② 未可量者：原本作"未量"，據武林掌故叢編本改。又，原本録有吴世顯竹枝詞一首，略。

【箋注】

〔一〕 吴世顯：元詩選癸集載其傳，謂其"號水西，延陵人"。其餘同於本文。按：吴世顯曾參與玉山雅集唱和，玉山名勝集卷二有吴世顯得青字詩，卷三載其詩四首。

〔二〕 永興：今屬湖南郴州。

〔三〕 鑿蹄：指釘上馬掌。

韓好禮

韓好禮字彦敬。此詞暗藏禽鳥之名①[一]。

【校】

① "此詞暗藏禽鳥之名"八字：武林掌故叢編本作小字注文。又，原本録有韓好禮竹枝詞一首，參見注文。按：元詩選癸集中，陳樞、韓好禮二人緊鄰，遂誤將陳樞西湖竹枝詞兩首納入韓好禮名下，而將韓好禮此"暗藏禽鳥名"之詩，誤入陳樞名下。

【箋注】

〔一〕 所謂"暗藏禽鳥名"之詩，即小傳後所録西湖竹枝詞一首，曰："翠柳黃鶯金縷衣，海棠紅觜兩相思。賓郎本是薄情鳥，獨要阿儂呼畫眉。"按：元詩選癸集將此詩納入陳樞名下,詩後又附小字注曰:"鐵厓云:'此詞暗藏禽鳥之名。'"然此詩實爲韓好禮所作。參見校勘記。又,元詩選癸集韓好禮傳與此傳文基本相同,僅多"□□人"三字,然因脱文,其籍貫仍然無從知曉。

袁華①

袁華字子英〔一〕,吳郡崑山人。博學有奇才,自小②以詩名縉紳間。如"三峰月寒木客嘯③,丹陽湖深姑惡④飛〔二〕",皆膾炙語也。又如"銀杏樹陰不受暑,薔薇花開猶早春",可稱才子也⑤。

【校】

① 袁華:武林掌故叢編本將此傳置於劉肅之後。

② 小:武林掌故叢編本作"幼"。

③ 嘯:武林掌故叢編本作"笑"。

④ 姑惡:原本作"□姑",據武林掌故叢編本改補。

⑤ 也:武林掌故叢編本作"矣"。又,原本以下録有袁華竹枝詞兩首,略。

【箋注】

〔一〕袁華:參見鐵崖撰可傳集序,載本書佚文編。

〔二〕丹陽湖:江南通志卷十一輿地志 山川一:"丹陽湖在溧水縣西七十里、高淳縣西南三十里。"姑惡:一種水鳥。參見鐵崖先生古樂府卷七五禽言之三注。

釋元璞①

釋元璞字良②琦〔一〕,吳郡人〔二〕。幼悟浮屠氏法,風行雲浄③,無所滯礙。既究④禪理,旁通儒學,詩特其餘事耳⑤。

【校】

① 釋元璞之"璞",武林掌故叢編本作"樸"。下同。

② 良琦之"良",武林掌故叢編本作"艮"。

③ 浄:武林掌故叢編本作"凝"。

④ 究:原本作"糾",據武林掌故叢編本改。

⑤ 原本録有釋元璞竹枝詞一首,略。

【箋注】

〔一〕釋元璞:或作完璞。參見東維子文集卷十琦上人孝養序注。

〔二〕吴郡:指平江路治(今江蘇蘇州)。

顧晉

顧晉字進道〔一〕,玉山仲子〔二〕。好讀書。性不愛浮靡,見趨競者不與交,貞素自守,淡如也。字法古甚,其詩法有玉山之風云①。

【校】

① 原本録有顧晉竹枝詞兩首,略。

【箋注】

〔一〕顧晉:後改名元禮。顧瑛第二子。參見鐵崖撰桃源雅集圖志(載本書佚文編)注、殷奎撰故武略將軍錢塘縣男顧府君墓志銘(載强齋集卷四)。

〔二〕玉山:即顧瑛。

盧浩

盧浩字養元〔一〕,錢塘人。好古喜學。其爲詩,不輕於用心,天然超詣,流輩莫能儷。竹枝首章〔二〕,杭人争誦之①。

【校】

① 原本録有盧浩竹枝詞兩首。

【箋注】

〔一〕盧浩：元詩選癸集載其小傳，實捏合本文及鐵崖和盧養元書事詩序而成。
　　參見鐵崖和盧養元書事二首（載列朝詩集甲集前編第七上）、鐵崖楊先生
　　詩集卷上送吳孝廉游三沙注。
〔二〕竹枝首章：即此小傳後所録盧浩竹枝詞兩首之一。詩曰：“記郎別時風颸
　　颸，銀鼠帽子黄鼠袍。別來轍迹不可見，湖中青草如人高。”

徐夢吉

　　徐夢吉字德符〔一〕，杭之於潛人〔二〕。壯年以茂才舉秀之傳貽書
院①山長〔三〕，歷常熟教授。傳祖父毛詩學。有琴餘雜言行於世。晚自
號曉山中人②。

【校】

① 秀之傳貽書院：武林掌故叢編本作“傳貽書院”。
② 原本録有徐夢吉竹枝詞一首，略。

【箋注】

〔一〕徐夢吉：元詩選癸集徐教授夢吉，襲自本文。
〔二〕於潛：縣名。於潛縣隸屬於江浙行省杭州路。參見元史地理志。
〔三〕秀：秀州。今浙江嘉興。

邊魯

　　邊魯字魯生〔一〕，北庭人〔二〕。天才秀發，善古樂府詩。尤工畫花
竹，然權貴人弗能以勢約之①。

【校】

① 原本録有邊魯竹枝詞一首，略。

【箋注】

〔一〕邊魯：或稱之爲白馬生。參見陳善學序刊楊鐵崖先生文集卷六白馬生、鐵崖先生詩集乙集題邊魯生所畫便面注。

〔二〕北庭：北庭都護府。又名庭州。古屬雍州之域，西漢爲烏孫領地，東漢以後爲突厥及部落居之。元代多指高昌回鶻王國故地。參見太平寰宇記卷一百五十六隴右道七庭州。

丁復①〔一〕

【校】

① 武林掌故叢編本將丁復置於卷末，且有小字注“補”。又，原本録有丁復竹枝詞一首，略。

【箋注】

〔一〕丁復：參見東維子文集卷七李仲虞詩序注。

無名氏①

【校】

① 武林掌故叢編本將“無名氏”置於張妙浄之後，爲全集倒數第二人。又，原本録有無名氏 竹枝詞兩首，略。

曹妙清

士女曹妙清〔一〕，字比玉，自號雪①齋，錢塘人。善鼓琴，工詩章。

三十不嫁,而有風操可尚。觀其所賦竹枝詞②,可識其爲③人焉。行書點畫,皆有法度。嘗寫詩寄予,答之云:"紅牙管蒂紫狸毫,雪④水初融玉帶袍(其家硯名⑤)。寫得薛濤萱草帖〔二〕,西湖紙價頓⑥能高。"其事母孝謹,故云⑦。

【校】

① 雪:原本誤作"雷",據武林掌故叢編本改。
② 竹枝詞:武林掌故叢編本作"竹枝"。
③ 爲:原本無,據武林掌故叢編本補。
④ 雪:原本誤作"雷",據武林掌故叢編本改。
⑤ 小字注"其家硯名"原本無,據武林掌故叢編本補。
⑥ 頓:武林掌故叢編本作"可"。
⑦ 原本録有曹妙清竹枝詞一首,略。

【箋注】

〔一〕曹妙清:元至正初年與鐵崖結識相交。參見東維子文集卷七曹氏雪齋弦歌集序注。
〔二〕薛濤:唐代樂伎,善詩。此指薛濤箋。參見鐵崖楊先生詩集卷上寄文奎徵士約松樾二友共過西枝草堂注。又,所謂"寫得萱草帖",暗寓曹妙清奉母之意。故文末曰:"其事母孝謹,故云。"

張妙净

士女張妙净①〔一〕,字惠蓮,錢塘人。善詩章,曉音律。晚居姑蘇之春夢樓,號自然道人②。

【校】

① 武林掌故叢編本於"净"字下有小字注:"一作'善'。"
② 原本録有張妙净竹枝詞一首,略。

【箋注】

〔一〕張妙净:元詩選癸集士女張妙净,襲自本文。

薛蘭英蕙英①

　　薛蘭英、蕙英,吴郡人。皆聰明秀麗,能賦詩。建一樓以處,曰蘭蕙聯芳。二女日夕吟詠不輟,有詩數百首,顏曰聯芳集。時楊鐵崖製西湖竹枝曲,和者百餘家。見之笑曰:"西湖有竹枝曲,東吴獨無竹枝曲乎!"乃效其體,作蘇臺竹枝十章。楊公見其稿,手題二詩於後云〔一〕:"錦江只見薛濤箋,吴郡今傳蘭蕙篇。文采風流知有日,連珠合璧照華筵。""難弟難兄并有名,英英端不讓瓊瓊。好將筆底春風句,譜作瑶箏弦上聲。"自是名播遠邇,咸以爲班姬、蔡女復出〔二〕,易安、淑真而下〔三〕,不足論也②。

【校】

① 武林掌故叢編本無此小傳及附詩,審文所述,此傳似爲後人所加。

② 原本録有薛蘭英、蕙英竹枝詞十首,略。

【箋注】

〔一〕按:鐵崖所題二詩,收入本書佚詩上編,有關注釋參該編。

〔二〕班姬:蓋指東漢班固之妹班昭。蔡女:指漢末蔡邕之女蔡文姬。

〔三〕易安:指李清照。淑真:宋代女詩人朱淑真。

卷一百　鐵崖佚詩上編

卷一百　鐵崖佚詩上編

些英烈詞①〔一〕

尸之笙兮荆之岡〔二〕，尸之革兮胥之江〔三〕。岡之土兮已化，胥之水兮白浪相衝撞。些爾英兮酹我觴，白驂舞兮素車邙，吳兒蹋浪呼烈王〔四〕。

【校】

① 本詩録自明成化刊顧亮集録楊鐵崖詠史古樂府一卷本，原本附於盧中人詩後，題作又些英烈詞。

【箋注】

〔一〕本詩原附盧中人詩後，褒獎伍子胥，描述江浙健兒踏浪錢塘江潮時壯觀場面。按：本詩有關伍子胥事迹，參見陳善學序刊楊鐵崖先生文集卷一盧中人注。

〔二〕"尸之笙兮"句：指伍子胥引吳兵入楚國郢都，掘楚平王墓，鞭其尸三百。參見盧中人。

〔三〕"尸之革兮"句：參見鐵崖先生詩集甲集錢塘懷古率堵無傲同賦注。

〔四〕烈王：疑指伍子胥。俗傳伍子胥爲潮神。

題玉山草堂①〔一〕

愛汝玉山草堂好，草堂最好是西枝〔二〕。浣花杜陵錦官里〔三〕，載酒山簡高陽池〔四〕。花開②燕語春長在，竹裏清尊晚更移。無奈道人狂太甚，時攜紅袖寫烏絲。

【校】

① 本詩録自清鈔不分卷本元顧瑛編玉山名勝集玉山草堂詩，校以文淵閣四庫

全書本玉山名勝集卷一所録此詩。原題會稽楊維楨廉夫,今題爲校注者
徑改。

② 開: 文淵閣四庫全書本作"間"。

【箋注】

〔一〕詩撰於元至正八年(一三四八)前後,其時鐵崖游寓姑蘇一帶,授學爲生。
此際常應邀赴玉山草堂,爲顧瑛鑒定書畫,賦詩題區。玉山草堂: 顧瑛宅
園,原名玉山佳處。參見東維子文集卷十八玉山佳處記、玉山逸稿卷二拜
石壇記。

〔二〕"草堂"句: 意爲效仿杜甫建草堂。西枝: 村名。杜甫曾欲建草堂於西枝
村,賦有西枝村尋置草堂地夜宿贊公土室詩二首。

〔三〕浣花: 溪名,杜甫草堂所在地。位於今四川成都。杜陵: 杜甫祖籍,位於
今陜西西安。杜甫亦曾居於杜陵,故常自稱杜陵野老。錦官里: 指杜甫
草堂所在地。錦官,今四川成都之別稱。

〔四〕山簡高陽池: 指晉人山簡游高陽池。參見鐵崖先生古樂府卷十漫興七首
之二注。

次龍門山釋良琦韻詠玉山佳處①〔一〕

荆山道人曾有約〔二〕,約過虎頭金粟家〔三〕。江上降龍重見朗〔四〕,
酒邊吹雨或成巴〔五〕。春歸馴馬橋頭柳〔六〕,月滿蕃禧觀裏花〔七〕。鐵笛
東歸還小住,仙源不隔赤城霞〔八〕。

【校】

① 本詩録自清鈔不分卷本玉山名勝集玉山佳處題詠,校以六研齋三筆卷二、文
淵閣四庫全書本玉山名勝集卷二所録此詩。原本録有兩詩,其中第一首即
鐵崖楊先生詩集卷上和琦上人韻,故此刪去。原本題作會稽楊維楨次韻,六
研齋三筆本題爲會稽楊維楨廉夫次前韻,今題爲校注者徑改。

【箋注】

〔一〕詩撰於元至正八年(一三四八)二月,或稍後,其時鐵崖游寓姑蘇、崑山等

地,常與顧瑛、釋良琦等聚飲酬唱。繫年依據參見鐵崖楊先生詩集卷上和
琦上人韻。按:原本於此詩前録有龍門山釋良琦詩:"鐵笛倒吹江上去,
聞在玉山仙子家。自喜酒船逢賀監,定將玄易授侯巴。露涼冰椀金莖凍,
月滿湘簾玉樹花。人生歡樂何可暮,遲爾龍門望太霞。"本詩與鐵崖楊先
生詩集卷上和琦上人韻,皆步此釋良琦詩韻。龍門山:指龍門寺。釋良
琦:字元璞,住姑蘇天平山之龍門寺。參見東維子文集卷十琦上人孝
養序。

〔二〕荆山道人:疑指倪瓚。按:所謂"荆山道人",與曾經寓居荆溪之倪瓚,當
爲同一人。據嘉泰吳興志卷十八食用故事:"按吳興有荆溪,源出荆山。"
又,本詩首聯曰"荆山道人曾有約,約過虎頭金粟家",而至正八年二月二
十日前後玉山雅集,倪瓚失約,鐵崖記文稱之爲"期而不至者",與本詩所
述亦能吻合。參見鐵崖撰桃源雅集圖志(載佚文編)。

〔三〕虎頭金粟:本指東晉顧愷之,此處借指崑山顧瑛。參見鐵崖先生詩集庚
集玉山草堂題卷率嬰東郭義仲同作。

〔四〕朗:當爲降龍高僧。佛教多有降龍事,此朗指何人待考。

〔五〕巴:漢欒巴。其噴酒爲雨滅火事,見葛洪神仙傳欒巴。

〔六〕駟馬橋:位於崑山城内。參見正德姑蘇志卷二十橋梁下。

〔七〕蕃釐觀:在揚州,原爲后土廟,其中瓊花有"天下無雙"之譽。參見鐵雅先
生復古詩集卷四宮詞之七注。

〔八〕赤城霞:參見鐵崖先生詩集甲集題馬文璧山水。赤城:指天台山(今屬浙
江)。

次曹睿玉山席上詩韻[①][〔一〕]

　　重過碧桃溪上路[〔二〕],西枝樹長繫漁舠[〔三〕]。伶官石出生雷雨,狀元
潮來平海濤[〔四〕]。山翁醉上桃花馬,溪女能彈瘦木槽[〔五〕]。故人情深誰
比似,論交奚啻舊綈袍[〔六〕]。

【校】

① 本詩録自清鈔不分卷本玉山名勝集玉山佳處題詠,校以文淵閣四庫全書本
　玉山名勝集卷二所録此詩。原題會稽楊維楨廉夫次韻,今題爲校注者逕改。

【箋注】

〔一〕詩當作於元至正八年（一三四八）前後。繫年依據：原本録有曹睿詩，置
於鐵崖詩前；又有于立、顧瑛次韻詩各一首，置於鐵崖詩後。曹詩題爲永
嘉曹睿玉山席上作就呈同會，詩曰："我到玉山最佳處，溪頭新水蕩輕舠。
春回玄圃花如霧，風入蒼梧翠作濤。越女雙歌金縷曲，秦箏獨壓紫檀槽。
詩成且共揚雄醉，笑奪山人宮錦袍。"按：于立、曹睿皆顧瑛玉山草堂常
客，至正八年前後與鐵崖交往甚多。曹睿：字新民，永嘉（今屬浙江）人。
參見楊鐵崖先生文集全録卷四勸農詩序注。
〔二〕碧桃溪：當爲崑山地名。參見鐵崖先生詩集甲集碧桃溪詩送句曲張先生
東歸注。
〔三〕西枝：村名。此處借指玉山草堂所在地。參見本卷題玉山草堂注。
〔四〕狀元潮：即唯亭潮。參見本卷次龍門山釋良琦韻詠玉山佳處注。
〔五〕瘦木槽：鐫有琴槽之瘦木，指琴。
〔六〕舊綈袍：寓須賈、范雎故事。參見鐵崖先生古樂府卷八覽古四十二首之
六注。

題聽雪齋①〔一〕

山人夜坐衆喧息，大地花飛不動塵。聽到天聲入無極，蟹沙蠶葉
未爲真〔二〕。

【校】

① 本詩録自清鈔不分卷本玉山名勝集聽雪齋詩，校以文淵閣四庫全書本玉山
名勝集卷五所録此詩。原本題作鐵心子會稽楊維楨廉夫，今題爲校注者
徑改。

【箋注】

〔一〕本詩題於聽雪齋，當作於元至正八年（一三四八）前後，即鐵崖游寓玉山草
堂之際。聽雪齋：玉山草堂中景觀建築之一。
〔二〕蟹沙蠶葉：蟹行沙灘、蠶嚙桑葉發出的細微聲響，喻指下雪的聲音。

浣花館聯句①〔一〕

至正戊子六月廿四日，維楨與衛輝高智〔二〕、匡廬于立、清河張師賢、汝南袁華、河南陸仁燕②於浣花館〔三〕。酒闌，主客聯句，凡廿四韻。主爲玉山顧瑛〔四〕，客與聯者：維楨、立、師賢、華、仁也③。會稽楊維楨書④。

大厦千萬餘，小第亦云甲。馬山分玉嵒〔五〕，維楨。鯢津類清雩〔六〕。湖吞傀儡深〔七〕，立。江瀉吳淞狹〔八〕。地形九曲轉，師賢。峰影千丈插。斜川萬桃蒸〔九〕，華。小徑五柳夾〔十〕。仙杖撞石檢，仁。靈洞開玉匣。雲停清蔭初，瑛。涼過小雨雯。鶴舞竹襴褳，維楨。魚亂萍喋唼。風顛帽屢欹，立。暑薄衣猶祫。花憑嬴女獻，師賢。酒倩吳姬壓。簾捲蒼龍鬚，華。盤薦紫駝胛。戎葵粲巧笑，仁。文爪印纖⑤掐。白戟魚乍剖，瑛。紅蓮米新舂⑥。急觴行葡萄〔十一〕，維楨。清厨扇蒲篋。火珠梅燁⑦燇〔十二〕，立。冰絲蕈浹渫。雲罍摩乳彝，師賢。珌琫玩腰珅。伶班鼓解㩉〔十三〕，華。軍令酒行法〔十四〕。弓彎舞百盤〔十五〕，仁。鯨量杯千呷。腔悲牙板擎，瑛。調促冰弦壓。客歡語噂㘈，維楨。童酣鼻齁齛。觴徹給泓穎，立。詩成繕書劄。嘔句投錦囊〔十六〕，師賢。披圖出緗笈。驪駒歌已終〔十七〕，華。青蛾情尚狎。永矢交友盟，仁。銅盤不須歃。瑛。

【校】

① 本詩録自清鈔不分卷本玉山名勝集浣花館，校以文淵閣四庫全書本玉山名勝集卷六所録此詩。原題爲聯句詩序，今題爲校注者徑改。

② 燕：文淵閣四庫全書本作“宴集”。

③ “主爲玉山顧瑛，客與聯者：維楨、立、師賢、華、仁也”凡十八字：文淵閣四庫全書本無。

④ 書：文淵閣四庫全書本作“序”。

⑤ 纖：文淵閣四庫全書本作“微”。

⑥ 舂：文淵閣四庫全書本作“鍤”。

⑦ 燁：文淵閣四庫全書本作“焜”。

【箋注】

〔一〕此聯句詩撰於元至正八年戊子(一三四八)六月二十四日,其時鐵崖應顧瑛之邀,做客玉山草堂。浣花館:顧瑛別墅名。原名小桃源,至正八年春改此名。詳見顧瑛撰浣花館記(載中華書局本玉山璞稿顧瑛詩文輯存卷二)。

〔二〕衛輝高智:生平不詳。衛輝在元代爲路名,位於今河南新鄉、衛輝一帶。

〔三〕匡廬于立:參見鐵崖先生古樂府卷三龍王嫁女辭注。清河張師賢:參見西湖竹枝集詩人小傳。汝南袁華:參見鐵崖撰可傳集序(載本書佚文編)注。河南陸仁:字良貴。參見西湖竹枝集詩人小傳。

〔四〕玉山顧瑛:參見東維子文集卷七玉山草堂雅集序注。

〔五〕馬山分玉崑:蓋指馬鞍山又稱玉峰山、崑山。馬山,馬鞍山之略稱,位於今江蘇崑山。

〔六〕鯢津:當爲崑山地名。霅:即霅溪,在湖州烏程縣東南。參見太平寰宇記卷九十四湖州。

〔七〕傀儡:湖名。又稱笠帽湖。位於今江蘇崑山巴城鎮。

〔八〕吳淞:江名。又稱蘇州河。

〔九〕"斜川"句:蓋指崑山碧桃溪。參見鐵崖先生詩集甲集碧桃溪詩送句曲張先生東歸注。

〔十〕五柳:寓有類似陶淵明故居之意。

〔十一〕葡萄:指葡萄酒。

〔十二〕火珠梅:意爲梅子猶如火珠。火珠,相傳產自海中炎洲扈犁國。太清金液神丹經卷下:"(扈犁國)又有火珠,大如鵝鴨子,視之如冰,著手中洞洞,如月光照人掌,夜視亦然。以火珠白日向日,以布艾屬之承其下,須臾見光火從珠中直下,瀝瀝如屋霤下物,勃然姻發火乃然,猶陽燧之取火也。"(載正統道藏洞神部衆術類。)

〔十三〕"伶班鼓"句:寓唐玄宗羯鼓解穢故事。參見鐵崖先生古樂府卷二崔小燕嫁辭注。

〔十四〕"軍令"句:寓西漢朱虛侯劉章以軍法行酒事。參見陳善學序刊楊鐵崖先生文集卷一老姑投國璽注。

〔十五〕舞百盤:寓趙飛燕故事。相傳西漢趙飛燕體態輕盈異常,能於水晶盤上起舞。

〔十六〕嘔句投錦囊:李賀故事。參見清鈔鐵崖楊先生詩集卷上暮春即事戲簡馬本初郎中注。

〔十七〕驪駒歌：酒宴上送客之歌。詳見漢書儒林王式傳。

湖光山色樓口占^{〔一〕}

　　天清望不及^①，逸興晚來多。新月弦初上，秋華酒半酡。水光搖玉塵，山色舞金鵝。我愛逃名者，幽栖在澗阿。

【校】

① 本詩録自清鈔本玉山名勝外集，校以文淵閣四庫全書本玉山名勝外集。及：文淵閣四庫全書本作"極"。

【箋注】

〔一〕本詩"口占"於湖光山色樓，當作於元至正八年（一三四八）前後，即鐵崖游寓玉山草堂之際。湖光山色樓：顧瑛玉山草堂中建築。

　　大癡仙四和予籠字韻^①自謂效鐵仙^②艷體予首作蓋未艷也再依韻用義山無題補艷體且馳寄果育老人老人腸胃有五色繡文者也必不斅癡仙菜肚子句一笑兼柬玉山主客自當争一籌耳^{〔一〕}

　　漏轉西壺酒轉東^③，金盤一餚萬錢空。犀珠冷射琉璃栅^④，繡沓晴烘翡翠籠。仗簇銀驄沙路雨，信傳青鳥玉樓風^{〔二〕}。白櫻桃下芙蓉隊^⑤，中有雙花一蒂紅。

【校】

① 本詩録自清鈔本玉山名勝外集，校以文淵閣四庫全書本玉山名勝外集，以及清初印溪草堂鈔東維子詩集卷七所録此詩。原本録詩兩首，第一首即鐵崖

先生詩集甲集次韻黃大癡豔體,故此不録。又,印溪草堂鈔本題作寄衞叔剛
三首,本詩爲其中第三首。予籠字韻: 文淵閣四庫全書本作"余韻"。

② 鐵仙之"鐵",原本及文淵閣四庫全書本皆誤作"錢"。據上下文逕改。

③ 東: 印溪草堂鈔本作"空"。

④ 犀珠: 原本作"群姝",據印溪草堂鈔本改。栅: 文淵閣四庫全書本作"榻"。

⑤ 隊: 文淵閣四庫全書本作"墜"。

【箋注】

〔一〕詩撰於元至正九、十年間,乃與黃公望唱和而作。其時鐵崖授學於松江吕
氏私塾,黃公望亦寄居松江,二人偕游於湖海之間,唱和頗多。繫年依據:
其一,大癡仙指黃公望。鐵崖撰跋君山吹笛圖云:"予往年與大痴道人扁
舟東西泖間,或乘興涉海,抵小金山。"可見二人曾偕游於松江。江村銷夏
録卷二元黃子久富春山圖卷附有黃公望題識,署尾曰:"(至正)十年青龍
在庚寅,歇節前一日,大痴學人書於雲間夏氏知止堂。"據此可知黃公望客
寓雲間,在至正十年前後。而鐵崖於至正十年秋游寓湖州,歲末即赴杭州
任四務提舉,二人於松江偕游唱和,不得遲於至正十年秋天。其二,據鐵
網珊瑚卷四鐵崖圖大癡爲廉夫畫唐棣跋語,至正十年秋鐵崖再游湖州時,
曾向唐棣等人出示黃公望所畫鐵崖圖,可見大癡、鐵崖二人結識交往,確
在此前。其三,本詩題所謂黃大癡、孫果育、顧玉山等,當時與鐵崖交往頻
繁,其中孫果育長期寓居松江。參見東維子文集卷二十八跋君山吹笛圖。
按:"籠字韻"詩,疑指鐵崖楊先生詩集卷上午窗睡妾。

義山無題: 當指李商隱"相見時難別亦難,東風無力百花殘""長眉畫了繡
簾開,碧玉行收白玉臺"一類無題詩。

果育老人: 指孫華孫。孫華孫字元實,號果育齋。參見鐵崖文集卷四孫
元實小像讚。

玉山主客: 當指顧瑛及其賓客朋友。

〔二〕青鳥: 相傳爲西王母信使。參見鐵崖先生古樂府卷二三青鳥注。

和金粟道人游永安湖韻①〔一〕

金粟道人和劉别駕永安湖上詩,有"啄花鷿坐水楊柳,雪藕
人歌山鷓鴣"之句〔二〕,此詩一出,便覺鐵崖②不得擅其體。又徵老

鐵同韻，走筆賡去，不能奇也。嘿庵、虛白兩明府共賦③〔三〕，必有錦囊④中語，拈出一奇也。

秀州城外鴛鴦⑤湖〔四〕，郎官颿⑥開十幅蒲〔五〕。人游玉壺天上下，鳥度屛風山有無。起舞或呼謝鴝鵒〔六〕，賦詩爭傳鄭鷓鴣〔七〕。酒酣不怕歸路⑦晚，將軍曾識李金吾〔八〕。

老鐵楨詩帖上，和畢煩粘卷送達金粟所也⑧。

【校】

① 本詩録自文淵閣四庫全書本趙氏鐵網珊瑚卷七竹林陳氏雜帖，校以清倪氏經鉏堂鈔本玉山遺什卷上、式古堂書畫匯考卷二十二、檇李詩繫卷三十八所載此詩。此詩題原本無，據檇李詩繫本增補。玉山遺什本無此詩題。

② 鐵厓：玉山遺什本、式古堂書畫匯考本作“銕雅”。又，詩前引文檇李詩繫本無。

③ 賦：玉山遺什本作“贈”。

④ 囊：玉山遺什本、式古堂書畫匯考本作“橐”。

⑤ 鴛鴦：玉山遺什本、式古堂書畫匯考本作“夗央”。

⑥ 颿：玉山遺什本作“颿”，檇李詩繫本作“帆”。

⑦ 酣：式古堂書畫匯考本作“甘”。歸路：玉山遺什本作“歸語”，式古堂書畫匯考本作“路歸”。

⑧ 尾跋“老鐵楨詩帖上，和畢煩粘卷送達金粟所也”兩句，檇李詩繫本無。老鐵楨：玉山遺什本、式古堂書畫匯考本作“老銕貞”。

【箋注】

〔一〕詩當作於元至正二十一年（一三六一）季夏，其時鐵崖隱居松江，而顧瑛業已從崑山移居嘉興。繫年依據參見賴善卿到嘉禾爲予作金粟道人詩使……（載佚詩下編）。金粟道人：顧瑛別號。永安湖：位於海鹽縣（今屬浙江）南。又名澉湖，今稱南北湖。檇李詩繫本於此詩末有附考，曰：“（永安）湖在海鹽縣南澉城西六里，四圍皆山，中間一堤，俗呼小西湖。又曰澉川。水經注：谷水出爲澉浦，以通巨海。”

〔二〕劉別駕：指劉季章。按：顧瑛原詩收録於趙氏鐵網珊瑚卷七、式古堂書畫匯考卷二十二，名爲次韻劉季章治中邀夏仲信郎中游永安湖詩二首。鐵崖所拈“啄花鸎坐水楊柳”二句，見第一首。顧氏原詩曰：“金粟寺中公廨靜，白晝事閒如治蒲。沙棠爲舟穩可泛，郎官之湖今豈無。啄花鸎坐水楊柳,雪藕人歌山鷓鴣。日西上馬踏歸路,小隊高呵驚道吾。”

〔三〕嘿庵:不詳。虚白:疑指胡奎。按:胡奎字虚白,自號斗南老人,海昌(今屬浙江海寧)人。元季從學於貢師泰,與貝瓊交好。曾赴閩地。明洪武六年徵儒,召至金陵,以母老求歸而返。或曰明初胡奎任寧王府教授。參見元詩選癸集胡奎傳、清江貝先生文集卷十九送胡虚白歸海昌序、橋李詩繫卷三十八胡奎傳。然本詩序稱虚白爲“明府”,可見其時官任縣令或太守,則與上述胡奎事迹不能吻合。待考。

〔四〕秀州:此指浙江嘉興。鴛鴦湖:又名南湖、鴛湖,位於嘉興城南。

〔五〕郎官:當指劉別駕。按:此句又寓李白爲張謂標名郎官湖故事。李太白全集卷二十泛沔州城南郎官湖詩序:“乾元歲秋八月,白遷於夜郎,遇故人尚書郎張謂出使夏口。沔州牧杜公、漢陽宰王公觴於江城之南湖……張公殊有勝概,四望超然,乃顧白曰:‘此湖,古來賢豪游者非一,而枉踐佳景,寂寥無聞。夫子可爲我標之嘉名,以傳不朽。’白因舉酒酹水,號之曰郎官湖,亦由鄭圃之有僕射陂也。”

〔六〕謝鴝鵒:東晉謝尚擅長鴝鵒舞,以此得名。參見晉書謝尚傳。

〔七〕鄭鷓鴣:指唐代詩人鄭谷。鄭谷以鷓鴣詩得名,故有此稱。參見四庫全書總目雲臺編三卷。

〔八〕“酒酣不怕歸路晚”二句:源出杜甫詩。李金吾,指唐代左金吾大將軍李嗣業。兩唐書皆有傳。杜甫陪李金吾花下飲:“醉歸應犯夜,可怕李金吾。”

謝伯理席上七人聯句①〔一〕

(以上闕文)燕拉北閑筵。主人元是二千石〔二〕(東維),媆酒重開十八仙〔三〕。龍吻醉吟蕭史鳳(金粟)〔四〕,兔鬚快寫薛濤箋〔五〕。紫膏旋斫團臍蟹(榆〔六〕),霜膾新供縮項鯿(毅〔七〕)。金粟道人狂破戒〔八〕,鐵崖老子醉逃禪(基〔九〕)。謝公已辦登山屐〔十〕,太白重回載酒船〔十一〕。頭改燕姬釵十二(立本②〔十二〕),氣酣嘉客劍三千〔十三〕。風翻柳翠新愁重(庸〔十四〕),月轉梨雲小夢圓(毅)。後約更須三十萬,陶公盡付酒家錢〔十五〕(東維)。

【校】

① 本詩録自玉山遺什卷下。原本無詩題,起首蓋有闕失。今題爲校注者徑爲增補。

② 立本:原本脱一"本"字,據原書所録諸人分韻詩徑爲增補。按:此番聯句之後,諸人又以吳毅"霜膾新供縮項鯿"句分韻,分韻諸詩及作者姓名,皆録於玉山遺什卷下。其中名字含"立"字者,唯有徐立本。

【箋注】

〔一〕此聯句詩撰於元至正二十年(一三六〇)元月,松江貳守謝伯理宴請顧瑛、鐵崖等人,衆人遂於酒宴上聯句。其時鐵崖退隱松江僅三月。繫年依據:至正十九年歲末,顧瑛應杭州太守謝節邀請,攜袁華赴杭賞梅。不料朱元璋麾下大將常遇春率軍攻打杭州,賞梅只能作罷,顧、袁二人遂由海道返回。途經松江時,松江"貳府謝君伯理、縣丞俞君仲恒,一見傾倒如平生歡,即張燈開筵,聯句分題"。當時參與聯句賦詩者爲鐵崖、顧瑛、馬庸、岳榆、徐立本、吳毅、鄭基等七人。袁華已"自璜溪先回",未能參與聚宴,事後撰寫跋文一篇,記述此番"西湖梅約"全過程。詳見謝節至正十九年十二月二十二日所撰送別詩與跋文、袁華至正二十年正月立春前一日所撰西湖梅約跋文(皆載玉山遺什卷下)。謝伯理:參見東維子文集卷十三知止堂記注。

〔二〕二千石:郡守。此指謝伯理。

〔三〕十八仙:酒名。即東林十八仙。參見清鈔鐵崖楊先生詩集卷上吕希顔席上賦注。

〔四〕蕭史:相傳爲秦穆公時人,後升仙。參見陳善學序刊楊鐵崖先生文集卷一牝雞雄注。金粟:即金粟道人顧瑛。

〔五〕薛濤箋:參見鐵崖楊先生詩集卷上寄文奎徵士約松樾二友共過西枝草堂注。

〔六〕榆:岳榆。岳榆字季堅,義興(今江蘇宜興)人。其父漢陽君博學多聞,宋末元初時頗有名望。岳榆爲其季子,得其厚愛,一心向學,曾北游京師求學。交際廣泛,與鐵崖、顧瑛、鄭元祐、劉基、倪瓚、王蒙等兩浙名人皆有詩唱和。參見元詩選癸集岳榆,僑吳集卷八送岳季堅序,清閟閣全集卷四十二月七日岳季堅夜坐走筆贈之,誠意伯文集卷四次韻和岳季堅見寄、卷五送岳季堅入計籌山,耕學齋詩集卷十岳季堅王叔明梧竹堂同集時季堅將歸黃鶴山。

〔七〕毅：吳毅。參見東維子文集卷二十五吳君見心慕銘。

〔八〕按：至正十六年，顧瑛與其母爲躲避戰亂而一度逃離家鄉，顧母於逃難途中病故。此後爲推辭張士誠徵召，顧瑛以報母爲由，“祝髮家居，日誦毘耶經以游心於清净”（僑吳集卷十白雲海記）。此云“破戒”，蓋指顧瑛參與此宴，且詩酒酬唱。

〔九〕基：鄭基。元詩選癸集鄭基：“基字本初，三山人。”又，貝瓊撰鄭本初詩集序（載清江文集卷七）：“本初，錢唐人。性坦夷，與物無競。早游四方，凡山川形勢、欣戚感慨，一於詩形之，而世之勢利，泊如也。”按：蓋鄭基原籍三山（今福建福州）。其名或作本，參見鐵崖先生集卷二淞泮燕集序。

〔十〕謝公屐：謝靈運登山時所穿木履。詳見宋書謝靈運列傳。

〔十一〕太白：指李白。

〔十二〕立本：徐立本。徐立本蓋即徐孝基。元詩選癸集徐孝基：“孝基字立本，臨海章安鎮人。”又，大雅集載徐立本詩多首。

〔十三〕“氣酣”句：比擬戰國時平原君門下三千客。參見陳善學序刊楊鐵崖先生文集卷一傳舍吏注。

〔十四〕庸：馬庸。參見鐵崖楊先生詩集卷下贈馬敬常冠軍注。

〔十五〕“後約更須三十萬”二句：寓顏延之與陶淵明故事。李太白全集卷十二贈宣城宇文太守兼呈崔侍御：“顏公三十萬，盡付酒家錢。”注：“宋書：顏延之在尋陽，與陶潛情款，後爲始安郡，經過，日日造潛。每往必酣飲致醉。臨去，留二萬錢與潛。潛悉送酒家，稍就取酒。”

聯句畢詩興未已復以毅句
霜膾新供縮項鯿分韻老夫得鯿字①〔一〕

七客先生八客筵〔二〕，好春如海酒如泉。風翻掌上雙飛燕〔三〕，雪斫槎頭徑尺鯿。長齋欲繡金粟影〔四〕，賜袍猶帶袞龍烟〔五〕。月明人上螭頭舫，好事應圖李郭仙〔六〕。

東維子維禎醉書于席上。

【校】

① 本詩録自玉山遺什卷下。“得鯿字”三字：原本爲題下小字注，徑改爲大字。

【箋注】

〔一〕本詩與上首同時作。毅：指鐵崖弟子吳毅，其生平參見東維子文集卷二送檢校王君蓋昌還京序注。

〔二〕七客先生：指鐵崖、顧瑛、馬庸、岳榆、徐立本、吳毅、鄭基。按：顧瑛得"供"字，扶風馬庸得"新"字，岳榆得"霜"字，徐立本得"鱠"字，吳毅得"縮"字，錢唐鄭基得"項"字，七人分韻詩皆存於玉山遺什卷下。

〔三〕"風翻掌上"句：以西漢趙飛燕喻指當時陪侍舞女。

〔四〕"長齋"句：謂顧瑛一心向佛。杜詩詳注卷六送許八拾遺歸江寧覲省甫昔時嘗客游此縣於許生處乞瓦棺寺維摩圖樣志諸篇末："虎頭金粟影，神妙獨難忘。"蔡注："發迹經：净名大士，是往古金粟如來。阿含經曰：金沙地下，便是金粟如來。今云金粟影，即維摩圖也。"句又化用杜甫飲中八仙歌："蘇晉長齋繡佛前，醉中往往愛逃禪。"按：至正十六年，顧瑛母親於逃難途中病故。此後顧瑛以報母爲由，斷髮家居，皈依佛門。兩年後，顧瑛自營壽藏於崑山綽墩，題名"金粟冢"，并自撰墓志銘。後又"營別業於嘉興之合溪，漁釣五湖三泖間，自稱金粟道人"。參見僑吳集卷十白雲海記、玉山草堂集卷下綠波亭記、金粟道人顧君墓志銘、殷奎撰顧仲瑛墓志銘。

〔五〕"賜袍"句：顧瑛應杭州太守謝節之邀赴杭，江浙行省丞相達識帖穆爾欲賜予官爵，顧瑛謝絕，有詩曰："此行只爲探梅花，底用虛名一張紙。"參見玉山遺什卷下辭丞相賜官、袁華撰西湖梅約跋文。

〔六〕李、郭：指東漢李膺、郭太。參見鐵崖逸編注孤憤一章和夢庵韻注。

與金粟老聯句[①]〔一〕

　　□□□□□□□，□□酤酒滿眼酤。(楊)詩裁五色□□錦，(顧)□瀉雙絲一串珠。(楊)□六笑呼金斗進，(顧)花閒醉倩玉童扶。長亭柳條不可折，(楊)放影□我□驪納。(顧)

　　東維子俾金粟老附稿。

【校】

① 本詩録自玉山遺什卷下。原本無題，詩前引文脱失。今題爲校注者徑擬。

【箋注】

〔一〕金粟老：指顧瑛。本聯句詩撰於元至正二十年庚子（一三六〇）正月初，
其時鐵崖退隱松江未滿三月。繫年依據：本詩原載玉山遺什卷下西湖梅
約一節，本聯句詩前，依次録有顧瑛、陸居仁、馬文璧詩各一首，顧瑛詩題
爲憶昔五十韻留別雪坡太守，陸居仁詩曰：“梅園處士不爲魂，金粟來招我
酒尊。”馬文璧詩有“錢唐太守有佳句，玉山先生情亦睐”之句，所言皆與
至正十九年歲末，顧瑛西湖賞梅一事有關。當時顧瑛應杭州太守謝雪坡
之邀，攜袁華赴杭州賞梅。不料突發戰事，賞梅只能作罷，遂由海道回返
崑山。途中顧瑛滯留松江多日，與鐵崖等好友相聚，賦詩多首。鐵崖與金
粟老聯句，即在此時。參見鐵崖楊先生詩集卷上用雪坡梅約何字韻與梅
册主者。

詠岳鄂王①〔一〕

其一
淮陰一死到岳鄂〔二〕，此事從來天所爲。敵國未聞垓下破，將軍已
有固陵疑〔三〕。

其二
趙家一岳重九鼎〔四〕，何必秦牙能動摇〔五〕。愁絕山陽成禍本〔六〕，
胥江爲我作秋潮〔七〕。

【校】

① 本組詩録自元人釋可觀輯録岳忠武王廟名賢詩（據全元詩三十九册轉録），
第二首又見於萬曆杭州府志卷四十六祠廟上忠烈廟，無詩題。

【箋注】

〔一〕元至正三年（一三四三）前後，鐵崖寓居杭州，偕江浙儒學提舉班惟志等游
覽西湖之際，曾“下馬題詩岳王寺”，本詩蓋即當時所作。參見鐵崖詩秋日
班恕齋招飲湖上（載佚詩編）。萬曆杭州府志卷四十六祠廟上：“忠烈廟
在西湖北棲霞嶺之陽，祀宋少保鄂國武穆王岳飛。孝宗爲雪其冤，改葬於

此,復官賜謐,即廢智果院爲祠,賜額曰襃忠衍福寺。寶慶二年,改謐忠武。嘉定四年,封鄂王。宋亡,寺廢。王之六世孫士迪起之,未幾復廢。至元間,僧可觀訴於官,復之。杭州經歷李全慨然重興。廟有王像,以其子雲、雷、震、霖、霆祔焉。後作寢堂,像王及夫人與其女。至正中加謐保義。廟尋毁。"

〔二〕"淮陰"句:意爲岳飛如同漢初韓信,皆遭猜忌而死於非命。韓信被吕后殺害,參見陳善學序刊楊鐵崖先生文集卷一漂母辭注、史記淮陰侯列傳。

〔三〕"敵國未聞垓下破"二句:意爲項羽兵敗垓下之前,曾率楚軍圍困劉邦於固陵,劉邦急招韓信等馳援,而韓信其實已遭猜忌。詳見資治通鑑卷十一漢紀三高帝五年。固陵,位於今河南淮陽。

〔四〕趙家:指宋朝。

〔五〕秦:指秦檜。

〔六〕山陽:魏晉時嵇康等舊居地。嵇康好友向秀曾經此處,聞笛聲而思念亡友,淒然感傷,撰思舊賦。參見鐵崖先生古樂府卷二篳篥吟注。

〔七〕胥江:以伍子胥而得名,此指錢塘江。

贈周尚①〔一〕

春陵周尚書畫訪〔二〕,秋風一夜到桐廬〔三〕。新圖不讓宣和譜〔四〕,大篆能爲蝌蚪書〔五〕。赤壁昔年曾夢鶴〔六〕,濠梁今日又觀魚〔七〕。時時過我問奇字,草玄亭前春雨餘〔八〕。

【校】

① 本詩録自詩淵贈類,原本題下署曰:"元鐵仙詩,楊廉夫。"

【箋注】

〔一〕本詩當作於元至正四年(一三四四)前後。繫年依據:據"春陵周尚書畫訪,秋風一夜到桐廬"兩句,其時爲太平年景,且鐵崖寓居桐廬。當爲至正初年鐵崖寓居錢塘,等待補官時期。其時鐵崖與富春馮士頤兄弟交好,曾應邀舟游富春、桐廬一帶。參見鐵崖先生詩集丙集醉歌行寄馮正卿。周尚:春陵人。擅長書畫。元季浪迹江浙,以文會友。

〔二〕春陵：古郡名,今湖南 永州市 道縣、寧遠一帶。按：本詩起首曰"春陵 周尚",疑周尚爲北宋理學家春陵 周敦頤後裔。

〔三〕桐廬：縣名,今屬浙江 杭州。

〔四〕宣和譜：即宣和書畫譜,宋佚名編撰。此書著録宋徽宗時内府收藏歷代法書名畫數千幅。

〔五〕蟠區：夢溪筆談校證卷十七書畫："江南 徐鉉善小篆……鉉嘗自謂：'吾晚年始得蟠區之法,凡小篆喜瘦而長,蟠區之法,非老筆不能也。'"又,宋 董逌撰廣川書跋卷四程邈篆書："李季忱示余程邈篆四簡,簡十二字。余考之,自漢以後書,篆書所不至也。篆法貴得蟠區應勢,故筆力常有餘,此書盡之。"

〔六〕赤壁夢鶴：出自蘇軾 後赤壁賦。參見鐵崖先生詩集甲集和吕希顏來詩注。

〔七〕濠梁觀魚：典出莊子秋水篇。

〔八〕"時時"二句：草玄亭,揚雄宅名。西漢 揚雄晚年不作賦頌而撰寫太玄經,亭以此得名。漢書楊雄傳載,揚雄多識古文奇字,劉棻曾上門問奇字。鐵崖借以自稱其居所。參見鐵崖先生詩集庚集高士讀書圖。

寄吴寺鐵宗上人①〔一〕

楊子一春無出入,山人約屢次登臨。鄂王墳下湖光近〔二〕,吴妃寺前雲氣深〔三〕。石屋金臺宜藏史,松風澗水儘攜琴。人間駿氣深欲盡,賴有山中支道林〔四〕。

【校】

① 本詩録自詩淵 尊師類,原本題下署曰："元鐵仙詩,楊廉夫。"

【箋注】

〔一〕詩撰於元 至正三年(一三四三)前後,其時鐵崖服喪期滿,寓居杭州,等候補官。繫年依據：其一,詩中自稱"楊子",蓋作者中年以前稱呼,晚年則多稱鐵史、老鐵。其二,據本詩所述,當時作者頗游杭州山水,必爲至正初年間居錢塘時期。吴寺：位於杭州 靈隱寺西。民國杭州府志卷七橋梁一城西西湖堤及沿湖山麓各橋：“吳寺，乾隆志：在靈隱寺西，橋北有宋吳太后香火寺，因名。今訛五寺橋。”鐵宗上人：當爲其時吳寺住持。生平待考。

〔二〕鄂王墳：即岳飛墳，位於杭州西湖之畔棲霞嶺下。南宋嘉定年間追封岳飛爲鄂王。參見陳善學序刊楊鐵崖先生文集卷四岳鄂王歌注。

〔三〕吳妃寺：即宋吳太后香火寺。

〔四〕支道林：名遁。東晉高僧，曾隱居吳縣（今屬江蘇蘇州市）。生平詳見高僧傳卷四。此以支道林喻指鐵宗上人。案：此句“駿氣”或當作“駿馬”，世説新語輕詆：“裴郎又云：‘謝安目支道林如九方皋之相馬，略其玄黃，取其儁逸。’”

寄范中賢①〔一〕

長城鴟夷忠孝家〔二〕，綠蔥花間黃葵花。赤却②女娘彈綠綺〔三〕，碧睛童子整烏紗。竹裏行廚洗酒盞，門前過客亭高車，明年築樓招鳳偶，掇取弟乙龍頭科。

【校】

① 本詩録自詩淵尊師類，原本題下署曰：“元鐵仙詩，楊廉夫。”

② 却：當爲“踋”之誤寫。“踋”即“脚”。

【箋注】

〔一〕據詩中“長城鴟夷忠孝家”、“掇取弟乙龍頭科”等句，本詩當作於元至正五、六年間，其時鐵崖於長興縣（今屬浙江）東湖書院授學。范中賢：當爲其時長興縣世家大户。又，范中賢與東皋隱者范思賢蓋爲同宗同輩兄弟，參見鐵崖文集卷三東皋隱者設客對、鐵崖先生詩集庚集夜宴范氏莊。

〔二〕長城：長興縣（今屬浙江湖州）舊名。鴟夷忠孝家：蓋指范中賢爲范蠡後人。鴟夷，即鴟夷子皮，參見鐵崖先生古樂府卷三五湖游注。

〔三〕綠綺：司馬相如琴名。

寄徐彥文①〔一〕

池陽魚網出水溪,不數先生褚會稽〔二〕。底事徐郎文采甚,下將一紙寄新題。

【校】

① 本詩録自詩淵尊師類,原本題下署曰:"元鐵仙詩,楊廉夫。"

【箋注】

〔一〕本詩蓋爲鐵崖收到徐彥文新詩之後,回贈之作。徐彥文:生平不詳,疑爲徽州人士。參見後注。

〔二〕"池陽魚網出水溪"二句:謂會稽所産紙張,品質不如徽紙。意爲徐彥文之文采勝過自己。池陽:指池州路、徽州路一帶,今屬安徽。池陽魚網,當爲徽紙之一種,或類似魚子牋。宋高似孫撰剡録卷七:"蜀人造十色牋,其文謂之魚子牋,又謂之羅牋。剡溪有焉。"褚會稽:即韓愈毛穎傳中所謂"會稽褚先生",指紙。此處語意雙關,又有鐵崖自喻。

寄俞節推①〔一〕

青城先生弟子行〔二〕,風流文采許誰兼。吳姬滿勸金蕉葉〔三〕,越女能歌阿苜鹽〔四〕。東泖月明回酒棹〔五〕,西山雨過捲朱簾〔六〕。離愁正似春湖水,一日相思一日添。

【校】

① 本詩録自詩淵尊師類,原本題下署曰:"元鐵仙詩,楊廉夫。"

【箋注】

〔一〕俞節推:名字籍貫生平皆不詳。據"青城先生弟子行,風流文采許誰兼"兩句,當爲虞集門生,文采出衆。

〔二〕青城先生:指虞集。虞集爲蜀人,官拜翰林直學士兼國子監祭酒。元史有傳。

〔三〕蕉葉：酒杯名。一種小型酒杯。參見宋阮閱撰詩話總龜後集卷三十九神
　　　仙門。

〔四〕阿昔鹽：蓋指昔昔鹽。樂府詩集卷七十九薛道衡昔昔鹽解題：“樂苑曰：
　　　昔昔鹽，羽調曲。唐亦爲舞曲。”

〔五〕“東泖”句：寓李白詩意，謂知己不在，無心飲酒。李白重憶一首：“欲向江
　　　東去，定將誰舉杯。稽山無賀老，却棹酒船回。”

〔六〕“西山”句：寓王勃詩意，寫寂寞之思。王勃滕王閣：“滕王高閣臨江渚，佩
　　　玉鳴鸞罷歌舞。畫棟朝飛南浦雲，朱簾暮捲西山雨。”

乘白蓮亭詩爲玉山人作①〔一〕

　　山人亭子大如笠，亭下蓮生玉井秋。玉女援蓮來蹴浪，仙人摘葉
去乘舟。狂歌對酒龍鳴劍，醉舞題詩月墮鈎。約家東游□一舸，卧吹
鐵笛過滄州。

【校】

① 本詩録自詩淵亭類，原本題下署曰：“元鐵仙詩，楊廉夫。”

【箋注】

〔一〕本詩當作於元至正八年（一三四八）前後，其時鐵崖寓居姑蘇，授學爲生。
　　　繫年依據：詩題曰“爲玉山人作”，即爲玉山人顧瑛題詩。顧瑛玉山草堂
　　　建於至正八年前後，其時鐵崖經常應邀至崑山，爲顧瑛題字賦詩撰文。乘
　　　白蓮亭：據詩中“山人亭子大如笠”一句，此亭或顧瑛構建。

湖州詩①〔一〕

　　主家樓舡雪之濆〔二〕，水晶波影動鱗文。溪頭流水過紅雨，門外好
山生白雲。低桑去地五尺長，小魚出水可兼斤。碧瀾堂上好女伴〔三〕，
不用女嬉勞使君〔四〕。

【校】

① 本詩録自詩淵古郡類,原本題下署曰:"元鐵仙詩,楊廉夫。"

【箋注】

〔一〕詩作於元至正五、六年間。繫年依據:詩名湖州,且詩中所述爲太平景象,當爲至正初年鐵崖寓居湖州,授學長興東湖書院期間。湖州:今屬浙江。據元史地理志,"唐改吳興郡,又改湖州。宋改安吉州。至元十三年升湖州路"。

〔二〕霅:溪名。位於湖州烏程。

〔三〕碧瀾堂:成化湖州府志卷十三公廨:"碧瀾堂,在(子城南二百步)霅溪館後,唐大中四年杜牧建。宋紹興十年蕭振重修。乾道初毀,知州事王時升復建。嘉定三年魏大中重修,堂後增創水閣,榜曰水晶勝境。久廢,洪武六年知府楚岳重建,改閣爲堂。"

〔四〕女嬉:按"女"字與上句重,當爲"水"字。水嬉,即水戲。杜牧游湖州,太守崔君張水戲,杜牧中意一垂髫女子。後十四年,牧官湖州刺史,女子已嫁人生子。見唐詩紀事卷五十六。

湖上①

湖上新晴好,春風皺綠波。柳深鶯未至,花重蝶還多。翠柚銀盤面,玉杯金縷歌[一]。舟中有狂客,翻酒濕紅靴。

【校】

① 本詩録自詩淵湖類,原本題下署曰:"元鐵仙詩,楊廉夫。"

【箋注】

〔一〕金縷歌:意爲唱金縷曲。金縷或作金縷衣,全唐詩卷二十八載佚名金縷衣:"勸君莫惜金縷衣,勸君惜取少年時。花開堪折直須折,莫待無花空折枝。"

題王困潮竹雞①〔一〕

桃竹枝枝小院西，階前錦石與人齊。錢塘江上潮午訊〔二〕，丹雞飛上上頭啼。

【校】

① 本詩録自詩淵石類，原本題下署曰："元鐵仙詩，楊廉夫。"

【箋注】

〔一〕詩題潮竹雞圖而作。王困：即王淵，字若水，錢塘人。元代著名畫師。參見鐵崖先生詩集辛集王若水緑衣使圖注。
〔二〕潮午：即午潮。錢塘江：位於今浙江杭州一帶。

梅花樹①

青龍江南静散地〔一〕，白茅結屋黄蓬扉。主翁種花數百年〔二〕，直接江上釣魚磯。讀書窗下吹香入，踏月沙頭看影微。幾度春風落花夜，一船香雪醉歌歸。

【校】

① 本詩録自詩淵梅類，原本題下署曰："元鐵仙詩，楊廉夫。"

【箋注】

〔一〕青龍江：位於今上海青浦一帶。參見鐵崖先生詩集丙集次韻任月山緑竹卷注。
〔二〕按：此梅花樹"主翁"，或即殷起岩。參見本卷題梅花村殷起岩卷四首。

題蜀阜寺江月樓①〔一〕

塗山南畔錢青東〔二〕，快閣倚江江月空〔三〕。銀盤吹墮白玉練，貝②

關浮動黃金宮。老僧開户翠微頂,客子吹簫赤壁中〔四〕。謫仙呼酒共爾飲,手捉玉兔騎銅龍。

【校】

① 本詩録自詩淵樓類,原本題下署曰:"元楊廉夫。"
② 貝:原本誤作"具",徑爲改正。

【箋注】

〔一〕詩或撰於元至正十五年(一三五五)之後。繫年依據:詩題所謂蜀阜寺之"江月樓",詩中所謂"快閣",當指同一閣樓圓通閣,而圓通閣建於至正十五年。蜀阜寺:又名集善教寺,位於山陰縣(今屬浙江紹興)。嘉靖山陰縣志卷十二雜志下寺觀:"集善教寺,在縣西北四十五里,地名蜀阜。宋太平興國元年,里人馬氏捨地,能法師建。元皇慶二年毀於火,泰定二年重建。至正十五年復建圓通閣。"

〔二〕塗山:相傳夏禹於此娶塗山氏及與諸侯會合,故名。位於今浙江紹興。錢青:即錢清江。又名浦陽江,在山陰東北。

〔三〕快閣:位於江西省泰和縣,因黃庭堅登快閣一詩而著名。此借指蜀阜寺圓通閣。元程文曾讚賞蜀阜寺景致曰:"余嘗登(圓通)閣而門望,塗山挹其東,航塢拱其西,前延鑒湖,後倚錦江,亦一方之勝也。"(嘉靖山陰縣志卷十二寺觀集善教寺附録程文撰集善寺記。)

〔四〕客子吹簫赤壁:源出蘇軾文。蘇軾文集卷一赤壁賦:"壬戌之秋,七月既望,蘇子與客泛舟,游於赤壁之下……客有吹洞簫者,倚歌而和之,其聲嗚嗚然,如怨如慕,如泣如訴。餘音嫋嫋,不絶如縷。舞幽壑之潛蛟,泣孤舟之嫠婦。"

松月軒爲吴彦昇賦①〔一〕

延陵宅前松十尋〔二〕,明月墮地流清陰。樓臺近落蟾兔窟,風雨夜作蛟龍吟。後彫自是高士操,中剛切比孤臣心。石牀坐卧興不淺,奏以百斛秋聲琴。

【校】

① 本詩録自詩淵軒類,原本題下署曰:"元鐵仙詩,楊廉夫。"

【箋注】

〔一〕元至正六、七年間,鐵崖游寓姑蘇時,曾爲吳彦昇撰松月軒記,本詩蓋一時
　　　之作。參見東維子文集卷十六松月軒記。

〔二〕延陵:指延陵季子,即春秋時吳國季札。季札封於延陵,故號曰延陵季
　　　子。參見史記吳太伯世家。此代指吳彦昇。

題伯升深秀樓①〔一〕

　　　小小飛樓翠霧間,宛然深秀是桐山〔二〕。主翁不識人間事,坐見桐
仙駕鶴還〔三〕。

【校】

① 本詩録自詩淵樓類,原本題下署曰:"元鐵仙詩,楊廉夫。"

【箋注】

〔一〕伯升:據詩中"宛然深秀是桐山"一句,蓋指富春馮士升。馮士升生平詳
　　　見東維子文集卷二十五馮進卿墓志銘。按:元至正初年鐵崖補官不成,
　　　寓居杭州,與馮士頤兄弟交好,曾應邀赴其家小住,本詩或作於此時。參
　　　見鐵崖先生詩集丙集醉歌行寄馮正卿。

〔二〕桐山:乾隆桐廬縣志卷二方輿二山川:"桐山,在縣東南三十里。山石巉
　　　岩,花木叢茂,傍出泉甘美。"

〔三〕桐仙:即桐君,傳説中上古仙人。見晉王嘉拾遺記魏。參見東維子文集
　　　卷二十六姚處士墓志銘注。

題遠碧樓①〔一〕

　　　東陽太守②厭儌直〔二〕,歸筑家山遠碧樓。桑梓春風六孝里〔三〕,金

銀夜氣三神丘。水樂洞前天女下[四]，石羊山下赤松游[五]。二雛能了公家事，老子稱觴百不憂。

【校】

① 本詩録自詩淵樓類，原本題下署曰："元楊廉夫。"
② 守：疑爲"史"或"常"字之訛。參見注釋。

【箋注】

〔一〕詩當作於元至正二、三年間，即胡助南歸，途經錢塘之時，其時鐵崖攜妻兒寓居錢塘，等候補官。繫年依據：原本於此詩後録有元人王沂詩題古愚遠碧樓，又，胡助純白齋類稿卷四有五言古詩遠碧樓，可見遠碧樓主人爲胡助。而胡助於至正二、三年間南歸途經錢塘時，與鐵崖有交往。參見麗則遺音胡助跋文。

〔二〕東陽太守：蓋指遠碧樓主人胡助。然此有誤。按：胡助雖爲遠碧樓主人，且是東陽人士，卻未曾官任太守。又據鄭元祐胡古愚南歸詩（載僑吳集卷一），云："胡君有佳兒，純愨而静者。自君留詞披，思君不暫舍……兒搆遠碧樓，樓成君歸也。"知遠碧樓乃胡助之子搆建。胡助有二子，長璋，次瑜，亦非太守。疑"守"字爲誤寫。胡助曾任翰林國史院編修官，至正初年南歸前，授承事郎、太常博士，故當作"太史"或"太常"。胡助生平詳見純白齋類稿卷十八純白先生自傳。儤直：官員值班或值日。

〔三〕六孝里：指六個孝子之故里，實指東陽縣。三國吳以後，宋以前，東陽縣先後有六孝子，頗著名。南宋端平年間，東陽縣令建興孝廟，"合兹邑之孝子而祠之"。詳見宋袁甫蒙齋集卷十三東陽縣興孝廟記。

〔四〕水樂洞：在東陽縣峴山下。參見雍正浙江通志卷四十七古迹九金華府水樂亭。

〔五〕石羊山：同治麗水縣志卷三山水："石羊山在縣南十五里，有蘭若溪。溪有一穴，深數丈。穴口有大樹，仰視杳然，博物志云千載木也。"赤松：即赤松子。事迹詳見列仙傳卷上。

宴麟①洲春暉堂[一]

我客麟洲留十日，主翁宴客輕千金。尊前玉色三花樹[二]，堂上春暉寸草心。華奴鼓打紅芍藥〔三〕，索郎酒進密林禽〔四〕。伶官作劇亦解事，陶母家風一古今〔五〕。

【校】

① 本詩録自詩淵書事類，原本題下署曰："元鐵仙詩，楊廉夫。"麟：原本作"舞"，據本詩首句改。

【箋注】

〔一〕明洪武二年(一三六九)三、四月間，鐵崖應虞伯源之邀，自松江前往常熟，并盤桓多日。虞伯源於春暉堂設宴款待鐵崖，本詩或即作於此時。繋年依據：參見楊鐵崖先生文集全録卷一春暉堂記、鐵崖文集卷三殷氏譜引。麟洲：鳳洲(位於常熟)別稱。春暉堂：主人爲常熟虞伯源。

〔二〕三花樹：即貝多樹。

〔三〕紅芍藥：樂曲名。據中原音韻記載，中吕三十二章、南吕二十一章中都有紅芍藥。

〔四〕索郎：酒名。參見陳善學序刊楊鐵崖先生文集卷二些月氏王頭歌。密林禽：當指"蜜林檎"之果實。吳郡志卷三十土物下："蜜林檎實，味極甘，如蜜。雖未大熟，亦無酸味，本品中第一。行都尤貴之。他林檎雖硬大且酣紅，亦有酸味，鄉人謂之平林檎，或曰花紅林檎，皆在蜜林檎之下。"

〔五〕"伶官作劇"二句：謂虞伯源請戲班演戲爲母親祝壽，而所演陶母故事暗合虞氏家風。陶母，晉陶侃之母，借指虞伯源母。陶侃母教子有方，持家周到，曾截髮待客，傳爲美談。又，楊鐵崖先生文集全録卷一春暉堂記："今年春，余赴伯源之招，過鳳洲，登堂持酒，爲母夫人壽。"

梁德基飲於吳山第一樓①〔一〕

錦繡東來第一州，第一更上吳山樓。百年城郭干戈後〔二〕，三月清明風雨收。漕泊天津通上國〔三〕，捷書清晝下高郵〔四〕。人生飲酒意氣合，況有小蘇來賣謳〔五〕。

【校】

① 本詩録自詩淵樓類，原本題下署曰："元鐵仙詩，楊廉夫。"

【箋注】

〔一〕詩或作於元至正十五年（一三五五）三月，當時鐵崖在杭州任税務官。繫年依據：詩中“捷書清畫下高郵”一句，當指至正十四年冬，脱脱率元軍在高郵擊敗張士誠。本詩又曰“三月清明風雨收”，當爲至正十四年次年之暮春。按：其實元軍戰勝張士誠之後不久，詔削脱脱官爵，元軍實未能佔領高郵，鐵崖所述，蓋屬誤傳。梁德基：生平不詳，疑指魏德基。魏德基爲錢塘人。工詩。曾任“税局副使”，蓋與鐵崖爲同僚。參見元人王禮撰魏德基詩稿序（載麟原後集卷一）、德基堂記（載麟原後集卷六）。按：戰國時魏國遷都大梁，故魏王又稱梁王。相傳河南開封梁氏，即始於魏人。楊維禎稱魏德基爲梁德基，蓋源於此。吴山：在浙江杭州。

〔二〕干戈：當指元至正十二年秋，徐壽輝紅巾軍一度攻陷杭州。

〔三〕天津：橋名。此借指天津橋所在地洛陽，隋、唐大運河曾以洛陽爲中心。

〔四〕高郵：今屬江蘇省。

〔五〕小蘇：即蘇小小，南齊時錢塘名妓。參見鐵崖先生古樂府卷十西湖竹枝歌之一注。

竹枝歌①〔一〕

　　□□□□金關，不肯將身嫁大官。只嫁漁家年少子，賣魚買酒日相歡。

【校】

① 本詩録自詩淵歌類，原本題下署曰：“元鐵仙詩，楊廉夫。”按：原本録有竹枝歌兩首，本詩爲第一首。然第二首詩作者實爲釋道元，故此不録，移入僞作編。

【箋注】

〔一〕本詩當作於元至正初年，鐵崖與友人唱和西湖竹枝詞期間，不遲於至正八年西湖竹枝詞結集。

題春江雲舍詩卷^{①〔一〕}

我愛富春江上住,春江雲舍最相宜。鸛山 鹿山青上下^{〔二〕},桃花杏花紅參差。吳下 蔣堂新作記^{〔三〕},江南 張簡好題詩^{〔四〕}。慈親白首猶康健,爛醉花前倒接䍦^{〔五〕}。

【校】

① 本詩録自詩淵卷類,原本題下署曰:“元鐵仙詩,楊廉夫。”

【箋注】

〔一〕春江雲舍:位於富春江畔,曹孝子建。按:曹孝子名字生平不詳。據本詩,曹孝子與鐵崖及其友人蔣堂、張簡皆有交往。又,鐵崖友人華幼武有詩題曹氏春江雲舍圖:“富春江上曹孝子,結屋深居白雲裏。”(載棲碧先生黄楊集卷上。)又,高啟、徐賁皆有題曹氏春江雲舍詩。

〔二〕鸛山、鹿山:皆在富陽縣。萬曆 杭州府志卷二十三山川四:“觀山在(富陽)縣治東百餘步,又名鸛山。一峰高聳,横截大江。富春志云:孫氏嘗於山頂建道觀,因得名。又號石頭山。有亭曰勝覽。”同卷:“鹿山在縣西南五里,其形如鹿,因名。世傳嘗有群龍居此,興水旱以爲民患。因靈悟大師講經,其孽乃息。”

〔三〕蔣堂:元詩選癸集蔣教授堂:“堂字子中,吳人。嘗從學於永嘉 林寬。中泰定三年江浙(原本作“浙江”,徑改。)行省鄉試第三,廣東廉訪司辟爲書吏,不就,隱居教授。至正間,用大府薦爲嘉定州儒學教授,滿秩以疾終。有詩文藏於家。”按:蔣堂爲平江人,早年學書經。類編歷舉三場文選丙集卷五載其泰定三年江浙鄉試所撰書義。又據嘉慶直隸太倉州志卷十一名宦教諭傳,謂蔣堂中泰定三年鄉試後,“隱居教授,受業者不遠千里而至。至正二十一年用薦爲嘉定州教授”。據此,蔣堂與鐵崖爲同年鄉貢進士,然會試受挫(或未赴考),故仍蟄居家鄉。張士誠佔據吳地之後數年,出任嘉定州教授。又,或謂蔣堂於元末戰亂時失蹤,并非“以疾終”。元季伏莽志卷六有蔣堂小傳,述其晚年遭遇與元詩選有所不同,曰:“(堂)爲嘉定州儒學,城破,不知所終。”又,至正二十二年壬寅七月一日,鐵崖曾撰書二詩,題曰“元虛上人示余以馬遠揭本一紙,云是隋堤老柳,乞予賦詩其上。予感大業荒游事,爲賦二絶。持歸所上,見予蔣同年、袁才子,必有和

予以成什者”（載清初印溪草堂鈔本東維子詩集卷十二）。其中“蔣同
年”，疑指蔣堂。若此推測不誤，元至正二十二年蔣堂尚存於世，那麼上引
元季伏莽志卷六蔣堂小傳所謂“城破”，當指至正二十七年四月初，上海人
錢鶴皋聚衆起事之後，朱元璋軍鎮壓，禍及嘉定。

〔四〕張簡：字仲簡，吳人。參見鐵崖先生古樂府卷二周郎玉笙謠注。

〔五〕倒接䍦：指效仿山簡顛倒戴帽。參見鐵崖先生古樂府卷十漫興注。

題梅花村殷起岩卷四首[①]〔一〕

其一

清龍江頭月色白〔二〕，含珠港口梅花香。主人夜坐吹鐵笛，窗外落
花飛滿床。

其二

我坐扁舟吹鐵笛，青龍江口轉三沙〔三〕。梅花樹邊屋如笠，仿佛羅
浮處士家〔四〕。

其三

郊屋春來常早起，杖梨小步立平沙。東風一夜雨聲惡，白雪滿江
都是花。

其四

繞屋花開八九株，夜分翠羽交相呼。更栽綠竹四五行，寫作天寒
翠袖圖〔五〕。

【校】

① 本組詩皆録自詩淵卷類。然此四詩原本分別著録，前三首爲一組，第四首單
　列，題名皆爲梅花村殷起岩卷，題下小注亦皆作：“元鐵仙詩，楊廉夫。”故今
　合爲一組，且徑改題名。

【箋注】

〔一〕詩皆當爲殷起岩藏畫題詩而作。殷起岩：“岩”或作“巖”。據詩中“清龍
　　江頭月色白”、“青龍江口轉三沙”諸句，殷起岩當爲松江青龍鎮（今屬上
　　海青浦）人。又，趙奕（趙孟頫仲子）與殷起岩亦有交往，至正五年四月一

日,曾爲殷起岩書梅花詩。詳見石渠寶笈卷三十六元王冕畫梅趙奕書梅花詩一卷。

〔二〕清龍江:當指青龍江。本組詩第二首"清"即作"青"。青龍江位於大盈浦之南。

〔三〕"我坐扁舟吹鐵笛"二句:意爲從青龍江乘舟可至崇明三沙。崇禎松江府志卷五水:"青龍江西吞大盈,東接顧會,而洩於滬瀆以入海。"三沙:位於崇明島(今屬上海)。參見清鈔鐵崖楊先生詩集卷上送吳孝廉游三沙注。

〔四〕羅浮:山名,位於廣東增城、博羅二縣之界。按:羅浮山以梅花著稱,蘇東坡"羅浮山下梅花村,玉雪爲骨冰爲魂"之詩句膾炙人口。

〔五〕"更栽綠竹四五行"二句:化用杜甫佳人"天寒翠袖薄,日暮倚修竹"句。

題雪林圖①〔一〕

飢烏啄林獨崔樓,盡在老翁茅屋西。當年懸崖初見路,將春清水故無泥。行當落日知人白,時有北風吹草低。艇子中間煩著我,時時來往若耶溪〔二〕。

【校】

① 本詩録自明人徐達左編金蘭集卷二,原本詩題下署"會稽楊維楨廉夫"。

【箋注】

〔一〕本詩爲題畫而作,據詩末"艇子中間煩著我,時時來往若耶溪"二句,當時鐵崖以此寄託歸故土之思。

〔二〕若耶溪:在紹興城南,與鏡湖合。參見鐵崖先生古樂府卷十吳下竹枝歌之一注。

題馬文璧雪景圖①〔一〕

東山西山失翠微,銀海玉海涵清輝。老僧覓句扶桑曉〔二〕,化作春雲滿谷飛。

【校】

① 本詩録自明袁中道撰珂雪齋外集卷三游居柿録。原詩題於馬文璧雪景圖
　上,無詩題,今題爲校注者逕擬。

【箋注】

〔一〕詩或題於元至正九年(一三四九)冬,其時鐵崖寓居松江,授學爲生。繫年
　依據: 珂雪齋外集卷三游居柿録:"函伯持畫數軸來看,其一乃馬文璧雪
　景,千崖積素,令人冷然。上有楊鐵崖題云……字尤秀潔。後題云: 至正
　戊子春二月二十日,擬王右丞家法寫此,作竹雪齋清供。秦溪馬琬文璧
　識。"據此題識,馬琬此畫爲竹雪齋主人而作。竹雪齋主人,即松江積慶寺
　住持臻上人,臻上人曾於松江顧野王讀書堆之南創建竹雪齋。至正九年
　冬,馬琬受臻上人委託,請鐵崖爲竹雪齋撰寫記文,本題畫詩蓋亦同時撰
　書。參見東維子文集卷二十竹雪齋記。馬文璧: 名琬,鐵崖友生,其生平
　參見東維子文集卷十七光霽堂記注。
〔二〕老僧: 當指竹雪齋主人臻上人。參見東維子文集卷二十竹雪齋記注。

蟹^{①〔一〕}

颯颯西風秋漸老,郭索肥時香晚稻^{〔二〕}。兩螯盛貯白瑜^②瑶,半殼
微含紅瑪瑙。憶昔當年蘇子瞻,較臍咄咄論團尖^{〔三〕}。我今大嚼不知
數,況有醇醪如蜜甜。

【校】

① 本詩録自萬曆刊堯山堂外紀卷七十七元,清孫之騄撰晴川蟹録卷四亦載此
　詩,據以校勘。原本無題,今題據晴川蟹録補。參見注釋。
② 瑜: 晴川蟹録作"璃"。

【箋注】

〔一〕堯山堂外紀卷七十七元:"楊鐵崖將訪倪雲林,值晚,泊舟滕氏門。滕乃宋
　學士元發後,富而禮賢。知爲鐵崖,延至家。鐵崖曰:'有紫蟹醇醪則可!'

主人曰：‘有。’鐵崖入門，主人設盛饌，出二妓侑觴，且命妓索詩。鐵崖援筆立成，曰……”

〔二〕郭索：擬音詞。此借指螃蟹。

〔三〕“憶昔”二句：謂當年蘇東坡評論螃蟹一事。按：東坡比較蝤蛑、螃蟹、彭越之形貌，有“一蟹不如一蟹”之説。詳見蘇軾撰艾子雜説三物。又蘇軾丁公默送蝤蛑：“堪笑吳興饞太守，一詩換得兩尖團。”

合溪季子廟^① 俗呼爲五酉廟〔一〕

長溪如罨畫〔二〕，春浪如女潮〔三〕。前瞻何^②王廟，巍甍鬱岧嶤。季王尊有在，五酉沉已遥。壽夢越三長，立札志甚昭。豈知事不偶，滋蔓生光僚。所以棄官^③去，先幾不崇朝。三讓同至德，王號豈所徼〔四〕。我歌附聖筆〔五〕，墓表干青^④霄。

【校】

① 本詩録自崇禎六年刊吳興藝文補卷五十四，原本於詩題下署名“楊維禎”。校以嘉慶長興縣志卷十、同治長興縣志卷十二壇廟吳季子廟附録此詩。嘉慶長興縣志、同治長興縣志題作五酉廟。

② 何：同治長興縣志作“吳”。

③ 官：嘉慶長興縣志、同治長興縣志作“室”。

④ 青：同治長興縣志作“雲”。

【箋注】

〔一〕本詩當作於元至正五、六年間，鐵崖執教長興蔣氏東湖書院時期。崇禎吳興備志卷二十四金石徵：“吳季子廟在長興合谿。紹興間重修，祝鎰記。”又，嘉慶長興縣志卷十壇廟：“吳季子廟……今俗呼爲五酉季王廟。‘五酉’者，‘吳有’之訛音也。在縣西二十里合溪鎮，俗呼季王廟。”季子：即春秋時吳國季札，或稱延陵季子。其生平及本詩有關史事參見麗則遺音卷一懷延陵注。

〔二〕罨畫：溪名。在湖州。

〔三〕女潮：當指送女潮，又名吳王送女潮。玉芝堂談薈卷二十三送女潮：“西吴記：長興吴山下有溪，名吴山灣。昔吴王送女至此，有潮高三尺，倒流七十里。名吴王送女潮。”

〔四〕“三讓同至德”二句：指季札之父壽夢、長兄諸樊、三哥餘昧先後授季札以王位，季札堅辭不受，與吴國始祖泰伯同樣懷有至德。按：“至德”乃孔子稱讚泰伯之語。論語泰伯：“子曰：‘泰伯，其可謂至德也已矣。三以天下讓，民無得而稱焉。’”

〔五〕聖筆：孔子所書季札碑文。

謝文靖墓①〔一〕

峩峩晉征西〔二〕，實爲蒼生起〔三〕。居中未秉軸，一麾出東紀〔四〕。相從釣褐兒〔五〕，異時折屐齒〔六〕。豈徒事漁樂，太守廢邦治。謝塘千載功〔七〕，吾民藉生理。遺德在龜石，日久終或②毁。不如謝公鄉，名字長在耳。更訪三鵶岡，桐鄉還在此〔八〕。

【校】

① 本詩録自吴興藝文補卷五十四，原本於詩題下署名“楊維禎”。校以嘉慶長興縣志卷十一、同治長興縣志卷十三陵墓所録此詩。

② 或：原本作“不”，據嘉慶長興縣志、同治長興縣志改。

【箋注】

〔一〕本詩當作於元至正五、六年間，鐵崖執教長興蔣氏東湖書院時期。文靖：謝安諡號。崇禎吴興備志卷二十四金石徵：“謝安墓在長興三鵶村。大觀三年，縣尉周邦續題其墓柱曰：‘晉太傅文靖謝公之墓。’”又，同治湖州府志卷二十四興地略陵墓長興縣：“（謝）安初葬建康之梅山，後被發。其裔孫夷吾爲長城令，遷葬於此。”

〔二〕晉征西：征西大將軍桓温，此指東晉宰相謝安。謝安曾受邀於桓温，入其軍任司馬。

〔三〕爲蒼生起：參見清鈔鐵崖楊先生詩集卷上贈王左丞二首注。

〔四〕“居中未秉軸”二句：蓋指謝安主動擺脱桓温，後任吴興太守。

〔五〕相從釣褐兒：指謝安曾效仿姜太公，隱居不仕。釣褐兒：意爲“被褐懷玉而釣於渭濱者”。參見曹操求賢令(載三國志魏書武帝紀)。

〔六〕折屐齒：晉書謝安傳：“(謝)玄等既破(苻)堅，有驛書至。安方對客圍棋，看書既竟，便攝放牀上，了無喜色，棋如故。客問之，徐答云：‘小兒輩遂已破賊。’既罷，還内，過户限，心喜甚，不覺屐齒之折。”

〔七〕謝塘：即謝公塘。謝安任吴興太守期間，治水開塘。民獲其利，稱謝公塘。

〔八〕桐鄉還在此：意爲謝安猶如西漢桐鄉吏朱邑，獲得謝公鄉百姓長久懷念。參見楊鐵崖先生文集全録卷二都水庸田使左侯遺愛碑注。

吴王城①〔一〕

都②城不百雉〔二〕，私城那耦③國。湖山未爲險，形勝頗庳側。徒云壓王氣〔三〕，在德寧在力。乘虚竊大位，百世愧至德〔四〕。棠溪一播遷〔五〕，采邑遂不食。鳥山出天子〔六〕，規模亦云窄。吴傾夷舊城，陳亡蕩空④宅。卻賴長城湖⑤，千秋衍遺澤。

【校】

① 本詩録自吴興藝文補卷五十四，原本於詩題下署名“楊維禎”。以同治長興縣志卷十戌山附録此詩爲校本。同治長興縣志題作夫概山。

② 都：原本脱，據同治長興縣志補。

③ “私城那耦”四字，原本脱，據同治長興縣志補。

④ 蕩空：同治長興縣志作“空蕩”。

⑤ 湖：同治長興縣志作“河”。

【箋注】

〔一〕詩當作於元至正五、六年間，鐵崖執教長興蔣氏東湖書院時期。吴王城：又稱吴王夫概城。同治長興縣志卷十山：“戌山，在縣西三里，(張志作“西北三里，高十二丈，周三里”。)昔吴夫概於此筑戌城，後人名焉。又，梁太守張嵊與州人御史中丞沈俊於此屯戌，以禦侯景之難。(輿地紀勝)一名夫概山。(顧志)明初，耿炳文於此點軍，故俗呼爲點軍山。”

〔二〕都城不百雉：左傳隱公元年：“都城過百雉，國之害也。”

〔三〕壓王氣：古時帝王或築臺，或埋金，或構城，曰“壓王氣”。“壓”或作“厭”。

參見宋王禹偁撰厭氣臺銘。

〔四〕“乘虛竊大位”二句：譏嘲夫概篡權，有愧於擁有至德盛名之吳國始祖泰
伯。按：吳王闔閭率軍征楚，秦出兵救援，吳軍敗，闔閭弟夫概乘機自立
爲王。闔閭聞訊回軍，夫概遂奔楚。至德，孔子稱讚泰伯之語。參見本卷
合溪季子廟注。

〔五〕棠溪：指吳王夫概。夫概奔楚後，爲棠溪氏。“棠”或作“堂”。

〔六〕鳥山出天子：指陳高祖陳霸先。鳥山，即雉山。參見鐵崖先生古樂府卷
四陳朝檜注。

白鶴山^{①〔一〕}

小姬能執青絲鞚，小弁山前行落暉^{〔二〕}。項氏臺空無戲馬^{〔三〕}，羊公
石在執沾衣^{〔四〕}。丹砂古井黃蛇走，赤葉空林白鶴飛。一笑難逢三粲
在^{〔五〕}，千金不惜主人揮。

【校】

① 本詩録自吳興藝文補卷五十四，原本詩題下署名“楊維禎”。校以同治長興
縣志卷十五寺觀辯利教庵（原名白鶴寺）附録此詩，後者無詩題。

【箋注】

〔一〕詩當作於元至正五、六年間，鐵崖執教長興蔣氏東湖書院時期。吳興藝文
補卷五十四於此詩題下作小字注：“相傳仙人姚紾化白鶴游此。”嘉慶長興
縣志卷八山：“白鶴山，在縣東南三十一里，高三百尺。山墟名云：昔有姚
紾得仙於此，化白鶴而飛，因以名之。”

〔二〕小弁山：弁山位於長興縣東南四十里，參見嘉慶長興縣志卷八山。小弁
山蓋距離白鶴山不遠，亦當在長興東南。

〔三〕項氏臺：蓋指鎗旗嶺。嘉慶長興縣志卷八山：“鎗旗嶺在縣東南三十二
里，弁山西北。石山多竅，如鎗旗所植。俗傳楚霸王屯戍於此。山趾有項
羽祠，上倚走馬埒，下臨飲馬池。”又，元和郡縣志卷十徐州：“戲馬臺在
（彭城）縣東南二里，項羽所造，戲馬于此。”

〔四〕羊公石：指晉人羊祜峴山之石。羊祜每游峴山，多發感慨。參見鐵崖先

生詩集甲集一峰道人入吳注。

〔五〕三粲：指多位美女。國語卷一周語上：“恭王游於涇上，密康公從。有三
女奔之，其母曰：‘必致之於王。夫獸三爲群，人三爲衆，女三爲粲……夫
粲，美之物也。衆以美物歸女，而何德以堪之？’”

送德清主簿吳浩然^①〔一〕

　　霜風獵獵動吟袍，從事方辭汗馬勞。羞用薦書憑狗監〔二〕，聊從簿
領試牛刀。戶鄉聚邑塵嚚少，醉眼溪山意氣豪。往見候仙亭^②下
路〔三〕，官曹喜復近仙曹。

【校】

① 本詩録自吳興藝文補卷五十四，原本詩題下署名“楊維禎”。校以康熙德清
　縣志卷九藝文志所録此詩。
② 亭：原本作“臺”，據康熙德清縣志改。

【箋注】

〔一〕本詩當撰於元至正年間，吳浩然就任德清主簿之際。繫年依據：按康熙
　　德清縣志卷五職官表：“吳浩然，至正間任（主簿）。有楊廉夫贈詩，載藝
　　文志。”又據詩中“羞用薦書憑狗監，聊從簿領試牛刀”、“往見候仙亭下
　　路，官曹喜復近仙曹”等句，知本詩即送吳浩然就任德清主簿而作。德清
　　縣：隸屬於湖州路。今屬浙江湖州。參見元史地理志。吳浩然：生平不
　　詳。據詩中“從事方辭汗馬勞”一句，其任德清主簿之前，或爲某州縣
　　從事。
〔二〕薦書憑狗監：西漢司馬相如作子虛賦，漢武帝大爲讚賞而不知作者何人。
　　舉薦者實爲司馬相如鄉人、時任職狗監之楊得意。
〔三〕候仙亭：康熙德清縣志卷十雜志古迹：“候仙亭，在龜溪上。真人王壽
　　衍作。”

皋塘寺^①〔一〕

　　陳氏尚書留別業，紺宮不受劫灰塵〔二〕。客騎款段尋東社〔三〕，僧卸

袈裟拜北辰〔四〕。水自洞庭來護月〔五〕,山從鼓吹紀生申〔六〕。何時來卜西枝地〔七〕,同向箕山作外臣〔八〕。

【校】

① 本詩録自吳興藝文補卷五十四,原本詩題下署名"楊維禎"。

【箋注】

〔一〕詩當作於元至正五、六年間,鐵崖執教長興蔣氏東湖書院時期。皋塘寺:即梵業院。同治湖州府志卷二十八輿地略寺觀下:"梵業院在(長興)縣東北二十八里皋塘。錢氏建,號護明。宋治平二年改今額。"又,嘉慶長興縣志卷十三寺觀:"縣志云(梵業院)即皋塘寺。"又,同治長興縣志卷十五寺觀梵業院附録鐵崖此詩,又有沈貞同楊廉夫題梵業院詩一首。

〔二〕"陳氏尚書"二句:謂皋塘寺改建自陳氏尚書住宅。按:所謂"陳氏",指南朝陳。皋塘寺實爲吳越王錢氏在陳朝尚書故居基礎上改建。

〔三〕款段:指慢步緩行之馬,用東漢馬少游故事。馬少游爲馬援從弟,曾自稱平生無大志,曰:"但取衣食裁足,乘下澤車,御款段馬,爲郡掾吏,守墳墓,鄉里稱善人,斯可矣。"參見後漢書馬援傳。東社:東林社之略稱。東林社乃慧遠與陶淵明等人所結。參見鐵崖先生古樂府卷四東林社。

〔四〕北辰:北極星。喻指帝王。論語注疏卷二爲政:"子曰:爲政以德,譬如北辰,居其所而衆星共之。"

〔五〕洞庭:此指太湖。

〔六〕生申:語出毛詩正義大雅崧高:"崧高維嶽,駿極于天。維嶽降神,生甫及申。"申,申伯。

〔七〕卜西枝地:意爲效仿杜甫,卜地筑草堂隱居。參見本卷題玉山草堂注。

〔八〕箕山:乃上古高士巢父、許由隱居之地。參見鐵崖先生古樂府卷一箕山操注。

秋①日吳興宴集〔一〕

木落秋高玉露溥,江亭展席水雲寬。座中豪客吹楊柳〔二〕,江上美人歌木蘭〔三〕。月色樓臺金蓋湧,晚風城郭水晶寒。明年有約都門道,紅杏碧桃相對看。

【校】

① 本詩録自吳興藝文補卷五十四,原本詩題下署名"楊維禎"。據成化湖州府志卷二十二詩文所録此詩對校。秋:原本誤作"春",據成化湖州府志改。

【箋注】

〔一〕本詩或撰於元至正五、六年間,其時鐵崖在湖州長興蔣氏東湖書院授學。
〔二〕楊柳:蓋即折楊柳,笛曲。參見鐵崖先生古樂府卷二篳篥吟注。
〔三〕木蘭:蓋即木蘭花慢。燕南芝庵先生唱論:"凡唱曲有地所:東平唱木蘭花慢,大名唱摸魚子,南京唱生查子,彰德唱木斛沙,陝西唱陽關三疊、黑漆弩。"(南村輟耕録卷二十七引録。)

苕溪草堂①〔一〕

聞説苕溪范草堂〔二〕,草堂大似浣花莊〔三〕。碧山學士銀魚帶②〔四〕,錦里先生烏角裝〔五〕。清江鸂鶒雙雙下,春水鱸魚尺尺長。自笑揚雄迷出處〔六〕,一區終擬住林塘③。

【校】

① 本詩録自吳興藝文補卷五十四,原本詩題下署名"楊維禎"。校以乾隆烏程縣志卷三古迹所録此詩。
② 帶:原本作"葉",據乾隆烏程縣志本改。
③ 乾隆烏程縣志本詩末有小字注"東維子集",然今本東維子文集、清初印溪草堂鈔本東維子集中皆未見此詩。

【箋注】

〔一〕本詩當作於元至正五、六年間,鐵崖執教長興蔣氏東湖書院時期。
〔二〕苕溪范草堂:即范氏苕溪草堂。乾隆烏程縣志卷三古迹:"苕溪草堂在城南,唐時創。元范叔豹重建。"按:范氏爲元代湖州世家大姓,鐵崖授學長興時,與之多有交往。參見東維子文集卷八送韓奕游吳興序注。

〔三〕浣花莊：指浣花溪杜甫草堂。

〔四〕碧山學士：指張褒。參見鐵崖楊先生詩集卷上賦書巢生注。

〔五〕錦里先生：指杜甫鄰居。杜甫南鄰詩曰"錦里先生烏角巾"。

〔六〕揚雄：西漢人士。漢書有傳。此爲鐵崖自擬。

登道場山①〔一〕

　　道山何山清絶塵〔二〕，盍簪今日總儒紳〔三〕。山丁挽輿健如犢，海鶴當門長似人。三生夢斷石無恙〔四〕，五彩光②生塔有神〔五〕。瑤席池頭伏狼虎〔六〕，老僧原是訥前身〔七〕。

【校】

① 本詩録自吳興藝文補卷五十四，原本詩題下署名"楊維禎"。校以乾隆烏程縣志卷二山川所録此詩。按：乾隆烏程縣志於詩末有小字注"東維子集"，然今本東維子文集、清初印溪草堂鈔本東維子集中皆未見此詩。

② 光：原本作"先"，據乾隆烏程縣志改。

【箋注】

〔一〕詩當作於元至正五、六年間，鐵崖執教長興蔣氏東湖書院時期。道場山：弘治湖州府志卷六山川："道場山在（烏程）縣南十二里。昔訥和尚辭師出游，師曰：'逢道即止。'訥經此山，遂留建寺。"按：訥和尚即如訥，唐中和年間禪僧。

〔二〕道山：即道場山。何山：又名金蓋山、何口山，"在（烏程）縣南一十四里"，與道場山相接。"道場之勝在山巔，何山之勝在山下"。詳見弘治湖州府志卷六山川。

〔三〕盍簪：指朋友聚會。易豫："九四，由豫，大有得。勿疑，朋盍簪。注：夫不信於物，物亦疑焉。故勿疑則朋合疾也。盍，合也。簪，疾也。"

〔四〕三生夢斷石無恙：用三生石典故。西湖游覽志卷十一北山勝迹："三生石在（下天竺）寺後。唐時有李源者，京洛人。父憕死安禄山之難，源悲憤，不仕不娶，居惠林寺者三十年。與僧圓澤友善，相約游蜀中峨眉山……見婦人錦襠負甕而汲，圓澤曰：'此吾託身之所也。……公當以符咒助我速

生。三日浴兒時,公臨視我,以笑爲信。後十三年中秋月夜,當與公相見
於杭州天竺寺。'"

〔五〕"五彩"句:弘治湖州府志卷六山川:"(道場山)山頂有塔。下有伏虎巖、
笑月亭、愛山亭、瑤席池。其山峰巒秀鬱,水石森爽,殊爲吳興佳絶。"

〔六〕伏狼虎:指訥和尚伏虎傳説。弘治湖州府志卷十二寺觀:"道場護聖萬壽
禪寺,在(烏程)縣南三碑鄉道場山。唐中和間,如訥禪師出巡。禮師曰:
'好去,逢道即止。'訥來,經此山,詢其名。父老曰:'道場。'此山多虎,訥
策筇直上,坐磐石,虎伏其側,三宿無傷。結庵居之,名其處曰伏虎巖……
元豐三年,知州事陳侗奏請賜額爲護聖萬壽禪寺。中有笑月、伏虎、步雲、
躡翠、仰高、宜晚、望湖、少憩八亭。"

〔七〕老僧:疑指元至正五、六年間道場山護聖萬壽禪寺僧人玉堂禪師。參見
十八卷本玉山草堂雅集卷二二月廿二日游何道兩山玉堂禪師出東坡石刻
詩且乞和韻刻于宜晚亭上注。

長興定惠院①〔一〕

堯市山東箬水西〔二〕,吳人吊古浣紗②溪〔三〕。當門柳暗連官渡,壓
架花開漂女溪③〔四〕。下馬緑楊行略彴④〔五〕,題詩青竹坐招提。老僧不
説無⑤脣事〔六〕,伍子城荒海樹低⑥。

【校】

① 本詩録自吳興藝文補卷五十四,原本詩題下署名"楊維禎"。校以嘉慶長興
縣志卷十三寺觀附録此詩。嘉慶長興縣志題作定惠教寺。

② 紗:原本作"沙",據嘉慶長興縣志改。

③ 溪:原本作"蹊",據嘉慶長興縣志改。

④ 彴:原本作"約",據嘉慶長興縣志改。

⑤ 無:原本脱,據嘉慶長興縣志補。

⑥ 低:嘉慶長興縣志作"底"。

【箋注】

〔一〕本詩當作於元至正五、六年間,其時鐵崖執教長興蔣氏東湖書院,常游覽

當地名勝。參見鐵崖先生古樂府卷十漫興七首之二。定惠院：又稱定惠
教寺。嘉慶長興縣志卷十三寺觀："定惠教寺在縣北二十五里無胥邨，唐
貞觀二年建。吳越錢氏改號報國寺。宋治平二年改今額，寶祐三年僧印
寶請敕定惠院。明初，并廣惠寺。"

〔二〕堯市山：位於長興西北，今水口鄉一帶。參見鐵崖先生古樂府卷四堯市山
注。箬水：即箬溪。參見鐵崖先生古樂府卷十吳下竹枝歌之一注。

〔三〕浣紗溪：或作浣女溪。嘉慶長興縣志卷十三寺觀定惠教寺："沈貞詩：'浣
女溪頭遺古寺，草深三尺露沾鞋……伍胥亡楚曾過此，試讀殘碑字
已訛。'"

〔四〕漂女溪：當即指浣女溪。

〔五〕略彴：指小木橋。

〔六〕無胥：村名。相傳伍子胥逃難至此，故得名。參見鐵崖先生古樂府卷十漫
興七首注。

題管夫人朱筆畫懸崖竹①〔一〕

網得珊瑚枝，擲向篔簹谷〔二〕。明年錦褓兒〔三〕，春風生面目。

朱竹古無所本，仲溫在試院卷尾以朱筆掃之〔四〕，故張伯雨有"偶
見一枝紅石竹"之句〔五〕。桃花夢叟楊維楨題②〔六〕。

【校】

① 本詩録自吳興藝文補卷五十四，原本詩題下署名"楊維禎"。校以明人郁逢
慶編書畫題跋記卷九所録此詩。書畫題跋記題作管夫人懸崖朱竹。

② 詩末跋文"朱竹古無所本"以下凡四十字，原本無，據書畫題跋記本增補。

【箋注】

〔一〕管夫人：指趙孟頫夫人管道昇。圖繪寶鑒卷五元："管夫人道昇，字仲姬，
趙文敏室，贈魏國夫人。能書善畫。"

〔二〕篔簹谷：宋代文人畫師文同游息地。竹林茂盛，故而得名。參見東維子文
集卷十五文竹軒記注。

〔三〕錦褓兒：喻指竹筍。

〔四〕仲温：宋克。宋克字仲温，生平參見鐵崖詩贈宋仲温（載佚詩下編）注。

〔五〕張伯雨：張雨。

〔六〕桃花夢叟：鐵崖晚年別號。

書邵節判事①〔一〕

潭州李刺史，劃手驅妻兒〔二〕。松江邵節判，劃手屬冰夷〔三〕。闔門十八口，一死殉無遺。鮫人爲泣泪〔四〕，龍伯爲負尸。姓名照濁世，信史録吾詩。同堂老僚友，開門竪降旗。

【校】

① 本詩録自明偶桓編乾坤清氣卷二，原書署作者名爲“楊維楨廉夫”。

【箋注】

〔一〕邵節判：元末松江屬官，誓死不降，闔家十八口赴死以殉。具體情況待考。按：“節判”乃“節度判官”之略稱。

〔二〕“潭州李刺史”二句：指南宋末年潭州守李芾及劃子沈忠誓死不降之忠烈。參見陳善學序刊楊鐵崖先生文集卷四沈劃子辭注。

〔三〕屬冰夷：意爲投水自盡。冰夷，即馮夷，相傳爲河神。參見晉郭璞撰山海經傳海内北經。

〔四〕鮫人：參見鐵崖先生古樂府卷七鮫人曲注。

題元姚彦卿瘦寨寒林①〔一〕

海州自賦歸來後〔二〕，猶有平原樹半存。接籬今作騎驢樣〔三〕，相見江南黄葉村〔四〕。會稽楊維楨。

【校】

① 本詩録自明李日華撰味水軒日記卷八。

【箋注】

〔一〕姚彦卿：名廷美,吳興(今浙江湖州)人,一説華亭(今屬上海)人。鐵崖晚年自杭州歸隱松江之後,與之有交往。參見東維子文集卷二十九聯句書桂隱主人齋壁,以及鐵崖撰有餘聞説(載本書佚文編)。

〔二〕“海州”句：意爲歸隱海鄉。

〔三〕“接籬”句：用山簡游高陽池故事。接籬之“籬”,或作“羅”,指一種氈帽。參見鐵崖先生古樂府卷十漫興七首之二注。

〔四〕江南黄葉村：蘇軾李世南所畫秋景二首之一：“野水參差落漲痕,疎林欹倒出霜根。扁舟一櫂歸何處,家在江南黄葉村。”

鼇峰①〔一〕

金銀樓閣倚雲峰〔二〕,琪花玉樹開玲瓏。上清仙人佩秋水〔三〕,羅浮道人冠芙蓉〔四〕。庵前鱗次皆鄰屋,風外笙簧響疎竹。山林城市兩忘情,暮入青衣洞天宿〔五〕。

【校】

① 本詩録自明人范志敏編鼇峰倡和詩,原本無詩題,僅於詩前署作者姓名身份爲“會稽楊維楨廉夫,江西儒學提舉”。今題爲校注者逕擬。

【箋注】

〔一〕鼇峰：位於杭州吳山。

〔二〕“金銀”句：描摹遠觀鼇峰景象。西湖游覽志餘卷十三張靖之吳山春望詩：“東風吹雨百花晴,獨立鼇峰醉眼明。樓閣盡天山擁寺,江湖環地水通城。”

〔三〕上清仙人：指上清派道士。上清：道觀名。上清宮位於江西龍虎山。秋水：代指劍。

〔四〕羅浮：山名。參見鐵崖先生古樂府卷三道人歌注。按：戴芙蓉冠,道教傳説中仙人、真人之裝束。

〔五〕青衣洞天：清沈德潛等輯西湖志纂卷九吳山勝迹：“重陽庵,在金地山之右馨如坊。重陽庵志：始自唐開元間道士韓道古結茅以居，感青衣童子出現，有泉自洞中出，瀦而爲池，歲旱不竭。元大德間，西川道士冉無爲雲游至浙，觀青衣巖洞，募建三清閣、元帝殿。嗣天師廣微子書‘青衣洞天吳山福地十方大重陽庵’十四字，刻於石壁。明洪武二十四年立爲道院。”

寄宜興王光大二首①〔一〕

其一

我讀宋臣名義傳，尚聞七葉子孫賢〔二〕。蓬萊縮地三千里，喬木垂陰四百年〔三〕。雁度漢關傳使節〔四〕，鶴歸張洞話神仙〔五〕。介春軒下觀彝器〔六〕，來泊鐵籠書畫船。

其二

甫里宅前新里限〔七〕，紫芝尚有讀書堆〔八〕。銅彝夜作牛盎吼〔九〕，錦瑟春從雁柱回〔十〕。笠澤水聲隨海逝〔十一〕，洞庭山色截江來〔十二〕。鐵仙騎鶴雲閒下〔十三〕，王母西來獻玉杯〔十四〕。

【校】

① 本組詩録自明沈敕編荊溪外紀卷七，原本於詩題下署名“楊維楨”。

【箋注】

〔一〕本組詩作於元至正二十五年乙巳（一三六五）前後，其時鐵崖寓居松江。繫年依據：至正乙巳十月二十四日，鐵崖曾爲王光大題其家藏趙孟頫書劄，本組詩蓋亦作於同時。宜興：今屬江蘇省。王光大：其名令顯，號彝齋。參見鐵崖撰題趙孟頫簡覺軒路教諸迹（載佚文編）。

〔二〕“我讀宋臣名義傳”二句：當指王光大始祖王審琦之後七世子孫，皆爲宋臣。按：宋史有王審琦傳，其子孫附傳，然僅述及六世。參見鐵崖撰題趙孟頫簡覺軒路教諸迹。

〔三〕“蓬萊縮地三千里”二句：蓋指宋初重臣王審琦原爲遼西人，子孫繁衍内地而爲喬木世家，享其福蔭四百年。

〔四〕漢關：通常指函谷關。

〔五〕張洞：宜興張公洞。參見鐵崖先生古樂府卷三張公洞注。

〔六〕介春軒：蓋爲王光大所有。彝器：指光大父購藏、王氏家傳商彝。

〔七〕甫里：指甫里先生，即晚唐陸龜蒙。此蓋喻指王光大有"江湖散人"之氣概。

〔八〕紫芝：當爲地名，蓋以商山四皓所歌紫芝曲得名。

〔九〕銅彝：指王光大家藏商彝，其父所最愛。參見鐵崖撰題趙孟頫簡覺軒路教諸迹（載佚文編）。

〔十〕"錦瑟"句：蓋化自李商隱錦瑟詩"錦瑟無端五十弦，一弦一柱思華年"。

〔十一〕笠澤：太湖別名。

〔十二〕洞庭山：在太湖中，有東洞庭、西洞庭兩山。又稱洞庭東山、洞庭西山。

〔十三〕"鐵仙"句：鐵崖蓋以此自喻晚年歸隱松江。

〔十四〕王母：指西王母。參見鐵崖先生古樂府卷二三青鳥注。

泛東湖①〔一〕

湖頭新長桃花水〔二〕，野客逢春渾欲狂〔三〕。酒船遮莫載窈窕〔四〕，櫂歌聊復發滄浪。軒皇瀉樂洞庭埜〔五〕，神女弄珠明月光〔六〕。相約漢陂移杜老，主人亦有錦帆張〔七〕。

【校】

① 本詩録自明沈敕編荆溪外紀卷七，原本置於寄宜興王光大二首之後。

【箋注】

〔一〕本詩當作於元至正五、六年間，其時鐵崖寓居長興，在蔣氏東湖書院授學。東湖：當指太湖。蓋因太湖位於長興縣東，故稱。同治長興縣志卷十一水："方輿勝覽曰太湖在長興東，張志曰在縣東北三十里，譚志曰在縣北三十里。東與烏程接境，東北與江南荆溪縣接境，以大雷山爲界。"按：荆溪亦位於太湖之濱，故此鐵崖游東湖詩，爲荆溪外紀所録。

〔二〕桃花水：指春三月之水。

〔三〕野客：鐵崖自稱。按：其時鐵崖或自稱"湖州野客"，蓋以效仿杜甫自詡。參見列朝詩集甲集前編卷七之上又湖州作四首之四、明佚名鈔本楊維禎詩集嬉春五首之二。

〔四〕遮莫：任由，不妨。

〔五〕軒皇：軒轅黃帝。"軒皇"句：指堯與娥皇、女英故事。按：太湖又名洞庭湖，故此援引湖南洞庭之傳説。參見鐵崖先生詩集乙集題水仙手卷二首注。

〔六〕神女弄珠：指鄭交甫游漢江，女仙贈以明珠故事。參見鐵崖先生古樂府卷十小游仙二十首之十七注。

〔七〕"相約渼陂移杜老"二句：意爲效仿杜甫游渼陂。渼陂，在鄠縣（今陝西戶縣）西。杜甫有詩渼陂行，曰："主人錦帆相爲開，舟子喜甚無氛埃。"

國清寺①〔一〕

到令九十日〔二〕，游山初一回。五峰如五老〔三〕，環坐天華臺。試尋旃檀像〔四〕，還如靈鼠灰。禪宮隨國運，興圮不足哀。名山在四絶〔五〕，自足雄一台。直登更好頂〔六〕，頻見群山孩。我非閭丘子，來覓寵下儓〔七〕。但呼拾得帚〔八〕，净掃雲根苔。

【校】

① 本詩録自明仙居林應麟校刊天台勝迹録卷一國清寺，原本署名："楊維禎，字廉夫，號鐵崖。本縣知縣。"

【箋注】

〔一〕詩撰於元天曆元年（一三二八），其時鐵崖出任天台縣令剛滿三月。繫年依據：本詩"到令九十日，游山初一回"兩句。國清寺：又名景德國清寺。嘉定赤城志卷二十八寺觀門二寺院："景德國清寺，在（天台）縣北一十里，舊名天台。隋開皇十八年，爲僧智顗建。先是顗修禪於此，夢定光告曰：'寺若成，國即清。'大業中，遂改名國清。李邕記所謂'應運題寺'是也。唐會昌中廢。大中五年重建，加'大中'（額乃柳公權所書）。國朝景德二年改今額……建炎二年重新之。"

〔二〕"到令"句：鐵崖於泰定四年（一三二七）中進士，授予天台縣令之職，次年（即天曆元年）到任。明謝鐸弘治赤城新志卷十五官守二天台縣於"縣尹"一欄著録曰："楊維禎，天曆元年以進士至。文學雄于一時。"

〔三〕五峰：嘉定赤城志卷二十一山水門三：“五峰在（天台）縣北一十里、國清寺側。其峰有五，正北曰八桂，東北曰靈禽，東南曰祥雲，西南曰靈芝，西北曰映霞。前有雙澗合流，南注大溪。”五老：指廬山五老峰。

〔四〕旃檀像：指隋朝旃檀佛像。嘉定赤城志卷二十八寺觀門二寺院：“（國清寺中）前後珍賜甚夥，合三朝御書幾百卷，後毁於寇，獨覬手題蓮經與西域貝多葉一卷，及隋旃檀佛像佛牙僅存。”

〔五〕四絶：天台國清寺與齊州靈巖寺、潤州棲霞寺、荆州玉泉寺并稱“天下四絶”。參見嘉定赤城志卷二十一山水門三。

〔六〕更好：堂名。位於國清寺最高處。參見嘉定赤城志卷二十八寺觀門二寺院。

〔七〕“我非閭丘子”二句：寓閭丘太守與豐干、拾得、寒山故事。閭丘子：指閭丘太守。參見明鈔楊維禎詩集詠饒字韻寄化成訓講主注。

〔八〕拾得：唐代高僧，隱於國清寺僧廚。又，國清寺有三賢堂，三賢即豐干、拾得、寒山。參見嘉定赤城志卷二十八寺觀門二寺院。

桐柏觀六首①〔一〕

其一

瓊臺高與上台直〔二〕，珠閣突在天中居。致身福地恍如幻，二十年前見畫圖。

其二

溪雲時度五色彩，野草忽開三脊香。臺下白雲可輕骨，不用採汞覓金漿〔三〕。

其三

桐葉自換山中歲，桃花不放人間春。我來摘花題落葉，便風寄與雲中君。

其四

水邊殘杯笑玉齒，石間棋子迷老樵〔四〕。紫簫吹得鳳凰語，風期的可呼王喬〔五〕。

其五

雲中君兮聿來下，雲中徒兮列如麻。帶得紫泥香一瓣，天風吹滿赤城霞〔六〕。

　　其六

　　丹移舊井劍移窟〔七〕，鶴歸又是三千秋〔八〕。便當相從授寶訣，與子
定約緱山頭。

【校】

① 本詩録自天台勝迹録卷三，原本題名桐柏觀，詩前署名"楊維禎"。"六首"二
　字原本無，校注者逕爲增補。

【箋注】

〔一〕本組詩當撰於元天曆二年(一三二九)前後，其時鐵崖任天台縣令。桐柏
　　觀：又稱桐柏崇道觀。嘉定赤城志卷三十寺觀門四宫觀："桐柏崇道觀，
　　在(天台)縣西北二十五里，舊名桐柏，唐景雲二年爲司馬承禎建。回環有
　　九峰，自福聖觀北盤折而上，至洞門，長松夾道，孫綽賦所謂'蔭落落之長
　　松'是也……大和、咸通中，道士徐靈府、葉藏質新之。梁開平中，改觀爲
　　宫……周廣順二年，朱霄外建藏殿。國朝大中祥符元年改今額。"又，鐵崖
　　又有桐柏山七律詩一首，詩句多與本組詩雷同。詩載十八卷本玉山草堂
　　雅集卷二，有關詩句及注釋可參看該篇。
〔二〕瓊臺：山名。參見鐵崖先生古樂府卷三璚臺曲注。
〔三〕採汞覓金漿：指煉丹。詳見抱朴子内篇校釋卷四神丹。
〔四〕棋子迷老樵：指晉人王質觀棋爛柯故事。參見鐵崖先生古樂府卷三張公
　　洞注。
〔五〕王喬：即王子喬。參見鐵崖先生古樂府卷二周郎玉笙謡注。嘉定赤城志
　　卷三十寺觀門四宫觀附録唐崔尚撰桐柏觀碑："中有洞天，號金庭宫，即右
　　弼王喬子晉之所處也。是之謂不死之福鄉，養貞之靈境。"又，康熙刊明張
　　聯元撰天台山全志卷二山："桐柏山在赤城山北十里，七十二福地之
　　一……舊圖經云周靈王太子晉主金庭，治桐柏山。即此也。"
〔六〕赤城：山名，位於浙江天台山南。康熙刊明張聯元撰天台山全志卷二山：
　　"赤城山在天台縣西北六里，一名燒山，又曰消山。石皆霞色，望之如雉
　　堞，因以爲名。"
〔七〕"丹移"句：據嘉定赤城志卷三十寺觀門四宫觀記載，桐柏觀建有朝斗壇，
　　三國吴赤烏二年，葛玄於此煉丹。
〔八〕鶴歸：用王子喬故事。參見鐵崖先生古樂府卷三夢游滄海歌注。

瓊臺雙闕①〔一〕

巨靈②霹靂手〔二〕,擘③開雙石闕。中有萬丈奇嶒崚,鐵鎖高垂不可躡。洪厓後人挾高掘〔三〕,引我臺端立高絶。仙人跗④迹一一存〔四〕,翩若飛鴻⑤印輕雪。柏梁柏仙⑥隔吴越〔五〕,瓊臺不受東巡轍。周郎紫鳳高可呼〔六〕,待我一聲吹笛鐵⑦。卿雲五彩相蔽虧,琪樹精光互⑧明滅。山花山鳥自春秋,天氣長清光日月。我本三生劉阮胎〔七〕,三千年前我曾來。仙家雞犬别有路,金橋銀闕紅霧開。人間甲子不得老,瓊姬玉女桃花腮。我今幻習都洗盡,水邊山際胡麻媒。尋真只尋盧道人(此山真人有盧公),虚皇座前曾相陪。樂章傳下廣寒闕,瓊漿忭⑨觴流霞杯。盧公已乘白鶴去,長生⑩木瓢安在哉!竹溪(李提點)更尋李八百〔八〕,玉棺何處生莓苔。笙簫杳杳九清夜,應有松頭雙鶴回。

【校】

① 本詩録自天台勝迹録卷三,校以康熙刊明張聯元撰天台山全志卷十六所録此詩。原本詩前署名"楊維禎"。天台山全志題作雙闕。

② 靈:原本作"聞",據天台山全志改。

③ 擘:天台山全志作"劈"。

④ 跗:原本作"附",據天台山全志改。

⑤ 鴻:原本作"虹",據天台山全志改。

⑥ 仙:天台山全志作"山"。

⑦ 笛鐵:天台山全志作"鐵笛"。

⑧ 互:原本空闕一格,據天台山全志補。

⑨ 忭:天台山全志作"互"。

⑩ 長生:天台山全志作"林長"。

【箋注】

〔一〕本詩或當撰於元天曆二年(一三二九)前後,其時鐵崖任天台縣令。瓊臺、雙闕:皆山名。參見鐵崖先生古樂府卷三瓊臺曲注。

〔二〕巨靈:傳說中劈開華山的河神。見文選張衡西京賦薛綜注。

〔三〕洪厓傳說中仙人伶倫的仙號。晉郭璞游仙詩之三:"左挹浮丘袖,右拍洪崖肩。”

〔四〕仙人蹠迹：即所謂仙人迹，位於真人祠與龍潭之間。

〔五〕柏梁：臺名。漢武帝元鼎二年建，用以迎仙。詳見漢書武帝紀。

〔六〕周郎：指周靈王太子晉，即王子喬。參見鐵崖先生古樂府卷二周郎玉
　　　笙謡注。

〔七〕劉、阮：指漢人劉晨、阮肇。相傳劉、阮二人入天台山采藥而遇女仙。參見
　　　鐵崖先生古樂府卷三苕山水歌注。

〔八〕竹溪：當爲李提點別號。李提點蓋當時同游之人。李八百：仙人名。民
　　　國續修台州府志卷一百三十九方外紀上仙：“李八百，名脱，蜀人。修長生
　　　之道於筠陽五龍崗，歷夏、商迄周，八百歲；又動則行八百里，因號李八百。
　　　周穆王時歸蜀金堂山，合九華丹。丹成，游五嶽，陟王屋，登括蒼，至天台，
　　　入委羽，遍歷十六洞天……號紫陽真君。”

開巖寺①〔一〕

　　我游寒拾窟〔二〕，尚遺尊者巖。重尋赤松子〔三〕，來話青州衫②〔四〕。
巖上人已去，長臂衣無襤。天花等落葉，化作塵土凡〔五〕。惟有巖下
樹，閱世如彭聃〔六〕。我來秋正中，兩剡新如銳〔七〕。天娥約天女，雨我
花毵毵。我心久禪寂，泥絮不可慘〔八〕。擘開生老巖，始見優花曇〔九〕。
不須紫陽術〔十〕，來記梁伽藍〔十一〕。

【校】

① 本詩録自天台勝迹録卷四，原本詩題下署名“楊維禎”。

② 衫：原本作“杉”，蓋因形近而訛，徑改。

【箋注】

〔一〕本詩當撰於元天曆二年（一三二九）前後，其時鐵崖任天台縣令。開巖寺：
　　　又名鎮國院。嘉定赤城志卷二十八寺觀門二：“鎮國院在（天台）縣西南
　　　四十里，舊名開巖，梁普通三年建，蓋因天花尊者擘巖得雪，故名。周顯德
　　　六年重建，改泗洲禪院。國朝大中祥符元年改今額。”

〔二〕寒、拾窟：指寒山、拾得所居，即國清寺。

〔三〕赤松子:相傳爲神農時雨師,煉神服氣,成爲仙人,至昆侖山,隨西王母。詳見列仙傳卷上。

〔四〕青州衫:五燈會元卷四南泉願禪師法嗣趙州從諗禪師:“問:‘如何是玄中玄?’師曰:‘汝玄來多少時邪?’曰:‘玄之久矣。’師曰:‘闍黎若不遇老僧,幾被玄殺。’問:‘萬法歸一,一歸何所?’師曰:‘老僧在青州作得一領布衫,重七斤。’問:‘夜生兜率,晝降閻浮,於其中間,摩尼珠爲甚麽不現?’師曰:‘道甚麽?’”

〔五〕“巖上人已去”四句:概述有關開巖寺創建傳説。康熙刊明張聯元撰天台山全志卷六寺:“開巖寺……梁普通三年建。初有異僧擘開此巖,六瑞繽紛如雪,賜額天花尊者開巖院。”

〔六〕彭、聃:彭祖與老聃。二者皆以長壽著稱。

〔七〕兩剡:蓋指剡溪兩側。康熙刊明張聯元撰天台山全志卷三溪:“剡溪山水俱秀,山圍平野,溪行其中。”

〔八〕“我心”二句:用宋參寥詩:“禪心已作沾泥絮,不逐東風上下狂。”見宋趙令時侯鯖録卷三。

〔九〕“擘開生老巖”二句:意爲開巖方能見到佛陀出世。優花曇:即優曇花,又稱優曇婆羅花。相傳此花三千年一開。玉芝堂談薈卷一四種輪王:“佛經稱優曇華乃佛瑞應,三千年一現,現則金輪王出世。”

〔十〕紫陽術:指紫陽真人長生成仙之術。按:世傳號稱紫陽真人者不少,較著名有周義山、李八百,此處蓋指李八百。參見本卷瓊臺雙闕注。

〔十一〕梁伽藍:指開巖寺。

秋日班恕齋招飲湖上①〔一〕

七月六日流火驕〔二〕,故人重有濠梁招〔三〕。洗車快借雙星雨〔四〕,打鼓如迎八月潮。下馬題詩岳王寺〔五〕,解貂沽酒段家橋〔六〕。西湖顔面晚更好,水晶宮中吹玉簫。

【校】

① 本詩録自明田汝成撰西湖游覽志餘卷十一才情雅致。

【箋注】

〔一〕詩當作於元至正三年(一三四三)七月前後,其時鐵崖攜妻兒寓居杭州,等待補官。繫年依據：鐵崖與班恕齋結識，不得遲於至正二年，本詩述二人同游西湖，當爲至正二年至四年鐵崖寓居杭州期間。班恕齋：指班惟志，時任江浙行省儒學提舉。參見鐵崖撰武林弭灾記(載佚文編)注。

〔二〕流火：詩豳風七月“七月流火”，指大火星西行，表示天氣轉涼。本句則謂當時氣候較爲炎熱。

〔三〕濠梁招：此指班恕齋邀請友人鐵崖同游西湖。濠梁，本指莊子與惠施同游觀魚之地。詳見莊子秋水篇。

〔四〕洗車：“洗車雨”之略稱，歲時廣記七夕上灑淚雨引宋呂原明歲時雜記：“七月六日有雨，謂織女洗車雨。”雙星：指牽牛、織女兩星。傳牛、女七夕相會。

〔五〕岳王寺：蓋即褒忠寺。參見本卷詠岳鄂王注。

〔六〕段家橋：即西湖斷橋。參見鐵崖先生古樂府卷十西湖竹枝詞之五注。

答曹妙清竹枝詩①〔一〕

紅牙筦蒂②紫貍毫，雪③水初融玉帶袍。寫得薛濤萱草帖，西湖紙價頓能高。

【校】

① 本詩録自萬曆林有麟刊本西湖竹枝詞，校以蟬精雋卷十五錢唐士女所録此詩。原本校本皆無詩題，今題爲校注者徑補。
② 筦蒂：蟬精雋本作“莞席”。
③ 雪：原本作“雷”，據蟬精雋本改。

【箋注】

〔一〕本詩作於元至正四年(一三四四)前後，鐵崖於錢塘倡導西湖竹枝詞時期。當時西湖竹枝詞風靡兩浙，女子亦參與唱和。參見西湖竹枝集詩人小傳曹妙清注。

題薛蘭英蕙英蘇臺竹枝後①〔一〕

其一

錦江只見薛濤箋〔二〕,吳郡今傳蘭蕙篇。文采風流知有日,連珠合璧照華筵。

其二

難弟難兄并有名,英英端不讓瓊瓊〔三〕。好將筆底春風句,譜作瑶箏弦上聲。

【校】

① 本組詩録自萬曆林有麟刊西湖竹枝詞,校以列朝詩集甲集前編第七下蘇臺竹枝詞解題所録此二詩。原本無詩題,據西湖竹枝詞薛蘭英蕙英一節徑補。

【箋注】

〔一〕本組詩當撰於元至正八年(一三四八)前後,鐵崖游寓姑蘇之時。參見西湖竹枝集詩人小傳薛蘭英蕙英。

〔二〕錦江:指四川成都,乃薛濤寓居地。唐才子傳卷八薛濤:"濤工爲小詩,惜成都箋幅大,遂皆製狹之。人以爲便,名曰薛濤箋。"

〔三〕英英、瓊瓊:皆唐代美人。此借指薛蘭英、薛蕙英。七修類稿卷二十四唐雙名美人:"大曆中才人張紅紅、薛瓊瓊,楊虞卿者英英。"按:所謂"楊虞卿者英英",實指英英爲楊虞卿小妓。楊虞卿有詩過小妓英英墓,載全唐詩卷四百八十四。

題倪高士墨君圖①〔一〕

何郎湯餅亦人豪〔二〕,況有麋郎吹鳳匏〔三〕。但覺高歌驚野老,不須痛飲讀離騷〔四〕。鐵枝鈎鎖無雙價〔五〕,畫鵝遨游定幾遭〔六〕。爲問故人髯博士〔七〕,能分廩稍養吾饕。楊維楨次韻。

【校】

① 本詩録自大觀録卷十七倪高士墨君圖,原本無詩題,校注者徑爲增補。

【箋注】

〔一〕本詩作於元至正二十四年甲辰(一三六四)十一月十七日,其時於松江府學爲倪瓚送行,倪瓚作畫題詩,鐵崖次韻賦此。大觀錄卷十七著錄曰:"倪高士墨君圖,紙本。高二尺四寸,闊一尺。墨竹之最逸者,書款至佳。值十六金。酒俠詩狂一世豪,澹然如見古陶匏。珍羞直欲奴呼酪,險語真能僕命騷。夜話挑鐙君獨賞,朝餐把酒我偏遭。異鄉又遇同鄉客,留宿寒廳飫老饕。至正甲辰十一月十七日,在吳淞學宮南池之賓興堂,將與仁伯廣文謝别,復爲鄉友何君置酒留宿。因寫竹枝,并走筆賦此,留别廣文云。是日同集,則楊太史同陳、包三(似當作"二")助教也。倪瓚。"按:倪瓚題識之後,即附錄鐵崖此詩。墨君:指墨竹。

〔二〕何郎:蓋即倪瓚識語中所謂"置酒留宿"之"鄉友何君",當爲毗陵人。參見前注。湯餅:即麵片湯。按此又暗用何晏事。世説新語 容止:"何平叔美恣儀,面至白,魏明帝疑其傅粉。正夏月,與熱湯餅。既噉,大汗出,以朱衣自拭,色轉皎然。"

〔三〕麋郎:當爲樂人。

〔四〕"不須"句:意爲無須追求名士身份。世説新語 任誕:"名士不必須奇才,但使常得無事,痛飲酒,熟讀離騷,便可稱名士。"

〔五〕鐵枝鈎鎖:喻指倪瓚所畫竹枝。

〔六〕畫鷁遨游:指泛舟浪游。按:晉人王濬曾"畫鷁首怪獸於船首,以懼江神",故後世或稱舟船爲"畫鷁"。參見晉書 王濬傳。

〔七〕髯博士:指倪瓚。

游净池①〔一〕

　　汾水南頭第幾灣〔二〕,净池初曉鏡光寒。漁舟曬網日將出,酒肆招帘露未乾。楊柳淡烟迷隔浦,桃花新水漫前灘。習家回首今何在〔三〕,風物争如此地看。

【校】

① 本詩録自檇李詩繫卷三十八。

【箋注】

〔一〕本詩當作於元至正九年(一三四九)前後,其時鐵崖游寓姑蘇、松江等地,
　　　授學爲生,經常結伴浪游湖山。繫年依據:原本有附考曰:"嘉善 汾湖之
　　　南,有浄池、蘆墟、柳溪諸水。"可見浄池距離汾湖不遠。鐵崖授學松江
　　　時,曾游汾湖。參見鐵崖撰游汾湖記(載本書佚文編)。
〔二〕汾水:即汾湖。參見東維子文集卷十七舊時月色軒記注。
〔三〕習家:當指習家池。習家池乃漢侍中習郁修建於峴山之南,專供游賞。詳
　　　見世説新語卷下任誕。